1901

王树增非虚构中国近代历史系列

1901 [修订版]

王树增 著

人民文学出版社

图书在版编目（CIP）数据

1901/王树增著. —修订本. —北京：人民文学出版社（2024.10重印）
ISBN 978-7-02-008352-7

Ⅰ.①1… Ⅱ.①王… Ⅲ.①纪实文学—中国—当代 Ⅳ.①I25

中国版本图书馆 CIP 数据核字（2010）第 207846 号

选题策划　脚　印
责任编辑　王　蔚
装帧设计　刘　静
责任校对　杨益民
责任印制　宋佳月

出版发行　人民文学出版社
社　　址　北京市朝内大街 166 号
邮政编码　100705

印　　刷　三河市宏盛印务有限公司
经　　销　全国新华书店等

字　　数　546 千字
开　　本　680 毫米×1000 毫米　1/16
印　　张　38.25　插页 3
印　　数　91851—94850
版　　次　2011 年 4 月北京第 1 版
印　　次　2024 年 10 月第 14 次印刷

书　　号　978-7-02-008352-7
定　　价　55.00 元

如有印装质量问题，请与本社图书销售中心调换。电话:010-65233595

目 录

第一章　蓝色长袍上宫殿

被严重忽视的一天 / 3

大中国 / 8

一团模糊不清的印象 / 13

帝国主义行径 / 17

侮辱那个低劣的支那种族 / 21

银两与舰炮 / 31

一个短暂的"春天" / 36

同样"热心"的官员与洋人 / 41

外国的月亮 / 45

为皇帝开出的"药方" / 51

领土危机 / 56

言论自由：移民巴西！ / 62

蓝色长袍上宫殿 / 70

奏折与陷阱 / 77

思想随着人头落地 / 88

女人的仇恨 / 97

第二章　飘浮的神灵

打谷场上的角色 / 109

帝国的"第二政府" / 115

肚子里的气和云彩里的雨 / 126

洋人不是人 / 135

飘浮的神灵 / 143

面对子弹的戏剧情节 / 151
向阳的山坡与大地上的游魂 / 161
"这是瓜分中国的开始" / 172
混乱的局势 / 184
呐喊冲出青纱帐 193

第三章　顶戴花翎下的面孔

载家兄弟与石榴裙边 / 205
浮躁的日子 / 216
帝国炮火中的"家事" / 223
有异味的名单 / 238
"与走私盐一样危险"的商品 / 251
大沽口炮台与中国奸细 / 264
一个"傲慢的中国词汇" / 280

第四章　翠扳指

一个俘虏的可怕神情 / 297
中国军团 / 317
晒仪仗与玩电报 / 330
鼓楼下的"抢劫风格" / 342
翠扳指 / 356
水面上的繁星 / 371

帝国的城墙 / 383
仓皇之晨 / 391

第五章　河船中的秀女

县令的运气和帝王的文件 / 409
清泪湿山河 / 423
河船中的秀女 / 439
上海道起舞与张之洞劝学 / 457
昂贵的船票和姓刘的脑袋 / 468
司令和妓女还有一位帝国壮士 / 476
月亮门里的盘算 / 490

第六章　天下同唱《玉堂春》

一个重要人物的出场 / 505
春帆楼里的帝国重臣 / 523
感谢之后的刻骨仇恨 / 537
"袜子们"的结局 / 553
过朝廷 / 566
雪后城头草色新 / 580

附：《辛丑各国和约》 / 596

修订版后记 / 602

第一章

蓝色长袍上宫殿

被严重忽视的一天 ／ 大中国 ／ 一团模糊不清的印象
帝国主义行径 ／ 侮辱那个低劣的支那种族 ／ 银两与舰炮
一个短暂的"春天" ／ 同样"热心"的官员与洋人
外国的月亮 ／ 为皇帝开出的"药方" ／ 领土危机
言论自由：移民巴西！ ／ 蓝色长袍上宫殿 ／ 奏折与陷阱
思想随着人头落地 ／ 女人的仇恨

1901

被严重忽视的一天

中国人严重忽视了历史上的这一天:农历一八九九年十一月十七日,西历一八九九年十二月十九日。

这是一个距十九世纪结束只剩下不多时光的日子。

如果仅从历法的角度看,无论西历还是农历,这一天都没有特别的意义。然而,就是这一天,在位于世界东方庞大的大清帝国里,在帝国京城重重宫墙严密遮裹着的皇室里,却发生了一件离奇古怪的事情。

越是历史悠久的民族,越是容易对悠久的历史掉以轻心。当中国人的一双黑眼睛眯起来,向世界提及自己五千年历史的时候,历史的事实常常因为这个民族虚幻情致的浸染,而被叙述得满纸帝王将相、金袍青甲、才子佳人、柳絮飞花。但是,在十九世纪即将与二十世纪交替的日子里,在大清帝国发生的却是中国五千年历史中最恐怖与最悲伤的故事,这些故事最终导致了一个民族和一片国土的严重受伤。

一八九九年十二月十九日,正是这一天,西方人窥视中国的猎人式的目光,与中国人向外部世界打探的好奇的双眸,在经过长时间的踌躇之后终于相互对视了。在这一对视的瞬间,无论是西方人浅色的还是东方人深色的瞳仁里,都同时映射出某种难以言表的心绪,这种心绪复杂得至今影响着中国人面对外部世界的思维模式——尽管后来生性乐观的中国人将百年前的那个早晨完全遗忘了。

那是一个寒冷的早晨。

入冬以来,整个北方不曾下过一场雪,荒凉的田野裸露在凛冽的天宇下。从蒙古高原吹来的寒风,长时间袭击着帝国的都城,京城内高大结实的灰色城墙上黄尘漫天。早上的时候,天阴得更厉害了,肮脏冷清的街道两边,商铺还没有卸下表示营业的门板。一个穿着蓝狐毛领缎袄的官员,骑着鬃毛上装饰着红色丝线的矮马正要去衙门,他在寒风中像是咳嗽似的嘟囔了一句,因为街道当中躺着的一个乞丐弄乱了他坐骑的节奏。除此之外,这个早晨是寂静的。只是,在破旧的城门刚刚打开的时候,出现过一阵小小的骚乱:早已在城外等待进城的外省的客商、本地的小贩、驮煤的骆驼队与插着黄色小旗的皇家拉水骡车混杂在一起,争抢狭窄的进城通道。暴露在冬天冷风中的中国人,穿着几乎是同一种颜色——厚重的灰色或黑色——的棉袍,人与他们头顶上铅色的冬云悄无声息地融合成一体。越洋过海来到这个东方帝国的洋人们说,虽然中国北方的纬度并不是很高,但是,中国人御寒衣裤之臃肿举世罕见,这使他们远远地看去像是被棉花和布匹包裹着的球。洋人们因此认为,冬天里的中国人如果跌倒就很难自己爬起来。

这天早晨,紫禁城巨大的红色宫门沉重地打开了一道缝隙。

在此之前,位于京城中央的紫禁城的宫门几乎终日紧闭着。

上千年来,在这个东方帝国里,统治着广袤的国土和众多的人口的皇室与他的臣民被高大厚重的围墙隔开,一直孤独而神秘地生活在有限的范围之内。紫禁城不是大清帝国处理国家公务的机构,而是皇室的私家庭院。皇室之外所有的人,包括那些有皇族血统的人,很少能够进入皇宫里面。少数执掌政府机构核心权力的官吏,虽然每天必须帮助皇帝履行统治职能,但他们也只能到达皇宫内宫的围墙之外。即使是国事的最高决策机构军机处,也仅仅龟缩在皇宫内城外西南角的一排平房里,低矮的平房看上去还不如皇宫内的宠物间。除此以外,大清帝国政府的所有职能机构,全部设置在皇宫之外。能够进入皇宫是至高无上的荣耀。那些因为某种原因得到皇帝的赞许,并被特别恩准进入紫禁城瞻仰"天颜"的帝国功臣,会早早穿戴好表示自己官阶的全套锦绣官服,外面披上皇帝恩赐的黄色马褂,天还没亮的时候就候在宫门外,紧张地等着宫门内的皇家侍卫低声呼叫他的名字。然后,上面排列着金黄色巨大门钉的宫门打开了,这时候,即使曾经统领数十万大军征杀疆场的将军,也会由于激动和恐惧而双腿战栗。不是皇室的人走进了皇宫,这种世间少有的奇闻,会像罕见的天象一样令整个帝国躁动不安,并最终成为帝国政治生活中的美谈——紫禁城的那道红色宫门是帝国臣民的天堂之门。

然而,一八九九年十二月十九日,走进紫禁城皇宫的却是一位提着一只巴黎风格的精巧皮箱的洋人。

法国医生多德福顺着红色圆顶门洞进入皇宫的时候,双腿没有战栗,只是眼前的景象令他万分惊愕:汉白玉基座托举着的金碧辉煌的宫殿高高耸立在灰色低云下,呼啸的风在空旷的庭院里撞击出一种低沉压抑的共鸣,那些年龄都在百岁以上的老树在风中缓慢地摇动着,而弥漫在脚下每一块砖石上的肃杀都令这个法国人头晕目眩。也许,从东方流传到西方的关于这个古老帝国和这座神秘皇宫的传说太多了,或许那些传说中令西方人无法理解的内容太多了,以至于多德福从进入紫禁城的那一刻起,眼前就现实与幻觉错乱地交织着,这严重影响了这位法国医生的心绪。作为医生,多德福在这个国家里医治过对西医绝对不信任的中国人,那些中国人死也不肯喝下一勺他作为镇静剂使用的白兰地,但他还是自信有对付因为痛苦而焦躁的经验与耐心。今天,进入紫禁城的"出诊",是他行医以来最奇异的一次经历,因为他不仅要诊断出一个中国患者肉体痛苦的原因,还要由此诊断出这个帝国政治"病变"的原因。在前面引路的太监深深地弓着腰,多德福无法看清楚他的脸,但从他脑后垂向腰际的那根灰黑色的辫子,却加深了他的不安。对于这个帝国,对于中国人,多德福都感到一种巨大的陌生,他觉得这座皇宫里每一根圆柱的后面,每一处围墙的暗影里,都有一张正在审视他的面孔。

此刻,那座他要去的小宫殿出现了,卧在宫殿门口和飞檐上的那些人世间根本不存在的镏金野兽,正一齐朝他这个面目古怪的洋人怒吼着。

多德福看见一片结着薄冰的水面。

穿过一条跨越水面的小桥,就到那个名为南海瀛台的小岛了。

孤独的小宫殿就在岛上。

领路的太监推开一间小房子的门,向里面指了指。

尽管在宫外的时候,多德福已经听说了不少关于中国皇帝的传闻,可是眼前的景象还是出乎他的想象。小房间里很暗，很冷，这是因为中国人的窗户上不是镶着玻璃而是糊着纸张的缘故。多德福注意到，小房间窗户上的纸张有几处已经破损，寒冷的风就是从那里吹进来的。靠里面的一张木床上躺着一个人，要不是太监用手势再三示意，多德福无论如何也不会相信这个面色苍白、瘦弱不堪的男人就是统治着大清帝国的光绪皇帝。

此时的大清帝国，领土达一千多万平方公里，东起太平洋西岸，北到冰雪覆盖的西伯利亚荒原，南到长满椰林的南海小岛，西至亚洲大陆的沙漠腹地，人口四万万。

多德福让人把破损的窗户遮挡一下，然后开始解光绪皇帝的衣服。

太监尖叫起来。

在中国，没有人可以这样触动皇帝的身体。即使是皇宫里的御医，也只能跪在皇帝的帐外，通过一根缠绕在皇帝手腕上的丝线，来判断皇帝的脉搏状况。而现在，中国的皇帝被一个洋人脱下了衣服。

光绪犹如一具僵尸。

关于皇帝"龙体欠安"的传闻，早在一年多前，就被帝国政府用正式通告的形式发布。通告的内容是：皇帝的身体出现了某些问题，为此政府向天下征招名医。尽管通告中没有特别指明，但是很显然，征招的范围并不包括外国医生——几千年以来，中文中的"天下"一词，实际上仅指中国版图之内。通告发布的时候，大清帝国的政情岌岌可危：文人们在皇帝支持下发动的一场试图改变帝国政体的运动刚以失败告终，失败的原因是这场运动直接威胁到一个女人的权柄，这个女人在最后时刻动用精锐的兵勇对付手无寸铁的文人，文人们除侥幸逃亡的之外大部分被砍下了头颅。由于这场运动触及帝国赖以生存的政治根基，因此给中国社会留下一道巨大的伤痕。一年多以来，关于帝国前途的种种猜测和推断，如同弥漫在紫禁城上空的沙尘一样笼罩在这片国土上。由此，人们或多或少地感到，皇帝的病情中一定隐藏着某种不祥之兆。

按照大清帝国皇室的活动规律，再过几天，就是京城百姓得以瞻仰"龙颜"的时刻——每年年底的一天，皇帝都要率领皇室的男性成员和大臣们到皇城外的皇家寺庙祭祀祖先和苍天。这个仪式具有两种含

1901

义:一是在政治上再次向世人明确这个政权如同天地一般稳固;二是再次向臣民证明当今说一不二的皇上健康地活着。但是,今年接近年底的时候,一个消息自紫禁城悄悄传出:皇家祭祀可能取消,原因是皇帝病重。这是一个严重的问题,因为它说明皇帝已经病得连证明自己活着的机会都准备放弃了。最能证明这一传闻的,是从非官方渠道散布出来的据说是一位广东籍西医对皇帝病状的描述:

> ……常患遗泄,头痛,发热,脊骨痛,无胃口,腰部显是有病;此外肺部不佳,似有痨症……面部苍白无血色,脉甚弱,心房亦弱。①

这是一份足以令任何医生头疼的病情描述,往乐观处分析仅仅是有点消化不良,往悲观处分析每一条都是生命垂危时的弥留症状。

而蹊跷之处在于,对中国皇帝的病情议论得格外激烈且特别出格的,不是来自中国人聚集的地方,而是来自京城东南角一个叫东交民巷的地方,在这块不大的地方里居住的全是"稀奇古怪"的洋人。无论是朝廷颁发的普告天下的诏书,还是帝国政府发布的官方文件,都说皇帝的确生病了;可是,住在这个帝国里的洋人几乎异口同声地坚持说,中国的皇帝很健康。这一事件最终发展到以英国公使为首的数国驻华公使联合提出:要派出外国医生,代表整个西方世界,用当今医学领域最新的技术,给中国皇帝进行"肉体上的体检"。更为离奇的是,这个无论在国与国之间的外交辞令中,还是在国与国之间的外交行为上,都属于极其蛮横的无理要求,竟然在各国公使与清廷官员的反复争执后,被准许了——英、法公使的态度明确而强硬,他们对帝国总理衙门大臣庆亲王说,我们不是为了给中国的皇帝看病吃药,我们只是觉得贵国宣布皇帝生病的举动有些离奇,我们奉我们国家政府的指令必须检查中国皇帝的身体。

于是,法国医生多德福进入了大清帝国的皇宫。

多德福给光绪体检的"家伙",无论是听诊器还是压舌板,在太监们看来无异于一件件谋杀的工具——这个洋人竟然扒开皇帝的眼睛看,在中国,这是检查一个人是否死亡的典型动作。

光绪居住的瀛台,在独立于皇宫的一个角落里,从那里到达皇宫内部,需要通过数条被红色宫墙隔开的通道。这一天,寒冷的风呼啸着,飞扬的尘土中,通道上来回走着惊慌失措的太监,匆忙的步态使他们的身影犹如旋转在风中的枯叶。他们除了要向宫里的每个人传播外国医生古怪的一举一动,以及皇帝很可能要被洋人弄死之类的骇人消息外,更重要的是,他们必须向此时大清帝国实际的统治者——一个女人——报告那个进入皇宫的洋人正在做什么和将要做什么。那个在皇宫里地位和权力都难以明言的女人,从这天清早起就面无表情,在她的身后放着从南方运来的两大缸用以满足嗅觉的奇异水果,她坐在浓郁的果香中不动声色地盯着探听消息的太监们,他们走马灯似的从她面前那道高大门槛内外跌进来跌出去。这个女人整个早晨只说了一句话:你们小心着,别让洋人给皇上看出别的病来。

洋人给光绪皇帝"体检"的结果是:大清帝国的皇帝根本没有病。

洋人确实看出"别的病"来了,他们最后的结论是:生病的不是中国皇帝的肉体,而是这个庞大帝国的政治。

一个洋人进入紫禁城给皇帝"体检",这是中国几千年历史上从未有过的事。于是,一八九九年十二月十九日,这个被中国人严重忽视的一天,就从这个寒冷而屈辱的早晨开始了。

大中国

一八九九年十二月十九日,大清帝国广袤的国土上生活平静而安详。

随着太阳的升起,京城的大街小巷开始热闹起来。西北地区的山货从城北的德胜门运进来,在集市上已经堆积如山。口外肉质鲜美的羊,因为在冬季里每一天都要大量消费而塞满了交易市场。正阳门外的商业大街上停满客货混载的骡车。当铺和钱庄的棉门帘被掀起的时候,檀木柜台的古旧气味和炭火的暖气飘散到街上。能够同时供应满汉菜肴的饭铺营业了,小伙计在门外大声地拉客。身裹满族或汉族棉装的女人们蹓跶在隆福寺的杂货摊位之间。老字号的零售商店开始雇西洋乐队进行大折价的广告宣传。妓女们集中的几条胡同里,挂着被寒风弄脏了的彩灯。城东的东岳庙今天有大型道场。成群结伙的盛装妇女骑着驴出现在通往广安门外一个香火旺盛的道观的路上。京城的大路放射状地通向帝国的四面八方,在这些道路上行走着商人、兵勇、脚夫和镖客。广州的天气格外好,衙役们把老爷出行巡视时用的花花绿绿的仪仗摊出来晾晒。冰封的黑龙江被渔民凿开窟窿,他们把老鼠皮绑在粗大的绳索上捕捉巨大的哲罗鱼,如果百斤以上,便可以运往北京的紫禁城内进贡给皇帝。扬州市场上头等蚕丝的价格还在涨着。而在喀什,几顶轿子停放在一条水流清澈的河边,苦力在监工的注视下从卵石中寻找可以献给皇帝的价格昂贵的和田玉。一八九九年十二月十九日,看上去与所有普通的日子一样:帝国的官员们正在谋划官场上的行贿,帝国的农民们正在盘算明年的收成,帝国的盗贼们正在偏僻的隘口上埋伏,帝国的文人们正在暖阁中集句——历史悠久的大国,山河壮阔的疆土,难道她不该如此安详吗?

世界上妄自尊大之严重,以这个古老的东方帝国为最。在文明发祥绝早的中国人创造的文字中,关键的一个词汇便是"天下"。这是一个含义模糊的汉语词汇。许多世纪以来,中国人都认为自己的国家位居世界的中心,中国人的这种错觉源于这样一个事实:当整个西方世界还是一片蛮荒的时候,中国的皇帝已经在他幅员辽阔的国土上享受子民冶炼的黄金、精织的绸缎以及香甜的稻米和优美的情歌了。而当少数外国航海者登上东方这块巨大的大陆时,看见的是一个令他们羡慕不已的国度:巍峨的山峰,葱郁的河谷平原,对生活文明的发现与创造——中国曾经是世界上最富庶的国家。当西方人第一次明白盘在中国门柱上的"龙"是一种动物之后,很快就愿意按照中国官员的要求学习双膝触地的礼节。他们中的幸运者,甚至还得到过中国皇帝的召见,他们在中国皇帝面前跪下时的笨拙样子,令朝廷的官员们禁不住掩口窃笑。当然,受到中国人窃笑的,还有外国人奇怪的五官和不同颜色的曲卷毛发。

大约从明朝开始,中国人逐渐知道自己的"天下"并不是无边的广阔;更重要的是,中国人突然发现自己并不位居世界的中心。最早给予中国人这一打击的,是一个在中国历史上极其有名的意大利人:传教士利玛窦。明万历年间的一天,这个来中国传播耶稣教义的外国人,在他北京的住所内接待了一批中国的知识分子。这些知识分子在客厅的墙上看见了一张中国人从未见过的《万国全图》。除了当时欧洲人还没有发现的澳洲大陆之外,在这张反映着欧洲地理学成就的世界地图上,地球上四大洋和诸大洲的位置已经被用相当精确的经纬度标示出来——在中国之外,居然还有那么多国家存在,中国不但不是世界的主体,而且也没有占据世界的中心,仅仅位于东方的一隅。对于当时的中国人来讲,这是一个骇人听闻的消息,它令中国人的认知世界天崩地裂。

《明史》记载道:

> 意大里亚,居大西洋中,自古不通中国。万历时,其国人利玛窦至京师,为《万国全图》,言天下有五大洲。第一曰亚细亚洲,中凡百余国,而中国居其一。第二曰欧罗巴洲,中凡七十余国,而意大里亚居其一……②

面对中国人的惊骇,自觉惹了麻烦的利玛窦为挽回影响,特地重新画了一张世界地图。他违背地球经度和纬度的正确划分,把中国移到了地图的正中间。但是,已经晚了,中国人心里从此有了抹不去的沮丧以及沮丧之后的不甘,他们给了不是中国人的人一个含有贬义的称谓:夷。

然而,单凭一张地图,并不能让中国人确信世界的真实样子。中国人对于自己不愿意接受的事物,非常善于采取不深究、不扩散、不理睬的态度。清乾隆年间的官方正史,在评论利玛窦的《万国全图》时,依旧表明"其说荒渺莫考"——这时,距那个意大利人向中国人展示世界地图已经过去了两百多年,欧洲国家的民主革命和工业革命已经结束,英、法等国的海外扩张已经在东南亚登陆,西方已经开始盘算如何向中国这块巨大的市场进发了,而这时候的中国人依然根深蒂固地认为:中国是内部的,核心的,神圣而伟大;即使世界上真的存在几个蛮荒的"夷",他们也是外部的,边缘的,低贱而渺小——"德以柔中国,刑以威四夷。"

中国人认为,凡是来到中国的外国使节,无不是代表附属国进贡和称臣的。英国特使马戛尔尼受英国皇室委派,于乾隆五十八年来中国协商相互通商。他的船队刚从天津进入通往北京的运河,船头上就被中国官员强行竖起一面"英国贡船"的旗子。船队到达北京后,特使被告知,朝见中国皇帝时必须下跪。马戛尔尼争取再三,才勉强获准按照英国人见英国皇帝的礼节单膝弯曲,而获准的原因是:"朝廷固确认英吉利为海外朝贡国之一,此次使节,直为叩祝万寿而来,得瞻天威,已属蛮服陪臣之大幸。特以荒远不识天朝礼制,妄行乞请,无足深责。"③——英国人虽因蛮荒不懂礼仪,但不远万里前来臣服进贡,即使不双膝跪地,皇恩浩荡也可以免罪了。然而,及至进入金碧辉煌的皇宫大殿,英国人还是被中国皇帝的排场吓坏了,他们最终情不自禁地双膝跪了下来。陈康祺《郎潜纪闻》记载道:"乾隆癸丑西洋英吉利国使,当引对自陈,不习拜跪,强之只屈一膝。及至殿上,不觉双跪俯伏。故管侍御韫山堂诗有'一到殿廷齐膝地,天威能使万心降'之句。"

时间仅仅过去了一百零六年。

一百零六年后,法国医生多德福不但被容许给中国皇帝"体检",而且还亲手脱掉了中国皇帝的衣服。这一事件因其荒唐地违背国际法的基本准则,成为迄今为止国际关系史上绝无仅有的事件。外来势力如此强横地干涉一个国家的内部事务,公开侮辱一个国家的政权以及他的执政能力,除了会招致最强烈的抗议,招致使用战争这种人类为雪耻而发明的极端手段之外,似乎应该别无其他结果——在国际关系史上,几乎所有发生在国与国之间的血腥、残酷和悲惨的事件,究其最初始因无不源于一个词汇:尊严。况且,中国人历来是格外看重"尊严"的。对于这个民族的每一个成员来讲,无论是属于祖宗的过去、属于自己的现在,还是属于子孙的将来,在所有光阴岁月里的所有苦难屈辱中,没有什么比"丢面子"更令中国人以为是严重的事件了。

两次鸦片战争,西方各国开始对中国人将他们称为"夷"不再忍气吞声。一八五八年,第二次鸦片战争尚未结束,在洋枪洋炮的威胁下,洋人逼迫大清帝国与他们签订意在维护其在华利益的条约时,将禁止中国人使用"夷"字堂而皇之地写进了《中英天津条约》。特别为一个字的使用制定一条外交条款,这在国际关系史中为罕见的一例。于是,大清帝国政府被迫改口,通告全国在外交公文往来中一律使用"洋人"这个词。"洋人"这个中文词汇,最初的字面含义是:从海洋上漂流而来的人。这本是一个典型的中性词汇。洋人们以为,用白纸黑字形成双方签订的外交文件就可以得到尊严了,他们根本不了解中国人的性情!因为洋人越是对这个字眼儿敏感且计较,越是会让中国人自我感觉良好。因此,在大臣们给朝廷的奏折中,在臣民百姓的言语中,不但原来称洋人为"夷"的中国人依旧使用"夷"字,原来对洋人不使用"夷"字的中国人也改称"夷"了,而且无论含义还是口气里,一律隐含着一层恶狠狠的轻蔑。当然,还有一点儿我说了你也听不见的狡狯的乐趣。

中国人终于见识了洋人。

一八四〇年,虎门水域外的几艘英国舰船向中国开炮,这个古老帝国的国门终于被打开了。都说西方势力企图占领中国市场,破坏了这个国家古老的手工业,其实并没有完全破坏。马克思将棉纱的输入,视为帝国主义资本侵略的发端,但是在中国这个有着几千年历史的国度里,洋人输入的棉纱根本没有市场,因为绝大部分中国人穿不起细洋布。在光线昏暗的房舍里,在阳光耀眼的场院上,中国百姓自己造的木制纺车直到百年后的今天依旧在吱呀旋转。随着炮舰来到中国的英国商人,兴奋地给国内供货商写信,说只要中国每人拥有一套睡袍、每户拥有一套刀叉和一架钢琴,这个市场就足以让所有的英国人过上女王般的生活。可是,古老的中国文明给了英国商人以有力的回击,原因很简单:绝大部分中国人睡觉时不讲究穿什么衣服,吃饭时也不在乎使用什么餐具把食物送进嘴里。至于钢琴,即便有人幸运地看见过这件洋东西,也认为与普通桌子的功能没什么太大的区别。中国不是一个可以被什么风暴轻易颠覆的国家,中国人也不是一个容易被其他文化影响的种族。

十九世纪,英国商人在中国最成功的商业操作只有一项,那就是鸦片的输入。中国人接受鸦片的速度,甚至出乎英国商人的预料。开始还是在舰队掩护下进行的提心吊胆的走私活动,然而没过多久,守海防的水师提督关天培自杀了,禁鸦片的钦差大臣林则徐被发配了,于是,只用了短短几十年的时间,在大清帝国从南到北的土地上,几乎找不到没有鸦片存在的城镇和乡村了。从吸食发展到种植,在朝廷无法真正实施威严的西南边陲,罂粟花在向阳的陡坡上漫山遍野地怒放,在东方的蓝天白云下呈现出一种令人迷惑的美艳。

除此之外,对于洋人在这个古老的帝国里所做的一切,包括一八九九年十二月里这个阴暗的早晨发生的怪事,中国人似乎并没有特别在意。混杂在四万万中国人中的洋人实在是太稀少了,提到他们,大部分中国人都会表现出一种鄙夷的神情:洋人?您说的是鬼子么?

一团模糊不清的印象

还是这一天,中午时分。

从云层缝隙中射出的冬日阳光,照耀在京城一座名叫贤良寺的庙宇上。这座庙宇看上去与中国其他地方的宗教建筑没有什么不同,但是,在很长一段时间内贤良寺却是大清帝国政治生活的敏感之处,因为它是一座可供外省封疆大臣进京时暂住的旅馆,还是那些家眷在外省但本人在京城做官的大员长期当做官邸的地方。

冬日的阳光下,一位上了年纪的老官员站在贤良寺的门廊内,准备迎接英国公使的到来。这位白胡子老人因为刚刚结束的中日甲午战争而声名远播——李鸿章今天的心情还可以,虽然之前因担负帝国战败的责任而被解除官职,但是就在法国医生多德福进入皇宫的时候,他又得到了重新任命的诏书,到距离京城极其遥远的南方任两广总督。与绝大多数的帝国官员一样,李鸿章也是读书人出身,在洋人第一次用火炮打破中国的孤独与宁静的一八四〇年,他通过了朝廷为知识分子设立的初级考试成为秀才。七年之后,把中国典籍背诵得滚瓜烂熟的李鸿章通过了帝国科举最高级别的考试,名列第二甲第十三名进士——凡是通过这一级考试的文人,都有机会走向官场。

英国公使窦纳乐首先祝贺李鸿章被重新任用,并且说自己是特意来为他送行的。但是,在酒宴上,窦公使突如其来地向李鸿章提出一个极其敏感的问题:听说贵国要废掉光绪皇帝?窦纳乐注视着这位大清帝国最著名的官员,试图在李鸿章的脸上看到哪怕是一丝一毫的反应。因为皇帝的更迭对于中国人来讲是一个重大事件,尤其是对于那些被认定为"一朝天子一朝臣"的官员。但是,英国公使看见的是一张没有任何异样的脸,李鸿章用一种标准的外交辞令温和地表示,公使大人,我想,这应该是中国人自己的事吧?

窦纳乐对李鸿章的反应感到困惑。其实,自从他来到这个古老的帝国时起,中国人的所思所言无不令他费解。临走的时候,窦纳乐盯着李鸿章一板一眼地说,我是大英帝国的驻华公使,如果以后有外交上的交涉,关于中国的最高元首,除了光绪皇帝,大英帝国不承认别的什么人。李鸿章的脸上还是没有任何变化,他依旧保持着彬彬有礼、似笑非笑的外交表情。中国人在可能面临巨大政治动荡的前夕,竟然能对自己国家的局势如此冷漠,尤其是对整个西方对这个帝国的严厉态度如此漠视,窦纳乐感到一种难以言表的吃惊和失落。

窦纳乐坐在轿子里行进在北京的大街上。这个英国人掀开轿帘,看见的是熙熙攘攘的街景,他联想到《北方每日新闻》上刊登的一篇美国人写的文章,题目是《缺乏公共精神的中国人》。进入十九世纪以后,在西方人撰写的关于中国和中国人的文章中,那些"平静富庶的国土"、"乐观幽默的东方民族"和"金色盘龙下温文尔雅的子民"等温暖的语句,突然消失得一干二净,中国人在西方人的视野里一下子变得陌生起来,仿佛是世界上最稀奇古怪的一群人。在中国生活了五十年的英国人麦高温在《中国人生活的明与暗》中是这样描述的:"中国人初看上去并不吸引人,他们的皮肤是黄色的,声音尖厉而不悦耳……他们的颧骨突出,扁平的鼻子就像是老祖宗在某次打斗中受伤之后传下来的。他们的嘴很厚,嘴巴宽大无比……那双窄窄的黑色杏仁眼中,细小的眼球在眼眶里转来转去,就像是在与外部的世界捉迷藏。"更为奇特的是:"一个伟大的民族居然形成这样反常的习惯,把前额的头发剃光,听任明显应该保护的部位暴露在外,而男人的脑后则一律拖着一条发辫。"——中国人在西方人眼里变成了"一团模糊不清的印象","一群最复杂最难理解的人"。

中国人没有确切的时间观念。尽管机械钟表的发明已有六百年以上的历史,但此时的中国人少有钟表。他们把一天分为十二个时辰,而"时辰"的概念十分模糊,仅指一天的十二分之一,且从一个时辰到另一个时辰之间,没有明确标示。中国人的衣服没有口袋,宽松的腰身裁剪遮盖着所有人身体的一切曲线。中国人的屋子里很冷,纸窗根本没有御寒的功能,但他们依然没有随手关门的习惯。中国人养了许多年的羊,却没有纺织羊毛的技术。中国人饲养着各种飞禽,可对飞禽羽绒的唯一利用是捆扎鸡毛掸子。中国人说话的时候,尽管表情诚实,神态自然,但是往往"他所说的与他内心的真实想法会有很大差距"。中国人喜欢拥挤和热闹,有能力把礼节变为生活中的繁文缛节,甚至变为人际间的一场颇具规模的社交灾难。奇特的是,礼节总是被按部就班地延续为中国人日常生活的必需,就像到了一定的时节定会被穿戴起来的一件件盛装。中国人的宴会奢华冗长,没有尽头的菜肴多得令人难以置信,这种过分的奢侈常常令西方人惊骇不已,而恰恰是中国人在世界上创作了这样一句极富悲剧性的警言:天下没有不散的宴席。

到了清末,中国人在西方人的描述中只剩下两个字:麻木。

"在肮脏低云下的河岸码头上,默默地走动着面无表情的中国人。"一八八一年来到这个古老帝国的一位荷兰商人写道,"他们深颜色的破烂衣服仅仅能够算做一块勉强遮羞的布,只有在与你进行交易的时候,他们的小眼睛里才出现一种机警的光亮。但是,他们的讨价还价是把手指藏在衣襟里进行的。即使最激烈的争论,在他们的脸上也完全看不出来。"④一八八六年,一位名叫利马的西班牙传教士来到中国后说:"中国人是这个世界上最善于隐藏自己感情的种族,他们那麻木的、近乎呆滞的神情很容易令人联想到什么叫无助和绝望。"⑤美国传教士史密斯说,他永远忘不掉中国人无所事事的"沉默",他认为中国人忍受精神苦难和肉体痛苦的能力是惊人的:"他们可以在一个地方一动不动地坐很长时间。"史密斯最终认为"中国人麻木不仁和缺乏公共精神"。他列举了一系列由于这种精神状态所导致的公共生活中的异常现象:中国人都对"公共的"不感兴趣,公共的一切都可能成为个人占有的对象。"铺路石不见了,城墙上的方砖不见了,某个港口外国人墓地的围墙不见了。北京皇宫曾经发生过一起著名的盗窃案件,因为紫禁城房屋上的铜顶不见了"。⑥一八六〇年,第二次鸦片战争爆发,英、法联军进攻北京时,驮炮的骡子是从山东人那里用很便宜的价钱买来的。天津的商人也与英、法联军签有协定:"只要不侵犯他们的利益,他们可以为联军提供一切帮助。"而在阻击外国联军的清军所抓获的俘虏中,绝大部分竟然是中国人,这些协助联军进攻自己国家都城的中国人,是联军花钱从南方雇来的。气愤的清军"把这些俘虏头上表示身为帝国臣民的重要标志的那根辫子剪掉了。在中国,这是对臣民政治良心的最大的惩罚"⑦。史密斯还记述了一八五一年发生在京城一家客栈里的怪事:几个洋人与几个中国人就皇帝的问题聊天。当时大清朝的道光皇帝刚刚驾崩,洋人问中国人对谁来继承皇位有什么看法,一个中国人慢慢地站起来说:"这是衙门里的人关心的事,他们拿的是这份俸禄,与我们有什么关系?"⑧

中国百姓对自己国家最高统治者的态度,算得上是一种极其罕见并且难以解释的古怪现象。如果从统一中国的第一位皇帝秦始皇算起,这个古老的帝国里曾经出现过无数位皇帝,皇帝在中国的统治已有两千年以上的历史。虽然中国人是最畏惧皇权的人,但是关于皇帝的一切,除了能引起那些与皇帝有依附关系的大臣们的关注之外,充满东方幽默精神的中国百姓大都对此怀着一种事不关己的散淡心情,顶多在茶余饭后胡乱议论几句来调剂贫困而单调的日子,且议论的内容大都与居住在皇帝后宫里的那些据说有着惊人美貌的"六宫粉黛"有关。对皇帝至尊地位的仰慕,对皇权专制统治的畏惧,对宫廷神秘生活的猜想以及对皇帝生老病死的调侃,所有这些敬与不敬都融合在中国特有的世俗文化里,经过上千年的传承与繁衍,构成了中国人肉体和精神生活的组成部分。

根源似乎是贫穷。

十九世纪末的大清帝国像一个残年老人,它已经不是有什么病症的问题,而是正在无可挽回地走向衰亡。连年的灾害使荒凉的田野土路上充满绝望的逃荒者,他们走过残阳斜照下的象征辉煌成就的高大庙宇时,目光茫然而呆滞。在支离破碎的现实里,占中国总人口九成以上的手工业者、游民和农夫的生活欲望已经萎缩到了基本生存线上,贫困使这片国土上的百姓的生命状态极其脆弱——雨水稍减,就意味着成千上万的人要饿死;雨水稍丰,就意味着成千上万个家庭会被洪水淹没。那么,高墙里的那个名叫光绪的皇帝是否健康与他们的命运有什么关系?

1901

帝国主义行径

　　随着人类进入十九世纪,世界上不可能再有哪个国家能够紧闭国门、拒绝一切对外政治与经济活动而孤独地生存和发展。一八四〇年,英国军舰对中国南方一个港口的炮击,标志着一直处于封闭状态的大清帝国终于结束了平静的生活,它开始接触外部世界,接受融入世界政治经济大体制的现实,尽管这一切都是在武力威胁下被迫接受的。

　　两次鸦片战争后,洋人与大清帝国签订了一系列条约。至今,中国人对此依旧愤愤不平,把这些条约一律称为"不平等条约"。分析当时所签订的各种条约的各项条款,其中最令中国人感到屈辱的,是洋人居然有权在中国领土上强行"租借"居住地,并且还享有凌驾于中国人之上的种种特权。而强行要求大清帝国"开放通商口岸"、"给予贸易最惠国待遇"以及"制定相关的关税制度"等等条款,在中国人看来也统统是侵略行径。

　　于是,"帝国主义"这个词在中国出现了,而且就是登门入室的强盗、抢劫财物的土匪、横行霸道的无赖的同义词。西方的一些学者认为,"帝国主义"在中国基本上不存在,它只是革命党人民族心理上的一个幻觉。尽管如此,在这个世界上,中国仍是最频繁也是最顽强地使用"帝国主义"这个词汇的为数不多的国家之一,而这些国家通常都有这样的历史特点:文明发祥绝早,民族发展史上几乎没有对外扩张的记录;基本上以农耕为主要生存方式;占人口绝大多数的平民是在几乎不占有生产资料的状态下生活的;统治者的基数很小,从平民到集权专制的统治者之间几乎没有过渡的社会阶层。

　　一五〇〇年前后,相对于中国是明成化至嘉靖年间,西方开始了海外冒险和殖民扩张。随着跨越大西洋贸易的展开,世界范围内的财富流入欧洲,这些财富培养起一个新兴的社会阶层,即暴富之后敢与占统治地位的王室、教会和贵族抗衡的市民阶层。财富的不断膨胀,为这个阶层带来了相应的政治需求,近代民主和民权的观念随之产生,欧洲各国相继爆发了以市民阶层为主力军的资产阶级革命,市场经济直接利益的获得者通过革命建立起以扩大再生产和赚取充足利润为目的、以全球扩张为需求的资本主义社会体制。原始积累的完成和殖民扩张的成功,使资金加上市场都已万事俱备,更新技术的诉求成为当务之急,欧洲的工业革命应运而生。那些从古怪的机器里喷出的蒸汽给这个世界带来的影响巨大而深远。欧洲近代政治制度和近代工业的诞生成为资产阶级的双重武装。

具有双重武装优势的西方,继续市场扩张是必须的。

十九世纪中叶,西方扩张的触角越过马六甲海峡进入远东。

中国,这个平静了几千年的古老国度,它的痛苦由此开始了。

一八三一年,在广州的英国商人写信给英国国王,提出尽快打开中国市场的要求,办法是用一支武装力量封闭中国的全部沿海贸易。而早在一六六〇年,法国就在中国设立了名为"中国公司"的贸易据点。当英、法等国的商品在中国销路不畅的时候,美国人销售的商品似乎更符合中国市场的需求,其中大部分商品至今还是中国人喜欢的东西:可以提高情绪的北美西洋参,显示风度和富贵的珍贵的动物毛皮,还有中国人日常生活中绝对离不开的廉价棉花。巨大的经济利润和世界政治的需要使美国政府声言:"中国是一个不可限量的销售市场。"[9]

中国长期自给自足的经济"对大工业产品进行了最顽固的抵抗"。史料记载,早期中国的对外贸易一直处于顺差状态。第一次鸦片战争爆发前,英国平均每年从广州运出茶叶近二十六万担、生丝八千担,而英国人却苦于没有对路的商品与中国人进行交换。英国商人说他们的毛织品是"一种非常难卖的商品",印花洋布"往往要亏本百分之六十才能出手",可见"销售英国商品的时代还没有到来"[10]。其实,这一切的根源,是中国的社会结构不适合资本主义的扩张需求。而对于资本主义国家来讲,打不开世界市场无异于等待死亡。能够使一个封闭国家的社会结构发生动摇的办法并非战争,只能是这个国家市场的开放。于是,西方各国都在如何打开中国这个巨大的市场上颇费心思:既然一般的商品打不开中国市场,中国人没有外国商品照样能够生存下去,那么就必须出现一种特殊的商品,这是打开中国这座坚固堡垒的最后的武器——洋人选择了鸦片。

把毒品当做商品向中国大量倾销的国家,包括俄国和美国,其中倾销数量最大的是英国。从最初的每年一千箱,迅速增加到四万箱,每箱一百至一百二十斤的鸦片,价格在四百至八百银元之间。由此,到了一八三八年,在中国与英国的贸易往来中,中国逆差达到二百五十万英镑。在英国向中国出口的总值为五百六十三万英镑的商品中,卖鸦片所得居然占到百分之六十。当中国人已经不能没有鸦片的时候,来自朝廷的任何干涉都是徒劳的,包括虎门的销烟池和帝国的海岸大炮。已经发了横财的英国人有钱用最先进的武器装备自己的军队,然后以武力维护他们在已经打开的中国市场上的地位和特权。一八四〇年,英国人发动对华战争的理由是:"为商务监督及女王陛下的臣民所忍受的暴行与虐待要求赔偿,为英国商人们在恐吓与暴力之下所受到的损失要求赔偿,为英国商人们的人身和财产安全获得保证,使今后免受暴虐与残忍的待遇,并能够在正常的情况之下经商。"⑪英国的坚船利炮令大清帝国屈服了,英国人的要求被一一满足了,由此导致的是美、法、德、意、俄、日等国蜂拥而至。

这就是理论上的帝国主义行径。

西方船队的桅杆林立在中国海岸,可中国是很早就掌握了制造和驾驭舟楫技术的国度,它本应该是世界上最早具备扩张能力的国家。那么,中国为什么没有向外部世界更广阔地开拓自己的生存空间呢?

根据世界民族分为"海洋型"和"大陆型"两种类型的特征,中外学者大都把中国列入"大陆型"民族。以游牧和农耕为主要经济特征的中华民族,无论在地理因素上还是在文化心理上,广阔的内陆始终吸引着她的注意力。"黄沙百战穿金甲,不破楼兰终不还",汉、唐、元、明、清历经千年均是如此。中华民族历朝历代的统治者始终认为,帝国的发展方向以及对帝国的威胁不是来自海洋而是来自大陆。于是,中华民族精湛的航海技术,自古以来只用于有限的近海捕捞和贸易,中国人设备优良的大船在海上航行的范围始终没有出过"稗海"。

"稗海",战国时阴阳家对内海和近海的称谓,而广阔的大洋则被称为"大瀛海"。

中国的海运贸易,仅限于把南方的物产利用沿海海路运往中原。即使海上丝绸之路开辟之后,"珠香象犀玳瑁奇物溢于中国",也主要是为上层阶级服务的,并没有与这个国家民众的生活和利益发生广泛联系。中国历史上规模最大的船队驶向世界,当属郑和下西洋,其船队的庞大以及航海的技术都是当时世界上其他民族不能比拟的。但是,这支由明代皇宫里的太监为首领的远航船队,却没有配备任何武器装备,而是满载着中华物产。它的航行既没有海外征服的任务,也不打算推销任何中国商品,仅仅是一次为显示中国皇帝的威仪而进行的彩船大游行,以便让四方"蛮夷"近一步领略朝廷的富庶与慷慨——"振纲常以布中外,敷文德以及四方。"郑和七次下西洋,惊涛骇浪,九死一生,病伤无数,花费大量,其结果是给皇帝带回一些中国人视为无名宝物的"旅游品",这些异邦贡物的唯一效果是让中国皇帝看了之后更觉自己的国度是"天下"的中心。于是,连当时的大臣都对这种远航的实际意义产生了质疑:"三宝太监下西洋,费钱粮数千万,军民死且万计。纵得奇宝回,于国家何益?"因此,当哥伦布奉西班牙女王伊萨贝拉的指令去寻找可以占领的新国土,并且发现中美洲的巴哈马群岛的时候,当达·伽马奉葡萄牙国王努艾尔的指令从里斯本出发探求通往印度的航路的时候,中国的皇帝却宣布上一任皇帝的下西洋是一大弊政,必须从此结束这类行为,销毁郑和远航的一切记载以消除恶劣影响。从那时一直到晚清,中国连远航的壮举都没有了,这个有着悠久历史的国度,终于失去了跻身世界地理大发现并随之成为世界强国的机会。

明、清两朝,帝国政府使用一切手段阻止外国人来华进行贸易活动,同时也严厉禁止中国人进行任何对外商业活动。帝国统治者视海洋为国家与民间一切行为不可逾越的最后边界,相当坚决地开始实行海禁。明洪武年间,朝廷禁止民间建造三桅以上的大船,以阻止中国人出海进行贸易——"违者照谋叛罪处斩。"进而又下令民间海船"悉改为平头船",使其根本无法出海远航。明永乐年间,朝廷干脆宣布"片帆寸板不许下海"。清康熙年间曾经一度开放海禁,但很快就在官员们的反对下被"纠正"了。雍正以后,中国正式实行国门关闭政策,禁止民间一切对外贸易,"故有以四五千金所造之洋艘,系维朽蠹于断港荒岸之间,沿海居民,萧岑索寂,穷困不聊之状,皆因洋禁"。乾隆时,帝国政府将外国商人的一切对华贸易限制在广州的一个口岸,进口商品也极其严格地规定在有限的范围内,大米和豆类、小麦和杂粮、铁器和废铁、生丝和绸缎,甚至马匹、书籍等都在禁止之列。到了嘉庆、道光年间,帝国政府的所有规定都传达出这样一个信息:什么时候,没有一个外国商人来中国做生意了,那就是最理想的社会生活样式了。中国根本不需要与外国进行商品贸易,没有外国人的骚扰中国人会过得更好;至于把中国的东西卖给外国,并不是因为中国需要贸易交流,而是外国人的日子要靠这些东西维持,不给他们实在于心不忍。乾隆皇帝就曾对前来请求与中国通商的英国特使说:"天朝无所不有,原不藉外洋货物以通其无。特因天朝产茶叶、瓷器,是西洋各国必需之物,是以加恩体恤。"[12]

从根本上讲,即使中国积极地开展对外贸易,也不可能如同欧洲国家成为世界上扩张市场经济的主角。中国的社会结构中从来没有存在过、或者说从来没有以一个阶层的规模存在过能够导致近代政治革命发生的市民阶层。而在流通领域里,中国原始的农业经济不存在市场需求,更没有扩张市场的强大动力和足够资金。因此,工业革命无法出现在中国的社会发展进程中。这一切,都注定了这个古老的东方帝国最终只能成为被世界强国争夺的市场。而作为一个主权国家,如果它不能迅速适应世界发展的潮流,彻底地改变陈旧的政治和经济体制,利用文化、资源和物产的优势敞开国门迎进来并走出去,那么,它唯一可做的就只剩下抵抗了——如果它还有足够的勇气和力量进行抵抗的话。

侮辱那个低劣的支那种族

大清帝国的选择是抵抗。

帝国的抵抗是一部伤感的童话。

近代中国人对于洋人的蔑视,最甚莫过于对日本人。确切地说,那时中国人就没把日本人当洋人看待过。这不仅是因为日本人除了说话之外,他们的相貌和体征与中国人差不多;更重要的是,中国人历来把那个小岛视为一块没有开化的蛮荒之地,只不过秦时从中国去了几对男女才让岛上有了人烟。自唐开始,中国的国土上就能看见从那个小岛上来的人,除了学经的和尚,就是手拿竹棍的"浪人"以及鬼鬼祟祟的小偷。明时,中国人干脆称日本人为"倭":"倭在东南大海中,依山岛为国。"十四世纪,日本人开始在中国沿海以抢掠劫盗为生,中国人对其始称"倭寇",意为"矮小的强盗"。长期以来,中国人很厌恶这些只会趁着月黑风高在海边抢了就跑的近邻,认为这些似乎与中国有点"血缘关系"的人实在丢尽了帝国的脸面。

但是,近代以来,恰恰是这些"倭寇"让中国人知道了什么是耻辱。

十九世纪后半叶,大清帝国除了有清一色的洋枪洋炮装备起来的皇家精锐部队,还有在与太平军作战中组建锻炼出来的湘军、淮军、甘军、毅军等陆军部队。此外,因为开明的官员发起的洋务运动,帝国又用大笔银两建起了世界上首屈一指的海军,其舰只数量、吨位和火炮口径位居世界第六。由排水量七千吨、钢铁船甲十四英寸厚、装备有十二英寸巨炮的两艘主力舰和各式巡洋舰、鱼雷艇等数十艘舰船组成的庞大舰队,堂堂之阵,猎猎之旗,曾经威风凛凛地"访问"过高丽、日本和新加坡的海面。消息传出,让远方的欧洲人都听着心慌。只是,大清帝国海军的举动与明代的郑和下西洋差不多,仅仅是体恤的"访问"。而当时日本陆军总兵力不过十万余人,海军实力位居世界第十六位。所以,当日本人表示要与中国进行一场战争的时候,少数主张议和的官员立即遭到嘲笑,朝廷上下主战派的意见占了绝对上风,坚决要以帝国的神威教训一下日本人!

当朝鲜国王为镇压国内的一个反政府武装,请求大清帝国出兵援助的时候,帝国的皇帝感到这是一种上国体面,当然责无旁贷。中国向领土之外派出军队,在它的历史上极其少见,且即使向领土之外派出军队,其目的与洋人派军队来中国也截然不同:后者是在军队的护卫下,进行商业上的强买强卖和文化上的强行灌输;最好是发现一块"新大陆"并且插上自己的国旗,然后宣布对该土地以本国国王的名义实施管辖。而中国人认为,这样的念头不符合泱泱帝国的风范,连想一想都是羞耻的,派出军队是出于中国皇帝对"天下"一向的恩赐和怜悯。于是,一八九四年六月四日,大清帝国政府命令北洋海军提督丁汝昌率"致远"舰和"扬威"舰赴朝鲜仁川,直隶提督叶志超和太原镇总兵聂士成率一千五百名淮军分乘招商局轮船前去朝鲜。随即,遵照中日《天津条约》的有关条款,中国驻日本公使汪凤藻将此事通知了日本。

没有人知道,此时的大清帝国已经落入了日本人——那些即使是强盗也是矮小的强盗——的圈套。

日本立刻成立了由参谋总长、陆军大臣、海军军令长等高级军事官员组成的战时大本营。日本外相陆奥宗光向回国述职的日本驻朝鲜公使大鸟圭介下达了向中国挑起事端的任务。大鸟圭介当天就带领四百名海军陆战队队员乘"八重山"号巡洋舰返回朝鲜。这是六月六日,从时间上看,中国军队此时还没有出动,日本军队已经浩浩荡荡地向朝鲜出发了。

日本人早就预谋与中国打一场仗了。战争的目的简单而明确:英国人跟中国人打了,法国人也跟中国人打了,该轮到日本用战争证明它有资格加入帝国主义们的行列了。中国应该给予日本人真正的洋人待遇,在已经处于将被瓜分的国土上给予属于日本的份额。朝鲜问题对于日本来讲,仅仅是一个突如其来的机会而已。

七月十二日,日本外相训令大鸟圭介:"促成中日冲突,实为当前急务。为实行此事,可以采取任何手段。"⑬十四日,日本正式向大清帝国总理各国事务衙门提交照会,直接威胁说,鉴于清国政府拒绝和日本一起改革朝鲜内政,今后如因此有不测之变,日本政府"不任其责"。

这等于明确告诉中国,战争马上就要开始了。

面对日本人的战争威胁,大清帝国显示出一种前所未有的无畏气概。以光绪皇帝为首的主战派热血沸腾,督促军方筹备战守的诏书一道接一道下达。原因很简单:日本不是大英国、大法兰西,如果日本人真的敢与地大物博的中国打仗,那正好给了中国一个出出这些年受洋人窝囊气的机会。

战争迫在眉睫,一直注视着形势发展的帝国主义们出面了。

帝国主义们的心情是矛盾的:他们希望战争,尤其希望中国的对外战争爆发,因为不但可以削弱这个国家的国力,还可以检验这个国家目前的抵抗能力——这一点至关重要,因为自中国务实的官员致力于洋务运动后,这个国家的防务实力让帝国主义们有点儿不摸底了。只是,帝国主义们并不希望日本人真的打胜,至少是不希望日本人获得圆满的胜利,因为那样一来,中国给予日本的好处肯定会影响自己的在华利益——中国的版图和市场再大也是有限的。

英国驻华公使欧格纳赶到天津,会见直隶总督兼北洋大臣李鸿章。在了解了局势的真实情况后,他答应由英国出面劝说日本停止向朝鲜增兵。但临走的时候,欧格纳又补充了一句:就怕日本人不听。接着,俄国公使格希尼也来到天津,在探听到大清帝国的决心之后,他表示:"俄朝近邻,亦断不容日本妄行干涉。"⑭如果日本人不听劝说,俄国准备"压服"日本。至于怎么个"压服"法,俄国还需考虑考虑。

但是,没过几天,大清帝国驻英国公使的情报传来了:英国的工厂正在为日本人制造"大铁舰"。接着,俄国公使也派来参赞,阐述了俄国方面考虑的结果:鉴于俄国与日本的友谊,只能劝说日本撤军而不便武力逼迫。

二十一日,被帝国主义们的"调停"耽误了调兵时间的中国,迫于军事形势和驻朝军队的安全,开始向朝鲜增兵以防不测。

出于对日本有可能袭击运兵船的担心,大清帝国政府特地租用了英国商船。中国人认为,日本人胆子再大,也不敢在公海上向英国船队开炮。

二十三日,大清帝国的运兵船航行在去朝鲜的途中。

光绪皇帝的寿辰到了,京城里处处张灯结彩,紫禁城内在盛大的宴会之后,宁寿宫里搭起的大戏台上青罗戏袍一直飘舞到深夜。

二十五日,中国军舰"济远"号和"广乙"号护送运兵船行驶至丰岛海面。

早上七时四十五分,突然的巨响打破了丰岛海面的沉静,一颗炮弹在"济远"舰右舷不远的地方爆炸。不知道发生了什么事的中国水兵没有跑向炮位,而是跑到甲板上四处张望。浓雾中,迎面驶来一支规模骇人的联合舰队,旗舰上被雾水浸湿的旗帜已能看得清清楚楚,中国水兵惊叫起来:日本人!

这就是中国近代史上的重要事件甲午战争开始的瞬间。

那场发生于丰岛海面的海战,算不上是大清海军与日本海军的一场战争,充其量只是日本人的一次诡秘的偷袭,其手段与十四世纪他们的"倭寇"在海上抢劫没什么两样:突然开始,短促攻击,戛然而止。丰岛海战最后的结果是:"广乙"舰被击沉,"济远"舰勉强应战后因受重创逃离战场。失去了掩护的"高升"号运兵船被日舰团团围住,日本人对这艘没有任何还击能力的商轮上的上千名士兵的悲切呼号置之不理,直到把"高升"号击沉。另一艘运输船"操江"号向日舰投降,日本人没有将其击沉的唯一原因是这艘船运载的不是中国士兵而是军械物资:二十门大炮,三千支步枪和大量弹药,还有二十万两饷银——这些银两是那些驻扎在朝鲜的清军官兵的"工资"。这些银子和物资连同"操江"号上的八十三名中国船员,当天就被劫持到了日本的佐世保港。

丰岛海战发生七天之后,一八九四年八月一日,中日双方皇室同时下诏宣战。

战争真的爆发了。

英、法、俄、美、德等帝国主义们经过充满惊喜和忧虑的紧急磋商后,立即宣布全体"中立"。他们曾经向大清帝国大肆推销军舰和大炮,现在战争打起来了,中国真正需要使用这些武器了,但是根据国际法的中立原则,他们即刻停止了对中国的一切武器弹药供应。

至于日本人在丰岛海面袭击英国轮船之事,经过英日双方友好协商,日本方面不但答应赔偿英国人的全部损失,而且表示将确保英国在华利益的安全。于是,英国人很快就对此事闭口不谈了。

不久以前刚刚知道"天下"是什么样的大清朝廷,当然无法预料到帝国主义们的狡猾。为了激发大清帝国的战斗热情,英、法、俄、德、意、美各国到处散布对日本不满的言论,从而给帝国政府造成一种只要开战日本就会陷于孤立的态势。大清帝国的激情果然被调动起来了。激情迸发还有一个原因,那就是一份极具中国特色的"捷报"在中日宣战后的第二天传到了光绪皇帝面前:"叶军大捷于牙山,斩首二千余名,乘胜进札,开距汉城仅七十余里。已催北路各军克日前进,并饬海军舰齐往迎击,南北合势,水陆并立,以冀及早驱除。"⑮实际上,位于朝鲜前线的叶志超、聂士成所属部队,在日军向朝鲜增兵以来的一个月间,从来没有"乘胜进札"过,而是已经向北撤退到了平壤附近。关于这一点,朝廷里的官员们一清二楚。可是,令人难以置信的是,他们在皇帝收到"捷报"的那一刻居然表现出一片欢欣鼓舞。结果,真的致使全中国莫名其妙地弥漫出一种胜券在握的乐观情绪。

在那段时光里,中国人令人惊骇地把一出悲剧演成了一场闹剧。

帝国政府开始向朝鲜增兵:大同镇总兵卫汝贵率盛军十三营发于天津,盛京副都统丰伸阿率盛京军发于奉天,山西提督马玉昆率毅军发于旅顺,高州镇总兵左宝贵率奉军发于奉天,四路大军总计一万五千多人马。但是,当帝国的援军到达前线之后,却发现当面日军的兵力更多,且尾随在一路撤退的中国军队的后面已直逼平壤城下。

中日军队的首次战斗是平壤城的攻防之战。

九月十二日凌晨,攻击开始后不久,日军就感到清军并不像他们军官所说的那样一触即溃,中国官兵的防守顽强得出奇。在平壤的玄武门下,日军看见中国军队的阵地上,一个服饰华丽的军官正毫无惧色地把自己暴露在炮火下指挥战斗,他身边的士兵高声呐喊,起伏的身影随着这个军官华丽服装上飘动的彩带在烟火中时隐时现。此情此景,如同一幅描绘远古战争的图画,让同样具备东方文化心理的日本人产生了一种不祥之感。左宝贵,帝国军队中的一名悍将,迎敌时不穿盔甲,而是穿上全套的锦绣朝服,那是皇帝恩赐的用中国江南上等丝绸制作的黄马褂。部下说这样太显眼,劝他脱下来,免得引来炮火。左宝贵答:"吾穿此服,是让士卒知我率先战斗,能出死力,敌人注目,吾何惧乎?"⑯话音未落,身边的炮手中弹死亡。左宝贵亲自操炮,连续发射三十六枚榴弹。整整一天,日军死伤七百多人,远远超出中国军队的死伤人数。黄昏的时候,日军口粮和弹药都已告罄,天又突降大雨,处境艰难的日军正处于是否退兵的犹豫中,这时候,令他们不敢相信的情景发生了:在中国军队顽强防守的城墙上,竖起了一面表示投降的白旗!没过一会儿,清军前线将领叶志超派来乞求"缓兵"的军使到达日军指挥部。叶志超是一个贪生怕死的人,从一开始就主张不战而退。日军没有接受中国军队投降的准备,正不知道如何是好,一个消息又传来了:中国军队已经弃城而去。史料记载:叶志超部"冒围北归",左宝贵反对撤逃,不得不"以兵守志超,防其遁去"。"日军猛扑宝贵军,酣战久,卒不敌。宝贵矢必死,登城指麾,连中炮堕地犹能言,及城下,始殒。部将死数人"。⑰而叶志超带领部队没跑多远就遭遇日军伏击,滂沱大雨中,被日军杀死的清军官兵达两千多人。

就在前线的帝国军队疯狂逃跑的时候,对前线惨败的消息一无所知的帝国政府还在向朝鲜增兵。十五日夜,由丁汝昌亲自率领的十八艘舰只,护送金州提督刘盛休率领的铭军八个营共四千多名官兵,分乘招商局的五艘轮船从大连港起锚,前去支援平壤的战斗。十六日,船队安全抵达安东附近的大东沟,中国步兵连夜登陆,北洋舰队返航。十七日,返航舰队在鸭绿江口外的黄海海面与日本海军舰队遭遇。

那是中午时分,阳光照射在海面上,海水泛着耀眼的波光。

面对迎面而来的日本舰队,十二时五十分,北洋舰队旗舰"定远"号主炮首先开炮,炮弹呼啸着从日军"吉野"舰上方飞过。几分钟之后,北洋舰队"镇远"号的炮弹击中了日军"先锋"舰。日本舰队用四艘快速舰死死缠住北洋舰队中火力最弱的"超勇"号和"扬威"号穷追猛打,"超勇"号和"扬威"号接连中弹起火。随后,旗舰"定远"号也中弹,指挥战斗的丁汝昌被巨大的爆炸震落于指挥台下。这位大清帝国的海军将领拒绝进舱避弹,干脆坐在甲板上指挥战斗,然而旗舰上的信号系统已被打坏,丁汝昌的指挥口令无法发出。这时的战场局势对日本舰队极其不利,因为北洋舰队已将日本舰队的队形拦腰截断。日军的"比睿"号被击成重伤带着大火逃离战场;"赤城"号在北洋舰队猛烈而准确的炮火轰击下,包括舰长阪元在内的舰上所有军官几乎全部死亡。十四时,北洋舰队开始追击逃跑的"比睿"号,追击中"来远"号被"比睿"号上发射的炮弹击中燃起大火,追击中的其他军舰为此减速。突然,混战中的北洋舰队指挥官发现,日本舰队已经绕到了中国舰队的背后,北洋舰队开始两面受敌。但是,与大清帝国的陆军不同,北洋舰队的水兵没有怯战。"超勇"号直到沉没的最后时刻火炮一直没有停止发射,致使日军舰队的"西京丸"号被击中。炮弹已经打光的"致远"号与日舰"吉野"号迎头相遇。"致远"号管带邓世昌,五短身材,头发稀疏,人称"邓小辫子",打仗时爱犬跟随身边。他知道"吉野"号是日舰主力,装备精良,于是下达了撞沉"吉野"号的命令。这是中国近代史上极其壮烈的场面:"致远"舰大副陈金揆亲自操作鼓轮猛冲,那些还活着的衣衫褴褛的水兵全部站在前甲板上等待着与日舰同归于尽的时刻。但是,那个时刻没有到来。没等与"吉野"号相撞,"致远"号就中了水雷,全舰除了七名水兵获救外,其余全部殉国。邓世昌的尸体漂浮于海面,他的爱犬跳海衔住他的辫子不放,直到尸体被打捞上来。远在直隶总督府的李鸿章闻讯慨叹道:"不图近世尚有此人。"在"致远"号被水雷击中的同时,一发炮弹落在了北洋舰队"经远"号的指挥舱内,管带林远升头颅被炸碎,舰上除十六名水兵获救外,其余的人全部随舰沉入海底。更为严重的是,在这个决定北洋海军生死的关键时刻,"济远"号、"广甲"号两舰军心动摇,开始掉头逃离战场。海战进行到十五时三十五分的时候,中国坚持战斗的军舰为四艘,而日舰有九艘,吨位对比为一万九千八百七十比三万三千八百三十四,日舰实力已超出北洋舰队一倍以上。日军以四艘军舰开始围攻"来远"号和"靖远"号,以五艘军舰包围着"定远"号和"镇远"号。北洋海军的"定远"号和"镇远"号,都是当时世界上少有的大型铁甲舰,日本舰队决心将这两艘军舰击沉,以实现"聚歼清国海军于黄海"的预定作战目标。但是,从"定远"舰上射来的重磅炮弹击中了日军旗舰"松岛"号的弹药舱,黄海海面上顿时响起了令中日水兵都感到震惊和恐怖的大爆炸,"松岛"号上的日本水兵当即就有一百一十三人被炸上天空,所有的炮手全部死亡。日本舰队旗舰所遭遇的重创挫伤了日本人的士气,指挥官下达了退出战斗归航的命令。

中日黄海海战最后的战果统计是:中国"致远"、"经远"和"超勇"号三舰被击沉,"扬威"号退出战场时搁浅自行焚毁,逃跑的"广甲"号慌乱中"触礁不得出","来远"、"靖远"、"镇远"、"定远"号四舰受伤,其中主力舰"定远"和"镇远"两舰受伤"达数百上千处"。北洋海军军官邓世昌、林履中、林远升殉国,水兵伤亡千余人。日本方面,军舰无一沉没,"松岛"、"比睿"、"赤城"、"西京丸"、"吉野"舰受伤,官兵伤亡六百余人。

至今,几乎所有的史论都说,北洋海军黄海之战是一场惨败。

如果指战术指标而言不无道理。但是从战略上看,北洋舰队完成了为陆军护航的任务,且海战掩护了陆军的顺利登陆和安全集结,海战还给予日本舰队以一定的创伤,并使日本海军企图一举歼灭北洋舰队的目标落空。

就在帝国海军血战的时候,帝国陆军的逃跑状态已不可收拾。

尽管叶志超带领残部逃到了距平壤九十公里的安州,并且与驻守那里的聂士成的部队会合,但是叶志超下达的命令依旧是逃跑,帝国的陆军一口气逃过了中朝边界。面对日军的紧追,李鸿章严令叶志超不准再退:"一溃再溃,大局不保,负咎更重。"[18]同时,帝国政府开始向中朝边境紧急增兵——朝鲜国王的事可以不管了,至少要把自己的国土保住。不久,集中在中朝边境上的陆军达到七十个营,总兵力四万多人,由人称有勇有谋的"白发将军"宋庆统一指挥。

但是,日本人对大清帝国在战争状态下重兵把守的边境线的突破,轻易得令人匪夷所思。十月二十六日,日军一支由三十人组成的先遣小分队,从中国安平河口对面的朝鲜水口镇开始涉水渡江。日本人只放了一排枪,当面清军依克唐阿部的官兵就仓皇逃逸了。日军在没有任何干扰的情况下,从容地在鸭绿江上架起三座浮桥,接着,大部队在炮火掩护下大举渡过鸭绿江开进中国领土。刘盛休的铭军没做任何抵抗放弃阵地狂逃,中国边境重镇安东和九连城瞬间被日军占领。大清帝国的边境如此轻易地被敌人突破,总指挥宋庆的理由是:聚集在这里的帝国陆军系统不同,难以实施统一指挥:"诸将平时各驻一地,互不隶属,骄横已惯",虽然他以七十五岁高龄临危受命,并抱有"此行若不能奏功,一死殉国而已"之志,但是"虽负节制诸军命,各军实际不受部勒"。[19]

向沈阳方向攻击前进的日军,在受到聂士成部和摩天岭险要地形的阻滞后,立即改向大连方向实施攻击。十一月五日,日军开始攻击金州。金州是大连的后方要塞,防守金州的清军将领徐邦道向驻守大连的守将赵怀益请求援助,谁知距敌还有百里之遥的赵怀益拒绝向金州派兵,而他本人正在码头指挥士兵往船上装载自己的家产和饷银准备弃阵而逃。第二天,当徐邦道部阻击不成被迫放弃阵地的时候,赵怀益连同他的部队一起已经逃得没了踪影,大连成了一座没任何军队防守的空城。恼怒的李鸿章立即命令刘盛休部和晋军提督程之伟部火速赶往大连,而刘盛休的回答是,他的部队在鸭绿江边丢失了全部的枪支弹药,现在无法上阵。李鸿章急电营口转运局:"设法运送毛瑟枪弹,至少需子弹百万颗,即重价雇船亦可,勿迟误。"而晋军程之伟部传来的消息是:为防"腹背受敌",部队已撤至普兰店。李鸿章大怒:"两军会合,兵力不单,何以又闻退扎……如屡退缩,国法难逃!"[20]

二十一日，日军对中国北方重要港口旅顺发起总攻。

防守旅顺黄金山炮台的清军统领黄仕林同样弃阵而逃。

当天夜晚，旅顺陷落。

紧接着海城失守。

大清帝国尽失辽东之后，日军一鼓作气对北洋海军开始了最后的攻击。被海水包围的日本人认定，中国海军主力北洋水师是他们最大的威胁。一八九五年二月七日，经过数天的激战后，日军二十多艘战舰对驻扎在威海卫的北洋海军发起总攻。由于威海卫南岸炮台已被日军占领，北洋海军舰队不得不进行腹背受敌的作战。两天后，一直消极避战的北洋海军鱼雷舰队动摇逃跑，解除了鱼雷威胁的日军趁势猛轰刘公岛，威海卫大势已去。

四面楚歌的丁汝昌接到李鸿章的命令，让他率领舰队设法突围。

正在这个时候，两个洋人突然出现在战争中。

这两个洋人是李鸿章请来的外国顾问，任务是为北洋海军训练人才。在现代技术方面，国人对洋人的看法走的是另一个极端，认为大凡是洋人必定都身怀绝技。这两个美国人，一个叫浩威，一个叫严威德，他们是这样向帝国的官员描述他们所掌握的"现代技巧"的：我们能够设计一种炮台，再精强的水师都不能攻入；我们能够设计一种战船，运兵登陆时敌人看不见，轰击敌舰时无论停泊还是行驶都能将其击沉，而且经过敌人的炮台时敌人还看不见，即使经过水雷区也没有任何危险；我们能让鱼雷靠近敌舰时敌人无法察觉；我们能够轻易地把普通商船改造成标准的战舰；我们能够在四十八小时内把海面布置成天罗地网而不用水雷；我们能让机器喷出的烟雾缭绕于大海之上使敌人一闻即因气闷而退却。就是这样两个洋人，他们的任命书竟然是由大清帝国的皇帝亲自颁发的："令丁汝昌与二人画押，先付聘金美金一万元。"战斗一开始，两个洋顾问果然忙了起来，忙着借用丁汝昌的名义起草投降书，投降书中明确表示，他们准备把中国的北洋海军正式移交给日本方面。史料记载，洋人告知丁汝昌："兵心已变，势不可为，不如沉船毁炮台，徒手降敌。"[21]北洋舰队诸将领不从。丁汝昌遂命令舰队突围。但是，威海卫外已布满日军的战舰和鱼雷艇，北洋舰队突围已不可能。最后时刻，悲愤已极的丁汝昌下令将"定远"、"靖远"两舰炸沉，以免它们落入日本人之手,另外派人把北洋海军的档案送往烟台。

然后,大清帝国北洋海军提督丁汝昌自杀。

丁汝昌的副手北洋海军记名提督刘步蟾自杀。

刘公岛北洋海军护军统领张文宣自杀。

"镇远"舰代理管带杨用霖拒绝出面接洽投降,自杀。

洋顾问借用丁汝昌名义起草的投降书,被主张投降的海军官员送至日军手中。

果然,按照洋人的建议,北洋舰队所剩十艘舰船被"移交"给了日军。

一八九五年二月十七日下午十六时,雨雪交加,日本联合舰队开进中国威海卫口内。

大清帝国北洋海军全军覆灭。

中日甲午战争以中国军队的彻底失败结束。

北洋舰队的主力舰被拖到日本本土,停在一个海港的民用码头上,被当做日本渔船停泊时人员和货物登岸用的"趸船"。日本人对此举所作的说明是:永久地侮辱厚颜无耻的大清帝国和那个低劣的支那种族。

银两与舰炮

浩浩大清帝国败在小如弹丸的日本国手里,这个事实一时间让中国人有点不知所措。

关于中国战败的原因,百年以来众说纷纭。

有人说,大清帝国重视的是海岸上的大炮而不是海洋里的舰船。这是一个战争观念问题。虽然开明的官员从事过使帝国军队近代化的洋务运动,但是毕竟近千年来整个帝国奉行的是闭关锁国的国策,因此朝廷上下在国防上的思路始终是以防御为主。帝国政府花大量白银买来大炮,沿着中国的海岸线修建了无数炮台,所有的炮口直指海洋,时刻准备死守国门。但是,自鸦片战争以来,这些炮台和大炮没有一次把帝国主义们的进攻挡在国门之外。帝国的海军装备一度位居世界海军前列,但是由于向来重炮轻船,政府高价从洋人那里买来的军舰的最大用途是泊靠在海岸边,舰上的舰炮被当做岸炮使用。就连主张"炮船政策"的林则徐也不能例外。鸦片战争期间,林则徐从美国商人那里买来一艘上千吨的军舰"剑桥"号,此舰装备大炮多达三十四门,但是,这艘火力猛烈的军舰却从来没有出过海,它被林则徐横停在珠江口内当做阻挡外国军舰进入中国水道的障碍物。结果,仗一打起来,"剑桥"号没开几炮,就被爬上军舰的英国水兵连船带炮开走了。

还有人说,大清帝国的陆军常常处于有队无枪的状态。这是一个武器装备问题。战争的直接指挥者李鸿章就曾强调:帝国军队的枪械不但数量不足而且性能落后。海军舰船的速度和舰炮的射速都比日本落后,陆军的枪炮在日军轻便且射程远的枪炮面前显得十分笨重过时。即便如此,帝国陆军有队无枪的现象极其普遍。在鸭绿江边,宋庆打电报给李鸿章要枪要炮,李鸿章的回电是:"军械局旧存之炮已发尽,前发龙殿扬之过山炮,系宁局仿造者,虽不能及远,却不甚笨,若缴回另换,竟无可换,或可暂留操用。明知毙倭非快炮不得力,限于饷绌未敢多订。尊处拟添炮队,难以应命,奈何?"[22]——最高指挥官都无可奈何,前线赖以枪炮作战的官兵又能如何?

最后,有人指责大清帝国军队的指挥官贪生怕死,甚至指责他们在战败时刻的取义成仁。这是关于帝国军队指挥系统的问题。在中日海战已经爆发的时候,日本举国倾尽海军力量参加战斗,而大清帝国的海军并没有全力参战。日本海军的战争对手仅仅是帝国诸多舰队中的一支,帝国的其他几支舰队都寻找出多种借口拒绝执行朝廷让他们出动的命令,声称要"保持中立"——在自己的国家正与另外一个国家处于战争状态的时候,这个国家的一部分军人居然和帝国主义们的口吻一样宣布自己是"中立"的局外人,这实在是大清帝国发生的最为奇特的现象。于是,那些孤立无援地与敌人交战的军官,其勇敢精神往往表现为最后时刻的自杀。数千年来,中国人一直把军人在战场危急时刻的自杀行为,视为一种高尚的人格;尤其是与一个或数个敌人同归于尽的自杀行为,更是中国人历史记忆中的壮举;而如果这个军人是军官,即便不是与一个或数个敌人同归于尽,只要他穿上皇帝赏赐的官服整洁地在战场指挥室里服毒或者悬梁,其名就可入民族英烈谱了。

但是,上述种种也许都不是大清帝国战败的根本原因。

上溯日本国的历史,仅仅在中日爆发战争的二十六年前,这个岛国的政治体制和社会状况还是大清帝国的一个缩小版。公元六四五年,日本通过大化革新,确立了天皇制的国家体制形态,完成了社会统一。它模仿中国中央集权的专制制度,尽管是一个小小的农业国,依然像中国一样对外闭关锁国。这个国家的君主和百姓最担心的是外国势力的入侵,因为他们知道一旦外国势力看中了这个海洋中的山地小岛,日本没有任何力量阻挡灾难的降临。然而,一八六八年,这个岛国发生了一次彻底改变国家命运的事件:明治维新。一个国家政体上的变革,无论是西方式的资产阶级革命,还是东方式的政治维新,对于整个国家来讲都是一件十分痛苦的事情,往往需要伴随着流血或战乱的多次反复才能完成。而特殊的例外是,日本这个在文化上与中国一样有着上千年封建历史的国家,它开始于中国同治年间的政治体制变革居然一次就成功了。其君主立宪制带来的现代社会生产关系,使它得以在短短的二十多年间,发展成为一个具备了资本主义社会一切政治和经济特征的崭新的国家。也就是说,中日战争爆发之前,日本已经不是中国人一直以为的贫穷的农业小国了,它已经成为一个近代化的工业国家。

在大清帝国的咸丰、同治两朝,发生在中国国土上的种种事变,从太平天国内乱到外国势力入侵,使隔岸观火的日本人明白了一个道理:避免外国势力入侵的最好办法,并不是提心吊胆地关着国门,而是要不遗余力地发展自己。与中国历代皇帝实行海禁的对外政策相反,日本明治天皇在他即位的那天即宣布了国策:"开拓万里波涛,布国威于四方。"对于日本而言,这一扩张思路多少年后仍然没有改变:控制朝鲜半岛,以冲出小岛踏上亚洲大陆,进而控制蒙满,最后征服整个中国。

而大清帝国散发出腐朽味道的体制,已经令这个泱泱大国千疮百孔。从版图和历史积累的角度上看,它可能在国力上并不比日本差多少,许多方面甚至远远在日本之上,但是,帝国政体的腐朽是任何力量都挽救不了的,它就犹如一条破旧的大船,哪怕是一股小小的风浪,都有可能让它面临倾覆的境地,更何况是在爆发了战争的情况下。

战争爆发了,当北洋舰队遭到日本海军袭击并且受到重创的时候,军方不敢也不愿意把这个消息报告给皇宫,因为当时正是皇太后六十大寿的庆典期间。帝国海军的所有军舰,都是在光绪十四年以前购买的,从那时到战争爆发的光绪二十年,帝国政府禁止海军再购买军舰和更新设备,理由是"时艰款绌"。然而,如此庞大的帝国真会穷到连几艘军舰都买不起吗?据说仅仅维持帝国皇太后慈禧一天的生活,就需要四万两银子,天天四万两,足见国库之丰足。

一八九四年十一月七日,中国那座没有了一兵一卒的城市大连陷落。黄昏时分,城内满城大火,风雪中日军把中国百姓不分老幼驱赶到城外进行报复性屠杀,中国百姓的血流进护城河已经结了薄冰的河面上,薄冰因热血流过而融化。

同是这一天,大清帝国的皇太后正在紫禁城内庆祝她的万寿吉日。早上,慈禧身穿龙凤呈祥的礼服,由乐寿堂乘八人花杆孔雀顶轿,在身穿红绸纱衣的校尉和太监的簇拥下,从宁寿宫到承乾宫拈香。韶乐声中,皇帝、皇后和文武百官行跪拜大礼,然后是盛大的皇家宴会,宴会上演出了华丽的中国戏——京剧。内务府的账本上,记载着为皇太后过生日所花费的银两,数字之巨大足以让全世界为之瞠目。作为女人,皇太后为自己的生日准备的首饰合黄金一万两,合白银三十八万两;她为自己的生日准备的衣服,包括各色绸缎龙袍、青白狐皮、灰鼠皮氅衣、彩绣寿字图案衬衣等等,分别由苏州、杭州和江南三个织造局承制,花费白银共计二十三万两;她从颐和园回紫禁城所经过的道路,被分为六十段分别进行修饰,其间搭建了彩棚、彩殿、龙棚、经棚、戏台、亭座等装饰性"景点"二百零九座,修饰造价共计白银二百四十万两;再加上紫禁城内的宫殿修饰、贺礼宴会、演出唱戏、皇家赏赐和各省进贡,大清帝国皇太后一个生日的花费该在白银一千万两以上。这个数字,与帝国政府账本上的海军经费差不多。但是,皇太后还想修建一座私人花园,于是,海军军费被"暂时"借用了。关于颐和园的修建到底挪用了多少海军军费,至今依旧是一笔糊涂账,因为除了动用海军军费之外,"十八行省,各方搜刮",各省的解缴,户部的拨发,各级官员的"敬献",所有的账目混在一起,总数大约为白银三千万两。当时,英国和德国制造的最现代化的战舰,一艘的价格大约是五十万两白银,而帝国北洋舰队鼎盛时期军舰总数不过二十五艘左右,这样算来,皇太后每半个月就要花费掉一艘巡洋舰的钱,而她修建私人花园所花费的银两,足以让大清帝国拥有三支由最先进的战舰组成的北洋舰队。

慈禧的生日庆典达到高潮的时候,正是辽东门户旅顺陷落之时。在日本第一军团司令官山地元沼的命令下,四天之内,日军只干一件事,就是对中国妇女肆意凌辱,对中国平民残酷屠杀。日军从旅顺东面的上沟,杀到西面的太阳沟,中国平民几乎没有一人幸免,城内城外到处是开膛破肚的男女老幼的尸体。一八九四年十一月二十八日的《纽约与世界报》报道说:"日军从攻陷旅顺的第二天开始,连续四天杀害了约六万名非战斗人员、妇女和儿童,在整个旅顺免遭杀害的清国人不过是为掩埋尸体而幸存的三十六人。"

大清帝国的任何抵抗都是徒劳的。

这一点,连日本人都看得明白。

就在北洋海军在威海海战中面临灭顶之灾时,一八九五年一月二十三日,北洋海军提督丁汝昌收到了日本海军司令官伊东祐亨的一封劝降书。收到此书十九天后,丁汝昌自杀。因此,寻找不到丁提督看完这封劝降书之后的表情和言论的记载。这份日本人写的劝降书,可谓一篇千古奇文,虽写于百年之前,依然值得百年后的中国人在夜深人静之时细读:

大日本国海军总司令官中将伊东祐亨,致书与大清国北洋水师提督丁军门汝昌麾下:时局之变,仆与阁下从事于疆场,抑何不幸之甚耶?然今日之事,国事也,非私仇也;则仆与阁下友谊之温,今犹如昨,仆之此书岂徒为劝降清国提督而作哉?大凡天下事,当局者迷,旁观者审。今有人焉,于其进退之间,虽有国计身家两全之策,而为目前公私诸务所蔽,惑于所见,则其友人安得不忠言直告,以发其三思乎?仆之渎告阁下者,亦惟出于友谊一片至诚,冀阁下垂谅焉。清国海陆二军连战连北之因,苟使虚心平气以察之,不难立睹其致败之由。以阁下之英明,固已知之审矣。至清国而有今日之败者,固非君相一己之罪,盖其墨守常经不谙通变之所由致也。夫取士必由考试,考试必由文艺,于是乎执政之大臣,当道之达宪,比由文艺以相升擢。文艺乃为显荣之阶梯耳,岂足济夫实效?当今之时,犹如古昔,虽亦非不美,然使清国果能独立孤往,无能行于今日乎?前三十载,我日本之国事,遭若何之辛酸,厥能免于垂危者,度阁下之所深悉也。当此之时,我国实以急去旧治,因时制宜,更张新政,以为国可存立之一大要图。今贵国亦不可以不去旧谋新为当务之急,亟从更张。苟其遵之,则国可相安;不然,岂能免于败亡之数乎?与我日本相战,其必至于败之局,殆不待龟卜而已定之久矣……㉓

无法得知,这位日本军人为什么会在这样的时刻与自己的交战对手谈论如此重大的国家政治问题。这不是一封通常意义上的劝降书,从内容上看,它几乎不是一份劝说对手放弃抵抗立即投降的战场文件。这个日本军人从中国的科举制度说起,比照日本曾经经历过的辛酸历史,解剖中国衰败的原因。奇特的是,这些关于国家变革的理论,竟然出自日本的一介武夫之口,由此可见日本人对自己国家的崛起有着多么深刻的感受和认识,它确实需要中国人"虚心平气"地深思,思"墨守常经不谙通变"之痼。在世界政治格局发生剧变的时代,对于封闭已久的中国来说,"更张新政"无疑是"国可存立之一大要图"。否则,这个巨大的帝国即使再买多少军舰也难逃倾覆的厄运。

一个短暂的"春天"

京城春寒料峭。

康有为提着行李在蛛网一般的胡同里东张西望,他要寻找一个名叫"南海会馆"的小门脸,并且在那里住下来。他期望那里能有一张桌子,让他把自己的文房四宝拿出来摆好。

康有为和所有赶往京城的文人一样,是来参加帝国最高级别考试的。他们来自不同阶层,年龄相差很大,贫富极端悬殊地在京城内外大大小小的客栈里落脚。只是,他们的梦境是相同的:经过数年的苦读,现在以各省举人的身份,竞争名额极其有限的进入帝国政治阶层的"通行证"。

1901

因为摒弃了所有自然科学的内容,只承认东方的哲学思想和道德典籍,帝国的科举考试成为世界上内容最单一的考试。这样的考试至少已有上千年的历史,它一直是帝国文化精英相聚的盛事,是显示帝国文明悠久和政治稳定的标志,是帝国国家政权顺利运转和行政管理得以维持的支柱,同时它也是帝国底层平民幻想一夜暴富、鸡犬升天的阶梯。而帝国的文人们,素以治国平天下为人生成就的最高境界,他们的"知识"长久而强烈地为政治功能所淡化,也就是说不通过官场实践的检验他们的"知识"就没有实际价值——"士之仕也,犹农夫之耕也。"文人当官从政,与农民耕地一样自然,除此以外别无出路。对政治前途过于强烈的单一追求,使帝国的知识分子走的是一条凶险而狭窄的人生之路。"学成文武艺,货与帝王家",当官便得志,失官便失志,他们因此容易成为社会各阶层中最奋不顾身的人。

这一年的春天,文人们又一次聚集在帝国的都城里,由此带来的一个情况是过去的统治者不曾遇到的,并使现任的统治者有点不知所措:在那些最温文尔雅、最讲究礼仪道德、并且是帝国官员选拔制度唯一受益者的读书人中间,此刻正涌动着一种危险的情绪,这种情绪一旦蔓延很可能会威胁帝国政权。

夹杂在危险人群中的最危险分子,就是康有为。

康有为,一个令京城人听上去发音十分古怪的广东人,面色黝黑,其貌不扬,身穿一身读书人的蓝色长衫。与绝大多数梦想读书取仕的人一样,康有为在掌握帝国经典史籍上才气平平,只是因为书香门第的家庭压力,才于一八八二年和一八八八年两次参加取得举人资格的乡试,但都以失败告终。康有为产生了放弃考试的念头,可"诸父皆强之",尤其"母意属望迫切",他只好一试再试。一八九三年,三十六岁的康有为勉强通过乡试,取得参加京城考试的举人资格。但是,第二年,他在进京赶考的时候扭伤了脚,于是便南下回家了。

这一年,按照中国历法是甲午年。

第二年的春天,三十八岁的康有为决心再一次在科举考试上押注自己的前途。然而,当他在京城油灯昏暗的客栈里抱着书本临阵"磨枪"的时候,国家不幸的消息乌云一般阵阵滚来。甲午海战的失败已经让国人"莫名惊愕",而帝国全权大臣与日本人草签的条约内容更令"举国哗然",不要说把中国的国土割让给洋人是奇耻大辱,光是一笔关于银两的账就让中国人觉得日子没法过了:当时大清帝国一年的财政收入是八千八百九十万两白银,而日本人要求的战争赔款是这一数字的三倍,且规定第一年就得支付白银一亿两,全部赔款必须三年内还清。考试考到了年近四十依然前途渺茫的康有为不禁"拍案而起"。

首先反对条约的签订:"呜呼噫嘻!万里之广土,四万万之众民,而可有此约哉!"进而认清帝国主义们的野心:"非战败之损也,非有开罪之失也,而一纸书来,取南满、东蒙、山东、福建万里之地,及国命之铁,甚至蹴而踏之,蘼而缚之,以财政军政顾问相要,以全国之要地警察、国命所托之兵工厂相索……凡人闻而怵惕伤心……"㉔再论大清帝国外强中干,以国土民众十倍于人而受人遏制:"如巨象肥牛之遇乳虎,不待磨牙,闻声俯伏,甘听吞噬,岂非天下古今所未有者哉!"㉕最后归结于朝廷的腐败:"拟以三千万举行万寿,举国若狂,方谋保举,而孙毓汶当国,政以贿成,大官化之,惟事娱乐,内通李莲英,相与交关,政俗之污坏,官方之紊乱,至是岁为极。"㉖

这样的政府应该下台了。

这样的国家应该改变了。

四月二十二日,八十一名进京赶考的广东举人,在康有为和梁启超的带领下上街了,他们要向帝国政府递交一封请愿书——实际上是写给皇帝的一封信——这就是中国历史书中所说的"公车上书"的开始。

"公车",古代指"官车"。中国的汉代,各省举人进都考试,其交通问题由国家予以解决:举人们乘坐公家的车马被逐站"递送"。后来就以"公车"代指举人进都赶考,同时也代指那些参加科举考试的文人。

在大清帝国,举人没有直接向皇上上书陈言的权利,要上书必须经由都察院转交。清代的都察院,是全国最高级别的监察、弹劾和建议"机关",也是接受民间"信访"的最高政府机构。作为帝国政府权力如此之大的衙门,有把请愿书送上去的职责,也有扣压下来自行处理的特权。特别是,举人们的请愿书不但议论了国家大事,而且是直接写给皇帝的,任何官员处理类似事件都不能不小心。中国历代统治者都把

"士人干政"视为一种大逆不道,何况康有为们的请愿书中对国家政治的抨击无以复加,以致后来手稿被传抄出来时市井"争相看阅",观者"莫不嗟悚"——嗟,感叹;悚,恐惧。难怪都察院的官员不敢送给皇帝看。

在康有为和梁启超的鼓动下,"公车"们开始了大规模的"串联",一千多名举人在请愿书上联合签名,其中广东和湖南的"公车"几乎全部上阵。在中国,湖南和广东一向是造反的策源地,是出仁人志士豪杰的地方,个中原因,梁启超讲得很明白:"湖南之士可用,广东之商可用;湖南之长在强而悍,广东之长在富而通。"㉗真是绝妙的分析。湖南江河横流,峰险林密,从文人到土人,从男人到女人,个个精力充沛,思维旺盛,颇有不当革命斗士就当绿林大盗的强悍民风,特产行为激烈的反叛人物和足智多谋的政治家。而广东之所以能够成为中国历史上各种革命的发源地,原因是那片土地受到商业文明的熏陶绝早,富裕而开通,赤脚的南人懂得自己抡起甘蔗砍刀理所当然,而殷实的粤商更是以倾家荡产地资助革命为乐事。

湖南、广东带动,各省纷纷"继之"。

二十二、二十四、二十六、二十八、三十日,接连五天,穿着蓝色长袍的"公车"们激昂地走在前往都察院的路上,他们边喊口号边演说,"面容凄惨,垂涕陈情",声援和看热闹的市民人头攒动,都察院门口乱作一团。听说阻止上书的主要官员是军机大臣、兵部尚书孙毓汶,于是"公车"们扬言要抬着棺材去孙府大宅,吓得这位朝廷大员立即声明自己病了,自此躲在家中不敢上朝,不久之后干脆辞职了。

上书多日,不见政府反应,更不见皇帝答复,康有为和梁启超认为是声势不够,必须来一次更大规模的上书,否则不能"大震朝廷",因为深宫里的皇帝也许根本不知道京城里发生了什么。为此,康有为一天两夜没合眼,一口气写出一份上万字的请愿书,梁启超从旁慷慨誊写。然后,他们决定举行十八省举人的联合集会,地点定在北京宣武门外达智胡同十二号的松筠庵,日期为五月一日、二日、三日,因为八日就是皇帝在《马关条约》上最后盖玺的日子了。

松筠庵,原是明代因弹劾奸臣严嵩而受到迫害的著名忠臣杨继盛的故居。这个地方被文人们选中,符合中国自古以来崇尚的文以载道的精神。

第一天,五月一日,达智胡同"车马塞途"。康有为发表演说,声言不变法国家就完了。演说之后,举人们在请愿书上签名——有毫不犹豫的,有迟疑勉强的,当然还有溜走的。

第二天,康有为盼望的不仅仅是"车马塞途",最好是来人多得把京城的南边踏平了。但是,日上三竿,松筠庵内仍冷冷清清,仅聚集了十几个人。

刚才还是晴天,突然"大雨震电,风雹交作"。

一个太监模样的人来到松筠庵,径直走到康有为面前。史书记载:"康圣人仓皇起来,招引来人到另一间房间里谈话。"自那一刻起,康有为再也没有提过上书的事。

第三天,没人来了,包括康有为。

同是这一天,京城内传出一个消息:康有为中进士了。

中进士是寒窗苦读的每一个文人的梦想,因为这意味着很快就会被朝廷授予官职。

中国人需要前程,中国文人更看重前程。

至于举人们五月二日没来的原因,一是军机大臣孙毓汶派人连夜到京城的大小客栈去"做工作",要挟警告他们"切勿盲从",不然小心自己的功名前程;二是那天一大早,孙毓汶进宫通过李莲英请求慈禧太后"立即盖玺",言:"日军必不耐烦,数日之内可破京师,吾辈皆有身家老小,实不敢做此孤注一掷之举!"果然,慈禧即刻同意签订《马关条约》。至于慈禧速下决心的原因,数种史料记载情节离奇但内容一致:李莲英指着地图上的台湾对太后说:"此岛不过豆大之一点耳,割之何妨。"于是,"慈禧信之"——用一个"豆大"小岛保全大清朝廷,她认为确实没什么不合理。

一八九五年五月,帝国科举考试的录取榜公布了。

京城内高兴的和悲伤的举人都在收拾行李。

骚动随着帝国通向四野的大路上再次出现穿着蓝色长袍的归乡身影而消失,"公车"们轰轰烈烈的上书其实没有上成。

文人的春天和帝国的春天一起迅速结束了。

1901

同样"热心"的官员与洋人

虽然"公车上书"一直是中国近代史中笔墨浓重之处,但是在"公车上书"这段动荡的日子里,有三个细节似乎被许多史书忽视了:一,"公车"们的"书"根本没有上成;二,"公车"们在街面上嚷得很是热闹,"上书"最积极者却是在官府中任职的官员;三,最被忽视的是,帝国主义们竟然以极大的热情支持了文人们以"打倒帝国主义"为主要口号的上书运动,其中最积极者,就是对中国危害最早最烈的英国和正在吞噬中国这头"巨象"的"乳虎"——日本。

当光绪皇帝得知都察院不敢将请愿书递上的时候,他下令任何人不得阻挠上书的通路。光绪是一个很想改变帝国状况的皇帝,其中亟待改变的是他受到太后制约的现状——皇帝确实有振兴大清帝国的统治愿望。最先将文人举事的情况通报给光绪皇帝的官员,是翰林院侍读学士文廷式。文廷式在《闻尘偶记》中回忆说,他不但向皇帝检举都察院官员"堵塞言路",导致皇帝命令军机大臣"查问此事",他自己还是政府官员纷纷上书的带头人。当李鸿章把《马关条约》的草签文本从日本秘密带回京城的时候,只有他认为"公论不可不伸张于天下"。他把草签文本全文抄录下来广泛传播,在政府官员和皇亲国戚中掀起了一个反对签约、实行维新、图国强盛的上书热潮。

官员们的上书开始了。

首先上书的竟然是都察院的官员。

当"公车"们混乱的上书结束之后,这个机构打破了凡接上书必严格审查、删除中间未尽"检点"之处、重新抄写整齐才能呈递皇帝的规定,将那些盖着京官印结的请愿书全部原封不动地"恭呈御览"。实际上,在五月二日那天,大部分"公车"们没敢在松筠庵再次露面,而经都察院递上去的"书"也达十五件之多,其中忧国的官员们占了近一半。他们是:选用道李光汉原呈,候补道易顺鼎原呈,内阁中书陈嘉铭等原呈,吏部主事洪嘉舆等原呈,礼部主事罗凤华等原呈,广西京官及编修李骥年等原呈,福建京官及主事方家澍等原呈……

这确实令人难以置信。

生活在皇权高压下和官场黑暗中的朝廷官员,不顾在专制制度下显得极其脆弱的官职以及由官职带来的荣华富贵可能瞬间丧失的后患,如此挺身而出忧国图强,其精神绝不亚于"公车"们打算抬着棺材上哪一位官员家去。历史的真实是:官员们上书在先,文人们上书在后。这一点值得正视和深思的重要前提是:在中国几千年的帝制历史中,为国家危亡而冲动的官员极其罕见。

帝国主义们对中国变革表现出的热情,也是中国近代史上值得深思的现象之一。当洋人们的举动被笼统地定义为"瓜分中国"的行径的时候,相互矛盾的现状使得中国那一阶段的历史如同一幅风化严重的图画,无论如何修补也无法窥其真实的全貌了。洋人们对中国体制的优劣判断,经过了一个从肯定到否定的过程。明末清初,在中国活动的洋人主要是商人和传教士,那时中国政体之稳定达到极致:明至清,几乎看不出改朝换代的变化,四百年间社会变动不大。传教士们评论说,中国的体制是最稳固和最合理的,它具有坚固的维系能力,即使不是世界上最好的也是符合中国社会实际的。但是,一八四〇年以后,中国先挫于中英鸦片之战,复挫于中法甲申之战,再挫于中日甲午之战,稳固的社会形态随之逐渐瓦解,洋人们在洋枪洋炮的掩护下开始了对这个东方帝国的全面批判。

最早向帝国政府提出变革的是英国人赫德。

赫德一八五四年来到中国,任英国驻宁波领事馆翻译。他在中国一住就是四十八年,成为真正的"中国通"。一八六三年,他受大清帝国政府的邀请和委派,出任控制国门财政收入的海关总税务司。由一个外国人来掌管关系到国家主权和重要财政来源的海关事务,这是中国近代史上令人难以解释的现象;但是无论如何,这个任命是大清帝国政府自己的选择。赫德是一个精力充沛的洋人,除了处理繁重的海关事务之外,他还插手了当时中国许多重大的政治事件。一八七六年中英签订《烟台条约》时,他是李鸿章的"助理";一八八五年中法签订《中法新约》时,他在其间"穿针引线"。一九〇八年,赫德请假回国,至死才结束他掌管中国海关总税务司的职务。

赫德首次向大清帝国建议全面学习西方,是在一八六五年十一月六日。这一天,他向帝国总理各国事务衙门呈递了一篇名为《局外旁观论》的文章。文章的题目显然是"中国通"的杰作,因为他早已不是一个局外人。此时,赫德对大清帝国的痼疾看得一清二楚,他在文章中说:中国国情恶化的根本是政治的腐败。官场中"尽职者少,营私者多";"执法者唯利是视,理财者自便身家";军队"老弱愚蠢,充数一成而已;文武各事之行,尽属于虚"。而那些即将成为帝国政府官员的文人,"书籍非不熟读,诗文非不精通",只是一旦让他们管理国家大事就"问之辄不能答",如此"安能剔弊厘奸"?赫德给帝国政府提出了三项变革方案:一、学习西方长处。二、整顿财政。三、加强外交。内容包括向世界各国派遣公使;鼓励洋商与华商协办轮车、电机等各种事业;引进西方先进技术;整顿国家混乱的财政。其中,最令人惊奇的是,鼓励洋商和华商协作在中国开办"合资企业",关于这一点大清帝国政府前所未闻。赫德呈递这篇文章的结果是,帝国总理各国事务衙门认为"究系局外议论,且亦非急切能办之事",于是就此"搁置"。[28]

第二年,英国新任驻华公使阿利克到任,他向帝国政府递交了一份名为《新议略论》的照会。照会是国与国之间的正式外交文件,阿利克的观点因此显得更为郑重。他首先指出,中国的政治不良是国弱民穷的根本原因,只有全面学习西方的政治模式才能挽救危局。中国人虽然信奉"穷则变,变则通,通则久"的哲学,可中国人的"变"不是创新而是"变回旧法",官绅皆"好古恶新"。阿利克按照强权政治的逻辑,向大清帝国描绘了一幅如不变革便会遭遇瓜分的悲惨下场:各国都有在华利益,中国乱了,各国便不能不干涉,"一国干预,诸国从之,试问将来天下,仍能一统自主?抑或不免分属诸邦?此不待言而可知"。[29] 由于措辞尖锐,阿利克的照会引起了朝廷的警惕,警惕的结果是官员们形成了一个一致的观点:英国人如果不是别具阴谋,就是唯利是图。

美国人紧跟在英国人的后面。一八七九年,美国总统格兰特到日本访问路过中国,李鸿章热情接待,试图请他说服日本人在中日琉球争端上做出某些让步。这个美国总统到达日本后是如何替中国人说话的没有记载,被历史记载下来的倒是他从日本写给李鸿章的一封信,信中对日本国"一年兴旺一年"的惊人气象大加赞赏,且预言此时中日之差

距将使日本"以一万劲旅""长驱直捣中国三千洋里"。为此,美国总统力劝李鸿章"仿日本之例而效西法":

> 中日两国最大,诸事可得自主。所有人民皆灵敏有胆,又能勤苦省俭,倘再参用西法,国势必日强盛,各国自不敢侵侮,即以前所订条约吃亏之处,尚可徐议更改。各国通商获利之处,中国亦不至落后。盖取用西法,广行通商,则人民生理,国家财源,必臻富庶。不但外国有益,本国利益更多矣……㉚

美国人说得坦率:中国强盛了,不但外人不敢再欺侮,过去签订的那些"吃亏"条约也可以"更改"。总之,国家强盛,说话办事硬气,怎么办都有理。关于通商,美国人说得更加直截了当:于己于人都有利何乐不为?更何况获得最大好处的还是中国自己。

洋人为什么要鼓动和支持中国变革?

一个名叫李提摩太的英国传教士在给大清帝国政府的建议中作了说明。

李提摩太,中国近代史上颇有名气的一位洋人。他一八七〇年来到中国,在中国生活了四十五年之久,其间只回国了四次。他精通中文,熟读中国典籍,穿戴中国的长袍马褂,特别喜欢与中国文人接触。由于他后来居然能用纯正的中国话吟诵《论语》和《诗经》,中国的文人们几乎忘掉了他是一个洋人,而一直把他当成同仁看待。

一八九五年,当康有为们聚集在京城酝酿"上书"的时候,这个英国人对在中国实施变革鼓起了热切的愿望。他认为"中国贫穷,知识落后,工业缺乏,官吏横行,人民困苦",但"事实上中国具有强国的条件,只需加以变革,模仿西法,不仅可救民出水火,更可与强国并驾齐驱称雄于世"。㉛只是,他向大清帝国政府提出的变革计划着实吓了中国人一跳:一、中国授全权予某外国,于一定期限之内处理外交事件;二、此外国将兴起各种改革之事;三、中国每一部门,如铁路、矿业、工业等由该外国设一代表管理之;四、中国皇帝照往例授予外国代表各种官衔;五、期满之后,该外国人将一切权益交回中国。简而言之,中国人就不用操心了,一切交给洋人就行了。至于是哪一国的洋人,尽管李提摩太克制着没说,但没人怀疑他指的是英国人,或者干脆就是他自己。

1901

甲午之后,当日本人逼迫大清帝国接受苛刻的和约条件,帝国政府正一筹莫展的时候,李提摩太给李鸿章打了个电报,声称他有一个可以让中国摆脱危机的"秘方",而要想得到"秘方",帝国政府必须付出酬劳,当然如果"秘方"不灵他则分文不取——如此口吻,颇似中国偏僻乡村中卖野药的流浪郎中。奇怪的是,帝国官员竟然答应了,条件是先看"秘方"的内容再说价钱。结果,这个英国人的"秘方"还是一个"条约",名为《中英同盟密约草稿》。原来,李提摩太主张中国和英国先宣布联盟,说这样日本人就不敢对中国怎么样了。据说,帝国官员看到这一"秘方"后"面色极为阴沉",声言中国无意成为任何国家的临时保护国。后来,就连英国驻华公使看到"秘方"也表示冷淡,因为中国现在已经战败了。

中国人对洋人如此热心中国的变革始终不安,认定洋人必是有险恶用心,至少是为了获得实际利益,不然,很难理解他们为什么"不避河海之险,不惮跋涉之劳"来到中国。其实,洋人鼓动和支持中国变革并不虚伪,关于这一点,英国驻华使馆公使威特马说得明白:中国如果进行全面变革,对洋人有三方面的好处:一、中国要学习西方的技术,必要购买洋人的技术成果;二、中国人要发展经济,必要向洋人购买设备;三、中国要进行变革性的建设,就需要借用外资。威特马说的只是经济上的好处,洋人支持中国"公车"们的上书还有其更深的目的,那就是从文化上切入这个古老的帝国,以影响帝国的知识分子,影响大部分由知识分子选拔出来的帝国官员的对外政策,然后,巩固自己在中国的立足点——这个立足点仅仅靠洋枪洋炮是不能长久维持的。

外国的月亮

一八九六年,上海。

一个湖南籍的读书人,在一位取了中国名字的英国传教士那里看见了让他终生难忘的两样东西:一张可以清楚地看见人体骨骼的X光底片,一个可以代替人脑进行数字计算的大木头箱子。这个读书人目瞪口呆,万分惊异,这两样撞击了中国人几千年思维模式的东西,几乎瞬间便把他过激的反叛性格无可更改地固定下来,使他成为中国近代史上宁愿被砍去头颅也不放弃自己的思想的著名知识分子。

他的名字叫谭嗣同。

谭嗣同,一个饱读诗书的帝国省级官员的儿子,一八九六年他三十岁。

X射线,一八九五年十一月由德国物理学家伦琴发现。X光机问世几个月后,中国的《益闻报》向国人报道了这一消息。从科学技术上讲,当时的中国人如同生活在中世纪,因此,国内最有学问的人也不知道这一发现意味着什么。谭嗣同看见的仅仅是一张X光底片,而第一个看见X光机、第一个接受X光检查的中国人,应该是李鸿章。那一年,李鸿章访问德国,经旁人的劝告,他接受了刚刚发明的X光机对他在日本被刺时受伤的头部的照相,这位帝国重臣在一张胶片上亲眼看见了那粒日本制造的铅弹以何种姿势镶嵌在他左眼下的骨头上。与X光底片一样,那个可以代替人脑进行数字运算的木头箱子,是一台刚刚发明的实用自动计算器。虽然电子计算机的发明是一九四六年的事,但是它的前身机械数字计算器早在一六四二年就被法国人帕斯卡发明出来了,而那个时候,中国的皇帝正苦恼于如何把一群在"闯"字旗下手舞足蹈的造反农民阻挡在京城之外。

面对计算器的运算,谭嗣同在给朋友的信中描述了自己无法遏制的惊异:

> 我在傅兰雅(英国传教士)处见到了计算器,真是奇异无比。任何人,哪怕是村妇愚氓,即使不会做算术,只要掌握了操作方法,机器一转,片刻之间,答案即出。无论多复杂的计算,都毫无差错。最奇怪的是,运算最终结果,数字不仅会自动显示在机器上,而且只要需要,它还会自动打印在纸上,从机器里送出来。我简直无法相信眼前的这一切。㉜

中国人已经很长时间没有走出国门了。

按照中国人几千年的思维习惯,他们对外部世界既陌生又不感兴趣,他们只愿意生活在固定的社会圈子里,与自己有关的人打交道。中国人最不愿意离开故土,背井离乡在中国是最悲惨的境遇。外部世界对于中国人不具备任何吸引力,中国人生活的特点是依据几千年前先哲们的教训,毁灭性地强迫自然资源维持他们最低的生存欲求,同时他们只愿意就地繁衍——包括他们子孙的延续和习性的传承。

中国人接受外部世界是被迫的,包括那些先觉的知识分子。

中国的先觉者,当属那些最早到外国留学的人。他们受到帝国政府的资助,被派往国外学习,其奇特的经历足以令今天争相送子出洋的国人匪夷所思。

一八七二年,迫于洋务派官员的坚决恳请,帝国政府决定向国外派遣留学生。这个决定立即在国人中引起轩然大波,几乎所有的中国人都认为朝廷的决定荒唐又恐怖,其恐怖程度不亚于让洋人把他们的孩子抢走卖了。而绝大多数的政府官员也认为此事不可为,高度文明的中国孩子被送到遥远的"蛮夷"去读书,这简直是一种本末倒置:"中国不尚西学,今此幼童越数万里而往肄业,弗乃下乔木而入幽谷欤?"㉝尽管帝国政府声明为留学生出全资,但还是没人报名,最后只好跑到偏僻的香港才勉强招够人数。报名的基本是社会底层的穷苦孩子,因为只有这些家庭敢冒这个险:与其在家缺衣少食病死饿死,不如把孩子给了政府,兴许能够侥幸活下来。这群梳着辫子、身穿马褂的中国幼童在八月的暑热之中于上海登上一艘美国轮船,自此开始了漫长而奇特的异域生活——他们全部被安排在美国的普通家庭中,学习的日期没有明确规定,只是说学成后回国,而怎样才能称之为"学成"?——这些中国孩子一去竟达十年之久。

十年之后,除了父母和定期为他们提供银两的官员外,当其他的中国人早已把这些孩子彻底遗忘的时候,一八八一年,已经进入大学的中国留学生突然接到帝国政府的命令:立即中断学业回国。究其原因,是帝国政府发现这些中国孩子已经完全西化,且在他们受到的教育中多有污蔑中国的内容,以致他们骂起中国来比洋人骂得更起劲儿——他们穿上洋人的衣服,把大清国的真辫子剪了,人人都有一条假辫子"以在中国官员接见时使用",真是既无耻又狡猾。他们不好好头悬梁锥刺股地读书,而是"专学美国人运动游戏之事",人人都说一口美国话,中国话倒说得不地道了。更严重的是,他们的"倾向"出现了严重问题,一些学生开始拒绝向朝廷官员和孔子牌位行叩头礼,个个开口闭口都是西方的"民主"和"平等",帝国政府花费大笔银两难道要培养出一群帝国的敌人吗?

大清帝国管理留学生总办吴嘉善,托帝国驻美公使陈兰彬向朝廷转述了他的意见:"外洋风俗,流弊多端,各学生腹少儒书,德行未坚,尚未究彼技能,实易沾其恶习,即使竭力整饬,亦觉防范难周,极应将局裁撤。"㉞

在阔别家乡十年之后,留学生们回来了。

其中一位名叫黄开甲的留学生,在给美国友人的信中,记述了他们踏上中国土地后的遭遇:

> 曾幻想有热烈的欢迎等待着我们,也有熟悉的人潮和祖国伸出的温暖的手臂来拥抱我们。可是天呀,全成泡影……人潮围绕,但却不见一个亲友。没有微笑来迎接我们这失望的一群……只有一个人上船来接我们,是管理我们信件的陆先生,一个不如平庸中国人的头等笨伯。他不雇用马车或者船将我们载往目的地——中国海关道台衙门,却雇用独轮车来装载我们。行程迟缓,使我们再度暴露在惊异、嘲笑的人群中。他们跟随着我们,取笑我们不合时尚的衣服。我们穿旧金山中国裁缝的杰作,很难为时髦的上海人看上眼的……独轮车没有法租界的通行证,我们必须下车自扛行李而过。在中国士大夫眼中,这都是丢人现眼有失尊严的事情……为防止我们脱逃,一队中国水兵,押送我们去上海道衙门后面的求知书院……㉟

在这些留学生中,有个名叫詹天佑的人,数年之后成为中国最著名的铁路工程师。至今,在中国首都北郊的苍翠山岭中旅行的中国人和外国人,乘坐火车时依旧要行进在他设计建造的铁路上。

绝大多数中国人对西方世界的认识,是通过阅读有限的报纸和书籍,甚至是在茶馆酒楼里道听途说的。在十九世纪最后的几年里,中国的报纸突然掀起了连续刊登洋人又发明了什么的报道热潮,而洋人每发明一样新奇的东西都会成为中国人议论不休的话题。这种现象是一个巨大的预兆,因为在封闭的中国这很容易形成一种激进的狂热,如同流感大面积传染大家一起感冒发烧一样,对于"体质"已经极端虚弱的大清帝国来讲,此时此刻,即使是感冒发烧也能引发一场关乎生死的大病痛的到来。在中国,能够阅读报纸、甚至是外文报纸的,基本上是三种人:正在苦读以追求功名的知识分子,已经取得功名身为各级官员的知识分子,读书取仕失败了的落魄的知识分子。这一点,预示着在即将发生的巨大社会动荡中,承担主要角色的必定是帝国的知识阶层。

报纸上刊登的报道,令一向自认为无所不知的文人们坐卧不宁:

电气机车——一八九七年,《新知报》第十一期报道:在美国华盛顿,一位名叫布朗多的人正在研究一种新型火车头,它的形状是椭圆形的,靠电力运行,车速每小时一百二十英里。

破冰船——一八九七年,《利济学堂报》第十三期报道:俄国最近向其邻国丹麦订造了一艘破冰轮船,造成后由丹麦直接驶往珲春,此船可凭借巨大的马力和重量将坚冰破碎,以为商轮和客轮开通航道。

地铁——一八九七年,《利济学堂报》第十六期报道:美国纽约正在开凿地下铁路,总长度四十二英里,总投资五千万美元。火车往返采用双轨制,每分钟可运载乘客三百四十人。

电热毯——一八九八年,《湘报》第六十六期报道:铁丝在通过电流时因电阻甚大会产生巨大热量。外国人发明电炉用以烹饪,今又有美国人将此法用之暖被,通上电流后欲温欲热任所欲为。

外星人——一八九八年,《格致新报》报道:除地球外,宇宙中的星球何止亿兆。若说其中没有人未免武断,但有一点可以断定,即使某一星球上有人,其体格和性质也必定与地球人不同……前不久,法国某贵妇人捐十万法郎交巴黎科学界,称如果有人发现外星有人,即以此款作为奖金。

外星人的问题已超出自然科学的范畴,开始动摇所有古老哲学的基础。

科学和哲学,实际上是同一个问题。

康有为和梁启超曾不约而同回忆道,他们政治信仰的启蒙教材是一本名叫《瀛寰志略》的地理书。

《瀛寰志略》,十卷,二十万字,图文并茂,道光六年(一八二六年)

进士、福建巡抚徐继畬著。徐继畬潜心收集世界各国的地理史料，"荟萃采择，得片纸亦存录勿弃。每晤泰西人，辄披册子考证之。于域外诸国地势形势，稍稍得其涯略，乃依图立说，采诸书之可信者，衍之为篇，久之积成卷帙。"㊱一个帝国的高级官吏，不以饱儒夸世，不谙官场经营，竟然对世界地理有这样的兴致和钻研，实属罕见。

康有为说，阅读了这本书后，才"知万国之故，地球之理"。

而梁启超是在考中了举人并且得到一个新娘的时候看见这本书的——"从坊间购得《瀛寰志略》。读之，始知有五大洲各国。"

无论在康有为还是梁启超的眼里，《瀛寰志略》与其说是科普著作，不如说是政治教科书。因为除了世界地理知识以外，它最终提供的是一种崭新的世界观：这个世界是由许多互相竞争的国家构成的多元世界。在中国文明之外同时存在和发展着印度文明、穆斯林文明和欧美文明等多种文明样式。徐继畬毫不掩饰地推崇美国文明："美利坚，合众国以为国，幅员万里，不设王侯之号，不循世及之规"。其总统"以四年为任满，再任则八年耳"，只要有"德"，美国的任何一个平民都可能被推选为国家的"皇帝"。而中国世代"得国而传子孙，是私也"㊲。更为重要的是，徐继畬，这位大清帝国道光年间的官吏，他在对地理知识的讲述中竟然得出一个惊人的结论：资本主义化是世界发展的必然趋势。

康有为对世界地理的认识进而也完全政治化了："英国之制……有公会所，内分两所，一曰爵房，一曰乡绅房。""公会所"即指英国议会，"爵房"是参议院，"乡绅房"是众议院。当《瀛寰志略》受到帝国政府"轻信夷书"、"尤伤国体"的批判时，康有为已经开始盘算如何在中国建立"公会所"了。

谁能说《瀛寰志略》仅仅是一本科学著作？

没有出过国的康有为仅仅去了一趟香港和上海，就认定资本主义制度要比大清帝国的制度优越得多。一八七九年，康有为来到香港，即刻感到来到了一个梦幻世界。同样是中国的土地，被英国人统治不过三十年，却"灵岛神皋聚百旗，别峰通电线单微。半空楼阁凌云起，大海艨艟破浪飞"。康有为见香港"宫室之环丽，道路之整洁，巡捕之严密"，"始知西人治国有法度，不得以古旧之夷狄视之"㊳。而一八八二年的上海之行,又一次让康有为仿佛进入梦幻世界:"洋楼耸峙,高入云霄。八面窗棂,玻璃五色。铁栏铅瓦,玉扇铜镶。街衢弄巷,纵横交错。""楼阁之巍峨,道路之平坦,旅店俱乐部之伟丽,游览之处,则公园及大桥在焉,交通工具,则汽车电车及公共汽车备焉,洋商林立,电炬烁烂,凡此皆在欧美所习见者。"㊴——仅仅几十年,在洋人的治理下,上海变成了一个五光十色的繁华城市。

太阳人家的亮,月亮人家的圆,大清帝国风云突变的日子还会远么?

为皇帝开出的"药方"

无论如何,"公车"们对大清帝国和帝国主义们都充满怨恨。

康有为活跃在中国近代政治舞台上的那几年,其主要行动是以不断上书的方式给皇帝出主意想办法。中国文人历来以"救世"为己任,执意要给当权者开出各种各样的"药方"。这些"救世郎中"不仅"偏方"奇特,"医嘱"更是妙不可言。

在《上清帝第二书》里,康有为给皇上开出的一剂良药是:"近之为可战可和,而必不致割地弃民之策;远之为可富可强,而必无敌国外患之来。"他从不能割让台湾开始,耐心地说服皇上"吃药":"窃以为弃台民之事小,散天下民心之事大。割地之事小,亡国之事大。社稷安危,在此一举。"康有为的意思很明白:如果放弃台湾,百姓就会认为他们拥戴的朝廷不定什么时候也会放弃他们,这样的朝廷还拥戴它干吗?更何况,帝国主义们的贪心是一样的,台湾割让了,以后别的国家再来要中国的土地,给还是不给?不给,他们就会像日本人一样动武——"有一不与,皆日本也。"而战争一旦开打,帝国的军队还是会战败,战败只好再割地。国土都割让光了,只剩下一个孤零零的皇上还有什么意义?因此,当务之急是"团结民心"而不是"鼓舞夷心"。为此,康有为开出的四味"药"是:"下诏鼓天下之气,迁都定天下之本,练兵强天下之势,变法成天下之治。"㊵他建议光绪立即向全国下三道诏书:

一为"罪己诏"。皇帝在诏书中为战争失败承担责任,且要面对臣民说出这样的话:"今日本内犯,震我盛京,执事不力,丧师失地,几惊陵寝,列圣怨恫",为此"特下明诏,责躬罪己,深切痛至,激励天下,同雪国耻"。这个建议的天真程度是惊人的:在封建专制的历史上,皇帝基本上不是人,让一贯正确的圣明天子承认错误,并向国人发布自己的"检讨书",如果中国真有这样的皇帝,又何至于拖着辫子去日本马关商量如何割让自己的国土!更奇特的是,"公车"们对皇帝的"检讨书"一旦发表将产生的景象的描述,更可谓天真烂漫:"忠臣义士读之流涕愤发,骄将儒卒读之感愧忸怩,士气耸动,慷慨效死,人怀怒心,如报私仇。"[41]感动得流泪甚至耸动已是很可观了,而"忸怩"一词则来得十分突然——武器装备皆不如人的将士读到皇帝的"检讨书",竟然会显露出一种类似羞愧的表情,这种温情的场面如果不是帝国的文人绝无此奇妙的想象。

二为"明罚之诏"。康有为建议皇帝赏罚严明,对那些耽误国家大事的人绝不姑息。这个建议本不算新鲜,中国历史上的谏臣常有此言,至于是不是能做到另当别论。问题是,哪些罪行属于严惩之列?康有为列举有:"辅佐不职"、"养成溃痈"、"蔽惑圣聪"、"主和辱国"、"战阵不力"、"闻风逃溃"、"克扣军饷"、"丧师失地"、"擅许割地"、"辱国通款"、"守御无备"等等。这是一个罪行大全,从皇亲国戚、总理大臣、战场官兵,一直到政府各衙门均在其中。中国文人对国家弊政的指责,历来有"一勺烩"的通病,于是用不着被指责者同仇敌忾,文人们的灭顶之灾转瞬就会降临。更何况其中"主和"这一条,谁都知道那是慈禧太后的意志。在帝与后关系十分紧张的时候,让皇帝"明罚""主和"的罪魁,难道文人们的意思是要求皇帝把老佛爷也顺便惩办了吗?

三为"求才之诏"。这也是一条原本不新鲜的建议,中国历史上的统治者没有一个不标榜自己爱才的。但是,这句话从正在"高考"且前途渺茫的康有为嘴里说出来,便另有一种味道了。帝国官场上一向依靠论资排辈和裙带关系两个基本原则运转,而为了让皇上认识到破格提拔有才能的知识分子的美好前景,康有为表述道:"天下之士,既怀国耻,又感知遇,必咸致死力,以报皇上。"——"以报皇上"的口气里已经有了一种慷慨赴死的决心。可惜的是,至少康有为们的历史表明,帝国政府从来没有过"破格"的想法,即使某一位当权者在某种特定条件下真的"破格"选拔了几个知识分子进入政权中枢,其政治命运也往往是极其被动扭曲的,最终想来还不如不被"破格"提拔的好。

在一再上书皇帝的过程中,热血沸腾的康有为还是涉及了一个严肃而敏感的问题:帝国体制的变革。"变法成天下之治",这是一个具有实际意义的重要建议,也是康有为在中国近代史上所有政治作为的核心。仅在《上清帝第二书》里,康有为关于变革的设想和建议,就囊括了支撑帝国的各个方面,拿他的话来说就是富国、养民、教民和革新。"富国"包括对下列行业的整顿:货币、银行、铁路、工业制造、矿业开发和邮政。"养民"包括优先发展农业、鼓励科技发明、加强贸易流通和开拓民政事业。"教民"包括加强教育中自然科学的含量,如天文、地矿、图绘、医律、化电、机器、武备等等。当然,在普及西方科学技术的同时,不能忘了中国的文化传统,具体建议是:把全国乱七八糟的"乡落淫祠"全部取缔,改成孔子庙,令全国一律"独祀孔子"——"庶以化导愚民,扶圣教而塞异端。"严肃的建议到这里还是发生了荒谬的拐弯。康有为所说的"乡落淫祠"指的是什么?应该是民间那些"不正规"的信仰。让四万万人"独祀"一个孔子,这恐怕是只有帝国文人才会想到的理想境界。帝国文人的矛盾在于,他们是最反对给思想划定范围的人群,但是为了让皇上高兴,他们又是用文字围剿不规范思想的最积极者。这样的矛盾,延续千年,史不绝书。

也许是受外国传教士在中国传教的启发,康有为还提出了一个极其大胆的建议:派中国人到外国去"传教"。康有为派出去的"传教士"不是和尚、道士或是尼姑,而是像他这样有学问的中国人,也就是帝国的知识分子。到外国去传播什么?当然是姓孔名丘的那个人的思想。这样一来,就可以用中国的"圣教"去改造和教育野蛮的洋人。康有为进而想象,中国的知识分子出去"传教"一举多得:"可訽夷情,可扬国声。""扬国声"即宣扬国家精神,而"訽夷情"却多少有点诡秘,因为"訽"这个只有帝国文人才会使用的孤僻汉字含义单一,就是"侦察"和"刺探"的意思。

即使是这样千奇百怪的"书",在那个年代也绝对是一声惊雷了,因为在大清帝国的历史上还没有人敢这样议论国家。

康有为的《上清帝第二书》虽然皇上没有看到,但是在京城里却被广泛传抄,最后到了"索稿传天下人人墨争磨"的地步。

康有为出名了。

而且,中了进士的康有为眼看就要当官了。

要想得到理想的官职,还要经过更高级别的殿试和朝考。皇帝亲自主持的殿试名为"时务策",考察的是对国家政策的见解。殿试的一甲三名会被立即授予官职,第一名状元授翰林院修撰,第二名榜眼和第三名探花授翰林院编修。除了殿试的前三名外,其余的考生还要进行朝考,考题两道,皇帝特派大臣阅卷,朝考的成绩结合殿试的名次,再由皇帝分别授予官职,优秀者授翰林院庶吉士,其余分别授主事、中书和知县等官职。中国的读书人只有进入皇家最高人才库翰林院,才算是真正要飞黄腾达了,因为朝廷的大员们几乎全部来自翰林院。

康有为的殿试和朝考都考砸了。

其实,康有为能以三十七岁的年龄中进士也纯属侥幸,侥幸于另外一个考生的考卷写得太好了,这个考生就是他的门生梁启超。

梁启超,与康有为同为广东人,比康有为小十六岁,他的家庭世代充满了"力求功名,热心世事"的寒士家风。祖父虽然"饱学多智",但在考场上奔波一生只考得秀才,最后花钱捐了一个"县教谕"的小官。父亲运气更糟,"屡试不第",连秀才也没考上,一辈子仅仅是个教书先生。这个对功名追求得几乎绝望的家庭,把所有的希望都寄托在长子梁启超身上了,因为他"天资聪慧",六岁就能对仗合体用典自然,九岁已能写出"洋洋千言的八股文章",十岁得到一本曾经考取过殿试探花的著名洋务派人物张之洞的《輶轩语》,"始知天地间有所谓学问者"。考中秀才后,十六岁的梁启超参加举人考试,做的八股文题目有:一、《子所雅言诗书执礼"至"子不语怪力乱神》,二、《来百工则财用足》,三、《离娄之明,公输子之巧》。梁启超的文章美妙如同浮云悬月,于是考取第八名举人。更让他和他的家庭意外欣喜的是,在主考官、副考官、学政等官员们与新科举人一同欢宴的时候,主考官李端棻竟然当场决定把自己的堂妹嫁给梁启超:"李端棻殿试广东,睹启超为文,如长江一泻千里,不以其肤浅而短之,置前茅,顾左右曰:'此人他日名位出吾上。'招与语,益奇其才,知尚未有室,以女弟妻之。"⑫这真的印证了中国人的那句老话:书中自有颜如玉。

而这一年,全国范围内的举人考试,有一个人和梁启超一起参加了,这就是三十二岁的康有为。康有为与梁启超不在一个考场,梁启超在广州,康有为参加的是顺天府考场的考试,地点在北京。当梁启超春风得意的时候,康有为正心情沉痛:他没有考中举人的原因很复杂,除了才力运气之外,还因为他复杂的思想——这时候,他已经开始思考帝国的变革问题了。考试期间,他并没有每晚在油灯下研读典籍,而是忙着给朝廷的名人写信:皇帝信任的工部尚书、军机大臣潘祖荫,皇帝的老师、军机大臣翁同龢等等。信中大谈国家急需变革,因为日本已占领琉球,法国吞并了安南,英国夺取了缅甸,中国的边疆几乎被帝国主义们包围,而大清帝国从上到下仍在沉睡不醒。康有为夜夜疾书,天一亮就满城乱转,想办法把这些信件送出去。结果可想而知,据说大学士徐桐看过信后极其愤怒,骂道:"这个狂生!"由于信件的内容太"反动",徐桐把"康有为"这个名字记住了。也许这正是康有为希望得到的效果,他希望他的名字能够在帝国政界挂上号。但是他没想到由此带来的另外一个后果:虽然他渴望帝国进行变革,但他同样渴望自己考上举人,考上进士,当上高官,而批阅他的考卷的考官只能是骂他"狂生"的那些人物,他怎么能不考砸呢?

康有为到了广州,开办了由他执教的学堂,名为"万木草堂"。康有为不是进士,连举人都不是,居然开学堂办教育,于是遭到人们的耻笑和攻击。但是,他终究是一个上过"书"的有名气的"公车",慕名而来的学生居然不少。严格地说,万木草堂不是一个学堂,而是一个"政治团体";学堂讲的也不是八股文,而是要探讨国家的出路。

就是这一年,梦想考中进士的梁启超在与康有为相遇的那个瞬间便一眼认定:这是一个能够指导他人生,让他一生追随的人。

一八九四年,康有为和他的学生梁启超结伴北上,一起来到京城参加进士考试。两个人都没考中。

第二年,师生二人再次结伴北上来到京城。他们在一起组织了"公车上书"的同时,又一起顽强地向进士"冲刺"——两个人虽然年龄相差很多,但都表示成败在此一举,如再考不上就都不再应试了。

令康有为担心的事终于发生了:这一年的主考官,就是记住了"康有为"名字的大学士徐桐。

徐桐决心不录取康有为。他向副考官们一一通气:凡广东考生中文章特别出色的,肯定是那个康有为写的,见到此卷一定要拿下去。考官们果然看到了一份出色的试卷,经过对文章立意、观点以及风格的分析,在认定必是康有为所作后,立即"弃置"一边。由于文章写得实在是才华横溢,一位副考官还在这份试卷的卷末写了几句颇为俏皮的话,把康有为比作已经出嫁的漂亮女子,说尽管看上去令人心动可无论如何娶不得了:还君明珠双泪垂,恨不相逢未嫁时,惜哉惜哉!——没有人知道,这份被误认为是康有为的试卷,其实是梁启超的。按照科举考试的规定,发榜时前五名依次填写姓名,当填到第四名的时候,徐桐向考官们"夸示弃者必康有为卷",站在一旁同为主考官的翁同龢戏言:"尚有第五,安知无他?"第五名考生的名字填出来了,竟然正是康有为! 据说,徐桐当时"既怒且惭,归语门者,康如来谒,拒不纳"。

梁启超从此再未涉足考场。

康有为在梁启超的"牺牲"中参加了殿试和朝考,但一一落选,他没能获得接受皇帝钦定名次的资格。他最后被授予的官职令他十分绝望,一个才大心高的社会精英得到的竟是一个低级京官的职务:主事。具体"单位"是政府各衙门中的工部。

对官职极其不满的康有为和考进士失败的梁启超从此以变革为终生职业了。

领土危机

台湾,中国一个多灾多难的海岛。

《马关条约》签订后的第二天,当台湾百姓得知帝国政府把台湾割让给日本的消息后,"若午夜暴闻惊雷,惊骇人色,奔走相告,聚哭于市中,夜以继日,哭声达于四野"。[43]台北民众鸣锣罢市,宣布一切银两不准外运,税收必须留做抗日之用。因此,当日本军队依照《马关条约》上岛接收的时候,他们遇到了抵抗。这是连日本人都不可理解的战斗:

战斗的一方是日军的正规部队,另一方却是连军队都算不上的一群将辫子缠在头上的义军。战斗一开始双方就明了结局是什么,因为参战的台湾民众声明他们"知其不可而为之"是要"以示不甘为敌国之顺民"。他们张贴出一张布告,为自己近乎自杀式的抵抗向帝国政府、日本军队和全世界作出解释,措辞之凄凉令人不忍卒读:

> 此非台民无理倔强,实因未战而割全省,为中外千古未有之奇变。台民欲尽弃田里,则内渡后无家可归;欲隐忍偷生,实无颜以对天下。因此椎胸泣血,万众一心,誓同死守。⑭

中国百姓的凄凉在于,他们面对的是朝廷的割让。

《马关条约》正式生效后仅仅六天,帝国主义们就一反"中立"的立场,突然跟"大获全胜"的日本人翻了脸。一份以俄、法、德三国名义发出的最后通牒被送达日本政府那里:日本占领中国的辽东半岛,妨碍了远东和平,日本必须放弃这个要求,如不答应我们"将不惜一战"。各国联合起来"维护"中国的领土完整,这使大清帝国的官员们受宠若惊,尽管他们中间有人似乎明白洋人此举的意图。沙皇尼古拉二世认为,日本本是海洋国家,如果占领中国辽东,日、俄两国就等于是有陆地接壤的国家了,俄国绝不允许日本以中国东北为根据地威胁俄国的安全。沙皇的另一个意思没有明确说出来,那就是中国的大连和旅顺两个不冻港,应该是俄国的而不能是日本的。于是,俄国决心使中国的辽东半岛保持战前状态,为此决定采取任何必要的行动,包括轰炸日本本土的港口。而此时俄、法、德三国的联合舰队已经游弋在日本海海面上了。法国人之所以参与俄国人的行动,是因为俄、法国之间有一个《俄法同盟》。至于德国人的目的,是他们希望看到俄国因忙于东方事务而缓和对欧洲的压力。在大清帝国面前可以称霸的日本,在帝国主义们的行列中属于弱小者,尽管极不愿意,反复争辩,最后还是不得不表示屈服:"日本帝国政府根据俄、德、法三国政府之友谊的忠告,约定抛弃奉天半岛之永久占领。"⑮但同时日本人提出一个"不能便宜中国"的条件:中国必须用钱赎回辽东半岛。帝国主义们一听,立即齐声说这样很好,只是日本人提出的五千万两似乎多了点,我们的意见是三千万两,这才是一个公平的价钱。就这样,连同《马关条约》中规定的"赔偿"日本军费两亿两白银,年收入不过八千八百九十万两的大清帝国,一共要向日本支付两亿三千万两白银。大清帝国即使举国不吃不喝,也无法凑齐这笔巨款。而《马关条约》规定,中国如果在一八九八年前不还清赔款,不但每年要负担高达一千四百万两白银的利息,日本还有权驻军威海卫直到赔款还清为止。于是,帝国主义们期待已久的时刻终于到了,他们争先恐后地借款给国库如洗的大清帝国——借款不但是盘活资本、赚取利息从而获得巨大经济利益的绝好机会,同时也定会使借款国受到无法解脱的制约。

帝国主义们的借款竞争激烈地开始了。俄国驻华代办警告帝国政府不能向英国人借款,否则俄国人"必问罪"。英国驻华公使窦纳乐告诉帝国政府,如果中国向俄国人借钱,英国必采取最坚决的报复措施。法国人的威胁是,如果帝国政府给予别国利益而不同时考虑法国,法国必会夺取中国南方的一块土地作为补偿。谁也得罪不起的大清朝廷只好请赫德出面,让这个英国人疏通与各国的关系,同时默许了俄国对中国旅顺口的"租借"。大清帝国的巨额借款,令形同抢劫的帝国主义们都有了收获,其获得甚至不亚于日本人通过战争获得的。至于《马关条约》中规定的中国向日本割让台湾一事,由于那个名叫台湾的岛屿与帝国主义们的现实利益没有多大关系,于是,尽管大清帝国政府指望各国像干涉辽东一样干涉日本对台湾的占领,但是帝国主义们谁也没有吭声。

从一八九五年日军在台北登陆,一直到台南陷落,台湾义军的抵抗持续了半年之久。日本人以为只要开上这片岛屿,就可以开始他们的统治了,他们没想到的是,需要用日本士兵的生命来换取台湾的每一座城镇和每一座村庄。而台湾巡抚唐景崧命令官员和官兵全部撤出台湾,自己则在混乱之中脱下官服与换上男人装的小妾们一起混在难民中逃到英国人的轮船上去了。台湾岛上,只剩下了那些大清帝国的子民在抵抗。

后来,日本人在记述他们"接收"台湾的书中这样写道:

> 不论何时,只要我军一旦出现,附近的村民便立刻变成我们的敌人。每个人甚至年轻的妇女都拿起武器来,一边呼喊着,一边投入战斗。我们的对手非常顽强,丝毫不怕死。他们

隐蔽在村舍里,当一所房子被大炮摧毁,他们就镇静地转移到另一所房子里去,等一有机会就发动进攻。不仅台北的情况是这样,而且整个新竹的四郊也是这样。㊻

据日本官方公布的数字,日军在占领台湾全岛的战斗中,一共损失三万二千人,这个数字占日军侵台部队总人数的一半。

由此可以想见台湾民众的抵抗是何等的不屈不挠。

日本对台湾的占领长达近五十年。

当帝国主义们的借款竞争基本平息后,他们开始瓜分中国的土地了。

一八九八年三月的一个早晨,几个山东农民把武装登陆的德国人背上了中国海岸。那天,年轻的德国海军陆战队上尉冯·法尔肯海因蹲在一条小船的船头,向弥漫着晨雾的中国海岸观望。在他的身边,是一位熟悉这一带水域同时也熟悉中国人禀性的德国传教士,传教士为自己起了个中国名字:薛田资。在他们俩人的身后,一百二十名德国海军陆战队队员,戴着立着尖矛的头盔,蜷缩在摇晃的四条小船里,握着枪沉默不语。天色逐渐亮起来,海鸥尖厉的叫声划破海面的寂静,前面的海岸就是中国山东日照石臼所滩头。滩头上砌有高大的石墙,法尔肯海因上尉清楚地看见了石墙上盘着辫子的中国人正拿着火枪向海面上凝望。日耳曼人蓝色的眼睛与中国人黑色的眼睛对视了很久,法尔肯海因终于站了起来,石墙后的中国人也跟着站了起来,"他们不是在隐蔽处准备射击,而是……由于感到新奇下到滩头上来"。已经把枪托握出汗的德国陆战队队员对这些丝毫没有敌意的中国人的平静姿态感到万分惊奇。这时,传教士用中国话向中国人喊起来,接着,海岸边的几个中国人下海了——"我用中国话招呼海边的中国人,告诉他们如果能够下水把我们背过去,我们会给他们一些钱。大胆的人真的把裤管卷到膝盖以上向我们走来。第一个刚过来,其他的人也都跟过来了。于是,每个'敌人'竟然都把一个德国军人背到自己背上,而德国军队是骑在中国人的背上进入敌国的。"㊼

当晚,德国军队占领中国山东日照县城。

冯·法尔肯海因的战斗日记记录道:"我们用一袋烟的工夫就出奇制胜地打下了日照城,大家不相信这是在敌人的国家。我们迈着悠闲的步伐,那样高兴和无忧无虑"。日照"城里笼罩着一片寂静。中国人在早上知道了我们来的消息,下午的时候就已经跑光了"[48]——德国人占领中国山东的历史,百年以后的今天在那块土地上仍到处可见斑斑痕迹。

德国强占中国胶州湾,是帝国主义们全面瓜分中国的开始。

德国人觉得他们迫切需要在中国建立一个军港,多次向大清帝国政府提出要求,都被婉言拒绝了。但是没过多久,一个"好消息"传到德国:一八九七年十一月一日,两个德国传教士在中国山东曹州的一次教民冲突中死了。德皇威廉二世立即命令他的远东舰队驶往胶州湾,占领该处所有的村镇,并采取严重的报复手段。德国海军陆战队在中国胶州湾登陆的第二天,德皇亲自主持内阁会议,决定尽可能地提高赔偿要求,务必使中国无法履行,因而有理由继续占领胶州湾。同时,决定派遣海军大将亨利亲王率领第二支舰队开赴中国。

帝国政府向胶州湾清军守将发出的命令是:"镇静严机。任其恫吓,不为之动。断不可先行开炮,衅自我开。"

帝国政府请求俄国出面调停。

帝国政府不会知道,与写有中国求和内容的文本同时送到沙皇面前的,还有一份俄国外交大臣穆拉维耶夫的上奏:"由于山东已成事件,我们决不能失去时机,请立即派舰队占领中国大连湾。历史的经验告诉我们,东方民族最尊重力量和威力,在这些民族的统治者面前,耗费任何建议和忠告都不能达到目的。"[49]沙皇立即命令俄国海军舰队开赴旅顺口。俄国人对此举的解释是:应大清帝国政府的请求来"保护"中国。而此时,德国已经收到俄国政府发来的正式外交通报:俄国不反对德国对中国胶州湾的占领。

一八九八年三月,大清帝国与德国签订《中德胶澳租借条约》,条约规定把中国的胶州湾和湾内所有岛屿全部"租"给德国,租期九十九年。德皇威廉二世为此发布的命令全文是:"胶州湾领土,归德意志帝国所占有,兹以帝国之名置该领土于朕保护之下。"

这才发觉上当的帝国政府派遣官员要求俄国人从大连湾撤兵,得到的回复却是一份与德国一样的"租借"条约草稿。俄国要求帝国政府必须在三月二十七日之前签字,不然俄国就只能"自行处理"了。二十七日,中俄签订《旅大租地条约》,条约规定将旅顺、大连及其附近水面"租"给俄国,租期二十五年。俄国人在远东拥有不冻港的梦想终于实现,沙皇对外交大臣穆拉维耶夫说,俄国人取得了辉煌的成果。德皇也给沙皇发来了贺电:从道义上说,俄国已经成为北京的主宰。

法国人坐不住了,他们认为自己也是向日本人施压迫使其归还辽东半岛的"功臣"之一,为此中国也必须向法国有所表示。一八九八年三月十三日,法国驻华代办吕班向大清帝国政府提出"租借"要求,同时派遣海军军舰在中国福建海面示威。十一月十六日,中法签订《广州湾租借条约》,条约规定在不把广西、广东和云南租借给别国的前提下,将中国广州湾及其水面"租"给法国,租期九十九年。

英国,资格最老的帝国主义国家,自然不会在瓜分领土的"盛宴"上忸忸怩怩。早在一八九五年,英国政府就对中国云南提出了控制要求,威胁的语言和其他帝国主义们一样:如不答应就自行办理。一八九七年二月四日,中英签订《续议缅甸条约附款》,规定割让中国云南边境地带予英国。这一条约得罪了一直企图控制中国云南的法国,可英、法两国并没有因此发生冲突,而是一起向大清帝国政府漫天要价:法国人要求中国作出海南岛不得让与他国的承诺,英国人要求中国保证不将扬子江沿岸各省让予他国。一八九八年,受到中俄《旅大租地条约》的刺激,英国通知大清帝国政府:由于渤海湾上的均势因将旅顺让与俄国而被打破,英国必须获得日本人一旦撤出威海卫后对该港口的优先占有权,条件应与给予俄国人在旅顺的条件一样。英国人的理由是:"俄专为北方,若法占南海口岸,我亦须别索一处抵之。"[50]通知的最后特别写上了这样一句话:英国军舰正在由香港驶往渤海湾的途中。一八九八年五月九日,日本人刚刚撤出威海卫,英国国旗立即在那个中国海岸要塞上升起。

在经过战争赢得巨额赔款,并且占领中国的台湾之后,失去中国辽东的日本人眼看着帝国主义们的狼吞虎咽终于按捺不住了。一八九八年四月二十二日,日本照会大清帝国政府,要求承认其对中国福建沿海的势力控制。如果拒绝,日本将自行处理,中国须为后果承担一切责任。两天后,帝国政府被迫声明,福建沿海一带的领土不会租借给别的国家。

中国被切割的过程瞬间就完成了,没有抵抗和交战,没有流血和流泪,甚至连高声的抗争都没有发生。这个过程的迅速,犹如使用极锋利的刑具行刑,受刑者甚至没有呻吟哀鸣一声的机会。在分割中国领土的时候,帝国主义们借口不一,手段各异,但是在向大清帝国发出威胁的时候,有一句话却出奇的一致:如不答应将自行处理。帝国主义们有什么权利"自行处理"一个主权国家的领土?更令人深思的问题是:一个主权国家的领土何以就被异国轻易地"自行处理"了?

言论自由:移民巴西!

《大清律例》:"凡造谶纬妖书妖言及传用惑众者,皆斩。"

《大清律例》:"捏造言论,录报各处者,系官革职,军民杖一百,流亡千里。"

本来就瘦弱又让酷刑折磨得脱了形的文人,辫子缠在死刑牌上,站在摇摇晃晃的囚车里,被行刑队押着通过街市。这个时候,看热闹的中国百姓也许会庆幸自己不识字。

大清帝国一向言论"自由"。世界上没有哪个民族像中国人一样热衷于天南地北地闲聊,世界上也只有中国存在着一种专供民间人士"自由"言论的公共场所——在帝国所有的城镇中,风险最小、成本最微、收入最稳定的生意,就是找个敞亮的地方开一间专供闲聊的茶馆。同时,中国人几乎生来就知道什么可以胡说八道,什么连说都不要去说。从这个意义上讲,中国又是世界上全民最自觉、言论最规范的国家。突然,皇上说"开禁"了,这大约是一八九七年的事,皇上对他的臣民们说:言论自由,恕尔无罪。

就在穿着各色军装的洋人,忙着在中国的各个港口悬挂自己的国旗的时候,大清帝国的知识分子正在掀起一个办报的热潮。木刻的、石印的各种类似传单的东西漫天飞舞,这让几千年来一直敬重纸张和汉字的中国人突然觉得有点不吉利,因为这样的情景很容易让他们联想到出殡时漫天飘散的纸钱。在那段短暂的言论"自由"的日子里,因办报而著名的城市就有上海、天津、广州、长沙、桂林、澳门、重庆、成都、杭州。北京是都城,官气阴重,报纸少些,只有《中外纪闻》和《官书局汇报》较有名气,而这两个报名其实是一张报纸先后使用的名称。《中外纪闻》为康有为创办,双日出报,除选载其他报纸的文章外,其他文章基本上都出自梁启超之手:《地球万国说》、《通商情形考》、《地区万国兵制》、《万国矿务考》、《铁路通商说》、《铁路工程说》、《西国兵制考》、《报馆考略》……《中外纪闻》在创办三十五天后被帝国政府查封。朝廷取缔它的原因很简单:这不是一份一般的报纸,这是一份政治团体的"机关报"——以"学会"的"学术"性质掩护其政治目的,是中国知识分子的发明创造,即"谶纬妖书妖言及传用惑众"。帝国当权者对知识分子的警惕和厌恶由此而来。

那个时候,散布在中国国土上的各种学会达五十多个。

京师的强学会是其中最著名的,由殿试和朝考失败之后心情恶劣的康有为发起,由此便注定了它必是一个有明确政治目标的组织,而无论是其组织形式和运转方式实际上都已如政党的雏形。在大清帝国,结党是极其危险的。强学会几乎可以被称为一个"贵族俱乐部",其会员全部是高层知识分子和各级政府官员。工部主事康有为为负责人,文人梁启超是书记员,会长则是户部郎中、军机处章京陈炽,会员包括文廷式、沈曾植、丁立钧等帝国朝廷命官,还有后来成为中国近代著名军阀的徐世昌和袁世凯。在强学会的赞助者中,不但有湖广总督张之洞、两江总督刘坤一和直隶总督王文韶这三位几乎控制着大清帝国半壁江山的封疆大臣——他们各捐了五千两银子,还有光绪皇帝的老师、军机大臣翁同龢,甚至连李鸿章也表示愿意捐款,可他是中日战争的总指挥和《马关条约》的签订者,强学会的成员们杀他的心都有,怎能让他"入伙"?于是"坚拒"。更为奇特的是,强学会得到了洋人的支持,有的洋人干脆就是强学会的骨干分子,连英国驻华公使欧格纳也是学会会员。

强学会的"会序"出自康有为之手,它不但犹如一份政党宣言,而且还是一篇骚体美文,开篇就描写了帝国主义们窥视中国的各种眼神,然后描写了中国人在这种眼神的逼视下恍恍惚惚的精神状态:"俄北瞰,英西睒,法南瞵,日东眈,处四强邻之中而为中国,岌岌哉!况磨牙涎舌,思分其余者,尚十余国。辽台茫茫,回变忧忧,人心惶惶,事势儦儦,不可终日。"接着,康有为推断出中国如果再不变革将出现的惨状:"三州父子,分为异域之奴;杜陵弟妹,各衔乡关之戚。哭秦廷而无路,餐周粟而匪甘。矢成梁之家丁,则螳臂易成沙虫;觅泉明之桃源,则寸埃更无净土。"[51]康有为因此呼唤知识分子团结起来,向德国学习!向日本学习!

这是在明目张胆地发动群众。

查封强学会的圣旨,是以光绪皇帝的名义下达的。有人说,这是慈禧强迫皇上做的,因为所谓的查封,实际上被落实成了"改组":强学会改称"官书局",《中外纪闻》改称《官书局汇报》——如果要查封一个有一定势力和影响的民间组织而怕造成不良后果,最好的办法就是把这个民间组织"转正",让其成为一个吃皇粮的衙门,组织中的许多人能够因此成为衙门里的官吏,这是帝国政府收服文人之心的一个屡试不爽的绝招。

失望的康有为只有再给皇上写信。

在《上清帝第四书》中,康有为主张在帝国政府机构中实行"议院制"——先不去探究光绪皇帝是否知道"议院制"是个什么东西,仅从康有为直接向皇帝提出这个建议的举动,就可以看出帝国知识分子的理想与现实之间差距有多大——在大清帝国的紫禁城里设立参、众两院,能够如此设想的人自古也只有康进士了。帝国的知识分子无疑是一群最神经质的人,因为在这个世界上,再也没有什么人的心理会遭受如此残酷的折磨:他们对帝国的态度如同对祖国的情感一样,不断在骤喜骤悲的旋涡中大起大落:昨天还顶礼膜拜心驰神往,今朝又热泪迸发咬碎银牙,试问世间哪个凡胎肉体的神经能够承受住翻云覆雨般的折腾?

一八九七年十一月,康有为从上海启程进京,身上带着一份他认为关系着中国种族生存的文件,文件的内容是:将一部分中国人移民,在中国境外建立一个"新中国"!

康有为设想建立"新中国"的地点是:南美洲的巴西。

康有为设想建立"新中国"的目的是:"开巴西以存吾种。"

亡国在即,康有为"为免瓜分之祸,保中华之种族",终于想出"移民"这个绝世良策。他认为这样一来,即使中国国土沦亡,转移出去的中国人依旧可以建立起一个"新中国"。康有为为这件大事去找总理衙门大臣李鸿章——至少他还知道涉及外交事宜需要总理各国事务衙门协助。李鸿章听了这个建议,镇静而平和地表示同意。然后他告诉康有为,这件事需要与巴西公使商量,目前公使先生还在巴西国内,等他回到中国再行研究不迟。至于巴西公使什么时候回来,不知道。李鸿章客气地把康有为送走了。

为什么选择遥远的巴西?

当时的中国人有几个知道世界上还有一个名叫巴西的国家?

康有为的解释是:"中国人满久矣,美及澳洲皆禁吾民往,又乱离迫至,遍考大地,可以殖吾民者,惟巴西经纬度与吾近,地域数千里,亚马孙河贯之,肥饶衍沃,人民仅八百万,若迁吾民往,可以为新中国。"㊵康有为什么都想到了,唯独没有想到一个问题:人家巴西国愿不愿意?

春天来临。

皇家考试又一次开始了,大批的知识分子再次聚集。

京城危险了,帝国危险了。

京城宣武门外菜市口米市胡同里的南海会馆,始建于道光四年,由广东南海籍京官捐资购买工部尚书董邦达的故宅修缮而成,是南海籍学生进京应试的食宿之地。会馆很大,分为十三个小院。康有为住在会馆的北侧,院子里有七棵老槐树,故名"七树堂"。康有为将自己住的房间,命名为"汗漫舫",取"小室如舟"之意。

小室春寒料峭,康有为心硬如铁。

弟弟康广仁告诫他,由于他与帝党关系密切,已经引起后党的注意。

皇上和他的帝党是愿意变革的,慈禧和她的后党是反对变革的,这个观点不但在当时康有为的脑袋里深信不疑,就连今天的历史书也是这样写的:慈禧结党营私,宁把国家推入水火,也要巩固自己的权位;光绪忧国忧民,宁可失去皇位,也要国家图强——中国人书写往事时犹如编写唱本,能把一部民族史写得如同京剧舞台上的恩怨故事,一板一眼皆有音律,唱念做打均为师承,故事简约委婉,象征手法娴熟,色彩斑斓的油彩画在脸上,曹操阴白的底色上点缀黑斑,关羽鲜红的底色上撒些碎金,令观赏者能够一边喝茶一边嗑着瓜子,亢奋的时候还允许叫一声"好"——中国人以散漫的心态观赏复杂的事物和以复杂的心态琢磨简单的事物的本领,举世无双。事实是,康有为至死都是最坚决的保皇派。而他无限"忠于"帝制的"感人事迹"之所以被历史的书页埋没,只是因为历史的书写者认为他应该是"进步势力的代表"和"封建势力的掘墓人"。

在寒冷的如舟小室里,康有为再次向皇上建议:中国与英国和日本两国结成联盟——旅顺城中数万中国百姓的血迹未干,写出这样的文字该是多么痛苦的事? 经过对帝国主义们的逐个比较,康有为得出了联英、日以拒德、俄的结论。康有为绝对揣摩过皇上的心思,因为帝国主义们因各种利益的驱使,已经基本上分成两个集团:一个是德、俄、法集团,与慈禧的后党关系密切,尤其是洋务派的那伙人,包括李鸿章、刘坤一等朝廷大员对俄国尤为亲近;另一个是英、日、美集团,这三个国家向光绪的帝党表示友好,特别积极地"支持"中国变革。康有为认为,"日本与中国唇齿相依,德、俄得东方,于日本不利",况且,"日本欲奋扬威武而受德俄之挟制",因此"必恨德俄"。所以,日本人是"真情也",英国人则是"真救人之国也"。

在康有为的所有上书中,最著名的是《上清帝第五书》。他为皇上指出了三条救国之路,即上、中、下三策。上策是向俄国和日本学习——康有为划分阵线的思维到这里又乱了——"采法俄日以定国是,愿皇上以俄国大彼得之心为心法,以日本明治之政为政法。"㊶中策是"大集群才而谋变政"。康有为的"群才"不是指民间贤才,而是指六部九卿大臣,要知道康有为现在大小也是官员了。下策是"听任疆臣各自变法",康有为的意思是皇上放权,让各省官员自己去进行变革实践。最后的结论是:推行上策,国家可以富强;推行中策,能够维持局面;推行下策,国家仅仅不至于灭亡。如果"三策"都不推行,国家肯定完了,到时候皇上想当个安稳的普通百姓都不可能。

信写完了,请工部代呈。

工部尚书淞湘认为康信有"偏激之词",于是扣压。

康有为彻底体会到什么是宫深帝远了。

他决定离开北京回老家去。他不干了!

1901

如果那一年康有为真的走了,中国的那段历史将平淡无奇。

就在康有为已经把行李装上车的时候,突然有人飞奔传报:一位大员到了南海会馆的门口,并且指名道姓要见康有为。

康有为顿时愣住了。

来到米市胡同南海会馆的人是翁同龢。

大清帝国发生于一八九八年的惊险故事就这样开始了。

翁同龢,皇帝的老师。江苏苏州府常熟人。父亲翁心存咸丰时为朝廷宰相,同治时为皇帝的老师。名门并不一定出纨绔。翁同龢二十七岁一举中了状元。状元,数万读书人中独占鳌头的无上荣耀。中国明清两朝,非进士不能入翰林,非状元不能做宰相。翁同龢官运亨通,真就做了宰相,并且当上了光绪皇帝的老师。翁家父子,一个是咸丰、同治朝的宰相和皇帝的老师,一个是同治、光绪朝的宰相和皇帝的老师,这种现象在中国历史上绝无仅有。更奇特的是,翁同龢的哥哥翁同书的儿子翁曾源,在同治年间又中了状元。一时间,国人盛传贫寒的常熟翁家的茅屋肯定盖在了龙脉上。宋明以来,中国开始重文轻武,武官功劳再大顶多做到将军元帅,文官却可以入阁拜相,甚至成为皇帝的老师。一八九八年的翁同龢,是具有宰相尊荣的协办大学士,是掌握帝国外交大权的总理大臣,还是掌握帝国财政权力的户部尚书,同时还是实操宰相之权的军机大臣,地位几乎仅在皇帝之下——首辅之尊,荣宠有加,权势熏天,满朝注目。

翁同龢是光绪帝的老师,那就必然是帝党之首。

为了皇帝的利益,他不顾身份亲自来到米市胡同,目的仅有一个:劝康有为留下来变法。

一个当朝重臣和一个"基层"主事密谈了什么,史书没有留下记载。

接下来发生的事是:康有为不但留了下来,而且第二天,光绪皇帝就收到一份特殊的奏折:《请召对康有为片》,即请皇帝召见康有为垂问国是,并请皇帝授予康有为适当的官衔,理由是康有为"学问淹长,才气豪迈,熟谙西法,具有肝胆"。这是第一份正式向皇帝推荐康有为的奏折,在康有为的人生中极其重要。写这份奏折的人,是兵部掌印给事中高燮——谁都会想到高燮的奏折必是在翁同龢的授意下写的。当奏折被递上朝廷的时候,翁同龢又及时在光绪面前把康有为推荐了一番。结果是必然的,光绪帝表示要亲自召见康有为,命令总理衙门安排一下。

突然的变化令康有为激动万分,他多年等待的时刻终于来临了。

但是,总理衙门的通知一直没有下来,总理衙门说他们要研究一下。

在大清帝国当时的政权结构中,坐在满族贵族最高权位上的恭亲王奕訢,不但是六朝元老级重臣,而且还是慈禧最信任的人,为后党首领,权力之大无人能比。恭亲王是总理衙门大臣,对于皇帝要召见康有为一事,他和礼部尚书许应骙坚决反对,尽管翁同龢从中极力周旋,恭亲王就是不安排。他的理由是:"本朝成例,非四品以上官不能召见。今康有为乃小臣,皇上若欲有所询问,命大臣传语可也。"㊾

无奈的光绪皇帝只好命总理衙门大臣召见康有为问话。

召见的降格令康有为极其失望和愤怒。

正是春节,京城内外爆竹鸣响,人们身穿干净的长袍马褂,见面拱手就说:"您吉祥!"

正月初三,西历一八九八年一月二十四日,下午十五时整,心中鼓动着千种念头万种欲望的康有为沉着脸走进了帝国总理衙门。

总理衙门,全称"总理各国事务衙门",是大清帝国的最高外交机构。这个机构设立于一八六一年初,是英国人于鸦片战争获胜后强迫中国设立的。英国人认为,世界发展到今天,具有悠久历史的中国居然没有外交部,当洋人有涉及对外关系的事务需要与帝国政府"协商"时,即使是威胁和勒索,都不知道该找谁去说,这真是一件很麻烦、很荒唐的事。总理衙门设立后,其主要职责是处理帝国的外交事务:派出公使,管理通商、海关、海防,订购军火和派遣留学生等。同时,这个机构还管理着中国第一所外国语"学院"——同文馆。

光绪让总理衙门召见康有为问话,由此可见,连皇帝也把帝国的知识分子与洋人联系在一起了。

西花厅,总理衙门的贵宾室,一向用做接见外国公使。区区小臣能与朝廷要臣平起平坐,至少是总理衙门设立以来的第一次。这就是斗争的结果。走进华丽的客厅,康有为看见五位大员正在等候他,他们是:北洋大臣李鸿章、总理衙门大臣翁同龢、兵部尚书荣禄、刑部尚书廖寿恒、户部左侍郎张荫桓。

掌握着京畿军权的荣禄首先问:祖宗的成法不能改变,这一点你听说过吗? 此时的荣禄是朝野上下慈禧的绝对心腹。

康有为答:所谓祖宗的成法,是用来治理和保卫祖宗之地的。现在,连祖宗之地都快守不住了,还谈什么成法? 再说,成法也应该因时制宜。比如祖宗的成法中只有吏、户、礼、兵、刑、工六部,哪里有过总理衙门? 要说变法,仅凭这一条,各位已经变了。

本来对康有为不甚了解的荣禄,立即对这个狂妄的文人产生了憎恨,康有为这样一句自以为机智的回答几乎在瞬间便决定了他凶险的未来。

廖寿恒对康有为主张的变革不是很了解,他问你说要变法,怎么变?

康有为明确回答:宜变法律,官制为先。可以请个洋人,加上我,一起商量修改成法。比如说,现在的六部就需要彻底变革。

谁也不知道康有为是否要故意刺激各位大员的神经。一个六品小官,竟然要从帝国位高权重的衙门下手,李鸿章不禁冷笑了,如果把政府六部全撤了,不等于帝国的政体都不算数了吗?

康有为答:现在列强并立,中国的官制不但早已过时,而且弊端重重,将其全部废除,国家才有希望。

只有翁同龢与在座的大员们心思不同,他见问答气氛紧张,于是岔开了话题问要变法,就要有经费支持,不知康主事对筹款有什么高见?

康有为答:筹集政治变革的经费,各国有各国的办法。日本人发行纸币,法国人实行印花税,印度征收田税。中国只要制度改变,税收至少可以增加十倍以上。还可以借洋人的钱来办中国的事。

问话黄昏时分才结束。

除了荣禄因对问答感到厌烦而中途退场之外,其余的四位大员都坚持到了结束。

翁同龢立即把康有为光芒四射的才华向光绪皇帝禀报了。

光绪十分欣悦。

李鸿章也同时向慈禧禀报了这次问话的内容。慈禧问李鸿章康有为到底是个什么人物？李鸿章立刻将康有为描绘成一个幼稚书生和街头混混的混合体："此曹皆书院经生，市井讼师之流，不足畏也。"

慈禧于是不明白了：洋人为什么支持他呢？

这是一个极其重要的问题。

慈禧已经察觉到洋人在鼓动和怂恿文人们进行颠覆活动。

李鸿章的回答十分尖锐。他说，这是洋人不了解中国国情，把中国文人当成他们的知识分子一样看待了。等洋人明白了中国文人都是些什么货色，别说支持，就是躲避都怕来不及呢："不达华情，误以其国士拟之，故容其驻足，然终当悉阙行藏，屏之且恐不及。"㉟

慈禧的担心是有道理的。

康有为们正在策划又一次"公车上书"，其规模将比三年前"车马塞途"时更加猛烈，而它造成的后果之严重，包括康有为在内没有一个人预料到。

蓝色长袍上宫殿

一八九八年四月二十二日，京城里梦想通过科举升官的"公车"们又一次上街了。

导火索是康有为们精心寻找并加以利用的：几个入侵山东的德国人，一天闲逛时进了即墨县的一座孔庙，他们拿里面一个泥塑的长胡子老头开玩笑，弄断了他的一条胳膊，又把他的眼睛戳成了两个黑窟窿。中国人管这个长胡子老头叫"孔子"。中国的圣人遭到洋人的戏弄，康有为和梁启超闻讯后，即刻知道他们革命的时机到了。梁启超向京城内的所有举子发布了一篇具有鼓动性的文章，题为《圣像被毁，圣教可忧，乞饬驻使责问德廷，严办以保圣教呈》，指出德国人"灭我圣教"的举动，是对我民心士气的一个试探，如果中国人还不反抗，圣教亡了国家也就亡了："若大教既亡，纲常绝纽，则教既亡而国亦从之。"

都察院门前又出现了"公车"拥塞的景象，几天之内重要的上书就有八次之多。同时，官员们上书的数量也大大增加。帝国的官员没有一个不恨德国人毁坏孔子塑像的,但是,他们也没有一个人不清楚,"公车"们的真正意图并不是维护那尊泥塑,而是要对帝国的现状提出非难。

面对知识分子的呼喊,官员们坚决主张实施这样一条原则:先安内,再攘外。围绕在慈禧太后身边的保守派明确提出,要对企图改变国家政体的潮流予以阻止。社会有点问题仅仅是一些失误,不能因为出现失误就否定国家的体制,大清帝国的体制是世界上最先进的——"我朝成法,尽善尽美。"

在保守派的强大压力下,围绕在光绪身边的帝党退缩了,就连皇上的老师翁同龢也沉默了。

这一年的四月至五月间,是康有为感到难过的日子,他在《康南海自编年谱》中说:"谤言塞途,宾客至交皆不敢来,门可罗雀,与三月时成两世界矣。"

然而,就在关于那尊孔子泥塑之事眼看就要不了了之的时候,一个能够使时局发生逆转的消息突然传来:恭亲王死了。

中国历史上经常出现这样的情景:一个高级政治人物的死亡,会导致某种政治禁令的突然"解冻",甚至会导致另一种政治局面的骤然诞生。

恭亲王是公认的保守派首领,他的死对于康有为们来讲是一个动手的信号。

恭亲王死于一八九八年五月二十九日。

这一天,光绪皇帝来到这位权势熏天的满族贵族床前,恭亲王最后的遗言是:听说广东举人康有为主张变法,请皇上慎思,不可轻信小人也。

光绪皇帝什么也没说。

两天之后的六月一日,光绪接到康有为以帝党骨干御史杨深秀的名义递上的奏折——康有为官太小,没有权利上奏——奏折恳请皇上颁布谕旨,明定国是;四天后,光绪又接到康有为以另一个帝党骨干侍读学士徐致靖的名义递上的奏折,恳请皇上立即宣布变法。当天,光绪派人将奏折送进颐和园让慈禧过目。但是,从颐和园回来的人向光绪密报说,慈禧看了奏折之后将其"掷于一边"。这一回,光绪皇帝发火了,他觉得自己应该火一次,而且必须火一次了,因为到了恢复他帝权的关键时刻了。

光绪将自己变法的决心托总理大臣庆亲王转告慈禧,其中有这样强硬的话:"后若仍不给我事权,我愿退让此位,不甘做亡国之君。"⑤

慈禧让庆亲王告诉皇上:"他不愿坐此位,我早已不愿他坐之。"⑤

慈禧说的是真话。

废黜光绪帝位的计划已经开始酝酿。

庆亲王究竟是负责处理洋务的,他深知皇帝退位可不是慈禧说退就能退的,因为"热衷"于中国变革的洋人绝不会答应。洋人一干涉,什么事都可能发生,于是他力劝太后息怒。

慈禧表示:"由他去办,俟办不出个模样再说。"⑤

八日,慈禧召见庆亲王、刚毅和荣禄,说皇上要变法,如果有"任性乱为"的地方,你们要出面阻拦。三个人都表示,皇上的旨意他们不敢阻拦,"只有翁同龢能承皇上意旨"。军机大臣刚毅更是"伏地痛哭",请太后劝说皇上不要变法。慈禧沉默了一下,说:"俟到时候,我自有办法。"⑤

没人知道慈禧的"办法"是什么。

慈禧的这句话,后来屡屡被正史和野史引用,都说慈禧早已把迫害维新派的陷阱挖好了,甚至已经安排好了砍变法派人头的刽子手。史料里却没有慈禧一开始就反对变法的证据。相反,变法是在慈禧的允许下开始的——只要能够让大清帝国摆脱目前国土沦丧的尴尬处境,慈禧应该是最盼望变法成功的人,原因是她才是目前这个麻烦不断的帝国的真正统治者,帝国的强大和稳固是她的最大利益所在。年初的时候,康有为通过各种渠道呈给光绪皇帝的变革奏折,光绪都一一送到了慈禧手里。慈禧读后曾对变革表现出极大的兴趣。史书记载:"太后亦为之动,命总署王大臣详询补救之方,变法条理……"⑥

九日,光绪借去颐和园向慈禧请安的机会,正式提出了自己的变法计划,慈禧没有表示反对。

十日,光绪命令翁同龢起草《明定国是诏》送给慈禧阅示。

十一日,光绪皇帝发布诏书,宣布大清帝国变法开始。

这一天,光绪专门去了颐和园,又给慈禧带去几份关于变法的奏折,其中就有康有为介绍世界强国变革经验的宏论。史书这样记载了当时在场人的描述:光绪皇帝在慈禧的榻前读着,慈禧斜倚在床上眯着眼睛,她感叹过去朝廷也行了不少维新的事,但究竟不如这些奏折里说得透彻。光绪看见慈禧高兴,主张把这些奏折大量印制,大臣小吏人手一册以习变法。慈禧点头说就这样办吧。

中国近代史上著名的变革运动就这样开始了。

历史很简单,并没有后人描述的那种谋划于密室的刀光剑影。

大清帝国的前途至少在那一瞬间是明亮的。

变革运动从一八九八年六月十一日光绪皇帝发布《明定国是诏》开始,至九月二十一日慈禧发动政变为止,持续了一百零三天,史称"百日维新"。

力图使国家强大的变革运动竟然如此短命,变革的主力——那些知识分子中的精英们的下场竟然如此悲惨,这是包括在初夏和煦的阳光中奔向颐和园的光绪皇帝在内的所有人都无法预料的。

根据粗略统计,"百日维新"期间,仅光绪皇帝发出的变革令就有二百八十件之多,平均每天下达三个变革令。可以想见,帝国的衙门该是怎样拼命地起草着,皇帝则要彻夜审定,而传送的官员就得昼夜奔跑于皇宫的红墙内外。中国的皇帝犹如一个急躁的孩子,他想在一天之内把世上所有的游戏都玩一遍。在"百日维新"的一百零三天中,帝国所有的衙门都陷入了混乱,因为没有人认为自己在变革之外:官制的任何变动都意味着有人或者升迁或者被免;军制的变动关系到官兵养家餬口的饷银的发放;废除八股文的消息更令全国的举子们惊慌失措,因为他们多年苦读所积累的"高考"经验突然没用了;商业政策的变化则令普通市民开始连夜计算自己可能的得失。为避免保守派的干扰,康有为建议皇帝"乾纲独断",意思是所有文件无需通过各级衙门会商,而是直接命令衙门里的官员照办。

光绪皇帝的变革令,涉及经济、文教、军事和政治等各方面,其中经济变革令有七十多件。包括鼓励民间对农工商业的投资,大力发展铁路和矿业,发展银行,减免税收,变革财政制度等等。文教变革令八十多件。明令变革过去按照书本选拔人才的方法,规定以后的考试要考三场:一为历史政治,二为时务策略,三是四书五经。要求大办中西文化兼备的学校,特别是科技专科学校,要求王公贵族们出国游学。军事变革令有二十多件。要求裁员精兵,开展现代训练。政治变革令最多,达九十多件。包括精简机构,裁减官员等。同时鼓励官民论政。这一条最令中国人感到新鲜,因为以往的例律是不允许民间议论国家政治的。这条变革令下达之后,民间奏折一下子如雪片飞来,几天之内,经都察院转呈的对国家变革的建议就达七百多件。帝国的官员对民间议政不习惯,有意无意地表示着不同意见,或者干脆扣压不送,结果被皇帝一下子撤了一群,其中包括将李鸿章"逐退"。于是,无论"老迈昏庸之堂官",还是"懵懂无知之司官",无不惶恐不安,"唯有诅谤皇上,痛骂康有为"。

光绪皇帝犯了一个致命的错误,他想决定帝国该由什么人来管理,这关系到帝国最关键最要害的统治权力。

慈禧绝不允许。

变革仅仅开始五天,慈禧突然宣布了三道指令:一、凡是任命二品以上的官员,必须得到她的批准;二、任命荣禄为直隶总督兼北洋大臣;三、罢免翁同龢的官职。

晚清,帝国最高权位者光绪皇帝与没有任何明确权位的慈禧太后之间,形成了世界上最微妙、最奇特的国家政权样式。没有人知道这样一个事实:在变革开始后的每一天,无论天气如何,光绪都要亲自到慈禧那里去禀报,每次都在慈禧的门外跪着等待恩准进见。慈禧的太监们故意刁难皇帝,每每拖延向内传达的时间,太监们觉得看着皇帝在汉白玉台阶上跪着的神态很有趣——"帝每日黎明,必往孝钦处请安,长跪宫门外,有时内监不为传报,不命之起,即伏地不敢起。"[61]慈禧对光绪的态度总的来说是和蔼的,但是皇帝永远也不敢抬头看一眼慈禧的眼睛。

慈禧的第一道令是在明确告诉皇帝,帝国官员的任免权属于她。第二道令是在明确告诉皇帝,帝国的军事指挥权属于她,其中对荣禄的任命后来竟然真的关乎了她的生死。史书记载道:"荣相与皇上久不相能,其无君神情,每见于面,上深恨之,又以太后所喜,畏不敢言。"[62]至于第三道令,根据通常的解释,是慈禧要除掉皇帝身边最重要的大臣,而翁同龢是众所周知的帝党首领——"翁为皇上二十余年之师傅也,谊甚亲密,自醇贤亲王(光绪的父亲)薨逝后,益与之亲切;上之操危虑患,翁亦俱能仰体。现虽罢其毓庆宫,仍在枢廷行走,可以日近天颜。自甲午之后,阅历时艰,恍然于强弱存亡之所在,近日辅翊皇上,筹划新政,仅其一人。曾保荐康有为,才堪大用,甚为满朝忌而恶之。"㉖

慈禧的突然袭击,怎能不让皇帝感到害怕——"惊魂万里,涕泪千行,竟日不食"——皇帝哭了。

第二天,慈禧得知一个消息:一天没吃饭的皇帝擦干眼泪之后,决定召见一个人,这个人就是康有为。

一八九八年六月十六日,大清帝国历史上极其重要的一天。

光绪召见康有为的决定是前一天发出的。

康有为提前一天来到颐和园外的户部馆住下,等候第二天的召见。

康有为渴望被皇帝召见,他说这是变革的需要。

一个六品官要当大官,就得被"破格"提拔,"破格"的唯一希望是得到皇帝的召见,而皇帝何时"破格"召见过一个六品小官?

康有为看见了希望。

三天前,康有为和梁启超商量,决定以礼部侍郎徐致靖的名义写一份奏折,内容是隆重推荐康有为,当然也顺便推荐一下梁启超、谭嗣同等精英们。拟订的奏折题目很长,但说得很直接:《国是既定,用人宜先,谨保维新救时之才,请特旨破格委任,以行新政而图自强折》。奏折中特别突出推荐了康有为,一看就知道出自康有为自己的手笔:"其才略足以肩艰钜,其忠诚可以托重任,并世人才实罕其比。若皇上置诸左右以备顾问,与之讨论新政,议先后缓急之序,以立措施之准,必能有条不紊,切实可行,宏济时艰,易若反掌。"㉗

十六日,阳光灿烂。

康有为兴奋得不能自持。他走进等候传旨的朝房的时候,迎面碰上了政治上的冤家对头荣禄。荣禄是因为昨天得到直隶总督的任命而遵照帝国的规矩来向皇上谢恩的。两个人短短的对话犹如一段精彩的戏剧台词:

荣禄:"以子之椠椠大才,亦将有补救时局之术否?"

康有为:"非变法不能救中国也。"

荣禄:"固知法当变也,但一二百年之成法,一旦能遽变乎?"

康有为:"杀几个一品大员,法即变矣!"⑥⑤

那个瞬间,荣禄肯定觉得脖子上掠过了一股寒气。

中国知识分子的一大特性是:失意时垂头丧气,得意时忘乎所以。

荣禄无论如何也说不过康有为。

问题是,康有为面前的这个大员是谁?是帝国的军机大臣,是帝国的直隶总督,是掌握着大清朝武装力量的头号人物。

就凭这句话,康有为们必死无疑。

颐和园的勤政殿,后来被称为仁寿殿,康有为在这里见到了光绪皇帝。

这是光绪皇帝第一次、也是最后一次看见这位帝国的"职业"变革家。

皇帝首先问了康有为的年龄和出身,见面前的朱卷上写有"康有为十三世为士"的字样,"抚掌而笑"。接着,康有为开始历陈变法的必要性、"少变"与"全变"的关系等等。他告诉皇上:"台湾之割,二万万之赔款,琉球、安南、缅甸、朝鲜之弃,轮船、铁路、矿务、商务输与人,国之弱,民之贫,皆由八股害之。"光绪感叹道:"西人皆曰为有用之学,我民独曰为无用之学。"康有为随即恳请:"皇上知其无用,能废之乎?"光绪当即回答:"能。"⑥⑥当康有为表示"既知守旧之致祸败,则非尽变旧法与之维新不能自强"时,光绪已经把面前这个小官当成知己了,他不经意地向帘外看了一眼,轻声说道:"奈掣肘何?"康有为明白,皇帝指的是慈禧。他安慰皇帝说,重要的是慈禧身边的那些老臣,他们凭借遗老资格拥有高位,但他们不读书,反对新政,蛊惑太后,如果皇帝还不能罢免他们,至少可以提拔一批精明强干的人,特别是可以破格提拔维新人士。

光绪听康有为说完,停了一会儿,让他下去歇息。

可以想象康有为回到南海会馆时的得意和风光。

康有为终于平静下来了,开始等待皇帝对他的任命。

但是,他失望了。

光绪皇帝确实给军机处下达了考虑康有为官职的旨令,而军机处上报给皇帝的建议是:赏六品,在总理各国事务衙门章京上行走。"章京",办理文书的官员。光绪皇帝批复:准。

康有为三年前就是六品官了,在总理各国事务衙门章京上行走,这只不过是让他换了个"上班"的单位而已。慈禧太后收回的仅仅是二品以上官员的任命权。皇帝不是有权任命三品以下的官职么?按照大清帝国的先例,召见之后即可进翰林院,至少当上负责记载、缮写、撰拟的内阁中书,这样就可以穿翰林服并挂上朝珠了。

到底是怎么回事?难道出了变故?

康有为没有升官,预示着梁启超更没希望了。半个月之后,梁启超也被召见。召见后的结果也是官职六品:办理译书局事务。气愤之下,梁启超要离开京城不干了:"数日之内,世界屡变,或喜或愕,如读相宗书也。南海(康有为)召见,面询极殷拳。而西王母主持于上,他事不能有望也。总署行走,可笑之至,决意即行矣。"⑥⑦

有人分析康有为和梁启超没有得到官职的原因时,其中居然有这样一条:皇上听不懂他们说的广东话。

中国历史上如此热闹的"康梁变法"终于呈现出极为古怪的情景:策动变法的人官职低微,根本影响不了帝国的政局。而且,这两个依靠文字"变革"的人,直到最后,竟连以自己的名义上奏的权利也没能争取到。

光绪皇帝为什么没有给康有为一个像样的官职,这是历史的一个谜团。

康有为以后再也没有见过他的皇上。

失望使康有为们仇恨满胸膛,他们开始无所顾忌了。

奏折与陷阱

中国知识分子的胸中鼓荡着愤怒,那是由对西方列强和自己国家的双重批判所点燃的烈火。这股烈火百年以来一直熊熊燃烧。

国家面临被瓜分的危境,文人们没有战场一搏的可能,他们的武器只有嘴和笔。问题在于,帝国主义们不是用嘴和笔就能挡在国门外的。西方资产阶级革命的成果,令最先接触现代文明的知识分子在陈腐的生活中感到了一种希望,人权、平等、科学、技术、言论自由和个人主义,这些思想犹如新鲜出炉的洋面包浓香四溢。毫无疑问,晚清的知识分子是这个古老帝国中最先认识到世间还有另外一种生活方式的人。于是,他们最强烈的愿望就是让中国变成强国。

康有为的上书在皇帝召见无效后变得疯狂了,他一个月内写给皇上的奏折数量竟比几年来写的总数还要多。另外添加的一个举动是给皇帝送书,当然是他自己写的书。他送给光绪的最重要的一本书是《日本变政考》。这部书记述的是日本明治元年至明治二十三年间,即日本明治维新期间发生的大事。这是康有为献给光绪皇帝的一部变革"样板书"。在他特别强调要效仿的内容中,最重要也是最致命的是:要想变法成功首先要变革帝国的政体。康有为主张成立一个新的政权机构:制度局。他自己解释说,这是一个只接受皇帝一人的绝对领导、然后再指导全国变法的政府机构。人不必多,"选天下通才十数人"便可。什么是"通才"?康有为定义为:那些"有胆识熟谙西法的草茅之士"。没有人不认为康有为这是在指他自己和他身边的那些文人。康有为设计的制度局下设十二个分局,以取代原来大清帝国所有的政府机构。这不是全面夺权是什么?光绪皇帝也许愿意这么做,因为他怨恨的就是自己没有权力,而这是把权力从慈禧那里夺回来的机会。可是,康有为是否征求了王公大臣们的意见?想必没有,否则他这个六品小官肯定不会活到现在了。果然,康言一经传出,"朝论哗然,谓此局一开,百官皆作废矣"。的确,如果天下都归一个什么局来管,那么除了光杆皇帝之外,天下不就是康有为一个人的了吗?其实,康有为还是考虑到了王公大臣们,他给光绪皇帝出主意说,不要把原有的官员一扫而光,可以依旧让他们做官,官职称呼官饷待遇都不变,甚至可以给他们涨"工资",只是不要让他们拥有实际权力。总之,把他们架空就万事大吉了。

在一个封建帝制的国度里,康有为设立制度局的建议,可谓异想天开到了绝顶的程度。

同样异想天开的光绪皇帝命令军机处对设立制度局拿出实施办法来。

军机处拖延很久之后答复没有办法。

制度局最终没能设立。康有为痛恨阻力,献给光绪一本《波兰分灭记》。他不再告诉皇上如何学习洋人,而是告诉皇上如何扫除学习的阻力。在详细列举了波兰变革屡遭阻挠结果导致国家衰败的原因后,康有为给皇上提出了一个十分具体的建议:变衣服以易人心。这真是唯有知识分子才能兴师动众地想出的幼稚政议——国家的政体变革与百姓的穿衣样式有什么必然联系?康有为的原话是:"守旧者固结甚深,非易其衣服不能易人心、成风俗,新政亦不能行。"⑱难道帝国的长袍马褂都换成了西装,帝国的男女老少都挂上了领带,大清朝的政体变革就能成功了?

晚清知识分子的变革,从一开始就注定了失败的结局,因为他们在这个国家里没有任何可以依靠的力量。西方资产阶级革命的主力是城市新兴的商人阶层,而这个代表改革需求的阶层在没有任何现代商业的大清帝国里无法形成气候。依靠农民?这是中国最庞大的人口群,但是,康有为们的变革无论口号和目的都不符合农民阶层的利益需求。资产阶级革命从根本上讲是工业革命,西方的工业革命甚至是以牺牲农民的某些利益为代价的。况且,中国松散的、以个体生产为基本生存方式的农民阶层,根本不具备现代资产阶级革命所需要的阶级觉悟。依靠中下层士绅?千百年来,这个较为激进的阶层生存和成长在封建社会里,自由与民主的社会变革势必会动摇他们存在的根基,后来的事实证明,当变革者被押往京城菜市口刑场的时候,他们是看热闹的主体,也是津津乐道的主体。

康有为们绝望了。

绝望中的文人只能依靠官场上铤而走险的亡命之徒。

他们选中了袁世凯。

袁世凯,民国初年中国历史上的风云人物。中国的史书给这个人的人品下了铁一般的定论:暗杀异己、摧残革命、伪造民意、欺国骗世。但是,至少在戊戌年间,袁世凯仅仅是一名职业军官。这个出身于官宦之家的人曾经热衷于八股,但才学不佳最终使他走上从武之路。他训练的新军,是大清帝国陆军中最精良的部队,全部装备着洋枪洋炮,虽然还没有参加过真正的战争,但是已经引起了帝国内外的关注。作为直隶按察使,实际上就是驻扎在京畿地区的军事长官,袁世凯深得新军官兵的忠诚,因为他每月亲自给官兵发饷,饷银之高在大清帝国的军队中独一无二。且新军中的德文学堂、炮兵学堂、步兵学堂、骑兵学堂等都公开招收学员,普通士兵经过学习便可以升为士官或军官,因此习武热情高涨全军。

康有为们认为,袁世凯是个具有现代思想的军官。他们特意派人到天津试探,得知袁世凯与荣禄等人有矛盾,于是决定拉拢这个掌握兵权的人。历史在那个瞬间给予康有为们的理由是:袁世凯是一个汉人。满人开创的大清帝国为保障满人的安全,除非万不得已,从不把兵权交予汉人,袁世凯也不例外。可是重兵在握的下一步,只能是希望兵权在握。康有为们暗示,他们可以帮助袁世凯实现心愿。

一八九八年八月底至九月初,光绪皇帝先动手了。

八月三十日,皇帝一下子裁掉了詹事府、通政使、光禄寺、鸿胪寺、太常寺、太仆寺、大理寺七个衙门;裁掉了总督和巡抚同在一地的湖北、广东和云南三省巡抚以及河东总督;裁掉了各省没有运输业务的粮道和没有盐场的盐道。

全国上下人人惊骇,数千衙门官心惶惶,因为没人知道自己的官职什么时候会不翼而飞。

正在这个时候,礼部六品主事王照为了缓和太后与皇帝的关系以利于变革,这位与康有为往来密切的官员上了一道绝妙的奏折,建议皇帝陪同太后一起去各国游历。王照认为这样可以一举两得:一是融洽太后与皇帝的母子关系;二是亲眼看一下洋人的变革成果,太后就会全力支持皇帝了。奏折递到礼部,礼部尚书怀塔布认为"大为出格",不禁勃然大怒,随即将奏折扣下。光绪皇帝知道此事后,也勃然大怒,言礼部竟敢公然抗旨扣压奏折,下旨罢免礼部全部官员,同时将王照从六品破格跨越三级提升为三品!礼部官员相顾错愕,战战兢兢地在祖宗典册中寻找自己被撤职和王照连升三级的依据,结果是"盖自通籍以来,未见此不测之赏罚"!

紧接着,光绪皇帝又下了一道令人惊骇的圣旨:任命四位新军机章京——光绪没有任命二品以上官员的权力——四位新军机章京是:内阁候补侍读杨锐、刑部候补主事刘光第、内阁候补中书林旭和江苏候补知府谭嗣同。大清帝国在这一刻发生的事可谓开天辟地,因为这四个二十多岁的年轻人实际上已如清廷的新任宰相。

还是没有康有为。

四个新任官员中的三人,是南方封疆大臣张之洞推荐的。这至少说明两个问题:首先,帝国南方的高级官员身处较早开放之地,虽同为命官但观念已经超越封闭腹地内的朝廷大员,这一点在今后中国历史的发展中具有特殊意义;另外,帝国官员的使用,永远是在官场范围内的循环再生,没有任何背景的康有为势必进入不了官场的高层。

帝国的法典规定,二品以下的官员不能随便上朝。

于是,光绪找来几个心腹太监,作为他与四个年轻人的联络人。

这几乎等于把康有为的"制度局"以另一种形式设立了。

军机处,大清帝国的最高权力中枢。位居一品的老臣们看着仅为四品的年轻人忙来忙去,自己却被皇帝冷落在一边,于是一窝蜂地跑到颐和园,见了慈禧便磕头痛哭。苏继祖《戊戌朝变纪闻》记载道:"皇上年来蒿目时艰,讲求新法,而在廷诸臣,惟知墨守旧经,凡有顾问之言,所答皆非所问。诸臣不自责其无识,每以恭守祖法抗忤上意,上也深知诸臣不足与谋也。方今改革在亟,乃命四臣充军机章京,参与新政。自是,每日章奏条陈,上择要披阅外,皆四臣阅看;新政诏谕,皆命恭拟,并代进呈康有为条奏,较由总署速且便也。军机大臣除办日行例事外,不能替置一词,咸愤愤不平,怒眦欲裂于此四臣矣。"

九月六日,新军机章京被任命的第二天,光绪皇帝到颐和园向慈禧请安,遭到慈禧的迎头痛骂,光绪泣不成声地"哭谏"不止。

事到如此,光绪和慈禧的忍耐都到了极限。

慈禧不能任凭局势这样发展下去,因为她的权力已经受到严重威胁。

文人们感到了来自慈禧的危险。

康有为认为必须除掉慈禧,不然有关变革的一切就都完了:"要尊君权","非去太后不可"。文人们商议的具体办法是:"此时若有人带兵八千人,即可围颐和园,逼胁太后。"⑨

十一日,光绪皇帝收到一份奏折,名为《密保统兵大员折》。奏折极力赞扬袁世凯训练的天津新军,将袁世凯描绘成难得的人才,建议皇帝召见袁世凯并且破格提拔。这份奏折以礼部侍郎徐致靖的名义递上,实际上是康有为亲笔为之。大清帝国的变革,到这一天已经是第九十一天了,心中忐忑不安的光绪也愿意自己能够掌握一支军队,于是当天批复传袁世凯"即行来京陛见"。

这是一个没有保密的上谕,要传到袁世凯手中,必须经过新任直隶总督荣禄。因此,天下瞬间就知道了这一消息。不了解真相的新军士气为之一振,更高兴的是同样不了解真相的袁世凯,他认为自己的官运就要来了,由此特别感谢虽没有官职但却能与皇上说上话的康有为,夸他是"旷世之才"——人到这个时候,最容易混淆幸福与灾祸的界线。

大清帝国内毕竟还有清醒之人,那个建议皇帝陪同太后到外国游历的王照便是其中之一,他认为康有为的这一举动必将导致大祸临头。王照没有办法阻止,于是写诗一首:

  内政何须召外兵,从来打草致蛇惊。
  披词已辟藏三耳,岂料乘机起项城。

袁世凯,河南项城人。

王照说得不错,确实打草惊蛇了。

十三日,在慈禧的安排下,荣禄开始向京城周围调动军队。

十四日,袁世凯到达北京。

到达京城的袁世凯忙着拜访各位京官,而他听到的小道消息令他目瞪口呆。京城从来都是一个盛产小道消息的城市,连贩夫走卒都能生动地描绘出朝廷里正在发生或者即将发生的新闻。袁世凯听到的消息包括:六部九卿很快就要全部撤销了,康有为们的"新党"要执掌大权了,维新派要设立鬼子衙门请洋人来管理大清朝,现在的衣服样式要作废了等等。其中的一条消息最让袁世凯不知所措:太后已经下旨,秋天与皇上一起到天津检阅部队,太后准备借检阅之机把皇上杀了。只要稍有常识的人就会明白,这必是康有为们编造的一个把戏,以给他们"去太后"寻找一个并不存在的理由。因为如果慈禧真的想这样做,她仅仅需要一剂砒霜或者是一根丝带,找一个太监就能把事情办得干净利索,又何须像康有为们所描绘的那样得兴师动众地跑到天津在众目睽睽之下杀掉皇帝?

袁世凯住在王府井大街报房胡同法华寺海棠院内。

还是这一天,光绪皇帝拿着康有为以别人名义写的一份奏折去请示慈禧,这个奏折说"制度局"这个名称有点洋味,大臣们可能听上去不太习惯,建议改成"懋勤殿"。史料记载:"太后不答,神色异常。"

依旧是这一天,康有为接见了他选中的一个刺客:毕永年。此人是湖南会党首领,谭嗣同的好友。康有为认为,指望袁世凯一个人对付慈禧和荣禄还不牢靠,必须再找一个人担任关键的任务:在围颐和园的混乱中伺机杀掉慈禧。康有为对毕永年说:"汝知今日之危急乎?太后欲于九月天津大阅时弑皇上,将奈之何?吾欲效唐朝张柬之废武后之举,然天子手无寸兵,殊难举事。吾已奏请皇上召袁世凯入京。"⑦

还是这一天,另一个重要人物到达京城,他就是日本前首相伊藤博文。

伊藤博文,中日甲午战争的主要策划者,《马关条约》的主要谈判者,康有为们的主要"声援"者。他是日本天皇的顾问,参与和指导过明治维新,这时已经在中国住了不少时间,因与康有为们接触密切,所以对中国的变革特别"热心"。他是应光绪皇帝的邀请来"游历"的,却让朝野觉得京城里流传的设立鬼子衙门不是空穴来风。因此,在宴请伊藤博文的宴会上,直隶总督兼北洋大臣荣禄"未遑终席,借事辞去"。荣禄离开宴席后,给慈禧写了份秘密奏折,提醒慈禧要格外警惕这个日本人,建议慈禧在这个准备参与朝政的日本人见到皇帝之前采取必要的行动。

史书记载道:慈禧借口发难,实由伊藤来华。

洋人在中国戊戌变法期间的举动,是一个值得深思的现象。他们曾经在举子上街的时候聚集在东交民巷兴奋地看热闹,曾经暗中鼓动帝国的知识阶层起来造朝廷的反,但是有一条他们心里清清楚楚,那就是这个古老的帝国无论怎样变化都要有利于他们的根本利益。帝国主义们并没有武装占领中国的想法,因为几乎所有盯着中国的列强都明白,这个幅员辽阔的国家不是非洲和美洲,占领和统治东方这样一个古老的帝国是不可想象的事情。帝国主义们需要的是中国能够方便他们的势力扩张,使他们能够更加顺利地开拓东方的巨大市场。正是源于此,洋人认为建议设立"制度局"的知识分子们需要帮助。

伊藤博文到达京城后,光绪皇帝的案头堆满了康有为们以各种名义写来的奏折,他们力促皇帝"优以礼貌,厚其饩廪"——将这个日本人留下当顾问。

其实,无论是康有为和光绪,还是慈禧与她的后党们,都把事情看严重了。伊藤博文没有帮助光绪推翻慈禧之意,也没有协助康有为们变革国事之意,他来华的目的仅仅是为了搞清楚中国与日本和中国与俄国之间的关系,因为中日战争以后,中国对俄国亲密起来的倾向已构成对日本的极大威胁。而伊藤博文之所以对中国的维新派感兴趣,是因为包括康有为在内的中国知识分子对日本有一种明显的亲和倾向。

十六日,光绪皇帝召见了袁世凯。

天未亮,袁世凯就身着礼服在颐和园门外等候了。天亮起来时,他被太监引进毓兰堂。光绪对袁世凯十分亲切,询问了军事上的问题,然后让他好好训练军队。甚至在袁世凯表示为迎接皇帝和太后阅兵他要立即回天津准备的时候,光绪还劝他在北京多玩几天。召见没有说什么实质性的话。但是,袁世凯刚刚回到住所,圣旨就传来了,这道圣旨让袁世凯热泪盈眶,他被任命为候补侍郎,官升二品。这绝对是破格提拔,因为按照帝国的成例,京官比外官高一品,外官内调为京官都需要降一级。此时的袁世凯是正三品,内调应变更为四品,即使是最得宠的外官也只能是原级不变,袁世凯居然一下子升为二品侍郎,这就等于是连升两级了。袁世凯立刻给康有为写了一封感谢信,信中有"赴汤蹈火,亦所不辞"这样的话。为此,他以后顺理成章地被卷入了帝国知识分子的变革旋涡中。

袁世凯受到召见的时候,那个名叫毕永年的刺客正在与他的好友谭嗣同聊天。谭嗣同表示:我以为围颐和园之事不能做,但是康先生执意要做,我没办法只有拼一死了。有你帮助我太好了,只是不知道康先生怎么使用你?

到了晚上,当康有为得知袁世凯被任命为二品候补侍郎时,他正与梁启超一起吃晚饭。康有为站起来拍案叫绝:"天子真圣明!较我等所献之计尤觉隆重,袁必更喜而图报矣!"⑦康有为回去就对毕永年表示:我想让你到袁世凯那里当个参谋,监督袁世凯的行动。毕永年认为,他一个人监督不了袁世凯。康有为说,要不在袁世凯围颐和园时你率人奉诏把慈禧干掉。

袁世凯官升二品,按规矩必须到慈禧处谢恩。与所有的官员一样,袁世凯在慈禧面前浑身发抖。慈禧是这样对他说的:好好练兵是对的。皇上最近做的事,好像太急了点,我觉得有别的意思。下去吧,以后皇上再召见你,你到我这里知会一声。紧接着,袁世凯到皇帝处谢恩。光绪皇帝的话令因连升两级而"殊不自安"的袁世凯头皮一炸,皇帝说:"人人都说你练的兵、办的学堂甚好,此后可与荣禄各办各事。"㊆

袁世凯有点慌了。他想把皇上的任命辞了,但是又不敢。想了很久,他给远在南方的张之洞发去一封电报,意思是,他要向皇上保举张之洞,让张之洞来京城主持新政。袁世凯本想通过这封电报,试探一下老练的张之洞的反应;同时,如果张之洞真能来京,一旦有什么变故,自己也可以有个依靠。谁知道,张之洞的回电立刻到了,而且就短短的几行字:我才具不胜,性情不宜,精神不支,万万不可……千万!千万!张之洞的回电清楚地表明:袁世凯已经掉进了一个万分危险的政治陷阱里。

一八九八年九月十八日,大清帝国历史上一个岌岌可危的日子。

上午,光绪皇帝接到候选郎中陈时政的奏折,建议皇帝接见伊藤博文:"顷闻伊藤罢相来游中土,已至京师,将蒙召见。如果才堪任使,即可留之京师,着其参与新政,自于时局更多裨益。"㊇光绪立即批复二十日召见。

当天,军机处就把光绪的批复连同陈时政的奏折一齐呈给了慈禧。与此同时,庆亲王奕劻、端亲王载漪也到达颐和园,他们告诉慈禧,现在的时局千钧一发,如果等皇上召见了这个日本人,"俟中国事机一泄,恐不复太后有矣"。

傍晚的时候,杨锐和林旭找到康有为,出示了光绪皇帝托他们分别带出的"密诏"。杨锐手中的"密诏"是皇上赐给四位年轻的军机章京的:

> 朕惟是时局艰难,非变法不能救中国,非去守旧衰谬之大臣而用少年英勇之士,不能变法。皇太后不以为然,朕屡次婉劝,太后更反怒。今朕势难自保,汝与康有为等同心设法相救,十分危急,不胜盼切之至。特谕。㊈

而林旭带出的"密诏"是光绪皇帝特别赐给康有为的：

> 朕今命汝督办官报，实有不得已之苦衷，非楮墨所能罄也。汝可迅速外出，不可迟延。汝一片忠爱热肠，朕所深悉。其爱惜身体，善自调摄，将来更效驰驱，共建大业，朕有厚望焉。㊄

光绪为了缓和紧张局势，曾令康有为去上海督办实务报，康有为没去。现在，康有为、谭嗣同等人读到"密诏"后，跪在地上痛哭不已。

哭完了，谭嗣同受命去法华寺找袁世凯，准备实施围颐和园刺杀慈禧和荣禄的计划。

那是一个黑漆漆的夜晚，也是一个令袁世凯魂飞魄散的夜晚，满脸肃杀的湖南人谭嗣同万分紧急地闯进他的住所，俩人走入内室开始了谈话。

谭嗣同："公受此破格特恩，必将有以图报。上方有大难，非公莫能救。"

袁世凯："予世受国恩，本应力图报称，况己身又受不次之赏，敢不肝脑涂地，图报天恩，但不知难在何处？"

谭嗣同："荣某近日献策，将废立弒君，公知之否？"

袁世凯："在津时常与荣相晤谈，察其词意，颇有忠义，毫无此项意思，必系谣言，断不足信。"

谭嗣同："公磊落人物，不知此人极其狡诈，外面与公甚好，心内甚多猜忌。公辛苦多年，中外钦佩，去年仅升一级，实荣某抑之也。康先生曾先在上前保公，上曰：'闻诸慈圣，荣某常谓公跋扈不可用'等语。此言甚确，知之者甚多。此次超升，甚费大力。公如真心救上，我有一策与公商之。"㊅

根据袁世凯的记述，谭嗣同随即向他出示了一个"武装暴动"的草稿，那是一张名片大小的纸片，上面的内容是：荣禄密谋杀害皇上，大逆不道，如不除掉，皇上的帝位不能保，性命也不能保。袁世凯面见皇帝的时候，请皇帝下一道手谕，命令他带新军去天津，见到荣禄，将皇上的手谕宣读，然后把荣禄就地正法。之后，袁世凯代替荣禄为直隶总督，再以总督的名义把荣禄的罪行公之于天下。接着，查封邮电局和铁路局,迅速带兵进入北京,以一半兵力围颐和园,另一半兵力守卫皇宫,这样大事就算成功了。

袁世凯问谭嗣同:"围颐和园欲何为?"

谭嗣同答:"不除此老朽,国不能保。此事在我,公不必问。"⑦

袁世凯当时的感觉是"魂飞天外"。

袁世凯想拖延时间,让自己的脑子冷静下来,然后决定把赌注压在哪一边。他说:"本军粮械子弹,均在津营内,存者极少,必须先将粮弹领运足用,方可用兵。"

谭嗣同告诫袁世凯:"报君恩,救君难,立奇功大业,天下事入公掌握,在于公;如贪图富贵,告变封侯,害及天子,亦在公;惟公自裁。"

袁世凯的回答是:"你以我为何如人?我三世受国恩深重,断不至丧心病狂,贻误大局,但能有益于国君,必当死生以之。"⑧

就在谭嗣同策动袁世凯围颐和园的时候,康有为在南海会馆里一夜忐忑不安。清晨,内城城门一开,赶快进城探听虚实,他听到的是"袁不能举兵"的消息。康有为还看见了在内城街道上行进的部队,其官兵的装束很是特别,头缠白布或者头戴白帽——奉荣禄的命令,董福祥部的甘军昼夜兼程已经到达京城。

绝望的康有为明白了,能够挽救时局的只剩下洋人了。

他立即去找李提摩太。当李提摩太陪他到达英国公使馆的时候,才知道公使窦纳乐到北戴河避暑去了。康有为又去找美国公使,而美国公使正在城外的西山休养。在这个万分紧急的早晨,满脸恐惧的康有为找到的洋人只有伊藤博文,他请求伊藤博文设法让慈禧太后回心转意,但是伊藤博文告诉他希望渺茫。

几近绝望的康有为回到住所,总理衙门章京李岳瑞来了,他告诉康有为一个消息:英国军舰正在天津大沽口海面上游弋。英国军舰开到天津海面的理由是"保护中国"——谁都知道,英国人从来没有"保护"过中国,他们要保护的是自己的在华利益。惊慌失措的康有为立即向皇帝递上一个奏折,内容是"联络与国,实行合邦",建议把中、日、英、美合成一个联邦国家。这是康有为给光绪皇帝提出的最后一个建议,也是最荒唐的一个建议:"联合中国、日本、美国和英国为合邦,共选通达时务、晓畅各国掌故者百人,专理四国兵政税则及一切外交等事,别练兵若干营,以资御侮。凡有外事,四国共之,则俄人不敢出;俄不敢出,则德、法无所附,势必解散。"⑦这真是穷极无路的文人才能幻想出来的"政策"。帝国的知识分子虽然先于国人了解了一些外部世界,但他们对整个世界秩序的认识仍处于无知的状态。于是,康有为并不担心日本、英国和美国愿不愿意与中国"合邦",他担心的是自己的皇上嫌"合邦"的名义不好听,或者听上去有点"卖国"的意思,为此他规劝道:"勿嫌合邦之名不美,诚天下苍生之福矣。"

联合英、美、日,其实是洋人出的主意。

英国人李提摩太向康有为出示了一张地图,上面画着西方各国瓜分中国的情景,其中在中国的北方,一只黑熊占据了地图的绝大一片。李提摩太建议,中国必须与日、美、英三国实行联合,因为只有抵抗住俄国,中国才不至于亡国。这个英国人的建议与康有为给皇上的奏折的区别是:康有为没有把英国人的心思看明白。按照李提摩太自己的说法,他的真实意图是争取在一年之内,"把中国的全部行政管理移交给英国,并且使英国独享改组和控制陆海军各机构、修筑铁路、开发矿山的权利,而且还要加开几个新口岸,对英通商。"⑧

"合邦"奏折注定是一个悲哀的历史笑话。

洋人给康有为的最后一个建议倒是实实在在的:赶快逃亡。

思想随着人头落地

翰林院侍讲恽毓鼎《崇陵传信录》:"八月初四日黎明,上诣宫门请安,太后已由间道入西直门,车驾仓皇而返。太后直抵上寝宫,尽括章疏携之去,召上怒诘曰:'我抚养汝二十余年,乃听小人之言谋我乎?'上战栗不发一语,良久嗫嚅曰:'我无此意。'太后唾之曰:'痴儿,今日无我,明日安有汝乎?'遂传懿旨,以上病不能理万机为辞,临朝训政,凡上所兴革悉反之。"九月十九日,就在谭嗣同劝说袁世凯围颐和园的第二天,慈禧突然回到了紫禁城。她直接来到光绪的殿内,将皇帝的印章和文件全部拿走,然后说皇帝忘恩负义企图谋害于她。最后决定她上台掌权,理由是皇帝病了。

这就是中国近代史上的"戊戌政变"。

第二天,按照事先的安排,光绪还有一项"外事"活动,就是会见日本前首相伊藤博文。为了不引起洋人的抵触情绪,慈禧恩准这个接见照常进行。但是,伊藤博文在见到光绪皇帝的时候绝不会想到,在皇帝背后一间挂着珠帘的房间里,慈禧正在监视他们的谈话。日本报纸刊登了中国皇帝接见伊藤博文的情景:当伊藤博文赞扬中国的变革,并对光绪皇帝表示钦佩的时候,光绪转移了话题,问起伊藤博文在中国的起居饮食。伊藤博文随后表示,他可以为中国的变革做些事情。光绪皇帝的回答是,可以把意见和建议通过总署递到他这里。

接见完伊藤博文,光绪召见了袁世凯——被皇帝直接提拔的高级官员在离京前必须进宫请训。可是,光绪从始至终没有说一句话。袁世凯见此情景,小心地劝皇帝变革不能操之过急,还说张之洞这样的老臣可以重用,而那些年轻人"阅历太浅,办事不缜密",请皇上多多留心。袁世凯的这些话,很大程度上让慈禧听着十分顺耳,不知这是袁世凯命运里的福气,还是他本人的政治经验所决定的。试想,如果在那样一个场合,袁世凯哪怕稍微透露一点谭嗣同与他谈话的内容,局面会是什么样子?那一天,皇宫里的召见记录上记载皇上"无答谕"。

袁世凯被后人指责为戊戌变法中的"无耻叛徒",说是由于他的告密导致了慈禧发动政变。这完全是中国人对遥远的历史戏剧化的解释。袁世凯并没有告密。召见完毕后,中午他动身回天津,当晚见到荣禄,这个时候他对是否把秘密告诉荣禄依旧犹豫不决,而刚好有人来拜访荣禄,袁世凯就顺势告辞了。第二天,也就是二十一日,袁世凯才将围颐和园杀慈禧之事告诉荣禄。荣禄听后"大惊",但他并没有如后人所说的那样立即化装进京告密,而是与袁世凯两人躲在屋子里商量怎么办。中午的时候,御史杨崇伊来到天津,向荣禄和袁世凯出示了"训政之电",他们这才知道慈禧已经动手了。

二十二日,杨崇伊把袁世凯和盘托出的文人们企图"围颐和园"和"捕杀慈禧"的计划带回北京。

二十三日,慈禧召"庆王、端王、军机御前大臣跪于案右,皇上跪于案左,设竹杖于座前。疾声厉色,讯问皇上曰:'天下者,祖宗之天下也,汝何敢任意妄为!诸臣者,皆我多年历选,留以辅汝,汝何敢任意不用?乃竟敢听信叛逆蛊惑,变乱典型。何物康有为,能胜于我选用之人?康有为之法,能胜于祖宗所立之法?汝何昏聩,不肖乃尔'"!⑪——慈禧没有用竹杖把光绪打死,而是从此将他囚禁在那个名叫瀛台的地方。之后,慈禧下达的懿旨是:步军统领全力捉拿所有的变革党,包括那个罪该千刀万剐的康有为。

步军立即把南海会馆围了个水泄不通,但是没有找到康有为。

康有为二十日就秘密出京了——他派谭嗣同去找袁世凯商量暗杀行动的时候,自己已经把行李收拾妥当,当会馆里他的"同志"们还在打盹之时,他带着仆人李唐趁着天没大亮溜出京城,走了。

帝国缉捕令:工部候补主事康有为,结党营私,莠言乱政,屡经被人参奏,着革职,并其弟康广仁,均着步兵统领衙门拿交刑部,按律治罪。

洋人在中国历史上公然庇护被通缉的政治要犯,自一八九八年九月康有为的逃亡开始。

二十日一个白天,康有为从登上火车到行驶至天津,居然没有人前来查问过。黄昏,康有为抵达塘沽。他原准备搭乘招商局的轮船南下,但是到了塘沽才知道,那艘轮船要第二天下午起航。康有为不敢等这么久,熬过一个万分恐惧的不眠之夜后,二十一日上午,他上了英国太古公司的"重庆"号客轮。从购票到上船,同样没有受到任何盘查。康有为安全地离开了天津。

当"重庆"号一声长鸣起锚离开塘沽港的时候,京城里正被满街乱闯的步军闹得天翻地覆。所有的城门都关闭了,京津铁路停运了,但是三百名包围南海会馆的步军,仅仅捉拿到没有来得及跑的康广仁。康广仁直到被捕时候,也没闹清楚一直形影相随的哥哥是什么时候无影无踪了的。

没有捉住康有为,朝廷给烟台、上海发出了紧急电谕:康有为企图弑君,事败南逃,务必捉拿,就地正法。

荣禄在天津也开始了严密搜查。在把天津同样闹了个天翻地覆后,他才知道康有为已经上了英国客轮"重庆"号,于是立即派"飞鹰"号快艇出海去追——如果康有为没有搭乘"重庆"号,而是等待招商局的定期航班的话,他必死无疑。快艇追到中途,负责追击的管带刘冠雄称"燃料不足",于是快艇回来了。历史终不得知这个帝国军官是真的由于出海匆忙没来得及加足燃料,还是他原本就是一个"康党"。

康有为乘坐的"重庆"号客轮抵达烟台港时,朝廷的电谕已经到达。但是,当这封十万火急的电报被送达衙门时,这里的最高官员登莱道李希杰因事外出,而译电的密码本带在他的身上,结果烟台的官员们明知是朝廷发来的急电,但就是不知道电报上说的什么。而康有为利用客轮在港口停留的几个小时,在烟台的大街上闲逛了一番——"游览了近处的风光,购得几篓烟台苹果供沿途品尝。"

"重庆"号继续向上海航行。海风吹拂,秋高气爽,康有为全然不知大祸即将临头。上海不是烟台,上海道蔡钧已布下天罗地网,康有为的照片被大量分发给大街小巷中的所有缉捕人员。消息传来说,康有为很可能乘坐的是一艘英国客轮,蔡钧因此特地照会了英国驻上海领事白利南,要求他准许搜查从天津开来的所有英轮。

白利南,一八九八年至一九〇一年间英国驻上海总领事。这个英国人具有典型的帝国主义们的思维模式,尽管他在拒绝蔡钧的要求时答应由英国巡捕完成搜查任务,并且对蔡钧许诺的"事成之后送两千元为酬谢"表示了感谢,但是私下里他几乎没有任何犹豫就决定营救康有为。原因很简单,不管帝国政府捉拿的这个人是李有为还是王有为,反正是大清朝廷的政治要犯。况且,他的朋友李提摩太的电报也到了,李提摩太请求他保护康有为的安全。白利南对自己的决定解释得措辞生涩且含义暧昧:"希望避免因政治犯康有为倘若在英国船上或上海租界被中国官员捕获而可能引起的困难问题。"㉜——帝国政府要在自己的国土上或领海上捉拿一个中国人,如何让英国人感到是一个"困难问题"?洋人对中国的政治犯从来都有一种"保护"的欲望,这与其说是在"保护"一个持不同政见者,不如说是在通过有意的对抗来提醒中国政府:不管你承认还是不承认,我的特权是铁一般存在的。

二十四日,当"重庆"号行驶到吴淞口外时,白利南派出精通中国话的英国人濮兰德乘驳船前去拦截"重庆"号。濮兰德手上有上海道蔡钧发给他的"钦犯"康有为的照片,因此他很快就在客轮上找到了康有为。以下是他见到康有为时两个人的对话:

濮兰德:"君为康有为乎?"

康有为:"是。"

濮兰德拿出照片:"此君之相乎?"

康有为:"然。"

濮兰德:"君在北京曾杀人否?"

康有为:"吾安得为杀人事,何问之奇也?"

濮兰德拿出他在上海道蔡钧那里抄来的朝廷电报,电报上写着:"进红丸弑上,即密拿就地正法。"

濮兰德:"君有进红丸弑上事否?"

康有为:"我乃忠臣也!"㊧

为了表明自己不可能杀皇帝,康有为把光绪赐密诏一事说了。

濮兰德:"我领事固知君是忠臣,必无此事,且向知汝之联英恶俄,特令我以兵船救君,可速随我下轮,事不可迟,恐上海道即来搜船。"

康有为跟在濮兰德身后下了"重庆"号,濮兰德的驳船将康有为转移到停泊在吴淞口外的另一艘英国轮船"皮瑞里"号上去了。

至此,康有为基本上安全了。

一个千载难逢的升官机会,就这样从上海道蔡钧的手上飞走了。

康有为开始痛哭,濮兰德劝了半天才止住。

康有为悲痛的原因有二:首先是为自己的身败名裂而哭;同时他从朝廷的电报上推测,皇上肯定已经被慈禧杀了。

"皮瑞里"号在吴淞口外停泊了两天。在这两天里,康有为不停地写信。给朋友写,请求他们救自己的家人;给家人和学生写,让他们赶快避难。他想跳海自杀,与皇上一块死,并作遗诗一首:

> 忽洒龙髯翳太阴,
> 紫薇移座帝星沉。
> 孤臣辜负传衣带,
> 碧海青天夜夜心。㊨

康有为没有跳海。

二十九日,英轮"皮瑞里"号到达香港,康有为彻底脱险了。

康有为最忠实的追随者梁启超也在洋人的掩护下脱险了。

掩护梁启超的是日本人。

二十一日,留在京城的梁启超与谭嗣同商量怎样救康有为。谭嗣同建议去求日本公使,让日本公使给驻上海的日本领事发电报,设法掩护康有为。梁启超赶到日本公使馆时,脸上"颜色苍白,漂浮着悲壮之气",他请求日本代理公使林权助救救康有为。说完了,就到街上去观察动静。步军此时已断绝交通,盘查所有行人,满街杀气腾腾。梁启超只好返回日本公使馆,并在那里留宿。

第二天,谭嗣同来日本公使馆看他,劝他逃亡日本。而说到自己时,谭嗣同表示"惟待死期耳"。他告诉梁启超:"各国变法,无不从流血而成者,今中国未闻有因变法而流血者,此国之所以不昌也。有之,请自嗣同始。"⑧⑤在把自己的诗文辞稿数册以及家书交给梁启超之后,谭嗣同回到自己的住所。

步军们已经注意到了日本公使馆的不正常。于是,林权助立即派正在京城的日本驻天津领事郑永昌陪同梁启超化装出城。至于他们到底化成了什么样,史书没有明确记载,但可以想象化的绝对不是一般的装,因为他们竟然瞒过了布满城门的步军官兵的眼睛。

梁启超在天津上了日本人开往横滨的军舰。

梁启超在《去国行》中描述了他逃亡时的心境,行文仍有骚体美文之风:

呜呼,济艰乏才兮,儒冠容容,佞头不斩兮,侠剑无功,君恩友仇两未报,死于贼手毋乃非英雄,割慈忍泪出国门,掉头不顾吾其东。⑧⑥

十月二十四日,康有为从香港到达日本。

中国知识分子中的变革派云集日本,使日本成为颠覆大清政权的大本营。

此时,中国历史上最著名的革命党人孙中山也在日本。

早在一八九五年,孙中山与康有为就有过联络。那时,孙中山正在准备广州起义,他派陈少白去上海联络同仁。到达上海的陈少白正好和康有为住在同一个客栈里,两人仅仅一房之隔。于是,孙中山的特使与康有为有过一次"颇欢"的谈话,内容全是如何推翻清廷之事。但是,广州起义失败了,孙中山成了朝廷通缉的要犯。康有为立即与革命党人疏远起来,因为他害怕受"革命党株连,有碍仕版"。现在,孙中山有意与康有为合成一股力量,康有为的回答却让孙中山吃惊不小:"今上圣明,必有复辟之一日,余受恩深重,无论如何不能忘记,惟有鞠躬尽瘁,力谋起兵勤王,脱其禁锢瀛台之厄,其他非余所知,只知冬裘夏葛而已。"⑧

康有为成为中国历史上最忠实的保皇派,原因十分简单,他是在那段风云变幻的日子里唯一见到皇上并且得到皇上赏识的文人。为了饱受"禁锢"之厄的皇上,康有为在海外成立了"保救大清光绪皇帝会",甚至招募了人数不少的"保皇军"。他在英国、美国到处游说集资,设立保皇会的分部;他甚至还请来一个名叫荷马李的美国人训练保皇军,且代表中国皇帝封荷马李为"大将军",发给他一套大清帝国的"将军服"。康有为的相片和那个穿着帝国军服的荷马李的相片并排挂在了保皇会的办公室里。但是,没过多久,荷马李突然投靠了孙中山,成为孙中山的军事顾问。荷马李"背叛"康有为的原因也很简单:这个美国人立志要推翻中国的帝制政权。

光绪皇帝在孤岛一样的瀛台度过他三十岁生日的那天,康有为在美国组织了大型的"华侨行礼"活动:"龙牌在上,龙旗在顶,乡人无工商贵贱老幼,长袍短褐,咸拳跪起伏,九叩首,行汉宫威仪。"

辛亥革命爆发后,中国的帝制皇权被推翻的第二年,康有为回国。

此后,他在中国的政治舞台上消失了。

康有为一生的政治活动令他拥有大量的金钱,过着与他一直要"救"的民众截然不同的豪华生活。他在上海、杭州和青岛都有别墅。青岛的别墅是他买下的"凶宅",因为那幢别墅里住过多任督军,可那些督军们都被一一枪毙了。康有为说他不怕,没人要枪毙他,因为他不但是一个著名的文人,还是"孔教会"的会长。以"大儒"自称的康有为与孔圣人唯一相反的是,孔子"敬鬼神而远之"而他热衷于扶占问卜。当他给母亲寻找安葬之地时,曾为正穴里没有挖出代表风水的"土瓜"痛不欲生,于是他雇的民工们制作了一个骗他,他竟然一下子"兴奋异常"。他维护大清帝国旧有的一切风俗,宣称要"冒万死以保旧俗"。他开列出要不惜生命保护的"旧俗"有五项,其中一项是纳妾,他自己更是"以身作则",一生妻妾成群,正式娶回家有名有姓的妻妾就有六

1901

个,即:

十九岁时娶元配夫人张云珠,生四男一女;

四十岁时纳十八岁貌美且有文才的广东姑娘梁随觉,生两儿两女;

五十岁时,流亡美国,纳通晓几国文字且熟谙中国诗文的十七岁华侨姑娘何旃理,生一子一女;

五十六岁时,回到国内,纳善解人意的十八岁日本姑娘鹤子——鹤子原是康有为在日本居住时家里的女佣;

两年以后,五十八岁时,纳第五夫人廖定征;

六十二岁时,花甲已过的康有为再显风流,游西湖时对一个天生丽质的大名叫张光芳、小名叫阿翠的二十岁船女紧追不舍,最终纳入房中,成为他的六夫人。

康有为追求的不仅仅是女人,还有他的皇上。皇帝没有了,受到民国优待的下台皇帝溥仪还在,这在他眼里就是"当朝皇帝"。一九二七年三月八日,康有为七十岁生日,因为天下还有这么一个忠臣,溥仪特派人送来贺礼,其中有亲笔手书的"岳峙渊清"匾额一幅和玉如意一柄。再次感受"龙恩"的康有为欣喜若狂,立即穿上他当工部主事时的前清六品官服,"摆设香案,遥拜天恩",除了头上没有了那根辫子之外,他的打扮令人恍如隔世,因为此时帝制皇权在中国已经消失十六年了。叩首完毕,康有为写了一份《谢恩折》,表示要把皇上的贺礼"付子孙后世,永戴高天厚地之恩,以心肝奉至尊,愿效坠露轻尘之报"。他让书局将这份"奏折"印一千份分发。这是康有为这辈子以帝国贤臣的名义写给"皇上"的最后一份"奏折"。

中国的知识分子一向以"先天下人之忧而忧"自居。

问题是,"天下"是谁的天下?

中国早有经典的回答:"率土之滨,莫非王土;普天之下,莫非王臣。"

就在康有为给"皇上"写最后一份"奏折"的时候,他听见了大街上北伐军的炮声和"打倒列强"的歌声。革命对他来说是恐怖的,他立即跑到青岛去避难,二十三天后死于青岛的别墅内,享年七十岁。

有人提议把康有为葬在清西陵光绪皇帝陵墓的一侧,以了却他"陪伴君侧"的终生愿望,但是据说是因为经费问题最终没能"了却"。

最后,由青岛市长主持,康有为被葬于青岛李村枣儿山。

相信康有为死不瞑目。

当年与康有为一起变法的"同志"们,在他逃亡日本的时候未经任何审判被押往菜市口刑场行刑。史称"戊戌六君子"。

黄濬在《花随人圣盦摭忆》中写道:

> 有老狱卒刘一鸣者,戊戌政变时,曾看守谭嗣同等六人。其言曰:谭在狱中,意气自若,终日绕行室中,拾取地上煤屑,就粉墙作书。问何为,笑曰,作诗耳。可惜刘不文,不然可为之笔录,必不止望门投止思张俭一绝而已也。林旭美如处子,在狱中时作微笑。康广仁,则以头撞壁,痛哭失声曰:天哪,哥子的事,要兄弟来承当。林闻哭,尤笑不可抑。既而传呼提犯人出监,康知将受刑,哭更甚。刘光第曾在刑部,习故事,慰之曰,此乃提审,非就刑,毋哭。既而牵自西角门出,刘知故事,缚赴市曹处斩者,始出西角门,乃大愕。既而骂曰:未提审,未定罪,即杀头耶?何昏聩乃耳。同死者尚有杨深秀、杨锐,无所闻。惟此四人,一歌、一笑、一哭、一詈,殊相映成趣。

帝国的刑场设在京城内最繁华的闹市,可以想象,当六个表情不一的君子被押往刑场的时候,人山人海的观看者中既有黯然神伤者,也必有谈笑风生看热闹者。国人愚憨麻木的神情与菜市口街道两侧夸张地表现中国文化内涵的商铺招牌一起,想必在那一刻更加"相映成趣"。

所谓"望门投止思张俭",是指后人传播甚广的谭嗣同的《狱中题壁诗》:

> 望门投止思张俭,忍死须臾待杜根。
> 我自横刀向天笑,去留肝胆两昆仑。

"张俭"一典出自《后汉书·张俭传》:张俭获罪,亡命而逃,于是他的亲友们受到株连,有十几个人被杀。谭嗣同意为:自己不愿像张俭那样只顾逃命而连累别人。

谭嗣同在受刑的那一瞬间大叫:"有心杀贼,无力回天。死得其所,快哉快哉!"

只一刀,一颗头颅便在热血喷射中滚落在帝国的国土上。

与这颗高贵的头颅一同滚落的,还有中国文人曾经神采飞扬的思想。

思想是危险的,尤其是思想者没有独立人格的时候。

后人评述说,谭嗣同,千百年来中国第一真男人。

女人的仇恨

一九〇〇年到了。

西历元旦,洋人的新年。

生活在京城里的洋人,这一天有点失望,因为大清帝国政府发布了一道谕旨,说因为皇帝病重,不但皇家的祭祀活动全部取消,而且"所有年内及明年正月应行升殿及一切筵宴,仍着停止"——至少在这个节日里,各国公使吃不到朝廷宴席上那些堪为世界上最复杂的皇家菜肴了。更让洋人惊骇的是,京城里有传闻说,光绪皇帝马上就要被一个十四岁的孩子取代了。

紫禁城,残雪覆盖着金色的宫殿瓦顶。

恽毓鼎《崇陵传信录》记载:这一天,慈禧的心腹荣禄曾试探地问:"传闻将有废立事,信乎?"

慈禧反问:"事果可行乎?"

荣禄:"太后行之,谁敢谓其不可者?顾上罪不明,外国公使将起而干涉,此不可不慎也。"

慈禧:"事且露,奈何?"

荣禄:"无妨也。上春秋已盛,无皇子,不如择宗室近支子建为大阿哥,为上嗣,兼祧穆宗,育之宫中,徐篡大统,则此举为有名矣。"

慈禧沉吟良久道:"汝言是也。"

荣禄承认废黜光绪皇帝的理由不充分,因为皇帝的罪行不明。进而还担心因为没有说得过去的理由而突然废帝,洋人会"起而干涉"——这简直就是对数月之后大清帝国发生的巨大政治混乱的预言。可是,荣禄关于"立储"的建议,也绝对是冒天下之大不韪,如果不是把慈禧的心思揣摩得万分精确,即使是荣禄也没有胆量这么说。在中国,无论是百姓还是官吏都知道,基于避免因争夺皇位而引发政治动乱的原因,上百年来朝廷一直遵循着一条极其严格的祖训:在当今皇帝还活着的时候,绝对不允许预立皇储,对此谁若仅仅是私下议论了一下,都将视为与叛国罪等同的大逆不道的罪行,会被处以最残酷的刑罚。那么,一九〇〇年新年流传在京城里的这个消息,至少预示着这样一个事实即将发生:要么当今皇帝有立即死亡的可能;要么当今皇帝可能会被推翻,大清帝国会出现一个新皇帝。

其实,废黜光绪的理由已经充分了。

任何人处在慈禧的位置上都会这样决断。

早晨,紫禁城劝政殿里充满炭火和薰香的味道,慈禧太后召见了皇亲贵族、军机大臣和各部尚书,内容是废帝和立储。光绪皇帝也来了,他没有进殿,太后让他在殿外等待传唤。慈禧说,光绪当年成为皇帝的时候,朝野内外就议论他的来历不正,现在这个皇帝确实表现不好:"今上之立,国人颇有责言。谓不合于继嗣之正。况我立之为帝,自幼抚养,以至于今,不知感恩,反对我种种不孝,甚至与南方奸人同谋陷我。"⑧于是,慈禧建议废黜光绪,等农历正月新年的时候,选个新皇帝上台。接着,她让大家为废黜的皇帝取个"封号":"故我起意废之,选立新帝。此事于明年正月元旦举行。汝等今日可议皇帝废后应加以何等封号,明朝景泰帝当其兄复位之后,降封为王。此事可以为例。"⑧

大学士徐桐,这个在今后的历史中因表现疯狂而著称的理学家建议:"奴才愚见,可封为昏德公。昔金封宋帝,曾用此号。"——八百多年前,宋朝都城开封被来自塞外的金军攻破,宋钦宗皇帝被俘,金人像牵牲口一样将他带往北方大漠,戏弄地封他为"昏德公"。徐桐把慈禧废黜光绪之举,视为一次攻城略地挟持国君的血腥战争,显然过分了,慈禧没予理睬。

慈禧接着说,她已经择定端郡王的长子为新帝。她说端王秉性忠诚,众所共知。她让端王此后可常来宫中,监视新帝读书。不过,新帝何时登基,她还没想好——"可先为储君,再行定夺。"然后,她让荣禄拟旨。

所有的皇亲贵族和军机大臣都一声不吭。

1901

跪着的端郡王头低得最低。

荣禄早就把圣旨拟好了,立即捧到慈禧面前。

慈禧看了一遍说,让皇帝进来吧。

在殿外冻得脸色发青的光绪进来了。

慈禧把她的意思重复了一遍。

光绪叩首:"此夙愿也。"

慈禧说:"既然愿意,这是诏书,你缮写出来,发布吧。"

看了荣禄拟好的《立储书》,年轻的光绪浑身发抖,在慈禧目光的逼视下,他开始照本缮写——"色沮手颤,屡搁屡起,始能竣事",而后"晕扑在地"。

慈禧小声地说了句:皇帝,你要保重。

一九〇〇年元旦,光绪皇帝的谕旨颁布,它被洋人称为"中国历史上最伤心的文字":

> 朕冲龄入承大统,仰承皇太后垂帘训政,殷勤教诲,巨细无遗。迨亲政后,正际时艰,亟思振奋图治,敬报慈恩,即以仰副穆宗毅皇帝付托之重。乃自上年以来,气体违和,庶政殷繁,时虞丛脞。惟念宗社至重,前已吁恳皇太后训政。一年有余,朕躬总未康复,郊坛宗庙诸大祀,不克亲行。值兹时事艰难,仰见深宫宵旰忧劳,不遑暇逸,抚躬循省,寝食难安。敬溯祖宗缔造之艰难,深恐勿克负荷,且入继之初,曾奉皇太后懿旨,俟朕生有皇子,即承继穆宗毅皇帝为嗣。统系所关,至为重大,忧思及此,无地自容,诸病何能望愈。因再叩恳圣慈,就近于宗室中慎简贤良,为穆宗毅皇帝立嗣,以为将来大统之畀。再四恳求,始蒙俯允,以多罗端郡王载漪之子溥儁继承穆宗毅皇帝为子。钦承懿旨,欣幸莫名,谨敬仰遵慈训,封载漪之子为皇子。将此通谕知之。知之。⑩

这是光绪皇帝白纸黑字亲手写明了的:本来应该生个儿子继承皇位,但是儿子至今没能生出来,惭愧惭愧。现在自己有病,而且病得不轻,皇太后出来主持国政,是应他再三再四地请求才得以实现的,实乃国家的万幸。为了不使皇家断了香火,决定立端郡王载漪的儿子溥儁为同治皇帝的嗣子——注意,不是给光绪皇帝而是给光绪皇帝的前任同治皇帝当儿子——以代替我当皇帝。年轻的光绪皇帝不但宣布自己有病,而且表明病得离死不远了,为此他要隐退,要立一个替代他的新皇帝,而且还要感谢圣母之恩。

中国深宫之内的政治故事,真是可以不加修饰地变成久演不衰的唱本。

西历新年到农历新年的一个月间,成为京城里的洋人们紧张而慌乱的日子。各国公使连续磋商着,然后频繁地约见庆亲王和李鸿章,要求中国方面澄清某些传闻,并且再三表示不承认光绪皇帝之外的任何皇帝。庆亲王唯唯诺诺敷衍着洋人们,而李鸿章因嗅到了严重的政治危机的味道,为避免自己被卷进去,宁可在官职上受损失也要避开,于是他主动提出到南方任职。不久,慈禧的懿旨下来了:李鸿章任两广总督。

这一年的冬天对于光绪来讲寒冷而漫长。

紫禁城内有三海,南海、北海和中南海。光绪被软禁在南海中的瀛台,这里四面皆水,"水阔一丈五尺余",只有一座小桥通岸,"日间放下,夜拽起"。日子苦不堪言,苦到什么地步,野史记载纷纭:皇帝不能自由行动,牙齿被打掉了,因得不到医治而疼得叫唤;皇帝吃不饱饭,然而有一天,慈禧突然"恩赐"大量食物逼迫他吃,结果皇帝胀饱不堪。野史虽不尽可信,但曾任监察御史的高树在《金銮琐记》一书中云:

> 民间言光绪皇帝坐水牢,余甚疑之。近年往湖边瞻仰,湖边老屋数间,破槛挡潮,虚窗待月,风骚骚而树急,波森森而云愁。行人指桥中有机关转捩,朝罢归来,突然桥断,诚与水牢无异云。

光绪终日沉闷不已,便让一个小太监给自己拿个弹弓来玩。慈禧知道后问谁敢把弹弓给皇上,这岂不是引导皇上淫乐?小太监当天就跳中南海自杀了。光绪从此狂热地迷恋修理钟表。钟表都是洋人送中国皇帝的礼物,把玩日久,有的钟表坏了,皇帝居然能够把它修好。光绪对时间的迷恋,也许基于这样的心理:慈禧比他年龄大得多,他希望能够在时间上熬过慈禧。每当修理好一座钟表,光绪便把耳朵贴在表盘上,"欣喜地听着时间前进的声音"。

光绪"名虽至尊,实则囚房矣"。

突然,有消息传出,皇帝企图逃跑。

《金銮琐记》记载了光绪的一次"逃跑",是监察御史高树亲眼所见:

> 闻有一日皇上逃出西苑门,太监多人扭御发辫拉入。山人入乾清门缴还朱批,遇皇上便衣步行墀下。山人避入南书房窥觇,见皇上仰首向天而望,又行至乾清门,太监十余人拦阻去路。皇上由桥洞穿出,升东阶,坐轿入东巷,左右前后围随有百人,不能逃也。

民间关于皇帝逃跑的传闻更是热闹。在传闻的鼓噪下,无论是城镇乡村还是荒郊野店,帝国的百姓对来往行人都多了个心眼儿,因为有人说谁能在路上"迎立"皇上,一定会得到无法想象的巨大赏赐。《张文襄奏稿》收集的是两湖总督张之洞呈给帝国政府的大部分奏折,其中的一折记述奇特,说是湖北官方抓到一伙嫖娼的人,其中有个人一会儿称自己是康有为的弟弟,一会儿又称是逃跑出来的皇上,一时间"民吏大骇"。当然,无须调查,张之洞便把这个"皇上"的头砍了下来。

中国的春节就要到了。

按照慈禧的安排,年初一是新皇帝登基的日子。

端郡王载漪十四岁的儿子就要当皇帝了,端王府一派喜庆。

帝国的官员是这个世界上生活最不稳定的一群人。在专制制度下,官员们的命运起伏完全取决于最高统治者的好恶。于是,这些官员有着性格上相当矛盾的两面:在百姓面前的极端傲慢和在上司面前的极端谦卑。他们是一个最害怕皇帝也是最依附皇帝的社会阶层,如同寄生在皇帝身体上的虱子,不要说是皇帝的更迭,就是皇帝的一声咳嗽,也可能给他们带来人生福祸的瞬间剧变。

这一点,有着皇家血统的王爷载漪体会最深。

载漪,满族,宣宗道光大皇帝第五子惇亲王奕誴之次子。于慈禧为侄,与光绪皇帝是嫡堂兄弟关系。咸丰二十年被封为端郡王。在一八九八年前的帝国政治生活中,这个亲王几乎没有任何踪影,而今却一天之内到达了权力的顶峰。至于他那个名叫溥儁的儿子为什么会继承帝位,从而使他突然间有可能成为大清帝国的太上皇,这一切都如同一部戏剧的场次间缺少必要的情节过渡一样,至今令世人困惑不解。这位终日沉湎于声色犬马的亲王,只是有一个是慈禧侄女的妻子,而他自己无论从哪方面讲只能称得上是个奢侈放荡的王府子弟。

端王府邸在度过暂短的慌乱之后,立即成为帝国政治旋涡的中心。

按照皇家的规矩,载漪把王府内外装扮起来,设置了接受祝贺的华丽的大堂,准备好了可以连续数天接待来客的豪华家庭宴席。他不吝惜银子,因为他知道目前的花销仅仅是对未来取之不尽的皇权的小小预支。从这个早上开始,已经有官员来了,先是朝廷中权柄很重的那些人物,然后是各色京官。王府门前的亲兵大声地呵斥着看热闹的百姓并把他们赶走,以便为川流不息的轿子和马匹让路。接受的礼品数量仅仅在一个时辰里就叹为观止,从古玩玉器到成封的银子,就连王府里见多识广的仆人都看得目瞪口呆。

太阳渐渐升高,端郡王的心情却逐渐焦虑起来,一种不祥的感觉开始袭扰他这些天一直飘然若仙的心情——整整一个早上,居然没有一位外国公使前来祝贺。尽管这位郡王以智商低下闻名,但是这些天洋人对他的儿子要当皇帝的种种冷淡,还是让他感到一种说不出的惶恐。没有谁能料到,端郡王载漪在这个早上郁积的愤懑,最终影响了整个大清帝国的政治命运——"自是载漪之痛恨外人也,几于不共戴天之势。"

还是这一天,傍晚时分,慈禧在享受了一百多道满汉结合的精美菜肴和饭后游牧民族的风味甜点后,观看了御用戏曲班子唱的几出京剧。其中一出名叫《长坂坡》的剧目,演的是一千多年前一位英俊勇敢的年轻将军于危急中营救皇族的故事。戏台上锣鼓铿锵,服饰华丽,唱念俱佳。慈禧下令赏赐白银一百两。然后,她回到自己的寝宫。中国曾是世界上最轻视女人的国家,而不可思议的是,在中国几千年封建帝制就要结束的那段时光里,正是一个女人支配着这个庞大帝国的政治命运。慈禧居住的那间宫殿下面是一个地下室,地下室内昼夜燃烧着一种为她特别制作的不产生烟雾和异味的白色木炭,木炭的燃烧令整个宫殿笼罩在温暖之中。

1901

此刻,徘徊在巨大炭火之上的皇太后心中燃起仇恨的火焰。

先是那个金发碧眼的法国医生多德福对光绪皇帝病情的诊断传入宫中,说是中国的皇帝没有病,而是这个国家的政治"病"了。没过一会儿,总理衙门又呈来一份各国公使的联名照会——这是正式的外交文件而不是市井传闻——照会中有这样的措辞:假如光绪皇帝在这种身体状况下不幸死去,将在西方各国之间产生非常不利于中国的后果。这真是一个凶多吉少的夜晚,因为更令慈禧心情恶劣的消息传来了:康有为已在英国人的庇护下逃到英国本土。七月里,她曾派出一个名叫刘学询的杀手到日本追杀康有为——帝国统治者使用政治刺客已不是什么新鲜事,但是历来也只是在本国之内杀来杀去,向海外派出执行暗杀任务的"恐怖分子",刘学询恐怕是几千年历史上的第一个。可是,那个十恶不赦的康有为不但没有在地球上消失,而且此时还向全世界发出急电,号召各地的华侨起来反对慈禧:"皇上圣明,国民共戴","无罪见废,大众公愤","如若不听,起兵勤王"。并且还威胁说,如果慈禧不把权力归还皇帝,中国就要发生民变。

史书记载道:"那拉后每得一电辄变色,深恐民心之变也。"

毕竟,她刚刚做了一件对于整个帝国、乃至整个帝制来说都是伤筋动骨的事。心虚使精明的慈禧失去了基本的判断力:海外的康有为们只能是虚张声势,几个书生从何拥有"打回本土"的武装力量。但是,慈禧梳理了一遍近些天来她所经历的惊涛骇浪,只是在这么一想之间,掌握着庞大帝国最高权力的女人就对洋人产生了强烈的仇恨。这个女人的这种仇恨,从这个冬天的夜晚开始,蔓延在整个世纪交替的难熬的时光里,并最终导致了整个大清帝国的一场巨大的灾难。

令慈禧没有想到的是,持不同政见的帝国知识分子并没有"打回本土",倒是帝国本土上的另一群人突然蜂拥而起了。这群人装束奇特、口号奇特、行为更加奇特,在翻云覆雨般地变换行动目标之后,他们最终确定应该标榜"杀尽天下洋鬼子",以捍卫皇太后的大清朝。中国近代史上几乎导致国家彻底倾覆的悲剧由此开幕了。

这群令心怀仇恨的慈禧没有想到的人,是来自帝国北方的一群饥饿的农民。

注　释：

① 屈桂庭《诊治光绪皇帝秘记》，引自（台）苏同炳《中国近代史上的关键人物》（下），百花文艺出版社。

② 张廷玉等撰《明史》卷三百二十六，中华书局。

③ 辜鸿铭、孟森等编著《清代野史·外交小史》，巴蜀书社。

④⑤⑥⑦⑧ （美）亚瑟·亨·史密斯《中国人的气质》，张梦阳、王丽娟译，敦煌文艺出版社。

⑨ （美）马士《中华帝国对外关系史》卷一，上海书店出版社。

⑩ 冯天瑜、何晓明、周积明《中华文化史》，上海人民出版社。

⑪ 胡绳《从鸦片战争到五四运动》，人民出版社。

⑫ 冯天瑜、何晓明、周积明《中华文化史》，上海人民出版社。

⑬ 董守义《李鸿章》，哈尔滨出版社。

⑭ 李鸿章著、吴汝纶编《李文忠公全集·电稿》十五。

⑮ 李鸿章著、于式枚录、王存善编《李文忠公尺牍》。

⑯ 刘功成《李鸿章与甲午战争》，大连出版社。

⑰ 罗惇曧《中日兵事本末》，引自辜鸿铭、孟森等编著《清代野史》第一卷，巴蜀书社。

⑱ 李鸿章著、吴汝纶编《李文忠公全集·电稿》十七。

⑲ 曹和济《津门奉使见闻》，引自邵循正、张雁深、孙瑞芹等主编《中日战争》，上海人民出版社。

⑳ 李鸿章著、吴汝纶编《李文忠公全集·电稿》十八。

㉑ 罗惇曧《中日兵事本末》，引自辜鸿铭、孟森等编著《清代野史》第一卷，巴蜀书社。

㉒ 李鸿章著、吴汝纶编《李文忠公全集·电稿》十九。

㉓ 王芸生《六十年来中国与日本》第二卷，三联书店。

㉔㉕㉖ 汤志钧编《康有为政论集》，中华书局。

㉗ 梁启超《湖南广东情形》，引自林志钧编《饮冰室合集》第六册，中华书局。

㉘㉙㉚㉛ 王树槐《外人与戊戌变法》，上海书店出版社。

㉜ 闵杰《戊戌风云》，上海书店出版社。

㉝ 张侠等编《清末海军史料》，海洋出版社。

㉞㉟ 李长莉《近代中国社会变迁录》第一卷，浙江人民出版社。

㊱㊲　徐继畬《瀛寰志略·自序》,上海书店出版社。

㊳　康有为著、楼宇烈整理《康南海自编年谱》,中华书局。

㊴　(美)F. L. Hawks Pott 著《上海租界略史》,岑德彰译,商务印书馆。

㊵㊶　汤志钧编《康有为政论集》,中华书局。

㊷　陈灨一撰《睇向斋秘录》,中华书局。

㊸　何瑜《百年国耻纪要》,北京燕山出版社。

㊹　徐凌霄、徐一士《凌霄一士随笔》卷三,山西古籍出版社。

㊺　王芸生《六十年来中国与日本》第三卷,三联书店。

㊻　何瑜《百年国耻纪要》,北京燕山出版社。

㊼㊽　孙其海《铁血百年祭》,黄河出版社。

㊾㊿　何瑜《百年国耻纪要》,北京燕山出版社。

51　汤志钧编《康有为政论集》,中华书局。

52 53　康有为著、楼宇烈整理《康南海自编年谱》,中华书局。

54　梁启超《戊戌政变记》,引自林志钧编《饮冰室合集》第六册,中华书局。

55　翦伯赞、刘启戈、段昌同等主编《戊戌变法》一,上海书店出版社、上海人民出版社。

56 57 58 59 60　苏继祖《戊戌朝变纪闻》,引自《清廷戊戌朝变记》,广西师范大学出版社。

61　徐珂编撰《清稗类钞》第一册,中华书局。

62 63　苏继祖《戊戌朝变纪闻》,引自《清廷戊戌朝变记》,广西师范大学出版社。

64 65　齐春晓、曲广华《康有为》,哈尔滨出版社。

66　梁启超《戊戌政变纪事本末》,引自《清廷戊戌朝变记》,广西师范大学出版社。

67　丁文江、赵丰田编《梁任公先生年谱长编》,中华书局。

68　齐春晓、曲广华《康有为》,哈尔滨出版社。

69 70 71　杨天石《康有为谋围颐和园捕杀西太后确证》,引自1985年9月4日《光明日报》。

72　袁世凯《戊戌日记》,引自《清廷戊戌朝变记》,广西师范大学出版社。

73　齐春晓、曲广华《康有为》,哈尔滨出版社。

74　苏继祖《戊戌朝变纪闻》,引自《清廷戊戌朝变记》,广西师范大学出版社。

75　翦伯赞、刘启戈、段昌同等主编《戊戌变法》二,上海书店出版社、上海人民出版社。

⑦⑦⑦ 袁世凯《戊戌日记》,引自《清廷戊戌朝变记》,广西师范大学出版社。

⑦ 明清档案馆编《戊戌变法档案史料》,中华书局。

⑧ 齐春晓、曲广华《康有为》,哈尔滨出版社。

⑧ 苏继祖《戊戌朝变纪闻》,引自《清廷戊戌朝变记》,广西师范大学出版社。

⑧ 翦伯赞、刘启戈、段昌同等主编《戊戌变法》三,上海书店出版社、上海人民出版社。

⑧⑧ 康有为著、楼宇烈整理《康南海自编年谱》,中华书局。

⑧ 梁启超《戊戌政变纪事本末》,引自《清廷戊戌朝变记》,广西师范大学出版社。

⑧ 梁启超《去国行》,引自林志钧编《饮冰室合集》第五册,中华书局。

⑧ 冯自由《革命逸史》初集,中华书局。

⑧⑧⑨ 《景善日记》,引自辜鸿铭、孟森等编著《清代野史》第一卷,巴蜀书社。

第二章

飘浮的神灵

打谷场上的角色 / 帝国的"第二政府"
肚子里的气和云彩里的雨 / 洋人不是人 / 飘浮的神灵
面对子弹的戏剧情节 / 向阳的山坡与大地上的游魂
"这是瓜分中国的开始" / 混乱的局势 / 呐喊冲出青纱帐

1901

打谷场上的角色

一百多年前,在大清帝国北方萧瑟的荒野中,一个小戏班子正在走乡串户地演唱。他们每到一处,衣衫褴褛的农民就会簇拥而来。妇女们远远地望着,她们没有资格看戏,只能聆听那吱呀呀的说唱之声;而那些近距离观看表演的青壮年农民,个个眼睛里显露出兴奋的光泽。

冬日的寒鸦在枯黄的树枝上鼓噪,艺人弦子颤抖的声音传得很远。戏唱完了,天黑下来,青年农民和艺人们围着猛烈的篝火坐在一起,村社提供了热粥,呼噜呼噜的喝粥声在夜空下飘散。片刻,呼噜声停了,弦子声接着响起来,第二出戏又开始了。

戏班子唱的两出戏是:《鞭花记》和《柳条记》。

戏文唱的不是皇帝、大臣或一个忠诚的武将,也不是员外、书生或一个富家的小姐。戏文里唱的主角,是一个名叫阎书芹的农民,跟随在这个农民身边的依旧是一群农民。帝国北方的农民都认识阎书芹,跟随在阎书芹身后的那些人他们也熟悉。戏里讲述的故事就发生在前些日子:一群农民在首领的率领下奋不顾身地进攻——参加进攻的人草帽下插着一根柳条,他们听从首领甩响的鞭花以控制攻击的节奏——农民们攻击的目标是教堂。

十九世纪末,在中国北方贫瘠的乡村里,在低矮的茅草泥屋之间,常常可以看见两样显著的建筑物:玉皇庙和教堂。玉皇庙往往摇摇欲坠,破旧不堪,它们在这片土地上已经站立了上千年;而教堂毫无例外簇新而坚固,因为它们刚刚盖起来。

山东与河北两省沿黄河两岸相交错。山东冠县北十八村与河北威县沙柳寨之间的毗邻地带,是一块"飞地"。由于处在省县交界处,远离朝廷衙门的管辖,农民们称这样的地方为"插花地"。在这片土壤严重沙化的土地上,不止一处的"飞地"有一个统一的名称:十八村。

山东冠县北十八村,包括二十四个村庄,其中的一个名叫梨园屯。

梨园屯的农民为一块属于村庄公产的土地,已经打了三十多年的官司。根据官方史料记载,这起土地官司首发于一八六九年,即同治八年。那时,爆发于南方的大规模农民造反刚刚平息,太平天国的首领们为农民创造的"皇上帝"以及太平盛世的幻想依旧幽灵一样游荡在这片国土上。而在北方,农民们却与另外一个"上帝"打了起来。洋教士建立的天主教会多年来手段单一却有效:神父给最饥饿的人发放救济粮,为最贫苦的单身汉找媳妇,帮助最软弱的人与官府打官司,为垂死的贫困者无偿看病,建立不收学费的学堂——条件只有一个:入教。同治年间,西方传教士在中国发展了人数众多的教民,单在那片飞地上的诸个"十八村"中,居然已经分离出二十多个教民村。洋教士不但成功地让中国农民每天进入教堂听神父布道,甚至有的神父竟然是中国人了。势力逐渐庞大的教民提出一个要求,要与不信教的村民分割玉皇庙的公产——土地。因为教民需要一个集体活动的场所。教民与村民经过协商达成协议:不信教的村民分得庙产三十八亩,教民分得三亩。这个协议由梨园屯的乡绅主持签字。但是,当教民开始盖教堂的时候,矛盾发生了:教民有破坏或者拆除玉皇庙以扩大教堂土地的企图;同时,不信教的农民普遍地认为,那些教民因私分了洋人给的银子个个发了财。于是,他们坚决反对盖教堂,他们的公开口号是:以汉教战胜洋教。

什么是"汉教"?农民们说不清楚。他们也没有把自己的"教"弄明白的愿望,他们原本也不是因为"教"的不同而心生愤恨的——由最细微、最实际的利益矛盾引发的不同社会群体间的争斗,最后形成最激烈、最血腥的不同政治力量间的冲突,这是中国历史上千年不变的农民造反的轨迹。

中国农民的精神首领,从来不曾是"教"而一直是"人",是那些在乡村里被称为"首领"、"村首"或者"士绅"的人。这些人是农民,但绝不是佃农。他们往往占据着良田并出租土地;或者他们就是乡村里的

"知识阶层",有能力包揽乡村中的道德评判和是非定性;还有,即便他们既不识字也没有土地,但他们强壮而蛮横,是村庄里正常生活秩序的认定者和执行人。以上这些人,是农民中日常活动最活跃、思想和行为最危险的一个小小的阶层。

如果没有洋教的入侵,村首们的日子是美妙的。清末,内外交困的政局令这个庞大帝国的许多地方,尤其是偏僻的村野,出现了政权空白。县乡里甲等权力机构没有能力、也没有愿望管理复杂危险的村野事务,于是把维护地方秩序、处理乡民纠纷乃至催纳钱粮租税的权力,"下放"给了乡村里的士绅村首。这些掌握着农民命运的人与官府衙门之间形成了一种没有文字契约的默契。清廷从不鼓励官吏下乡,认为衙门里的官吏往往会激化矛盾而易产生民变,通常县令三年才会到他管辖的那些村庄巡视一回,每回也就是在村庄的会所里抽上一袋旱烟。

大清帝国乡村里由士绅村首形成的权力机构被农民们称为"二衙门"。

洋教士和入教的农民首先触及的正是士绅村首的利益,即他们赖以生存的地盘。

这时候,帝国北方乡村戏文中唱的那个主角出场了。

阎书芹,一个严格地说是半个农民的人物,因为他并没有始终以土地为生。他曾贩运过私盐,生意被官府切断后,结交了一群贫苦农民开始习练一种强身的武功,号称"红拳"。

在中国帝制的漫长历史上,历朝统治者绝对禁止民间结社,朝廷对民间的习武组织更是严加禁止,违反者将受到严厉的惩罚,而对其首领的刑法是"凌迟",即用利刀把一个人活生生地割碎。但是,太平天国农民军势力的迅速蔓延,使清廷对民间结社的法度突然放宽了。朝廷的目的,是想利用地方民团来抵抗太平天国的农民军,因为帝国的正规军已被证明不足以平定天下了,后来成为帝国陆军骨干的湘军、淮军等都是由此时的地方团练发展起来的。

阎书芹带领一批贫苦农户组成了一个护庙团体,名叫"十八魁"。这绝对是一群真正一无所有的农民:阎书芹因为自己的不幸对生活充满怨恨;阎兆风是一个在庙里煮完狗肉,再把狗头放在神像头上的人;阎兆华更是又穷又横,乡村里的大户之所以不时地给他一点儿粮食,是怕他在他们的屋后放火……如此一个"十八魁"成了保护不信教的农民利益的"军事组织"。

梨园屯的教民与村民关于玉皇庙庙产的官司,从县、府一直打到山东巡抚衙门。官司由村里的六位乡绅出面,三位进省闯衙门,三位留村想主意,全村不信教的农民纷纷捐款——敛钱打官司。很久之后,老人们还能绘声绘色地向子孙讲述当年的悲壮:梨园屯距县城一百八十里,官府审理官司的时候,村里有个飞脚罗三负责来回传信。罗三跑起来如腾云驾雾,一个来回"两头见太阳"。但是,无论飞脚罗三的腿脚多么快,官司却一直以村民败诉告终。这就是史料中所说的梨园屯"六大冤"。

"十八魁"的护庙行动失败了。失败的原因很简单:官府不支持他们。冠县县令名叫何士箴,农民们称他为"何糊涂",因为他企图在农民与洋人之间两面讨好。在处理"十八魁"护庙事件时,这位县令为了调解矛盾,平息事态,把附近村庄和邻县的头面人物都请到了梨园屯。这些人物包括曲周和威县的几个文武举人、冠县小王曲村的一位教书先生、陈固村的一位乡村医生——乡村里的这些人物怎么能够与洋人和洋人支持的教会抗争?帝国的朝廷和军队不是都在与洋人的抗争中败下阵了么?何况,"十八魁"是些什么人,朝廷对洋人说了,他们都是暴民。

对于朝廷来说,帝国有臣民,有暴民,没有公民。

官司越败,人越气愤。一场土地官司逐渐演变成反对洋教的农民与信奉洋教的农民之间的冲突。一八八七年,梨园屯六位乡绅中的左建勋和刘长安带领几百名村民把教民运来准备建教堂的材料搬运一空。这件事最后居然惊动了大清帝国的总理衙门,因为法国使馆为此向清廷提出了强烈抗议。五年后,官司依旧在打,但是冲突已经升级。反对洋教的农民请来一个道士住在玉皇庙里做住持,为防止信教的农民闯入,他们把乡练的枪械布置在了庙里——武装介入标志着更大规模的冲突为期不远了。

官司又一次失败后,阎书芹做出一个重大决定:散漫的红拳看来不管用,应该投靠更有力量的"拳"。

"拳",这个字几乎就是接下来大清帝国混乱时光的代名词。

当夜,阎书芹带领他的"拳"兄弟们走了,去寻找他们早就听说的另一个"拳"——梅拳。

梅拳这时候几乎可以称为一个"教门"了,从明末算起,它已经有两百多年的历史。梅拳有严格的师承传统和谱系,分为武场和文场,广泛分布于河北的冀州、河间、顺德、广平、大名各府和山东的临清、冠县、邱县一带。梅拳之所以一直没有被官府取缔,是因为他们的拳规极其严格,包括不准江湖卖艺,不准接触女人,不准与其他教派发生联系等等。美国学者周锡瑞在《义和团运动的起源》一书中对梅拳的见解为:此拳是一个"纯粹的武术团体"。其实,在那个年代里,"纯粹的武术团体"是不存在的。被绝望的生活处境和不公平的现实逼得无路可走的农民聚集在一起练习武术,决不是为了弘扬"国粹",一旦社会条件成熟,这类民间组织往往就会成为武装暴动的重要力量。

威县梅拳第十四辈文场师傅赵三多,是梅拳目前的当家人。他的不少徒弟在衙门里当捕快。凭借着声望,他成为威县调解民间纠纷的首领。他是非暴力者,不赞成"十八魁"的武装行为。他知道教民冲突在山东、河北交界的"飞地"地区已经公开化,而他自己也是憎恨洋教的,因为洋教与梅拳教义相冲突。赵三多的手下有一个名叫姚洛奇的拳手,在梅拳系谱中比赵三多长一辈,是个烧窑人,他成功地劝说了赵三多"举事"。当时,帝国北方大面积的旱灾令农民陷入生存绝境,而德国人对胶州湾的占领更令国人愤懑已极。就在这时候,阎书芹登门行弟子礼了,他们诉说了在梨园屯庙产官司中的不满。姚洛奇对赵三多说,无论是出于地方利益的需要,还是出于乡土道义的需要,都必须站出来反对洋教!为了不连累承传了几十辈的梅拳,赵三多决定脱离祖谱,与梅拳完全脱钩,再将愿意和自己一起"举事"的拳手们重新组织起来,并为这个新组织起了一个新拳名:义和拳。

"兴清灭洋",这是义和拳当时提出的口号。

义和拳,后来的义和团,就这样诞生了。

这是一八九八年的事,京城里的康党们已经开始逃亡。

朝廷无暇关注山东与河北交界处发生了什么事。即使知道了,也会认为不过是几个农民在与洋教士闹别扭。帝国政府无论如何也没想到,正是这一点点火星很快就要演变成一直燃烧到帝国都城的熊熊烈火,继而又燃遍了整个北方。

一年以后,另一个拳以更大的规模蜂拥而起。

这个拳名叫"神拳"。

神拳没有红拳和梅拳那样严密的组织,实际上它只是黄河决口后冲出来的一个临时"团伙"。一八九八年,黄河在东阿县决口,淹没了东阿、茌平、高唐、聊城等州县——"漂没田庐,人畜流亡,不可胜计。"在水灾中流离失所的农民饥寒交迫地聚在一起,如果再不信点什么,他们就无法活下去了,于是神拳出现了。神拳信奉经过简单的仪式后,神的力量就会依附在练拳者身上,并且能够发生许多预想不到的奇迹。

神拳的首领是个名叫小朱子的青年农民。

小朱子,山东长清县人,出身贫苦,没有正式的名字,自幼随改嫁的娘四处漂泊,最后以"带犊子"的身份落籍在泗水县宋家河村。为生活所迫,三十岁时又回到长清大李庄的舅舅家。他白天干活,晚上与青年农民一起练习神拳。随着加入的农民逐渐增多和影响扩大,他开始在邻近各县发展"神场子",进而成为远近闻名的拳首。这个时候,他有了一个大名,叫"朱红灯"。这个名字显然是拳众们对他的尊称。他的名声巩固于一次与教民的对抗:为了惩罚,他令教民出钱请来戏班子贺神拳。这个让教会很丢面子的事使他威望大震。而他的地位陡升则源于与官府真刀真枪的一次厮杀,史称"前杠子李庄之役"。

前杠子李庄之役,起于平原县已经激化的民教矛盾。

随着德国军队在山东半岛的登陆和占领,洋教士跟在军队的后面开始了大规模的传教活动。天主教各方济会和基督教美国公理会都在平原县建立了堂口和布道站,在穷困的乡村中吸收信教的农民并同时修建教堂。洋教士仿照中国农民的传统办法,在信教的人中选择有势力的人充当教民的教首,这些教首在外来势力的支持下,不可避免地会与当地掌握权力的乡绅在利益划分上发生冲突。面对强大的洋势力,乡村的士绅只好求助于民间神拳,甚至亲自加入神拳以寻求支持力量。终有一天,民教双方火并起来,起因是教民控告不信教的农民抢了他们的财物。冲突惊动了平原县令蒋楷。蒋楷虽然也憎恨洋教,但是,根据朝廷就教屈民的指令,他不得不亲自率领官军前去逮捕拳民。一八九九年十月十一日,平原县百名步骑勇役到达前杠子李庄,刚一进村就见二三百拳民在朱红灯的指挥下正列队击鼓,拳民随即主动向官军发起了进攻。官军和县令谁都没有见过这样的进攻方式:拳民四个人围成一个圈,"一圈跟一圈地滚动前进"。这是什么战术不得而知,但可以肯定与神拳信奉的神灵之术有关。当拳民们"滚"到跟前时,一下子砍倒官府的两名旗手。蒋楷见状骑马狂逃,步骑勇役顿时惊散。

紧接着,又发生了另一场战役。

朱红灯没有追上蒋楷,决定率领拳民进攻恩县刘王庄属于天主教会的教堂和庞庄属于美国公理会的基督教堂。原因是,在庞庄传教的是一个名叫明恩溥的美国牧师,拳民们听说他经常在上海的报纸上写文章鼓动帝国政府出面镇压义和拳。明恩溥得知拳众要来,立即联络山东巡抚衙门,要求派军队前来镇压。于是,济南知府卢昌诒与亲军营管带袁世敦率兵前往。朱红灯的队伍在半路上遇到官军的探子,朱红灯释放了探子,并让他转告卢昌诒和袁世敦:我们现在回前杠子李庄,是为两位大人考虑;如果我们再与官军相遇,大人就要自失颜面了。袁世敦认为,几个暴民根本不是对手,依然下令追击。官军与拳民在马颊河的河堤上相遇了。正是早晨,拳民正在河堤上吃早饭,官军突然围了过来。拳民足有一千五百人,旗帜是红色的,手上的刀枪也都有红布装饰,而朱红灯更是头戴大红风帽,身穿红衣红裤。拳民照例是"轮圈"战术,几乎没怎么交手,官军就跑了。但是,官军的另一支支援马队到了,与向后逃跑的官军会合在一起,重新杀了回来。这一回,拳民损失惨重,朱红灯带领残部渡河脱身。

朱红灯能够同时与教会和官军两面发生"战役",帝国农民创造的奇迹引得各地拳会成团结伙地投靠而来。所以,神拳开始叫"义和团"了,因为"团"字在中国是齐心合力的意思。

内外交困的大清帝国,无论是朝廷大员还是地方官吏,谁都没有力量遏止在荒野中蜂拥而起的农民。没过多久,在北方的大平原上,到处可以看见百十成群的农民,他们手举的旗帜上都写着:义和神团。

帝国的"第二政府"

自明代以来,在中国穷乡僻壤间游历的外国人,大多是传教士。他们刚刚进入中国的时候,简直按捺不住心头的喜悦,因为他们看见在这片国土上无论多么荒僻的村庄都会有一座庙,里面供奉着神灵的牌位。传教士们认为:这是一个对神灵抱有虔诚之心的民族,这是"开垦上帝子民的一片沃土"。

没过多久,传教士们就发现自己错了。因为他们走进那些庙,看见了一个令他们迷惑不解的现象:散落在中国乡村中的庙大都粗糙破旧,里面的神像残缺得令人根本看不清"神"的模样。

这样的神庙只能说明中国人对它的信仰徒有其表。

尽管文明发祥绝早、文化传统悠久,但是,在中国汉民族生活的土地上,从来不曾诞生过严格意义上的宗教。中国几千年的封建社会,一直是儒家学说的天下,而儒学并不是一种宗教。宗教最显著的特征,是对某个固定不变的神或者偶像的崇拜。中国的儒学自诞生之时起,其理论核心便是无神论。儒学其实是一种伦理规范的"课本"或"章程",它主张控制社会秩序的力量不是来自信仰而是来自自我道德约束。因此,它的著述无不是关于道德的说教。这种说教不是用某个神灵的力量来规范人的行为,而是要求人在思索和领悟中教育自己。如果说儒学还给了中国人一种值得敬畏的东西,那就是"天"了。儒学在几千年里不停地告诉中国人要"知天命"。但是,儒家的宗师孔子和他的信徒们,谁也没把"天"到底是什么或者到底代表什么说明白。中国的"天"绝不像西方的"基督"或"玛丽亚",他们是有诞生、有身世、有生命悲伤或壮丽历程故事的。而如果你问任何一个中国人,无论是学问高深的学者还是目不识丁的村夫:"天"是谁,"天"是什么?他们定会一脸茫然。宗教往往把某种神灵拟人化,中国人也有这个习惯,不同的是,中国人可以把他们看见的或者想象的任何东西拟人化,不仅仅是神灵。这种拟人化的泛滥,就是外国传教士所不解的"泛神论"。中国人把"天"称为"老天爷",这在中国仅仅是一个辈分的尊称。即使如此具体了,中国人还是无法回答自己头顶上那个无所不能地支配着他们命运的"天"是怎么回事,他们对本事大得自己一生都不敢得罪的"老天爷"也就是知道它能够管理天气。虽然"天"在中国不是一个神灵,但这并不妨碍中国人敬畏它,中国人认为一个人如果作恶,"天"一定会知道,也一定会惩罚——这在中国人的心里并不是一种信仰,而是他们听惯了的一种道德说教。从唐至清，那些越洋过海来到这片国土上的洋人无不认为，中国人最荒诞的举动也许就是祭天了。中国农历新年的某一天，辽阔的国土上处处烟火缭绕，从贫苦农民一直到显赫皇族都要举行祭天仪式。但是，一直盯着中国人祭天的外国传教士看得明白：中国人给"天"供奉食物，仅仅是摆个样子，"没过多久，他们自己就把这些食物拿走，而且很快就吃了"。中国人的祭天，是扎根于汉民族集体性格和行为中形式主义的典型体现。

在中国，宗教有佛教和道教。

佛教是外来宗教。中国人接受佛教这个事实本身，就说明中国人不抵抗外来教义。佛教起源于公元前五世纪前后的古代印度，它主张依经、律、论三藏，修持戒、定、慧三学，以断除烦恼成佛为最终目的。公元前三世纪佛教开始向亚洲各国传播。公元前二年，西汉哀帝元寿元年，佛教传入中国，经三国、两晋、南北朝的数百年时间，佛教在中国的普及达到了相当规模。隋唐以后，佛教在中国产生众多的佛门流派，对中国的哲学、艺术和民间风俗产生了不可估量的影响。但是，作为一种宗教，佛教始终在中国的底层民众中徘徊，它最终没能进入国家结构的上层成为统治思想。同时，对于对"入世"有着强烈欲望且一向重视生活享受的汉民族来讲，佛教主张的"出世"仅仅是一种对于纷乱尘世的无可奈何的躲避，不到走投无路的时候他们是不会遁入佛门的。中国人是世界上家庭观念最强的一个种族，于是他们把归入佛门称为"出家"，而"出家"在中国绝对是一件极其严重的事情。

道教是来自汉民族本土的一种宗教。公元一四二年，东汉顺帝汉安元年，道教被张道陵倡导于四川鹤鸣山，规定凡入道者须出五斗米，故亦称"五斗米教"。道教奉老子为教祖，尊称"太上老君"，并以老子的著作《道德经》以及《正一经》、《太平洞极经》为主要经典。道教后来分裂出很多的教派，最后归为正一、全真两派，区别是前者的道士可以不出家，后者的道士必须出家。道教在政治上主张"无为而治"，伦理上主张"绝仁弃义"，这一切都与儒家学说形成对立。作为一种教义，道教与中国普通民众的日常生活和精神需求相距更远。

在这种情形下，汉民族的百姓也就信起什么来马马虎虎，用起什么来也是马马虎虎了。如果需要某种仪式，比如增添人口或者亲人死亡，他们就请来"专业人士":来的如果是个道士,他们可以说自己信道教;来的如果是和尚,他们也可以变成佛教徒。当然,如果道士和和尚一起来,在同一个场合做着不同的仪式,他们也不会感到有什么不协调,他们可以说自己什么都信一点。他们需要的只是自己的生活内容——非常实用却又是一种形式。十九世纪,当外国传教士在中国看见道士、和尚与百姓一起进行某种日常仪式的时候,感到了一种从未有过的茫然,他们认为中国人把两个互相矛盾的事情统一起来的本领实在不可思议。更令人惊讶的是,他们最后才知道,中国人原来根本不明白这两个事情间的矛盾关系。

信仰需要虔诚的敬畏。

既不能出于某种惧怕,也不能出于利益需要。

而中国人通常只有惧怕没有敬畏。

没有敬畏情感的民族,是心灵荒凉的民族。

中国历史上从来没有发生过因宗教而起的战争。历朝历代农民大规模的揭竿而起和流血厮杀,都是受实际利益的驱使而从来不是为了精神追求。因此,作为引发巨大灾难导火索的宗教冲突,至今仍是晚清的一桩历史疑案。

西方宗教进入中国,最早有据可考的是从古长安挖掘出的一块石碑,名曰《景教流行中国碑》,碑上记载了大唐时基督教在中国传播的往事。今天的中国人,对大唐时代的国盛民安津津乐道,认为那是这个东方帝国的鼎盛时期。中国人的这种印象,来自于华美的唐诗、唐乐以及那些流传至今的唐代玉衣锦画——虽然有着许多不识字人口,但在评价一个时期的国家景象时,却往往从文化的繁荣上入手,这是中国历史中一个非常奇特的现象。而大唐确实是中国敞开胸怀笑迎天下的时代。可以想象昔日长安古道上来来往往的外国客商、僧侣、游客、歌伎是怎样愉快地赶着路,因为再也没有一座城市能像长安这样让他们宛如看见整个世界。而在那些自由自在的外国游客中,已经有了这样一群心怀特殊使命的人:他们远涉重洋来到东方,时刻准备为信仰而献身。他们就是西方的传教士。

没人知道西方传教士在大唐这个传教的黄金年代在中国发展了多少基督教徒或者天主教徒。后来,除了在绘画和音乐中偶尔可以感受到他们确实踏上过这片国土外,其余的没能留下任何踪迹。对宗教不感兴趣的中国汉民族没有特殊理由是不大可能成为基督徒的。况且,那时佛教在中国的传播已经很盛——一个著名的中国和尚到印度转了一圈,回来的时候,中国皇帝亲自到大道边去迎接。即便如此轰动的事件发生了,让中国人感兴趣的依旧不是这个和尚取回了什么"真经",而是他在旅途上经历的种种离奇的历险故事。因为中国人相信,自己的国度之外是一个充满妖魔鬼怪的世界,敢到那个世界中游历一圈是一件很刺激的事情。强大的大唐对外来文化的宽容憨态可掬,那时,整个中国犹如大唐时期的美人:丰腴,慵懒,睡眼惺忪地斜靠着,对每一个看见她的人露出满足的浅笑。

应该说,早期西方传教士在世界各地的传教是艰难的。教会把向世界上最蛮荒的地方传播上帝的旨意视为最高荣誉和责任。因此,在古老的非洲、美洲和大洋洲,许多传教士死于恶劣的食物、严酷的气候、莫名的疾病乃至充满敌意的土著的毒箭。在中国,至少在明代以前,西方传教士被杀死的记载并不多。外国传教士到达中国的时候,中国文化之发达曾令他们惭愧,他们不得不深入中国最偏僻的地方,因为只有那里的人们才需要他们的帮助——接受一个外来的上帝。明代,帝国政府实行海禁,除禁止一切外国商船进入之外,也把传教士进入中国的道路封堵了。一五五二年八月,耶稣会创办人弗朗西斯·沙乌略行程十万里,几乎围着中国的边境走了一圈之后,才在广州附近的一个小岛登陆,可他就是无法登上中国大陆。四个月之后,他死在了小岛上。三十年后,利玛窦传教士来了,他以身上的中国服装和很快就掌握了的中国语言赢得了中国人的好感。至此以后,凡是进入中国传教的西方传教士,几乎都要学习利玛窦的经验:着中国服装,说中国话,取一个中国名字。

至少在这个时候,还没有民教冲突发生。

中国人那时议论最多的,不是西方的宗教问题,而是外国人进入中国后应该如何遵守中国人的规矩。所谓规矩,不是关乎法律的问题,而是有关道德和礼仪的问题。中国人认为这是最重要的问题。比如,外国人见到中国官员甚至中国皇帝的时候,是否应该下跪磕头;外国人对中国有些事的议论,包括妇女的小脚、科举、一夫多妻、鸦片等等,中国人是否应该给予回击；最激烈的，是讨论是否应该把这些洋人请出去，因为他们的举止和长相实在令中国人难受——他们信上帝，干吗不在自己家里信？

外国传教士们遇到了一个令他们敬仰的中国皇帝：康熙。

一六九二年的一天，康熙病了，疟疾，发高烧，御医们束手无策。被病情折磨得痛苦不堪的皇帝终于下了一道通告：凡是患疟疾的病人都可以进入皇宫治疗。此举的目的是广泛实验各种中药药效，以寻找治疗疟疾的办法。皇宫里的实验开始了，有不少外国传教士在场观看，其中一个传教士记述了他看见的这样一个实验：一个和尚端着一碗井水在皇宫的空地上朝天地各个方向念念有词，"他做了一百种令异教徒感到神秘莫测的姿势"，然后让生病的人把井水喝下去。最后当然没有任何效果，这个和尚被赶出了皇宫。于是，在广东传教的两个传教士接到谕旨：立即进京。传教士赶到北京后才发现，京城里所有的传教士正在研究一个重要的问题：中国皇帝决定吃西药了！康熙很可能是第一个接受西医治疗的中国人。在太监和大臣们惊慌失措的眼神下，康熙喝下了传教士送进宫的一种名叫金鸡纳霜的药粉——一位法国传教士正好从法国带来了整整一斤。中国皇帝喝下西药的时候，就有太监和大臣大哭起来，因为他们认为自己的皇上就要被洋人毒害了，虽然皇帝是在四位甘愿一死的大臣先喝下去且一夜无恙之后才喝的。即使如此，也只有对国家的富裕、安定和强盛充满自信的皇帝才敢这样做。这样的皇帝，康熙是中国历史上最著名的一位。

皇帝的高烧居然很快就退了，惊人的疗效让康熙觉得传教士们个个是神仙。其实，在当时的法国，金鸡纳霜是一种治疗疟疾的最普通的常用药。于是，在那段少有的经济繁荣、政治稳定的美妙时光里，康熙皇帝的身边每天都有外国传教士走来走去。在这些传教士中，有的是当时世界上最优秀的科学家，甚至是获得了法国科学院院士称号的人。院士们受法国皇帝的资助来到中国，直接目的是勘察中国地理，为绘制一幅精确的世界地图做准备，因为没有中国的地图就称不上是世界地图。至于绘制地图有没有军事上的目的不言而喻。康熙皇帝在紫禁城里挑选了最宽敞、最方便的房屋赏给传教士们居住，当然，传教士们还可以每天品尝御用厨师做出的令人叹为观止的精美食物。传教士们每天上午和下午各两个小时与皇帝在一起。他们很辛苦,因为皇帝"上课"的地点是畅春园,也就是后来成为颐和园的那个地方。因此,无论天气如何,他们都要从城里按时赶到"课堂"。皇帝学习物理、化学、外语、几何和数学,疲惫的传教士们发现皇帝的兴致很高,他能像中学生一样在传教士的指导下做化学试验:把一种液体混合到另一种液体中,并且观察混合后的反应。皇帝很快掌握了计算球体、锥体和多面体体积的方法,他甚至跑到野外用几何方法测量山的高度、河的宽度。传教士们对中国皇帝的聪明好学十分惊异,法国传教士白晋写信给他的皇帝路易十四:"康熙皇帝是一位与您在许多地方都相似的君主,就像路易大王您优于基督教诸王一样,他也同样胜于异教诸王。"传教士把中国皇帝视为"异教王",看来,中国皇帝并没有被传教士们"发展"入教。更重要的是,包括中国皇帝在内的所有中国人,都对西方宗教中描绘的"天堂"不感兴趣。中国人认为,还是人间好。

康熙,帝国历史上第一位试图了解现代科技知识的皇帝,即便是他,对外来文化采取的宽容也是有限度的。这个限度就是:无论是什么教,无论是中国的还是外国的,无论信奉的是天主、耶稣还是佛祖,都不能对帝国的政权构成威胁,哪怕是舆论上的冒犯。外国传教士对中国的文化、风俗等多有议论,但是,议论到皇帝头上就犯大忌了——有传教士居然认为中国的皇帝代表不了"天","天"应该是神,因此应该敬畏"无所不在的上帝",而不是人间的一个人,即便这个人是皇帝。

康熙五十九年,天主教教皇派宗教大使嘉乐来中国,与大清帝国政府协商传教的事情。康熙为了准备与教皇大使会见,特地在清宫西暖阁召见了一部分外国传教士,并且下了一道谕旨。谕旨首先"表扬"了传教士在中国的"遵纪守法":

> 尔西洋人,自利玛窦到中国,二百余年,并无贪淫邪乱,无非修道,平安无事,未犯中国法度。①

康熙认为,外国传教士对中国没有什么好处,但也没有什么妨碍,既然大老远来了,念之不容易,恩准他们可以在中国自由活动:

> 自西洋人航海九万里之遥者,为情愿效力,朕因轸念远人,俯垂衿恤,以示中华帝王,不分内外,使尔等各献其长,出

入禁庭,曲赐优容致意。尔等所行之教,与中国毫无损益,即尔等去留,亦无关涉。②

但是,洋教士毕竟议论到中国的"天"了,皇帝不能置若罔闻:

> 自多罗来时,误听教下阎当,不通文理,妄诞议论。若本人略通中国文章道理,亦为可恕。伊不但不知文理,即目不识丁,如何轻论中国理义之是非。即如以天为物,不可敬天,譬如上表谢恩,必称皇帝陛下阶下等语;又如遇御座,无不趋跄起敬,总是敬君之心,随处皆然。若以陛下为阶下,座位为工匠所造,息忽可乎? 中国敬天,亦是此意。若依阎当之论,必当呼天主之名,方是为敬,甚悖于中国敬天之意。③

中国皇帝要求传教士们在见到教皇大使时不许乱说:

> 今尔教主差使臣来京请安谢恩。倘问及尔等行教之事,尔众人公同答应:中国行教俱遵利玛窦规矩,皇上深知,历有年所,况尔今来上表请皇上安,谢皇上爱育西人之重恩,并无别事,汝若有言,汝当启奏皇上,我等不能应对。尔等不可各出己见,妄自应答,又致紊乱是非,各应凛遵,为此特谕。④

这道谕旨,是中国皇帝的一次明确警告,警告传教士们如果"坏事",轻则要被驱除出中国,重则可能要掉脑袋——大清帝国刑罚之严酷举世闻名。

没过多久,传教士们果然"坏事"了。一些对基督教怀有敌意的朝廷官员纷纷上奏,称:"此辈居心叵测,日下广州城设立教堂,内外布满,加以同类洋船丛集,安知不交通生事? 乞饬早为禁绝,毋使兹蔓。"⑤官员们的上奏,有中国人与外来宗教格格不入的原因,还与传教士参与中国宫廷里的政治阴谋有关。葡萄牙传教士穆经远就卷入了康熙末年皇子夺位之争,他毫不犹豫地支持雍正的政敌。同时,其他的外国传教士暗地里支持雍正的另一个政敌。一七二三年,即位的雍正皇帝下旨驱逐洋教徒,将各省传教士遣送澳门或"暂令在天主教堂居住,不许外出行教,亦不许百姓入教","其天主教堂改为别用"——教堂被改成了祠堂和粮仓。而那些已经入教的中国百姓被勒令弃教。到乾隆四十九年,即一七八五年,中国皇帝下令对传教士进行大搜捕。一时间,在中国传教的外国传教士都成了"地下工作者",他们在帝国政府的严厉打击下,靠着坚定的信仰"赖"在中国就是不走,虽然不时有传教士被抓到处死的消息传出,但活着的传教士依然秘密传播着上帝的福音。至一八四〇年时,中国的天主教徒已有三十万之众,其中绝大多数是中国偏僻地区的贫苦农民。

不可否认的是,外国传教士在中国的传教活动,其中有传播近代科学知识的内容,对推动中国近代文化普及起了一定的作用。中国第一家翻译出版机构,就是英国传教士麦度恩在上海设立的"墨海书馆"。书馆除翻译出版宗教书籍外,还有大量的自然科学书籍,如一八五三年出版的《数学启蒙》、一八五五年出版的《博物新编》,这些书籍对中国中下层知识分子影响极大。中国第一份中文期刊《察世俗每月统计传》也是由英国传教士创办的。传教士在中国出版发行的第一份中文报纸是《蜜蜂华报》。中文报刊的主要阅读者是中国人,其内容虽多为宣传宗教教义,但同样也大量介绍西方最新的科技成果。传教士们为了在中国广泛传教,翻译了大量的兵、工、学等实用技术著作,对推动中国后来的洋务运动起到了不可低估的作用。外国传教士在中国开办的教会学堂,学费异常低廉,甚至免费接收大批穷苦孩子,中国近代许多知名人士都曾就读于教会学堂。传教士在中国开办了很多医院,教会医院以免费就诊的实惠和西医的惊人疗效在极度缺乏医疗条件和技术的中国逐渐被国人接受。传教士还开设了不少社会慈善机构,如孤儿院、养老院等等。无论是设立教育机构还是医疗机构,除了帮助他人的宗教动因之外,最主要的目的还是与中国人拉近距离,以达到发展中国教徒的最终结果。这一点,传教士们并不掩饰,美国传教士伯佳曾在他创办的"中华医药传教会"的宣言中明确说:

> 本会的宗旨……是要鼓励在中国人中间行医,并将赐予我们的科学、病例调查和不断鼓舞我们的发明等有益的知识提供一部分给他们分享……我们希望,我们的努力将有助于推倒偏见和长期以来所抱的民族情绪的隔墙,并以此教育中国人,他们所歧视的人们是有能力和愿意成为他们的恩人的……我们称呼我们是一个传教会,因为我们确信它一定会推

进传教事业……利用这样的一个代理机构,就可铺更高处的道路,赢得中国人的信任和尊重,它有助于把我们同中国的贸易及其一切来往置于更向往得到的地位上,也可为输入科学和宗教打开通道。⑥

一八四〇年,第一次鸦片战争以大清帝国的失败告终。外国传教士在中国的传教又一次公开并且合法了,因为标志着战争结束的条约中写有这样一条:允许外国传教士在中国内地自由传教。据说,这一条本来是"允许外国传教士在开放口岸自由传教",但是正式文本形成的时候,中国官员发现"开放口岸"改成了"中国内地"。这是翻译人员做的手脚,在与洋人谈判的时候,在中国官员与洋人之间担任翻译的都是传教士——也只能是传教士。

来到中国执行上帝"旨意"的外国传教士把在这块土地上传教的种种困难都想到了,但是他们忽略了一个最重要的现实:绝大部分中国人的生存意识中根本不需要耶稣或者天主。西方宗教与中国文化传统和思维定势风马牛不相及。更令中国人气愤的是,在洋枪洋炮林立中国海岸的背景下,对中国道德伦理一知半解的外国传教士逐渐拥有了特权:他们不受中国法律约束,享有"治外法权"和"领事裁判权";他们在中国土地上触犯了法律,只有他们的领事才有权按照他们的法律进行处理。对中国国情不甚了解的外国传教士,很快就学会了中国的等级划分,为了与中国的各级官员平起平坐,他们也分成了若干等级:教会中的主教,官职相当于帝国的一品大员,与总督和巡抚平级;副主教与帝国的司、道平级;神父和牧师与帝国的知府、知县平级。这样一来,教会实际上成了与大清帝国各级政权机构并列的另一个"政府"。中国百姓即使见了知县这样的地方小官,也要跪下磕头,而自从有了传教士,中国百姓见到外国传教士同样要磕头,因为主教或者神甫以及他们的妻子按"级别"是一品大员和一品夫人,同样坐的是中国轿夫抬的轿子。拥有特权的传教士大量插手地方事务,干涉法律实施,包揽官司判别,利用特权强行霸占土地……教会如此蛮横,那么,入了教的中国教民便不再是普普通通的中国人了。从这时候起,中国史书上开始频繁地出现一个血淋淋的词汇:教案。

第一次鸦片战争刚刚结束,教案就发生了。起因是英国传教士违反不得越界的约定跑到江苏传教去了,结果在渡河的时候与漕船水手发生冲突。这本来是一件小事,但是英方要求必须惩办凶手,扬言如果大清朝廷不答应,就不惜发动一场战争——英国军舰奉命扣留了一千四百艘中国商船。结果,帝国政府妥协,将江苏朝廷命官革职,漕船上的十名中国水手被"枷号示众",其中两名主犯被判以流放。

第二次鸦片战争战败的屈辱,使中国人与西方教会间的矛盾更加激化,以致全国各地酿成数起大规模教案:在贵州,一个法国传教士和八个中国教徒被杀。在山西,一个传教士不允许当地教民出资参加演戏酬神活动,这严重破坏了当地的传统习俗,导致大规模的冲突,山西巡抚在给皇上的奏折中写道:"奉教者依恃教众,欺负良民;而不奉教者亦轻视教民,不肯相下。"发生于一八七〇年的天津教案引发的后果最为严重。起因是天津发生一起诱拐儿童事件,牵扯到法国教堂。当地传说外国传教士残害中国儿童,把中国婴儿剜眼掏心后制成药材,甚至传说教堂里有整整一坛子中国儿童的眼睛。在双方各执一词的争辩中,外国人开枪打伤了中国百姓,结果大批中国人拥入教堂杀死二十多名外国人,烧毁多处洋人住所。其实,用中国婴儿制造药材的说法纯属流言,而一些中国的地痞流氓入教后恃洋人为后台为非作歹伤害平民的事实是真。天津教案的结局依旧是帝国政府妥协:十五名中国人被处死刑,二十一人充军,天津知府、知县等朝廷命官被发配黑龙江,大清帝国赔偿洋人白银四十六万两。

从此,关于外国传教士的魔鬼行径在中国越传越广。

曾国藩曾在给朝廷的一份奏折中专门"辟谣":

> 臣等伏查此案起衅之由,因奸民迷拐人口,牵涉教堂,并有挖眼剖心做为药材等语,遂致积疑生忿,激成大变……惟此等谣传,不特天津有之,即昔年之湖南、江西,近年之扬州、天门,及本省之大名、广平,皆有檄文揭帖,或称教堂拐骗丁口,或称教堂挖眼剖心,或称教堂诱污妇女。厥后各处案虽议结,总未将檄文揭帖虚实剖辨明白。此次应查挖眼剖心,竟无确据,外间纷纷言有眼盈坛,亦无其事。盖杀孩坏尸,采生配药,野番凶恶之族尚不肯为,英、法各国岂肯为此残忍之行?以理

决之,必无其事。⑦

但是,帝国重臣的一纸奏折抵挡不住国人传来传去的一张嘴。

一张匿名告示出现在江西各地,名为《扑灭异端邪教公启》,其文字令外国传教士和中国教民无不心惊胆战:

> 江西阖省士民耆庶,为公立议约事:
> 照得外夷和议,原为通商牟利,我天朝皇帝,念其奔走跋涉,曲允其请,以示怀柔远人之意。乃有奸民罗安当、方安之(注:前者为法国传教士,后者为中国教民。)倡行邪教,煽惑愚民,甚至采生折割,奸淫妇女,锢蔽幼童,行踪诡秘,殊感痛憾。本年二月,经阖省义民,齐心拆毁天主教堂,泄我公愤。正欲诛殄罗、方两贼,惜彼先期逃遁。近闻其赴京控诉,怂恿他国领事官来文,胆敢问我抚台大人,要赔还银七万两……为此遍告同人,共伸义愤。倘该国教士胆敢来江蛊惑,我等居民,数十百万,振臂一呼,同声响应,锄头扁担尽做利兵,白叟黄童悉成劲旅。务将该邪教斩除净尽,不留遗孽。杀死一个,偿尔一命;杀死十个,偿尔十命。其有中国人偷习彼教者,经各乡族长查出,不必禀官,共同处死,以为不敬祖宗甘心从逆者戒。⑧

告示描绘的是一幅中国农民高举着各种农具漫山遍野杀来的景象,连同老人和孩子在内。

如此同仇敌忾的文字,预示着外国传教士和中国教民距灭顶之灾已经为期不远了。

肚子里的气和云彩里的雨

义和团乱语:

> 神助拳,义和团,
> 只因鬼子闹中原。

1901

> 劝奉教,自信天,
> 不信神,忘祖仙。
> 男五伦,女行奸,
> 鬼孩俱是子母产。
> 如不信,仔细观,
> 鬼子眼球俱发蓝。
> 天无雨,地焦干,
> 全是教堂止住天。
> 神发怒,仙发怨,
> 一同下山把道传。
> 非是邪,非白莲,
> 念咒语,法真言,
> 升黄表,敬香烟,
> 请下各洞诸神仙。
> 仙出洞,神下山,
> 附着人体把拳传。
> 兵法艺,都学会,
> 要平鬼子不费难。
> 拆铁路,拔线杆,
> 紧急毁坏火轮船。
> 大法国,心胆寒,
> 英美德俄尽消然。
> 洋鬼子,尽除完,
> 大清一统靖江山。⑨

　　洋人们认为,汉语中有一个字最难解释明白,英语将其委婉地翻译为"愤怒的物质"——这个汉字就是"气","生气"、"气愤"或者"气概"的"气"。

　　帝国农民的肚子里充满了"气"。

　　他们同时认为,他们的"神"的肚子里也同样充满了"气",尽管他们没有一个人能够清楚地说明自己的"神"是谁或者是什么。

　　说"神"发怒了,不如说是帝国的农民发怒了。

农民就是威力巨大的中国"神"。

农民问题是中国一切问题的要害。中国从她开始成为一个国家起,始终是一个农民的国家。千百年来,无论马力多么大的蒸汽机都改变不了这一现实。原因很简单,在这个拥有着世界上最庞大人口的国家里,百分之九十以上的人口是从事农业耕作的农民。如果说这个体积巨大的国家是一座结构复杂的建筑物,那么农民就是这座建筑物的地基。只是,这个地基一直是松散的沙土层。

中国广袤的土地上遍布着农民的村落。平原上一望无际的青纱帐,贫瘠的崇山峻岭中细碎的梯田,光脊梁的壮年,树阴下的老人,石磨边的女人,肮脏简陋的农舍昏暗处因为饥饿而啼哭的孩子,即使夏天有牵牛花开放花阴下卧着的狗依旧无精打采——日出而作,日落而息,千百年来的中国村落景象不变。

土地的极度辽阔和个体的经营方式导致帝国农民处于松散状态。他们是世界上最认真计较的人,也是最提心吊胆的人,可以为了一根干枯的庄稼秆而争吵不休,处于社会最底层的贫困生活使他们必须如此。帝国的农民更是时刻担心着他们没有力量抗拒的所有力量:扬着下巴的官员,行踪不定的土匪,说一不二的村霸以及反复无常的气候。他们几乎从来没有类似"国家"或者"集体"的概念,因为只要交纳了赋税,国家和集体就会把他们忘得一干二净了。不管向他们收赋税的是什么人,农民们不知道自己的皇帝是谁并不是笑话。

十九世纪末,大清政府官员的数量与他们管理的人口数量不成比例,特别是管理地方事务的基层官府编制极其简练。近代史料中,常见有县、乡衙门称谓的记载,却没有"按时上班"的官员花名册。于是,许多农民一辈子也没见过任何一个政府官员,他们只能自己"管理"自己,任凭乡村里的富户依仗财大气粗制定出夹杂着风俗、神话和巫术的乡规,这些乡规将农民禁锢在物质和精神极度贫瘠的狭窄空间内,并使他们的生存需求普遍维持在生命需要的最低点上。帝国的农民没有遗漏自然界中任何一种吃下去不会中毒死亡的东西:田野上的各种野菜、河沟里小手指大的小鱼、海滩上纽扣大的贝类等等。枯草和小树枝被老人和妇女小心地拾起来当做燃料;收割庄稼的时候,孩子们几乎趴在地上将散落的粮食颗粒拾起来——中国的烹饪技术是世界一流的,但是对于这个国家的农民而言,是肚子而不是口味决定着他们吃什么,他们甚至不能奢望吃饱。于是,农民们世代依靠着最偶然、最渺茫、最不定的因素生存着,那就是地里的庄稼长势如何。所以,任何一个异常因素的影响——雨下少了,风刮大了,虫子多了,兵荒马乱了——这个庞大的帝国便会摇摇欲坠。

尽管中国的疆土横跨地球上最适于耕种的气候带,但是大自然从来没有格外关照过这个因人口众多而最需要粮食的国度。中国农民惧怕的老天爷在管理天气上犹如帝国政府执行其职能,常常一塌糊涂。好像要验证中国人一直相信的朝代没落便"天象凶险"一样,晚清最后五十年里,全国发生水灾二百三十六次,每年平均有四十个州县淹没在浑浊的洪水里。"华夏水患,黄河为大",流经中国腹部的黄河是这个星球上最古怪的河流,它哺育了地球上最早的人类文明,同时也是扼杀人类生命的冷酷凶手。它那独一无二的黄水,在冲积出太平洋西岸的大平原后,两岸脆弱的河堤因抵挡不住年年抬升的河水而一次次溃决。晚清末期,这条大河平均两年决口一次,有的年份一年决口数次。开封西北三十里堡黄河堤防的一次决口,瞬间便把偌大的一座城市全部淹没,数百万人失去生命。一八九八年六月,黄河在山东东阿县决口,附近数县一片汪洋。山东巡抚张汝梅奏称:"本年黄河水之大,雨水之多,为数十年未有;而灾情之重,灾区之广,亦为近数十年所罕见。"⑩十九世纪末,对帝国农民的生存造成威胁的还有旱灾。那段时间,全国连续发生大旱一百四十次,就连湖泊纵横、河流密布的南方也频频告急:江山县大旱,河流枯竭;镇海县大旱,舟楫不通;萧山县大旱,河床裸露;镇河县大旱,稼禾尽焦。更严重的旱灾发生在北方,涉及山东、河北、山西、陕西、河南,受灾面积之广、灾民数量之多世所罕见。河南"自春至夏,雨泽逾期,旱象日见";山东"夏季歉收,秋稼未登";山西更是无处不旱,"待赈饥民逾六百万之众"。

靠天维生的农民,生命极其脆弱,天若数月不下雨,他们就要大批死亡,如同野草。晚清最后几十年,因为天灾死亡的农民人口无从查考,但仅据史料的相关记载就可以看出数字绝对惊人:山东、陕西水灾和浙江地震,死亡二十八万人;直隶水灾以及河北大水、甘肃大旱,死亡一千五百万人;黄河决口,蝗灾波及河北、山东、河南和湖北,死亡八百万人;安徽、陕西、山东旱灾,死亡一千万人以上;光绪"丁丑奇荒"中,仅山西一省就死亡五百多万人,这个数字已占该省总人口的三分之一。那些没有死的农民开始了大规模逃难。山东黄尘滚滚的土道上,河南荒芜的田野上以及河北干涸的河床边,数百万流民衣不蔽体,食不果腹,孩童啼哭,成人无泪。为了生存,人人相食的现象竟有发生——"有一家食过小孩数个者,有一人食过九个人肉亦自死者。"面对铺天盖地的灾难,朝廷通常的赈灾办法是设立粥厂。北京六门外的粥厂调拨官仓大米一万五千石,但是相对于上千万的灾民来讲无异于杯水车薪。朝廷害怕发生民变,禁止流民流动。清代学者俞樾的《流民歌》云:"不生不死流民来,流民既来何时回?欲归不可田无菜,欲留不得官吏催。今日州,明日府,千风万雨,不借一庑。生者前引,死者臭腐。吁嗟乎!流民何处是乐土?"

摆在农民面前的只剩下两条路:等待死亡和铤而走险。

聚集在黄河两岸的农民,皮肤颜色与那条大河一样,性格特征也与那条大河一样。

十九世纪的最后一年,鲁苏豫皖交界地区饥民成群,鲁南十余万饥民向苏皖流徙,然后又流回原籍;从山东曹县流动到开封的饥民,被遣送回乡的有七万之众;河南虞城农民童振青带头闹事,安徽涡阳刘疙瘩、牛世修也带头闹事了——这就是走投无路者铤而走险的信号。朝廷立即传电,指示江南、安徽、山东、河南和直隶五省迅速调遣兵力,"合力剿办"。那个已被平原县令蒋楷率领的官军打跑了的义和团首领朱红灯,此时又重新纠集起一支人数庞大的队伍。当官军出动与造反的农民接火的时候,他们惊异地发现自己立即陷入了一种不知所措的境地:造反的农民所做的最激烈的事是毁坏教堂、追杀外国传教士和入洋人教会的中国教民。他们的口号竟然是充满"爱国"情绪的字眼儿:"扶清灭洋"——饥饿的农民标榜他们是来"保卫"大清一统江山的!而更让官军尴尬的是,在这些农民高举着的代表义和团的红色旗帜中,居然醒目地飘扬着一面明黄色的帅旗,上面赫然写着一个大字:毓。

明黄色,帝国皇家的专用色彩。

毓,山东巡抚毓贤的权力标志。

毓贤,一位在中国近代史上颇具争议的官员,他的政治生涯只有短短的两年。从小小的曹州知县开始,最后竟成为世界闻名的"祸首",虽然他的名字在帝国历史中转瞬即逝,但其暂短的官员生涯足以书写出一本涵盖中国近代民族性格和民族特征的大书——为人处世极端干练又极端愚蠢,是帝国官员中极端理想主义和极端民族主义的典型代表。

毓贤在曹县当县令的时候是有名的贤吏,"勤政事","励操守",不贪污,不受贿,但同时他又被称为"毓屠户",行刑严酷,杀起人来表情平静——"清季之酷吏,当以毓贤为举首。"他最著名的行为是"为拳匪张目"。可以说,他是整个大清帝国第一个明确支持义和团的朝廷命官。一八九九年,他接替张汝梅继任山东巡抚,此时正是义和团发轫之时。毓贤痛恨外国势力支持下的教会恃势横行,从袒护反对洋教的义和团开始,进而成为坚定地认为"灭洋教即是灭洋人"的官员。《凌霄一士随笔》中说他"其心则不无可谅,不学无术害之也"。但是,在大清帝国内,哪怕是县令一级的官吏,也必是饱读诗书之人。与帝国农民相比,毓贤在学识上可谓"大知识分子"了,说他"不学无术"是站在后人角度上的评价。而在当时,也许正是他的"学问"使他更深刻地看到了西方宗教势力对帝国政权稳固的威胁,他从另外一个角度与大清帝国的饥民站在了同一立场上。后来清廷的官方史册把他列为"祸首",除了外国势力对他的攻击外,他的行为客观上确实把国家推入了无边的苦难之中。《清史稿·本传》记载毓贤的罪行为:"护大刀会尤力。匪首朱红灯构乱,倡言灭教,自称义和拳,毓贤为更名为'团',建旗帜皆署'毓'字。教士乞保护,置勿问,匪浸炽。法使诘总署,乃征还。"大刀会,兴起于山东的另一个农民帮会组织,是组成义和团的几个农民帮会中的一个。帝国的一省大员支持蜂拥而起的饥民,甚至帮助饥民将"义和拳"改名为"义和团",实乃帝国历史中罕见。很快,毓贤被革职。原因是,法国人为帝国居然有这样的官员责问了大清的"外交部"——总理各国事务衙门。

毓贤被革职后来到京城,奔走于各个皇亲贵族和朝廷大员的府邸,大肆为已经形成造反规模的饥民们宣传。他宣传的重点是"拳民神助",说那些要杀洋教士的农民个个有神仙般的"法术",而得到了"神"帮助的事情绝对符合帝国的利益。当时,接受了他的鼓动的帝国大员为数不少,而他们都是能对帝国历史起到重要影响的人。后来,随着时局的变化,当朝廷需要义和团的时候,毓贤作为慈禧的得力干将被重新任命为山西巡抚。结果是,他在山东没有来得及干的事,在山西很快就显出了政绩:他把山西境内的外国传教士,连同他们的家眷、孩子以及大部分中国教民,统统杀了。

当平原县令蒋楷又杀回来的时候,朱红灯跑了,据说还是坐着轿子跑的。朱红灯,这个义和团初期的首领,在饥民中威风凛凛。他身披红衣,出门坐轿,前呼后拥——皇帝般的架势是帝国历史上所有造反农民首领的共同特征。朱红灯说,天下义和团命令你们某月某日到某地,不遵者砍头。所有的饥民都不折不扣地执行。但是,他却在战斗中跑了,与以后义和团经历的所有战斗一样,死亡的全是普通的团民。在义和团团员开始绝望的时候,一个好消息传来了:巡抚毓贤把追杀他们的县令蒋楷和军官袁世敦撤职了。

朝廷的谕旨是:

> 山东平原民教构衅,知县蒋楷办事谬妄,即行革职。营官袁世敦行为孟浪,纵勇扰民,一并革职。⑪

这是一个罢免县级官吏的普通文件,但正是这样的一个看似普通的文件,却影响了以后大清帝国的整个历史。

既然那个名叫毓贤的政府大员支持他们,那么他们就是这位大员的"部下"了。于是,黄色的"毓"字旗在滚滚黄尘中飘扬在干裂的土地上。在长清和茌平,饥民杀了外国天主教神父,对教民所在的村庄进行大规模的捣毁。在博平,他们更是一口气洗劫了四个村庄,抢走了教民的全部财产。

帝国的农民不知道世上有一种东西叫"界线"。

更何况他们因世代备受欺压,自古就有一旦群起便敢为天下所罕见之事的习性。

义和团捣毁的对象很快开始蔓延。农民们需要银子、粮食和其他财物,因为贫困者的队伍不断扩大,劫走教民和教堂的财物已不能满足他们的生存与行动需求了。有史料证明,仅仅在一个月之内,打着"毓"字旗的义和团平均每天抢劫三个村庄,银钱、粮食、棉花、衣物、大车、牲畜等均在他们的需要之列。

义和团,这些饥饿的农民瞬间就已经不再是农民了。

一八九九年年底的一天,对财物的分配不均最终导致义和团内讧。朱红灯与其他两个首领争吵,团员们与所有的首领争吵。在拳民们的一片"杀"声中,朱红灯独自逃跑了。虽然他脱下义和团的"官服",并且潜入了夜色中的田野,但还是被义和团团员抓住了——帝国的农民即使在伸手不见五指的黑夜也一样熟悉他们的土地。另外两个首领也被义和团团员"送了官"。十二月二十四日,朱红灯等三个义和团首领被押往山东省府济南,当日就被砍了头。

这时的山东巡抚是袁世凯。

袁世凯,这个已经在戊戌政变中进入帝国历史的人物,继毓贤之后被任命为山东巡抚。他与毓贤的区别是,他杀义和团,而且杀得十分凶狠。对于精通军事的袁世凯来讲,与几个饥民作战不费什么力气。他坚决地维护地方治安,鼓励每个村庄组织自卫武装,孤立到处流动的义和团并且分而击之。他发布通告说,凡是团匪格杀勿论。没过多久,山东境内的义和团基本上销声匿迹了。

山东义和团的消失,还有一个重要原因,那是被史学家忽视的一个情节,即山东下雨了。一九〇〇年四月,在义和团"举事"的那个地界——直鲁交界处——春风鼓动起一片片云彩后,老天爷下了一场透雨。饥饿的农民立即看到了生存的希望。无论如何,庄稼能够生长起来,比当拳民要美妙得多。中国农民所奉行的现实主义生活观效果极其明显,用不着袁世凯格杀勿论,农民们很快就变得温顺起来,他们终于可以在雨后的土地里播下种子,并且可以想象自己的老婆和孩子肚子鼓胀起来的样子了。

但是,山东那片有雨的云彩没有飘到百里之外的河北。

河北全省自开春以来滴雨未下,农民们播种的希望眼巴巴地等空了。

义和团运动进入了河北。

河北的义和团正是造成不久之后大清帝国巨大灾难的主力军。

河北义和团告示一:

> 兹因天主耶稣教,欺神灭圣,不遵佛法,怒恼天地,收起雨

泽……⑫

河北义和团告示二：

> 窃有天主教，由咸丰年间，串结外洋人，祸乱中华，耗费国币，拆庙宇，毁佛像，占民坟，万恶痛恨，以及民之树木禾苗，无一岁不遭虫旱之灾。国不太而民不安，怒恼天庭。⑬

河北义和团告示三：

> 只因天主爷、耶稣爷不遵佛法，大悖圣道，不焚香，蔑视五伦。今上帝大怒免去雨雪，降下八百万神兵，传教义和团神会。待借人力扶保我中华。待逐去外洋，扫除别邦鬼像之流后，即降时雨。⑭

天不下雨，是那些传播和信奉外国教义的传教士和教民们亵渎了中国"神"的后果。不承认祖先和父母值得尊重的地位而只孝敬上帝，不信孔子或者其他的中国"神"，强行占据土地建教堂，眼睛的颜色是蓝色的，胳膊上有颜色极不正经的毛，所有这些问题都归结成为一个事实：洋人是邪恶的妖魔，妖魔使帝国土地上的庄稼遭了殃。

"天无雨，地焦干，全是教堂止住天。"无论是将信将疑的，还是坚信不疑的帝国农民，一致兴奋地接受了这个口号——因为他们全都对生活绝望了——而现在他们终于有了一个明确的"敌人"，有了一个可以尽情发泄不满的攻击目标。

他们高唱道："义和团，为了王，今年的棒子长得强！"

干柴烈火，风起云涌。

大批绝望的河北农民加入了义和团。

中国历史上农民造反至少有三个前提条件：遭受到精神与肉体的极度悲苦；发生了规模巨大的自然灾害；产生出逃离现实苦难的强烈愿望。

一九〇〇年，帝国北方的农民具备了这三个条件。

义和团团员成群结伙地挨家挨户"征米面"，没有一户人家敢于拒绝。有了粮食，搭起炉灶，支起大锅，所有的人一块吃，食物翻煮的香气飘散得很远很远，于是更远地方的饥民也跑来了。记上个名字，再叩个头,就算"在了拳,吃上了饭"——有外国传教士问那些表示愿意入教的帝国农民"为什么要信奉天主",农民们的回答是:"给钱给粮咱就信教,不给钱我还饿着就闹教!"

帝国农民的骚乱引起了洋人的警惕。英国驻华公使窦纳乐把义和团的反洋倾向向英国外交大臣作了书面报告。他在报告中特别谈到中国的气候问题:天降甘霖是如此的不可预期,久旱不雨,对义和团来讲不啻天赐良机。当朝廷屡屡向他们颁发赏赐,以致当个团民比留在仍苦于干旱的乡间更便于生存时,贫瘠的农民做出这样的选择就更不足为奇了。但是,此时的窦纳乐依旧很乐观:我相信,只要下几天大雨,消灭了激起乡村不安的长久的旱象,将比中国政府或外国政府的任何措施都能更迅速地恢复平静。

过不了多久,包括窦纳乐在内的所有洋人的乐观情绪,就会被突然降临的灾难一扫而光。

帝国农民带着饥饿、悲伤、愤怒和离开土地的绝望,操起刀枪、铁铲、镐头、粪叉,甚至只在木棍上绑上一把女人用的剪刀,转瞬间就变成不论什么名义的造反者了。

洋人不是人

义和团的农民认为,洋人的眼睛之所以是蓝色的,那是因为他们没有伦理道德的结果。因而,洋人不是人。

中国人对洋人的鄙视,最初来自对西方人相貌的不解。在没有见过真正的洋人之前,中国人曾经强烈地认为,除了中华本土之外,外面的世界即使有人也是一群类似人的动物,中国人将他们称之为"蛮夷"——地处文明边缘的、愚昧野蛮的"人"。这些类似人的"人",要不就是大脑袋、小身子、三个耳朵、一只眼睛;要不就是根本没有五官,脸部一片模糊;要不就是看上去仿佛是人,但是不会说人话,只会牛一样地叫或鸟一样地鸣。后来,外面世界的洋人真的来了,虽然他们组成人的各种器官与中国人没什么两样,但是这些看上去还像人的家伙实在是丑陋不堪:苍白并带有红斑的皮肤,红色或者黄色甚至是白色的头发,蓝色、褐色或者是杂色的眼球,深深陷入眉骨的眼窝,高高耸立如同某种鼠类尖吻的鼻子。这些特征无不证实着中国人的猜想:洋人与野兽很接近。第一次鸦片战争爆发后,中国人始见大批洋人。一个名叫汪仲洋的文人用文学的笔法描绘了他初次看见的英国士兵:"鹰鼻,猫眼,红胡,双腿不能弯曲,因此不能很快地奔跑,眼睛怕光,因此到了中午就不能睁开。"⑮在鸦片战争中,虽然中国人倒下的多,洋人倒下的少,但是作为帝国的高级官员,两江总督裕谦对英国人双腿不能弯曲一事还是给予了证实,他在给朝廷的奏折中说:"他们如果挨打,便会立即倒下。"⑯

一八九四年在美国出版的由亚瑟·亨·史密斯撰写的《Chinese Characteristics》一书,日本人译为《支那人气质》,中国人译为《中华民族特征》,书中记述了史密斯在中国生活多年的体会:"许多年来,中国人一直受到周围民族的奉承,一直生活在一种他人低贱、我自尊大的气氛中。中国人对外国人的态度,无论是官方的还是非官方的,都不是一种尊重。即使中国人不轻视我们,也要处处表现出他们的屈尊,如在恩赐我们,这就是我们眼下的处境。"史密斯,美国传教士,生于一八四五年,死于一九三二年,在十九世纪与二十世纪交替的岁月里,他在中国生活了五十年之久,与其他的洋人一起,他在中国饱受中国人的轻蔑。

中国人对洋人的服饰十分看不惯,认为他们的衣装紧紧包裹在身上,显然是没有更多的布的缘故,于是永远是一副寒酸的样子。他们西服的巨大领口露出内衣,燕尾服在屁股后面开一条大缝,还钉着根本没有用处的两颗扣子。至于洋女人穿的那些有伤风化的衣服,就更别提了!洋人居然听不懂中国话。任何一个洋人,如果听不懂中国话,连中国的苦力都会看不起他。洋人常常看见中国女佣在咻咻地窃笑,原因是:"瞧,他们根本听不懂!"——洋人听不懂中国话,即是听不懂人话。洋人没有礼貌。他们不会作揖,不会磕头,不会像"文明"人一样走路不紧不慢地踱四方步,而是永远匆匆忙忙的像没头的苍蝇。一个据说有很高地位的洋人要会见中国官员,中国人跑出来想看看洋人的豪华仪仗,结果只看见两辆马车和一个仆人,据说那个仆人还兼做厨师,中国人在极其失望之后就有了极度的蔑视。洋人不懂得生活的规矩:兔子一样吃生冷的蔬菜,狼一样吃生冷的肉。身体看上去苍白得令人害怕,男人无论年龄大小都挂着拐棍,女人晴天白日的还打着雨伞。洋人卷曲的头发永远别想编成一条像样的辫子!他们没有"男女授受不亲"的概念,经常彼此搂抱在一起扭来扭去。他们还在公开场合放肆地亲他们不认识的女人的脸蛋。洋人没有孝敬父母的观念,这也许就意味着他们每个人的来历都不明确,因此他们眼睛的颜色很不正经。

洋人带来的一些机巧的东西,也着实让中国人不知说什么好。

马蹄表、火柴、玻璃、洋布——问题不在于这些东西的实用性,而在于这些东西都传达出一种难以言表的稀奇古怪的氛围。中国人至今对外国的洋玩意儿依然备感新奇,但往往又用斜着的眼神将其视为:洋里洋气。

保龄球和桌球——一八八二年《申报》有《观打弹记》一文:"打弹之戏向惟西人为之,华人有窥之者辄遭斥焉。今则华人亦皆能之。"保龄球为"大弹":"大弹则心力俱准,一举而击倒十桩。"桌球为"小弹":"小弹则曲折如意,一手而连数十。"但是,不管"大弹"、"小弹",到了中国人手里,立即成为赌博的玩意儿。于是,多数中国人认定这样一条信念:洋人的玩意儿定会伤风败俗。

电灯——中国人最初看见电灯的反应是恐惧:"创议之初,华人闻者以为奇事,一时谣诼纷传,谓为将遭雷击,人心汹汹,不可抑制。"⑰但是,没过多久,中国人就喜欢上了电灯。洋人在街上竖起几盏灯,国人纷纷上街欣赏。一八八二年十一月七日《申报》报道:"每夕士女如云,恍游月明中,无秉烛之劳,有观灯之乐。行者,止者,坐于榻、倚于栏者,目笑而耳语者,口讲而指画者,洵可谓举国若狂矣。"

让中国人惊讶的还有西洋的照相术。一八八三年《申报》刊登《论引见验看代以照相说》一文,主张将选拔官吏时被选拔者须亲自赴京"验明正身",改为政府查看被选拔者照片即可,说这样可以杜绝官场上的行贿受贿。结果,一个参加选拔的候补官员认为,既然让交照片,交上一张就是了,于是在街上买了一张洋人印刷的美女照片送上去。奇怪的是,他被帝国政府选中了。《汪穰卿笔记》曰:"前者某部试录事,试日,印结之外须照相片。一日,所司偶检之,乃有一女照片,大惊,然其人已取矣。复试日,俟其人至诘之,直认为彼所交者,且曰:'吾平生未照相,而此间乃须此,期又迫,姑购诸肆,乌知其为男欤女欤!'"

洋车的输入,令中国人的心绪更加复杂。一八七四年中国报纸就有广告:"有外国小车出赁","客商欲坐者,请至本行雇用"。所谓"外国小车",就是从日本传入中国的人力车,中国人俗称"洋车"。此车胶皮两轮,需人拉,车夫快跑如飞,风雨无误,百年之内一直是中国城市里的主要公共交通工具,包括日本人在内的来到中国的洋人无不坐此洋车。中国也从此多了一个平民行业,此行业养活了不少中国贫民,还养活了不少卖文度日的中国文人——那些乘坐洋车的洋人,指路时用文明棍敲着中国车夫的毡帽,催促车速时用脚踹中国车夫的后脊梁,种种列强行径已经成为近代中国文学写不尽的伤感素材。但是,洋人无论如何是低贱的,他们就是把中国车夫的洋车砸了,中国人在骨子里还是这样认为的,一部著名话剧中的一句著名台词可以为证:以装神弄鬼为业的穷极潦倒者唐铁嘴,在向国人演示他是如何把英国人造的海洛因放在日本人产的松软的烟卷中时说:"东洋的烟卷,大英国的白面,洋人们一块儿侍候我一个,这不是福气?"——这部著名的话剧就是久演不衰的《茶馆》。

从帝国的官员到帝国的农民,对洋人鄙视的观点惊人地相似:"非我族类,其人必异。"因此,对于洋人的一切,中国人向来是倾向于剔除的。大学士倭仁,为避免在与洋人接触的总理衙门"上班",故意从马上摔下来而请长假。当朝廷免除了他的官职后,他的摔伤"豁然痊愈"。不愿意"侍候"洋人的另一个帝国官员,是同样需要在总理衙门"上班"的邓承修,他上奏朝廷坚决要求免去自己的官职,说宁愿战死疆场也不愿与洋人打交道。大学士徐桐——以后大清帝国悲惨历史中的一个重要人物——也是一个极端厌恶洋人的高官,他的家在洋人居住的东交民巷的旁边,于是他每天上朝宁可从后门出去绕远路,也不愿意从洋人的使馆门前经过。后来,他干脆把自己府邸的大门用砖头堵上,并在门上贴上了这样一副对联:望洋兴叹,以鬼为邻。一八六〇年,洋人的军队攻打北京,亲王僧格林沁把联军的二十多位代表骗到他的衙门府里捆了起来,三天不给饮食,审问的时候还发出手谕让百姓前来观看。帝国的官员官服整齐,脖子上挂着朝珠,左右卫兵均挎刀执戈,再把洋犯人带上堂来。联军的代表刚一提出抗议,僧格林沁就用热烟袋锅子敲击他们的脑袋,让他们按照天朝的制度跪下。这二十多个洋人的枪支、勋章和马鞍等物件,被亲王一一"缴获"运往颐和园展览,展览的地点是一个名为"光明正大"的殿堂。

中国民间对于"侍候"洋人的中国人,给予了极大的鄙视,认为"通晓洋务者"多是些市井无赖;而那些充当驻外公使的中国人,则都是"令人齿冷"的没有骨气之人。《清代野史》记载,某君奉命出使外国,有人质问:"好好一个世家子,何为亦入洋务?"一位官员跟随帝国驻俄公使出使,临行时亲友们为他饯行,宴会上这个官员竟然"向之垂泪",说此宴会无异于易水送荆轲。郭嵩焘是帝国外交史上著名的驻外公使,当年他奉命出使英国时需要招募十几个随从,举国上下竟然没有一人报名。他从英国卸任回来,乘船返回湖南家乡探亲,"湘人见而大哗,谓郭沾洋人习气,于是大集明伦堂,声罪致讨,并焚其轮,郭噤不敢问"。⑱在普通中国人的眼里,一个回到国内的驻外公使不但应该受到声讨,而且连他乘坐过的船也要被烧毁,他简直就不是中国人了,而是一个道德沦丧并带有致命病菌的"非法入境"者。

对于帝国的农民来讲,他们看到的洋人仅限于外国传教士。

十九世纪末,在大清帝国传教的外国传教士约有三千二百多人,他们建立教区四十多个,教会六十多个,而入教的中国教民已达八十多万。这些教民入教的原因几乎都涉及吃饭的问题。只是,中国教民中也确实有一些地痞流氓,他们看到无论是平民还是官府都害怕洋人,所以认为只要入了外国的教会,当上上帝的仆人,就可以为所欲为了。山东郯县神山堡有个做小生意的农民叫杨清贤,他解雇了一个行为不轨的小伙计王方凯,王方凯随即入了洋教,从此到处抢吃骗喝。为报被解雇之仇,他把杨清贤的一头驴推到井里淹死了。杨清贤告到县衙门,因为证据明确,县衙门拘捕了王方凯。谁知道,县令还没来得及审问,传教士戈卫德就找上衙门,说衙门抓的是他们的人,要求立即把虔诚的基督徒放了。县令立即将王方凯无条件释放了。杨清贤到县衙门责问,县令说:"没有办法,硬不过洋人。"杨清贤问:"我的驴怎么办?"县令说:"你看着办吧。"杨清贤回到村里时,王方凯正带着一伙教民拿着棍棒堵在村口漫骂,于是杨清贤就"看着办"了:他找到义和团,一把火烧了教堂,赶走了外国传教士。

类似事件在山东、河北两省屡见不鲜,史料统称为"民教不合"。所谓"民教不合",实际上就是教会与不信教的帝国农民的冲突。因为所有的洋人,包括那些传教士,都享有"治外法权",即使触犯了中国刑律,帝国的各级政府也无权过问,须一律交给教堂处理。而那些入教的中国教民,在教会的袒护下,犹如洋人一样享有同等特权。于是,在义和团已经形成势力的时候,帝国农民要"灭"的实际上就是他们——"天遣诸神下界,借附团民之体,灭尽洋人教民。"

一九〇〇年,激起帝国农民愤怒的首先是德国人。

十九世纪的结束,同时也是大英帝国黄金时代的结束。随着世界各国军力的逐渐发展,"日不落帝国"再也不是主宰世界的唯一力量。非洲正在进行着布尔战争,英军被当地的土著农民打得到处躲藏;而在那些已经飘扬着英国国旗的"托管"地,殖民地管理的混乱和当地人民的反抗,加重了已经奄奄一息的维多利亚女王的病情。印度出现的水灾和教派间的冲突、经济濒临崩溃的西印度群岛、热病流行的尼日尔地区以及乌干达、苏丹、锡兰、香港,还有散落在大洋中的波利尼西亚群岛、密克罗尼西亚群岛、美拉尼西亚群岛等等——英国人把象征欧洲文明的铁路和桥梁带去了,但是,"托管"地内的农民依旧延续着他们原始的耕种、打鱼和采椰子。"日不落帝国"走向下坡的趋势已经显露,这让所有的西方人蠢蠢欲动。

德国人感觉良好。就当时的国家实力来讲,德国的工业产值为世界第三,全球贸易额为世界第二。德国国会刚刚拒绝了英国首相"建立英德军事联盟"的建议,原因除了德国公众对英国的普遍敌意之外,还有德国国会议员们"暴风雨般的"抗议。德国国会通过了一项加快发展海军舰队的法案,这个法案向全世界昭示了德国人主宰世界的决心:无论什么时候,什么情况下,德国在争夺中国方面不能落到别国的后面!于是,当德皇获悉两个德国传教士在中国山东被农民打死时,异常兴奋,他立即派遣舰队向中国进发——十九世纪入侵中国的西方列强,无时无刻不在为他们的入侵寻找借口。

山东,中国北方一个尖尖地伸向太平洋的半岛,在十九世纪最后的日子里,那里成为德国人在中国的桥头堡。德国军队把德式铁路、德式洋房、德式教堂带到了山东,这一切连同在广大乡村里身穿黑色衣服的德国传教士以及跟随在传教士身后信奉德语解释的"上帝"的中国教民一起,形成了德国历史上第一块东方"属地"的奇异风景。德国军队的到来,使在山东传教的传教士顿时有了一种"翻身"的感觉,原来偷偷摸摸干的事情现在可以公开干了。"巨野教案"的起因,是巨野县的二十一名传教士参与了搜刮民财的行动,但是德国军队来了,不但没有追究传教士们的责任,反而逼迫大清帝国处理了几个地方官员,并把几个中国农民的脑袋砍了挂起来示众。没有什么比异族横行在自己的土地上更让中国人感到屈辱了,一个汉字都不认识的帝国农民却懂得"亡国"这两个字的意思,他们在走村串户的说书人和戏班子那里知道了不少对抗异族入侵的悲壮故事,无论是"岳母刺字"还是"十二寡妇征西",在这些农民们唯一能够获得的关于"失地"的历史"教育"中,他们可以想象到亡国后的景象,只要能听得懂瞎子艺人吱扭扭的胡琴声和土台子上脸谱后面发出的呜呀呀的吟唱。

义和团杀洋人,在相当程度上是受了这种想象的刺激。

对此,帝国官员御史刘家模说:"方今天下强邻虎视,中土已成积弱之势,人心激愤久矣。每言及中东一役(中国与东洋日本的甲午战争),莫不怆然泪下,是以拳民倡议,先得人和,争为投钱输粟。倡始山东,盛于直隶,现传及各省。"[19]一旦帝国农民真的要"举事"了,外国传教士和教民们立即就没了招架之力,而那些跟随军舰进入中国的洋人也只能缩在据点里,因为他们的数量与呐喊着的帝国农民相比犹如狂风里的一粒沙土。

义和团把他们要"灭"的人分为三等:洋人传教士,被称为"大毛子";教民,被称为"二毛子";同情或者有同情嫌疑的人,被称为"三毛子"。这三者只要被义和团遇到,"杀无赦"。义和团杀人,与初期的随便抢掠不大一样:"多似乡愚务农之人,既无为首之人调遣,又无锋利器械,且是自备资斧,所食不过小米饭玉米面而已。既不图名,又不为利,奋不顾身,置性命于战场,不约而同,万众一心,况只仇杀洋人和奉教之人,并不伤害良民。以此而论,似是仗义。"[20]但是,普通的农民,杀起人来如此决绝,没有观念上的支持是绝对做不出的:"其杀人之法,一刀毙命者少,多用乱刀齐下,将尸剁碎,其杀戮之惨,较之凌迟处死为尤甚。"——杀洋人,灭洋教。帝国的农民认为自己是"神",洋人和教民是"鬼",他们正在进行的是一场"神鬼之战"。

杀人的和被杀的,双方都已经被帝国农民非人化了。

灭外国传教士和中国教民,最激烈处,不是京津地区而是在山西,原因很简单:在山东因偏袒义和团被免职的毓贤,又因突出的"爱国情绪"被任命为山西巡抚了。这位帝国大员对其下属言:"义和团魁首有二,其一鉴帅,其一我也。"[21]"鉴帅",李秉衡。毓贤就任山西巡抚的时间是一九〇〇年四月十九日。仅仅一个星期后,原本没有义和团的山西省内就出现了义和团的揭帖。遭受严重旱灾的山西,有大量的义和团"资源",成千上万因为饥饿而奄奄一息的农民,随着义和团的到来突然振奋起来。第一起袭击教民的事件,发生在洪洞县范村,义和团袭击一个姓苏的教民家,抢走了苏家的全部财产,然后把抢来的财产分给围观的百姓。接着,平阳府的教堂被烧毁。毓贤命令工匠精造大批钢刀,刀上皆刻"毓"字,连同烧饼一起分发给饥民。他与义和团的首领有个"分成"约定:得到教堂、传教士和教民的财产之后,十分之三赏赐给有功之人,十分之三平均分给义和团弟兄,剩下的归毓贤掌握。太原城内一座天主教堂以及教堂旁边的一所教会学校和一所孤儿院遭到攻击时正值黄昏,那里先是受到石块的打击,很快,火焰燃了起来。在教堂和教会学校里做事的中国佣工逃跑了。但是,十一名教会学校的女学生、两名主教、七位修女、几位牧师和三十多个在教堂里等待看病的病人被义和团围困。半夜的时候,男人们决定突围。传教士和他们的夫人背着孩子和女学生跑到大街上,他们在石块的打击下四处逃散。结果,一个名叫库姆斯的女教师和两个中国女学生被义和团抓住,义和团的石块雨点一样砸向她们。最后,义和团把两个中国女学生拉走,把库姆斯扔到火堆里。第二天,两个中国教民冒着生命危险把库姆斯烧焦的尸体从灰烬中找出来,埋葬在教堂后的花园里。

接着,毓贤下令,为了所有外国传教士的生命"安全",他们必须集体"转移"——传教士被关进一所院子里,由毓贤亲自审问,实际上只问一下国籍而已,然后只有一句话:杀!那天,根据毓贤的命令,四十四名外国人被杀。史书对此记载道:"血肉模糊,无法辨认。"

毓贤,一个省级大员,以后大清帝国的历史中还会出现他的名字,但那已是在叙述他面临死亡时的情景——至少目前他还没有想到自己将如何死亡,他正忙着目睹洋人的死亡。

在十九世纪最后的日子里,在东方庞大的大清帝国里,洋人不是人。

飘浮的神灵

洋人一直固执地认为,帝国农民如此仇恨他们,并且在战斗的时候能够面对枪弹不顾生死地前仆后继,如果没有被一种非自然的力量所控制,是绝对不可想象的。因此,洋人一直想弄明白,帝国农民所信奉的"神",到底是何许人也,有什么样的来历,属于何种宗教体系?

洋人的探询所受到的打击是空前的:帝国的农民并没有共同承认的"神",但是中国到处都有农民信奉的"神"。

义和团的"神",实际上就是中国农民心中的"神"。

中国农民的"神",实际上就是中国人的"神"。

如果开列出中国人所信奉的"神"谱,将是一件极其困难的事情,因为其成员包罗万象,五花八门:有在中国历史中确实存在过的人物——帝王将相、公主贤臣、江湖异人、绿林好汉;有长久地"活"在中国民间传说中的人物——神功武士、佛道大师、侠客强盗、贞女烈妇;有中国文学作品创造的人物——天地诸神、才子佳人、妖魔鬼怪、阴魂精灵;有自然界中的生物或与自然界生物相似的东西——植物动物、天上星斗、地面顽石、大河小溪。

在关于义和团的史料中,出现最多的"神"大约有四类:一、佛道教及其民间教门崇拜的佛祖神仙,如释迦、弥勒、菩萨、观音、济公、玉皇大帝、洪钧老祖、元始天尊、金刀圣母等;二、唱本戏曲中的英雄豪杰,如刘金定、樊梨花、鲁智深、武松、孙悟空、猪八戒等;三、中国历史上的著名人物,如姜子牙、诸葛亮、关羽、张飞、赵云、岳飞等;四、自然神和自创神,如天地日月、雨雪星辰等。以上诸神,几乎包括了中国农民所信奉的"神"的各种类型,天上地下、历朝各代、鬼魂幽灵、神话传说,甚至当代人物,统统集合在义和团的旗帜下,成为帝国农民的精神寄托和力量源泉。尤为离奇的是,在义和团所供奉的"神"中,竟然还有帝国的官吏——祁相国。祁相国,指山西人祁文瑞,清道光年间的军机大臣。鸦片战争结束,中英签订条约的时候,他是一个坚决的反对者。被义和团同时供奉为"神"的,还有帝国军队的指挥官李秉衡,此人曾经当过山东巡抚,与毓贤同为坚定的"灭洋派",杀起洋人来气贯长虹。帝国农民把官府大员也列入"神"谱的根本原因是,这些人一律有激烈的"平倭之举"。

中国人虽然供奉"神",但他们的供奉却并不郑重。

玉皇大帝是一个温和的君主,是中国的诸"神"之最。但是,在中国人的心中,玉皇大帝长得很胖,虽然身为男性但女性特征十分明显。他永远坐着,没有人见过他走动。一旦遇到危机的时候,他总是戏子般细声细气地叹口气,然后把眉头微微地皱起来。他常常受到小妖魔们的嘲弄,一只来自人间的猴子就把他的家给砸了,他居然一点办法也没有。中国人对名叫狐狸的动物有一种奇怪的感觉,认为这种动物是不能得罪的,因为所有的狐狸都是精灵且法力高强。中国百姓将供奉狐狸牌位叫做"敬狐仙"。所有的狐仙都是女性,而且是性情放荡姿色诱人的美女,中国人一向对这个美女怀有复杂的心情:既希望自己遇到并且最好能与她温存一番;又怕被她纠缠不休,甚至被她吸干了阳气变成悲惨的流浪鬼。龙在中国应该是最神圣的东西了,因为中国人自称是龙的后代,而且龙还管理着中国的气候,无论闹水灾还是求雨的时候,龙王都是最受尊崇的"神"。但是,几乎所有的龙——无论在百姓的民间传说中,还是在文人的文学故事中——其品质都有一点问题:不是说话不算话,就是无缘无故地发怒。龙王衰老而暴躁,龙子龙孙个个都是花花公子。龙虽然可以翻江倒海,最后还是被一个来自人间的普通农民子弟打败了,这个英雄抡着有着奇怪名称的民间兵器剥下几片龙鳞,龙就一瘸一拐地逃跑了。中国的每条河都有一个河神,河神庙是中国乡村中最常见的小庙之一,小庙里往往供奉着一尊泥像——一个戴着官帽子的绿色脸庞的中年男人——他就是河神,名叫"河伯"。中国人认为这个"神"很好色,每年要求人间供奉给他女孩子,就是祭祀的时候把一个女孩子扔到河里去,不然河水就会泛滥。河伯的这个要求最终弄得中国人忍无可忍,因为每户人家都可能有一个女孩子,于是,中国人派了一个水性好武艺高的人去把河神打败了。在中国的南方,农民们索性给河神配了一个夫人,叫做"河奶奶",小庙里的河奶奶塑像看上去有点凶恶,至少从形象上看是个醋意很大的老女人。

洋人最不理解的中国"神"是孙悟空,他们认为这是中国人"缺少真实与虚构的明显界限"的极端例子——"原是从石头里长出来的一只猴子,后来慢慢变化成人,有些地方的中国人把这只猴子当做保护神来看待。用一只本不存在的猴子来祈祷平安,中国人心里的因果概念是怎样的无从知晓。"[22]义和团对这只猴子格外感兴趣,它是他们最愿意供奉的"神"。其实,孙悟空的性格,正是帝国农民性格的一面镜子:不安分,极具叛逆心理,油滑、勇敢、仗义,宁愿被威力无边的玉皇大帝绑在柱子上刀砍火烧也绝不屈服,却心甘情愿地忠实于一个无比软弱的主人。

道教教主老子,也是被义和团隆重供奉的"神"。老子是中国历史上的一个哲学家和作家,他对自然现象的解释带有深奥的辩证思维,他的著作被中国人视为指导道德问题的经典。当这个哲学家成为中国农民的"神"之后,他原来的身份也就完全消失了,他对风雨雷电等自然现象的哲学解释,都被农民们当成了对付一切不可抗拒势力的制约力量,于是,他名字就被蒙上了一层诡秘的法术色彩,被赋予了巨大的魔怪般的力量。即使是这样一个"神",在中国也可能成为一出喜剧的主角。这出喜剧在各地上演时名字不尽相同,一般名为《大劈棺》,即把躺着死人并且已经钉好的棺材重新劈开的意思——没事闲逛的老子看见路边有个用扇子扇坟头的漂亮女子,随即与之交谈,得知坟中的死者生前与他的妻子即这个拿着扇子的女子有个约定:他死之后,要等他坟头上的土完全干燥之后,他的妻子才能另嫁。现在,这个女子已经等得不耐烦了,只好日日拿着扇子来扇坟土。老子为了考验自己媳妇的忠贞,回到家后便假装死亡。谁想他刚一躺进棺材里,便听见了媳妇与一个年轻美貌的公子哥结婚时乐器吹打的热闹之声,又听见新郎可能是因为激动而昏倒在地的声音。有人说,解救新郎的唯一办法,是用另一个男人的心脏。于是,沉溺于爱情中的"寡妇",立即拿起斧头走向躺着老子的棺材,噼噼啪啪地砍了起来。结果很容易猜到,老子微笑着从棺材中坐了起来,他说他睡了一觉并且做了一个梦——这是老子设下的一个小小的、善意的骗局。看戏的中国人大笑,尤其是男人们笑得更厉害些,在议论那个装扮老子媳妇的演员姿色如何之余,都说这个老头的点子真够损的。

中国人信"神"之幽默的另一个极端例子,是中国人与土地爷的关系。《风俗篇·神鬼》:"凡今社神,俱呼土地。"土地爷是管理人间具体事务的最低级别的"官"。帝国农民在供奉他的时候,仅仅摆上一块豆腐就可以了。他还有别的名字:《聊斋》中的土地神名叫"王六郎";帝国"大学"国子监里的土地爷据说名叫"韩愈";帝国南方的农民认为他姓"苏",名叫"吉利",而且他还有个媳妇,名叫"王搏颊"——土地爷名字的含义可以理解,他媳妇的名字就不知是什么意思了。帝国北方的农民对土地爷名字的认识比较统一:"灶王爷,本姓张。"俗称也有,叫做"张三"。在中国人心中,这个"神"矮胖短小,老态龙钟,永远挂着拐棍,据说他生活在人间的灶坑里面,常常是满脸烟熏火燎的颜色。土地爷虽然"神"位卑微,但却是一个极其重要的"神"。每一年的春节时分,农民们都要祭祀他,而因为他居住在每一户的灶坑里,平时不免要听见或者看见人的某种不轨言行,于是在祭祀的时候,为了巴结,中国人就用彩纸做"马"供他上天时骑,"马"的旁边还不忘放上几根草作为路上吃的饲料。同时供奉的还有一种麦芽糖,所有的中国人都明白,供奉这种很黏的糖的用意,是让土地爷吃了之后粘住他的嘴,让他在玉皇大帝面前张不开嘴说话,或者是吃了糖之后不好意思再说坏话。实际上,糖几乎立即就让村野中的孩子们吃了。土地爷上天"汇报工作"的时间,是农历腊月二十三,这一天中国人要认真地"送灶";土地爷从天上归来的日子,是除夕晚上,这一天中国人还要认真地"接灶"。"送灶"和"接灶",中国农民的这种敬"神"仪式千年没变。

中国人的"神"没有尊卑之别,高高端坐云端的天国主宰玉皇大帝是"神",藏匿于坟地的某个洞窟夜出昼伏的黄鼠狼也同样可以是"神"。在帝国乡村的庙宇中,或者在农民家里的神龛里,同时排列的可能是孔子、菩萨、铁拐李和一位阴间看守的牌位。中国人的泛"神"来自于恐惧:儒家学说保护不了经常面对天灾人祸的百姓,尤其是只有靠天靠地吃饭的农民。于是,即便是供奉着"神",中国人也说不出哪个"神"更有权威,更能帮助他们渡过生活中的难关。

1901

孔子说:"敬众神,而远之。"

表面上中国人信奉诸"神",可实际上又不在乎诸"神"。

节日里的一天,几个乞丐敲门,手里拿着几张印制粗糙的"喜神",说是"送喜"来了。明知道这是乞讨的手段,但是没有一个中国人赶他们走,而是象征性地给乞丐点食物,双手把那张纸剪笔画的"喜神"接过来。

欺骗自己可以解释为自我安慰,如果连供奉的"神"都可以欺骗,于是谁也说不准这世间还有什么是不能欺骗的了。

信则有,不信则无,这是中国人对"神"的最普遍的态度。

表面上的崇拜和内心里的轻视,这种对待人与事的态度已经渗透到中国人日常生活中的所有细节里。

帝国农民对"神"的供奉,带有强烈的功利色彩。

农民们的任何信与不信都有明确目的。

他们不知道人世间有"纯净"的情绪,他们任何形式的"敬神"都必有所求。

帝国农民需要面对的现实问题太多了,无助的他们希望能有一种力量帮助他们摆脱生存的困境,他们无论供奉什么"神"都是在为自己的行为壮胆。

在义和团所供奉的所有的"神"中,最值得关注的"神"是关帝。

在大清帝国经历的那段悲伤历史中,无论是哪一个义和团团体,无论这伙农民来自什么省份,无论他们老幼、贫富的差距有多大,也无论他们正在懵懵懂懂或者兴高采烈地"举事",还是面色惶惶或者大义凛然地被杀,在他们的衣襟里,贴着温热的胸膛,毫无例外都珍藏着一个关帝神符——这是洋人无论如何也看不明白的一个布条,上面写着奇怪的汉字且画着奇怪的图案。

无法解释中国人对一个文学人物如此崇拜的根本原因。无论这个古老的国家经过了多少时代变迁,也无论是在充满盲目迷信和科学荒漠的百年之前,还是在科技发达和文明进步的今天,中国人对关帝的固执崇拜和忠贞不渝令人细想之下便会茫然不解。

关帝,三国时代蜀汉将军关羽。

陈寿《三国志·关羽传》曰:

> 关羽字云长,本字长生,河东解人也。亡命奔涿郡。先主于乡里合众徒,而羽与张飞为之御侮。先主为平原相,以羽、飞为别部司马,分统部曲。

这位将军的功过,仅仅只有这样百字。他被曹操俘获过,曾经为曹军立过战功,杀了袁绍最得力的干将颜良。归刘备之后,接连打过不少胜仗,最后因为刚愎自用,在一个名叫麦城的地方,中了对手的埋伏身亡,被蜀后主谥为"壮缪侯"。翻开中国的《二十四史》,有如此经历的将军比比皆是,但是,从"侯"而"王",从"王"而"帝",从"帝"而"神",这样的人中国历史上仅有关羽。明代以后,中国各地武圣关帝庙的香火,甚至比文圣孔庙里的香火还要旺盛。有关帝庙对联云:"先武穆而神,大汉千古,大宋千古;后文宣而盛,山东一人,山西一人。"㉓——山东人氏,孔子;山西人氏,关羽。

关羽被神化的过程,清代史学家赵翼在《陔余丛考》中有论:

> 凡人之殁而为神,大概初殁之数百年,则灵著显赫,久则渐替。独关壮缪在三国、六朝、唐、宋皆未有崇祀。考之史志,宋徽宗始封为忠惠公,大观二年加封武安王,高宗建炎三年加壮缪武安王,孝宗淳熙十四年加英济王,祭于当阳之庙。元文宗天历元年加封显灵威武安济王。明洪武中复侯原封。万历二十二年,因道士张道元之请,进爵为帝,庙曰"英烈",四十二年又敕封"三界伏魔大帝神威远镇天尊关圣帝君",又封夫人为"九灵懿德武肃英皇后"……其道坛之"三界馘魔元帅",则以宋岳飞代,其佛寺伽蓝,则以唐尉迟恭代。刘若愚《芜史》云:"太监林朝所请也。"继又崇为"武庙",与"孔庙"并祀。本朝顺治九年,加封"忠义神武关圣大帝"。今且南极岭表,北极塞垣,凡妇女儿童,无有不震其威灵者,香火之盛,将与大地同不朽……

赵翼对关羽的发迹感慨万千:宋徽宗以前,关羽是个无名将军,可是突然,历代皇帝开始"重视"这个死了多年的将军了,不但给他加官进爵,连他的夫人、儿子和随从都有了封号。帝国政权的上层如此,百姓更是慑服于他的"威灵",关羽大有"与大地同不朽"之势了。赵翼不禁茫然发问:"何有寂寥于前,而显烁于后,岂鬼神之衰旺亦有数耶?"——都说人之盛衰是不可把握的命运所致,难道鬼神的盛衰也是如此?

不可理解的不只赵翼一个人。

刘继庄《广阳杂记》:

> 佛菩萨中之观音,神仙中之纯阳,鬼神中之关壮缪,皆神圣中最有时运者,莫知其所以然而然矣。举天下之人,下逮妇人孺子,莫不归心往向,而香火为之占尽,其故甚隐而难见,未可与不解者道也。

即使在《三国志》里,关羽也并不是一个"完人"。

但是,中国农民不读史,他们只看戏听书。

唐代以前,中国诗歌涉及三国人物时,常见的是刘备和诸葛亮,关羽很少被提及。宋代开国皇帝赵匡胤,甚至命令把关羽从历代名将的名单中剔除出去。关羽发迹在北宋末年,因为那时关于三国的通俗小说初步形成。《三国志评话》以及民间戏曲已经把历史上的关羽变成了文学上的关羽。张耒《明道杂志》中记有这样一个故事:开封城里的一群市井无赖想要白吃白喝,办法是怂恿一个"大款"花钱:

> 京师有富家子,少孤专财,群无赖百方诱导之。而此子甚好看弄影戏,每弄至斩关羽辄为之泣下,嘱弄者且缓之。一日,弄者曰:"云长古猛将,今斩之,其鬼或能祟,请既斩而祭之。"此子闻甚喜,弄者乃求酒肉之费。此子出银器数十,至日斩罢,大陈饮食如祭者,群无赖聚而享之,乃白此子,请遂散此器,此子不敢逆,于是共分焉。

故事有趣:一个有钱的公子喜欢看皮影戏,每看到关羽被杀的时候,都不由自主地"为之泣下"。于是无赖们想出一个主意,怂恿这个公子每看到关羽被杀时,摆上酒食祭祀。无赖们的理由是:关羽是个武艺高强的猛将,即使变成鬼,这个鬼也定有某种神奇的法术,不可不祭。其实,无赖们就是想趁机吃一顿而已,吃完居然还把公子拿来祭祀的银器给分了。值得注意的是这位公子对关羽的感情,这至少证明在北宋时期关羽已经被"神"化了。

元代的中国是蒙族统治的,但是关羽依旧被崇拜着,并且被赋予了可以"镇伏妖魔"的功力,民间祭祀关羽的庙宇因此"遍地开花"。到了明代,修筑北京城时,城内的九座城门,除安定门建的是真武庙之外,其余八座城门全部建的是关帝庙。

清代是崇拜关羽的鼎盛时期。顺治九年,关羽被封为"忠义神武大帝",他终于从"王"而"帝"了。太宗皇太极命令把《三国演义》翻译成满文,于是这部小说成为皇亲国戚和八旗官兵的必读书籍。

对关羽的神化,是中国人供奉"神"的功利主义的典型表现。

关羽身上集中了中国帝王最需要的"忠"和"义",这是历朝统治者巩固政权所必需的道德规范。在统治者眼里,无论封关羽为"王"还是为"帝",他都是一个杰出的"人臣",帝国和帝王都需要这样的"人臣"。明代皇帝朱元璋贬过关羽的封号,即所谓"复侯原封",那是因为刚刚建立政权的朱元璋迫切需要社会的安定而不希望他的臣民尚武。清帝之所以开国就崇尚关羽,除了满人采取了容纳汉文化的政策之外,更重要的是,在满人入关之前顺治帝就用"桃园三结义"的办法解决了满蒙之间的纠纷,他仿照刘备自称"刘先生",称呼蒙古可汗为"二弟"。满人取得政权之后,认为这是受到了关羽的保佑。

而在中国民间,尤其是下层百姓中,对关羽崇拜的原因与统治者完全不同,甚至相反。在中国百姓看来,关羽是"游民的帝王"。中国是世界上游民阶层最庞大的国家。自然灾害、战争、官吏的欺压经常降临在没有任何社会地位的农民身上,降临在由破产农民转化而来的小手工业者身上,背井离乡和到处流浪最终将成为他们的唯一出路。浪迹江湖和四处谋生的游民阶层,是一群畏缩、软弱和极易冲动的人,他们最需要的是果腹,是生命的保护,为此他们选择了关羽,因为关羽与他们的经历相仿——"亡命奔涿郡"。同样是农民的关羽,杀了当地的官吏而逃亡,这让流浪的农民们感到关羽是自己人。"千里走单骑"、"桃园三结义"、"过五关斩六将"等等,这些都迎合了帝国游民的生活特色和性格特征;而关羽最后的人生结局是客死他乡,这又引起了漂泊不定的游民们的极大共鸣,让他们的内心百感交集。

被神化了的关羽在中国人心中是万能的:祈福消灾,保家护身,求财源,谋生路,拜把子,甚至希望子孙旺盛都可以求求这位"关老爷"。直到千百年后的今天,这位"神"依旧被中国大小商铺甚至巨型财团供奉着,国人说他是"招财进宝"的象征。

关羽,永远是一身戏剧装束:武巾,长髯,红面,立眉,战袍,大刀,站在中国人供奉的香火面前怒目圆睁了至少上千年。

一九〇〇年,在一个巨大的灾难即将来临的时候,整个大清帝国的精神与力量就这样被一个神鬼化、戏剧化了的刀客支撑着。

面对子弹的戏剧情节

中国人无论干什么,都喜欢把自己置身于一种戏剧状态中。
一九〇〇年,义和团的农民们把自己打扮成了戏剧中的人物。
仲芳氏《庚子记事》:

> 团民自外来者,一日数十起,或二三十人一群,四五十人一群,未及岁童子尤多,俱是乡间业农粗笨之人。均以大粗红布包头,正中披藏关帝神马;大红粗布兜肚,穿于汗衫之外;黄裹腿,红布腿带,手执大刀长矛、腰刀宝剑等械不一。

龙顾山人《庚子诗鉴》:

> 各团名目服色有别:曰龙团者驻端邸,其衣帕红质黄缘。曰虎团者驻庄邸,其衣帕红质紫缘。曰仙团者驻大公主邸,则红质蓝缘。又有兔团者缘以白,龟团者缘以黑。别色分群,一望可辨,时有五色团之称。

造反农民的衣装五颜六色,而得到官费资助的那支义和团的衣装也许是农民们世代都不曾穿过的:一律青色黄缘的"号坎",上有红字:两肩前是"奉旨";前后胸是"团勇",围绕着"团勇"两字是四个小字:"义和神兵"——官不官,民不民,戏不戏,神不神,帝国农民加入义和团后的装束奇特无比。

侨析生《京津拳匪纪略》:

> 匪若干,似有一匪率之行,此匪则戴戏场中武生帽,玻璃

镶嵌,红绒飞舞。以红巾勒额,余布曳于脑后;以红带束腰,前后胸背皆袢成十字,余布由肩下垂,几及踝。又有着鱼网高巾者,有着会场马童之扎巾抹额者,数千人中约有百余人似此装束,间杂而行。

连义和团的出动仪式,也是照搬中国戏剧舞台上的场面:"大师兄身穿黄靠,头包黄缎,马如飞,黄令旗招展,人皆让路。"㉔所谓"靠",就是京剧中武将的服饰,为加强舞台造型的装饰性,"靠"上还插着花哨的小旗,战斗时随着舞蹈动作的旋转,小旗飞舞煞是好看。于是,义和团的将领也是这种打扮——"拳众中,有背插四旗如剧中战将者。"更有甚者:"有团自称猪八戒者,刀剑皆不用,进以拾粪之杷,旋舞如飞。"㉕至于"涂脂抹粉"并且梳起两个朝天小辫儿的,为京剧中童子的标准扮相,比如《空城计》中陪同诸葛亮在城楼上弹琴的那两个心里发虚浑身冒冷汗的琴童——"每团出队,先以二童子为前导,双丫直掇,且有涂脂抹粉者。"㉖

义和团的队伍中,还有引人注目的女子,这便是源于天津的红灯照。史料称,天津红灯照,皆十八九岁处女为之。这个年龄的姑娘,正处在无论穿什么都耐看的好年华,更何况自从加入了义和团,师兄们便把她们认真地打扮起来,以显示中国女人的风采:个个头裹红巾,腰系红带,绛色裤褂,大领双脸鞋,头巾上写"协天大帝"四字,红兜肚上写"护心镜"三字,左手持红巾,右手持红扇,亦有提红灯者,沿街走来如舞蹈状,前后有力士护卫。红灯照的首领之一,是个名叫"翠云娘"的姑娘,江湖卖艺出身,在上海街头表演时被洋人巡捕抓去,在租界的牢房中受到侮辱,对洋人的仇恨比任何一位红灯照都深,于是她的打扮就更不一般:"周身锦缎,衣履一碧,双足纤小,貌益艳丽。"红灯照的女子敢做敢当,她们高举着上面写有"守望相助"的大旗,旗上同时明确标出"某村某铺"的地址,要让世人一看就知道她们这群"不爱红妆爱武装"的女子来自何方。

在中国上千年的封建社会里,"女人下贱"的观念使底层妇女始终挣扎在非人的生活状态中。终于有这么一天,她们,对未来生活还没有完全绝望,甚至依稀有着美好想象的贫苦女子,终于有了与男人平起平坐的机会。她们可以宣泄自己的情绪,表现自己的勇气,可以不再受肉体的饥饿和欺侮、精神的压抑和束缚,可以有生以来第一次感觉到自己是一个人了。于是,她们纷纷不顾父母的拼死反对,结伴冲出家门,融入到那段惊心动魄的历史时光中——"津郡女子多有练习红灯照者,父母不能禁,常夜半启门,不知所往。有数日始返,有一去不复返,其返者,询何往,则曰至外洋焚洋楼也。"㉗这些年轻女子经历了中国历史上最奇特的事件,她们光彩照人的青春活力和极其悲惨的命运结局,凝固成中国历史上一段说不完忆不尽的凄美往事。

红灯照的女子们和义和团的农民们,他们所能得到的关于人生,关于是非,关于信仰的教育和启发,几乎都是来源于中国戏剧中的故事和人物。

中国拥有着世界上人数最庞大的戏剧观众,同时也拥有世界上人数最多的戏剧"演员"。

中国人在其日常生活的许多方面都有做戏的强烈本能,还有能够不自觉地生动到细微之处的优秀的演技。

中国的戏剧艺术发源于何时,是一个很难考证明白的问题。按照一般理论的说法,中国戏剧的产生晚于希腊的悲剧和印度的梵剧。关于中国戏剧的起源众说纷纭,或说出于巫,或说出于优,或说出于傀儡,甚至有人说中国的戏剧不是"土产"而是来源于印度。无论如何,戏剧从发端讲来自于民间,它从诞生之时起就是为了娱乐大众,因此它比任何借助文字的艺术形式都更能接近大众和被大众所接纳。汉代以前,中国的农夫就已在农闲的时候"自编自娱"了,农夫们的"演出"中已经出现了"人物"和"情节",不再是某种单纯的祈祷形式。汉代的宫廷出现了"弄参军",这是一种歌舞和杂耍混合的表演。南北朝出现了"踏摇娘"和"大面",所谓"大面"就是面具,至今京剧行当中依旧把面具叫做"大面",而戏曲的脸谱正是从大面演变而来的。隋唐五代,中国的戏剧演出更加多样,后唐庄宗皇帝就是一位戏剧"爱好者",经常亲自粉墨登场,还给自己取了个艺名叫"李天下"。唐宋两代,话本、百戏、鼓子词、影戏、杂剧等应有尽有。元代的杂剧,无论剧本的文学性,还是舞台的表演性,都达到了中国古典戏剧的高峰。清朝戏剧文化的特点,是各种地方戏种都具备了独立的艺术风格和演出程式,如安徽的徽腔、陕西的秦腔(西皮)、江西的弋阳腔以及湖北的二黄等。乾隆年间,二黄和西皮传入北京,糅合徽腔,演变成京剧,号称"国剧",其兴盛延续至今。

无论什么样式的中国戏,其演绎的故事和人物都是纯粹的中国"土产",表达着中国人最普遍的价值观念,充满了中国人对生活的道德评判。中国的戏剧故事大致可以分为三个类型:一、寄托对"神"和超自然力量崇拜的"神怪戏",这种戏把所有的"神"与"怪"都赋予了人间色彩,让观者在观赏中获得逃离现实进入另类世界的瞬间的松弛。二、表现帝王宫廷生活和古代英雄忠烈的"官戏",它让最贫贱的农民可以毫无遮拦地窥视神秘的帝王后妃与普通人毫无二致的生活细节和精神骚动,让最广大的平民百姓能够在几乎"半神化"的人物命运的悲欢起伏中体味善恶忠奸的道德教化。三、描写平民生活的写实戏剧,其人物和故事饱含着下层民众的嬉笑或泪水,这类戏常常夸张地放大人物的性格特征,进行善意的讽刺和鞭笞,对恶势力的丑角化和对弱者的神圣化是其特征。无论是悲剧还是喜剧,中国的戏剧均有中国人坚信不疑的因果报应的结局,能令所有的观者恍惚间感觉到无数洞察一切的幽灵正在锣鼓丝弦中漫天飞舞——潜移默化、幻影重叠、间离效果、另类参照——千百年来,无论多么纷繁复杂、沉重哀伤的人生,都可以在帝国乡村的暗夜时分、在打谷场上幽暗的舞台中央呈现出来。

在中国,没有任何一种娱乐方式像戏剧一样,带给中国人如此大的自我欢娱和教化作用。即使再穷的村庄,每年也要请戏,这是一件十分严肃和重要的事情。往往要提前许多天,乡绅们就开始为诸如哪个班子的行头好、哪个班子的扮相俊集会讨论,筹集金钱。戏班子来了,场院里摆好条凳,那是乡绅们的专座。所有的人都有前来观看的自由,在中国的乡村,即使是没有为筹措演出费用出过一文钱的贫苦人,甚至是外村闻讯而来的人以及恰巧路过的流浪汉,都有权站在戏台下随着台上的剧情痛苦或欢乐。

中国乡村的戏剧演出没有售票制度。

中国戏剧与西洋戏剧的最大区别,不是舞台上的艺术形式而是舞台下的观众行为。

中国戏剧的演出场所往往与中国戏剧纯净的美学特征产生剧烈的冲突——在拥有最广大戏剧观众的乡村,演出场所的脏乱简陋让所有的西方学者都对这样的环境居然能够产生出世界上优美的戏剧艺术而迷惑不解。农民们席地而坐，或者随便搬来一块石头或者一根木头，甚至骑在驴背上，都可以观看戏剧。中国人看戏是嘈杂混乱的，在欣赏曲折的故事情节、娴熟的舞台动作和格外精彩的唱段的时候，每个人有高声喝彩的权利，有当场奖励一个演员高超演技的权利，还有把一个念错了对白、嗓音不佳，甚至长相不好看的演员赶下台的权利。在舞台上的故事从容地吟唱当中，舞台下的褒贬评论之声、小吃的叫卖之声、乡亲邻里的招呼之声、青年男女的调笑之声、孩子哭闹、羊咩犬吠、击节随唱，各种杂音潮涌般地混成一片，而此时上演着戏剧的舞台远远看去如同汪洋大海中的一叶小舟摇摇欲倾。洋人对中国人能够在如此嘈杂的声音中观赏演出万分惊讶："在这里，演员们的叫喊之声、铜钹与鼓的敲击声以及观众的嘈杂声震耳欲聋。这样的声响足以使西方人的心智变得失常。"㉘但是，中国人不会心智失常。在简陋的土台上，几块肮脏的幕布把现实与幻觉隔为两个互不相干的世界。蹲在台下的农民，包括青壮年、妇女、孩子和老人，在风卷起的尘土中拥挤成一团，他们只要稍微斜一下眼神，就可以看见舞台边上的树、碾子，或者泥塑的神像。但是，只要演员们一开唱，他们就把人间的一切都归于戏剧氛围中了，甚至幕布上方的那颗太阳或者那轮残月，也已经化为戏剧世界里的装饰物了。时间流逝，剧情发展，观众的情绪随着戏剧主人公成功地摆脱了某个圈套而逐渐高涨，他们耐心地等待着坏人如何被识破和受到惩罚。在放肆地吐着旱烟和解开衣服捉虱子的同时，他们为一个忠臣的死而突然感叹，或者为一个冤魂的倾诉而骤然悲伤。轻薄的丫鬟把小姐的情人带进闺房并且掩上了门，他们就不怀好意地斜着眼睛眨来眨去；包公杀人的命令一旦喝出，他们瞬间便会变得精神抖擞，跃跃欲试。舞台上的英雄因为豪情而痛饮，他们的脸色跟着涨红了，醉了似的摇头晃脑；舞台上的民女因为冤情而六月飞雪，他们的眼睛细细地眯起来，很寒冷似的浑身瑟瑟发抖。

这就是中国人的戏剧观赏情结。

已经从人世间消失了的前人旧事，得以用华丽得如同纪念般的夸张形式重现——中国农民怀念先人以及中国文人崇尚先贤的特点，与中国的戏剧故事达成了很深的默契。中国古典戏剧都是历史剧，涉及许多惊心动魄的历史事件,更多的故事背景是国家面临危机的种种时刻。中国汉民族的历史,是不断受到来自北方异族威胁的历史,匈奴人、胡人、蒙古人、鞑靼人、金人,一直不断地给中原造成灾难,甚至皇帝也不能幸免。经过民间艺人的加工,这些往事一代代地流传下去,中国人内心深处的那种面对外来势力的仇恨,已经变成了这个民族自然性格的组成部分。同时,反映社会不公、善恶对抗的戏剧故事也是主流之一。逆来顺受的中国人,只有在戏剧舞台上,才能看到他们所向往的世道,享受公正带给他们的无与伦比的快感。而在现实世界中,这种快感久等不至,终将酿成一种饥渴,一旦时机成熟,激愤的农民必会无法区别自己到底是处于戏剧状态中还是处于生活状态中。

"中国人喜欢戏剧,就跟英国人喜欢体育、西班牙人喜欢斗牛一样。"曾在十九世纪来到中国的美国人史密斯说,"我们必须注意这样的事实,那就是中国人作为一个种族,具有强烈的做戏的本能,很轻微的刺激,就能使一个中国人进入戏剧,把自己当做戏里的一个角色。"[29] 洋人常常惊讶于在中国到处可见的这样一个普遍现象:即使在十分安静的场合里,即使仅仅是两个熟人相见,中国人都要夸张地放大自己的惊喜,他们提高嗓门,几乎是在喊:"是您!您来啦!"于是,洋人着实吓了一跳。当洋人看过几出中国戏剧之后,他们明白了:这是一个小小的戏剧场面。

中国人所做的许多事情,目的中不排除做给别人看,这关系到中国人的尊严。送葬,无论是执行的程序,还是专门穿上的丧服,无论是吹着丧乐的化装乐队,还是很艺术的假哭,看上去都犹如一个庞大的戏剧场面。结婚,其程式更加戏剧化:彩绘的轿子,幸福的新娘——只是,她必须抱着娘哭。而板正的新郎官穿着状元的戏装,极力掩饰激动的心情,"恶狠狠"地拿着一张弓,向刚进门的新娘射出一支箭——中国人硬说新娘可能是妖精。繁杂的中国民间礼仪诸如拜年、会客、盟誓以及最普通的来往,都可能成为大街小巷中的一次"表演",而所有"表演"笨拙或者不会"表演"的人,都可能被中国人称为"不懂事"。

适当的时候说适当的"台词",这样无论做戏的还是观戏的都能获得满足,中国人的人际交往由此而圆满。"鄙人才疏学浅",典型的一句戏剧语言,使用在生活中却是那样的自然,任何一个中国人都不会愚蠢到真的认为这个人在表明自己没有学问。"贵公子前程无量",说这句话的中国人也没有哪一个是认真的,因为这个孩子将来的前途如何谁也说不清楚。社会的"面具化"已经成为一种文化特征,并且异常生动地渗透在中国人的性情之中。于是,只要在"演员"与"观众"之间能够没有痕迹地互换,中国人的人际关系便能实现一种平衡。能够把中国社会的林林总总看成是一出戏,并且能够平静地欣赏,你就是一个地道的中国人了,你的日子和心情就会好了许多。中国人是讲道德的,不到自身危机的时刻,是从不轻易进入别人的"幕后"的,因为大家都知道"幕后"是些什么。中国人的日子基本上没有多少悬念可言,如同虽然中国所有的戏剧都没有事先不知的悬念可观众依旧会正儿八经地对剧情的发展发出惊叹或者惊讶声一样,中国人的日子过得有滋有味。

中国人很容易模糊戏剧的真实和生活的真实。

纯粹的戏剧行为,在中国人的生活中反而被视为生活常态;而人在生活中的本然面貌如果出现,中国人也许会觉得这个人真是奇怪。于是,在生活中需要"做戏"的中国人,即使开始的时候明白自己是在表演,但是只要他认真地演下去,过不了多久,他自己连同他的"观众"都将不再明确现在是演出时间还是散场以后。"假做真来真亦假","亦真亦幻幻亦真"。于是,在中国历史上所有的社会混乱时期,整个国家无异于一个大舞台,人人都会参演一出出大悲大喜的戏剧。洋人说,"西方人总是忘记中国人办事中的戏剧因素而误入无关的事实领域。"中国戏剧的最大特点,是把自然人的一切,包括体力、智力和能力加以理想化,中国的现代戏剧理论管这一点叫做"塑造人物"。

所以,十九世纪末,当大清帝国的巨大灾难发生的时候,洋人与其说面对的是一群激情澎湃的中国农民,不如说他们面对的是一群激情澎湃的"戏剧演员"——一伙不戴面具的"神"。

义和团将神灵作为护身咒符,这极恰当地迎合了农民们在极端绝望之时容易产生的"人生就是大戏"的幻觉,农民们那被长久压抑的挣脱苦难的强烈欲望终于在群起而动的造反中被激活了。

中国历史上所有的农民造反,都会标榜是在执行某个"神"的旨意。"神"往往附体于特定的一个人,往往天上还会掉下写有奇异文字的物证,这个人就是造反的首领——一场大戏的主角。可是,义和团的"神"

是大众的,人人都可以因为"降神"而拥有"神权",在中国这是开天辟地之事,这让所有的农民趋之若鹜。这就是发生于一九〇〇年的大规模义和团运动,居然没有地位得到明确承认的首领的原因。

帝国的农民相信自己就是"神"。

帝国的农民认为自己就是一部大戏的主角。

"各处设坛,神即附体,手持刀枪,自试不怕。"这是一场真正意义上的战斗,过去农民参加造反是代表个人,现在他们代表的是"神"。要想成为"神",首先得将"神"附在自己身上。"降神"仪式是义和团最主要的活动,因为只有通过这样的仪式,才能达到农民们所幻想的"神人合一"的境界。

《义和团》一书中辑有洋人对义和团"降神"仪式的记载:

> 匪中分乾、坎二门……降神者,为神附其体,乃自会武艺,不畏枪炮也。其降神之法,乾门中者每一人,入坛即俯伏坛前,由所谓大师兄者为之焚符诵咒,名为请神。复令其人坚合上下牙齿,从口呼吸,俄而口吐白沫,即扬言曰神降矣。乃使其人起执刀棒,随意舞弄,此人即谓之得法。坎门请神,与此略同,惟使其人跳跃,待其气喘,以为神降之志为稍异耳。得法之人,以后无论何时何地,若欲请神,但如前法演习待流沫喘气,即自谓神降矣。

如此简易的操作程序,不需要金钱、时间和智慧、意志,不需要认识汉字、粗通经典和专门技术,只要杂耍似的随意糊弄一下,理想顷刻就实现了。在这一瞬间,神和人的界限如此模糊,距离如此邻近,关系如此亲密,简直是人人可为,处处可为,招之即来,来之即"附",唯一的先决条件也许就是曾经看过几场乡村里的戏剧,在锣鼓声中欣赏过武官军士、神怪天兵和虾兵蟹将的"战斗"。

义和团的农民之所以幻想"降神附体",最大的目的是使自己具备某种神仙才具备的法术。这些法术包括刀枪不入、闭住枪炮等等。神是不会死的,并且有打败一切的力量,如果自己成为"神",那么战斗的时候就可以在毫发无损的情况下无往而不胜了。或者,即使暂时死了还可以立即再生。孙悟空之所以成为义和团主要的崇拜对象,就是因为它是一个刀砍不死、火烧不死、铜头铁臂的"不死"猴子。帝国的农民对这只猴子在脑袋被砍下来之后能够立即重新长出另一个来的法术羡慕不已。生下来就意识到自己贫穷脆弱和无力反抗的农民获得这种感觉至关重要,这是一种纵横天下"当家做主"的感觉,为了这个感觉即使真的死了,至少在还活着的时候身心能够得到一次极大满足。

从以后义和团的战斗经历来看,帝国农民的所有法术都是想象的产物。

他们想象自己能够飞翔:"有人传云,西门外某地方,忽有庞某从空中飞来。问其从何处到此,曰从山东;问其曾行几日,曰顷刻间耳。问者皆惊为神,而推立团首焉。庞某,挑水夫也。"[30]他们想象自己能够飞檐走壁,隐身潜行:"团向人云,其师傅尝隐身入租界,见一高楼无人,乃现形进入。楼凡四层,第一二层无人无物,三层金银珠宝甚多,四层有年老洋人一男一女对坐。见师至,皆稽首为礼。自言系夫妇,年一百余岁,忽涕泣曰,吾知老师法力甚广,且知老师今日必来,故愚夫妇在此相候。吾国所恃者枪炮而已,今天欲灭洋,天兵下界,枪炮皆不过火,各国惟束手待毙。老师既到楼中,金银珠宝请收去,愚夫妇亦自此逝矣。"[31]义和团的农民们说,只要他们往一个方向一指,喊:火!于是火着了;又喊:止!火就灭了。洋人的军队已经到达天津大沽口外的时候,义和团的农民宣称他们可以让渤海的海水瞬间干枯,从而令洋人的军舰搁浅:"大沽口外长一土龙,纵横数十丈,海翻见底,洋船皆不得进。"[32]天津战斗打响后,国人即刻体会到洋人枪炮的厉害,义和团首领随即向朝廷保证,可以将洋人的枪炮"闭住",但是只能"闭住"六天。

义和团认为,他们与洋人的战斗,是"神"与"鬼"的战斗:"洋兵与拳民交战,拳众只作揖不动步,即能前进。作一揖,进数百步;作三揖,即与洋兵接;洋兵不及开枪,身已被刃。"[33]而在西方记者的记述中,义和团的农民面对洋人正规军队的时候,其前仆后继的场面确实令人胆战心惊,因为这些农民毫无惧色"舞蹈般"地冲上来,"他们真的相信他们的肉体是永恒的"。甚至,义和团的农民还认为自己既然是"神",就拥有了"万宝囊"之类的神仙之物:

> 初拳匪之将起也,夸诩神奇,谓人各携米一囊,囊仅二三寸许,饥时,撮数粒纳口内,便不饥。又云,人怀馒首数枚,任取一

枚啖之,但留少许纳怀内,饥时再探取,仍一完好馒首矣。老师按人给钱二百,随意用去,但不使罄,则取之不尽,用之不竭。[34]

口袋里只要留下米的"种子",米就会自动再生;只要不把馒头吃完,留下一口,就会变成另一个完整的馒头;至于钱,只要不花完,就可以"生钱"。这是中国神话戏剧的典型情节。

当这种"神仙附体"的戏剧式表演达到极致的时候,义和团与洋人军队的交战与其说是正规的战斗,不如说是世界上两种截然不同的头脑在用想象力交战。

对于义和团"神仙附体"的传说,帝国的知识分子和官吏大员们有将信将疑的,也有坚信不疑的。帝国的高级军官袁世凯就检验了一次。袁世凯是一个相信符咒之说的人,也是一个坚定的经验主义者。他请来义和团的一位大法师,这位大法师在袁世凯面前对射向他的枪弹毫无畏惧,并且真的毫发无损。袁世凯有点相信了。他再次选了个吉利日子,召集军官们集体观看。但是,有军官坚决不信,非让大法师签下"假设身死勿论"的手证。果然,三十支枪一齐发射,大法师什么事也没有,仅仅是"轻弹"了一下身上的"尘灰"而已。袁世凯兴奋之极,拿起一支德国造的手枪,亲自朝大法师开了一枪,谁料大法师仰面倒下。大家以为这是大法师的幽默,等了一会儿,没有动静,过去一看,大法师死了——"肚子上一个洞!"

"弟子在红尘,闭住枪炮门,枪炮一齐响,沙子两边分。"从义和团的这句歌谣可以看出来,所谓子弹打不死,指的是帝国农民自己造的散装火药——一种前膛装沙弹的枪,距离稍微远一点,几乎没有杀伤力。而洋人制造的枪,装填的已经是铁弹丸了。清军盛军的军官们在一次检验中揭穿了义和团法术的真相。他们听说义和团不但刀枪不入,而且能够把射向自己的子弹当空抓住,军官们死也不信。经过检验,发现义和团简直就是在玩杂耍。原来,义和团们表演法术的"国产"枪里,装的甚至不是铁沙,而是泥做的子弹,不但用力一按立刻粉碎,而且只要一出枪膛"即化烟尘"。知道了这个秘密的军官们不直接揭穿,而是在检验法术时偷偷地把真的"铁子"装进枪里。结果,枪一响,接受检验的五名义和团团员当场倒下了三个。而义和团表演手抓子弹时,是事先把"铁子"藏在了手里,"铁子"被手攥热,观者以为这是刚从枪里发射出来的。

就是这样的表演,却让帝国北方所有的农民深信不疑。

于是,他们在战场上如同割下的庄稼一样成片地倒在血泊之中。

无论怎样,帝国的农民确信自己能够胜利,并且依旧保持着对未来的非凡想象——他们不但要消灭居住在中国的洋人,而且要从中国打到外面的世界去,把"洋鬼子"从地球上彻底清除干净:

> 或问义和团既系与国除害,洵为义举,自必杀尽洋人教民,烧尽教堂洋楼而后已。然在京居住之洋人有限,各埠各国之洋人无穷,倘各国调兵前来报复,为之奈何?团民答云,不妨。京中之洋人与二毛子指日可灭绝,然后先至天津、上海烧尽洋房,杀尽洋人,再分队驰赴各国扫平巢穴,直待九月间,便可斩草除根,天下太平矣。若恐洋人调兵来京,更不足虑。洋兵航海而来,必坐轮船,只须大师兄向海中念咒,用手一指,兵船不能前进,即在海中自焚,有何惧哉。若由旱路来,闭住彼之枪炮,众团一拥齐上,手到擒来,更不足虑矣。㉟

在中国历史上,集体的戏剧情结发挥得如此光怪陆离,集体的表演欲望膨胀得如此恣意汪洋,从而使整个国家将想象当成了现实,可谓举世罕见。

向阳的山坡与大地上的游魂

那些在十九世纪来到东方的洋人,经过对中国人日常生活的观察,得出这样一个结论:中国人相信,一个人死亡之后,将有三个灵魂,其中一个灵魂会进入阴间。阴间是阳间社会的翻版,灵魂在阴间所遭遇的将与阳间千差万别。

中国的人口为世界第一。

埋葬在这块土地上的故去者的数量同样也为世界第一。

如果自古以来所有的故去者都以三个灵魂的形式存在,那么这块土地上到底会有多少灵魂在游荡?

活着的中国人淹没在祖先熙熙攘攘的"魂海"之中。

中国人祖先的身影到处可见。

一个中国人,可以不信仰宗教,甚至可以不信神灵,这样的人在中国社会中无可指责。但是,如果某个中国人宣称自己不崇拜祖先,那么他定会受到全社会的唾弃。世界上不曾有哪个民族像汉民族一样,会在一年中名为"清明"的那一天,全民都去惦记或探望阴间的祖先;世界上也没有哪个民族像汉民族一样,会在充满现实活力的家里给祖先腾出表示依然"活"在我们之中的醒目位置;世界上还没有哪一个民族像汉民族一样,会动用巨大的人力和物力把祖先的坟墓修建得豪华舒适——且不说中国历代帝王那些至今让全世界游客瞠目的陵寝。

祖先的坟墓是现实生活中最神圣、最庄严的地方。中国大地上那些风景秀丽的向阳的山坡,长满青草树木和开放着各色花朵的半山腰以及平原上被小溪环绕的草木葱茏的地方,都是祖先们的安息之处。春天来了,中国人会倾家出动,扶老携幼,带着丰盛的食品和精美的纸钱,去与他们的祖先会面。因为营养不良而面色苍白的孩子异常兴奋,因为他们知道,这些平时根本看不到的食品过了不多一会就会成为他们享用的东西。孩子们对春天和煦的风以及温暖的太阳的深刻体会将成为终生记忆。英国传教士麦高温对这样的情景显然既迷惑又陶醉,因为他觉得这是中国人温存本性的一种绝妙的体现:

> 清明时节,山上风景如画,人们沐浴在灿烂的阳光下。山上突兀出的一座造型奇异的悬崖,在这张炫目的画布上留下它们的影子。白云在天空中飘过,将一层淡淡的阴影投在阳光照耀下的山冈上,使其显得更加美丽迷人。被凛冽的寒风吹得枯黄的草地,在春雨的滋润下重新变绿,远处的青山在强烈的阳光的笼罩下,隐约地呈现出暗暗的红色……这如画的风景赋予了散布在山坡上的密密麻麻的墓地以生气和活力。在烈日笼罩下,穿着深蓝色布衫的男男女女略显黯淡,而穿着饰有粉红或紫色暗花白布裙的小女孩儿,则成为连结混杂在阳光中所有阴影的一根银丝。这幅由阳光、浮云和山坡上交织的光与影构成的画面充满了诗情画意,它使人们从这片本

是静寂的、毫无生气的土地上产生了一种罗曼蒂克的感觉。㉖

但是,洋人,包括那些与中国人接触最多的传教士需对洋人很快就知道了,当中国人发现自己的这片风景被打扰了的时候,他们所显露出的表情一点也不"罗曼蒂克"。

义和团的集体行为之一,就是大规模地破坏铁路、矿山和电线杆。原因简单得不能再简单了:这些洋玩意儿随随便便地闯入自己的家园,是这片土地上灾荒、饥饿以及一切不幸事件发生的重要原因之一。"拆铁路,拔线杆,紧急毁坏火轮船。"这是义和团发布的重要战斗口号。"火轮船"上有洋兵护卫,毁坏起来不那么容易,弄不好要付出生命的代价。但是,铁路和电线杆,洋人就看不住了,这些东西几乎就在农民们的地头上。重要的是,这些东西往往穿过了农民们心中不可侵犯的地方——祖先的坟墓。在中国农民的眼里,这是洋人对自己祖先的亵渎。修建这些洋玩意儿的外国工程师在设计图纸时,把地理的、地质的、气候的所有因素都考虑周全了,但是,他们没想到在中国有一个与工程设计没有任何瓜葛的人文问题严重地存在着——直到百年后的今天,任何在中国人祖先坟墓上动土的举动,依旧会被视为惊天动地的大事件,依旧会比设计任何复杂的工程更让设计者焦头烂额。在中国,不要说是修建铁路,即使随便在哪块地里挖一个小土坑,都有可能打扰了某个人的某位祖先。

铁路是什么东西?

它与帝国农民的生活有什么关系?

它凭什么如此横行霸道要穿过村庄的中央?

张三和李四怎么可能让它压过自己家的地?

谁给的洋人轰隆隆地挖我们祖坟的权利?

祖先的尸骨被抛在光天化日之下怎么能不带来灾祸?

保不住祖坟的不肖子孙还有什么脸面活着?

义和团高举着铁锹铁镐,缠着红巾红腰带,唱着歌谣咒语,奋不顾身地向他们的敌人蜂拥而去——他们的敌人是铺展在田野上的两根钢铁的轨道。他们把铁轨的下方挖空,把枕木点燃,然后叮叮当当地敲打起来。帝国都城南面的保定路段、东面的天津路段上,蔓延百里的火光在夜色里如游动的长龙。朝廷不断地接到拳众破坏铁路的电报,铁路的管理方是洋人,因此外国使馆递交的公函更是如同雪片。朝廷派清军前去镇压,但是到了现场才知道,他们的举动等于拎着一桶水企图扑灭一座正在喷发的火山,清军的马队很快就在农民们的嘲笑声中畏惧不前了。突然,朝廷的电报中断了——通往京城上百里路上的电线杆一夜之间全消失了。同时,京郊和津郊的农民们家家都在放鞭炮庆祝房梁上架,他们的房梁上清楚地标有白色油漆写的电线杆编号。朝廷立刻增加打击兵力。但是,大平原上的茫茫夜色掩盖了农民们的踪迹;而且,同是中国人的清军官兵仿佛看见了被激怒的祖先的灵魂在夜色中时隐时现,他们相信祖先一旦愤怒绝对是大祸临头的预兆,于是纷纷下马磕头,请求游荡的灵魂们原谅自己的莽撞。消息传回朝廷,连慈禧听着都有点心慌,她在深宫的私人小庙里燃起香火,倾听祖先的灵魂有什么委屈要诉说。

以后的中国史书中,都把义和团拆毁铁路的举动放在一个重要前提下,那就是"阻止外国联军的进攻",也就是说,义和团的行为是与入侵者作战时的必要行动。可是,历史事实是,当义和团的农民开始大肆拆毁铁路的时候,中国的土地上还没有外国联军的部队——渤海湾上游弋的外国军舰不少,但是舰上的官兵还没有在中国登陆。除了清军在朝廷的严令下偶尔干扰外,农民们向铁路发动的进攻基本上与"阻止外国联军"没有关系。义和团拆毁铁路的目的只有一个:不许洋人的玩意儿侵占自己的土地。

在中国人仍然将祖先留下的牛车骡车作为唯一交通工具的时代,西方的铁路已经成为平民出行时普遍使用的经济快捷的交通工具。

铁路的产生,是世界进入现代化的一个重要标志,它的意义已经超出了一种交通工具的范畴而影响到人类生活观念的转变,它的诞生是集人类非凡的想象力、伟大的创造力和挑战自然的雄心壮志的一个里程碑。在西方修建铁路的历史上,除了北美的印第安人曾经高举长矛向钢铁"怪物"进攻之外,再没有哪一个国家"出产"过攻击铁路的故事。速度、利润、方便、快捷,西方人一度把马力最大、造型最美的火车机车视为宠物,英国人叫它为"红鼻子约翰",美国人叫它为"风骚女郎"。在已经有了汽车赛时,西方居然也有过火车赛,各国不惜万里重洋用轮船把自己生产的机车运到美国的大平原上,让各种型号的机车并排奔跑,美国人在那一天里如同过节。那时,连美国西部的农民都知道,只要把牛羊赶上车厢运到东部,他们就能够换来开发牧场的机械;而最保守的英国农民也明白,只要火车能够通到他们的农场,农场里的水果就能卖出惊人的好价钱。

但是此时的中国,从皇帝到农民,观点惊人的一致:中国不需要这东西。中国的牛车虽然慢,但是很稳;更重要的是,人坐在牛车上的清闲感觉无与伦比。"车辚辚,马萧萧",这是一种悠远的伤感;"青山转,绿水还",这是一种现实的梦境。坐在牛车上面摇晃着,可唱可吟,可醒可睡,可以从容地算计一笔小交易上银两铜钱的得失,也可以触景生情地在冥想中与古老的祖先交流心曲——对于中国人来讲,无论是学者还是农夫,生者与死者之间的交流是片刻不能中断的,因为这是中国人感受到自己忙碌于世间的唯一可靠的证据。

同治二年,即一八六三年冬天,正与太平军打仗的李鸿章,收到上海二十多家洋行老板的联名信,提出要在上海至苏州间修建铁路,洋人们说如果修成这段铁路,清军可以利用它快捷地攻打太平军。李鸿章把这个建议呈报给帝国总理衙门,得到的回答是:"严加拒绝"。原因不详。

第一次看见火车的中国人是幸运的北京人。一八六五年,一个名叫杜兰德的英国人,不知出于什么目的,在北京城外修了一条仅五百米长的窄轨小铁路,并且试行了小火车。谁知汽笛一响,京城人充满了恐惧和惊诧:

> 英人杜兰德于同治乙丑七月,以长可里许之小铁路一条,敷于京师永宁门外之平地,以小汽车驶其上,迅疾如飞,京人诧为妖物。旋经步军统领饬令拆卸,群疑始息。[37]

关于铺设在中国土地上的第一条铁路的记载,见于《清稗类钞》一书,其文珍贵而有趣。"小汽车",其实就是简陋的小型蒸汽机车,其速度绝不会比马车快多少,但在善于想象和夸张的中国人眼里,其速度居然如同妖怪急促飞奔。这个玩具般的东西,惊动了京城的文武百官,直到它被帝国的步军拆毁,中国人才放心地长出了一口气。

同年七月六日的《中外新闻七日录》,报道了广州的洋人准备修建铁路的消息,说"西人欲在羊城造一火轮车路先通至禅山",然后继续往湖北的汉口修建。值得注意的是,这张报纸同时登文向中国人详细讲解了铁路的好处,从文风上看,不像是出自洋人之手,而如果是国人为之,这个国人真是个罕见的有经济头脑并能迅速接受新鲜事物的时髦人物:

> 考火轮车为之有用,快逾奔马,捷胜飞禽,每一点钟可行一百二十里。其务求平稳,不尚疾驰者,亦常行八九十里。若由省抵禅,不过四个番字之久,便可到埠矣。车内上客位,窗明几净,铺设整齐,坐卧行走,皆绰有余地。其由省至禅者,每位约收银七分。次客位宛似火轮船之大舱,亦可坐立,但人数众多,颇形狭隘,其由省至禅者,约收银五分。将来此路告成,不特省垣百货流通,即四乡土产,亦必流畅。盖百物往来,瞬息可至,货脚鲜浩繁之虑,客身无昂贵之虞。且彼埠所无者,即来此埠运去;此埠所缺者,即来彼埠返来。以有易无,交相贸易,日行千里,绝不废时。将见赵璧梁珠,悉罗市肆,南金东箭,尽萃民廛。羊城生意兴隆,可拭目而待矣。㊳

这个连车票的价钱都已公之于众的铁路修建计划,不知道为什么结果还是不了了之,最大的可能是帝国政府没有批准。

又过了两年,即一八六七年,帝国政府终于公开表示:不准洋人修铁路为的是国防安全。帝国的官员们认为,如果让洋人在中国修铁路,洋人会更方便地进入中国——"大有利于彼,大有害于我"——洋人所有关于修建铁路的请求都是别有用心的阴谋诡计!

但是,洋人们一定要修,具体地说,是英国人一定要修铁路。英国是最早侵入中国的外国势力,它有继续扩张的野心和雄心。帝国政府常常忽视洋人到中国来的贸易目的,其实这才是他们最主要的"心思"。当时,除了日本和俄国,英、法、美并没有占领中国领土的"不自量力的野心",因为他们"科学"地认为,世界上谁也不可能占领如此庞大的一个帝国,中国不是太平洋中的一个土著人居住的蛮荒小岛——他们要的是动用一切可能的手段,在中国开展他们掠夺性的贸易活动,这是他们向海外发展的最大动力。修建铁路,最直接的目的,是铺设更迅捷的贸易通道。英国人要在中国干的事,帝国政府已经无法阻止,这就是十九世纪末中国的现状。广州铁路修建计划流产不到一年,上海的吴淞铁路通车了。英国人在给帝国政府的报告中只是说修路,修的是铁路根本没提。当火车终于轰隆隆地在帝国的土地上震动起来时,恼怒的帝国政府开始了对英方的严肃交涉。双方的官员不断地打嘴仗,英国人利用这段时间让铁路彻底完工了。吴淞铁路全线开通之日,铁路公司举行了盛大的庆祝酒会,当然参加的都是英国人。

这是中国人第一次看见真正的火车。

中国的南方和北方对火车的反应居然有很大不同。

南方的中国人看见火车的时候"面带喜色":

> 此处素称僻静,罕见过客,今忽有火车经过,即见烟气直冒,而又见客车六辆,皆载以鲜衣华服之人,乡民有不诧为奇观乎?是以尽皆面对铁路,停工而呆视也。或有老妇扶杖而张口涎望者,或有少年荷锄而痴立者,或有弱女子观之而嬉笑者,至于小孩或惧怯而依于长老前者,仅见数处,则或牵牛惊看似做逃避之状者,然究未有一人不面带喜色也。[39]

但是,即使是南方的中国人,脸上的喜色也没停留多久,因为他们发现自己的土地因为铁路的修建受到了侵害,于是铁路公司成为攻击目标。

帝国的农民要求洋人赔偿的原因是:铁路的修建破坏了他们的祖坟和风水。

祖坟问题,洋人有所耳闻;风水是什么,洋人就不明白了。

没过两个月,火车轧死了一个中国人。史料记载当时的情景是:这个中国人面向铁路行走,火车鸣笛开来,他走下铁路避让。但是,等火车行驶到跟前时,他又重新走入轨道。

中国人立即意识到时机到了。

农民们群起攻之,帝国的官员们这一次也不客气了。上海道冯俊光正因为英国人在修建铁路的事情上戏弄了他而心存仇恨,他终于等到了发泄的时机——官方认可的示威开始了。英国人注意到,示威的中国人中有不少清军士兵。英国人在反复解释"这是正常事故"无效后,被迫停止了铁路的运营。

大清帝国政府立即提出将铁路"收回自办"。

事后,国人议论纷纭:有的说被火车撞死的那个人太迟钝,大概他就是想死了;有的说是官府衙门收买了这个人故意送死,为的是给英方施加压力。不管怎么说,李鸿章的话很有趣:"虽是无聊之极思,实亦两全之妙法。"

帝国政府花了二十八万五千两白银,把这条英国人刚刚建好的铁路买回来。然后,把它拆了。

这之后,在洋人们固执的请求下,加上帝国洋务派官员的努力,中国开始正式修建铁路。光绪元年,即一八八一年,帝国政府允许修建的第一条铁路投入使用,这是一条长十五公里的煤矿铁路,从唐山煤井开到胥各庄。这条铁路有轨道有车厢,但是没有机车,由马拉着车厢在铁轨上行驶。这一年的六月九日,是蒸汽机发明人乔治·史蒂芬斯百岁诞辰纪念日,洋务派官员趁机上奏朝廷,论及蒸汽机车的伟大,帝国政府终于引进了一台机车,命名为"中国洛克"号,中国人自办的铁路上第一次行驶了蒸汽机车。

机车刚行驶几天,朝廷突然命令停止,原因又与祖坟有关。有大臣上奏说,火车运行引起的震动惊扰了皇陵,使皇祖在地下不得安眠。后经过洋人和洋务派官员的反复解释,朝廷才勉强允许机车继续运行。

一八八八年,大沽至天津的铁路通车。

至甲午时,中国土地上的铁路里程共计六百余里。

这六百余里的铁路,每一里的修建都伴随着农民们的激烈反抗。

而洋人带进中国的电报和电话所需要的电线,与铁路一样也遭到了帝国农民关于祖先和风水问题的困扰。一八七九年,出于军事上的考虑,帝国在天津至大沽、烟台之间架设电报线路。一八八一年,天津至上海间的电报线开通。电报的开通令中国人关于"距离"的概念为之一变:就在电报线开通的第二年,北京顺天府考试录取结果经电报传至上海,在科举考试之后的二十四小时内,录取名单就出现在了上海的报纸上,这让中国人感到生活真的是变了。一八八三年,天津至北京的电报线开通。从此,紧急军情、朝廷圣旨、官方通报以及重要商情都可以通过电报传送。但是,架设电报线,就需要埋设电线杆,帝国的农民

们坚决反对把这样的杆子埋在自己的地头上,说是洋人破坏了他们的风水。为此,当地官员给朝廷上了个奏折:

> 据乡民联络呈称,外国人擅立木柱后,近日百姓竟有无故暴死者,众情汹汹,禀求照会外国领事,饬令该外国商人偿命。㊵

洋人架起电线杆的时候,村里正好死了一个人,农民们觉得这就是不可置疑的证据:架设电线杆与人的生死是有关系的。

风水问题还涉及矿山的开采。

洋人要开采矿石,无一例外地受到当地农民的驱赶甚至对抗,而农民的对抗与政府官员的指使有极大的关系。中国丰富的矿藏引起洋人的垂涎,洋人在中国逐渐建立的工业也需要大量的矿产。然而,他们在中国采矿受到阻止的原因,仔细翻看史料满篇皆是风水问题。帝国的总理衙门对洋人请求在烟台开办金矿的批复是:不准,有碍民间风水。

什么是风水?

总是得不到开矿许可的洋人痛苦万分。走投无路之时,他们想出了一个办法:在报纸上公开征集稿件,请"高明的中国人"来稿讨论风水问题。洋人说,如果一个月内,中国人还不能把什么是风水说明白,以后就可以闭嘴了——"切勿再言风水二字矣。"洋人在报纸上征集稿件时所附的文章,可谓天下奇文。这个懂点中文的外国主笔"之乎者也"居然用得八九不离十。这样的文章登在中国本土发行的报纸上,"我等外国人"真有点欺汹汹大清帝国无人了:

> 风水二字,屡屡言之,我等外国人不识风水二字为何意。况我外国人常于新报刊录水汽、火气、力学等等,但未知风水之学。我等外国人讲求学问,岂敢自足,如风水二字实有明证,务请中国名臣博学贤士大人,将风水二字分剖明白,指以实实真据,我等外国人断无有不佩服者。若以虚假之辞欺惑于人,休怪我等外国人非但无所佩服,且觉偌大文礼之邦贻笑于海外也。外国人所云各学,如中国人不信,外国人可指真真凭据,请为明证。现今各国公使、各口领事并外国博学等人,风水二字,闻之厌烦。倘中国人能以风水二字实据指明,外国

人亦当洗耳领教,而外国人不耻下问,幸中国人高明指教。㊶

泱泱帝国真是有人才,居然"士民投稿踊跃",截稿日期已过来稿依旧源源不断。中国人的说法各异:有坚持风水说的;有支持西人开矿的;还有一大批中间派,他们主张洋人应该理解中国;还有人主张这个问题不需要讨论,中国人就是中国人,外国人就是外国人,根本谈不到一个"壶"里:"我中国以十八省为天下,余皆外夷也。有风水之理者为华人,无风水之事者为夷人,华夷分别在此耳。"㊷有个署名"四明筠庄氏"的中国人士,"傲对洋人"奋笔疾书,说风水是中国传统文化的一部分,"夷人"无法理解是预料之中的事。"夷人"不赡养父母,不崇拜祖先,一个姓氏竟能够结婚,妇女居然可以管丈夫,如此等等,怎有脸面和资格谈论深奥的风水之说!最后,究竟什么是风水,这位大人是这样论述的:

风水一事,倏关甚重。堪舆家参伍错综,莫不从《周易》中析义得来……盖土有美瘠,山有秀硗,来龙服脉,随地相引。若无风水,何以斯山产金,斯山出玉,南方人物竞秀,北方禀质伟玫?固山灵之钟毓使然,遽可肆言以塞众口哉!㊸

如此绕了半天,不要说洋人,就是中国人也未必明白。

洋人反驳道:如果矿产的发现是靠风水,那么我们西方国家已经发现和挖掘那么多的矿产,难道是我们更懂得风水不成?

只有一个中国人,文章写得实事求是一些。他说,所谓风水,"不经之言,不足信也"。衙门官府竟以风水之说阻止矿业,实在有些荒谬。什么是中国的风水,指的就是阳间的屋子和阴间的坟墓:"风水之说,大端有二:曰阳宅,曰阴宅。阳宅则居屋是也,阴宅则坟墓是也。"㊹

原来如此简单。

自然万物是有生命的,这是世界上几乎所有民族都拥有的观念。中国人与西方人不同的是:在西方人看来,自然的精灵是一群快乐美丽的年轻生命,它们在森林的空地上和山涧的溪流边跳舞唱歌,皎洁的月光照射着它们的笑容。而在中国人心里,自然神灵是一个老者,灰色的胡须,细密的皱纹,德高望重地俯视着人间的一切。这个老者要么是祖先的化身,要么是祖先灵魂的化身,他的身上集合着中国人企图观察客观世界和改变自己命运的种种传说。除了这个老者之外,自然界中还有许多魔鬼,这些邪恶的东西徘徊在山间,伺机伤害人类。慈悲的祖先与邪恶的魔鬼时时对抗着,冥冥中的力量支配着人间的命运,或者带来灾祸或者带来丰收。而活着的人是否有福气,取决于他对祖先灵魂的景仰程度和虔诚程度。

许多中国人认为,阴间的鬼怪不知悄悄地潜伏在何处,人一不小心就会掉进它的陷阱。识破陷阱需要专门的知识,为此中国产生了一批专业从事"风水"的人。他们不但可以听到祖先灵魂的某些告诫,识破邪恶力量的某些阴谋,并且还具有"扭转乾坤"的本领。一个村庄流行疾病,可能就是因为风水不好,如果根据风水先生的指点在村头挖一个大坑,就可以使村庄里的人病体康复。一座住宅里发生了凶杀案,风水先生立刻指出其原因所在:住宅大门的朝向不对。于是,把这个大门封上,在另外一个方向重新开一个大门,这座住宅的"邪气"就被"破"了。洋人注意到这样一个现状:中国农村的房屋几乎都是一个样式,几乎都是一般高。经过询问才知道,高的房屋会给低的房屋带来风水上的影响,如果谁在盖房的时候考虑不周,很可能招致麻烦甚至官司。

十九世纪末,中国人纷纷指责洋人破坏了风水,可一件令人哭笑不得的事情还是发生了:一个贫苦农民请求义和团帮助他拆毁破坏了他家"风水"的东西——一条正好从他家屋顶上通过的电线。义和团们正要动手,这个农民的妻子生产了,并且一胎生下两个男孩!于是,这个农民立即阻止了拆毁电线的行动,理由很简单:多年来他一直没有得到一个男孩,这全是风水不好的缘故,现在这条电线的通过也许改变了他家原来不好的风水。更奇特的是,他的幸运引起了其他农民的羡慕,讲究实际的帝国农民停止了拆卸电线的"工作",纷纷请求负责施工的外国工程师把电线架在自己家的房顶上。

中国人相信:风水是一种与现实生命有着密切关联的力量,是一种与死者有着令人慑服的深远联系的力量。坟墓是祖先灵魂的住所,而坟墓和风水共存,那么风水和祖先的灵魂应该是一回事。既然生活中经常发生没有超自然力量的介入就无法解释的事情,日子过得痛苦不堪的农民只有相信风水这种根本不存在的"力量"了。

还在洋人征稿讨论中国风水问题的时候,有个山东籍的中国人于这一年九月的《上海新报》上发表文章,对这样的讨论感到十分不解,他显然是个曾经出过国门有些见识的人:

> 现在各外国太平,百姓兴旺,足食、足衣、足用,精究天文地理等学,开发各矿,造成铁路、火轮车船、千里电报、火轮机杼,种种有名器具,皆用水、用火、用电以代人力。而且饮食一年精细一年,衣服一年华丽一年,器用一年便宜一年,屋宇一年高敞一年,人则一年快活一年。惟华人拘守旧辙,不能翻新,山珍海宝置于无用,所有一切机巧器用,千百年来未有新出,而天文地理等学更未有突过前人者……按中国诸业俱无努力前进之意,质之天心,宜乎不宜?㊺

百年前的质问振聋发聩。

义和团的农民虔诚地认为,他们正在做的一切,就是为了扭转令人极度失望的生活状况,就是为了妻儿老小不再饥饿哭号,就是为了祖先不再为他们的无能和懦弱感到羞愧,就是为了在呐喊和流血中释放压抑了无数代的勇气和力量。

然而,什么时候,中国人才能真正地"一年快活一年"?

"这是瓜分中国的开始"

袁世凯接到"署山东巡抚"的谕旨时,心情极其复杂。

在这道谕旨的后面,还有一个特别的"嘉奖":赏在西苑门骑马。

对在外省任职的官员来讲,这绝对是极大的喜讯。一省巡抚,二品大员,帝国的封疆大臣,这个官职所能带来的荣耀、权力、财富以及所有能想到和想不到的好处,会令盼望任命和升迁的各级官员梦寐以求。野史和民间都议论说,袁世凯因为在戊戌年间把康有为们的"革命"计划告诉了慈禧而得到重用。其实,从戊戌到如今的一年间,袁世凯一直在天津小站训练新军,不但没有任何升官发财的迹象,就连北京也没有再进过一次。这个任命似乎预示着袁世凯的时来运转。但是,即使已经坐在巡抚的官轿里前呼后拥地上任的时候,袁世凯心里也并不踏实,他就是无论如何也高兴不起来。

朝廷谕旨的全文是:命毓贤来京陛见,以袁世凯署山东巡抚。

谕旨的措辞是微妙的。

毓贤被解除山东巡抚的原因众所周知:因为镇压义和团不力。其实,毓贤对造反农民的态度十分明确:不是镇压不力,而是怂恿和支持。这一点在朝廷训斥毓贤的谕旨中可以看出:"巡抚毓贤固执己见,以为与教民为难者即系良民,意存偏袒,命即查明各种会匪名目,言行禁止,以靖地方。"㊻朝廷的意思很明白,义和团是"匪",要坚决予以镇压;而解除毓贤的职务,就是因为他对义和团"意存偏袒",引起了洋人一次比一次严厉的抗议,山东的局势也越演越乱。在这种情况下,处分巡抚毓贤是顺理成章的事,这一点没人会感到奇怪。奇怪的是,虽然被解除了职务,但并没有见到朝廷下达关于如何处置毓贤的谕旨,见到的只是"命毓贤来京陛见"这句话。袁世凯在帝国官场上混了多年,对"来京陛见"这样的措辞再清楚不过了:对于外省官员来讲,这该是披红戴花敲锣打鼓的事——这是当面向朝廷"汇报工作"的意思——毫无例外地,"来京陛见"的官员必将另外受到特别重用。那么,对于义和团的造反农民,是应该采取坚决镇压的策略,还是应该走毓贤的老路?朝廷对义和团到底是什么态度?具体地说,慈禧老佛爷到底想在义和团这个问题上做什么文章?

这个问题即使是一念之差,也关系到袁世凯今后的荣衰。

一向被帝国的官员们认为——并且他自己也是这么认为的——脖子上长了个狡猾脑袋瓜子的官场老手袁世凯现在糊涂了。

而且,在任命他为山东巡抚时,前面还多了个"署"字,在大清帝国的官方语言中,这是"代理"的意思。也就是说,这还不是正式任命,封疆大臣能不能做,还得看他在山东的表现。具体地说,要看他在对待义和团这个目前朝廷最棘手的问题上的表现。

袁世凯率领的是一支装备着西洋枪炮,人数达七千人的精良的部队。因为弄不清楚朝廷的意思,这支队伍跟在他的身后缓慢地行军。袁世凯是在等待进一步的指示。果然,朝廷的谕旨连续到达。但是,看了谕旨的袁世凯更加糊涂了。

谕旨一:"山东民教失和,命袁世凯持平办理。"⁴⁷——"持平"是什么意思?平均着镇压,各打五十大板?

谕旨二:"以拳民聚众滋事,命袁世凯总以弭患未然为第一要义。如始终抗拒,即须示以兵威,亦应核查案情,分别办理,不可一意剿击,致令铤而走险,激成大祸。"⁴⁸——既要"示以兵威",又"不可一意剿击",还要"分别办理",怎么可能同时做到呢?

谕旨三:"山东民心未定,命袁世凯不可一味操切,以致激成巨祸。"⁴⁹——"不可一味操切",是不是说,等一等看一看呢?"民心未定",是不是说义和团是"我"是"敌"还没有最后确定?

大清帝国政府在对待义和团的问题上表现出来的优柔寡断、前后矛盾以及延续到一九〇一年的出尔反尔,逼真得如同那个名为慈禧的老女人的性格,这无异于把一个巨大国家的政治命运当成了自家后院里的妯娌吵架、婆媳不和。而谁都无法预料的悲惨结局最终还是要降落在义和团身上,降落在那些待在家里活不下去、出来闯荡同样活不了多久的农民身上。

袁世凯还没到达山东境内,就接到了探子的报告。那个支持义和团造反并且亲自下令杀外国传教士和中国教民的前巡抚毓贤,正奔走于北京的各个王府之间,到处表演义和团的"神功",据说他当众生吞了两条活鱼,并且说义和团的法术比这个厉害多了——不知道能够把活鱼吞到肚子里去,与义和团御敌打仗之间有什么技术上的逻辑关系,反正毓贤不但受到皇亲王公们的款待,而且还得到一份极其特殊的、无上荣耀的赏赐:一幅慈禧老佛爷亲手书写的"福"字。

因为这个赏赐,美国公使康格向帝国政府提出了强烈抗议。

当二十世纪就要到来的时候,中国人的思维却进入了千百年来从未有过的混乱时期,以至于整个国家的历史在那段日子里每一天都显得扑朔迷离。

对于农民的造反,帝国政府要强硬镇压是有其必然理由的。因为距离义和团最近的一次大规模农民造反是太平天国,而太平军的农民们给大清帝国带来的动荡和威胁,其阴影至今还没有完全消散。当山东的农民打起义和团旗帜的时候,帝国的掌权者至少看见了这样一个共同点,那就是农民造反的"神灵"背景。而中国历史上任何一次改朝换代的农民运动,无一例外地都有这样一个背景,这个背景的含义具有无法想象的鼓动力量。义和团的北方农民与太平军的南方农民不同的是,前者憎恨上帝,后者热爱上帝。不管热爱还是憎恨,帝国的统治者明白,被绝望的生活现状逼上梁山的农民无论高喊的是什么口号、攻击的是什么目标,其目的只有一个,那就是把现实生活的所有方面全都打它个稀巴烂,如果顺便能够把当权的朝廷也打垮了当然就更妙了——这就是"巨祸"的含义。

所以,在一九〇〇年一月以前,大清朝廷发出的涉及义和团事件的谕旨,口径是一致的:镇压。

但是,一九〇〇年一月,帝国的京城内发生了一个微妙事件:慈禧企图废黜光绪皇帝。

与此同时,帝国的京城内还发生了另一个微妙事件:洋人坚决反对慈禧废黜光绪皇帝。

而这两件事发生的前因是:在那个短暂的春天里,这个古老的帝国第一次出现了变革维新的声音。

于是,一个将使帝国遭遇重创的"借刀杀人"的政治手腕悄悄地在慈禧的心中形成了:不管义和团的农民们造反的目的是什么,至少他们攻击的目标是慈禧眼前非常需要也非常愿意看到的,那就是洋人!

后来的史书中有这样的话:那时,义和团的力量,已经是腐败的清政府不可抗拒的了。这完全是国人百年之后的想当然。把几乎占领了整个南方的太平军都镇压下去的帝国政府,如果他决心对付几个散漫的北方农民团伙,完全可以"一纸严诏即可消弭",帝国的军队打不过洋人是事实,但还完全不至于连农民的造反都解决不了。农民有头,政府有刀,钢刀下去,贱民尸横,帝国的军队一天之内杀数村老幼、半城平民的事情不绝史册。但是,如果支持这伙把矛头对准洋人的农民,不要说在政治上绝对是一种冒险,就是那些洋人也不是好得罪的——一八四〇年以来,中国在洋枪洋炮的威逼下所经历的每一次屈辱,无不让朝廷只要想及便会战战兢兢。

这就是在中国几千年的历史中,面对大规模的农民造反,统治者第一次在"剿"与"抚"之间犹豫不定的根本原因。

于是,大清帝国政府陷入了一个极其矛盾的旋涡中。

一九〇〇年一月十二日,山东与河北凡是有教堂、教民的村庄,均成为一片火海。帝国政府发布紧急上谕,表明对义和团问题的立场:

> 近来各省盗风日炽,教案迭出,言者多指为会匪,请严拿惩办。因念会亦有别,彼不逞之徒,结党联盟,恃众滋事,固然属法所难宥。若安分良民,或习技艺以自卫身家,或联村众以互保闾里,是乃守望相助之义。地方官遇案不加分别,误听谣言,概目为会匪,株连滥杀,以致良莠不分,民心惶惑,是直添薪止沸,为渊驱鱼。㊾

这是帝国政府第一次承认义和团是"合法组织":"办理此等案件,只问其为匪与否,肇衅与否,不论其会不会,教不教。"也就是说,只要不是土匪,统统就是良民。这个正式表态的一反常态令人吃惊。因为在帝国以前漫长的统治史上,"禁止结社"是无论哪朝哪代都严格执行的。结社就是谋反,这是铁一般的逻辑。不要说是一个已经公开烧杀的结社团体,就是仅仅听到一点谁要结社的风声,帝国的各级衙门都会立即四处侦探,大肆捕捉,用不着朝廷特殊的谕旨也定会斩草除根以为后快。但是,这一次,朝廷不管"会不会,教不教"了,千百年来的统治突然例外了。

这道上谕发布的时间,是形成它的内容的关键。

此时,那个试图变法强国的光绪皇帝的皇位,由于京城里洋人的反对甚至是威胁,一直没有按照慈禧的心意予以废黜,事情仅仅进展到立了一个小孩当皇储,就进行不下去了。而在慈禧的周围,以这个小孩的父亲端郡王为代表的排外势力已经形成规模。

一月二十三日,鉴于许多外国传教士被义和团的农民捕杀,京城内的美、英、法、德四国公使聚集在一起讨论十分紧急的局势。会议最后决定,向大清帝国政府发出联合照会,要求朝廷发布一道上谕,宣布镇压两个反对外国人的秘密结社,即义和团和大刀会。实际上,在山东与河北的交界处,这两个秘密组织早就集合在一起以义和团的名义公开活动了。

风声鹤唳,草木皆兵。

面对洋人的照会,距离那个"不论其会不会,教不教"的上谕发布不到两个星期,帝国政府又发布了这样一道上谕:"各地严厉查禁义和拳。"显然,这道上谕是被迫发布的,是给洋人看的一种姿态。

可是,新任山东巡抚袁世凯落实这条上谕的速度很快。

七千洋枪洋炮的官兵立即出动,开始大规模镇压义和团。袁世凯本来就是一个主张对义和团坚决镇压的官员。对于朝廷的上谕,他有他的抗辩:义和团"每于数百里外劫取财物,不得谓之保护身家。焚毁掳赎,抗官拒兵,不得谓之非作奸犯科。掠害平民,骚扰地方,不得谓之为专仇洋教"。袁世凯认为,什么"保护身家"和"仇恨洋教",统统是幌子,义和团的农民们纯粹就是造反,"如此下去,必酿巨祸"。作为一个帝国军人,在对待造反农民这个问题上,袁世凯比朝廷有着更为清醒的政治判断。现在,既然有了"严厉查禁义和拳"的上谕,他就毫不迟疑地动手了。农民们的法术根本不是洋枪洋炮的对手,没过一个月,袁世凯就把山东境内的义和团肃清了。在袁世凯的部下中,有在帝制消亡之后依旧"风光"过的著名人物,如张勋和曹锟,尤其是在民国时期企图"复辟"的"辫子军"统帅张勋,有一天之内杀掉拳匪五百人而受到袁世凯重赏的记录。不是朝廷反复强调,义和团有"良莠之分"么,袁世凯宣布他杀的那些不是"真义和团"而是"伪义和团"。袁世凯知道,无论是谁,都没有办法甄别一个绝望的农民"举事"的动机到底是"伪"还是"真"。

袁世凯,这个帝国的省级大员,竟然在这个非常时期,在这个非常问题上,如此与朝廷的意思相违背,至今仍是没有明确答案的历史疑团。唯一值得深思的是:袁世凯肯定受到或者得到了帝国南方各省大员的支持。受到近代商业和文化影响的帝国南方大员,是一个极其特殊的群体,两湖总督张之洞、两江总督刘坤一、两广总督李鸿章,他们在一九〇一年的观点和动作,是中国近代史上极其有趣的现象之一。

但是,袁世凯仅仅肃清了他的地面上的义和团,至于那些造反的农民在他的驱赶下跑到什么地方去了,他装做不知道。义和团的农民们从山东进入直隶,山东与河北的义和团聚集到一起,造反的规模和力量反而更大了——老佛爷舍不得剿的义和团不但依旧存在,洋人总拿山东"治安"问题向老佛爷发难的危机又被袁大人解决了,袁世凯两面都可以自圆其说。至于把义和团赶到了直隶,而直隶是包括天津与北京在内的省份,帝国北方的门户和皇家的都城也许会受到更直接的威胁,这一点袁大人可就管不着了——这就是中国近代史上能够在帝制灭亡之后直到民国时期依旧高官照坐、骏马照骑的袁世凯。

直隶总督裕禄,满族贵族,一个典型的软弱平庸的大员。他原来和袁世凯一样,对义和团持坚决的镇压态度,曾命令驻守在天津附近的聂士成部追杀了不少拳匪。但是,他的政治经验比起袁世凯来相距太远,以至于他最终的结局竟是几个月后在一个肮脏的马圈里用手枪自杀了。裕禄是旗人,自认为对帝国政府对义和团的态度比袁世凯这个汉人揣摩得更加透彻,他敏锐地感觉到了慈禧有支持义和团的意向,于是立即决定改变策略:不是不管,也不能真管;不是不剿,也不能真剿。拿他的话讲就是"剿抚并用"。后来的中国仍可以听到类似的一个名词:不作为。可是,作为一名防务大员,这样的策略实际上就是纵容。而且裕禄一旦纵容,就到了这样的程度:直隶总督衙门居然成了义和团大师兄的"天下第一坛",三万之众的义和团整天在衙门里演练刀枪不入。为了进一步试探慈禧的意思,裕禄拨二十万两银子给义和团当"军费",邀请义和团进入天津。结果,慈禧在他之后又追加了十万两。裕禄马上觉得自己押宝押对了,干脆一不做二不休,封义和团的大师兄为一品衔、坐一品官的绿呢轿子,再把直隶总督府的军需仓库打开任义和团的农民们取用。

天津城乱了。

帝国的官员可以支持,但是洋人要行动了。

三月十日,京城内的美、英、法、德、意五国公使召开了第二次会议。会议最后发表了一份声明:如果大清帝国政府不明确表态镇压义和团,各国就要进行联合海军示威。

这时候,义和团在河北境内的活动达到高潮。

四月六日,英、美、法、德公使再次发表联合照会,限令清廷两个月内剿灭义和团,否则各国将"代为剿平"。这是一个企图对中国内政进行武装干涉的明确信号,然而清廷没有或是不愿意清醒地认识这个信号的确切含义。

一个星期后,俄、法、英、美等国的军舰在天津大沽口外的海面上举

1901

行了示威。

五月十二日,直隶首府保定附近的一个村庄里,发生了一次剧烈的民教冲突。这个村的村民要请戏班子来唱戏,戏台没有按照通常的习惯搭在神庙前,而是搭在了一户教民家的门口。唱戏开始前,村民把神像从神庙中请出来,放在了这户教民家的台阶上。教民们因为感觉受到侮辱把神像踢了。不信教的村民立刻就把村里的教堂砸了。官司打到保定府,在外国主教的威胁下,官府判决村民不但要赔偿教会二百五十两银子,还要摆酒席宴请教民和主教,而且在宴席上要向主教和教民磕头认罪。怒火万丈的村民立即作出决定:花大价钱请义和团的拳师。在村头拳坛的香烟缭绕了整整十天之后,村民和义和团一起动手了:十二日夜晚,这个村的三十户教民家遭到彻底洗劫,三十户人家的男女老幼全部被杀。

北京。深夜。

西什库教堂内一间房屋里的灯光彻夜未熄,一个名叫法维埃的法国主教正在伏案写信。信是写给法国公使的:

> 局势已经日益变得严重和危险。在保定府,七十多个基督教徒被屠杀,其他三名新入教者被乱刀砍死……北京四周已经受到包围,拳众日渐逼近京城。宗教迫害只是个烟幕,义和团的目的是消灭所有的外国人,这个目的已经清楚地写在了他们的大旗上。义和团的同盟军正在北京等待他们。以袭击教堂开始,而以袭击使馆告终。甚至,袭击这里的我们的日期已经确定。我们已经处于一八七〇年天津惨案前夕同样的险境。在这种情况下,公使先生,我认为我有责任要求您给我们至少派遣四五十名水兵来,以保护我们和我们所有的东西。过去在不很紧急的情况下,也曾经这样做过。我相信,我们谦恭的请求,您将惠允考虑。[51]

这是一封在中国近代史上十分著名的信件。它的著名之处在于,这是义和团运动期间,从外国人的口中第一次说出"派遣军队保护"。这位法国主教当时并没有想到,他的这封信不但引发了大清帝国的一场灾难,而且几乎影响了这个东方帝国的历史进程。

法维埃,中文名字樊国梁,一八六二年二十五岁时来到中国,至他写信的时候,已经在中国生活了近四十年。他身材高大,说一口地道的京腔汉语,穿一身中国式的长衫,脑袋后面和大清臣民一样留着条辫子。他不但是外国在华人员里的元老级人物,而且还是受到中国皇帝钦定任命的"官员"。同治、光绪两朝,皇帝都很器重他,身为一个外国传教士,中国皇帝居然颁发上谕授予他二品顶戴,级别相当于巡抚、总督,其在中国的资历和地位可想而知。在中国居住的漫长经历和在帝国权力阶层中的特殊地位,使樊国梁完全能够了解中国的风土人情、礼仪习俗、民族性格以及官场作风,因此,帝国北方农民的骚动以及随后义和团的兴起引起了他的高度警觉,他在中国多年积累的政治经验已经使他嗅到了一股血腥的味道。眼前,他担心的不仅是他居住的这间教堂的安危,而是在中国的所有外国人的命运。令人惊异的是,他不但把义和团的实质看得十分透彻,而且对不久之后进入北京的义和团"以袭击教堂开始,而以袭击使馆告终"的行为,竟然也预测得准确无误。

帝国政府对他的臣民的了解远不如法国人樊国梁。

樊国梁主教的信犹如一份号召书被各国公使传阅。

五月二十日下午,各国公使召开了第四次会议,参加国已经扩大到英、法、美、德、俄、日、意、奥、西、葡、比十一个国家。会议由西班牙公使葛络甘主持。葛络甘首先宣读了樊国梁主教的信,尽管每一位公使都已读过,但是再宣读一遍是必要的,可以加强会议的沉重氛围。法国公使毕盛确定了这封信的可信程度,说樊国梁在中国居住了近四十年,他的分析应该具有权威性,而且就目前的局势看,洋人在中国将要面对的危险怎么估计都不过分。

暂短的沉默后,德国公使突然表态:仅派遣使馆卫队,不足以给中国施压,要派军队登陆,为保护外国人的安全进入北京。

俄国公使立即附和:完全同意。

其他国家的公使沉默。

翻开帝国主义入侵中国的历史就可以知道,每一次入侵最大的困难不是武力不够而是借口难寻。西方列强最后找到的借口,都是无法载入正式外交文件的不成其为事件的"事件"——在这个世界上,作为

1901

一个大国,中国实在是太"规矩"了,它既没有武装进入他国开辟势力范围,又没有在海外挑起过"像样"的国际纠纷,更没有占领过一寸别人的土地挂上自己的国旗——外国军队要武装挑衅和入侵这个古老的东方帝国,说得过去的"适当的"理由实在是太少了。

现在机会来了。

可以肯定地说,在座的每一位公使,无一例外地都与他们的政府就这个问题研究过了。面对中国农民突然发难这一严重的现实,对于列强们来讲,虽然传教士和经商的外国人的生命可能有点损失,但是这种局面绝对是令各国兴奋不已的,因为在事态扩大的时候便可以理直气壮地进行武装干涉,这种打算在帝国主义们的心里已经盘算许久了。

德国人几年前就在中国的胶州湾登陆了。所以对于德国人来讲,军队不用派遣,它已经在中国的山东存在了。俄国,是对中国有强烈领土野心的国家。如果武装干涉,俄国也不存派遣问题,它的军队可以直接从陆路接壤的地方走进中国领土。况且,俄国从国内调集的兵力已经运送到了中国的旅顺口。法国人也有准备。法国公使两个月前已向国内发出了请求调兵的电报。其他各国却没有这么"方便"了。派遣军队来中国是需要时间的,所以,他们不能现在就迎合德国人的建议,因为这样他们就会在"进入"中国的步调上落后于德国和俄国,这是很吃亏的事情——他们不是不同意德国人的建议,他们需要的是往后拖延一下时间。

于是,英国公使窦纳乐建议"诸位沉着应变,不要操之过急"。

美国人立即表示赞同窦纳乐的建议。

其他各国公使随声附和。

最后,在法国公使的建议下,各国公使达成了一致:给大清帝国政府提出联合照会,限定五天之内给予满意的答复,不然各国将再次举行军舰示威——如此蛮横的、命令式的口气,令人不敢相信这是国与国之间的外交照会,而像是外国公使代替一个主权国家制定的"戡乱法":

一、凡参与拳会操练,或在街头制造骚乱,或继续张贴、印刷、散发威胁外国人之揭帖者,均予逮捕。

二、义和拳集会之庙宇或场所的所有人和监护人,均予逮捕;凡与义和拳共同策划犯罪活动者,均作义和拳论处。

三、凡负有责任镇压措施之官员,犯有玩忽职守或纵容暴徒之罪行者,均予惩罚。

四、凡企图放火、谋财害命之首恶,均予处决。

五、凡在目前骚乱中帮助及指点义和拳者,均予处决。

六、在北京、直隶及北方其他各省公布这些措施,以便人人知晓。㊾

没有照会给大清帝国的,是各国公使还达成了另外一个一致:迅速做好武装登陆的准备。

五天之内,这意味着帝国政府答复的最后期限是二十五日。

接到照会后,惊慌失措的帝国政府发布了一系列镇压义和团的公告,包括以步军统领、监察院和顺天府衙门的名义联合发布的维护京城安全的《禁拳章程》和《告示》:"严格禁止练拳",并派武卫军"武装弹压"。

到这时为止,不管帝国政府是不是真的要镇压义和团,局势已经到了为时已晚的程度。

照会规定的最后期限一到,二十六日,京城内的各国公使召开了第五次会议。会议明确了各国出兵干涉中国义和团事件的决定,并且派出两名代表为此直接与帝国总理衙门当面交涉。

二十八日,令洋人更加不安的消息传来了:义和团不但烧毁了丰台车站,津京铁路也被破坏了。在相当长的时期内,距离帝国都城最近的天津港,一直被洋人视为得意时进入和危急时撤离的重要地点,京津铁路一旦中断,意味着各国驻京使馆人员的后路已被断绝——外国公使们已经被仇恨他们的帝国农民包围了。

这一天,帝国政府经过反复斟酌,再次起草了严厉镇压义和团的《公告》。《公告》的草稿被交到外国公使们面前,负责接待的法国公使毕盛把这份草稿扔在了一边。当天晚上,帝国政府收到了一份照会,其实这是一份"命令",内容是:奥、英、法、德、意、日、俄、美等国使节已决定调集特遣部队来京,并要求大清帝国提供运输便利。

帝国政府立即表示不同意各国向北京派遣军队。

可是,无论帝国政府怎样声明、警告,各国公使一概不予理睬了。

三十日,大沽口海面上,洋人的十二艘军舰冒着滚滚浓烟开始向天津港驶进。它们是:日本军舰"爱宕"号,英国军舰"阿尔及灵"号、"奥兰度"号,俄国军舰"朝鲜人"号、"德米特里·顿斯柯依"号、"大西索"号、"纳瓦林"号以及鱼雷艇两艘,美国军舰"纽瓦克"号,法国军舰"笛卡儿"号,意大利军舰"爱巴尔"号。外国军舰没有受到任何抵抗,大清帝国甚至连抵抗的姿态都没有,尽管中国的海岸线上布满了坚固的炮台、从外国进口的质量优良的大炮以及大量的守军。

当晚,各国军舰上的海军陆战队官兵在天津港登上中国领土。

外国军队已经在天津登陆,各国公使才向清廷宣布:无论帝国政府准许不准许,各国军队进入北京的现实不可更改。帝国政府如能"善意地"答应,那么联军只驻留到不再有危险的时候为止;如果帝国政府反对,后果就很难预料了。最后,各国公使勒令帝国政府必须当晚将外国军队将要进入北京的决定通知直隶总督裕禄——外国军队有选择前进方式的权利,向直隶总督通报是以免发生"不愉快"的事件。因为洋人已经知道,虽然裕禄没有下达阻击外国军队的命令,但是这个负责京津地区安全的最高军政长官,却给他的部队下达了一个颇有"幽默"感的命令:禁止外国军队乘坐火车。

第二天,初夏以来一个十分闷热的早晨,帝国总理衙门答复各国公使:把原来反对外国派遣军队进入北京的决定改为"同意"。但是,要求各国来京保护使馆的兵力每个国家不得超过三十人。

同一天,直隶总督裕禄接到帝国总理衙门的指令:允许外国军队乘坐火车。同时,将阻止外国军队进入北京的义和团和同情义和团的清军正规部队从铁路线两侧调离以防冲突。

然而,即便是帝国政府如此屈辱的答复,也已经形同一张废纸。

外国公使们自己定了一个"限额":每个国家第一批进入京城的兵力以七十五人为限。

夕阳已坠,天色未暗,漫天残霞。

三十日傍晚,外国军队自天津登上了开往北京的火车。

在这个世界上,自各国互相派驻使馆之日起,就有一条各国都要严格遵守的规定:使馆的保卫由所驻国负责,进驻国不得以确保使馆安全的名义或者其他任何借口向所驻国派遣一兵一卒。向一个国家派遣武装力量——除非受到邀请——任何这样的举动,哪怕是一个暗示,都是对这个国家最严重的挑衅和侵略。

这是涉及主权尊严和国家安全的问题。

这是国际关系中的国际法准则。

堂而皇之的国际法,在中国的国土上却成了例外,仿佛中国根本不是一个国家,而是一个谁都可以来"维持秩序"的公共场所。

各国公使开列给帝国政府的人员名单和武器清单是:英国军官三名,士兵七十二名;美国军官七名,士兵五十六名;日本军官两名,士兵二十四名;法国军官三名,士兵七十二名;俄国军官四名,士兵七十一名。各国官兵携带常规武器和弹药。另:英军携带"努登费尔"机枪一挺,美军携带"柯尔特"机枪一挺,意大利军携带一磅炮一门。

德国驻华公使克林德,这个在中国近代史上十分"著名"的洋人——一座曾以他的名字命名的巨大汉白玉牌坊,至今竖立在天安门广场旁边的一个公园里——此时,他并不知道距离自己的死期已经不足一个月了。在得知各国军队已经向北京进发的时候,克林德显得格外兴奋。他说:"先生们,这是瓜分中国的开始!"

混乱的局势

六月一日清晨,各国军队到达北京。

这支军装样式和颜色各不相同的外国联军以及他们携带的洋武器一进北京,立即引起京城百姓的围观和议论。这是一个人心惶惶的时刻,各种传闻像晨雾一样四处飘散。京城无论是城郊还是城内,已经出现一些混乱的征兆。围观的中国人惊奇、冷漠、惊慌、茫然,各种表情在一片灰黄色的脸上变换不定。人群里突然响起一声呼哨,如同义和团农民们的一种信号,中国百姓和外国官兵一起不安起来。

各国官兵到达东交民巷,使馆区内的公使、公使夫人、孩子和所有的外国工作人员都欢呼起来。然而,洋人没能高兴多久,新的恐惧又来了——如果他们要想活下去,这些军队根本不够,因为这时的京城四周已是"山河一片红"了。

所有激动的青壮年农民,都称自己是"无敌神拳",都称自己要"扶清灭洋",各种类似义和团的团教如同雨后春笋蓬勃而出。当官军遵照朝廷的上谕从铁路边调离时,一些行动慢了一点的官兵,立刻成为农民们的打击目标——实在闹不清楚帝国的农民到底是反对洋人还是反对政府,而这个界限在整个义和团运动中从来就没有清晰过——官军对义和团的农民有一种无法解释清楚的反感,无论朝廷的上谕是什么意思,帝国正规军与义和团之间的冲突始终没有中断过。从留存至今的史料记载上看,义和团的农民们所进行的真正的"战斗",其敌人十有八九不是洋人的军队而是帝国政府的军队。

五月二十四日,武卫中军的一个分统(相当于旅长)连同他的士兵遭到义和团的袭击,士兵们漫山遍野地逃跑,而那个分统被农民们用乱枪捅死。紧接着,义和团万余人进入北京的南大门保定。这下,保定洋人的灭顶之灾来临了。保定的洋人大多数不是传教士,而是工程技术人员和他们的家属,他们正在修建从卢沟桥到汉口的铁路,即今天京广铁路的北段。保定附近的农民听说要杀洋人,群起而响应,那些因为洋人修建铁路而失去车船店脚生意的行业人,更是"蜂起应之"。帝国政府只有派官军护送洋专家和他们的家属突围。但是,当地衙门里的官员对护送行动不予配合。更严重的是,被派来护送洋人的官军突然有一部分人宣布倒戈,就地参加了义和团。绝望的洋人顿时哭成一片,扶老携幼四散奔逃。根据《字林西报》的报道,这批外国工程技术人员连同家属共四十一人,最后逃回天津租界的只有九人,散落到各处活下来的有二十三人,就是以上这些人也全部严重受伤,另外的九人始终没有查出下落,肯定是死在帝国农民的乱刀之下了。

二十七日,聚集在涞水陈家庄和石亭镇的义和团经过"操演"之后向涿州进发。农民们的理由是:"涿州兵备空虚,洋兵将来,愿为代守。"涿州,被乾隆皇帝称为"天下第一州"的古老小城,距离京城仅数十里之遥,向来被兵家视为与京城共存亡的京畿要塞。因为涿州城谈不上有什么城防,所以数万义和团片刻蜂拥入城。农民们冲进了他们从前看见那个大门口就会浑身发抖的知府衙门,发现大堂上端坐着个官服整齐、顶戴花翎的官员,这个官员声明自己正在用绝食的方式"殉职",他就是涿州知府龚荫培。这是一个倒霉的官员。义和团攻城,他守也不是弃也不是,从来没有这么为难过。原因很简单:朝廷是"剿"是"抚"态度不明。于是,守就意味着与义和团作对,弃就意味着自己失职。在中国,地方官员最大的罪行就是"失节弃土",肯定是要砍头的。走投无路的龚大人最后想出了一个绝招:绝食殉职。也就是说没有态度,只是自愿不吃饭,这样一来朝廷和义和团两面都不好定罪,弄好了最后也不至于真的饿死。

就在龚荫培绝食的时候,无论是饿得两眼昏花的他还是全国的官民,当然还有洋人,都急切地盼望着一个人的表态:对义和团,到底是支持还是镇压?

朝廷对这个问题的决策已经到了刻不容缓的时候。

这个一言定乾坤的人就是住在颐和园里的慈禧。

根据升平署档案记载,即使在这样的时刻,这个女人依旧保持着她观赏戏剧的爱好,照例是《跳灵官》、《连升三级》、《白门楼》、《蝴蝶梦》、《万寿无疆》。戏刚演到一半,老佛爷的心里就舒坦了,下旨,赏。太监们把碎银扔到戏台上,演员们磕头谢恩。

此时的涿州知府并不知道,慈禧派出的大员的轿子已经距涿州不远了。

六月五日,军机大臣赵舒翘在顺天府尹何乃莹的陪同下,奉慈禧的旨意向义和团闹得最热闹的涿州出发。他们的公开使命是"宣抚拳勇",而真正的使命只有他们清楚,那就是根据老佛爷的亲自交代,考察义和团刀枪不入的神功是不是真的。

这个今天看来十分荒唐的使命,在当时却是极其严肃的。在关于神灵的问题上,慈禧也是中国人中的普通一员,她目前的想法与一般的官员没什么两样:如果义和团真有神奇的法术,那么,洋人的洋枪洋炮就没必要怕了,就让义和团的农民们把总是与大清朝廷作对的洋人杀光算了。当然,如果义和团没有这个本领,就镇压或者解散他们,再坐下来与洋人慢慢谈。这一切,都源于一个思维基础,那就是慈禧至少对农民们的法术存在相当的幻想,寄托着极大的希望。

六月七日,赵舒翘到达混乱的涿州。

这位帝国大员看见的是这样一座城池:四座城门上大旗招展,旗帜上皆写着"兴清灭洋"。城墙上站满了头裹黄色和红色头巾、手持长矛刀枪的青年农民。义和团团员已经不是杂乱的农民打扮了,而是有了统一的"制服",因为大多是红色,所以涿州全城上下红彤彤一片。义和团的成员,也不是清一色的农民了,小贩、车夫、衙役、脚夫、理发匠和泥瓦匠,当然还有逃犯、乞丐和所有的流浪者,仿佛帝国北方下层所有的人都加入了这个造反行列。全城的义和团和平民混杂地住在一起,并且实行了"抽丁守城"的政策,家家户户都要出人站岗。城门的把守极其严密,出入城的人都要被搜查——义和团接管了原来帝国官府管理的一切军政事务,官员们都不知跑到哪里去了,只剩下一个饿得半死的龚知府。

赵舒翘,同治年间进士,供职于刑部,戊戌年间已官至刑部尚书。慈禧曾就"康党"的审问和量刑问题询问过他,他的回答是:无需审问,立即正法。可以说,对谭嗣同等"六君子"死刑的执行以及对康有为、梁启超的严厉追捕,都是他一手操办的。对于这样一个官员,无论正史还是野史却多有赞扬之辞,赞扬集中于他对法律的精通,说他"潜心法律,博通古今","《大清律例》全部口能背诵,凡遇大小案,无不迎刃而解"。也许是由于戊戌年间的表现,赵舒翘如今已经入主军机处,是朝廷里大权在握的人物了。此次涿州的差事,也许是他为官以来遇到的最棘手的事情,因为他明白,自己对义和团的判断将影响慈禧太后制定策略;而判断的正确与否,他的身家性命先不说,那是直接关系到整个帝国安危的。

以赵舒翘的学识,他从来就没有相信过义和团的那套法术。他的观点是:如果农民们真有那么大的法术,六十年前不就把洋人挡在国门之外了,何至于闹到今天这个地步?

赵舒翘被涿州的义和团首领视为上宾,他们恭敬地把他迎接到知府衙门。

赵舒翘要看义和团演练"神功",义和团首领说随时可以观看。

于是,义和团专门为赵舒翘演练了一回,地点是在涿州城内的一个义和团设立的坛口。所谓"坛口",想必是一块四周香炉升烟、旗帜飘扬的空地。在那个风和日丽的下午,头顶明晃晃的骄阳,赵舒翘看到的与其说是义和团的演练,不如说是帝国青年农民的演出。

演出的顺序是:

一、发誓。在大师兄的带领下,几个义和团团员在香炉前列队,然后开始嘟嘟囔囔。他们说的是义和团的团规,内容包括不贪财、不抢掠、不近女色等等——赵舒翘一条也不信,他可以肯定,这几个农民身上那些花里胡哨的衣服就是用抢来的布做的。

二、上法。每个义和团团员头上扎着一条红色或者黄色的头巾,头巾里面藏着请"神"的符咒,实际上就是一张字条,你想请哪位神仙,就把这位神仙的大名写在符咒上。义和团团员跪在地上,由师傅分发纸符,发到谁就在谁的头顶上念咒语——赵舒翘平生看到过这样的仪式,似乎是乡村中的巫婆给一个害了瘟疫的孩子"问诊"。

三、魔法展示。一个少年农民,真正的义和团打扮,先是突然倒下,死了一样一动不动,然后突然跃起舞弄手中的大刀。他的舞弄纯粹是乱舞,而且口中念念有词,时而嬉笑,时而大吼,双眼瞪得要出血,嘴里吐出白沫,头晃得像铃铛,双脚踢得尘土飞扬。舞弄一阵子后,突然倒地又不动了,胸脯由于剧烈喘气而上下起伏。师傅介绍说:他"卸法"了,老团员会这样舞上一整天,这小子还是个功夫不到家的新手——赵舒翘认为,不管是新手还是老手,这种演练都是精神不正常的举动。

四、神灵附体。这是义和团感觉最好的项目。一下子上来好几千人,师傅先开场,走路都是戏剧的舞台步态,说话的时候腔调"全是戏场科白"。然后,团员们依次向前走一步,有点亮相的味道,并且大声地宣布自己是哪位神仙:"齐天大圣孙悟空是也","吾乃张果老大仙是也","吾乃汉钟离大仙是也"。报名的时候,根据神仙的实际情况加了形体模拟,比如自称是铁拐李的团员瘸着走路;自称是何仙姑的团员更有表演天才,因为他要装出女人扭扭捏捏的样子——赵舒翘有点恍惚,好像自己此时正置身于下等戏园子,他只想喊一声倒好,把这些蹩脚的"演员"轰下去。

恍惚之中,就有快板说唱:

> 今年是咱光绪二十六年,
> 五禅老祖下了老虎高山。
> 第八封仙衣的叫罗盘,
> 来到涿州地,就把那场子安。
> 老的学艺三天整,少的学艺在眼前。

1901

学会了艺,闭枪炮,不怕刀剁斧砍。

黎民们,起来吧,来了救命的活神仙。

起来吧,杀洋人,保住咱大清好江山。㊺

快板声中,万众附和,声震四方。

接着,义和团还表演了刀枪不入:一个团员在距离另一个团员不远的地方"开枪",被"子弹"击中的团员竟然毫发无损。赵舒翘突然想起史书中记载的往事:东汉黄巾起事,张角聚集数十万人,声称奉五斗米教而有法术,言他们归玉皇保佑,刀剑所不能伤。但是,后来这些头裹黄巾的农民,哪个真的刀枪不入了?被抓后,一刀下去,个个身首分离。

演练完毕,请大人评判。

赵舒翘什么也没说。不,他还是说了一句话。根据史料记载,他慢悠悠地说你们还是回家种地去吧。

义和团首领提出一个要求:杀了那个镇压义和团的军官聂士成。

赵舒翘回答说不妥。

赵舒翘要回北京了。怎么跟慈禧汇报,他已经想明白了:靠这样的一群农民,大清帝国真的要完了。

但是,他还没有动身,军机大臣刚毅到了。

慈禧派往涿州考察的大员中,原本是有刚毅的,只是他晚来了一步。

这就是历史。

如果没有刚毅的到来,历史也许会是另一个样子。

这不是危言耸听,因为赵舒翘如何向慈禧汇报义和团的真实面目,是一件十分重要的事情。直到那时,朝廷里还没有人亲眼见到过义和团的法术,更没有人像赵舒翘这样亲自置身于义和团当中。在慈禧看来,赵舒翘所说的,应该是绝对真实的。

但是,刚毅来了。

刚毅,满族,出身贫寒,以满文翻译起步,至死也没认识几个汉字。史料记载他的"事迹",多为贪婪和狡诈。但是,在中国历史上那个妇幼皆知的"杨乃武与小白菜"的著名案件中,他却是一个主持公道的好官。那时他仅仅是刑部侍郎,居然能把天大的一个案子翻过来,而且还得到了朝廷的信任,所以他的为人绝不是"贪婪"和"狡诈"就能定论的。说他贪婪狡诈的由来,多是在他从京官外放广东任巡抚时,给慈禧送了一些生日银子。慈禧的寿辰,帝国哪一个封疆大臣不争相送上贵重礼物?慈禧不缺银子,只是刚毅送的银子有点特别。当时,全国只有广东已经不用银两交易而使用银币,刚毅让铸币厂专门制造了三万枚崭新的银币送进北京。慈禧一看,银光闪耀,喜欢得很。刚毅从广东调回北京,先在户部,又入军机,成为帝国政府的重臣之一。

刚毅有两个特点很突出:一是由于不认识汉字,经常在文字和语言的使用上闹出荒唐的笑话。这些笑话,满朝文武茶余饭后都能说出几个来,于是他被视为昏庸无能之人。二是他痛恨洋人,是洋务派的死对头,他把一切办理洋务的人都称为"汉奸"。他现在更加痛恨洋人的原因是,他是支持废帝立储的主角之一,而洋人对废帝的干涉使他仇恨满腔。结果。在错综复杂的时局中,他成为坚决支持义和团的帝国高官之一。

刚毅来到涿州,听了赵舒翘准备向慈禧汇报的内容,立即说:"展如(赵舒翘之字),万不可铸成大错!"

这句话只有赵舒翘才能听得懂。

同是军机,但刚毅是满族,是端郡王最亲近的人,也是慈禧最信任的大臣。自己是什么?赵舒翘这时甚至有了一点后怕:幸亏刚毅到涿州,不然真要铸成大错了。

回到北京的赵舒翘犹豫了三天,最终没把自己写好的奏折呈给慈禧。他采取的是当面禀报的形式。

赵舒翘的当面禀报是奇怪的,连慈禧都感觉到了这一点。慈禧问他义和团到底可不可靠,赵舒翘只是一个劲儿地手脚并用地比划,把他所看见的表演尽可能真实地模仿了一遍。无论慈禧怎么问,他就是这么比划着。拿慈禧后来的话说,他就是没有一个正经主意的回复。

这是慈禧后来的话了,是说给洋人听的,有推脱责任的意思。

当时,赵舒翘知道,他最好的回复就是什么也不回复。

后人说,是他以"表演的语言"误导了慈禧。

那天早晨,当赵舒翘走出紫禁城的时候,他长长地出了一口气,然后对身边的人说,今后,无论发生什么事,我都可以无罪了。

一年以后,因为是洋人开列的惩办名单上的一个,为了洋人的事竭

1901

尽心力的赵舒翘被迫自尽,其死亡的形式和过程极其恐怖和痛苦。

住在颐和园的慈禧此时心情烦乱。这样的情形在她的一生中并不多见。她是一个倔强蛮横的女人,历经过政治上的惊涛骇浪,有拿得起放得下的罕见性格。但是,义和团,这个显然带有造反性质的组织,却令她这个掌握着帝国最高权力的人备感不安。她从来没有相信过农民们所标榜的"扶清灭洋"的口号,经验告诉她,骚乱的农民们"灭洋"虽事出有因,但"扶清"绝对是一个幌子,大清国的历史上还没有过一次为保卫朝廷揭竿而起的农民运动。如果局势一旦失去控制,洋人灭不了,把大清国灭了倒是很有可能。

慈禧召见了她多年的心腹,军机大臣荣禄。荣禄报告了义和团破坏铁路的详情,慈禧"闻之大惊"。接着,荣禄要求辞职,他说自己这几天受到各方面的攻击,没办法再干下去了。在是否让外国军队入城的问题上,庆亲王认为三百洋兵,武器又少,并不碍事,命令端郡王等人"勿阻洋兵入城"。而荣禄的意见和庆亲王相同。荣禄是武卫五军总节制,官职相当于"城防司令",有权下达准许洋兵入城的命令。但是,以端郡王为首的皇亲为此发难,大骂荣禄是"汉奸",扬言"几百个洋鬼子,怕他做甚",并且说若群起而攻之,洋人一个也跑不了。端郡王给步兵统领崇礼下达命令,让他坚决把洋兵挡在城外。当得知洋兵已经进城后,端郡王便说荣禄一日不除太后一日不会支持义和团。端郡王的意思很明白:荣禄不除,他的儿子就当不上皇帝!几乎所有的人都说,荣禄力言义和团无用,并且能够左右慈禧的态度;可是,荣禄明白,天下谁能左右得了面前这个面无表情的女人!慈禧已经看到了一份参劾荣禄的奏折,是甘军首领董福祥写的,董福祥声称要不是荣禄从中作梗,给他五天时间就能把京城内的外国使馆"攻毁净尽"。慈禧没有答应荣禄的辞职请求,但她又说董福祥虽是粗人但可以利用。至于义和团的问题,慈禧依旧没有拿定最后的主意。

这天半夜,慈禧被一阵锣鼓喧天的声音吵醒了。太监们急忙进来禀报说,附近的居民都说今天有神仙下界,正在烧香迎接。慈禧立即命令步军去把"生事之人拿了"。没过多久,步军奏道:生事的头儿拿到,叫李群仔。慈禧要求就地正法。

在慈禧的心中,义和团到底是什么形象?

慈禧到底要对帝国的时局作出怎样的判断？

习惯整个夏天都在颐和园里"办公"的慈禧，突然起驾回到了紫禁城。

六月十日，一个来自朝廷的任命，让所有的人尤其是洋人吃了一惊：命端郡王载漪管理总理各国事务衙门。

在这样一个东西方的冲突千钧一发之际，一个极端仇恨洋人的满族贵族当上了专门处理帝国外交事务的大臣。事情已至此，一切都明了了，慈禧真的要与洋人过不去了。

没人知道这几天慈禧做了什么和想了什么。

有一个史料值得注意，那就是已经退职的原内务府大臣、与慈禧家族有着亲谊关系的满族贵族景善的日记。这个日记，后人有系荣禄伪造之说，史家对此并没定论。《景善日记》中关于六月十日这天记下了这样一些事情：

一、这一天是端郡王弟弟载澜夫人的生日，景善前去拜寿。在这个满族贵族的王府里，景善看见的是这样的情景："有义和团百余人在彼家中，半皆乡民，有一团长温顺统带之，又小孩五六人，约十三四岁，状若昏迷，口中喷沫，起而奋跳，执近前之物，乱跳乱舞，口出怪声，如疯狂然。"

二、载澜告诉景善，他相信义和团的"神灵附体"，并说他的夫人进宫面见太后的时候"告太后以义和团神奇之术"。

三、董福祥的甘军入城，京城的平民有开始向城外逃跑的迹象。

四、军机大臣启秀到家中拜访，他向景善出示了一份文件，是启秀草拟的一份上谕，内容是：向各国开战。启秀说，这份上谕要等太后盖玺方能生效。

以上记载，至少提供了这样的信息：主张排外的皇亲们已经与义和团搭上了关系。义和团已经小规模地进入北京城。有着强烈排外情绪的帝国正规部队甘军已经开进城区。慈禧已经下定决心向洋人宣战——如果没有慈禧的旨意，军机大臣不可能擅自起草宣战诏书。

就在这个时候，一个被帝国通缉的革命分子正企图"布背水之阵，以求一战"，这个人就是孙中山。看到大清帝国陷入混乱的孙中山明确表示，"我们的最终目的，是要与华南人民商议，分割中华帝国的一部分,新建一个共和国。"孙中山有两个计划:准备在广东发动起义;同时策动两广总督李鸿章争取两广独立。孙中山通过关系,向李鸿章表达了自己的意图;但是,李鸿章没有明确的态度,仅仅是"含颔"了一下而已。当孙中山从日本横滨乘船向中国的南海岸出发时,李鸿章接到了英国人赫德的电报,电报是广东海关税务司庆丕转来的,这封电报几乎代表了驻华洋人的集体立场,对李鸿章这个后来左右了帝国命运的重臣起到了极其重要的影响:

> 此间局势极其严重,各国使馆都害怕受到攻击,并且认为中国政府即使不仇外,也无能为力,如果发生事故,或情况不迅速改善,定将引起大规模的联合干涉,大清帝国可能灭亡……请电告慈禧太后,使馆的安全极为重要,对于所有建议采取敌对行动的人都应予驳斥。[54]

李鸿章立即向慈禧发电,转述赫德的意见,特别强调了如果不停止排外行动,"大清帝国可能灭亡"的观点。

李鸿章的告诫没有起到任何作用。

孙中山不了解帝国的官员,至少不了解李鸿章,这个城府极深的帝国大员,即使有巨大的政治野心,也不会与革命党人合作,他不抓捕革命党人是他的油滑所致。

几天之后,帝国的局势急转直下,已经到达南中国海岸的孙中山不敢贸然上岸,他的革命行动又一次搁浅了。

一九〇〇年六月十日,一个头绪繁多混乱不堪的日子。

当载有企图颠覆帝国政权的孙中山的轮船向中国海岸行驶的时候,在各国驻京公使的强烈请求下,由各国军队组成的联军增援部队也从天津出发了,目的地是大清帝国的都城北京。

呐喊冲出青纱帐

就在慈禧太后被迎神的百姓吵醒的时候,在遥远的另一个大洋的岸边,英国海军部的值班军官也被人叫醒了,他看见了一份英国驻华舰队海军中将西摩尔发自大沽口的电报,内容是:我率领全部可以使用的士兵立即于天津港登陆,并已要求各国军队合作。

六月十日凌晨,联军在中国海岸的登陆行动以英国人为首领。

英国,最早入侵中国的国家,十九世纪以来一直以列强之首自居。尽管这个地位正在受到各国的严峻挑战,但是,在地球的东方,在这一危机时刻,英国人还是找到了"统帅"的感觉。

前一天晚上,英国驻华公使窦纳乐得到了一份可靠的情报:掌握国家实际权力的慈禧太后已决定向所有的外国人发难,并且开始了把京城内的外国人驱除出去的行动。这个行动的证据是董福祥的甘军已奉命做好进攻使馆的军事准备。

半个小时之后,窦纳乐给西摩尔发出电报:

> 北京局势正在每时每刻地变得更加严重,必须派部队登陆,并且为立即进军北京做出一切安排。㉟

深夜,驻天津的各国领事召开紧急会议,会议毫无例外地变成了一次勾心斗角的争吵。英、日、意、奥、美五国同意立即派遣军队增援北京,俄国和法国反对。俄国人反对的理由很简单:俄国军队正在从旅顺口向大沽口调动的途中,如果立即增援北京,俄国从兵力上讲成不了联军的主力。正在争吵时,英国公使窦纳乐的电报又到了:

> 情况万分紧急,若再不准备火速进发北京,一切就会太迟了。㊱

这封电报的到来,使争吵终于安静下来,各国领事决定立即登陆。

两个小时之后,大沽口外的军舰生火起锚。

六月十日凌晨四时,联军在塘沽登陆。

从上午九时三十分起,每隔两个小时,便有一列运载着联军官兵的火车开出天津站驶往北京。增援北京的各国联军共有官兵两千零五十三人,他们是:英军九百一十五人,德军四百五十人,俄军三百一十三人,法军一百五十八人,美军一百人,日军五十二人,意军四十人,奥军二十五人。

英军是主力,因此,联军统帅当然是英国皇家海军中将西摩尔。

英国人的目的暂时得到了满足。

俄国人仍不舒服。他们认为,各国军队除了共同的目的之外,各自都有个小算盘。俄军上校沃佳克对记者说:"英国人大概想搞什么名堂。昨天英国领事答应我说,英国派去北京的军队,人数与其他各国的军队相等。可是你看,这些英国人的帽子多得数不清。他们说派出的军队人数不会多于三百人,而他们却悄悄爬上去九百多人。我必须向俄国的军舰上再要这么多人。"⑰

至少在六月十日这天,向北京增援的联军没有受到任何阻击。运载联军的火车,看上去像是一列列观光列车。每列火车由八节客车、三节敞篷车和一节装有铁轨和枕木的货车组成。最前面的一节敞篷车上架着大炮和机枪。车上的各国官兵分开乘坐,式样颜色不一的军装令火车看上去像游行的彩车。从军帽上看区别最明显:英国和法国官兵戴的是白色软木遮阳帽。日本人的帽子几乎没有帽檐,小小地箍在头上,东方式的黄脸令人看上去总是有一种猥琐的表情。德国人的帽子是褐色的,有一部分官兵戴的是钢盔,德式钢盔最明显的标志是顶部那根明晃晃的尖刺。意大利官兵的帽子上装饰着羽毛,随风飘荡。美国人的军帽戴得随便,歪着遮着一只耳朵,给人一种嬉嬉哈哈的感觉。

这是一支没有任何战斗准备的联合部队。每个士兵仅仅携带两百发子弹,军官们也没就一旦投入战斗怎样配合以及后勤如何保障等问题协商过。联军官兵觉得这一切都没有必要,他们不相信义和团的农民敢于与联军打仗。而情报显示,大清帝国的正规军已经接到命令,他们会避免与联军发生冲突。

下午十四时,天津与北京间的电报线被义和团切断。

这意味着,西摩尔无论遇到什么情况,都要依靠自己的判断处置了。

黄昏,火车到达杨村车站。果然,守卫在这里的由聂士成率领的清军对联军的到达表示了"欢迎"。聂士成的部队正与破坏铁路的义和团打仗,联军官兵看到清军士兵抬着一只大筐,筐里面装的全是人头。无法解释帝国军队对外国联军的"欢迎"出于什么目的。联军的随军记者甚至与清军士兵聊了一会儿,从谈话中得知,他们是奉朝廷的命令来驱除义和团的。但是,清军士兵埋怨说,皇太后后来又不允许他们打义和团了——发生在中国杨村车站的这一幕,实在令人费解,无论是情景还是逻辑都混乱不堪。

经过一个晚上的开进,联军的火车于十一日早上到达落垡车站。这是一个位于北京与天津之间几乎是中间位置的小站。联军已经顺利地走了一半的路程,事实似乎证实了他们预先的猜测:他们可以顺利地进入北京,实现看看那个古老城市的愿望。

联军在落垡车站留下三十名英军官兵,建立了一个目的在于保护铁路的据点。

英国人在车站上挂出一个招牌:美少年炮台。

第二天,铁路开始有被破坏的迹象,但是不怎么严重,充其量是抽走了几根枕木或是移动了一小节铁轨。联军边修路边前进,傍晚到达廊坊——这里已经很接近北京城了。

令西摩尔万万没想到的是:这里竟是他们此行的终点。

这一天,北京城里发生了一件惊人的事:日本公使馆的书记生杉山彬被杀,地点是在北京南城的永定门外。这个书记生是奉日本公使的命令,出城来迎接西摩尔率领的联军的。结果,联军没等到,他却被董福祥的士兵抓住。甘军根本没搞清楚这个外国人是什么身份,就把他的洋头砍了下来。杀外国使馆人员的是帝国的正规军,这与落垡车站上帝国正规军对待外国军队的态度,形成了一个巨大的矛盾,而这正是大清帝国在那段混乱岁月里经常上演的历史事件。日本外交人员被杀,立即引发了各国使馆的惊慌。外交抗议、加强防守和催促西摩尔前进的文字日夜不停地发出。东交民巷顿时乱了。

帝国军机处首领礼亲王早晨上朝时,没敢把日本外交人员被杀的事情上奏。但是,内宫传旨,"叫荣禄的起"——这是带有满族风格的皇家俗语,意思是命令荣禄上朝接受询问。荣禄与慈禧单独谈了话,谈的什么不得而知。荣禄下朝后,什么也没说,径直回家了。传闻是:太后不允许增援的洋兵进入北京,荣禄同意。但是,荣禄要求允许京城里的外国人全部安全撤离。并且说,使馆万万不能攻击,原因是实与公法不容。

在廊坊车站,西摩尔发现前面的铁路被破坏得很严重,火车根本无法前进,于是命令停车修路。

谁知,就在这时,铁路两边的青纱帐里突然响起了震天动地的呐喊声。成百上千的义和团团员头扎红色头巾,高举着大刀、长矛、木棍和粪叉,抬着土枪和土炮,巨浪般地向洋人和他们的铁路冲了过来。

来不及弄明白是怎么回事的联军立即扔下手里修路的工具,争相逃命。

这是义和团的农民第一次与外国正规军队的战斗。

时间是一九〇〇年六月十三日,帝国北方一个弥漫着成熟麦香的初夏早晨。

正向修路方向行进的一队美军架上了火炮,炮弹在义和团的人群中爆炸,帝国农民的残肢在烟雾和火光中飞上阳光刺眼的天空。

义和团的进攻阵形立即转向这队美军。

这些外国士兵,异域青年,几乎都是第一次踏上中国的土地。他们对这个东方大国的认识,仅仅来自于老兵们在酒吧里的只言片语,或是传教士们写在书本上的零碎篇章。这些只言片语和零碎篇章,包括了太多的魔幻、传奇和主观色彩:金色的宫殿、高大坚固的城墙、数不清的奇珍异宝、昏昏欲睡的鸦片中毒者、美丽的小脚女人、泥泞的道路、响着铃铛的马帮和骆驼队、柔软的岸柳、图案复杂的面具以及摆放在黑色檀木柜台里闪着神秘光泽的绫罗绸缎——洋人的想象到此为止,因为眼前的情景令他们目瞪口呆……

联军的四周是旗帜的海洋。这个彩色的海洋随着低沉的怒吼声剧烈地起伏,如同巨大风暴来临时汹涌澎湃的海浪。天空刹那间昏暗下来,因为酷热的天空被飞扬的尘土所遮蔽。在数不清的身穿各色衣服的义和团团员的前面,是身穿白色或者红色衣饰的领头人。这些仿佛是神仙之首的人,冲锋时的奇特姿势令人心惊。他们在枪弹面前没有匍匐,没有规避动作,甚至连腰都没有弯下来。他们高昂着头颅,仿佛热切地希望在这个应该躲避子弹的时刻自己的身体能够更加醒目。在他们的身后,人人都学着他们的样子,甚至更加夸张,所有的人在扭动身体的时候像极了某种部落庆祝丰收的舞蹈。他们的口中发出古怪的声音,这个声音由冲在前面的首领带头发出,时而节奏明显,时而混乱嘈杂。声音由低沉到高昂,最后形成一片尖锐的喊叫。一排人在枪弹的射击中倒下了,尖锐的声音仅仅停顿了一瞬间,更尖锐的声音随即又响起来,后面的人以更加凶猛的姿态前进。一个联军军官后来回忆说,这不是在战斗,这肯定是某种仪式,是一个民族在危急时刻进行的殉葬般的仪式。面对来复枪、机关枪和大炮,中国农民如同落叶一样倒下,但是他们依旧在冲锋,不能想象世界上还有比他们更加勇敢的人。

帝国的青年农民,这些世代在贫瘠的土地上从事着最劳苦的耕作、然后在世界上最低的生存标准中心满意足的人,他们温顺勤劳、幽默诙谐;他们热爱戏剧、渴望富足;他们善于用小小的诡计赢得姑娘的媚眼、神仙的关照和朋友的仗义;他们不会书写文字,但是能用优雅的乡俚小调吟唱太阳、月亮,吟唱巍峨的群山和河边的柳絮——中国农民在这个时刻爆发出来的凶悍和无畏,足以使所有鄙视这个民族的人心慌意乱,使所有的哲学家、历史学家和政治家的那些自命不凡的侃侃而谈黯然失色。中国农民对异族侵入他们的土地的行径,充满了本能的、刻骨的、不可遏止的仇恨,他们令自己的信念饱含着纯洁的、激动的、忘我的热情。作为这个民族的农夫子民,他们在面对国家的敌人时表现出来的悲壮行为,会令他们所有的子孙心绪不宁。百年前的这个初夏,在青纱帐被呐喊声冲开一角的瞬间,历史的幕帐被撕开了一道缝隙,从这道狭窄的缝隙里挣脱出来的,是这个民族内心深处难得一见的真实,这种被生命的鲜血浸透了的真实,足以让整个世界陷入一种欲哭无泪、欲助无能的万分痛苦的境地。同时,这种生命的真实还是这个自诞生之日起就从来没有迁移和分化过的东方民族几千年来厮守在一块土地上繁衍和发展的最有力的证据。

义和团的进攻,是以各村的坛口为战斗单位的,每个坛口都有自己的旗帜和大师兄。在杀声、枪炮声和集体高声念诵神灵赋予他们的咒语声中,农民们奋不顾身地前扑。按照义和团特有的信念,他们每个人都是刀枪不入的,他们由于得到了某个神灵的庇护,被笼罩在一种超自然的状态中。一个人倒下,被他们称之为"睡了",这个美丽的想象令他们几乎是微笑着面对生命的终结。一个义和团团员之所以"睡了",或者是因为功夫不到而暂时处于"沉思"、"反省"的状态;或者就是因为累了决定稍微歇息一刻。义和团们认为,"睡了"的人片刻就会苏醒,即使是新手顶多三天便能"还阳"。

虔诚地幻想肉体不死,是一个民族精神得以不死的最原始的动因。

义和团对外国联军的攻击持续了两天两夜。

农民的尸体堆积成山,鲜血流淌成河。

就在农民们拼死战斗的时候,慈禧依旧在拿不定主意的状态中心烦意乱。她一天之内先后派出四位大臣到使馆区交涉,试图阻止联军向北京增援,但是遭到各国公使的严词拒绝。

十三日,慈禧终于下达了一个重要指令:动用正规军队阻击西摩尔的联军:

> 各国使馆先后到京之兵,已有千余名……倘再纷至沓来,后患何堪设想……迅将聂士成一军全数调回天津附近铁路地方扼要驻扎……实力禁阻……如有外兵闯入京畿,定唯裕禄、聂士成、罗荣光是问。㊺

但是,帝国的正规军接到阻击外国联军的命令时,同时也接到了剿捕正在与外国联军殊死战斗的义和团的命令。位于前线的帝国正规军聂士成、罗荣光部立即陷入了这样一种两难的境地:如果对外国联军进行阻击,势必要与义和团并肩作战;如果要对义和团进行杀戮,势必要与外国联军并肩作战。而与任何一方并肩作战都是抗旨,于是,他们"踌躇至再,不敢贸然行事"。

此时的大清帝国政府,已经成为历史上最不可理喻的政府。

偌大一个国家的生死权力,竟然掌握在这样的政府手中,真是千古奇闻。

然而,刚刚发出严厉"剿捕"义和团上谕的慈禧,十三日这一天突然间又改变了态度——没有人能够弄明白慈禧到底打的是什么主意——这个变化的最直接的后果是:北京城所有的城门轰然打开,准备迎接义和团入城。

六月十三日,这是大清帝国的政局极其微妙的一天。

当西摩尔的联军在廊坊车站受到义和团的阻击而不能前进时,稍微有点政治和军事头脑的人不难看清这样一个发展趋势:如果义和团被打败,外国联军将长驱直入京城;如果联军被打败,后续的外国军队一定会大规模增援。也就是说,无论廊坊战斗的结局是什么,局势只能日渐严重。而且,在慈禧看来,后者的结局更加不堪设想。那么,唯一的一线希望,就是一不做二不休,先阻挡一下再说。在这种局势下,必须解决给义和团在政治上"定性"的问题,这个问题已经没有任何含糊的余地了。根据多种史料记载,聚集在京城外的义和团,是由刚毅带领来的。慈禧在原来的上谕中态度明确:不准义和团到京城里"捣乱"。她十分明白乡下的农民如果大规模进城,帝国的都城将会成为什么样子。义和团的农民们是要杀洋人,可京城里的洋人几乎都是外交人员,如果真的动了手,势必造成国际关系的大混乱。所以,义和团刚一到达北京的城门外,九门提督就立即下令关上城门。

城门上的士兵严阵以待。

突然,差官急马送来辅国公载澜的令箭,责令九门提督立即开门。

载澜,端郡王载漪的弟弟。

守城官兵不敢违抗。

帝都沉重的城门吱呀呀地打开了,"拳众乃一拥而入"。

从此,义和团的队伍日夜不绝地拥入京城。

最终,"入者多至十万余人"。

从来没有真正起到御敌作用的帝国的城门,自然也没有理由阻挡本族人的进入。这些大门的存在,仅仅是一种象征,如同中国人在大门上贴上一幅驱鬼的木版画一样。中国是一个农民的国家,城里城外,可以说都是农民。城里的城门从来没有阻挡或割断过城市与乡村的联系。即使在城市里生活了几代的人,也始终保持着与乡村家乡的密切来往,直到乡村家族被战争、灾荒和其他不测事件灭绝为止。关于城市的概念,中国与西方有着根本的差别。西方的城市是军事意义上的堡垒;而在中国,所谓的城市,仅仅是无数个农民后裔组成的一个巨大的生活村落而已。因此,义和团的农民们进入京城,在某种意义上讲他们是来"串门"的。所不同的是,他们手里拿的不是当做见面礼物的乡村土产,而是刀枪棍棒。

在京城高大的城门两侧,悬挂着一副巨型对联,出自帝国最有学问的人、现任皇储的老师、八十岁的大学士徐桐之手。这副对联是对帝国农民最大的舆论支持,也是扑朔迷离的帝国政局中惹人注目的半官方表态;同时,有中国古老文化作为背景,被称作"对联"的这种文字游戏一旦出自中国知识分子最高职称的"大学士"之手,必然是一个可以载入史册的"千古绝对":创千古未有奇闻,非左非邪,攻异端而正人心,忠孝节廉,只此精诚未泯;为斯世少留佳话;一惊一喜,仗神威以寒夷胆,农工商贾,于今怨愤能消。横批:朝廷赤子。[59]

义和团的神灵在帝国北方晴朗而干燥的天空下飘浮。

义和团的神灵在帝国京城高大而沉重的城墙下游荡。

洒落下生命鲜血的青纱帐,槐香里升起炊烟的四合院,感受着铁轨震动的大平原,映照着夕阳的紫禁城中的金色琉璃瓦,还有这个拥有着几千年生命力的伟大的帝国——此时此刻,它只能祈祷并祈望神灵的保佑了。

注　释:

[1][2][3][4][5]　黄濬《花随人圣盦摭忆》,上海书店出版社。

[6][7][8]　李长莉《近代中国社会文化变迁录》第一卷,浙江人民出版社。

[9]　佚名《天津一月记》,引自翦伯赞、荣孟源、杨济安等主编《义和团》二册,上海人民出版社、上海书店出版社。

[10]　路遥《义和团的兴起与平原战斗》,引自《文史知识》2009年9期。

[11]　中国社会科学院近代史研究所近代史资料编辑室编《山东义和团案卷》(上),齐鲁书社。

[12][13]　包士杰辑《拳时上谕》,引自社会科学院近代史资料编辑组编《义和团史料》(下),中国社会科学出版社。

[14]　张建伟《最后的神话》,作家出版社。

[15][16]　(美)亚瑟·亨·史密斯《中国人的气质》,张梦阳、王丽娟译,敦煌文艺出版社。

[17]　徐珂编撰《清稗类钞》第一二册,中华书局。

[18]　辜鸿铭、孟森等编著《清代野史·外交小史》,巴蜀书社。

[19]　路遥《义和团的兴起与平原战斗》,引自2000年9期《文史知识》。

[20]　仲芳氏《庚子记事》,引自中国社会科学院近代史研究所编《庚子记事》,中华书局。

[21]　(台)苏同炳《中国近代史上的关键人物》(下),百花文艺出版社。

[22]　(美)亚瑟·亨·史密斯《中国人的气质》,张梦阳、王丽娟译,敦煌文艺出

版社。

㉓ 徐凌霄、徐一士《凌霄一士随笔》，山西古籍出版社。

㉔㉕㉖㉗ 黄曾源《义和团事实》，引自北京大学历史系编《义和团运动史料丛编》第一辑，中华书局。

㉘㉙ (英)麦高温《中国人生活的明与暗》，朱涛、倪静译，时事出版社。

㉚ 刘孟扬《天津拳匪变乱纪事》，引自翦伯赞、荣孟源、杨济安等主编《义和团》二册，上海人民出版社、上海书店出版社。

㉛㉜ 佚名《天津一月记》，引自翦伯赞、荣孟源、杨济安等主编《义和团》二册，上海人民出版社、上海书店出版社。

㉝ 管鹤《拳匪闻见录》，引自翦伯赞、荣孟源、杨济安等主编《义和团》一册，上海人民出版社、上海书店出版社。

㉞ 止庵《史实与神话》，中国对外翻译出版公司。

㉟ 仲芳氏《庚子记事》，引自中国社会科学院近代史研究所编《庚子记事》，中华书局。

㊱ (英)麦高温《中国人生活的明与暗》，朱涛、倪静译，时事出版社。

㊲ 徐珂编著《清稗类钞》第一二册，中华书局。

㊳㊴ 李长莉《近代中国社会文化变迁录》第一卷，浙江人民出版社。

㊵ 汤志钧主编《近代上海大事记》，上海辞书出版社。

㊶㊷㊸㊹㊺ 李长莉《近代中国社会文化变迁录》第一卷，浙江人民出版社。

㊻㊼㊽㊾ 杨慕时《庚子剿办拳匪电文录》，引自翦伯赞、荣孟源、杨济安等主编《义和团》四册，上海人民出版社、上海书店出版社。

㊿ 故宫博物院明清档案部编《义和团档案史料》，中华书局。

(51) 张超《八国联军——告别世纪末的沉思》，当代世界出版社。

(52) 孙其海《铁血百年祭》，黄河出版社。

(53) 管鹤《拳匪闻见录》，引自翦伯赞、荣孟源、杨济安等主编《义和团》一册，上海人民出版社、上海书店出版社。

(54) 苑书义《李鸿章传》，人民出版社。

(55)(56)(57) (英)萨维奇·兰德尔《中国与联军》，引自北京市政协、天津市政协、文史资料研究委员会编《京津蒙难记》，中国文史出版社。

(58) 孙其海《铁血百年祭》，黄河出版社。

(59) 罗惇曧《拳变余闻》，引自章鸿铭、孟森等编著《清代野史》第一卷，巴蜀书社。

第三章

顶戴花翎下的面孔

载家兄弟与石榴裙边 / 浮躁的日子 / 帝国炮火中的"家事"
有异味的名单 / "与走私盐一样危险"的商品
大沽口炮台与中国奸细 / 一个"傲慢的中国词汇"

1901

载家兄弟与石榴裙边

官僚阶层一直是中国历史上的一个奇特群体。

不了解这个群体的思维模式,就无法解释历史上连绵不断的奇闻怪事;不了解这个群体的行为特征,就不能说透彻地了解这个古老的东方民族。

帝国官僚阶层的基本思维模式和显著行为特征是:彻底混淆国事与家事的区别。

关于"国"与"家"的概念,在中国人的思维里,自这块大陆上有了"国家"的那天起,似乎就从来没有清晰过。

帝国延续千年的政治和文化统治,从根本上讲,是以家族宗法血统为基础构架起来的。从秦到清,国家政治从来没有与家族统治剥离开。儒家学说更是从道德伦理上把"国"与"家"描绘成一个整体:"君君臣臣父父子子",这既是国家的阶层界别,也是家庭的等级规范。"齐家治国"是中国汉民族的道德宗师孔子的最高理想。孔子以后的中国人,向来认为治理国家不过是管理一个放大的家庭。中国的朝代历史,都是以某个姓氏的家族"坐天下"为标志的。一个家族,甚至一个人物的兴衰,已成为沿用至今的划分中国历史阶段的绝对标志。这一特征表现在统治者的政治行为上,就是"公"与"私"、"国"与"家"的区别微乎其微:"公事"就是"私事","私仇"就是"国仇"。于是,某一个人的性情与命运,就会影响到整个国家的兴盛或者危亡。

西方人一直认为他们的个人主义优于中国的"大家庭主义"。其其实在中国,西方意义上的个人主义并不存在。中国人一生都笼罩在与生俱来的个人"家庭"和国家"家庭"的双重包裹中,每个人都与生俱来地不曾也不可能真正地"个人"过。无论是在道德伦理上,还是在国家行为中,每个人都将遵守一份由宗法血统交织而成的社会契约,这份不会被时光割断的契约对中国人的重要性西方人无法理解。因此,中国从来没有过西方意义上的无政府主义和自由主义。虽然中国人一向耻于谈及"私有财产"和"个人价值",但是,在漫长的封建帝制时代,"私产"的概念竟然可以是整个国家,至少对帝国的统治阶层而言就是如此。

因此,帝国官员的所有行为都是在对某一个家族负责,而对这个家族负责就等同于对整个国家负责;同时,由于官员阶层是由扯不断的家族血统关系构成的,所以官员们的行为也是在对自己负责,对自己负责也就等同于对国家政权负责。

这样的原因,导致中国历史上官僚们的个人悲喜剧几乎都是同样的模式:或者因为得宠于"家长"飞黄腾达,或者因为冒犯了"家长"满门抄斩。这样的模式又被中国历代史书当成绝对骨干的叙述情节,弄得一个泱泱大国永远像夫妻失和、婆媳斗嘴的张家堂屋或者李家后院,弄得一部中国朝代史永远如同一本记录着张长李短、婚丧嫁娶、你死我活的流水账。中国人依赖和依附于"家庭"。如同家里有烦心事要时不时发些牢骚一样,中国人随便发国家牢骚的民风也是世所罕见。中国人就是喜欢这样的日子,他们在街头巷尾唠叨起国事来津津乐道,而且就像唠叨自家的油盐酱醋一样心安理得。

这也许是解释中国历史之所以苦难连绵的切入点之一。

大清帝国,从康熙年至终结,历代皇族代表辈分的字是胤、弘、永、绵、奕、载、溥。

其中"载"字辈统治的年代,是国家最纷乱的年代。

应该说,对于一个国家,没有比决定统治者的人选更"国事"的事情了。

一九○○年元旦前夕,当慈禧太后决定废黜光绪皇帝的时候,大清帝国的这位一国之君竟然没有任何反抗的勇气。除了皇帝本身的软弱之外,更重要的原因是:这是家事。在中国,尽管你是皇帝,但只要不是

1901

"家长",你就没有决定国事的权力。

当皇宫里开始议论废帝立储的时候,皇亲"载"字辈们万分激动,因为接替光绪帝位的人选是端郡王载漪十四岁的儿子,这就意味着在"载"字辈的皇亲中,载漪的一支即将兴旺发达。慈禧太后让给即将退位的皇帝封个名号,已经当上皇储的老师且同样沉浸在飞黄腾达的喜悦中的大学士徐桐,极力主张给光绪封个"昏德公"的名号。这是对皇帝的公开侮辱,而且光绪就在现场。这个时候,端郡王载漪的弟弟载澜看了光绪一眼,发现皇帝"神情恍惚,宛如梦中"。宫殿上的汉大臣们沉默着,冷冷地显示出对徐桐的不屑。慈禧敏感地感受到了,她语气缓慢而低沉,但是字字清晰,她说,这是我们家里的事,召你们来不过为体面而已。

慈禧的话,是诠释帝国政治样式的绝妙经典。

国事即家事,这可以解释帝国政治生活中所发生的一切。

之前,戊戌年变法失败,曾上书力主新政的礼部主事王照,在逃亡日本一段时间后归国隐居,著有《方家园杂咏纪事》一书,其中写道:"戊戌之变,外人或误会为慈禧反对变法。其实慈禧但知权力,绝无政见,纯为家务之争。"

六月,京城初夏,几场暖雨把蒙了一层灰尘的树叶洗净,帝国北方各种长满小叶子的树木阴影婆娑,色调沉重的都城到处镶嵌着鲜嫩的绿色。杨柳的花絮刚刚飞过,槐花浓郁的香气残留在空气中,平民院子里的石榴花蕾已经绽出深红的颜色,而宫廷里的池塘也绣上了斑斓的浮萍。端午节过后,租船饮酒的八旗子弟仍留恋在东便门外二闸附近的河面上,他们弹着三弦,摇着八角鼓,唱着单弦岔曲:

> 五月端午,
> 街前卖神符,
> 女儿节令,
> 女儿节令把那雄黄酒来沽。
> 樱桃桑椹,粽子五毒,
> 一朵朵似火榴花开端树,
> 一支支艾叶菖蒲悬门户。
> 孩子们头上写个王老虎,

> 姑娘们鬓边斜簪的是(那个)五彩灵蝠。

京城里的人认为,"善正月,恶五月"。五月里天清气爽,但是容易闹鬼。因此,进入农历五月后,家家都在门上贴钟馗像。钟馗具体是个什么人物,很难考证。据说是唐朝人,因参加朝廷武举考试没被录取愤然死去。死后"托梦"大唐皇帝,说他决心灭除天下妖孽。皇帝从梦中醒来后,让画工吴道子画出钟馗人像,贴于门壁,用以避鬼。这是一个典型的中国故事——平民出身的男子即使没有功名,甚至就是死了,也要尽保卫皇帝的天职,因为他是皇帝的子民。"子民"这个中国词汇的意思是:对于统治者而言,任何一个中国人生来就有双重身份:儿子和臣民。但是,一个考试落第的男人与天下的妖孽之间有什么逻辑关系,似乎一下子又说不清楚了,也许只有中国人才能心照不宣。数百年来,中国人一直在一年中的某一特定时辰,把这个戴着武官帽子、画着戏剧脸谱、面容凶煞的汉子像贴在自家的大门上。粗糙的画像刚贴上去的时候,钟馗没有眼球,一副懵懵懂懂的样子。半夜子时,月黑风高,人们悄悄地出门,用鸡血给钟馗像点上眼睛,北京人称为"朱砂判儿"。鲜红的眼球立即使这个汉子显出万分冲动的神情,从此便情绪古怪地站在每家每户的大门上。无论对前世英豪,还是对传说中的人物,中国人所能表示的最大敬重,是给他封一个官职,他们给唐朝武举落第的钟馗封的是"判官",即奔走于阴间与阳间负责联络的官员。这个掌握着生杀权力的官员的办公用具是一支笔:只要他在谁的名字上画一个叉,就等于宣布了这个人的死刑。

一九〇〇年初夏,京城人发现驱鬼的钟馗复活了。

义和团进入京城后,端郡王府成了义和团的总部。

端郡王府,一座豪华的皇亲府邸,雕梁画栋,山水亭阁,威严气派——几个月后,它被外国联军烧成一片废墟,富可敌国的财产被抢掠一空。端郡王府的位置,大致在今天北京西城官园附近,那里如今只留下一条名为"端王府夹道"(育幼胡同)的小街,也许还能令某些了解历史的路人依稀想起那个几乎当上太上皇的王爷穿上义和团的装束该是多么的古怪。

义和团在端郡王府大门口设起拳坛,府邸内外香烟袅袅,咒语声声,彩旗招展,揭帖满墙。看热闹的北京人第一次见到农民们在皇亲府

1901

邸随便出入,顿时感到世道有点不对劲儿了。不对劲儿的世道极大地兴奋了皇城平民一贯单调的心情:一会儿听说端郡王带着义和团去杀"二毛子"了,于是蜂拥跟随而去;一会儿又听说庄亲王载勋带着义和团去抄勾结洋人的官员家了,于是又蜂拥跟随而去。京城里的百姓不感到累,这座城市的居民原本就是政治居民,因为连捡煤渣的人都能掌握点朝廷里的秘密。接着,又听说端郡王府里的义和团开练了:在一个被端郡王封为统带的义和团首领的指挥下,几个十三四岁的农民孩子红衣红裤舞弄一阵子,就进入了"神仙附体"的阶段:口吐白沫,几近昏迷,突然又跳起来,几声怪叫,双手向空中乱抓,仿佛抓到了什么。看热闹的京城人欢呼起来,原来端郡王载漪来到院子里了。这位目前最得势的王爷扑通跪倒在坛前,表示了对义和团法术的崇拜。这一跪,把京城人跪得心直颤。端郡王当即表示:"真乃神力也!"他决定马上入宫,把义和团的神奇之术禀奏太后。

这就是大清帝国的总理衙门大臣载漪。

端郡王的一生,简直就是一个皇亲国戚、纨绔子弟、朝廷大员和流浪罪犯的混合传奇。这个皇亲中既无文名也无武功的子弟,却多次鬼使神差地时来运转,最后几乎成为当朝皇帝的父亲。经过大喜大悲、亦真亦幻之后,他被外国联军坚决地要求处以死刑。但是,大清帝国的数十个高官大员被处死了,唯独他没有死。他神奇地逃脱了洋人的仇恨,游荡在中国荒凉的西北边陲,过着土豪一样的日子。金钱短缺的时候,他收到过慈禧派人送来的数盆梅花,扒开花盆里的土,每只花盆里都埋着一块沉甸甸的金锞子。

但是,就是这样一个传奇人物,无论官史还是野史,关于他的记载少之又少,好像大清帝国的历史上根本没有过这个人一样。倒是一个洋人——日本人吉田良太郎所著的《西巡回銮始末记》中,尚留有他的人生痕迹:

> 端邸以近支王公,谋窃神器,其骄暴乐祸,性使然也。或传其父惇亲王有隐德于太后,故太后亲之。戊戌政变,漪与其兄载濂、其弟载澜告密于太后,故太后尤德之,使掌虎神营,而祸自此始。大阿哥即立,欲速正大位,其谋甚亟,而外人再三尼之。故说者谓端邸之排斥外人,非公愤,实私仇,诚笃论也。

日本人是站在洋人的立场上来评价载漪的。书中暗示载漪与慈禧的关系起源于慈禧与载漪的父亲奕誴的密切往来。这倒是解释慈禧为什么会被一个不学无术的莽撞之人左右的角度之一。

载漪，道光皇帝第五子惇亲王奕誴之次子，于慈禧为侄，是当今皇帝光绪的嫡堂兄弟。他的父亲奕誴没有当皇帝的运气，年龄只比其异母兄弟咸丰皇帝小六天。载漪生来也运气不佳，他是八个兄弟中的老二，按照大清帝国的规矩，除了奉旨世袭罔替的亲王可以世代承袭亲王爵位之外，其余的只能封爵，自亲王以至辅国将军在父死子继的时候照例要降一等。所以，奕誴虽然是亲王，但是他死了之后，不但老二载漪以下的儿子不可能被封为亲王，就是长子载濂，也只能承袭封为贝勒加郡王衔。至于载漪，顶多可以得个辅国公的封号。可是，载漪，这个"卤莽浅薄"的皇亲公子，硬是时来运转了。按照中国人的说法，这位王爷实在是福大命大造化大。他首先得利于另一支皇亲的繁殖能力不佳：嘉庆皇帝的第四个儿子绵忻，生前被封为瑞怀亲王，这位亲王只有一个儿子，名叫奕志。按照大清帝国的规矩，绵忻死后，奕志降一等承袭爵位，为瑞郡王。但是，奕志一生也没能有个儿子，死的时候也就没有后代承袭爵位，这在中国被叫做"国除"，大约是从此被国家开除了的意思。为避免一支皇亲被国家开除，咸丰皇帝将奕誴的第二个儿子载漪过继到"绵"字辈皇族，承袭奕志的爵位，载漪因此被封为贝勒，地位一下子与本家长子持平了。

贝勒距离郡王，等级还相差甚远。载漪如何成为权重一时的郡王的呢？这又是载漪的福气了。男大当婚，女大当嫁，他娶了一个媳妇，这个媳妇不是别人，而是慈禧太后的内侄女。慈禧的亲弟弟名叫桂祥。桂祥有三个女儿，长女就是在慈禧的安排下嫁给了光绪且令光绪别扭了一生的隆裕皇后；次女是载漪的福晋；三女则嫁给了另外一个"载"字辈的皇亲辅国公载泽。载漪娶桂祥的次女为妻，是否受了慈禧的主导不得而知，但有一点可以肯定，那就是载漪家族与慈禧的关系绝不一般，不然载漪不会得到慈禧的欢心，慈禧也没有理由把侄女嫁给载漪以加强彼此的亲谊。载漪娶慈禧侄女的婚期，几乎与光绪皇帝大婚的时间互为先后。载漪结婚后不久，慈禧的六十寿辰到了，载漪从贝勒被晋封为端郡王。至少在皇族晋封爵位的规矩中，这是一个特例，不是慈禧的旨意绝无可能。慈禧母家的势力之大,在帝国政治生活已经成为铁一样的现实。与载漪的好运气形成对比的是,桂祥的弟弟兆祥也有一女,嫁的是贝勒载澍,结果夫妻吵架,兆祥告到慈禧那里,倒霉的载澍居然被慈禧关了起来——"褫爵夺府,杖一百,永远禁宗人府狱。"史料记载。当年,恭亲王遵命拟旨的时候,因恐不堪言而"面青手颤,久不能语"。宗人府对王府之人行杖,从来都是"口呼一、二、三、四"虚张声势而已,但是"及杖澍,桂祥妻遣人监之。言杖不力复奏"。结果,载澍被打得血流不止直至昏迷,"蓝绸单裤粘于血肉脱不能下"。①

载漪被授予"端郡王"的封号,本身就是一个历史笑话。

载漪承袭的是瑞怀亲王绵忻之子奕志死后的爵位,即使当上了郡王,也应该按照绵忻的爵号被封为"瑞郡王",但是:

> 咸丰十年,命以惇亲王子载漪为奕志后,袭贝勒。光绪十九年,加郡王衔。十九年九月,授为御前大臣。二十年,晋封端郡王。循故事,宜仍旧号,更名端者,述旨误,遂因之。②

所谓"述旨误",是说文件上把字写错了。原来,军机大臣奉旨书写晋封文件时,把"瑞"字错写成了"端"字,然后稀里糊涂地呈奏了上去。更糊涂的是,皇帝也没把这个错字看出来,朱笔一画批准了。帝言即出,便是成法,没有更改的道理。结果,在官员和皇帝的共同糊涂中,本来被过继到"绵"字辈理应承袭"瑞郡王"封号的载漪,到了封王的时候却成了"端郡王"——皇族瑞怀亲王绵忻一支的爵位封号到此真的被"国除"了。

无论是"瑞"还是"端",对于载漪无关紧要,反正他已经是大清朝的郡王了。

载漪的福气到此还没有终止,他的儿子又被立为皇储了。

这件"盛事"的突然出现,还是来自于载漪的裙带关系。

郭则沄《十朝诗乘》云:

> 至是东朝再训政,忽别议为穆宗立嗣,盖预为废立帝也。近支中唯端王福晋出入椒掖,承眷特隆。所谓"佛香高阁盘旋上,亲挽篗䉒有福金"者,即咏此事。溥儁得立,实由此。此时朝士虽无敢昌言抗议,而私忧窃叹每见篇章。

载漪的福晋与慈禧的关系甚是亲密,到了可以在慈禧的轿子周围晃来晃去、不时与太后窃窃私语的地步。在载漪的儿子当选皇储的问题上,想日后当上皇太后的载漪的福晋绝对脱不开"走后门"的干系。

洋人坚决反对载漪的儿子成为皇帝。

帝国预立皇储的诏书下达之日,载漪嘱其府内的仆人:"各国公使将于今日来贺溥儁为大阿哥事,汝等宜预备茶点。"可是,"至夜寂然"。第二天,载漪又嘱,"至夜又寂然"。第三天,载漪仍嘱备好茶点,"至夜复寂然"。史书记载道:"自是,载漪之痛恨外人也,几于不共戴天之势。"③

在慈禧的庇护下,大清帝国的最高决策权,掌握在一小撮满族王公手中,而以"载"字辈的权力为最。他们是:载濂、载漪、载澜和载勋。前三位是亲兄弟。载濂是自然承袭的惇郡王。载漪不但也是一个郡王,而且还是总理各国事务衙门大臣兼禁卫军虎神营总兵。老三载澜的爵位是辅国公,出任禁卫军右翼总兵。哥仨掌握着帝国京畿部队的军权。而载勋,是世袭罔替的庄亲王。庄亲王是康熙年间八大近支勋臣之一,即与皇帝血统最近的那支亲系,号称"八大铁帽子王"之一。其第一代庄亲王硕塞,是清太宗第五子,为大清国的开国立过战功;第三代庄亲王允禄,是朝廷的内务府总管,曾任正红旗汉军都统、镶白旗满洲都统、镶黄旗满洲都统,领亲王双俸;第四代庄亲王永瑢,先后任镶红旗蒙古都统、正红旗满洲都统,掌管宗人府,署领侍卫内大臣;第五代庄亲王绵课,先后任正红旗蒙古都统、正白旗汉军都统、镶蓝旗满洲都统,署领正白旗侍卫内大臣、正黄旗侍卫内大臣;到载勋这一辈,已是第十代庄亲王,其门第在大清国的历史上已经显赫了近两百年。载勋此刻任禁军统领,同样是军权在握。

关于载家兄弟的权势,在中国出版的英文报纸《字林西报》刊文说,慈禧已经给了载家兄弟一把可以先斩后奏的"尚方宝剑"——从史实上分析,这是洋人被吓出来的幻觉。但是,即使没有这个幻觉,这些既无政治才能也无军事经验的贵族弟子,居然在国家政治生活中央形成一个权力核心,这一现实足以令整个大清帝国的命运岌岌可危。

那些被饥饿和绝望逼上不归之路的农民,他们没有一个人知道宫廷里发生的事,他们关于国家政治的所有知识,仅限于街头巷尾的传说和臆造出来的秘史。而今,他们能够进入帝国的都城,甚至"驻扎"在王公府邸中,得到掌权的大员们的承认,成为皇族们的"手下"甚至"家人",这无异于读书人考取了功名,做官者得到了晋升,农民们原本的不平之心得到了异乎寻常的满足。在王府里,他们除了窥视深不可测的门廊院落,吃着用巨大铁锅烧出来的大块猪肉外,关于国家大事他们什么也不知道。那些巨大的假山、富丽的飞檐和茂密的紫丁香遮住了他们的视线——他们的视线也只能到眼前为止。如同无法得知王爷们的私生活真相一样,农民们根本无法得知任何"国事"的真相。虽然他们无疑是帝国农民中大开了眼界的"幸运者",但是当他们在王府前院中站立或是走动的时候,内心里除了畏惧,还有畏惧之后愈加深刻的自卑。他们的情绪不算复杂,或者说自打进城之后,他们的热情变得更加单纯了。至于国家、政治、外交、法律等等概念,连帝国的主宰者们都没搞明白,如何苛求农民们能比王公们更明白?

如果说端郡王载漪的仇恨,来自洋人强烈反对他的儿子当皇帝;那么,庄亲王载勋的举动,就让人有点摸不清头绪了。载勋对洋人的仇恨更加狂烈,他的府邸成了义和团"坎"字团的总部,他的家人连同他自己也都成了义和团中的一员。自义和团进入京城起,这位亲王就变成了"举事"农民的头头。他骑着马,在义和团的簇拥下,乱闯于北京的大街小巷。京城所有的城门,都贴上了以他的名义发布的布告:杀一男洋人,赏银五十;杀一女洋人,赏银四十;杀一洋婴,赏银二十。载勋的府邸,位于西黄城根太平仓,在数月的光景里,那里几乎成为大清帝国的刑场。只要说是"杀洋人"或者"杀二毛子",尽管往庄亲王府邸的大门前跑,准能看见人头落地的热闹景象。载勋还是带领义和团抄那些"里通外国"的官员家的首领。于是,京城里无论多大的官,只要看见骑在马上的庄亲王那张似笑非笑的脸,就知道自己的家产算是完蛋了,弄不好还会被义和团拉到庄王府前砍了头。

载勋召集义和团的地点很多,其中最重要的是三义庙。北京名叫"三义庙"的地方至少有七处,这是因为民间供奉刘备、关羽、张飞三兄弟的风俗很盛的缘故。与庄亲王家族关联最密的,是海淀万泉庄附近的三义庙。一九〇〇年,这个地方流泉遍地,或注入荒池,或暗伏草径,春夏之交,晴云碧树,鸟语花香。这座庙是庄亲王出资修缮的,亲王的管家还在这里购置了数顷田地。就是在这样的秀美景色中,载勋召集义和团的农民们开会练拳,三义庙四处流淌的溪水映照出大清帝国蓬勃的造反景象。数月之后,巨大的庄亲王府被外国联军烧毁——洋人没有忘记三义庙这座美丽的庙宇,它与庄亲王府一样成为一片灰烬。

在这样的时刻,帝国所有的官员都紧张起来,因为必须对蜂拥入城的义和团有所反应。政治经验告诉他们,这样的反应别说出现错误,就是反应得慢了,都可能招致杀身之祸。大小官员们在家里紧闭大门,与家人和同僚彻夜秉烛,前因、后果、发展、结局,所有的商谈都不涉及国家将面临什么或遭遇什么,而是自己将面临什么或遭遇什么。人心惶惶的日子中,突然有传闻说,军机大臣刚毅请太后收义和团为"团练",让端郡王载漪统一指挥,据说"太后信之"。接着,太后召见义和团大师兄曹福田的消息传来,据说太后"奖其英勇"。都是"据说"、"据说",但是帝国的官员们很快就亲眼看见了:两宫从西苑起驾回大内,上千义和团团员从瀛秀门至西华门沿路护卫。他们清理街道,大声呵斥围观者,俨然皇家卫队的模样。而太后脸上一片慈祥,她老人家"赏银二千两,慰劳有嘉"。无需再商谈了,一切都明白了:义和团万岁!

于是,帝国的官员们毫不负责地将国家推向了灾难。

有主张把驻京外国使节全部杀光万事大吉的——知府曾廉、编修王龙文献"三策",请求端郡王载漪转奏太后:"攻东交民巷,尽杀使臣,上策也;废旧约,令夷人就我范畴,中策也;若始战中和,与衔璧予亲何异?"唯恐天下不乱的载漪闻听此论,不禁大喜,言"此公论也"!④有给杀光外国使节寻找理由的——编修萧荣爵:"夷狄无君父二千余年,天将假手义民尽灭之,时不可失。"⑤有直接歌颂义和团的——知府曾廉、御史刘家模:"义民所至,秋毫无犯,宜诏令按户搜杀教民,以绝乱源。"⑥有主张把过去办理洋务的人和与洋人有密切关系的人重新定罪的——郎中左绍佐:"请戮郭嵩焘、丁日昌之尸,以谢天下。"⑦有主张为过去的教案平反的——主事万秉鑑:"请议恤天津教案所杀十六人。"⑧有想趁机洗刷罪名的——侍郎长麟因为站在光绪一边被慈禧罢免,现在急于立功:"请率义民前敌!"⑨有信口胡说的——只要太后高兴,即使最不可能的事也能随便说出口,而将国家的命运视为儿戏——御史徐道焜:"洪钧老祖已命五龙把守大沽,夷船尽没。"御史徐嘉言:"已得关壮缪帛书,书曰夷当自灭。"⑩

帝国的官员们被一种唯恐落后的气氛所笼罩,以至于精神失控了一般人人争先恐后把街上的义和团请到家里来吃、喝,称兄道弟,而且家家设立起义和团的拳坛——"王公邸第,百司廨署,拳匪皆设坛,谓之保护。士大夫思避祸,或思媚载漪者,亦恒设坛于家,晨夕礼拜焉。"⑪

中国几千年历史上最不可思议的事情终于发生了。

也有反应慢的官员,或者曾与洋人有某些来往,或者家里有信奉洋教的亲人,乃至平时与载家兄弟关系不太好的,他们立即遭了殃。都统恒庆,满族贵族,与载漪平素亲密,即使如此也不能幸免,一家十三口全被义和团杀死。尚书立山平时"不附载漪",侍郎胡燏棻、学士黄思永、通永道沈能虎皆以洋务著称,都被义和团列入了死刑名单。结果,胡燏棻逃亡,沈能虎通过行贿得以免死,立山、黄思永被捕入狱。编修杜本崇、检讨洪汝源,因被指为教民被打了个半死。贝子溥伦、大学士孙家鼐、尚书陈学棻、副都御史曾广銮、太常陈邦瑞被抄家。值得注意的是,就连坚决支持义和团的大学士徐桐和阁学贻谷的家也被蜂拥而至的义和团抄了,金银财宝损失不少——入室抄财的义和团,在这一瞬间根本没有政治立场。农民们无论打着什么旗号,他们之所以背井离乡,揭竿而起,从根本动机上讲是痛恨高官们的家财万贯、仇视人世间的贫富不均,类似"扶清灭洋"这样的政治口号,在这种阶级痛恨和仇视中一钱不值。

农民们不需要紫貂长袍和百年古董,他们需要银子。他们把抄家得来的财宝衣物拿到前门外去卖,京城的大栅栏一带成了乡村集市一样的自由市场,身穿义和团"制服"的农民们的叫卖之声在这里响成一片。京城的平民为此大得实惠,区区几个钱就能买到皇亲国戚、高官大员们家里的贵重物品:"诸宅被劫后,均于前门外销赃,有以京蚨三十千得带䙱貂褂者,有以京平银四五两得翡翠朝珠者。"⑫

更严重的是,义和团要杀皇帝了。

臣民要杀帝王,这在大清国的历史上可谓头一遭。

义和团的揭帖宣称,他们要杀"一龙二虎"。所谓"龙",指的正是光绪皇帝。义和团说光绪效法外洋,里通外国,是教民的"总教主"。

而"二虎",指的是庆亲王奕劻和两广总督李鸿章——庆亲王是总理衙门大臣,说话有偏袒洋人的嫌疑;李鸿章则是著名的洋务派首领。

怒不可遏的农民们,在居心叵测的高官的暗示和怂恿下,居然可以公开地宣称他们要杀皇帝——这样的一个政权,这样的一伙官员,这样的一个延续了数千年的古老帝国,此时此刻,它还能称之为一个"国家"吗?

浮躁的日子

《都门纪变百咏》:诸王贝勒府设立神坛,门前高建大纛,上书"替天行道奉旨义和团"字样。

一九〇〇年,中国历史上最凄楚的一页就这样掀开了。

当那些愚昧的农民后来成片地倒下的时候,他们没有一个人看见背后将他们推向洋人枪口的那只手;当他们被王公贵族刚一领进京城的时候,他们其至还为终于成为大员们指挥下的义民而激动不已过。

把东西点燃,这是小孩子都能做到的事,不需要技术、装备和特殊的训练,任何一个农民只要愿意就能办到。义和团刚进城,八面槽和宣武门附近的教堂和教会医院就燃起了大火,大火腾起的浓烟如同长城烽火台上的信号,预示着这座千年古都的巨大灾难开始了。崇文门内所有的教堂都起了火,灯市口和勾栏胡同等处洋人的住房也冒了烟。接着,大火蔓延到京城的每一个角落,因为中国教民的房屋也燃烧起来。

最著名的大火,燃烧在正阳门外的商业区大栅栏。

义和团放火,是有一番仪式的:一个大师兄先作法,形式和"降神"没什么区别。一伙义和团围成圈,大师兄在中间手舞足蹈地念咒语,关公、诸葛、昆仑老祖、西天老祖地召唤一阵子后,大师兄便"神仙附体"了。"神仙附体"的大师兄浑身发抖,口吐白沫,突然一声:"火!"前边的房屋即刻燃烧起来。没人知道或者没人愿意知道,这是农民们事先在房屋里面安排人拿着火把,专等着大师兄的一声号令——"使其党预伏于内,以煤油潜洒之"——号令一出,"烈焰突起,观者堵立,惊以为神"。京城人并不至于如此愚蠢,只是明明知道法术有假,但有观看大火燃烧之热闹的习惯。每一次放火之前,义和团都宣称他们点的不是一般的火,而是灭洋的"神火","神火"的神奇之处在于:让它着,它就着;让它灭,它就灭。而且,这火只对与洋鬼子有关的东西起作用——"只烧洋房,决不波及民居。"⑬

义和团在大栅栏点火,说是要烧老德记洋药房。

跑来看热闹的京城平民,挤在距这家药房很远的地方,说要亲眼见见被传说得很神秘的义和团的法术——即使在天桥看魔术也要掏钱,而这里是免费的,何况大火烧起来一定很好看。可是,大栅栏的商家掌柜却跪了一条街,他们哀求大师兄放他们一马。整个京城内,只有他们是清醒的,他们是商人,只相信按照市场行情一两银子能生出几分利,绝不会相信除了市场规律以外的任何法术。义和团越作法,他们就越害怕,因为他们知道,无论什么火,只要一烧起来,外国人的洋药房是没了,他们的店铺也将不复存在。

帝国的官员下令把正阳门关了,说是奉太后旨意防止乱人混入内城。

这给了义和团一个明确的信号:要放火尽管放就是,只要不把皇城点着。

大火烧起来了。

大栅栏,京城数条商业街中最著名的一条,位于皇城的正阳门外。正阳门,帝国皇宫面对的最重要的军事防御工程。一六四四年清王朝建都北京,沿用明朝建都的格局,正阳门是皇城的正南大门,因此俗称"前门"。大栅栏原来的名称是"廊房四条"。一七七四年,由于"反清复明"的政治骚乱持续不断,为加强京城防卫,帝国政府下令京师内外大小街巷设立护门栅栏。在这道命令下,京城里的大小胡同设立的各种栅栏多达一千七百四十六处。设立栅栏采取的是"官助民办"的方法,即由居民自己筹措资金、自己设计样式、自己请工匠打制。于是,前门外这条商家云集的街道上,栅栏被打制得格外高大漂亮,成为京城里一道与众不同的风景,成为帝国北方商业兴隆的标志。之后,人们便把这里称为"大栅栏",而原来的胡同名字却被渐渐遗忘。到了《乾隆京城全图》印出来的时候,"大栅栏"这个名字已经得到了帝国政府的认可。这是一条长不过两百多米的小街道,却排列着当时帝国最著名的店铺百十家,鞋帽店、绸布店、金银首饰店、药店、绒线店、烟店、饭店、戏园子等等,"为京师最繁华处"。当时有诗云:

  画楼林立望重重,金碧辉煌瑞气浓。
  箫管歇余人静后,满街齐响自鸣钟。

义和团进城之后,繁华的大栅栏成为他们最喜欢聚集的地方,这里有吃有玩有常年上演的戏剧。在这里的店铺里学徒的青年特别多,大都是从乡村进城的农民,这些学徒见到义和团如同见到自家亲人。史料记载,那一年,大栅栏、打磨厂、鲜鱼口等店铺的学徒伙计大都参加了义和团,大栅栏口外的几家剪刀铺里,打造兵器的炉火彻夜通红,叮叮当当的声音响彻京城。正打铁的时候,有伙计报告:老德记洋药房,不但没有把洋药销毁,而且还在转移货物。

义和团生气了。

火光一起,不可控制。

老德记洋药房起火后,鬼使神差一般,天空突然刮起了大风,大火瞬间烈焰飞舞。接着,大栅栏整条街道全都燃烧起来。火势沿着煤市街,观音寺、廊房三条、二条和头条,珠宝市,前门大街,西河沿以及东西荷包巷迅速蔓延,最后竟然烧到了正阳门的箭楼和城楼。点火的义和团开始四散避火。熊熊大火烧着了著名的内联陞、同仁堂等店铺。也许是因为殃及城门了,帝国政府这才允许救火,但是声称可以一声咒语就能"闭"火的大师兄不见了。结果,大火烧了一天一夜才被扑灭。虽然老德记洋药房没有了,可同时消失的还有大栅栏的四千多家商铺。原本繁华的商业街变成一片废墟,数不清的绫罗绸缎和金银珠宝或被大火烧毁或被趁火打劫。京城再有诗云:

  大栅栏前热闹场,无端一炬烬咸阳。
  问渠闭火多神术,为底神灵误主张。

利益损失过于巨大,势必影响到帝国政府的财政收入。

于是,数天之后,帝国政府动用行政手段"发内帑五十万两,户部银五十万两",借给被大火殃及的京城著名银号:恒和、恒利、恒源和恒裕,让其"恢复旧业以维市面",但京城之萧条仍"为从来所未有"。

帝国政府没有追究义和团放火的责任,有关官员更没有一个人"引咎辞职",因为这一切是"正义"的行为所致。

能够代表帝国政府立场的是,在火烧大栅栏的第二天,也就是大栅栏的大火还在燃烧的时候,火被放到了内城。西单牌楼附近的一家讲书堂,被认定是与洋人有关的店铺,义和团们放了一把火,结果大火再次殃及相邻的千余家商铺。紧接着,东城的一家洋货铺被点燃,与大栅栏一样,大火一下子又烧毁了整条街上的四千多家商铺。

大火令京城的夜晚如同白昼。

帝国自明建都北京后,数百年的商业精华终成满目瓦砾灰烬。

火是中国人自己点燃的。

火光之中,帝国大员府邸内的拳坛香火更盛。

载漪,这个京城禁卫军虎神营总兵家中的一半人都声称自己入了拳。

那是一段人心大快的日子,人人都觉得地翻天覆。在烈焰腾起的滚滚浓烟中,京城里所有的青少年都以参加义和团为荣耀——"城中焚劫,火光蔽天,日夜不息,车夫小工,弃业从之,近邑无赖,纷趋都下,数十万人,横行都市。"⑭ 就连帝国的官员,出门也要步行了,因为轿夫们都"举事"去了,拉车的骡子已经好几天没人喂了。许多王府的福晋也必须自己下厨房,因为厨子和杂役们都上街"革命"去了——"什百成群,呼啸周衢。"

帝国的皇族和官员没有因此惩罚"奴才",因为他们许多人已经公开宣称自己也是义和团团员。当他们聚在一起的时候,可以把如今的奴才不听使唤当做一件乐事来谈论了——中国人从来擅长自我安慰,只要凭空臆想出一个连自己都不愿相信的理由,就可以继续心安理得地得过且过,这就是帝国臣民千百年来不闻世间沧桑巨变而依旧浑浑噩噩地活着的依靠。

此时,整个京城"上自王公卿相,下至倡优隶卒,几乎无人不团"。义和团人多势众已经"比于官军"。帝国的一位官员甚至以威胁的口吻对英国公使窦纳乐说,不久之后,清军也会全部成为义和团!

帝国多年的律例,严禁在京城内持械。但是一九○○年的夏天,京城的大街上走的都是挎刀持矛的义和团。

帝国多年的律例,严禁私家冶铁。但是一九○○年的夏天,京城内"家家铸刀,叮叮之声,日夜相续"。

在王公府邸里吃饱喝足了的大师兄,一出门,充满酒肉味的嘴里吐出的话就是帝国的"律例"。这些"律例"一会儿一变,京城的平民稍不注意,就可能招致杀身大祸——"无日不出新花样,或令人悬红灯,或令人当门书'义和团之神位',旋又改为'义和团众神之位',朝令夕改,奉行惟谨,否则以二毛子治,不旋踵即有灭门之祸。"⑮义和团说要白面,家家户户都得拿出白面;又说不要白面了,要大饼夹酱肉,于是家家烙大饼争买酱肉。每到晚上,义和团都在街上喊:"家家烧香!"家家虽然不知道为什么烧香,但是都得烧起来,帝国的都城因此烟雾腾腾,俨然成了一座巨大的庙宇。又令居民"供清水一盂,馒首五枚,青铜钱数枚。家置一秫秸,粘红纸,供五日"。⑯家家只好照办。后来一问,义和团的解释是,供了五天的秫秸便有了"神力","持以挥敌,首自落"。义和团进攻使馆不利时,命令所有的居民在烧香时"以拇指掐中指,男左女右,力掐不放",说这样可以灭洋人。早上起来,突然听说义和团在大街上杀了个女乞丐,原因是这个女乞丐暗中接受洋人的委托,半夜里把"秽血涂在居民的门上",目的是"要招鬼来害居民全家"。由此,家家都出来看自己的大门,全城人心怦怦乱跳。

义和团要求京城里家家必要有的东西是红灯——家家挂灯,昼夜不熄,一片灯海,犹如节日。但是,挂红灯也不那么容易,一不小心也可能惹来灾祸。突然有命令来,让把红灯高举起来,说是照迎仙姑。居民们刚把红灯高举起来,又来了一个命令,说高举红灯有碍仙姑的"云路"。于是,刚才还满城红灯,"万炬高展",转眼间红灯又一起消失了,"如万星之齐落"。可是,命令突然又来了,说"红灯低者,乃奸细也",要高高举起来"以助神威","乃户户又高举如故"。⑰

京城内传闻纷杂,居民们手忙脚乱。渐渐地,人心惶惶,草木皆兵了:"忽有人传言,遥见顺治门外聚集多人,即之忽又不见,居民互相惊异";"有人狂奔过市,大呼反来,或呼火起,闻者震惊"。⑱乱七八糟的传说,夹杂着各种恐怖传闻蔓延开来,闹得京城的平民不知如何是好了。昨天说,有鬼魂半夜专门剪鸡鸭的羽毛和熟睡人的辫子;今天又说:"某粮店黑豆一囤,转瞬间豆皆自生眉目。"人心已经十分慌乱时,再听见有人大声喊:"泼水!"家家户户,男女老少争先恐后地往街上泼水,结果"街市尽湿"。[19]满街是水之后,人们互问为什么泼水,谁也说不明白。

那是一段混乱的日子。

人心躁动,而且暗含着隐约的害怕。

人们甚至为城内大火造成的损失寻找可以接受的理由。大栅栏大火烧毁民房,人们说义和团本来除了老德记洋药房之外,绝不会殃及别的房屋,但是由于"二毛子救火",神仙恼怒了,所以烧了一大片。这个谴责救火、偏袒纵火的说法,居然让京城里的人深信不疑。西单的大火,明明烧毁了上千家店铺,但是关于义和团法术灵验的说法依旧传诵着:"西单牌楼二道街洋房烧,粮店跪求。团民手执小红旗上房,口中念念有词,用旗一挥,火即飞过粮店矣。"[20]

后来的大清史书,都把义和团称为"匪"。但是,当时在大清帝国北方,几乎没有人这么认为,至少没有人敢这么认为。这是一个极其奇怪的现象。在中国几千年的历史上,绝少有这样"上下一心"的时刻,尤其是没有过政府官员与"举事"的农民同心协力的时刻。就面对外国势力而言,尽管政府官员和平民百姓感受到的屈辱截然不同,但是就仇恨的情绪来讲,他们惊人的一致——"民心蓄怒已久,不约而同,闻灭鬼子杀教民,人人踊跃思奋。"[21]关于洋人的罪恶,在当时的史书中,涉及国家尊严和民族利益的文字几乎没有,所见最多的是对洋人古怪"兽行"的描述,也许因为只有大书特书这些"兽行",才能最大限度地激发中国人对外国人的仇恨。那时的京城内,几乎每天都流传着类似的消息:义和团从某个教堂里搜出无数颗人的心、肝、肺;又有拳民在某个洋人的住宅中搜出剥下的人皮、从孕妇肚子里剖出来的婴儿,还有数十个"阳物"。当义和团冲进西医医院时,他们被人体骨骼标本吓了一跳,抬到大街上,又是洋人吃人的活生生的罪证。义和团在烧毁一家照相馆之前,骇人听闻地从这家照相馆里抬出一筐"人眼珠",倒在地上,"人眼珠"乱滚,京城里的人个个毛发倒竖,惊叫不已。后来被一个南方人看见,告知这是一种名叫荔枝的水果,不信可以尝尝,甜得很。结果这个南方人立即遭到一顿暴打——人们不愿意更改洋人"挖人眼睛"的消息,而这个消息也确实不可更改了。帝国臣民的心理,如同这个正在走向衰亡的帝国一样脆弱。全民的心理失衡终于导致了整个国家集体行为的失衡。

在这种非正常的心理状态中,帝国臣民第一次把千百年来欺压他们的那些昏聩的官员全盘接受下来,他们向骑在高头大马上的王公大臣们欢呼,簇拥着这些大员带领着他们去"灭洋"。除了杀尽洋人和"二毛子"、"三毛子"之外,所有带"洋"字以及与"洋"字沾边的东西,都成为义和团的攻击对象。

除了洋钱。

此时的中国人把敌对的一切,简单地归纳为一个"洋"字,而"洋"字已经成为一个文化概念,涉及这个概念的任何行动都可以有合理的解释。

首先要消灭一切与"洋"字有关的名称。

"义和团将东交民巷改名为'切洋鸡鸣街',令人各处宣传,写条粘贴各巷"。"各街市铺面有售洋货者,皆用红纸将招牌上的'洋'字糊上,改写一'广'字"。"见东洋车亦用刀乱剁,由是改称东洋车为太平车,用红纸书'太平车'三字,贴在车尾"。"城内城外各行铺户与各街住户,义和团俱饬令避忌洋字,如洋药局改为土药局,洋货改为广货,洋布改为细布,诸如此类甚多"。义和团砸了所有带"洋"字的东西,纸烟、眼镜、洋伞、洋袜子,他们只要看见就用刀一通乱砍,然后统统烧掉。他们通告所有的居民:"各家不准存留外国洋货,无论巨细,一概砸抛,如有违抗存留,一经搜出,将房烧毁,将人杀戮,与二毛子一样治罪。"[22]

由洋货延伸到使用洋货的人。巡逻的义和团看见街上有穿洋衣的人,这个人的脑袋就难保。洋衣的范围除了西装之外,扩展到窄衣窄袖,又扩展到白颜色的——"白衣者近洋派,一律禁着白衣。天时暑热,白衣为多,贫苦人无衣可易,遂有着妇女红绿衣者,权救一时之急。"[23]无法得知白色为什么是洋人的专利。后来,范围的扩大终于没有了边际:"着灰布衫者奸细也,旋又令曰蓝衣者奸细也。着此二色衣在途行走者,柱死不知凡几矣。"国人的衣服颜色本来就很有限,到底着什么颜色的衣服才不至于掉脑袋呢?紧接着,学生们也开始恐慌起来,因为他们读的是"洋书",于是家家在门口烧书以示立场。其实农民们知道,洋货已经成为商业流通中的现实,彻底销毁是不可能的,况且洋东西就是比国货好用,细布总是比土布穿在身上体面。于是,只要名称改了,就算完成了灭洋的任务。

"洋"字仅仅是中国人语言上的一种忌讳而已。

中国人对语言中所包含的神奇力量深信不疑,他们愿意用内涵丰富、歧义颇多的汉语言与所有不可抗拒的力量玩文字游戏。明明命运不济,但是花钱"求"来一张写着"时来运转"的字条,信心就十足了起来。新婚夫妻被送入洞房,闹房的人给他们端去一碗煮得半生不熟的饺子,然后在窗外故意发问,听见里面说出一个"生"字,所有的人都松了一口气——这个新媳妇将来能够大量生育是没有问题了。生了一个儿子怕夭折,就取个名字叫"铁蛋",因为世间没有什么能伤害一个生铁疙瘩。与普通家庭愿意贴上一个倒写的"福"字一样,官场上要想把政治对手扳倒,就要把这个对手的名字倒过来写在墙上,象征着这个对手已经"倒"了。中国人相信语言有一种超自然的力量,换一种说法或者称呼,整个现实世界就能够随之改变。

与所有民间的秘密团体一样,义和团也有自己的"团话"。他们把所接触的事物和物品,都改变成另外一种形态。比如把电线说成"千里竿",把水说成"雷公奶奶洗澡汤",把大饼说成"老君屎"。下定决心灭洋的义和团认为,只要眼睛里看不见、耳朵里听不到"洋"字,万恶的外国势力就当然从中国消失了,乾坤也就清朗了。有一个进了城入了府的农民问:帝国都城的京畿部队为什么叫虎神营?军机大臣荣禄的解释是:虎能吃羊(洋)。于是国人都相信,帝国军队是一支能够令所有洋人闻风丧胆的军队——至少帝国的官员们感觉上是这样。

政府官员迂腐至此,整个国家发生什么都不足为奇了。

帝国炮火中的"家事"

一九〇〇年,义和团最大的灭洋行动,是攻击教堂和使馆。

攻击自六月十五日开始,直至外国联军占领京城为止,长达六十多天。

正是北方酷热的季节,整个京城犹如一座火炉,头顶上是炎炎烈日,街巷里则暑气蒸腾,无论是对于洋人还是中国人来说,这都是一段极其难熬的日子。

攻击使馆是严重的外交事件。因此,这六十天里发生的一切,曾被目击者、亲历者和著书者大量记述。如今,完整地梳理这些浩如烟海、真伪混杂的史记绝非一件易事。但是,无论是洋人"最黑暗的时光"、"耶稣受难的日子"的描述,还是中国人"匪焰炽烈"、"反帝壮举"的描述,都无法显现出一个大致符合逻辑的史实脉络。原因很简单:如果说这是一场战斗的话,战斗的过程和结局都过于荒唐了。

中国的兵家哲学发源甚早,在西方人还茹毛饮血的时候,中国人在交战中如何谋胜的策略已经形成。中国头脑睿智的兵家提出的最精辟、最简洁,同时也最具真理性的结论是:天时、地利、人和。这种囊括了组成世界的天、地、人三元素的哲学论断,是中国人遵奉了数千年的行为哲学的精髓,它不但被包括人类战争在内的所有事物的规律所印证,还是了解和分析中国这个东方民族性格特征的便捷突破口。

但是,一九〇〇年夏天,发生在京城里的尸积如山的战斗,却是中国几千年历史中的一次奇异的例外。

中国人占据着天时。所谓"天时",就是道德所向。无论洋人能够列举出万般理由:现代世界的秩序,现代经济的发展,现代文化的全球化趋势等等,却不能回避一个显而易见的事实,那就是如同中世纪欧洲海盗横行的年代一样,他们在蛮横地武装侵入一个主权国家,并利用经济实力的优势对这个国家进行政治、经济和文化上的掠夺。任何一个民族对于这样的侵入,其奋起反抗都是自然的、必然的、合乎世间逻辑的。于是,中国人面对洋人的战斗理直气壮。这是中国人的天时。中国人也占据着地利。所谓"地利",就是战场地理。洋人漂洋过海,龟缩于异国都城内的几间房屋里,甚至连中国兵书上所说的"背水绝地"都不具备,因为他们身边不但没有河流,就连喝的水都要断绝了。战斗开始的时候,他们根本来不及考虑战场地理,充其量只能盼望墙壁和窗户更结实一点。中国人还占据着人和。所谓"人和",就是人心的向背。一九〇〇年夏天,在京城里战斗的人是得到官员支持的数十万

"武装"起来的农民,而帝国的正规军向战斗地域开进的时候市民们更是夹道欢呼。同情洋人的中国人少之又少,即使同情他们也不可能采取什么行动。参加战斗的中国人不缺粮食,京城里的平民几乎家家都在倾囊相助,因为这已经不是"乱民"在胡闹,而是帝国政府在行动——"倾其国力,尽其所有",声势浩大,威武雄壮。

战斗无日不有。

兵攻、水攻、火攻。

团民英勇无比。

人炮、地雷、火药。

我恃天理人心,全城皆为我家,数十万人同仇敌忾,这不是天时、地利、人和是什么?

中国人在本土作战,可以动用一切手段,而被攻击的洋人男女老幼总数不足三千,且深陷于极其狭小的空间内,所以,中国人根本不会在这场不能称之为"战斗"的战斗中失败。

六十多天战斗酷烈。

最后的结局却是:中国人成片地倒在自己都城的土地上,他们都是年轻的义和团团员和帝国兵勇,洋人取得了战斗的胜利。

历史的残酷,是无法用习以为常的思维理解的。

义和团首先攻击的是京城内的教堂,攻击最烈处是北堂。

北堂,即位于西安门内北侧的西什库大教堂,为天主教设在中国北方教区的总堂,主教就是那个曾被大清皇帝授予二品顶戴的法国传教士法维埃,中文名为樊国梁。西什库教堂建于外国传教士在中国传教的黄金时期,那时的樊国梁雄心勃勃,立志要把上帝的福音传遍中华大地,让这个世界上人口最多的国家成为天主教在东方庞大而坚固的基地。为此,财大气粗的天主教会有足够的金钱在京城修建一座足够辉煌的教堂。设计图纸显示,这将是中国土地上最高的建筑物。但是,当拿了"回扣"且与教会签订合同后,帝国的官员们这才发现,如果这座教堂按照图纸修建起来,站在教堂的顶楼上,紫禁城内皇家的一举一动将一览无余。于是,在反复交涉没有结果之后,帝国政府表示愿意付建筑费三倍的价钱来换取对合同的修改。教会方面同意了,唯一遗憾的是,早知今日,就该把教堂的建筑费估算得更高一些。即使如此,竣工的西什库教堂,依旧是一座高大坚固的建筑。它至今矗立在原来的位置上,只不过一九〇一年后进行了大规模修缮——高大的灰色宗教建筑上的烟火痕迹消失了,如同中国人关于它的记忆一样。但是,洋人的记忆是不会被轻易抹掉的,因为那些心惊肉跳的日子留给他们的记忆刻骨铭心。

在京城里的其他教堂都被焚毁后,西什库教堂孤独地矗立着,它因此显得更加岌岌可危。

教堂受到攻击时正人满为患:在这座教堂里供职和从外面逃来的神职人员有数十人之多,其中法国传教士十三人,女传教士二十人,为躲避义和团杀戮跑进教堂的中国男性教徒一千多人,加上教徒们携带的老人妻孩,再加上外国人的妻子、孩子,总人数达两千二百人以上。这些人都是非武装人员,除了恐惧之外什么也没有。负责教堂防守的武装人员共四十一名,即法国水兵三十一人、意大利士兵十人,指挥员是一个名叫奥利维利的意大利海军中尉。这些外国军人,两个星期前在帝国政府允许下从天津乘火车赶来,六月一日下午他们被分配到西什库教堂。也就是说,西什库教堂受到攻击的时候,保卫教堂的只有四十一条洋枪。

六月十六日,强烈预感到危险临近的西什库教堂大门紧闭,门口和窗户已经用装满土的布袋垒起了防御墙,法国和意大利官兵昼夜值勤,警惕地注视着教堂四周混乱喧嚣的街道。教堂内所有的人都知道他们已被包围。

大约在早上,随着一声响亮的呼哨,一支箭射进教堂,箭上缚有信二:

> 字示天主教民知悉:今天津等处洋人皆已平抄尽净,汝等守此弹丸之地,内无粮米,外无救兵,汝等识时务者当自出投诚,必不杀害尔等。若能杀一洋人献首级者,赏银一两;若拿一活者送到本团,赏银五两。指天为誓,绝不食言。若执迷不悟,破巢后被获之时,虽愿投诚,亦尽杀不贷。[24]

> 你们天主、耶稣教民听着:汝等外救已绝。劝尔等若将樊国梁等洋人交出,凡洋人财产全分与尔等。若尚执迷不悟,破

巢后玉石俱焚。今已铺成地雷数处,看尔等如何抵御!及早回心,免遭不测。本团言出法随,思之,思之。㉕

两封信,全是写给在教堂内避难的中国教民的。意思很明白:如果能够里应外合杀掉洋人,不但可以免死,还可以赏银——分掉洋人的财产!如果不从,教堂被攻破之日,格杀勿论。义和团的"劝降书"为什么不直接写给他们的战斗对手——教堂里的那些洋人,原因不得而知,可能是因为义和团中没有人会写洋文的缘故,或者是因为义和团给予洋人的除了死亡之外别无他路——中国人根本不会接受洋人的哀求,如果他们出来哀求的话。

然而,西什库教堂里的中国教民,没有一个愿意杀洋人出来领赏的。原因很简单:整个京城内,已有上万教民消失了,其中有被烧死的,有被砍头的。人在极度恐怖和毫无退路的情况下会表现出精神的异常。教堂里的中国教民几乎没有犹豫,男人们拿起教堂里保存的老式毛瑟枪趴在窗口,决定与这座教堂和教堂里的洋人同生共死。

没有里应外合的迹象。

太阳升起来的时候,义和团向西什库教堂的进攻开始了。

最先使用的战术,是农民们最拿手的火攻法:竹筒制作的喷水筒——似乎是一种人力压缩装置——把煤油喷射到教堂的大门、窗户和院子里,然后射出带火种的箭以引燃大火。酷热的天气加上熊熊火焰,西什库教堂顿时成为一个燃烧的地狱。男人、女人连同孩子,所有人都拿起各种工具扑火,最有效的办法是用湿布把火焰按灭。大火刚有被扑灭的迹象,义和团新一轮的火攻又开始了。教堂里的人必须在火焰和烘烤中不停地奔跑,毒辣的太阳和身边的火焰使他们喉咙冒烟,而且教堂里的水眼看就要枯竭了。

大火虽然没把这座坚固的教堂烧塌,但是,教堂里的人听见了令他们魂飞魄散的铜锣声:义和团真正的进攻开始了。轰然一声巨响,教堂中了一发炮弹。这不是义和团的土炮,因为从农民们的土炮里飞过来的不是真正的炮弹,而是些铁锅碎片和砖瓦石头,这是只有帝国正规军才拥有的真正的大炮,而且是用帝国的银子从洋人那里买来的。这发炮弹准确地落在阻击位置,当场就有六个官兵被炸死。接着,大小不一的炮弹蝗虫般落下,把教堂灰色的高墙打得千疮百孔。在炮弹的爆炸声中,义和团冲锋的吼声骤然响起:"杀——"这声音在酷热的气浪中艰难地扩散着。从教堂的窗户和射击孔中望出去,沿着教堂大门外的街道,义和团们用大红粗布包着头,同样是大红粗布的兜肚穿于汗衫之外,人人手执大刀长矛、腰刀宝剑,一路呼啸着朝教堂冲来。教堂里开始往外射击,职业军人的射击极其精确。冲在前边的义和团团员倒下了,冲锋的人潮骤然后退,瞬间没了踪影。片刻之后,又一轮冲锋开始了,重复出同样的程序,当几个青年农民轰然倒地之后,向前涌动的人潮再次退去。

"杀!"

"杀!"

即使夜晚降临,喊声依然起伏,没有一刻间断。

包士杰辑《拳时北堂围困》:

> 至六点十分钟时,拳匪已聚了二三千人于西安门内,官兵皆在门外后随。此时拳匪之声犹如翻江倒海一般,皆云,烧呀,杀呀,二毛子呀,你们的生日到咧。此时吾与林主教正在公门前往外观望,大堂上有数教士各执洋喇叭以报信息,任神甫携望远镜亦在堂上观望。既而大堂上喇叭一鸣,眼见一秃头僧人手持高香一束,来在西什库口外甬道上,向北堂一站,随后无数拳匪各执高香点燃,向北堂齐跪,叩头三次即起。满胡同之匪右手执刀,左手把香,即向北堂公门而来。此时洋兵十名把守公门,兵头即向林主教云,可开枪否。主教尚未回言,吾即云,快打吧,不可令其切近,就措手不及了。言犹未尽,兵头一叫号,啪啦啦一排枪,眼见皆打在拳匪身上。怎么一个也不倒?既结,而又一叫号,啪啦又一排枪,拳匪躺下一片。原来头次不倒之故,皆因前匪受伤,后匪拥挤不能倒。故而立即又发第三排枪,又打倒十数人。后来者全然跑出口外去了。眼见拳匪死者三十余人,未死者受伤者爬的爬,滚的滚,皆奔命去了。

尽管如此,在炮火的轰击下,西什库教堂还是逐渐显露出危机。为了躲避炮弹、火焰以及坍塌下来的墙壁,妇女和儿童不断地跑来

1901

跑去。一位外国女传教士成了她们的首领。这位女传教士头戴一顶十分醒目的白帽子,在妇女和孩子们的眼里,这就是烟火中的逃生路标。女传教士的白帽子自始至终都没有摘下来,"总是低低的,迅速穿过院子",她的身后是一大群妇女和儿童,他们数十天内一刻不离地跟着她,在有限的空间里来回躲避。

更严重的不是死亡,而是饥饿。西什库教堂内所有可吃的东西已全部吃尽,最后树叶和树皮成了珍贵的食品。教堂里的男人神经极度紧张,他们奔跑、躲藏和呐喊,不能休息,不能睡,没有足够的食物和水,弹药日益短缺,身边是不断死去的同伴以及妻儿日夜不停的哭喊,这一切都折磨着他们疲惫的肉体和心灵,使他们两眼呆滞,行动迟缓。最后,他们甚至在没被什么东西击中的情况下突然倒下来,死一样地一动不动了——这是真正的绝望。

教堂里也有不绝望的男人。一个中国教民豁出一死单独突围,企图把教堂里的情况向各国公使报告并请求救兵。但是,这个中国男人自从走了之后,教堂里的人就再也没有得过他的消息。后来才知道,他当晚就被义和团抓住,现在脑袋挂在了城墙上。即便如此,在法国报纸关于西什库教堂被围的连续报道中,依旧记载了这样的事情曾经发生:十个副主教在一名意大利士官和四名法国水兵的带领下,偷偷地溜出教堂,抢掠了义和团或者是中国军队的大炮,他们甚至溜进京城里的一座兵工厂偷回了炸药。如果这个举动不是外国记者的杜撰,那就简直是奇迹了。在外国报纸的报道中,西什库教堂里唯一的军官,那个年轻的意大利海军中尉奥利维利,更是一个英雄般的人物,他一直站在被义和团或帝国军队炸开的墙洞上指挥射击,士兵们随着他的口令几乎弹无虚发。当义和团的冲锋退下去之后,他立即组织人用砖石把墙洞堵塞起来。他是在最后的时刻死亡的:帝国的正规军参与了进攻,连续两发炮弹在他的身边爆炸,他"长久地站立,指挥他的士兵作战","最后在两个传教士的臂中死去"。当时,传教士和中国教民都哭了,这是从被围困的西什库教堂里传出的唯一一次"痛哭"。

在外国记者的笔下,西什库教堂的抵抗被严重神奇化了。没有人真正得知在那六十多天里这座教堂究竟发生了什么。唯一可以肯定的是,既然是战斗,除了义和团的"牺牲"之外,教堂里也同样有死亡发生。关于死亡的情况,依旧来自洋人的报告。事后,各国公使为了寻找惩办"罪犯"的证据,曾对西什库教堂内的死亡做过统计,尽管统计数字有夸大之嫌,但至少可以从中体味到当时教堂内的肃杀气氛:武装官兵死伤过半。三百多名孩子的哭声逐渐减少,因为"每天要埋掉十几个"。义和团曾经多次挖地道、埋地雷,"先后爆炸四次,炸死教民四百多人"。

同样没有疑问的,还有这场战斗的结局:打进京城的各国联军终于到达教堂。

而在此之前,义和团与帝国军队始终没能攻陷西什库教堂。

如果说西什库教堂是义和团围攻、帝国军队助之的话;那么,对东交民巷使馆区的进攻,倒可称之为真正的战斗了,因为进攻使馆区是帝国军队主攻、义和团助之。

一九○○年,帝国军队对使馆区的进攻,晚于对西什库教堂的攻击,这是因为对教堂的攻击多是义和团所为,而对使馆的进攻是在局势已经恶化到别无出路的时候,帝国军队开始的有计划的军事行动。

根据国际法准则,武装攻击外国驻本国使馆,是最严重的外交挑衅行为,是向他国全面公开宣战的信号。如果说大清帝国的官员们对国际法知之甚少,但至少应该对上述简单明确的法则明白无误。

明知不可为而为之,其中必有缘由。

首先应该指出的是,如果说到国际法,各国以保护使馆为名,强行在大沽口武装登陆,并且强行进入中国的都城,已严重违反了国际法的基本准则。保护使馆的联军到达北京,恐慌中的各国公使如同打了一针强心剂,气焰立即大了起来。联军进入北京的当天,德国公使克林德便带头在街上抓了一名义和团,然后将他拖到德国使馆内"处决"了。第二天,克林德率领德国水兵从使馆出击,四出寻找挑衅的机会——"行于内城之上,见下面沙地,有拳民练习,即毫不迟疑,遂发令开枪,水兵闻命即放,于是沙地拳民死者,约二十人。"[26]在德国公使的影响下,各国使馆也率领自己国家的官兵冲上街头,肆意驱赶捕杀义和团团员和无辜的北京平民。美军上校迈尤率领官兵在东单帅府包围了一座庙宇,开枪杀死四十五名义和团团员。端着洋枪的外国兵走在京城的大街上,当他们向中国人开枪的时候,依据的是哪一条国际法准则? 义和团、京城百姓以及大清兵勇所能想到的最直接的复仇方式,莫过于攻击使馆区,因为中国人认为那个叫东交民巷的地方是洋人策划阴谋的巢穴。同时,一九〇〇年对京城外国使馆的攻击,也是大清帝国权力核心阶层的斗争趋于激化的后果。随着局势的不断恶化,帝国政府内部对义和团是"扶"还是"剿"的争执、对外国人持何种态度为好的争吵皆越演越烈。而在一切乱象的背后,最敏感、最重要的关于皇位变动问题的冲突已到你死我活的程度。这些都是造成帝国正规军在高官大员的授意下对使馆区展开攻击的原因。

位于京城东南的东交民巷使馆区里,共有四百五十名外国士兵,四百七十九名使馆工作人员,其中包括十二名公使,还有义和团进入京城后跑进使馆躲避灾难的两千三百多名中国教民。

进攻使馆区的,是帝国正规军董福祥部,参战官兵约万人。

东、西交民巷,原来叫江米巷,是皇城正门大清门以南的一条东西走向的胡同。这条胡同附近,排列着大清帝国的主要官衙机构。东江米巷西口往北,集中了礼部、户部、吏部、兵部、鸿胪寺、钦天监、太医院等;西江米巷东口往北,是五军提督府、太常寺、通政使司、锦衣卫等。在总理各国事务衙门设立以前,负责处理外交事务的衙门是礼部和鸿胪寺,这两个机构都位于东江米巷西口,所以,接待各国来京使节和留学生的旅馆也大都设在东江米巷内。清中叶以前,这条胡同里可以看见帝国的官兵如同押解犯人一样手持武器跟在洋人的身后,因为当时大清帝国采取的是严格的"闭关"政策,对洋人一举一动的防范措施极其严厉。洋人住在东江米巷的旅馆内,如同进了囚禁所,不能随便走动,也不能擅自与中国人接触。东江米巷胡同口常年有官兵把守,"严禁夷人擅自出入"。甚至礼部发出请柬,邀请洋人出席帝国政府举办的宴席,赴宴的洋人也只能在帝国士兵的看押下前往——"如不遵守,即行锁拿,奏交刑部治罪。"那时候,金发碧眼的"鬼子"在帝国的土地上战战兢兢,如履薄冰。第二次鸦片战争后,中国的大门被列强用枪炮打开了,西方各国开始在北京建立使馆,使馆就建在东江米巷各衙门与官署之间的空地上,仅在一八六一年至一八六二年间,英、法、俄、美等国分别在中国建立起第一批驻华使馆,随后建立使馆的国家有德国、日本、比利时、意大利、奥地利、荷兰、西班牙、葡萄牙等国。东江米巷遂成为一片使馆区。随着西方建筑物的大量出现,东江米巷胡同不断地扩大,原来的江米巷这个名字已经名不符实,因此根据谐音这里被改称为东交民巷。

直到攻击使馆的战斗爆发前,东交民巷虽然是使馆区,但同时还杂居着很多大清官员和京城百姓。外国使馆人员与中国官民混居在一起,使这条胡同除了有很多洋人之外,与京城里的其他胡同没有什么特别的不同。

六月十五日,义和团在京城大规模烧毁教堂和抓捕洋人之后,各国公使向大清帝国政府宣布了"使馆防区范围":"东交民巷、东长安街、前门东城根、南御河桥、中御河桥、台基厂、工府井大街,皆不准中国军民人等来往,有洋兵看守。"[27]同时贴出告示:"往来居民,切勿过境,如有不遵,枪毙尔命。"[28]

此时,东交民巷胡同口已被工事封堵,使馆区已成为京城内一个孤立的堡垒。

二十日,京城发生了中国近代史上震惊中外的"克林德事件":德国公使克林德在大街上被一名清军兵勇枪杀。关于这位公使大人是如何被杀的,中外史书的陈述各有不同。洋人大都把这一事件描绘成"帝国政府的一个事先计划好的阴谋",说各国公使接到帝国政府邀请他们商谈有关事宜的请柬,但是"公使们出了使馆的防御范围之后,遇到了有预谋的袭击"。而中国史料的记载是:那天,德国公使克林德独自走出使馆,要去总理各国事务衙门,就义和团杀害在京的外国人、大规模烧毁教堂以及对西什库教堂进行攻击等问题,向帝国政府提出"强烈的抗议"。走到半路时,他遇到了帝国军队。他首先挑衅,是他先开的枪,帝国军队"奋起反击",他们是被迫开枪的——克林德像平常一样,那天乘坐的是轿子,轿子行至东单牌楼时,恰好遇到神机营满洲兵丁恩海率队巡街,恩海"见是洋人的轿子,急让在北道高处立住,取枪对准轿子。公使在轿中开枪了,恩海让过乱弹,即发一枪"。[29]抬轿子的中国轿夫即刻把这位德国公使扔在大街当中跑了。而帝国军官恩海所发射的这一枪,竟然准确无误地把德国公使克林德打死了。

恩海知是德国公使,"冀有不次之赏"。端郡王载漪"闻知此事大乐"。军机大臣刚毅言:"杀个洋鬼子不算大事,不日即将各使国扫灭干净。"大学士徐桐大喜,谓:"夷酋诛,中国强矣。"只有庆亲王奕劻闻之惊骇,谓:"此事关系极大,以前所杀洋人,不过是传教的,今系使臣,必动各国之怒。"㉚

"克林德事件"发生几个小时后,甘军董福祥部、武卫中军一部对东交民巷使馆区开始了大规模攻击。

炮声日夜不绝,屋瓦腾空而起。

关于帝国军队是如何攻击外国使馆的,史料中的记载基本上都说是"炮战"。说"炮战"也许不大准确,因为使馆区内的炮很少,根本构不成互相轰击的景象。准确地说,是帝国军队日夜不停在向使馆区开炮——虽然史书上少见关于帝国军队攻击的记载。

帝国军队向外国使馆开炮的第二天,位于使馆区外围的奥地利、荷兰、意大利和比利时四国的使馆就被炮火轰塌了。守卫使馆的外国官兵丢下死伤者撤离后,帝国军队占领了四国使馆。

但是,接下来发生的事,就不那么尽如人意了。原因并不是帝国军队的炮火不够猛烈,而是各国使馆的外交人员决心拼死一守——即使使馆的建筑被炮火轰塌,他们也不再后退了。

一个当时在外国教会机构任职的中国人,此时也被围困在东交民巷使馆区内。一九〇〇年后,这个名叫鹿完天的人写了《庚子北京事变纪略》一书,书中这样描述了帝国军队的炮火:

> 早六点钟,自皇城内打来大炸弹,西花园西北隅望楼连受数弹,即倾倒矣。炸弹重十余斤,上有螺丝,中装生铁,落地开裂,方圆十余步内外,撞之即成粉碎。十点钟,又将大官房脊背打崩,院中飞铁齐鸣,叮叮有声,合院惶恐,中外畏惧,妇女皆藏暗室。

帝国军队的炮火,让使馆区内所有的人在那几天尝尽人间苦难。使馆区内所有的墙壁都被炮弹打穿,战斗平息后那里没有一面墙完好无损,只有法国使馆门前的一对中国石狮子损坏不太严重,当联军的大部队赶到东交民巷时,它俩静静地蹲在火烧烟熏后的一片废墟中。东交民巷使馆区的中央,有一个小小的中心花园,在遭到攻击的近六十天里,这座已经没有花的花园成了使馆区的墓地。被炮火打死的,负伤之后来不及治疗死亡的,饿死、病死的人,都被拉到这里草草地掩埋了。

最让洋人和中国教民恐惧的还不是大炮的轰击,而是不断传来的关于义和团在何时何地、采用何种方法将被抓的洋人杀死的传闻。不管每一个传闻是否夸张,挂在大清门上的那颗洋人的头已经说明了一切,它令所有的洋人相信了传闻,并且不由得展开了后怕的想象:如果自己被抓,将会遭遇什么?加重洋人恐惧的,还有中国人彻夜不停的呐喊。帝国军队在发起攻击的时候,兵勇会发出声调沉闷的吼声,很像监狱里的衙役为震慑罪犯而发出的那种声音。而义和团的农民们则是攻击即起锣鼓开打,伴随着锣鼓声的是撕心裂肺、惊天动地的"杀"声。这种骇人的动静,常常在深更半夜突然爆发,巨大而嘈杂如翻滚的闷雷,洋人根本分辨不出这到底是什么东西发出的声响。他们说:"只有听过中国人呐喊的,才能想象那种声音!"义和团的农民们和京城里的平民一起围在使馆区的四周,"皆喊烧东交民巷灭洋人,众口一声,昼夜不绝"。在邻近使馆建筑物的民房顶上,也站满了义和团团员——"升屋而号者数万人,声动天地"。洋人无论如何也想不到,自十九世纪以来他们在这个国家各个角落所看见的那些表情呆滞的人身体里竟蕴藏着如此炽烈的冲动;而千百年来在绝大多数时光里一直沉默着的中国人,他们一旦激动起来、亢奋起来其思想和行动皆会势不可挡。一九〇〇年的夏天,帝国的臣民们醒了,他们一睁开眼睛,就看到了世代盼望的造反景象,他们脸上的表情因此而惊喜、而狂热,即使在炮声中他们依然听得见自己发出的高声呐喊。

没有援军即将到达的任何消息,听说西摩尔已经向天津方向撤退了。在这种境况下,使馆区里的洋人断绝了所有不切实际的念头,决定拼死抵抗。抵抗的战斗由各国军官轮流指挥。首先担任指挥任务的,是法国海军的一位副舰长,但他很快就中弹死了。天气酷热,蘸着煤油的"火箭"不断地射来。轰然一声巨响,又一颗地雷爆炸了,这回被炸死的是一位海军少校。洋人开始从地面上挖洞,企图寻找出一个能够有效地抵御中国人挖地道、埋地雷的办法,但是效果不佳。使馆区的防御范围在逐渐缩小,于是,每一道残垣断壁都要拼死守卫。弹药逐渐匮乏,洋人开始把能够收集到的金属物品融化,打造成子弹。绝望笼罩着所有的人。

尽管中国军民无论数量还是装备以及"后勤保障",都远远地优于使馆区内的外国官兵,但是,东交民巷的战斗最后依然以中国军民的攻击无效而告终。

这是一个千古之谜。

有史料为此寻找的理由是:使馆区内的洋人在筑街垒时,使用了一种名叫塞门德士的东西,"初时柔软如泥,顷刻坚硬如铁",帝国军队的炮弹子弹都被这种东西阻挡了。很久以后,中国人才知道,所谓"塞门德士",就是今天的水泥——即使当时的中国人不知道什么是水泥,认定是这种东西导致了帝国军队的失败恐怕也是极其牵强的。还是慈禧太后说的话值得玩味:区区几个使馆,哪有打不下来的道理?于是,又有不少史料列举了大量事实,说使馆区之所以打不下来,是帝国政府在暗中保护使馆,朝廷采取的是"明攻暗保"的政策。既然帝国政府认为外国使馆应该保护,为什么要"暗中",甚至还要配合"明攻"?这一切,只有那几个掌握着国家最高权柄的人才能说得明白。

对使馆区的攻击正在进行的时候,突然,一位帝国大员亲自押送来一大车西瓜水果,车上插着皇家标志——一面明黄色的小旗。看见这样的标志,任何中国人都得让路:太后恩典,赏洋人消暑果品。

还是攻击正在进行的时候,突然,一位帝国大员在一大群随从的簇拥下,来到战斗最激烈的北御河桥边,堂而皇之地在那里竖起一块木牌,上面写着四个大字:保护使馆!

类似的情况,在帝国军队攻击东交民巷的六十天内时有发生。

世界上还有哪一场战斗如此离奇古怪?

也许是不断发生的事情太出格了,连见怪不怪的帝国臣民都愣了:不是在奉旨灭洋吗?满朝大员直到皇太后不是都说,把洋人杀干净咱大清国就安生了吗?这到底是怎么一回事?

来到御河桥边的那位大员,就是帝国京畿军队的总节制荣禄。

史料上记载了这样一件事:董福祥的甘军攻击使馆"数十日不下",端郡王载漪急火攻心,于是以上谕的名义命令武卫中军分统张怀芝派开花炮助攻。所谓"开花炮",是一种刚从德国进口的新式大炮,据说连德军官兵都还没有见过,一颗弹丸重达几百斤,落地之后可令"敌酋灰飞烟灭"。大炮架上了城头,射击的一切准备均已完毕,就等着一声令下了——"只要三两炮,各使馆必夷尸狼藉。"张怀芝,三十九岁,当年李鸿章委托英国将军戈登主办的中国第一所新式军校天津武备学堂的毕业生。论军事技术,这个西方教员教出来的军官,应该算是帝国军队里的精英人物。张怀芝的职务是分统,相当于今天军队中的旅长。所有的人都在等着开炮的命令,可张怀芝一直沉默不语。他在费神琢磨:炮一开,一切后果就得由他承担。要是洋人真的全被灭光了,那也就罢了,他也许还是灭洋的功臣呢。但是,这个新式军校的毕业生究竟与一般人不大一样,他就是觉得帝国此刻的灭洋行动有点儿不对劲儿,他对丁这个行动的最终结局实在没有把握。如果洋人没被灭绝,还杀回来了,那自己岂不成为罪魁了吗?一念之间,张怀芝命令暂缓发炮。他走下城墙,径直跑进顶头上司荣禄家里,要求荣禄给他写一道发炮的命令。荣禄支支吾吾,东拉西扯,就是不给他这张白纸黑字。两个人话中藏话,互设圈套,绕来绕去,最后僵持起来,一个无论如何也不写这样的命令,一个没有命令就死乞白赖地赖在荣府不走了。茶凉了再上,话尽了再找,最后,被纠缠得实在没有办法的荣禄眯起眼睛看着张怀芝,含含糊糊地说了这样一句话:"横竖炮声一响,里边是听得见的。"

张怀芝仅仅愣了一下,即刻明白了"里边"指的是皇宫。

此事散见于各种正史野史,内容惊人地相似,可见虚不到哪去。

于是,荣禄的那句话,成了帝国权倾一方的重臣的一句名言。名言妙在听上去模棱两可又点到了实质:荣禄没说不准开炮,也没有下令开炮,他只是说大炮发射之后所发出的声音——涉及声学方面的问题——只要皇宫里的太后能够听见就是全部了。

张怀芝后来官至安徽巡抚,即使帝制灭亡到了民国,他依旧官至山东督军,还在徐世昌政府内当过参谋总长,荣禄在千钧一发之际对他说的那句名言想必是让他终生受用了。

从荣府告辞出来,张怀芝飞快地登上城墙,他说大炮的炮位不准,必须重新测定方位。在他的亲自测定下,开花炮精确地瞄准了使馆区内一块无人的空地,然后重弹出膛。用帝国的银子买来的进口炮弹果然威力强大,整个东交民巷一时间地动山摇。如此猛烈的炮击持续了一夜。

在战斗的最后时刻,"洋兵死者寥寥,而匪徒骸骼狼藉,遍于东交民巷口"。——中国军民动辄死伤无数,而帝国军队重炮齐发,即使是概略瞄准,狭小的使馆区也定会出现大量死伤,可结果却是"死者寥寥"。如果不是帝国军队的大炮都被指挥官们重新测定过了,出现这种"奇迹"几乎无法解释。

关于帝国军队大炮的故事,还有一种说法,其造成的后果更加骇人听闻。

陈夔龙《梦蕉亭杂记》:

> 董福祥围攻使馆,相持日久。一日,端邸忽矫传旨意,命荣文忠公(荣禄)以红衣大将军进攻。红衣大将军者,为头等炮位,国朝初入关时,特用以攻取齐化门者,嗣后并不恒用,弃藏至今。炮身量极重大,非先期建筑炮架不适于用。以地势言,此项炮架,须建立于东安门内东城根,城外即御河桥,桥南西岸迤逦数十步即英使馆。统计由城根至使馆不及半里,各国公使参随各员并妇孺等均藏身于使馆内。该馆屋宇连云,鳞次栉比,倘以巨炮连轰数次,断无不摧陷之理,不知该邸何以出此种政策。此炮放出,声闻数里,宫中亦必听闻,亦断不能演而不放,文忠心颇忧之。继得一策:以炮弹准否全在表尺,表尺加高一分,炮位放出必高出一尺之外。密嘱炮手,准表尺所定部位略加高二三分,轰然发出,势若雷奔电掣,已超过该馆屋脊视线,出前门,直达草厂十条胡同,山西票商百穿,通屋顶穿成巨窠。该商等十数家环居左近,一时大惊,纷纷始议迁移。越日,收拾银钱账据,全数迁往贾市暂住。

改变炮位表尺,把炮弹打在洋人院子里的空地上,也就罢了。但是,帝国军队的炮手居然把本来瞄准洋人的炮口,转而瞄向了中国民房并且真的开了炮,帝国大炮的故事,后来在使馆内的洋人的回忆中也得以证实:"幸中兵不明算法,长短远近,酌量不准,每从城墙穿过,至城外始落。"[31]

辛丑年,在联军开列的必须惩办的帝国大员的名单中,居然没有荣禄的名字,尽管从职务上讲他是指挥帝国军队攻击使馆的总指挥。

使馆区的战斗进行到后期，洋人反而不那么紧张了，这一点外国报纸的报道给予了证实：使馆区内的人衣食不缺，在恐惧中度过了最初的几天后，他们不特别害怕了，而且还把枪杀义和团民当做"狩猎一样的消遣"。《纽约太阳报》发表一篇访问录，记载了当时在使馆区内的一对夫妇的"狩猎"成果：这对名为 A. F. Chamot 的夫妇在使馆被围困时，用来复枪一共射杀义和团民约七百人，其中太太创造的记录是在一天之内射杀十七人，而她的先生创造的记录是一天之内射杀五十四人。英国人姆威尔在其所著的《庚子使馆被围记》一书中坦白地承认，如果没有意外的话，中国方面"忽起决心，以千人齐力冲来，则扫去予等之防御，如扫落叶之易耳"。对于这样的情况最终没有发生的原因，他说："当时中国之政府，意见不一，其主持和平者，当事务决裂之后，犹暗中竭力挽回，以施拖延之政策，减轻其事之结果。"

所谓"主持和平者"，即指大清朝廷中反对武力对待洋人，并主张剿灭义和团的那部分官员；而主战派，是指以端郡王为首的支持义和团杀灭洋人的那部分官员。作为掌握国家最高权力的慈禧，始终在两派之间摇摆不定。慈禧并不是不懂国际准则，虽然所有的攻击命令都来源于她，所有的妥协命令也来源于她，而她真正的用意并不是杀灭洋人，只是想以此胁迫洋人就范，承认她要进行的废帝立储之事——即使整个帝国的局势恶化到如此程度，慈禧的决策依然以其"家事"利益为最高准则，她就是要不惜一切废黜让她不顺心的皇帝光绪！

呐喊，鲜血，人头，尸体，炮火，废墟……

说到底，还是我们"家"里的那点儿事。

有异味的名单

至此，有必要开列一张大清帝国政府的主要"家庭"成员名单：

最高权力人物——

慈禧皇太后：依照帝国的皇权制度，皇帝应该是权力的核心。但是由于历史和"家事"的原因，一八六〇年咸丰皇帝死后，经由年轻的贵妃慈禧发动"辛酉政变",一八六一年载淳即位,太后慈禧垂帘听政,以至数十年来这个女人一直是大清帝国实际上的权力核心。

光绪皇帝载湉:大清帝国历史上最著名的政治傀儡,千百年来一个最伤感的中国男人。

最高决策机构军机处——

世铎:满族,军机处"领班"。末代世袭礼亲王,祖上曾为正红旗旗主。一个没有主见的、息事宁人的温和老贵族。

荣禄:满族,军机大臣,文渊阁大学士,兵部尚书,武卫五军总节制。一个擅长官场权术的极其狡猾的官僚,京畿部队的最高指挥官,慈禧的心腹大臣。

王文韶:汉族,军机大臣,协办大学士。一个久在官场高层起伏的老官僚,学问渊博,处世圆熟,最大的特点是对什么都不负责任。

刚毅:满族,军机大臣,协办大学士,兵部尚书。一个平庸鲁莽但自以为聪明的官员。积极支持废帝,因而支持义和团。病死于跟随慈禧逃亡的途中。

启秀:满族,军机大臣,礼部尚书。支持义和团的主要官员,最后被洋人处死。

赵舒翘:汉族,军机大臣,刑部尚书。"廉能明敏"。慈禧政策的积极执行者,被洋人列入必须惩办的帝国官员名单,最后自杀。

京畿卫队系统——

载勋:满族,世袭庄亲王。步兵营统领,掌管京城九门,统帅八旗步兵。被洋人列入必须惩办的帝国官员名单,最后自杀。

载漪:满族,世袭端郡王,总理各国事务衙门总管大臣,虎神营总兵。一个不学无术但野心极大的贵族,大阿哥之父。最后被流放西北。

载澜:满族,世袭辅国公。神机营总兵。

北方正规军系统——

荣禄:满族,武卫五军总节制,兼驻扎北京南郊的武卫中军统领。

聂士成:汉族,武卫前军统领,驻扎天津。死于与外国联军的交战中。

董福祥:回族,由甘肃地方军改编而成的武卫后军统领。北京局势混乱后,带领甘军进驻北京城,是攻打使馆区的主力部队。

宋庆：汉族，由毅军改编而成的武卫左军统领，驻扎山海关。

袁世凯：汉族，由天津"小站新军"组成的武卫右军统领，驻扎在山东境内。

总理各国事务衙门——

载漪：总理各国事务衙门总管。

奕劻：满族，世袭庆亲王。稍微懂得点儿外交事务、思维较为清醒的老贵族。一九〇一年大清帝国与洋人议和的主要代表。

启秀：满族，军机大臣，礼部尚书。载漪上任后跟随入总理衙门。

溥兴：满族，"溥"字辈中的宗室贵族子弟，跟随载漪入总理衙门。

那桐：满族，曾任侍郎。跟随载漪入总理衙门。

桂春：满族，三品京堂，总署行走。

裕庚：满族，曾任太仆寺少卿。

崇礼：满族，协办大学士。

廖寿恒：汉族，原礼部尚书，军机处行走。

赵舒翘：汉族，军机大臣，刑部尚书。

吴廷芬：汉族，曾任户部右侍郎。

联元：满族，内阁学士。光绪的崇拜者和拥戴者，被斩杀。

袁昶：满族，光禄寺卿，坚决主张剿灭义和团的官员，被斩杀。

徐用仪：汉族，兵部尚书。坚决主张剿灭义和团的官员，被斩杀。

许景澄：曾任帝国驻俄、德等国公使，坚决主张剿灭义和团的官员，被斩杀。

帝国各省军政首脑——

裕禄：满族，直隶总督兼北洋大臣。平庸圆滑，对局势的判断始终没有自己的见解和明确的表态。面对联军的进攻，是负责帝国都城安全的主要将领，当兵败如山倒时自杀于战场。

毓贤：旗籍，山西巡抚。主张用极端手段灭洋的官员。据说为官廉洁。最后在洋人的要求下被帝国政府处死。

端方：满族，陕西巡抚。慈禧逃亡时的主要护驾官员。

寿山：满族，黑龙江将军。一直在俄国军队的压力下艰难周旋的军事将领，最终因为抗俄不力自杀。

增祺：满族，盛京将军，驻扎奉天。

袁世凯:汉族,山东巡抚。

刘坤一:汉族,两江总督,南洋大臣,驻南京。中国近代史上著名的开明官员,拒绝执行灭洋指令的帝国高级大员之一。

张之洞:汉族,湖广总督,驻武昌。中国近代史上著名的洋务派代表人物,拒绝执行灭洋指令的帝国高级大员之一。

李鸿章:汉族,两广总督,驻广州。中国近代史上著名的洋务派首脑,拒绝执行灭洋指令的帝国高级大员之一。一九〇一年大清帝国与外国联军议和的主要谈判代表。

许应骙:汉族,闽浙总督,驻福州。拒绝执行灭洋指令的帝国高级大员之一。

王之春:汉族,安徽总督,驻安庆。拒绝执行灭洋指令的帝国高级大员之一。

余联沅:汉族,浙江总督,驻杭州。拒绝执行灭洋指令的帝国高级大员之一。

松寿:满族,江苏总督,驻苏州。拒绝执行灭洋指令的帝国高级大员之一。

大清帝国前叶,政府的最高权力机构不是军机处而是内阁。内阁由四名内阁大学士和两名协办大学士组成,名额分配是满汉各半。大学士被称为"百僚之长",地位相当于宰相。于是,凡是当上大学士的官员,都被称为"入相"或者"相国",官阶为正一品。这是帝国官员在官场上所能登上的最高职位。大学士制度,是清沿用了明的惯例,只不过明时大学士官阶仅五品,而清大大提高了大学士的地位和作用。满族官员"入相",是根据家族资历和政治上的受宠程度;汉族官员"入相",则必须经过科举考试,并且得到进士出身。因此,雍正以前的帝国最高权力机构,可以算是一个文官政府。到了雍正年间,帝国边疆战事频繁,以至于皇帝都要亲自率部出征,而随皇帝出征的军事"参谋部",便成为处理各种政治和军事事务的最高机构,名为行宫军机处。打仗的时候生活艰苦,军机大臣们常常趴在帐篷里起草各种文书,工作效率颇高,皇帝立即感到这个机构比平时办事拖拉的内阁好用多了。所以,仗打完了,军机处依旧被保留下来处理国家重要事务。从功能上讲,军机处虽然与原来的内阁职能重叠,但是地位却与战时一样至关重要,结果导致军机处把内阁完全架空。从大清中叶开始,帝国政府内阁实际上变成了一个摆设,内阁大学士也成了一个没有任何权力的虚衔——"俨若闲曹,官尊而权轻。"只是,究竟地位是为官的重要标志,于是形成了这样的局面:入军机者不是大学士,那么就"有相之权而无相之位";是大学士者不是军机,那么就"有相之位而无相之权"。只有两者兼得,才是帝国真正的"宰相",才算是到达了做官的顶端。

军机处是帝国一切军令、政令的决策和发布机构。

可以说,军机大臣的素质直接决定着整个帝国的衰荣。

一九〇〇年,大清帝国的军机处,是历史上最昏庸、最荒唐、最混乱的政府机构。军机处共有六名军机大臣,"庚子事变"之后,其中的三人在洋人的胁迫下被帝国政府自己下令处死了,这在中国历史上史无前例。

帝国军机处的办公地点通常有三处:第一处是紫禁城隆宗门内、内右门外的一排平房,即使按照当时的眼光来看,这个帝国最高权力机构也过于寒酸了。第二处是当皇帝和太后在颐和园的时候的随行办公地点,也同样简陋。第三处在中南海东,这倒是一个风景绝佳的好去处,据说皇帝特赐军机大臣在此上班时可以在中南海内乘船——"羡煞词臣与枢密,独邀天宠许乘船。"军机大臣受到的特许还不只乘船一项。皇帝和太后召见的时候,他们还可以享受"赐座",这可不是一般的恩赐,因为除了军机大臣,任何官员不管官位多高、年龄多大,受到召见的时候都得跪着。

帝国的六军机有严格的排列顺序,标志着权力的大小和地位的尊卑。礼亲王是军机首领,往下的排列是:荣禄、王文韶、刚毅、启秀和赵舒翘。这个顺序无论在什么时候都乱不得,连每天"上班"进"办公室"也是如此。如果礼亲王"上班"了,他肯定是走在最前面的一个,手里拿着决定帝国命运的重要奏章和批件,而走在最后面的军机大臣,在礼亲王快要走到门口的时候,需要以敏捷的速度跑前几步,为各位大臣掀起门帘,因此,排名最后的那位军机大臣又被叫做"挑帘子军机"。

礼亲王是军机处的首领大臣,他官位至此仅仅靠的是皇亲国戚的资历,本人没有任何政治才能和勇气,在大清帝国的政治棋盘上几乎可以忽略不计。于是,位列第二的荣禄就取而代之了。荣禄是慈禧的心腹大臣,在帝国动荡的那段岁月里,没有哪个大臣能够得到像荣禄一样的宠信,他的一举一动几乎就是帝国政治的晴雨表。王文韶是汉族大臣,汉大臣从大清帝国开国时起,就处在低满人一等的地位,向来是要看着满族贵族们的脸色行事的,鲜有敢于直抒己见的时候。王文韶人称"油浸枇杷核",意思是滑头滑脑,他办事的唯一原则是"多磕头,少说话"。位列第四的刚毅可不是个省油的灯,这个满族大臣刚愎自用,目中无人,在满族贵族中有相当的势力,这就不可避免地使他与荣禄成为政治上互相倾轧的对手。启秀是靠巴结大阿哥的师傅、帝国道学家徐桐起家的,其立场自然别无选择地与载家兄弟站在一起。赵舒翘年轻一些,为官也"素有清名",但他之所以能当上军机大臣,靠的是满族大臣刚毅的极力推荐,这使他日后自然要看刚毅的脸色行事,对任何重大决策都谈不上有自己的见解,是个名副其实的"挑帘子军机"。

应该说,一九〇〇年的大清军机处,能够左右局势的,只有荣禄和刚毅。

荣禄,时年六十四岁,满洲正白旗人。蒙其父亲的资历,曾被恩赏六品主事。后来当上了户部侍郎兼内务府大臣,掌管着皇家仓库的钥匙。继而又升迁为工部尚书兼步军统领,这下,连紫禁城大门的钥匙也归他管了。年轻的时候,他的风流韵事传闻特别多,其中最特别的,是他与同样年轻的慈禧的桃色逸闻。这些公子多情美人有意的浪漫故事,不但在中国野史中被描绘得有来有往,就连在西方人写的帝国故事中也被说得眉目清晰。但是,如果考证一下荣禄和慈禧各自的身世,就不难看出这些故事中的虚妄成分。只是,不管传闻如何,荣禄与慈禧的关系非同一般。康有为发动戊戌变法之后,所有的人都对"康有为"三个字讳莫如深,只有荣禄敢在慈禧面前开玩笑。荣禄说,老佛爷,奴才可是个康党。慈禧就说,不错。可康有为是个奸臣,竟辜负了你提拔他的好意,想让那个袁世凯杀了你。说完,两个人都笑了,都觉得很好玩。

政治可不是什么好玩的东西,稍不留神就会把身家性命玩进去。

当年,刚刚当上工部尚书的荣禄,仗着年轻气盛,想把军机处里满腹经纶的汉大臣沈桂芳弄出京城。荣禄不知道,虽为汉大臣,沈桂芳置身朝廷多年,素有"清正廉能"之名,且人脉根深蒂固。翁同龢看出了荣禄的野心,串通朝中老臣重僚,将荣禄处心积虑要使沈桂芳去的"位置"让他自己去了。自此,荣禄在西安当了近二十年的西安将军。这是他政治生涯中的最大挫折,也是他得以圆熟的重要契机。二十年的冷落和失意,荣禄从一个雄心勃勃的年轻人,成为一个被西北风沙吹得如同干瘪皮囊一样的老人,他真正知道了什么是官场险恶和为官要诀。甲午战争之后,北洋水师覆灭,帝国急需军事人才,在恭亲王的推荐下,荣禄得以重新回到京城,当上了他二十年前就已经当过的步军统领。他耐心地等待着,终于等来了"翻身"的机会,当帝与后的矛盾逐渐公开且越发激化时,他把政治"赌注"果断地压在了太后一边,他得到了慈禧的倚重。一八九八年,他已经是直隶总督兼北洋大臣了,这个官位是帝国所有封疆大臣中最显赫的。戊戌年间,他紧握兵权却忠贞不贰,于是得以进入军机处,开始了他在慈禧身边施展独特政治才能的时期。

所谓独特的政治才能,根据史料描绘的有关荣禄的所有事件,似乎两个字就可以囊括这位影响了帝国历史的重臣的独特才能,那就是沉默。遗留至今的历史照片,清晰地显现着这个老官僚的面孔:瘦而枯槁,眼睛肿着,永远不会让人看清楚他的目光所向。这是一张成熟的政客面孔,冷漠而镇静,绝不表露出任何一种表情。在这种超人的沉默中,荣禄有足够的时间洞察政治局势的细微变化以及政治对手的内心秘密,从而做出自己独特的判断与选择。当朝廷内部风传慈禧决定废黜光绪皇帝的时候,所有的大臣都对此事的真伪疑惑不明,最终他们仅仅从慈禧那里听见这样一句话:去问荣禄。可是,荣禄成天待在家里,既不出门也不见客。直到洋人对慈禧的废帝之举明确表示不满的时候,荣禄这才在深夜跑到颐和园跪见慈禧。这位六十岁的老臣说哭就哭,他直言不讳地说出了"立储"的建议。虽然这个建议有违帝国祖制,是大逆不道的,但是荣禄已经看准了慈禧的心思。既然敢说,就有把握。果然,慈禧"采用"了他的建议,而他在朝廷举足轻重的地位更加不可动摇了。荣禄在主张利用义和团达到慈禧的政治目的上、在默许义和团进入北京城的问题上、在命令帝国军队进攻使馆区的问题上,都是最核心的决策者。但是表面上,他却是一副"观望派"和"反对派"的面孔。况且,他在局势最危急的时候,对那个名叫张怀芝的分统说过一举定成败的名言,这使他作为帝国最高决策机构实际上的首脑,在"庚子事变"之后居然没有被洋人列入惩办名单。

1901

与荣禄相比，同是军机大臣的刚毅，无论从哪方面讲都不是荣禄的对手。中国的野史中，关于刚毅的奇闻逸事很多，使用的词汇多是"贪婪"、"狡诈"、"卑劣"。但是，作为一个官员，他能够爬上帝国统治集团的高位，绝不是一个"狡诈"就能了断的。

刚毅，满洲镶蓝旗人，原来不过是个熟谙满文字的翻译生员，考取笔帖式，在刑部任职，干的是处理一般文案的工作，这个工作决定了他对官场手段无法迅速熟悉。但是，这并不等于说他无能。当举国关注的那桩"杨乃武与小白菜"的公案终于闹进京城的时候，刚毅聪明地摸准了慈禧的心思。当时，帝国南方的某些大员因为镇压太平天国起义有功，对朝廷颇有点不言听计从的意思了。刚毅看出了慈禧的不满，于是，时任刑部侍郎的他本可以维持原判，但他一反常态，大刀阔斧，孤注一掷，决定持平判决。他对"杨乃武与小白菜"一案的断案，把一大批南方官员全部牵扯了进去，他们在这桩小小的民案中因为层层受贿、层层包庇而身陷囹圄——刚毅借一桩民案为慈禧除了心腹之患。仅此一事，慈禧不记住他的名字才怪。很快，他先升郎中，再由京官外放，一放就是又美又肥的广东惠潮嘉道，后又迁江西按察使、广东布政使、山西巡抚。仅仅六年，就从一个刑部员外郎升至二品巡抚，升官的速度一时无两。有史料说，他用新银元给慈禧行贿，即他从南方回京任职时，搜刮的民财装了上千箱子——"此中皆累累黄白物也。"但是，也有史料说他为官清廉，因为他死后家里竟然没什么财产，家人甚至要挨饿了。同时，刚毅还是帝国官员中少有的不吸鸦片烟的人，这一点说难能可贵绝不为过。总之，他肯定是有某种特殊的"才能"或者"特点"，才会得到慈禧的信任和欢心，不然就无法解释他为什么如此官运亨通。刚毅从广东巡抚的位置上调回京城，任礼部侍郎，入军机，成为朝廷重臣。后又当上尚书、协办大学士，只差一点就赶上荣禄了。

不少史家认为，慈禧作为一介女流，载漪作为纨绔子弟，他们在对待义和团与洋人的问题上做出愚蠢的举动情有可原。而作为军机大臣的刚毅，在如此重大的问题上不为国家利益着想，令人惊奇。其实，这是高估了刚毅的政治"水准"。极端迷信义和团神权思想的人，在帝国大员中何止刚毅一个，不是连最有"学问"的大学士徐桐、"贤吏"毓贤在这个问题上也持一样的观点么？刚毅是官员，官员自有为官之道。

为了与荣禄争功较劲,刚毅公开呼吁直接废黜光绪皇帝,让载漪的儿子当皇帝。为了网罗党羽和削弱荣禄在慈禧面前的势力,他极力主张让载漪当总理各国事务衙门总管。他与载漪一拍即合,成为大清帝国官场上结党营私的典范。

一九○○年,大清帝国就是在这样一个最高权力机构的掌控下一步步走向灾难的。

军机处首领礼亲王根本不"上班",军机处的平房实际上成了刚毅与荣禄勾心斗角的场所。荣禄依慈禧之威而自傲,刚毅挟载漪的前景而自骄,二人势均力敌,各不相让,这使得军机处在对任何政局做出重大决策的时候,其他各位军机总是要在这两个人话中有话的气氛中来回揣摩。当时,刚毅正在闹"职称"问题,因为他仅仅是协办大学士,是个"副宰相",属于"有相权而无相位"的军机。帝国大学士的名额是固定的,满汉各二,当时满族大学士为荣禄和昆冈,汉族大学士为徐桐和李鸿章。荣禄是正宗的文渊阁大学士,既"有相权又有相位"的正宗军机,而且是帝国军机大臣中唯一的正宗。可论当军机大臣的资历,刚毅比荣禄要早四年多,因此他心里不服气是有道理的。大学士的替补,要到一个大学士死了以后才有机会。看到荣禄和昆冈都还挺结实,根本没有突然死亡的可能,刚毅总是十分不畅。他与荣禄之间,不存在涉及国家利益的矛盾,彼此的冲突纯属"私仇"——最可怕的是,帝国官员间的"私仇",往往是处理国家事务时的重要考量。刚毅与荣禄,只要有机会给对方一击,谁都不会错过;即使没有机会,也会千方百计地寻找机会。有一天,刚毅与荣禄同在军机处,刚毅骂骂咧咧地发泄不满,荣禄故意问他有什么不快之事,刚毅满不在乎地说:"公与昆晓峰各占一正揆缺,我何时得补正揆? 想及此,是以怏怏。"荣禄皮笑肉不笑地回答:"何不用毒药将我与晓峰毒毙?"㉜刚毅对荣大人的回答是:不是没有这一天!

没有适当的理由解释,中国北方一个人口仅百万、一五九九年才有自己的文字、一六○一年因实行八旗兵制才把尚不紧凑的部落组织起来的一个游牧民族,怎么会在一六四四年仿佛是一夜之间便赢得了主宰广袤国土的权力,开始治理一个有着数千年文化和数亿人口的庞大帝国。一个不知是野史影响了正史、还是正史影响了野史的解释是:一

1901

六四四年春天,那个名叫吴三桂的明朝将军,因为一个爱妾的丢失,改变了自己的政治立场:"痛哭六军俱缟素,冲冠一怒为红颜。"——吴将军打开了踞守中原的山海关的大门,结果影响了数亿中国人几个世纪的命运。

一九〇〇年,满族人有效地统治这片辽阔的国土已有两百多年,至光绪已是第十代皇帝。满族人在统一中国全境后,为了巩固政权,皇帝勤奋努力,官员齐心合力,大清中叶以前的某段时期,即十七世纪中叶至十八世纪中叶的百年间,曾经达到政治稳定和经济繁荣的高峰,一度成为世界上最富庶最强大的国家——疆土辽阔,国防稳固,经济繁荣,政治靖和,史称"康乾盛世"。

但是,在人类发展史上,任何一个种族的国家,只要是帝王专制政权,几乎没有异样地会演奏出创业、发达、衰败这三部曲,如同某种自然规律一样不可抗拒。

大清帝国的衰败是从乾隆中叶,即帝国发展的鼎盛时期开始的。太平盛世,丰衣足食,享乐之风渐起,直至奢华日盛。乾隆皇帝七次下江南,皇家船队之富丽堂皇,到了倾尽人间想象所能及的奢侈程度。皇帝所到之处,眼前无不是地方官员进献的人间宝物。地方官员为了自己的政治"前途",开始了肆无忌惮的行政搜刮,泱泱帝国终于裂开了走向腐烂的第一道缝隙。到了光绪年间,效率低下,观念迂腐,无所作为,中饱私囊等官场上的一切丑陋行为已经成为政治风气。最甚者是,人世间最丑陋的一项交易成为尽人皆知的官场规则:"官可价得,政可贿成。"——这是一部中国历史中最黑暗与最肮脏的部分。历史明鉴:每当一个政权的官职,演化成一种彻头彻尾的商品的时候,这个政权就不可避免地会散发出铜臭味;而当一个政权有了腐朽的臭味的时候,那么就距离灭亡的时刻不远了。大清帝国的官职,之所以能够成为商品,是因为整个官场无官不贪。光绪年间的帝国官职,根据大小明码实价。"一任清知府,十万雪花银",而如果是"一任贪知府"呢?闽浙总督颜伯焘,被革职后回广东原籍时,随身携带的财物之多,成为当时整个帝国最轰动的新闻。有人站在码头上数他的行李,七百多名搬运工日夜不停搬了整整十天。而慈禧太后应该是帝国最大的"官"了,《清稗类钞》中曾有这样记载:早在甲午战争以前,慈禧就有折英国币制一千五百万英镑的"私蓄"。这些"私蓄"在联军占领北京、她仓皇逃亡的时候,被埋藏在了紫禁城的地下。一九○一年回京后,她发现所藏的金钱已被盗走了一部分,剩下的大约还合九百多万英镑。但是,没过两年,她的"私蓄"猛然增至约合两千五百万英镑,按照当时的货币汇率换算,约为中国白银八千万两以上。如此巨大的款项从何而来?只能来自官职的买卖!任何一个官职的空缺,都是一次交易的机会,而掌握国家最高权力的人,就是官职的最大囤积商和出售商——"慈禧卖各种肥缺,以为常事。"况且,帝国的海关监督、税官监督、织造、盐政等公认的"肥缺",都因为那些行业是她的私人财产一直髙价而卖。慈禧的大管家李莲英,是官职买卖的"中间商",各省巡抚、督军的职位是最值钱的,即使经过李莲英的中间折扣,落到慈禧手里的依旧不是一个小数目。

卖官的风气传染到满族贵族时,暗中的交易就更加难以描述。光绪的父亲醇亲王、庆亲王奕劻等,都是大清帝国官场上最著名的受贿者,这些掌握着国家重要权力的亲王们"花银像流水一样",而巨额银两的来源只能是他们身居的官场。庆亲王奕劻知道他有官可卖依靠的是谁,于是对慈禧的贿赂手段无以复加。

胡恩敬《国闻备乘》记载:

> 麻雀之风,起自宁波沿海一带,后渐染于各省。孝钦(慈禧)晚年,亦好此戏。奕劻遣两女入侍,日挟数千金与博,辄伴负,往往空手而归。内监宫婢,各有赏犒,每月非数万金不足供挥霍。又自西巡以后,贡献之风日盛,奕劻所献尤多。孝钦亦颇谅之,尝语人曰:"奕劻死要钱,实负我。我不难去奕劻,但奕劻即去,宗室中又谁可用者?"盖奕劻贪婪之名,上下皆直言不讳,言路以此参之,宜孝钦付之一笑也。然孝钦既知其弊,不急罢贡献,犹纵两格格入宫,以博弈戏为事,则未免累于嗜好矣。

明明知道有不少揭发庆亲王贪婪的奏折,且慈禧也知道他"实负我"——注意,慈禧的"负我",实际上指的是误国,这是帝国最高权力掌握者混淆"国事"与"家事"的习惯用语——但是,慈禧就是不处理。

她的借口是，在宗室中找不出可以替代庆亲王的人。为此，她只有把贪婪以及"负我"之事"付之一笑"。可是，谁都可以看出来，无人能动庆亲王的根本原因，是慈禧每天可以得到不少钱。即使今天看来，奕劻行贿的手段也不新鲜，那就是派人陪着慈禧打麻将，现金筹码，玩得很大，并且故意输钱。陪玩的人输给慈禧的钱越多，奕劻付给"工钱"就越多，慈禧干吗要断自己的财路呢？

大清帝国中下层官员的正常俸禄，也许是当时全世界各国官员中最低的。光绪年间，官员的俸禄为：六品，银子六十两；七品，银子四十五两；八品，银子四十两；九品，银子三十三两。而且，就是这点儿官饷，也常常因为帝国财政紧张而八折发放。也就是说，官职低下但直接管理百姓的县太爷，月俸仅为三十多两银子。饷银不够用，不靠"外快"靠什么？帝国官场由此有了明确的"陋规钱"制度：凡是想当官的，都可以拿钱买，名为"捐官"。办理"捐官"手续时，要根据官职的大小交一笔钱，这笔钱将按月结算分给有关官员。咸丰之后，这种收入竟然成为帝国官员的主要收入。即使是最下层的京官，每月进项也有几十两，一年之间就有数百两。

同时，只要当官，每年还有不算"受贿"的额外收入，即下级官员送的礼。由于这是帝国的一种制度，于是就有了"冰敬"、"炭敬"、"别敬"等文雅而含蓄的名目。所谓"冰敬"，是夏天送的钱，好像是"降温费"，在巡抚、督军和军机们之间通行。"炭敬"，是冬天送的钱，好像是"取暖费"。帝国最流行的是"别敬"，即一个官员得到升迁时送给有关官员的"感谢费"。这种"感谢费"的价码，根据官职大小和感情薄厚而定，少则十两八两，多则上千数万。一位从京城升迁至四川的官员，在笔记中记载了他临行前送出的"别敬"是白银一万五千两；而另一位到陕西任粮道的官员送出的"别敬"达到了一万七千两。自己的巨款迫不得已给了别人，那么只有在自己的任上迅速地将本钱"捞"回来，当然最终"捞"回来的肯定还有本以外的利，因为官职更小的官员在升迁的时候也会给他们送"别敬"。

帝国的官员没有一个是穷官。但是，整个帝国之内，没有一个官员不叫自己"穷"的。就连王公们也要时时表露自己就快"山穷水尽"了。这是大清帝国在十九世纪末的又一种政治黑暗：声明自己"穷"，是索贿的一种暗示。

帝国官员坐拥千万银两都觉得不够花的原因之一是生活糜烂。

清末,中国有了一句几乎无人不知的话,而且一直流传到今天:天下越乱,国人越吃。

官员们狂吃不止的时候,就是国家政权将要倾覆的时候。

帝国的官员们向来是连吃带玩的。那时的国人都爱听戏:"晚近士大夫习于声色,群以酒食征逐为乐,而京师尤甚,有好事者赋诗以记之曰:'六街如砥电灯红,彻夜轮蹄西复东;天乐听完听庆乐,惠丰吃罢吃同丰。街头尽是郎员主,谈助无非白发中。除却早衙迟画到,闲来只是逛胡同。'"㉝所谓"天乐"、"庆乐"为戏园子,"惠丰"、"同丰"是饭馆,而"胡同"指的是妓院。官员们为了吃喝应酬整日奔忙,往往一个晚上在几个大饭庄之间来回赶场。"大宴会无月无之,小应酬无日无之",杯碗罗列,山珍海味,划拳行令,一醉方休。

《汪穰卿笔记》:

> 闻之京官四人为食鱼翅之盛会,其法以一百六十金购上等鱼翅,复剔选再四而平铺于蒸笼,蒸之极烂,又以火腿四肘、鸡鸭四只亦精选,火腿去爪、去滴油、去骨,鸡鸭去腹中物、去爪翼,煮极融化而漉其汁。则又以火腿、鸡、鸭各四,再以前汁煮之,并撤去其油,使其清腴,乃以蒸烂之鱼翅入之,味之鲜美盖平常所无。闻所费并各物及赏犒庖丁,人计之约用三百余金,是亦古今食谱中豪举矣。四人者为翰林林贻书、商部主事沈瑶庆、候选道陈某,其一人则不记矣。

这样的菜肴,且不说花多少银子,仅消耗的时间就很可观。

帝国的官员耐心地观看厨子们如此烦琐地制作一道菜,其心态令人吃惊。

更令人吃惊的是,尽管京城里一片混乱,但戏园子里的剧却照演不误,官员们捧坤角的彩也照喝不误:"近日京师梨园,声价十倍,红氍毹上,清歌一曲,缠头辄费千金。"㉞——外国联军云集大沽口外,义和团云集北京城内,炮火连天,尸体遍地,官员们却越发表示出对艺术的酷爱。为了更热闹些,他们每人交上几两银子,谓之"凑份子",然后聚在

250

一起摆酒席招妓女："同年公会,官僚雅集,往往聚集数百金,供一朝挥霍,犹苦不足。"⑤也许在炮声中,戏子们的歌唱和妓女们的媚笑,别有风韵?

有人这样描绘帝国的官员:胖、好色、虚弱。

准确之极。

这样的官员,在国家面临危机的时候做出令人匪夷所思的决定,就用不着奇怪了。曾经当过赛金花丈夫的大员洪钧,是帝国公认的欣赏美女的行家,但在国家外交上却是一个白痴。他奉命到中俄边境与俄方一起勘测边界,由于手上没有当地的地图,他竟然从俄国人那里买来一张,然后按照俄国人画好的地图"勘测"边界,结果可想而知。另一个帝国官员崇厚,奉命到俄国去谈判关于新疆伊犁的问题。俄国人发现,这个中国官员连起码的地理知识都不具备,而且他还急于回国料理家务。于是,在俄国人天花乱坠的一阵阿谀奉承之后,崇厚稀里糊涂地在条约上签了字。他的大笔一挥,帝国政府不但要毫无道理地支付给俄国相当于五百万卢布的"赔款",而且还把特克斯河流域以及重要的军事隘口木扎提山口全都"割让"给了俄国。朝廷得知这一消息后,急电崇厚不许签字,但是,朝廷电报到达的时候,这位帝国官员已"未经奉旨擅自回国"了。

"君以国为市,以民为醢。"

朝廷把国家当成了一个交易市场,官员以挥霍民脂民膏为乐事。于是,大清帝国陷入了最惨痛的灾难之中。

"与走私盐一样危险"的商品

一个名叫陈恒庆的帝国官员,家就住在西什库教堂附近,在义和团围攻教堂的那些日子里,他"尝登墙观战,其见闻较切也"。陈恒庆把他的见闻记载下来,其中的古怪离奇叫人不知当信与否:

> 义和拳及虎神营兵,日日围攻,予亲见之。闻教堂内教士、教民约三四百人,其兵械只有枪数十。义和拳挟煤油柴

草,从外诵咒以焚其室,迄不能燃,于是谣言出矣,谓教民以女血涂其瓦,并取女血盛以盎,埋之地做镇物,故咒不能灵。大学士(误)启秀献策于端王、庄王曰:"此等义和拳,道术尚浅。五台山有老和尚,其道最深,宜飞檄请之。"乃专骑驰请,十日而至。启秀在军机处贺曰:"明日太平矣。"问其故,曰:"五台山大和尚至矣,教堂一毁,则天下大定。"闻者为之匿笑。和尚往庄王府邸,先选拳匪之精壮者数百,又选红灯照女子数十人。协同拣选者,大学士刚毅也。韶年女子,手携红巾,足著小红屐,腰系红带,下垂及足,颏有红枒,搽脺粉黛,口诵神咒,蹀躞于府厅甂瓶之上。乐部歌妓唱荡韵,舞长袖,不能比也。拣选事毕,庄王问大和尚何日攻打教堂,和尚轮指以卜曰:"今日三点钟为最吉。"又问:"骑马乎? 步行乎?"和尚闭目而言曰:"骑载勋(庄王)之马,备一大刀。"于是跨马挟刀率拳匪直入西安门,红灯照尾其后,刚毅亦以红布缠腰缠头,随之步行。西安门内有当店两座,早被拳匪抢掠一空,和尚暂坐其中,以待吉时。座前酒一壶,菜一样,自斟自饮。刚毅及诸拳匪侍立于庭。将报三点钟,予在寓登壁而观,家人阻予曰:"枪弹飞来奈何?"予曰:"今日拼死观此一剧。"旋见和尚策马率领拳匪直扑教堂,指令纵火,教堂猝发数枪,正中和尚要害,坠于马下。拳匪大师兄居前者亦被弹而倒,后队大溃,数人拖一尸而奔。红灯照幼女有被践而死者,鞣花碎玉,殊可惜也。败北者一拥出西安门,刚毅立不能稳,足不能动,力抱门柱而立。一老阍人不知其为宰相也,曰:"你老先生如此年纪,亦学此道,何自苦也。"拳匪拖尸迳奔庄王府,中道谓人曰:"和尚暨大师兄暂睡耳,吾当以神咒醒之。"途人窃语曰:"恐长眠不起矣。"㊱

要不是白纸黑字,谁能想象这幅景象描述的是一场关系帝国命运的战斗。而这场滑稽戏中的主角,都是帝国政府中的重量级人物:军机大臣启秀、总理各国事务衙门大臣载漪、步军统领载勋,另外一位就是来自五台山的"法力"无边的大和尚了。

当启秀提出邀请大和尚前来破敌时,慈禧太后郑重恩准,并命启秀亲自办理。——整个帝国,从上到下,在这一瞬间,把胜败寄托在了一个和尚身上!除了那几个"匿笑"的官员之外,在这件绝顶荒唐的事件中,最严肃的就是载漪和载勋了。这两个帝国高级大员把"师傅"迎进自己的府邸,"咸执弟子礼",然后"赠如意锦缎",再封"师傅"为"荡魔大国师"。当"师傅"出发"荡魔"的时候,载家兄弟脱下官衣,换上了义和团农民们的打扮:"皆裹红巾、短衣执刀以从。"战斗的时候,他们"身先士卒"——这份勇敢和献身精神可谓多年不见了,在拳民们夹道欢呼的一瞬间,他们也许还真感到了为"国"赴汤蹈火的荣光。

而让义和团放心的是,大和尚不但与他们一样自称"关圣降神附其身","携青龙刀一柄骑赤兔马往攻",更重要的是,大和尚的怀里还抱着《春秋》一部——与其说这位大和尚是靠法术在战斗,不如说他是依仗着中国文化在冲杀。这完全符合中国人的心理,因为论武器和实力咱不行,论文化全世界哪个能比?京城百姓的欢呼声随之震耳欲聋,教堂里那些心惊肉跳的洋人禁不住探出头来,他们看见的情景亦真亦幻:一个披着袈裟的老头,骑在一匹红马上疯疯癫癫而来,如果说这是武装攻击,他手里提着一柄刀可以理解,可同时抱着一匣子书是何目的?炮弹爆炸,子弹射来,披着袈裟的老头瞬间被击中"坠于马下",伴随着大和尚进攻的嘈杂的呐喊声突然终止,天地间一下子安静下来,无论是进攻的还是看热闹的中国人瞬间消失得无影无踪。即使到了这个时候,洋人也许还没弄明白刚才发生的到底是什么。

陪同大和尚一起被子弹打死的,还有一位义和团的大师兄,义和团的农民们拖着他的尸体往回跑。看热闹的北京人紧追不舍,一个劲儿地问:"这是怎么了?"义和团团员回答:"师傅'睡了'。"

最令人百感交集的,莫过于帝国农民对于他们战死的解释。

一个"睡"字,犹如杜诗汤曲中征夫怨妇的呻吟,情伤千古。

无论是帝国的农民,还是帝国的军队,在与洋人战斗的时候,所持的信念是坚定的:这不是人与人的战斗,这是神与鬼的战斗。无论是教堂之战、使馆之战,还是街头上的战斗,模式几乎相同:洋人开枪,中国人"作法";"鬼"有枪弹,"神"有法术。一方是在现实中作战,一方是在幻觉中作战。因此,战斗的结局便是:一方在屠杀,一方在自杀。

既然是"神",帝国的农民固执地认为,使用咒语可以把洋人的枪

"闭住",但是,"洋兵来,众骇欲奔,大师兄曰,勿伤。各授一飘,令向洋兵而舞。洋兵举枪拟之,大师兄曰,进,则枪已闭矣。众进,枪发,无一得免者。"㊲

一般来说,大多数中国人对于现实生活持物质主义的观点。中国人是不愿意轻易失去生命的,因为在中国人的思维里,那个被西方宗教所看好的美丽的天堂根本就不存在。但是,崇尚物质主义的中国人并不拒绝远大的"幻想"——"他们的脸色像圣徒一样闪烁着献身的精神"——义和团的视死如归是真实的。更真实的是,帝国的农民根本不相信"神仙附体"的自己会死。即使目睹了太多的死亡,他们依旧不愿意承认"神"的失灵。中国人对自己说不清道不明的"神",有一种无法解释的坚信不疑。如果非要解释的话,只有这样的一个理由:可以承担牺牲,但不能接受失败,尤其是不能接受为失败而牺牲。这是中国人的一种民族心理。

可是,无论多么短暂的"睡",人还是死了,证实这一点并不需要多少常识:六月的暑天里,死尸两天后开始腐烂。于是,义和团便寻找各种可以自圆其说的理由来解释死亡。需要指出的是,在关于义和团战斗的史料中,鲜见义和团首领死在战场上的记录,死亡的义和团团员中以未成年的孩子居多。对此,当时普遍的解释是:"团与洋人战,伤毙者以童子最多,年壮者次之,所谓老师师兄者受伤甚少。传言童子法力小,故多伤亡。年壮者法力不一,故有伤,有不伤。老师师兄则多神术,枪弹炮弹近身则遁衣而下,故无伤。"显然,这样的解释对义和团首领的名誉是有利的。可还是有人看得明白:义和团"临阵以童子为前队,年壮者居中,老师师兄在后督战,见前队倒毙,即反奔"。㊳

只是,无论怎样都不应该责备帝国的农民,因为毕竟是他们在为整个大清帝国承担着无法避免的死亡。即使是帝国高级官员"皆裹红巾、短衣持刀以从",但究竟没有听说哪一位官员死在进攻的队伍前。一九〇〇年的夏天,京城内每一处战场的情景无一例外:洋人的枪声一响,后面的人跑起来比谁都快。更何况大部分官员根本没上战场,他们正聚集在酒席宴会上传播着各种离奇古怪的消息,那一张张"胖、好色、虚弱"的脸上尽是愚昧的嬉笑。

帝国官员极端阴暗的私欲对百姓造成的伤害甚于洋枪。

1901

饭馆里酒过三巡之后,一个官员透露了一个好消息:各位,洋人这回恐怕是真栽了。京城来了八个老头儿,全是甘肃人,个个年过两百岁,白胡子一直垂到小肚子,真正的天上神仙模样,据说都是义和团的老前辈。您猜他们打哪儿来?敢情人家携带五百团民遍游了欧美各洲地界,在洋人的老家那儿已经折腾了个够,今儿一大早儿进的德胜门,这下够洋人一瞧的了。

戏园子里压轴戏还没开锣的时候,一个官员的声音挺大:知道义和团的曹老师不?神了!一座洋楼上住着不少洋人,任凭怎么攻打就是不降。曹老师火了,站在楼下,从怀里掏出一把青铜刀儿,往楼上这么一扔,洋人的脑袋扑通扑通直往下掉。最后剩下个人个儿洋人没死,曹老师用一根柴禾棍儿一指,脑袋也掉下来啦。这是我亲眼所见,兵荒马乱的时候,谁也没闲工夫编瞎话儿玩。

时间一天天地过去,官员们开始为使馆久攻不下着急了。

知府曾廉上奏,献"决水灌城之法":引玉泉山水灌使馆,"必尽淹毙之"。编修王文龙是个肯动脑筋的官员,他又一次上书朝廷,郑重推荐可以杀尽洋人的"三贤"。慈禧果真信了,让人去寻这三人来。王文龙的"三贤"被找来了:一个是名叫普法的和尚,据说是个"妖僧",念的不是正经的经。一个名叫周汉,是个牛皮吹得天花乱坠的"狂夫",具体让他干事的时候就是个彻头彻尾的无赖。第三个"贤人"找起来费了点儿劲,这个名叫余蛮子的汉子,原来是以攻镖为职业的土匪,朝廷的人到他家找他的时候,家人说他出门了,经过打听才知道正在四川"干活",结果"尽发蜀中兵,乃捕得之"。三个"贤人"进了京城是如何发挥"才能"的,没见史书记载一字,能见到的是局势仍旧一日日地坏下去。

局势恶化的时候,官员们找到了失利的原因——女人。

全是女人坏的事。

从文化上把女人说成是一种邪恶的东西,以封建帝制时代的中国为最。在中国传统的儒家文化中,女人是目光短浅且污秽不堪的特殊种类。仅仅从汉字上看,凡是最可耻的字眼儿,几乎都带着一个"女"字旁。中国男人每到自己无法挽回局势的时候,就会想到女人,女人是他们最好的借口,女人是祸国殃民的罪魁。小到引诱男人犯"作风"错误,大到毁灭一个朝代的政权,千百年来女人的罪行罄竹难书。美国人史密斯在《中国人的气质》一书中给中国女人下了这样的定义:"在中国,女孩子一进入青春期,就成为'与走私盐一样危险'的商品。"这个定义准确而微妙:在生活中,女人如同盐一样不可或缺;但是,与女人打交道如同做一件冒险的走私生意。首先,这是一桩见不得人的生意;其次,这是一桩要付出代价的刺激的买卖;再其次,不可预知的风险时刻威胁着这桩生意的利润。

义和团放火烧教堂,法术失灵,连带着把民房也烧了,但这不是义和团的错:"闻三处教堂已焚,延烧数十家。团云火时有妇人外出,致破其术,故延及,于是见妇人则杀。"[39]后来,京城里干脆出现了这样的告示:"匪党不令妇人出门,防污秽也,违则杀之。"[40]荡涤"污秽"的办法,是反其道而行之,即中国人惯常说的以毒攻毒。既然女人是脏的,那么就让她们彻底地脏下去,这样也许可以对洋人起到威慑作用。于是,"令妇女七日不梳头,不洗脸,不裹脚,安坐床上,勿行动"。[41]为了这道命令,义和团还特别编了个顺口溜,以便人人皆知:"七天不梳头,砍下洋人头;七天不洗脸,能把洋人赶;七天不裹脚,天下洋人杀尽了。"[42]在中国人看来,女人的污秽让洋人利用并且生效了,这激起了中国人对洋人的刻骨仇恨。在那段日子里,有关传闻花样百出,显示出中国人在这方面非凡的想象力。

仲芳氏《庚子记事》:

> 此处与别处教堂不同……有无数妇人赤身露体,手持秽物站于墙头,又以孕妇剖腹钉于楼上,故团民请神上体,行至楼前,被邪秽所冲,神即下法,不能前进,是以难以焚烧。

侨析生《京津拳匪纪略》:

> 连日每战不利,皆由西人用赤身妇女裸骑炮上,或赤身高楼巅,妇女皆租界旁西开一带娼妓及河东住户也。吾辈神术最恶污秽,妇女又为最忌……

为什么与女人过不去?

义和团内不是有红灯照么?

帝国官方的解释是:"义和团法术虽大,然尚畏秽物,红灯照则一无所忌。"更重要的是,"红灯照者,皆选室女未嫁者为之",即"十二三岁未通经之闺女"。也就是说，未成年的女子是干净的。

帝国漫长的历史上，罕见真正意义上的女人。

正因为如此，帝国漫长的历史上，真正意义上的男人也少。

高澍所撰《金銮琐记》是一本奇书，书中有绝句一百三十首，所咏多为庚子年间事，并附有小注。

其一则云：

> 八十高年徐太师，伧言俚语信偏痴。
> 谁言避炮猩红染，瞽说无根豫席之。

注云：一个算命的瞎子对徐太师说，西什库教堂之所以攻不下来，原因是洋主教樊国梁脑门上涂了血，这不是一般的血，而是妇女的"猩红"，所以咱们的炮根本打不中他。徐太师"信之"。

再一则云：

> 学守程朱数十年，正容庄论坐经筵。
> 退朝演说阴门阵，四座生徒亦粲然。

注云：徐国相以讲授程朱理学闻名，还是大阿哥的师傅，但是退朝之后却召集翰林大讲"阴门阵"。所谓"阴门阵"，也是那个算命的瞎子算出来的，说教堂里的洋人"割教民妇阴，列阴门阵，以御枪炮"。

"徐太师"指的是帝国大学士徐桐。

大学士不是帝国的等闲职位，是宰相。

徐桐，汉族，光绪二十二年由翰林升至体仁阁大学士，具有拜相之尊的地位。八十岁的年纪，加上学问大，被视为帝国学识最渊博的高级大员，他的存在几乎等于文化传统的存在。徐桐受到慈禧的格外恩宠："孝钦（慈禧）以耆臣硕望，每见恒改容礼之，大政必询焉，故晚尤骄横。"[43]正是这样一位崇尚宋儒学说、每天给未来的皇帝上课、面对翰林弟子"正容庄论"程朱理学的学术权威，竟然把算命瞎子的胡言乱语当成了决断帝国要事的准则。时至今日，仍无法想象国学大师讲起"阴门阵"来会是怎样的情景。

中国人永恒的信念是：伦理道德的力量是唯一真实可靠的。"半部《论语》治天下"，经济上可以穷，文化上的富足以弥补一切，中国人就是靠这个顽强地活了几千年。但是，对待女人的态度，不属于伦理道德范围之内的事。因此,基本上都是读书人出身的帝国官员,在大谈道德伦理的同时娶小妾、嫖妓女也就都是合理的了。

关于帝国大学士徐桐,正史野史记载颇多,内容大多涉及他如何与洋人势不两立:他绝不穿洋布制作的衣服,永远是一身中国绸缎或者中国土布;他收礼不收银圆,只收本土的松江银;他仇恨一切外国的东西,绝不使用进口物品;他最不喜欢看见国人戴西洋眼镜,看见了就骂;他有一个官至刑部侍郎的儿子名叫徐承煜,究竟是两代人,儿子与他正相反,私宅里是全套的西洋家具,每次从儿子的门口经过,他都闭着眼睛捂着耳朵。有一天,儿子居然当着他吸西洋雪茄烟,徐桐大怒曰:"我在尔敢如是,我死,其胡服骑射作鬼奴矣!"于是罚儿子跪在烈日中。

外国联军占领北京后,徐桐自杀于他的那座没有大门的豪宅里。

他的儿子没能来得及"胡服骑射",洋人就把这个崇拜洋人生活方式的帝国刑部侍郎"正法"了。

徐桐积极支持慈禧废帝,缘由来自他的野心,他要入军机处。

身为大学士而不入军机处,等于是一个没有实权的宰相。

作为汉大臣和大学士,入军机处的最可靠的途径,就是当皇帝的老师。当过同治皇帝老师的李鸿藻是军机大臣,当过光绪皇帝老师的翁同龢也是军机大臣。因此,当徐桐得知慈禧要废黜光绪、让载漪的儿子当皇帝时,立即感到实现梦想的机会来了。他马上与载漪拉上了关系,当上了载漪儿子的老师。但是,载漪的儿子还不是当朝皇帝,尽管太后有这个意思,可该死的洋人硬要干涉,如果载漪的儿子当不上皇帝,他当军机大臣的梦想就要落空。于是,一九〇〇年,在那个弥漫着血腥味的夏天里,八十岁的徐桐如同吃了兴奋药,听说灭洋的义和团就要进城了,他亲自出城去迎接,说是"一举划夷,实为数千年来第一快事"!

心怀政治野心的徐桐,对义和团所做的一切都无条件地给予肯定。他的观点和态度毫无疑问会影响社会舆论,甚至对慈禧的抉择产生影响。义和团在大栅栏放火,把正阳门都点着了,慈禧自然要追究责任。但是,徐桐对慈禧说,"神火"之所以烧了正阳门,不是义和团的责任,而是"神"的旨意,这是"神"在"示罚光绪"。这个解释令慈禧听上去很受用,于是事情不了了之。

然而,这个帝国最有学问的人,竟然连基本常识都不具备。他对有人把美国翻译成"美利坚"十分恼火,说我们中国什么都是美的,美国还有什么可"美"的?我们中国什么事都顺利,美国还有什么可"利"的?我们帝国军队的兵器无所不坚,美国还有什么可"坚"的?他拒不承认世界上有许多国家,坚持认为那些"乱七八糟的国名"是英国人胡编出来吓唬人的:"西班有牙,葡萄有牙,牙而成国,史所未闻,籍所未载,荒诞不经,无过于此!"㊹

帝国所有的汉大臣,都是著名的学问家,因为他们都是经过严格的科举考试选拔出来的。在中国,状元等于是一个无所不知的人。帝国政府对汉族行政官员的选拔,是一种公平的选拔,除了有过极少数的舞弊之外,帝国之内的任何一个人,无论贫富,无论出身——除了个别的社会阶层,如女人、演员、妓女、理发匠等——都有参加科举考试的权利,并且都有机会因此而走上聚敛钱财和光耀宗祖的为官之路。所以,几乎每一个家庭,都会把男孩子读书视为头等大事。中国是这个世界上少有的不开办学校的国家,但是,中国又是这个世界上读书人最多的国家。虽然通过科举考试进入高官阶层的读书人少之又少,但这丝毫没有减弱一代代中国人刻苦读书的兴趣。在帝国的土地上,到处可见数量惊人的落第者,他们几乎个个都是满腹经纶。最初来到中国的洋人,曾经对中国人的学问大为惊讶,他们无法想象看上去表情呆滞的中国乡间私塾先生和到处流浪的读书人,竟然"内心蕴藏着对大自然的极其丰富的想象力、蕴涵着诗人的独特气质":"你永远想象不到他们具有多么高的天赋和才智,他们好像拥有一种能够在大自然中发现美的特殊的天赋。"无论在帝国的哪个角落,随便拉来一个读书人,他便能"迅速捕捉到大自然给予他们的可爱之处,并加以一番高雅、细腻的描写"。㊺

但是,帝国读书人所读的书,全部是中国先哲的经典,包括哲学、道德说教和历史典故,他们从来不涉猎任何一门自然科学知识。那时,帝国的读书人把所有自然科学知识统称为"术",正经的读书人对这些下贱的东西是不予理会的。况且,帝国选拔官员的考试中,根本没有这些内容。帝国政府强调的是"圣人"的作品,并且规定了严格的文学格式。半神半人的孔子以及他的门徒们的言论被汇集成书,成为支撑整个国家运转的唯一思想基础,这些思想基础包含了汉民族关于道德理想的最高境界,包含了关于人生动机的疏导和关于社会和谐的终极目标。在洋人的眼里,中国人的这些经典似乎并不实用,因为它们从来没有对人生中产生的重大问题给予过解决之道,也从来没有把关于人类未来将要遇到的重大问题向人们预示,它们只是一堆貌似具有"指导"作用的枯燥的说教,严重缺乏《荷马诗史》那种能够唤起民众强烈激情的魅力。中国的先哲们在叙述自己的思想的时候,没有加入任何人间生活的情感色彩,他们反复强调的是"人性"观点和"君子"规则。这些"观点"和"规则"教诲中国人以一种"自省"的方式约束所有的欲望。可是,没有了与生俱来的所有生命欲望,人还是人吗？是,是具有崇高伦理道德的"正人",是有别于卑鄙小人的"君子"。千百年来,"正人君子"为汉民族营造出一种可望不可即的人生光环,这种虚幻的光环笼罩着每一个在这片土地上出生的人。所以,中国人可以世世代代"君君臣臣父父子子"地生活下去。即使生活的内容不堪为人,只要精神上觉得自己算一个"正人君子",就可谓达到此生的最高境界了。尽管帝国的绝大多数百姓根本不识字,一生也不会读上一页道德典籍,但即便是一个农夫,他也知道孔子,他也愿意每天都生活在孔子的教诲中。中国人觉得自己可以摒弃、泯灭一切人的生命因素,而成为非同一般的"正人君子"。从这个意义上讲,千百年来,中国的臣民个个都是神思飞扬的诗人。

只是,国家政治绝不是诗篇。

可以想象一个帝国的汉大臣曾经走过的奋斗之路:男孩子在黎明时分被父母叫醒,他揉着惺忪的眼睛看了看还没有日光的窗外,然后立即出门,因为教书先生已经在等他。男孩子坐在硬板凳上,手里拿的是一本他根本没有兴趣、也根本读不懂的中国经典。他弄不明白书里的任何一条道德概念和历史典故,中国先哲们的话对于孩子来讲实在是深不可测,"如同把一本未经翻译的柏拉图的希腊原文著作放在一个美国孩子面前"。教书先生从来没有让这个孩子明白经典的想法,他的要求很简单,就是一遍又一遍地背诵。"古老得仿佛来自诺亚时代"的中国汉字至少有六千个以上,由这些文字组成的经典,每一个字里都隐藏着玄妙的故事与隐晦的哲理。孩子必须背诵这些文字和故事,以便在将来帝国的科举考场上能够熟练地默写。如果其中的任何一个典故在叙述上出了差错,这个孩子的前程就完结了——"除了中国人,其他任何人要完成这项工程都会精神崩溃。"如果这个孩子连秀才考试都没通过,一生只能是一个教幼童的先生;而如果他考取了举人,风光了一阵,但最终没能通过朝廷的考试,一生也将落魄寡欢。

就在义和团在京城里"披发迈步"、"声动天地"之时,河南总督上奏朝廷说,今年本省参加考试的读书人中,有十三位超过八十岁的,其中一位年逾九十岁。九十岁的老书生"文章完美、用词准确,没有暮年痕迹",只是不知该不该录取他,因为不知他这把年纪还能做什么官。更惊人的,还有来自安徽的奏折,言该省考生中竟然有三十五人八十岁开外,十二人九十岁以上。这个庞大的落第阶层,是帝国最危险的阶层,他们牢骚满腹,看什么都不顺眼,动荡一旦出现时便会成为最大的"人力资源"。但是,如果那个男孩子终于通过了朝廷的最高考试,当上官员了,他必然会感到枷锁的脱落。于是,多年来他所默读的所有道德说教都将消失得一干二净,他再也不需要这些了,因为这些在他今后的生活中根本没有用,他只要偶尔用一下它们的文字就可以了。他必须从头学起,当然不是学习如何管理国家,而是要系统地熟悉中国式的官场规则。这是一门与中国经典所宣扬的道德观没有任何关系甚至是相悖的学问,如果学得深入甚至有独到见解,他就可能当上总督、巡抚,甚至是大学士,就像令太后都"改容以礼"的徐桐那样。

遗憾地说,中国经典中的那些高尚的道德规范,在现实生活中几乎没有一条能够得以再现。对此,中国的百姓没有责任,因为他们几乎都不读书。而帝国的汉大臣饱读诗书,除了能够体味明月浮在云之上、草木睡在梦乡间的艺术意境之外,在官场上他们不摆"阴门阵"还能干些什么?

奇特的是,统治这个帝国的绝对权威,正是"与走私盐一样危险的商品"——女人。

一九〇〇年六月十六日,慈禧召集了第一次御前会议。

仪銮殿东室,重臣们到齐了,跪在这个女人的脚下。

殿堂里金碧辉煌,弥漫着只有女人才喜爱的花的味道。

此时,大清帝国面对的局势是:京城里秩序大乱,攻击教堂和使馆的战斗仍在继续,至今看不出取胜的迹象。而政府对义和团的态度时明时暗,"剿"和"抚"的争论还在较量。增援北京的西摩尔的联军已经撤退,但是,数量更多的外国军队开始从天津大沽口登陆,并且声言要用武力惩罚这个帝国。现在,朝廷急需就下一步的对策统一立场。而所谓对策,只能二者取其一:要么平息义和团暴动,与洋人和平解决争端;要么全面支持义和团,并举全国之力向洋人宣战。

其实,所有的大员都从慈禧说过的话中揣摩出她的态度了。

几天前,慈禧曾说:

> 各国虎视眈眈,争先入我堂奥,以中国目下财力兵力而论,断无衅自我开之理。惟事变之来,实逼处此,万一强敌凭凌,胁我以万不能允之事,亦惟有理直气壮,敌忾同仇,胜败情形,非所逆料也……兹特严行申谕,嗣后倘遇万不得已之事,非战不能结局者,如业经宣战,万无即行说和之理。各省督抚必须同心协力,不分畛域,督饬将士,克敌致果。"和"之一字,不但不可出诸口,并且不可存诸心。㊻

慈禧的意思很明确:全面备战,准备打仗;一旦开战,不准言和。

这是一个危险的信号,因为这等于说大清帝国要与各国宣战了。

然而,仅过数月,千方百计、低三下四地要与洋人议和的不是别人,正是这个慈禧。

帝国所有的重臣都隐约感到,与洋人一战已不可避免。

会议开始,"群臣相顾逡巡,莫敢先发"。㊼光绪皇帝和慈禧并排坐在正中。自戊戌变法以来,关于帝党与后党的明争暗斗满朝议论,然后又充斥于宫外的大街小巷。但这已经是过去的事情了,眼前这些跪满殿里殿外的官员,很难说哪一个是皇帝的人、哪一个是太后的人。但是,就对局势的看法而言,皇帝与太后依旧水火不容。

出人意料的是,御前会议竟由光绪皇帝先开口了。这是自戊戌以来,大臣们第一次听见皇帝面对群臣如此大声说话。史书对此记载道:"帝自戊戌幽闭后,每见臣工,恒循例三两言而止,绝不言政事,是日独峻切言之,盖知启衅必足以亡国也。"㊽

皇帝说,国家动乱,乱民遍京,为何不弹压?

这是一个尖锐而敏感的问题,涉及对义和团的定性。

话音缭绕,没人应声。

要说帝党,依旧存在。吏部侍郎许景澄首先说:"中国与外国结约数十年,民教相仇之事,无岁无之,然不过赔偿而止。惟攻杀外国使臣,必召各国之兵,合而谋我,何以御之?主攻使馆者,将置宗社生灵于何地?"㊾

许景澄话音未落,一个粗莽的声音陡然响起:"好!此即失人心第一法!"

出此言者为载漪。

除了这个儿子已被立为皇储的端郡王,没有人敢在御前如此喧张。慈禧没有呵斥他,她的反应令官员们的心里更加没底了,皇家的记载是:"太后默然。"

跪在殿门外的太常寺卿袁昶大声喊:"臣袁昶有话上奏!"

袁昶,没过多久就被载漪杀了,当然是慈禧准的。现在,他无法顶知自己的下场,或者他即使有所预感但还是有话要说。袁昶甚是动容以至"声振殿瓦":"拳匪不可恃,外衅必不可开,杀使臣,悖公法。"㊿

慈禧打断了袁昶的话:"法术不足恃,启人心亦不足恃乎?今日中国积弱已极,所仗者人心耳,若并人心而失之,何以立国?今日京城扰乱,洋人有调兵之说,将何以处之?尔等有何见识?各据所见,从速奏来!"㉛

重臣们开始小心地陈述自己的意见。

可以想象所有的意见必是模棱两可。

慈禧做出了两项决定:一、安抚乱民;二、命侍郎那桐、许景澄即赴北京与天津间的杨村,与联军司令西摩尔交涉,让洋人不要派军队来京。

然后,太后"挥群臣出"。

御前会议没有解决如何对待义和团的问题,而这个问题是目前大清帝国所面临的一切问题的要害。

光禄寺卿曾广汉、大理少卿张亨嘉、侍读学士朱祖谋和侍读学士恽毓鼎四人,对慈禧至此依旧偏袒义和团极为失望——"会议未得要旨,乱且未已。"于是,他们有意走在群臣的最后,然后回头重新跪在光绪和慈禧面前:"臣等尚有言。"张亨嘉首先表示,义和团要坚决灭除,灭除的办法很简单,杀几个人就行。朱祖谋是个胆大包天的汉官,竟然质问起慈禧来:"皇太后信奸臣,恃乱民以敌外国,今祸在眉睫,乃欲逐众匪,不知圣上属意何人办此重大之事?"慈禧说:"董福祥可靠。"朱祖谋说:"董福祥老奸巨猾,断不可恃。"慈禧大怒而色变,厉声问:"尔姓何名?何官职?敢肆无忌惮至于此耶?"朱祖谋答:"臣为侍读学士朱祖谋,心所谓危,不敢不告,刀锯斧钺乃所不辞。"㊾这时,恽毓鼎上前说:"山东巡抚袁世凯,忠勇有胆识,可调入京镇压乱民。"曾广汉接着说:"两江总督刘坤一亦可。"㊿

荣禄依然在场,他知道这样的对话必须结束了,于是开口说已准备调袁世凯进京。

四人觉得该说的话说出来了,于是磕头退出。

慈禧"怒目送之"。㊿

第一次御前会议就这样结束了,没有明确帝国政府的立场,也没有制定出任何应急措施。

那个被慈禧派去与洋人谈判的许景澄,刚出北京城门,轿子就被义和团拦住,几个农民把他从轿子里拽了出来。义和团杀人的时候有个仪式:点燃一张写有咒语的纸,观看纸灰飘起来的形状,如果形状不对,杀。至于什么形状属于不杀的,解释权在义和团方面。许景澄,这个肩负着政府使命的帝国高官,此刻被捆在树干上,脸色苍白地看着纸灰如何飘散。

他被释放了。

他暂时没掉脑袋完全是侥幸。

而整个大清帝国是否能够如此侥幸就很难说了。

大沽口炮台与中国奸细

从中国的版图上看,天津附近的海岸,是国防最紧要的战略地,因为从这里到达北京的直线距离仅一百五十公里。

大清帝国被这个地理现实折磨得患了神经衰弱:在此前的五十年里,外国军队从这里登陆之后直捣都城的严重事件,已经发生过三次。更令人忧患的现实是,外国军队三次入侵,帝国的正规军没有一次阻击成功。

那是一段景色荒凉的海岸。渤海湾被南北两个半岛围成一片浅浅的海域,浑浊的海水深深地浸入大陆。一条名为海河的河流流经这里入海。从这里乘船逆海河而上,可以便捷地到达华北的重要城市天津。

海河的入海口叫大沽口。

大沽口,大清帝国北方的门户。

大沽口的防卫设施,自明朝开始建造,几度兴衰。至一九○○年,这里已经建成由四座炮台组成的防御体系。四座炮台分别建于海河入海口的两岸,呈"田"字形排列,炮台上共配备德式"克虏伯"、"阿姆斯特朗"和国内仿制的各种口径火炮一百七十余门,火炮性能优良,技术先进,炮弹充足,海面上的任何目标只要进入帝国海岸炮兵的视野,立即就会变成射击诸元,四座炮台上的大炮将从各个角度编织出足以令任何入侵舰只魂飞魄散的火网。帝国大炮炮口所指的海面上,游弋的是北洋水师舰队,在"海容"号巡洋舰的率领下,驱逐舰、鱼雷艇门类齐全,保养良好,时刻处在战备状态。常年驻守炮台的清军官兵达三千多人。距离炮台后方数十里,便有陆军主力部队遥相呼应,只要海岸告急,陆军便能迅速给予增援。

至少在那个年代,大沽口要塞是世界上最坚固的军事堡垒之一。

法国人的说法具有代表性:世界上再没有哪个国家的出海口的戒备会如此夸张而富有挑衅意味。沿着流着污水的海河两岸,炮台平行对峙着,让人只要看一眼,便会有一种险恶和恐怖的感觉。海口的周遭虽然极其糜烂,但炮台的布置显然形式感是第一等重要的。这里是通向中国繁华城市天津和北京的要冲。

六月十日,云集在渤海海面上的各国海军军官与北京的公使们失去了联系。

十四日,他们又与正向北京进发的西摩尔的联军失去了联系。

在各国驻天津的领事馆里,在海面上的英军"露西亚"号军舰上,激烈的辩论同时在猜疑和惶恐的气氛里开始了:是否立即强行夺取大沽口?是否要占领这个国家的都城?

领事们的辩论分成两派,即缓占派和速占派。缓占派主张最好使用和平的方式,至少暂缓动用武力,因为一旦开战,就等于宣布了每个在中国内地的外国人的死刑。而速占派的观点是,现在需要保护的外国人有四类:传教士、西摩尔的联军、北京的外国侨民和天津的外国侨民。如果延迟行动,就无法为西摩尔的联军打开通路,更无法"代替"

大清政府围剿义和团。那么,所有的外国人必会遭遇灭顶之灾——"不夺大沽,等于自杀!"

"露西亚"号军舰上的海军军官们观点一致。十六日,就在慈禧召集第一次御前会议的那天,虽然清廷什么决定也没有做出,但各国海军军官们很快就有了决定:自义和团的农民暴乱以来,各国已经派遣部分官兵登陆,以保护其侨民及外交使团。起初,大清政府似乎还明白各国的义务,并未加以阻拦。但是,现在他们调集军队在铁路线上,还在海河河口布置水雷,这表明他们已经决定支持义和团。由于各国司令官有必要与登陆的官兵保持联系,所以必须立即通过协商或武力暂时占领大沽炮台。海军军官们决定,通知大清帝国驻津总督与大沽炮台司令官,要求交出炮台暂为联军使用,最后期限为十七日凌晨二时整。

这是一个最后通牒。从送达的目标上看,各国军队宣布的交战对象不仅包括了大沽口炮台守军,而且还包括了大清帝国的一级政府——驻天津的直隶总督。

大沽炮台守军司令罗荣光,时年六十六岁,字耀庭,湖南乾州厅(今吉首市)人。咸丰初年,以武童投效曾国藩,参加与太平天国农民军的战斗,因作战勇敢屡屡得到升迁。他曾经是由美国人华尔率领的帝国"常胜军"中的军官,先升把总,赏蓝翎;再升守备,赏花翎。一八六四年,在时任江苏巡抚李鸿章的率领下攻打太平军占领的常州,他"率先登城,手刃太平军将士数人",战后升为副将。太平天国农民起义平息后,他又参加了围剿捻军的战斗,依旧勇猛异常,升为记名提督,赏头品顶戴。一八八一年,受李鸿章之命,他在大沽创立水雷营,训练帝国海防官兵,因巩固海防有功升任天津镇总兵。不久前,他又接到升迁的命令,被授予喀什葛尔提督。作为汉族军官,这是可以被朝廷任命的地方武职的最高职位了。但是,因为大沽口面临的紧张局势,罗荣光还没有来得及去上任。

史称,罗荣光生活俭朴,"见有奢靡者,辄面斥之","位渐显,服食俭约若老兵然"。

六十六岁的老兵虽然身经百战,但若无一九〇〇年夏季津京一战,他很可能会因为自己的戎马历史而得到一个"镇压农民起义刽子手"的称号。津京一战对于帝国军队来讲实无夸耀之处,甚至可以视为一个奇耻,但因战败而自杀于战场的罗荣光,却由此被史书称为"民族英雄"。

帝国战败的历史成全了不少官员的名节。

十六日晚,一个闷热的夏夜。

英国军舰"露西亚"号放下一条小舢板,朝大沽口炮台方向划去。

二十二时整,罗荣光接到通报:俄国海军鱼雷舰舰长巴赫麦季耶夫中尉求见。

这是一个年轻傲慢的俄国军官,以前没有与帝国军人交手的经历,因此他对面前这个年已衰老的军官比他还傲慢的神情和口吻感到十分吃惊。吃惊的原因是,就在此刻,联军已经做好了攻击炮台的一切战斗准备:一千六百多名俄国官兵悄悄进入了海河河口;三百多名日本官兵未费一枪一弹占领了塘沽火车站;二百五十名法国官兵正向军粮城方向移动,以截断帝国陆军向大沽口炮台增援的通道;九百多名英、日、德、法、意、俄联军已埋伏在西北炮台的侧后等待冲击的命令。另外,大沽口外的海面上,联军的战舰已全部完成战斗部署:十艘舰艇进入内河;两艘贴北岸靠近塘沽火车站,准备收容侨民;两艘在内河中央停泊,负责保护海关和营救战斗伤亡人员;两艘靠近下游的清军水雷营,负责监视北洋海军的行动;另外四艘部署在北炮台河流的拐弯处,以便与埋伏好的水兵一起对大沽炮台实施南北夹攻。另外的二十二艘军舰由于吃水问题不能进入内河,它们全部停泊在河口外,成梯次配置,准备以强大的舰炮火力压制帝国的海岸炮火,掩护海军陆战队员的作战。这种部署,据老兵们说,是接受了一八五九年英、法联军强攻大沽炮台受挫的教训、根据一八六〇年联军抄后路袭击大沽炮台的有效经验而制定的,因此有绝对胜利的把握。更重要的是,至少从联军的侦察情报上看,帝国军队对即将发生的战斗并没有特殊的军事调动和火力准备。

因此,俄国中尉通过翻译把话说得一板一眼,他想尽量把联军的行动意向这位老人表达清楚:

罗将军,您了解当前的局势吗?

当然了解,你们的军舰开到了我们的家门口!

我们希望您通知总督大人,明天凌晨二时之前交出炮台,以便让给联军做屯兵之用,否则会有不愉快的事情发生。

我是朝廷命官,唯朝廷旨意从事。未接朝令,谁也休想夺我炮台!

如果届时不交出炮台,联军将发动进攻。

悉听尊便!

俄国中尉刚刚离去,部下通报:联军的军舰已经开进内河,而水雷营并没有按照命令在今日布完水雷。

罗荣光浑身一冷,立即下令各炮台准备迎战。

深夜,海河河口深深地陷在北方的黑暗之中。

凌晨零时五十分,一声炮响划破寂静。

关于这发炮弹来自何方,一直是中外史书争论的焦点。中方所持的观点是,联军在一种"对中国领土迫不及待的占有欲"的促使下,首先对大沽炮台发起了攻击。西方史料所持的观点相反,说中方在最后通牒生效前七十分钟首先开炮,这证明"中国人是不守信用的"——西方人显然忽视了一个基本问题,因为此刻双方对峙的地点,不是一块主权尚未明确的"飞地",或者是一块国与国之间的"中立地带",而是中国的领土和领海,联军无论从哪个角度上讲都是不折不扣的入侵者。入侵者不但规定了被入侵者交出领土的时间,而且还规定被入侵者不许反击,这在世界战争史上绝无仅有。

炮声一响,清军的海岸大炮立即还击。

几乎是同时,双方的大炮开始了最猛烈的射击。

这是中国近代史上罕见的炮战,上百门火炮发出震耳欲聋的爆炸声,炮口喷出的火光映红了荒凉的海岸。内河河面上、近海海面上、陆地的田垄中和高大的炮台四周,泥土飞溅,硝烟升腾,火光冲天。

清军守军斗志高昂,因为帝国海岸大炮的口径和数量是联军的舰炮无法相比的,尽管平时训练不多,但在这样一个时刻,血性十足的清军守军发射出的炮弹把整个内河和海面都打开了锅。

在清军岸炮的猛烈射击下,首先受到重创的联军军舰是美国的"莫诺卡西"号和俄国的"高丽芝"号。这两艘军舰的舰长犯的是同样的错误:攻击开始前没有移动舰位。清军的大炮在天还没有黑下来的时候,已经瞄准了联军的每一艘军舰,其射击诸元经过精密的计算。只是,战斗打响前,除了这两艘军舰外,其他各舰都移动了位置,从而躲过了清军炮火的第一轮射击。俄舰没有移动的原因是,俄国舰长轻视了清军的大炮和炮手;而美舰没有移动的原因令人疑惑,据说美国舰长在这天夜幕降临前接到了华盛顿的指示:美国不参加战斗。理由是"不能向一个与美国处于和平状态的国家发起战争"。结果,俄舰中弹后立即起火,螺旋桨被打断,四十五名官兵负伤,十六名官兵当场被炸死,其中有四名军官。美舰"莫诺卡西"号更惨。"我们没有参战,军舰处在绝对安全的位置!"舰长的话音未落,清军的炮弹已经准确地落了下来,从天津租界逃上军舰并正站在甲板上看热闹的美国侨民顿时死伤狼藉——美国人天真得可以,既然"不参加战斗",为什么把军舰开到战场上来?

清军的第一轮炮火战果明显,但是接下来,反而是联军打向炮台的炮弹落点精确。清军夜间发射技术低,军舰又是水面上的游动目标,这使命中率大大打了折扣。而联军早在两个月前就派侦察兵对大沽炮台进行了详细侦察和勘测,炮台是固定目标,射击诸元早已经过反复计算。

这时,发生了一件严重伤害清军士气的事:帝国精锐的北洋水师的鱼雷舰艇被联军俘虏了——只要叙述到近代史上中国军队与入侵者的战斗,这样的事件便会突然出现,如鲠在喉,令人扼腕——战斗开始以后,帝国海军舰队官兵接到的是这样一道令他们不可理解的命令:不准出击,不准开炮。

命令下达者是北洋水师提督叶祖珪。

叶祖珪,帝国海军中一名英雄般的战将。在六年前的甲午海战中,他是北洋海军中军总兵兼"靖远"号管带,作战勇猛,身先士卒,以至青史留名。但是,在这个闷热的夜晚,他乱了方寸。他想到的不是罗荣光派人给他送来的情报以及战斗打响后大沽炮台所承受的压力,他知道如果北洋海军舰队出击,联军的军舰将处于两面受到夹击的状态,战斗的胜负几乎不用预想。可是,值此军情紧急之际,他偏偏想到的是六年前的甲午海战,他虽然在战斗中舍生忘死,但是,因为威海卫的陷落和"靖远"号被击沉,他受到革职处分,直到去年才官复原职。这个帝国官员由此明白了一个听上去荒唐、但在官场上屡试不爽的逻辑:战则无功,败则无过。

于是,在整个大沽炮台发生战斗的时候,北洋水师舰队一直停靠在一边观战。

帝国海军官兵眼看着炮台上的炮兵单独作战,在联军舰炮的轰击下死伤惨重,不禁怒火中烧。长官命令"不准开炮",于是他们就开枪。

他们集中在军舰的一侧,使用轻武器向联军军舰射击——帝国海军在战斗中充当的是陆军的角色,而且还是海军官兵自发的。海军官兵的轻武器射击不但没有帮上炮兵,反而招致联军炮火的反击。叶祖珪害怕自己的军舰受损,急令舰队撤离战场。但是,英国的"牙鳕"号和"名誉"号军舰各拖着一条载有十名水兵的小船已经包围上来,北洋海军四艘德国造的鱼雷艇被联军水兵俘获并且开走了。而那艘无论火力还是吨位都不亚于英国驱逐舰的北洋水师现代化旗舰"海容"号,竟然被英国水兵"扣留",在这个闷热的夜晚始终没有发出过一道战斗命令的叶祖珪,也被爬上军舰的联军官兵俘虏了。

战后,被联军水兵开走的帝国海军的四艘鱼雷艇始终没有归还。

后来得知,鱼雷艇分别被俄、英、法、德四国当做"战利品"分了。

消除了帝国海军的威胁,联军对炮台开始了猛烈攻击。

炮台开始破碎,血肉横飞中,帝国的炮兵们疯狂了,经过暂短的实际战斗,他们对大炮的性能熟悉起来,凭借着聪明和勇敢,在黎明前最黑暗的时分,战果开始鼓舞人心:俄舰"基略克"号为了给其他军舰指示射击目标打开了探照灯照射炮台,结果招来下雨般的炮弹。桅楼首先中弹,然后是弹药库中弹,引发了惊天动地的巨响,大沽口海面上顿时烈焰升腾,"基略克"号的整个甲板被掀翻。紧接着,又有一发炮弹命中了它的水下部分,它彻底失去了作战能力,舰长不得不命令抢滩。全舰八人死亡,四十多人负伤。德舰"依尔提斯"号中弹十八发,上层甲板全被炸毁,八名官兵死亡,十七名官兵负伤,其中包括舰长兰茨,他身上弹片有二十五块之多,同时,一条腿也不知飞到何处去了。即使在身负重伤的情况下,他的头脑依旧清醒,他对身边的人说:"朝咱们射击的那些大炮都是德国克虏伯制造的!"俄舰"朝鲜人"号的舰炮被打坏,一发炮弹又命中了它的右舷,把锅炉房的通风机炸碎。在接下来的战斗中,它又不断地中弹,最后失去了战斗能力。

攻击南炮台的四艘联军军舰,除了"海狸"号之外,全部受创。

炮战进行到此时,进入僵持阶段。

天就要亮了。

联军的强攻部队开始了行动。

事先埋伏在西北炮台侧后的联军强攻部队,由八百名各国官兵组成,分三路散兵线前进。当前进到距西北炮台五百米左右的时候,被清军炮台守军发现,他们立即遭到炮火阻击,被迫停止前进。这是十七日早晨四点的时候,联军官兵趴在昏暗的旷野上,忍受着猛烈的炮火打击,伤亡大量出现。军官们开始辩论,他们操着不同的语言,秉承着不同种族的性格,在是否前进的问题上意见不一。俄国人主张拼死前进。自战斗开始以来,俄国人一直有一个良好的感觉:他们兵多,军舰多,是战斗中的当然主力。辩论的结果是,日本人和德国人开始向后缓慢移动,英国人和意大利人原地不动,俄军官兵往前移动。

作为强攻部队来讲,这是最艰难的时刻。

突然,一个大塌地陷般的声音轰然响起。接着,在清军炮台方向升起了一个巨大无比的火球。声音之大,火球之烈,令混乱的战场一瞬间寂静下来,双方所有的射击都停止了,因为双方的官兵都不知道发生了什么事,整个大沽海岸在向天空翻卷而去的黑烟中惊呆了——一发来自法国"狮子"号军舰上的炮弹,击中了清军炮台后面的弹药库。

这是一发致命的炮弹。

关于这发炮弹,西方记者曾经这样评述:

> 很神秘地,一发法国炮弹恰好落在中方的大火药库上,于是爆发起来,他们的炮兵遂散乱起来……如果没有这个偶然,则大沽口外的所有的外国军队,是不免完了的,而联军的武力登陆,是成问题的或者不可能的,战事将变成另一局面。[55]

直到今天,中国的海防线上依然留存着当年的炮台遗迹。中国的海岸炮台大都修筑成半圆形,临海的一面有高台,而身后却是敞开的。这个半圆,鲜明地体现着中国人拒敌于国门之外的决心,同时也体现着中国人朴实的单纯:身后不用担心也不用提防,因为身后是自己的土地。于是,修筑在炮台后面的弹药库也是敞开式的,且没有任何防御设施。作为炮兵来讲,保障弹药的安全是最重要的,没有了炮弹的大炮不如一把匕首。"狮子"号发射的这发炮弹,鬼使神差地脱离了正常弹道,越过炮台正好落在了弹药库中央。堆积成小山般的千万发炮弹瞬间被引爆,在巨大的爆炸声中,方圆十里内所有的建筑物全部被震毁,烟火冲上万丈夜空。千年前,帝国就能够用砖砌长城,千年后的帝国却用土堆炮台——爆炸震毁了西北炮台,这座炮台上的清军官兵,包括管带封得胜,被当场炸死。

幸存的西北炮台上的官兵拿起了枪。

爆炸声刚落,联军的强攻恢复了。

这次是日本人一马当先,他们首先冲到了炮台前的壕沟边。

黎明的曙色荡漾在大沽口海面上。

清军官兵纷纷离开炮位,冲出围墙,与联军展开肉搏战。

西北炮台守军七百人,经过一夜炮战,能够参加肉搏战的只剩下两百人,而拥上来的联军有九百人。

日军上校夫部冲在最前面,他带头冲进炮台通道,立即被一颗子弹打倒。日军中尉白石接替了他的指挥位置,带领官兵继续冲击。最后时刻,数十位衣衫褴褛的清军被挤压在一个角落里,他们围成一圈,东方人黑色的眼睛里布满血丝,长辫盘在头顶,被硝烟熏黑了的面孔扭曲成一张张愤怒的面具。他们端着枪,举着刀,发出低沉的吼声。联军官兵没有上前,他们在高处架好机枪,然后开始扫射。

中弹的清军士兵在倒下的最后时刻依旧在开枪。

一个日本士兵爬上西北炮台,刚准备挂上日本国旗的时候,头部中弹摔了下来。一个英国士兵接着爬上去,升起了一面英国国旗。

英国国旗在中国大沽口西北炮台升起的时间是:一九〇〇年六月十七日五时三十分。

东方天际一片血红。

联军开始集中火力攻击南炮台。巨大规模的炮战重新开始。但是,南炮台的弹药库也中弹爆炸,在帝国炮兵弹药已尽的时候,联军从侧后的强攻步步逼近。

罗荣光跪在炮台上,向着帝国都城的方向磕了三个头:"此天命,吾死时至也。"

六时三分,大沽口炮台全部失守。

大沽口炮台的战斗持续了六个小时。

西方战地记者走上炮台,记下了他们看见的情景:"在所有被攻占的炮台的大炮附近都可以看见断手、断脚和断头的勇敢的守卫者。沿着胸墙,到处都躺着中国的步兵和炮兵。"㊳

1901

描述应该是真实的。

中外史料中均没有大沽口守军投降的记载。

唯一的出入是,大清帝国的步兵没有参加战斗,英勇战死的全部是炮兵。

步兵没有增援。

帝国有在短时间内调来数万步兵参加战斗的能力,如果增援,战斗的结局决不会像六月十七日早晨这样,因为联军的兵力是极其有限的。在战斗最激烈的时候,直隶总督裕禄数次接到罗荣光请求增援的报告,但是他没有派出一兵一卒,他在这个火光冲天的夜晚睡得十分安稳。这位帝国重臣这样做的理由是:保留重兵,守卫京津。

放弃大门退守内室,是何战略不得而知。

事实是,三天之后,天津沦陷。

对国家感到绝望的罗荣光服毒自杀,老兵死前"杀其眷属",曰"不可使辱于敌"。

在中国,前线军官可以失败,不可以失败后依旧活着。于是,他们唯一的选择是自杀。这样的死被中国的伦理道德视为"殉国",殉国者的灵魂将会受到长久的瞻仰。

几天后,大沽口炮台旁边荒凉的海岸上,密密麻麻地堆起了上千个土坟。

大沽口炮台清军守军数千人全部阵亡。

联军方面,六十六人死亡,一百七十人负伤。

中国的大沽口炮台上飘扬着五颜六色的各国国旗。

但是,最终占领了大沽炮台的联军依旧心情沉重,因为到现在为止他们仍然没有西摩尔部队的任何消息。

难道西摩尔和他的官兵全部被义和团消灭了?

大沽口炮台的战斗正在进行的时候,被义和团围困在廊坊车站的西摩尔的联军正处在进退两难的境地。

西摩尔,这个自认为有丰富海外作战经验的英国皇家海军中将,此刻正精神恍惚地徘徊在闷热潮湿的夏夜中,他的身边是不断掠过的冷枪的嘶叫声和修复铁路的官兵的痛苦呻吟声。他的思维已经混乱不堪。黄昏的时候,一个商人打扮的中国人溜进他的车厢,这是北京使馆派来充当秘密信使的虔诚的中国基督徒。两天以来,北京使馆区一共派出三名中国基督徒,其中的两人在半路被义和团截获杀掉。侥幸到达西摩尔车厢的中国人,传达了北京公使们请求紧急援助的口信,并且用"最骇人听闻"的词句形容了此刻京城里洋人的处境:"使馆遭到最猛烈的攻击","各国公使有的被杀、有的被抓,数百名欧洲官兵危在旦夕","中国政府已经下令杀死所有的外国人,教会学校、跑马场和外国人的住宅遭到彻底洗劫"。西摩尔立刻下达了继续修复铁路的命令。但是,对于这一命令的效果连他自己都没有信心。几天来,他们一直被围困在此,铁路在修复和破坏中不断循环,义和团不但顽强地破坏铁路,而且无论白天还是夜晚,小规模的袭击一直在持续。更严重的是,联军的给养已经枯竭,义和团把周围村庄里能吃的东西全部转移和匿藏起来,并且破坏了所有可以提供饮用水的水井。目前,北京使馆的安危对西摩尔来说已经不重要了,重要的是自己率领的这两千名官兵的生死。前进似乎不可能,而一旦撤退义和团必定步步追击,谁知道结局会是什么样子?

黎明到来了。

并不知道联军已经占领大沽口的西摩尔终于决定:沿原路向天津方向撤退。

开始撤退行动的第一步,是寻找可以果腹的食物。

趁着黎明前的寂静,寻找食物的俄军和德军分队出发了。他们对周围的村庄里进行了彻底搜寻,不但没有看到任何一个中国人的影子,而且没有找到任何一点可以吃的东西。

中国人藏匿食物的本领世界第一。

寻找食物的官兵在接近中午的时候绝望了,他们开始返回。眼看就要走到车站了,四周突然响起密集的枪声,饥饿疲惫的德国人和俄国人立即卧倒,在车站上正准备撤退的联军官兵也顿时乱成一团。

廊坊车站遭到了几天以来最猛烈的袭击。

接下来发生的,就是中国史书里用兴奋的词句被反复描述,至今每年仍然享受着国人的纪念,在帝国那段苦难的时光里唯一可以被称为胜利的"廊坊大捷"。

大捷发生在一九〇〇年六月十八日。

袭击一开始,车站上的联军立即感到这次袭击与往常不一样。

1901

廊坊一战,清军首次正式参加对外国联军的阻击战斗。在迟疑了很久之后,帝国正规军终于明白,他们应该与民众站在一起,具体地说,是面对列强应该与义和团站在一起。虽然是得到了朝廷的指令才参加作战的,但是,清军官兵绝大多数是农民子弟,仅仅在昨天还执行追杀义和团任务的他们,一旦得到与义和团一起追杀洋人的指令时,行动起来异常凶猛。

清军是刚刚从京城开来的甘军,人数约三千。

甘军的骑兵冲在最前面,纷乱的马蹄下泥土飞溅。骑兵的后面是步兵,全部是新式步枪。步兵的后面,跟随着一眼望不到边的义和团的人群,这片服装颜色杂乱的人群没有战斗队形,手中拿着的武器也是五花八门:新式的枪支、土制的大刀、长矛以及各种奇形怪状的农具。

仓促迎战的联军立即在车站的建筑物上架起机枪,向急促奔来的帝国骑兵射击。在密集子弹的打击下,骑兵的冲击队形被打乱,骑兵们躲开正面射击,绕向联军的右翼。右翼是德军的阵地。骑兵的冲击波刚刚被德军遏制,跟随骑兵而来的步兵和义和团的农民们就冲到了阵地前,于是没有任何喘息,双方进入了肉搏战状态。帝国的骑兵骑术高超,但是肉搏时的剑术却在洋人之下,在拼杀中不见优势。联军争取到在建筑物上部署阻击火力的时间,尤其是多挺机枪已经架设完毕,机枪的扫射给骑兵造成很大的杀伤。清军步兵无疑是勇敢的,但是,车站四周的地形极其平坦,没有任何可以掩护前进的障碍物,联军的火炮异常猛烈,步兵的冲击也开始受阻。这时,义和团的农民们超越了清军步兵成为前锋,在如雨的枪弹下,年轻的农民成片地倒下,他们永远地"睡"在了帝国北方的田野之中。

参战的联军官兵有这样的回忆:

> 这场战斗非常艰苦,中国士兵装备有新式毛瑟枪和门立式来复枪,但他们只是随意开火,否则联军将损失更大……义和团也装备了同样精良的步枪(显然是由清帝国政府提供的),但幸好他们并不会使用,他们的枪打得太高了,明显不习惯使用瞄准器,因此未对联军造成严重伤亡。如果这支军队的训练也像其装备一样精良的话,联军的装甲车队将根本

不可能逃脱。(57)

两个小时之后,战斗以中国军队和义和团的退却结束。

双方的阵亡统计是:中国军民阵亡约五百人,联军阵亡六人。

当天,西摩尔不敢迟疑,命令部队乘火车撤退至杨村。到达杨村之后,他发现通往天津的铁路再次被义和团破坏。西摩尔没有修复的时间和勇气了,他命令部队放弃火车,沿着运河水路继续撤退。

十九日下午,西摩尔的联军开始从水路撤退。

从这一天起,他们的噩梦开始了。

联军刚刚离开杨村车站,身后就燃起了大火,义和团把联军乘坐的带有五十节车厢的火车全部点燃了。

联军只抢到四只小船,船上载满辎重和伤员,其余的官兵一律步行。由于北运河水浅,河道狭窄,行船只能靠人力岸上拉纤,于是联军官兵们还要充当纤夫。沿着帝国古老运河的两岸,行进的是一支狼狈不堪的洋人的队伍。没有食品和水,饥饿和疾病令每一个人都露出绝望的神情。军装已经看不出原来的颜色,满脸的血污和泥土,黄色的头发蓬乱肮脏,蓝色的眼睛暗淡无光。在军官们的催促下,粗大的纤绳勒在士兵们的肩章上,他们躬着身体,艰难地行进在泥泞的土地上。一切幻想都破灭了,只能听任命运的摆布,最好的结局是活着逃离这片国土。然而,可怕的是,义和团的攻击又开始了,一次又一次,规模大小不一,但带给联军的恐惧是一样的。沿着北运河两岸,几乎每隔一公里就会出现一座村庄,每一座村庄都会成为联军官兵魂飞魄散的鬼门关。在这些村庄周围,有一望无际的青纱帐和纵横交错的沟渠,不定什么时候那里面就会突然冲出数量不等的中国农民,他们杀声震天地扑来,联军官兵几乎每走几步就要被迫展开战斗队形进行抵抗:

沿河散布着许多有树的村庄,几乎每一个村庄都被义和团占据着。由于有高大的有土墙的房屋,树木丛生,而四处全是无树地区,是很容易防守的。我们得到的第一个教训是:攻击不防守一定得准备多损失掉四五倍才行。我们必须携带机枪和轻型野战炮参加战斗,因为义和团有散炮、六磅炮、机关炮、大型土制抬枪,而且经常有防御工事保护着。(58)

清军的骑兵和炮队一直跟随在撤退中的西摩尔联军的左翼。令联军奇怪的是,清军再也没有发起过一次直接的冲击,他们采用的是与义和团没什么两样的骚扰战术。每当联军受到义和团的进攻停下来阻击的时候,清军就远远地开炮射击,炮弹在联军的阻击阵地上爆炸,伤亡时刻在发生。联军派出小分队向清军的炮兵阵地发起冲击,清军转眼间便没了踪影。但是,不一会儿,他们又出现了,等着义和团进攻时再次发射炮弹。

联军官兵无论从运河里捞到什么都往嘴里塞。"由于战争和饥荒,这条河里流淌的不是洁澈的河水,而是一些乱七八糟的东西"。他们把捞上来的"乱七八糟的东西"在行军锅里随便煮一下,无论是死猪还是树叶子,最后连难啃的骨头一起全部吞到肚子里。伤员和病员越来越多,拥挤在烈日下的小木船上,没有任何治疗设备和药品。最后,联军开始杀军马充饥,而矛盾是,军马一旦被杀辎重就得扔掉。在这样的情况下,沿着运河撤退的联军,每天行进速度不到十公里。到达北仓的时候,联军伤亡已经达到一百五十人,其中包括西摩尔的参谋长泽力克上校。紧接着,在穆家寨附近,联军又遭到天津义和团首领曹福田率领的义和团大队的攻击,人员损失再次增加,以至于白天不敢行军。

接近天津城的时候,联军遇到了一个挡在退路上的军事要塞:西沽武器库。西摩尔命令部队绕行,想尽量避免与帝国军队发生战斗。但是,当联军沿着武器库围墙外面的河道顺流而下时,他们被发现了。两个"穿红裤子、扎红腰带、缠红头巾"的中国人突然从武器库大门走出来,站在河岸上喊:

"干什么的?"

联军的前锋是美国士兵。慌张的美国人中有个会说中国话的下层军官,竟然如此直率地回答:"外国人,到天津去!"

两个中国人说:"好的!"

接着,就开了枪。

原来,帝国在天津地区最大的武器库,目前竟由义和团的农民把守着。当联军的船只暴露在义和团的火力下时,除了强攻之外,联军没有任何其他的选择。一个英国军官后来回忆:"如果我们面前不是义和团的话,我们没有一个人能够活着回来。"[59]

在火力掩护下，英国少校钟斯通率领海军陆战队开始强行冲击。而西摩尔亲自带领另一支部队从下游过河，试图包抄武器库的后门。武器库里的义和团有几千人，但是，他们都是刚刚收完麦子的农民，没有一个人有过战斗的经历，甚至连枪都不会使。在联军的前后夹击下，原本以为坚固无比的武器库竟然被打开了，尤其是联军把武器库的一座角楼轰塌之后，义和团完全丧失了抵抗力量，农民们胡乱放了一阵枪后开始四处逃散。一大群义和团的农民被联军抓住，立即被枪决于武器库的围墙之下。

西摩尔攻occupied下来的武器库，发现这是一个好地方，四周修建有坚固的外围工事，不但是一个理想的堡垒，而且里面武器弹药充足，可以保障官兵们的生命安全。特别是，武器库里竟然存有一些中国大米，还有大量的空闲房间可以安置伤员。这一切，都是疲惫之极的联军急切需要的。

西摩尔决定不再撤退，在这里坚守到天津方向的增援部队到达。

义和团被赶出武器库后不久，一万多名清军官兵到达，并开始对丢失的武器库进行反击。这是驻守在天津的聂士成的部队。这座武器库属于他们的防守范围，现在丢失了，他们有不可推卸的责任。聂士成部的攻击是坚决的，两个小时之后，清军占领了武器库的全部外围工事。最后，围墙的又一角被攻破，这次是联军退守到库内的营房里。然后，战斗停歇了几个小时，武器库四周一片寂静。半夜时分，在恐惧和疲惫中惶惶不安的联军官兵听见围墙上有一些动静，等他们爬起来端枪的时候，大量的中国军民已从四周的围墙上爬进来了。这是最后的时刻，黑暗中，枪声连成一片，到处是厮打、咒骂和痛苦的呻吟。混战持续到黎明，中国军民不明原因地退去。

联军伤亡已达二百多人。

武器库中央有一块空地，成了埋葬联军官兵的墓地。

帝国军队有一门巨炮，是一门德国制造的远射程炮，联军的火炮无法压制住它，因此联军给它取了个名字，叫做"慈禧太后"。"慈禧太后"昼夜不停地往武器库里发射炮弹，联军的伤亡大多都是因为它。

为了与天津的联军取得联系以得到增援，西摩尔亲自挑选了一百名突击队员，命令他们不惜一切代价突击出去，把这里的信息带到天津的联军指挥部。但是,这支突击队刚刚冲出去几步远,立即遭到中国军民的顽强阻击。突击队在强行前进的时候,清楚地暴露出他们是人数不多的"一小队洋鬼子",于是招致了更大规模的围攻,最后不得不撤回武器库。

孤立无援的联军官兵已处在精神崩溃的边缘。食物再次断绝,武器库已被中国军民围得如同铁桶。如果中国军民再发动一次或两次像样的攻击,西摩尔的联军是否能抵挡得住就会成为问题,而一旦抵挡不住,"全部被杀死在这里"的后果是可以想见的。那时,武器库四周方圆数里内的所有树木上,都会挂上联军官兵的洋脑袋。

就在这个时候:大津方向的增援部队赶到了。

奇怪的是,前来接应的联军,竟然没有受到任何像样的阻击——"除了过一座桥的时候,与帝国的军队交了一次火,其他的清军阵地均一枪未放。"[60]

那么,天津的联军是如何知道西摩尔的位置的呢?

还是一个中国人。

西摩尔组织突击队的时候,他找到了的部下,一位英军上校,命令他把自己忠实的仆人贡献出来。这个忠实的仆人是一个中国人。西摩尔拍着他的肩膀,作了一番重奖的许诺,并亲自把这个中国人送到武器库的大门口。这个中国人没走多远就被义和团抓住了,他立即把西摩尔的信件吞到肚子里,然后称自己是一个迷路的商人。不知为什么,在军情如此紧急的时刻,义和团的农民们居然相信了这个中国人的谎话,把他释放了。这个中国人,不但完成了一百名联军官兵没能完成的任务,将西摩尔的消息送到了天津联军指挥部,并且还为濒临覆灭的西摩尔的联军带来了两千五百名英军和俄军。

联军们说,这个中国人为此"运用了相当的聪明和不少的勇气"。

西摩尔的联军自身穿华丽的军服、带着对帝国京城的贪欲从天津出发,到万念俱灰、衣衫褴褛地退回原地,前后持续十七天,为此付出的代价是:伤亡二百九十人,其中六十二人死亡。

无论如何,联军指挥部关于西摩尔部队命运的悬念终于解除了。

下一步,联军可以采取更加强硬的行动了。

一个"傲慢的中国词汇"

大清帝国政府是在大沽口炮台战斗发生前几个小时,获得外国联军的兵舰要与帝国开战的消息的。

十七日,直隶总督裕禄用"八百里加急公文呈递"向朝廷送来一份紧急报告,同时转来的,还有法国驻天津总领事杜仕立代表各国呈给大清帝国政府的一封外交照会。因为时间紧迫,裕禄来不及让人把照会翻译成中文,只是在紧急奏折中将照会的大致意思进行了转达,并特别说明了洋人的这个意思:不交出大沽口炮台,就要开战。慈禧的回答还是那句话,不主动挑战,但如果被迫交战,就要军民一心,"别让洋人小看了咱们"。

但是,大沽口炮台陷落之后,却迟迟没有"八百里加急公文呈递"到达。因此,帝国政府,包括慈禧在内,对前线发生了什么全然不知。于是,在帝国北方门户已经洞开的两天之内,朝廷做出的一系列重大决策的基础,依旧建立在对"军心"和"民心"的良好感觉上。

十七日,大沽口外,联军的战舰已经向内河运动,战事一触即发。

同一天,帝国政府各级大员突然被急召入见,慈禧召集了第二次御前会议。

参加御前会议的官员中,只有载漪和荣禄知道会议的内容是什么。

早上,荣禄紧急请求慈禧召见。

荣大人神色仓皇地走进慈禧的房间,没多一会儿便退了出来。荣大人的身影还没在宫墙的拐角处消失,太监和宫女们就开始传播耳语,说是太后哭了。女人伤心的时候是要哭的。慈禧不会当着奴才们的面哭,但是当她独处的时候她是一个女人。

荣禄一大早求见的目的,是给慈禧送来一份洋人照会。这份照会与前线的战事没有任何关系,内容有四:

一、指明一地,令中国皇帝居住;

二、代收各省钱粮;

三、代掌天下兵权；

四、勒令皇太后归政。

这是中国近代史上最神秘、最关键的一份"外交文件"。

神秘之处在于,这份洋人照会,并不是通过正常的外交途径送呈朝廷的,甚至在它到达慈禧面前的时候,没有经过任何一个中外外交人员的手。按照荣禄的说法,这份洋人照会是一个名叫罗嘉杰的粮道秘密送来的。而根据罗嘉杰自己的说法,这是他通过关系弄到手的。罗嘉杰的官场职务与外交事务相去甚远,粮道是负责转运粮食的,转运粮食的官员居然转运来一份洋人照会,神秘得极为罕见了。更为关键之处在于,在帝国与各国的关系处于千钧一发之际,在慈禧还没有下定最后决心的时刻,这份洋人照会中的每一条内容都犹如引发战争的导火索。不要说洋人提出的要"代掌"帝国的财政和兵权无异于颠覆帝国政府,最令慈禧万般难受的是洋人公开支持她要废黜的光绪皇帝,而且明确"勒令"她放弃权力下台。慈禧决不会容忍这样的挑衅。

史料记载:"太后阅之,怒极。言:'外人无礼至此,予誓必报之。'"⑥

自此之后,大清帝国朝野上下的任何劝谏都没有用了。

慈禧已决心与洋人"拼一死战"。

没有确凿的证据可以证明,在大清帝国与各国的关系还在"战"与"非战"之间摇摆不定时,在哪怕是轻微的一个砝码就会使帝国的命运天平骤然倾斜的微妙时刻,这份洋人照会的出现是否过分地巧合了。同时,也没有确凿的证据表明,在整个帝国何去何从全凭一个女人的喜怒左右的政体下,这份为达到某种政治目的而出现的洋人照会,其内容是否显得过于简陋和直白了。可以肯定的一点是,这份洋人照会从来路到内容都一反常态。首先,提出照会的洋人到底是什么人含糊不清。后来因为坚决反对帝国宣战而被杀头的太常寺卿袁昶提出过疑问:各国外交使馆并不曾有过这样的说法,相反,各国外交部纷纷表示此次向中国调兵是为了保护使馆和帮助镇压乱民。虽然还不清楚这是否又是借口,但各国终究是这么表示了的。那么,不是各国使馆提出的照会,难道是云集在大沽口外的各国海军将领提出的? 如果是这样,照会也应该送达直隶总督裕禄,再由裕禄转呈朝廷。如此重要的文件,怎么会由一个粮道偷偷摸摸地送给荣禄呢？且不说照会的内容荒诞不经，荒唐无据，当时战事未开，洋人有什么必要要挟朝廷呢？

可惜，当时没有人这样想过。

后人不断地"考证"和"分析"这份在危急时刻出现，并最终导致了大清帝国厄运的洋人照会，其结论与百年前帝国大员袁昶的声音一模一样：这是一份伪造的外交照会。换句话说，这份照会与洋人没有任何关系，纯粹是中国本土制造出来的。

这恐怕是中国历史上"案值"最高、使国家付出代价最大的一宗造假"案件"。

造假者，载漪；售假者，荣禄。

制造这样一份假照会，载漪有充分的"作案动机"。当时，在整个大清帝国内，只有这个端郡王急切地想与洋人真枪实弹地打起来。因为不把洋人赶走，或者把洋人打服，他的儿子就别想登上帝国的龙位。而要与洋人"和平解决"，就等于宣布他的梦想的破灭。尽管他已经成为北京义和团实际上的领袖，尽管他不断地在慈禧面前描绘义民的法术是如何灵验，尽管他身先士卒地带领义和团和帝国兵勇对洋人的各个目标猛攻猛打，但是，慈禧还是犹豫不决。这一点，令他寝食不宁，坐卧难安。在最后的时刻，他必须想出一个促使太后下定决心的办法，这个办法就是：你不是对洋人还抱有幻想吗？洋人可要对你不客气了！

没有人不知道慈禧最大的特点，同时也是最大的弱点：爱权力胜过一切。

但是，载漪能够制造出假照会，可要是由他直接送给慈禧，恐怕会让慈禧看出破绽来。老佛爷精得很，对谁的话都不会轻信，满朝只有一个例外，那就是荣禄。载漪和荣禄，从官场上讲，可以说是一对在慈禧面前争宠的死对头。载漪知道荣禄对载家兄弟压根儿就看不起，载家兄弟如今纷纷掌握军政大权的现实也是荣禄不愿意看到的，因为这会夺了他在太后面前的风光。但是，作为一个帝国官员，官场的奥妙载漪还是懂一些的，可以肯定的是，只要假照会到了荣禄手里，他就会当真地送给太后，一刻都不会耽误。

载漪算计对了。

作为帝国官场上最精明的官员，荣禄从那个罗粮道手里接过洋人照会的时候,只扫了一眼,就知道是假的,而且马上明白是谁、为什么造的假。同时,他几乎立即决定把这个玩意儿赶快送给太后。他的"运算"程序是:第一,弄来这么一个关系到太后切身利益的东西,是有大功的。而把照会直接迅速地送给太后,说明自己与太后同心同德。后果无论怎样,此举定能加强太后对自己的信任,甚至是依靠。第二,如果真的把洋人打败了,载漪一旦当上太上皇,就凭自己的这个举动,也只能得势不会吃亏。第三,如果洋人将来占了上风,自己可以反戈一击,站出来揭发载漪的"造假罪行",闹不好在洋人那里还有功可立,至少会在与洋人过不去这一点上有一个开脱自己的办法。

历史证明,后来荣禄执行了第三点,他"揭发"了载漪,成为没有被洋人惩办的帝国重要官员之一。

应该特别指出的是,对于把这样一份"假货"送到慈禧那里,会对整个帝国的命运造成什么样的后果,荣禄心里比任何人都清楚。

以"难得糊涂"为座右铭的帝国官员,从来没有在大是大非的问题上糊涂过:自身的命运永远重要于国家的命运。

仪銮殿里又一次聚集了帝国的重臣大员。

还是光绪皇帝先开的口。处于被软禁状态中的皇帝,为目前帝国的危急所迫,似乎已经无所顾忌了,开口就以强硬的口吻让负责处理外交事务的总理衙门大臣徐用仪解释事情何以发展到如此地步。面对慈禧太后,徐用仪不知道该怎样回答皇帝的话才能两全。

慈禧表示:"皇上意在和,不欲与夷战,尔等可分别为上言。"

光绪余怒未尽,言:"我国积弱至此,兵不足战。用乱民以侥幸求胜,庸足恃乎?"

载漪立即反驳:"义民摅忠愤以卫国家,不因而用之,以雪国耻,乃目为乱民杀而诛之,人心失,将不可以为国。"

光绪说:"乱民皆乌合耳,各国利兵,乱民岂足当之?奈何以民命为戏?"

慈禧问户部尚书立山:"汝言如何?"

立山回答:"拳民虽无他,然其术多不效。"

载漪的脸色十分难看,说:"用其心耳,奚问术乎?立山必与夷通,乃敢廷辩。请以立山退夷兵,夷必听。"

立山也是满族贵族,向来对载漪的嚣张气焰愤恨不已,于是反唇相讥:"首言战者载漪也,漪当行。臣主和,又素不习夷事,不足任。"②

载漪受到顶撞和嘲讽,脸上挂不住了,索性大骂立山是帝国的奸臣。

慈禧咳嗽了一声,殿堂里立即静下来。她说刚才接到洋人的照会,一共有四条。慈禧逐条念了一遍,但是,第四条她没有念。然后,她怒言:"今日衅开自彼,国亡在目前,若竟拱手让之,我死无面目见列圣。一战而亡,不犹愈乎?"③

所有的大臣都对突然出现的洋人照会万分惊愕——洋人竟然如此霸道蛮横,这是在要大清的江山呢!

暂短的死寂后,群臣一起磕头不止,高呼:"臣等愿效死力!"

慈禧表示,为了大清的江山社稷,不得已才与洋人开战,只是一旦开战结果怎样难以预料:"顾事未可知,有如战之后,江山社稷仍不保,诸公今日皆在此,当知我苦心,勿归咎予一人,谓皇太后送祖宗三百年天下。"④

群臣高呼:"臣等同心报国!"

这时候,因家住使馆附近、出门的道路被包围使馆的义和团堵塞而迟到的大学士徐桐到了,他一进殿内就给太后磕头说有"好消息":"臣适才发现,义和团练习时,忽见玉皇大帝降临,请太后奖励拳民之神功!"

慈禧"破泣为笑"。

而光绪皇帝从听到四条照会的第一条起,就再也没说过一句话。在那一条内容里,洋人要求解除对他的软禁——光绪至死不知其实这出自帝国的一个郡王之手。

同时,在所有关于这次御前会议的史料中,甚至在野史笔记中,都没有记载荣禄说了什么,一个字也没有,这位帝国重臣保持沉默的本领可谓惊人。

会后,慈禧令徐用仪、立山和内阁学士联元前往使馆,对洋人说明大清帝国政府的立场。如果洋人"必欲开衅",就请他们"下旗归国"——"告勿调外兵来,兵来则决裂矣。"⑤慈禧指派的这三个人,都是反对开战的大臣。于是,等群臣退下的时候,慈禧把荣禄留下了。史料记载,慈禧要求荣禄的武卫军筹备战守。除此之外,两个人还说了什么无从查考。

第二天,六月十八日,慈禧再次召集御前会议。

还是光绪皇帝首先开的口。也许经过一夜的思考,年轻的皇帝准备豁出去了。他对载漪等主张开战的大臣们说:"人心何足恃,徒滋乱耳。士夫喜谈兵,朝鲜一役,朝议争主战,卒至大挫。今诸国之强,十倍日本,若遍启衅,必无幸全。"⑥⑥

户部尚书立山慷慨陈词:"甲午一战,我北洋水师已经丧失殆尽。如开战,南北咽喉断绝,军械粮饷无从运至,敌兵自津沽至京,其势甚速,那些只懂巫术的拳民如何抵挡得住?"⑥⑦

内阁学士联元接着说:"臣以为,使馆万不可攻。倘若使臣不保,他日洋兵入破,鸡犬皆尽矣。"⑥⑧

载漪突然怒斥,联元刚从使馆回来,定对朝廷怀有二心,"罪当诛"!

喊声未落,早已脸色铁青的慈禧从牙缝中挤出一个字:"斩!"

殿上顿时鸦雀无声。

满族大臣不敢出声,是怕受到连累。

汉族大臣不敢出声,是因为慈禧的那句"名言":这是我们自己家里的事。

眼看着内阁学士的脑袋没有了,一个人跪行上来,他就是庄亲王载勋:"太后息怒。联元言辞过激,用心仍为保大清江山。外敌压境,先斩内臣,于大局不利。"⑥⑨

主和派一见庄亲王带头,立即跪成一片,请求太后开恩。

联元,庄亲王的女婿。

慈禧挥了挥手。

联元躲过一劫。

会后,慈禧回了颐和园。作为掌握帝国命运的人,虽然她对洋人忍无可忍,但是,要让帝国进入战争状态,她还是要犹豫再三。甲午战争的结局,她是清楚的,她对义和团并不抱什么希望,正如她所说的那样,之所以"乱民可用",用的只是"人心"而已,到了真正开战的时候,还是要靠帝国的军队。她在这时想到了前线大沽口。

而大沽口这个帝国北方的重要门户此时已经陷落两天了。

前线的消息终于传到深宫内。

十九日,大沽口炮台陷落的第三天。在海岸边的荒野上,中国百姓开始掩埋那些因为闷热的天气而开始腐烂的清军官兵的尸体。外国联军已经大规模地向天津城发起进攻,直隶总督裕禄的又一份"八百里加急公文呈递"被送到慈禧面前。

奏折的题目是:《接仗获胜折》。

这是一份描述帝国军队如何在大沽口炮台把洋人打得落花流水的"捷报"。"捷报"说,洋人疯狂进攻,帝国军队英勇迎战,杀敌无数。"义和团民亦四处助战,合力御击,再与苦斗多时,将洋人击回"。"我军会合团民与洋人鏖战,良久,敌势力渐不支,各队尽力攻击,纷纷窜匿"。在河口,罗荣光提督亲自督战,"击坏洋人兵轮两艘"。由于假话说得实在心虚,裕禄最后补充了一句:"天黑远望不真,敌舰未知沉否?"但是,为了"报效朝廷","民心极固,军气甚扬"!⑦

与那份洋人照会一样,这份"捷报"也当载入中国造假史册。

除了中国人自己,几乎所有的外国人,都对帝国官员竟然可以在写给朝廷的奏折中掺假感到万分不解。他们不了解,"报喜不报忧"是帝国的官场规则,而统治者闻喜则喜、闻忧而怒则是帝国的官场传统。于是,帝国大大小小的官员都有这样一种禀性:宁可相信"玉皇大帝降临"的虚夸言辞,也不愿意相信某地真的有人"举事"。而外国人一致认为,虚假的情报会严重损害国家利益。关于这一点,俄国财政大臣维特伯爵在他所写的《俄国末代沙皇尼古拉二世》一文中记载了这样一个故事:一八九六年,大清帝国钦差大臣李鸿章应邀赴俄参加沙皇的加冕典礼。典礼开始前,由于云集在广场上等待观看的百姓互相拥挤,人群一度失去控制,结果在挤压中出现了死伤。李鸿章问身边的维特,是否准备把这一不幸事件禀报皇帝?维特的回答是当然要禀报。李鸿章摇摇头,责怪维特不该如此冒昧,他说他在中国任直隶总督期间,曾有一次发生瘟疫死了数万人,然而他向皇上写奏折的时候,一直都称直隶平安无事。李鸿章的理由是,为臣的没有必要告诉皇上死了很多人而让皇上担心。维特伯爵接下去写道:"当时我想,看来,我们毕竟走在中国的前头了。"

果然,前线的"捷报"使慈禧的愁云和犹豫一扫而光。

1901

慈禧立即召集了第四次御前会议。

她已做出最后的决断:向洋人宣战。

话音一出,立即就有大臣哭起来。

在浩瀚的帝国史料中,经常可以看到"群臣顿首流涕"的字样。帝国的官员在各种关键时刻,表现得往往都像女人一样;而他们面前的那个女人,决断得却如男人一般果敢。

流涕者包括光绪皇帝,没人知道这一刻他为什么而哭。

慈禧的情绪显然有点激动了,她说大臣们如果愿意,可以去告诉外国公使,叫他们前往天津。但是,他们即便因此改变反对废帝立储的立场,大清国也不能保证他们沿途的平安了。朝廷原本不想要他们的命,此前还允许他们派兵进京保护使馆。可他们竟然是这样回报朝廷的——他们想要大清的江山!

江山是谁的?

是慈禧的。

慈禧的决心是:拼死一战,强于受人欺侮。

有史料评论说,"太后虽为女人,其勇气智力,迥非寻常男子所及。"

慈禧令总理衙门大臣许景澄立即前去使馆,转达帝国政府的命令:限在京的所有外国人二十四小时之内离开,帝国政府将派军队护送他们。

许景澄接旨后刚要走,光绪皇帝突然从皇座上站起,走了下来。他走到许景澄面前,拉起他的手,用颤抖的声音让他再等等。百感交急的皇帝不知是否还有改变的余地。许景澄,当过大清帝国驻法、德、意、荷、奥等国公使,在关于国际关系的问题上有相当的知识。因此,当他看见皇帝的眼睛里泪光闪闪时,不由得自己的眼眶也湿润起来。君臣二人相对垂泪,这幕帝宫里前所未有的场面令在场的所有大臣不知如何是好。光绪皇帝终于哭出声来。当着满朝重臣,他表示自己死不足惜,只是怕是要连累天下生灵了——"帝持许景澄手而泣曰:'朕一人死不足惜,如天下何?'景澄亦牵帝衣而哭。"⑦

慈禧怒,叱之曰:"许景澄无礼!"

联元,那个昨天差点被砍去脑袋的大臣拼死争辩道,在中国传教由法国人开头,即使开战,也应该与法国一国开战,哪有与十一国同时开战的道理？如果这样，大清真的要亡了："法兰西为传教国，衅亦起自法。即战，只能仇法，断无结怨十一国之理。果若是，国危矣！"联元"言且泣"，"额汗如珠"。⑫

载漪又大叫联元通敌，说只要杀了他洋人自会退去。

这时，人称"油浸胡桃核"的军机大臣王文韶，一反圆滑的面孔开了口，言："中国自甲午以后，财尽兵单，今遍与各国启衅，众寡强弱，显然不侔，将何以善其后？望太后三思。"

慈禧指着七十多岁的老臣王文韶说："尔所言，吾皆熟闻之。尔为夷人进言耶？"⑬

慈禧下令草拟《宣战诏书》。

大清帝国的命运至此已无可挽救。

许景澄给各国使馆带去了帝国政府的照会，表明联军要求占领大沽炮台，是向大清帝国首先"开衅"。因此，在京的使臣及眷属连同"使馆弁兵"，必须于二十四小时之内"即速起行，前赴天津"。

洋人显然不会按照这封照会的要求行动，因为京城内所有的使馆人员正处在义和团和帝国军队的四面围攻之中，让他们携带眷属出来，等于让他们立刻送死。

二十日，慈禧又一次召集了御前会议。

这次光绪皇帝缺席了。

《景善日记》记载：荣禄首先"含泪跪奏"："中国与各国开战，非由我启衅，乃各国自取。但观使馆之事，决不可行。若如端王等所主张，则宗庙社稷实为危险。且既杀死使臣数人，亦不足以显扬国威，徒费力气，毫无益处。"

慈禧表示，如果没有更好的主意，就"不必再次多话"。荣禄退出后，启秀取出拟好的《宣战诏书》草稿呈给慈禧，慈禧表示很合她的意思。然后，她问诸位大臣意见如何，大臣们"皆主张决裂"。

之后，慈禧召见了帝国政府各部、满族贵族等官员。王公有：庆亲王、庄亲王、肃亲王、恭王、醇王、端王等；贝勒有：载濂、载滢、载澜等；军机大臣、六部满汉尚书、九卿、内务府大臣、各旗都统也都参加了召见。光绪皇帝走在被召见的官员队伍的最前面，他"面色苍白，入座之时，战栗不已"。

面对大清帝国的军政要员和满族贵族,慈禧开始解释为什么要与洋人宣战,其中心意思是:洋人欺辱大清国,已经到了朝廷不能容忍的地步。皇帝自己都承认没有管理国家的能力了,洋人还有什么道理来干预?洋人的照会,实在是对帝国国家权力的侮辱!今日,帝国臣民理当合力同心,奋勉杀敌,以报国家,永杜外侮。当年,康熙皇帝应许洋人自由进入中国传教,此举过于仁厚,成为后来帝国忧患的根源。洋人自恃兵力强大而肆无忌惮,前日天津法国领事居然索要大沽炮台,"业已无礼至极"。帝国数千万之义和拳民,皆已奋起以卫国家!咸丰十年,英法联军走得太容易了,那时若有一得力之军"截而杀之",帝国实可转败为胜。但至今日,帝国"报复之期已至矣"!

如此朗朗之音,回响在勤政殿的殿堂之内,帝国的官员无不肃穆。

慈禧问身边的光绪:"帝意如何?"

光绪"迟疑良久"才说:"此大事,不敢决断,请太后做主。"⑭

军机大臣赵舒翘上奏:请发上谕,将内地洋人一律杀光,"以免其为外国间谍泄露国内之事"。

慈禧说:"明白通知各使,有愿今晚离京者,即由荣禄保护送至天津。"⑮最后,慈禧下旨:一、准备祭祀太庙;二、将《宣战诏书》传给各省。

召见结束。

至此,大清帝国对各国宣战的准备工作全部完成。

除了口号、决心和对胜利的展望之外,没有对军事问题做出任何部署。

这一天,京城内还发生了两件关于洋人的事:一、清军在街上抓了个洋人,"以刀向之,洋人口中唧唧呱呱,不知所说何语",带到庄王府邸之后,立即砍了头,此头悬挂在东华门上,可谓真正的"敌首悬于国门"。二、根据端郡王的命令,德国公使克林德被"戮其尸,悬于东安门"。但是,太常寺卿袁昶又把尸体"抢走"了,并且"已经棺殓"。有人大骂袁昶,袁昶说:"吾在总理衙门,亲认德使,不忍其暴尸于外。"袁大人引用了中国人的一句经典:人皆有不忍之心。

第二天,慈禧从颐和园回到紫禁城,沿途由义和团护送保驾。慈禧对此颇为感动,她对载漪说:"洋人命该绝矣!"

感动的心情还未平复,慈禧接到了南方大员张之洞、刘坤一的电报。"善观时事"的张之洞在电报中说:"臣应否带兵北上御敌,恭候朝命。"而"忠贞之操"满朝皆敬的刘坤一,则在电报中极力主张围剿义和团,并且声称:"苟御外侮,则臣当立即带兵北上;若屠戮使馆中孤立之数洋人,则不愿以堂堂中国之兵队做此用也。"[76]

正是这一天,荣禄,这个帝国最难以捉摸的官员,给南方各封疆大臣发去一封电报。这是一封口气和观点都万分奇怪的电报,因为荣禄摇身一变,变成了一个坚决的反战派。

> 尊申敬悉,以一弱国而抵十数强国,危亡立见。两国相战,不罪使臣,自古皆然。祖宗创业艰难,一旦为邪臣所惑,壮于一掷可乎?此均不待智者而后知也!上自九重,下至臣庶,均以受外欺凌至于极处。今既出此,义和团竟以天之所使为词,区区力陈利害,不能挽回一二。因病不能转动,假内上奏片七次,无以免。力疾出阵,势尤难挽。至诸王、贝勒、群臣、内侍,皆众口一词,谅亦有所闻,不敢赘述也。且两宫诸邸左右,半系拳会中人;满汉各营卒中,亦居大半。都中数万,来去如蝗,万难收拾。虽两宫圣明在上,亦难扭众。天实为之,谓之何哉!嗣再竭力设法转圜,以图万一之计。始定在总署会晤,冀可稍有转机,而是日又为虎神营兵将德国使臣击毙。从此事局又变,种种情形,千回万转,至难尽述。庆邸仁和,尚有同心,然亦无济于事。区区一死不足惜,是为万世罪人,此心唯天可表。恸恸!本朝深恩厚泽,惟有仰列圣在天之灵耳。时局至此,无可如何,沿江沿海,势必戒严,尚希密为布置,各尽全力。禄泣电复。

电文出自《景善日记》。

《景善日记》,清史笔记大多有收,全篇完整无缺。后人考证,此日记为荣禄伪造,因其内容多是描述荣禄在混乱的局势下如何"力挽狂澜",如何反对开战主张言和的。如果确系伪造,荣禄的才智可谓千古罕见,帝国官员中竟然有这样一位深谋远虑者,可惊可叹。而他伪造《景善日记》的目的,是给洋人看的,以逃脱自己的罪责。此日记的来由以及如何被洋人发现,颇有一番故事。

1901

一九〇〇年六月二十一日，大清帝国《宣战诏书》发布。

负责起草诏书的，是军机处的一位普通官员连文冲，据说端郡王伪造的那份洋人照会也是出自他的手笔，此位官员擅长写这样的文字。

> 我朝二百数十年，深仁厚泽，凡远人来中国者，列祖列宗，罔不待以怀柔。迨道光咸丰年间，俯准彼等互市。并乞在我国传教，朝廷以其劝人为善，勉允所请。初亦就我范围，讵三十年来，恃我国仁厚，一意拊循，乃益肆枭张，欺凌我国家，侵犯我土地，蹂躏我人民，勒索我财物。朝廷稍加迁就，彼等负其凶横，日甚一日，无所不至，小则欺压平民，大则侮谩神圣。我国赤子，仇怒郁结，人人欲得而甘心。此义勇焚烧教堂，屠杀教民所由来也。朝廷仍不开衅，如前保护者，恐伤我人民耳。故再降旨申禁，保卫使馆，加恤教民。故前日有拳民教民皆我赤子之谕。原为民教解释宿嫌，朝廷柔服远人，至矣尽矣。乃彼等不知感激，反肆要挟，昨日复公然有杜仕立照会，令我退出大沽口炮台，归彼看管，否则以力袭取。危词恫喝，意在肆其猖獗，震动畿辅。平日交邻之道，我未尝失礼于彼，彼自称教化之国，乃无礼横行，专恃兵坚器利，自取决裂如此乎？朕临御将三十年，待百姓如子孙，百姓亦戴朕如天帝。况慈圣中兴宇宙，恩德所被，浃髓沦肌，祖宗凭依，神祇感格，人人忠愤，旷代所无。朕今涕泪以告先庙，慷慨以誓师徒，与其苟且图存，贻羞万口，孰若大张挞伐，一决雌雄。连日召见大小臣工，询谋佥同。近畿及山东等省，义兵同日不期而集者，不下数十万人。至于五尺童子，亦能执干戈以卫社稷。彼尚诈谋，我恃天理；彼凭悍力，我恃人心。无论我国忠信甲胄，礼义干橹，人人敢死，既土地广有二十余省，人民多至四百余兆，何难翦彼凶焰，张国之威！其有同仇敌忾，陷阵冲锋，抑或仗义捐资，助益饷项，朝廷不惜破格茂赏，奖励忠勋。苟其自外生成，临阵退缩，甘心从逆，竟作汉奸，即刻严诛，决无宽贷。尔普天臣庶，其各怀忠义之心，共泄神人之愤，朕有厚望焉。⑦

真可谓一篇千古奇文。

此文从外国人传教,直接跳跃到帝国宣战,表明中国人是为了某种信仰遭受欺侮,"忠愤"难耐到了"旷代所无"的程度,不得不"人人敢死","执干戈以卫社稷"。至此,中国人的精神世界一下子辉煌起来。而"彼尚诈谋,我恃天理;彼凭悍力,我恃人心",说得又是"普天臣庶"无不且悲且壮的景象。更值得注意的,是其中的"彼等"一词,它最为令人魂魄震撼。自从这个世界有战争以来就有宣战书。各种文字、各种风格、各种样式的宣战书,几乎都有文字可查,而世界上再不会有一封宣战书能与大清帝国发布的这份《宣战诏书》相提并论。因为,无论什么样的宣战书,矛头所指都十分明确,不部落、或国家或者是将帅,而此份《宣战诏书》表示,大清帝国的战争所指,仅仅只有"彼等"这两个字。"彼等",除了自己以外的所有外部世界。彼,如果没有特别的说明,中文的意思泛指与自身相对的其他;等,是帝国汉语中带有蔑视情绪的另一种泛指,指与自身相对的一切。

也就是说,大清帝国要向它所面对的整个外部世界宣战了!

注 释:

① 王照《方家园杂咏纪事》,中华书局。
② (台)苏同炳《中国近代史上的关键人物》下,百花文艺出版社。
③ 宋玉卿编《戊壬录·立储始末》,引自辜鸿铭、孟森等编著《清代野史》第一卷,巴蜀书社。
④⑤⑥⑦⑧⑨⑩⑪ 罗惇曧《庚子国变记》,引自翦伯赞、荣孟源、杨济安等主编《义和团》一册,上海人民出版社、上海书店出版社。
⑫ 嵝西复侬氏、青村杞庐氏《都门纪变百咏》,引自辜鸿铭、孟森等编著《清代野史》第二卷,巴蜀书社。
⑬ 仲芳氏《庚子记事》,引自中国社会科学院近代史研究所编《庚子记事》,中华书局。
⑭ 罗惇曧《庚子国变记》,引自翦伯赞、荣孟源、杨济安等主编《义和团》一册,上海人民出版社、上海书店出版社。
⑮ 黄曾源《义和团事实》,引自北京大学历史系编《义和团运动史料丛编》第一辑,中华书局。

⑯⑰⑱⑲　罗惇曧《拳变余闻》,引自辜鸿铭、孟森等编著《清代野史》第一卷,巴蜀书社。

⑳　刘以桐《民教相仇都门闻见录》,引自翦伯赞、荣孟源、杨济安等主编《义和团》二册,上海人民出版社、上海书店出版社。

㉑　刘福姚《庚子纪闻》,引自社会科学院近代史资料编辑组编《义和团史料》上,中国社会科学出版社。

㉒　黄曾源《义和团事实》,引自北京大学历史系编《义和团运动史料丛编》第一辑,中华书局。刘孟扬《天津拳匪变乱纪事》,引自翦伯赞、荣孟源、杨济安等主编《义和团》二册,上海人民出版社、上海书店出版社。仲芳氏《庚子记事》,引自中国社会科学院近代史研究所编《庚子记事》,中华书局。

㉓　止庵《史实与神话》,中国对外翻译出版公司。

㉔㉕　张建伟《最后的神话》,作家出版社。

㉖　罗惇曧《拳变余闻》,引自辜鸿铭、孟森等编著《清代野史》第一卷,巴蜀书社。

㉗㉘　何瑜《百年国耻纪要》,北京燕山出版社。

㉙　仲芳氏《庚子记事》,引自中国社会科学院近代史研究所编《庚子记事》,中华书局。

㉚　罗惇曧《庚子国变记》,引自翦伯赞、荣孟源、杨济安等主编《义和团》一册,上海人民出版社、上海书店出版社。《景善日记》,引自辜鸿铭、孟森等编著《清代野史》第一卷,巴蜀书社。

㉛㉜　(台)苏同炳《中国近代史上的关键人物》下,百花文艺出版社。

㉝　徐珂编撰《清稗类钞》第一、三册,中华书局。

㉞㉟　燕山出版社编《旧京人物与风情》,燕山出版社。

㊱　徐凌霄、徐一士《凌霄一士随笔》二,山西古籍出版社。

㊲　黄曾源《义和团事实》,引自北京大学历史系编《义和团运动史料丛编》第一辑,中华书局。

㊳㊴　佚名《天津一月记》,引自翦伯赞、荣孟源、杨济安等主编《义和团》二册,上海人民出版社、上海书店出版社。

㊵　管鹤《拳匪闻见录》,引自翦伯赞、荣孟源、杨济安等主编《义和团》一册,上海人民出版社、上海书店出版社。

㊶㊷　止庵《史实与神话》,中国对外翻译出版公司。

㊸　罗惇曧《拳变余闻》,引自辜鸿铭、孟森等编著《清代野史》第一卷,巴蜀书社。

㊹　刘成禺《世载堂杂记》,山西古籍出版社。

㊺　(英)麦高温《中国人生活的明与暗》,朱涛、倪静译,时事出版社。

㊻　张建伟《最后的神话》,作家出版社。

㊼㊽㊾㊿　罗惇曧《庚子国变记》,引自翦伯赞、荣孟源、杨济安等主编《义和团》一册,上海人民出版社、上海书店出版社。

(51)　恽毓鼎《清光绪帝外传》,引自辜鸿铭、孟森等编著《清代野史》第二卷,巴蜀书社。

(52)　陈灨一撰《睇向斋秘录》,中华书局。

(53)(54)　恽毓鼎《清光绪帝外传》,引自辜鸿铭、孟森等编著《清代野史》第二卷,巴蜀书社。

(55)　金炜主编《中华民族耻辱史》,中国广播电视出版社。

(56)(57)　(英)萨维奇·兰德尔《中国与联军》,陈克立译,引自北京市政协、天津市政协、文史资料研究委员会编《京津蒙难记》,中国文史出版社。

(58)(59)(60)　(英)C.吉普斯《华北作战记》,许逸凡译,引自天津社会科学院历史研究所编《八国联军在天津》,齐鲁书社。

(61)　《景善日记》,引自辜鸿铭、孟森等编著《清代野史》第一卷,巴蜀书社。

(62)　罗惇曧《庚子国变记》,引自翦伯赞、荣孟源、杨济安等主编《义和团》一册,上海人民出版社、上海书店出版社。

(63)　恽毓鼎《清光绪帝外传》,引自辜鸿铭、孟森等编著《清代野史》,第二卷,巴蜀书社。

(64)　《景善日记》,引自辜鸿铭、孟森等编著《清代野史》第一卷,巴蜀书社。

(65)(66)(67)(68)(69)　罗惇曧《庚子国变记》,引自翦伯赞、荣孟源、杨济安等主编《义和团》一册,上海人民出版社、上海书店出版社。

(70)　张建伟《最后的神话》,作家出版社。

(71)　罗惇曧《庚子国变记》,引自翦伯赞、荣孟源、杨济安等主编《义和团》一册,上海人民出版社、上海书店出版社。

(72)　恽毓鼎《清光绪帝外传》,引自辜鸿铭、孟森等编著《清代野史》,第二卷,巴蜀书社。

(73)　罗惇曧《庚子国变记》,引自翦伯赞、荣孟源、杨济安等主编《义和团》一册,上海人民出版社、上海书店出版社。

(74)(75)(76)　《景善日记》,引自辜鸿铭、孟森等编著《清代野史》第一卷,巴蜀书社。

(77)　罗惇曧《庚子国变记》,引自翦伯赞、荣孟源、杨济安等主编《义和团》一册,上海人民出版社、上海书店出版社。

第四章

翠扳指

一个俘虏的可怕神情 / 中国军团 / 晒仪仗与玩电报
鼓楼下的"抢劫风格" / 翠扳指
水面上的繁星 / 帝国的城墙 / 仓皇之晨

1901

一个俘虏的可怕神情

十九世纪末,在世界各国的军队中,身份最为含糊、处境最为尴尬的,莫过于帝制下的中国正规军了。

还是冬天的时候,一个身材魁梧、表情憨厚、穿着蓝色棉上衣和黑色肥大布裤的青年农民决定入伍。家里人口太多,土地太少,庄稼连续三年歉收;更重要的是,这个已经长大的青年饭量太大,当他从锅里盛野菜稀粥的时候,能够明显地感到众多的弟妹们充满敌意的目光。有一天,他与村里的族长一起吃了几袋旱烟后,决定去吃军饷。母亲泪水涟涟,为了把一块生牛皮缝在儿子的草鞋底上,熬了整整一个晚上,而多病的父亲在那个晚上干脆烂醉在村头的小酒铺里。黎明时分,青年朝着集镇的方向走去,头也没回。入伍的考场设立在集镇土地庙前的空地上,那里已经聚集了不少准备参加考试的青年农民。在等待的时候,他把携带的最后一块干粮吃了,并且喝下一大瓢井水,他觉得自己有点儿把握了。

日上三竿,一声锣响,考官来了。考官骑的是一匹鬃毛蓬松的矮小的红马,官帽上的翎子也是红色的。衙役开始唱名,被点到名字的青年集中在一起,没有队形地黑压压站成一片。考试有三个内容:刀与盾格斗、射箭和力量测试。

衙役给了青年一根木棍和一只藤编的盾牌,并且让他向另外一个只拿棍子而没有盾牌的兵勇进攻。青年咳嗽了一声,脸上温和的表情顿时消失,浑身结实的肌肉随之绷紧。他不会武功术,但会打架,他知道打架的要领。于是,没等考官发出口令,他就抡起木棍冲了上去。对手后退躲闪,两根棍子相碰的时候,一声脆响,双方的棍子折断了。青年农民的凶猛让考官很感兴趣,水烟袋也停止不吸了。突然,青年扔掉盾牌和折断的棍子扑上去,与对手扭打在一起。他们在呛人的尘土和众人的喝彩中滚动,一直滚到考官的座椅下面。考官伸出脚,在青年的脑袋上亲切地踹了一下,锣声跟着响了,格斗考试完毕。接着是射箭。青年拉了拉那张硬弓,眉头皱了皱,弓太软,他跟本村族长学过射箭,拉的是铁弓。结果,三支箭,有两支射中五十步之外的靶子,另外一支射飞了,但恰恰是这支箭引起了喝彩,因为它飞出去很远很远。最后是力量测试。青年的面前堆着大小不一的乱石头,他选择了其中最大的一块,哼了一声抱起来,齐着裤裆,但无论如何再也举不起来了,尴尬的时刻他脸色绯红,像个害羞的姑娘。没等他换一块小一点儿的,考官便扔下来一块表示录取的木牌:"那边去!"

青年从尘土中把木牌拾起来,握在他那骨节粗大的手掌里。

帝国兵勇的选拔,其程式和内容从汉武帝时延续至今,千年未变。

就这样,在一个春寒料峭的早晨,在不到一袋烟的工夫里,一个北方青年农民的名字便与整个帝国的安危联系在一起了。

穿着母亲亲手缝制的那双生牛皮底的草鞋,昨天还在田野里耕种的青年扛着一支崭新的德式毛瑟枪,夹杂在浩浩荡荡的队伍里上前线了。

中国国家军队的建立,早于任何西方国家的正规军,原因很简单:这是一片国家的历史极其悠久的土地。世界上没有哪一个国家的军队像中国军队一样经历过那么多血腥的战争,也没有哪一个国家的战术谋略像中国的兵法一样深奥而完备。从国家种族构成的角度上看,这个东方帝国是由若干个发源与历史不尽相同的种族混合而成的,但是,无论是南方的还是北方的种族,最终都奇特地成功统一在一个大文化的背景之内。当满族人掌握帝国的统治权后,所有省份和军队的所有重要职务都由满族人担任。但是,没有人能够察觉出满汉两个民族的差别——这就是东方文化极具包容性的绝好实例。无论是满族的骑士,还是汉族的官兵,都以能征善战闻名世界。荒凉的沙漠戈壁、巍峨险峻的高山深谷和广袤无垠的平原之上,帝国所有的疆土都需要驻扎。

上千年来,中国军队以面对苦难和牺牲所表现出来的惊人的承受力和忍耐力,使这个版图广袤的帝国的万里边防在相当长的历史时期内固若金汤。

中国的军队,是世界上少有的纯粹用于防卫的国家军队,将士的使命永远是防御而不是进攻。帝国的统治者相信:自己的国家有足够的资源不需要扩张征服,肥沃的土地和丰富的物产足够供养军队来守卫这个国家。自古以来,帝国的将士始终把防御型的长城视为国防象征。穿着蓝色和灰色土布制作的军服,帝国的兵勇站在长城的垛口背后,用嘲笑的神情望着长城外那些骑马持刀的异族人,并且戏谑般地在墙砖的缝隙中向外部世界射出箭镞。异族人在横在他们面前的这堵世界上最长的大墙上寻找可攻击的弱点,但是,这座名为长城的著名的大墙几千年来几乎无懈可击,如同帝国的军队一样。

尽管中国是世界上发生血腥战争最频繁的国家之一,但是,中国人并不是一个特别好斗的民族。春秋时期,温和的儒家学说尚在襁褓中,因此那时的战争保留着原始的凶猛与残酷。而一旦儒家学说成为整个帝国的精神支柱,中国人的尚武精神就逐渐丧失了。除了定居在东北、西北、西南的少数民族之外,帝国的男人即使吵架也与女人相像起来。大多数中国人不喜欢凡事情绪冲动,"君子动口不动手"成为世俗生活需要遵循的祖训。有人曾经把中国人与同是东方民族的日本人相比较,结果是:日本农民的身上,永远隐藏着一种武人式的凶猛;而在中国兵勇的脸上,永远隐藏着一种农民式的驯服。即使在战斗的时候,出现在他们脸上的,最多是一种热血贲张的激愤或者慷慨赴死的平静。帝国军队自古少有内部哗变——只要一个军官示意有话要说,士兵们就会安静下来。帝国兵勇不可改变的农民性格,使他们成为世界上最能吃苦、最能忍受,面对流血、伤残和死亡最麻木的一群。

与西方国家的军人的重大区别是,帝国的兵勇名声不好。西方国家的军人是社会普遍崇拜的英雄,一个为国捐躯的普通士兵的名字可以被用来命名一座城市。但是,在中国,国人却一直把担负偌大国家的国防任务视为一种避之不急的职业。"好男不当兵,好铁不打钉",中国军队在国家事务中的作用,被普通百姓视为与一枚钉子一样不甚重要。英国传教士麦高温在《中国人生活的明与暗》中对大清帝国的兵勇作过如下描述：

  他们显得并不威严，即使他们的个头很大，人们在看到他们时总免不了流露出一种半带鄙视和讥笑的神情。当官的没有教过他们如何使自己显得精明或表现出军人气质。以西方人的观点看，他们从没有受到过任何值得称道的训练。中国的士兵没有被要求站直、挺胸，以充分利用父母赐予的每一寸高度。他们可以根据自己的喜好随意着装，在环境恶劣的道路上散漫地行军。士兵们很不讲卫生，这实在是一种令人作呕的习惯。士兵们对水和肥皂从来都抱以敬而远之的态度。他们看上去邋遢而且肮脏，好像从来都是穿着军装睡觉。早上他们不洗脸，又不把自己那皱皱巴巴、汗臭味十足的外衣换下。在南方的一些省份，士兵们根本不穿鞋，这更使他们丧失了军人的气质。中国人天生很随和，即使成为士兵之后，这一天性也不会有多大变化。他们显得单纯而又孩子气，好像自己并不是被征召来为国打仗的。一个值勤的卫兵以中国人的方式蹲在地上，一群老百姓聚集在他身边触摸他的枪，他向人们介绍步枪的结构，并且暗示自己的枪并不比原始的长矛高级多少。为士兵配备军服是一件很容易的事，政府从来就没有在这件事上伤过神，只是在前胸和后背上分别多一个大而显眼的"勇"字而已。如果哪个士兵想要掩饰自己的身份，他只须将军装反过来穿即可，这样他就立刻可以变成一个普通的中国人。军装仅由一件上衣和一条裤子组成，它们都肥肥大大的，一点儿也不合身。中国人习惯席地而坐，这种姿态很不雅观，但裤子的设计就是为了让人做出这样的姿态来的。每个士兵都把枪扛在肩上，另外每人还配备了一把扇子。扇柄插在背后的衣服下，另一端伸出来，离耳朵很近，这样在行进中就不会给他带来不便。如果天热，他就把扇子打开盖在头上，用辫子将扇子柄缠住。另一件几乎与扇子同样重要的东西是竹烟枪。在长距离的行军中，时不时地吸上几口旱烟，既可以缓解行军的劳累，又能抑制饥饿引起的阵痛。第三件重要的东西是雨伞。每个体面一点的士兵都有一把雨伞。如果没有雨伞,作为军人的"勇"的品质就会受到质疑,旁观者也会感到他们没有尽其所能。注重实际的中国人并不认为一个士兵被雨水淋湿会提高一个军人的尊严。这些士兵是和他们一样受到严格训练、纪律严明的帝国战士们的后代,也正是由于他们的英雄主义精神和勇敢战斗,中国的疆土才一个省一个省地扩大,发展成为今天世界上地域最为广阔的帝国之一。

帝国陆军与外国联军的正面冲突,在清廷宣战之前已经发生,地点是在一所军校——天津武备学堂。占领大沽口的联军,为解除义和团对天津租界的威胁,突袭了位于租界附近的这所军校。以培养陆军基层军官为目的的天津武备学堂是洋务运动的产物。前几天,这所军校里还有三千多学员,可是,随着军校总监荫昌的逃跑,学员们也纷纷各自逃命。当英军少校路克和阿姆斯特朗上尉带领八十名英、德士兵袭击军校的时候,这里只剩下了九十名决心拼死抵抗的学员。大沽口炮台陷落的那天下午,九十名陆军军官对联军的袭击进行了顽强阻击。最后时刻,陆军军官端着刺刀与联军开始肉搏战。没有思想准备的路克少校大惊失色。更严重的是,根据情报官的报告,帝国的一支陆军部队正在火速增援武备学堂的途中,而率领这支精锐部队的将领名叫聂士成。这个名字路克少校听说过,印象最深的评价是:清军中一个凶狠的将领。路克少校终于发现了武备学堂的弱点:房屋全部是木质结构,没有任何防火措施。于是,他命令放火。大火很快蔓延到军校的每一间房屋,以房屋为阻击阵地的陆军军官慌乱起来。就在这时,一声巨响冲天而起,大火引爆了军校里的一座弹药库,剧烈的爆炸瞬间便把整个军校夷为废墟,九十名年轻的陆军军官全部葬身火海。

当聂士成的部队到达武备学堂的时候,路克已经带领联军撤退了,清军官兵看见的是满地残缺的同胞尸体。他们被激怒了,没等长官下命令便在废墟上架起大炮向洋人盘踞的租界开始了猛烈炮击。

天津租界,一个名叫紫竹林的地方。

仅仅在昨天,帝国陆军执行的军务还是保护那块租界和租界里的洋人。

随着与联军在各处开战,对洋人的仇恨情绪在清军中蔓延,大沽口炮台的陷落使这种仇恨上升到不可遏止的地步。这些青年与其说是士兵,不如说依旧是一群地道的农民,他们关于国家、荣誉和生存的概念,与世代在土地上耕种的先辈没有什么两样。他们多少接受了一些军事常识,会使用德国制造的最先进的火炮,不会轻易相信义和团的法术,但他们中间血气方刚者的额头上还是缠起了红布,表示他们已经是神拳中的一分子了,他们以与自己的父老乡亲身份一致而感到骄傲。更令他们自豪的是,那些昨天还命令他们围剿义和团的军官,对他们的公开"入团"并没有表露出指责的意思,而是一反常态地邀请兵勇们喝酒精含量很高的白酒,军官们狂喝速醉,兵勇们这才发现醉倒的军官上衣里露出一块义和团们普遍佩戴的乞求神灵保佑的关公"神马"。

聂士成的部队炮击天津紫竹林租界,标志着天津方向的帝国军队与外国联军的战斗开始。

此时的天津租界,已是一座名副其实的兵营。城内联军的数量已达一万两千多人,租界里由中国教民、外国传教士和外国洋行商人组成的自卫队人数也在五千以上。与京城内使馆区的命运一样,这里从六月起就连续遭到义和团的攻击,租界内的妇幼有的已撤离到海面的军舰上,但依旧有一半妇女老幼被围困在租界内。义和团切断了租界与外界的一切联系,尤其是切断了粮食供应,租界里因此弥漫着置身地狱般的绝望情绪。各种互相矛盾的消息流传着:有人把希望寄托在"中国人的风度"上,说即使到最后中国人也不会进攻医院;有人说后悔来中国,特别是在这个时候,西方的宗教把中国人激怒了。又有军官说,长官已经下令边打边撤,顺序是英国人打先锋,后面是俄国人、伤员、居民、辎重和行李,要尽量让妇女和儿童坐双座马车逃走。德国人愿意留在最后,说要"尽力保护医科学校和外国人公墓"。当各国领事们不得不开会研究"为防止妇女和儿童落入中国人之手,在最后时刻由各国军官动手杀死自己的女人和孩子"的时候,租界内显现出一种怪异的气氛。联军军官们甚至领到了自己负责枪杀的妇女和儿童的名单。所有的洋人在这个时候才意识到,无论联军登陆了多少部队,这里终究是中国的国土,此刻在他们的四周密集地围绕着想把他们统统杀死的数不清的中国人,他们怕是在劫难逃了。

帝国军队的炮弹落下来,洋人握着需要杀死的亲人名单的手开始发抖。

攻打天津租界的中国军民的人数是：聂士成的武卫前军官兵五千五百人，宋庆、马玉昆所属的帝国正规军少量，义和团民五千余人，还有天津民众自发组织的民团数万人。

直隶总督裕禄命令：拿下租界，反攻大沽口，"以雪国耻"。

向天津租界进攻的义和团，是以张德成为首领的"天下第一团"，团员全部从独流镇乘船到达天津。据说张德成本人"斋戒四百天"，练就一身刀枪不入之功。有人说他"不怕刀枪，不使洋枪，持一弯形母子马刀和一红缨长矛，面有异相"；又有人说他"跨高马，红披风，身挎骨柄小洋手枪，风驰电掣"——这位农民首领的原始形象已是很难捉摸，可以肯定的是他在帝国农民中颇有影响，至少在天津众多的义和团组织中风头最劲。张德成手下的义和团民，除了与北京的义和团一样浑身披红带道符，更特殊的是每个人身上都携带一个护身香囊，里面缝有三块姜、二十一粒黑豆和二十一粒红辣椒籽。他们的进攻依旧是《三国演义》里的阵势：大将和法师在先，团员则排成这样的方队：横排五十六人，纵深数十排，整齐前进。在租界四周，联军已经用装满大米、豆饼和驼毛的麻袋垒成射击掩体，大炮、机枪和步枪已经进行试射并构成封锁火网。因此，当联军的第一排炮弹在义和团的方阵中爆炸时，一片青年农民随即倒下，进攻的队伍迟疑了，但是，立即又有数百名义和团团员脱下上衣组成了又一片冲击队形。他们都认为自己的功夫已经练"到家"，自己不会在洋人的枪弹面前死亡——几十盏红灯高高举起，冲击的队伍默然前进。联军的步枪射击开始了，红灯跌落；洋人的第二排枪又响了，租界外围农民的尸体垒起了一道肉堤。

没有倒下的义和团不知该不该继续前进。

联军官兵跃出工事开始反击，他们踩在帝国农民的肉堤上，用子弹和刺刀向脚下受伤的义和团团员乱射乱刺，直到那里的呻吟声全部消失为止。

接下来的数天，义和团对租界进行了反复进攻，其中数次攻入租界，烧毁了三井洋行和萨宝室洋行。最惨烈的战斗，发生在义和团再次攻入租界的一个晚上，在租界里的马路上，各种肤色的联军官兵与帝国的青年农民在惨淡的月光下展开肉搏战。在付出巨大的牺牲之后，取得近战优势的义和团刀劈斧剁,拳打脚踢,在响彻夜空的咒骂和呻吟声中联军开始出现伤亡。躲藏在坚固洋楼里的外国传教士、商人和妇幼们透过窗棂向外窥望,朦胧的月色下,义和团的人流如灰色的潮水一波接一波,看上去似乎永远流淌不尽。但是,联军还是用大炮和枪弹组成了最后的防线。

在对天津租界的进攻中,清军没有一个官兵跟随义和团冲击,他们仅仅是在执行火力掩护的任务,也就是在远处不停地开炮。可是,帝国大炮的炮弹落点极为混乱,根本起不到压制联军火力的作用。租界内的洋人大多转入了地下室,因此大炮造成的杀伤十分有限,只是把租界里的楼房全部轰塌了——帝国的大炮震耳欲聋,火光四溅,但却宛若礼花。

终于,租界里的四个洋人:英国军官詹姆斯和三个俄国士兵冒死冲出了义和团的包围,把租界里的情况报告给大沽口的联军总司令部。

大清帝国正式颁布《宣战诏书》的第三天,一九〇〇年六月二十三日晚二十时,由大沽口方向紧急增援的联军,其中包括三千四百名俄军、二百五十名英军、二十名意大利军、三百名美军、一千三百名德军和一千六百名日军,连续突破义和团与清军的数道阻击线,到达天津城内的紫竹林租界。

如果说以前所有的战斗,无论在起因、性质和规模等诸多问题上均众说纷纭,那么从这一刻开始,战争的性质已经明确,因为大清帝国已经向各国宣战。

尽管由于联军的增援,义和团"扫平租界"的计划已不可能实现,但天津前线最高指挥官裕禄仍在忙着给朝廷写奏折,捏造义和团和清军的"胜利",然后在给自己邀功请赏的同时,也没忘给义和团的首领们颁发"奖金",他甚至赏给了义和团首领曹福田一支"使掌生杀之权,并可调用各兵队"的令箭。

就在裕禄忙着犒赏义和团的时候,联军的反攻计划已经制定出来:首先攻击清军最大的弹药库,从而彻底消除租界的危机;同时打击还没有与之大规模交战的清军的后勤供应。

东局子,帝国军队四大弹药供应基地之一。其余的三个分别在上海、南京和福州。这是一个生产、储备和供应结合在一起的军事重地,主要生产水雷、各种型号的火药、火棉和毛瑟枪弹。它位于海河东岸，坐落在大沽口通往租界的交通要道上。战争爆发之前，这里归天津练军防守；现在，东局子周围所有的村庄都已被义和团占领——帝国的农民似乎比军人更明白这一战略要地的重要性。

二十七日清晨，两千名俄军开始偷袭东局子。当他们接近仓库的时候，突然受到猛烈射击，俄军骤然出现伤亡。原来，防守在这里的帝国武卫前军军官潘金山早有准备，他已令在阵地前埋设大量的防步兵地雷。偷袭未成的俄军顾不上脸面，立即请求增援。于是，由英、日、美军组成的八百人增援部队从不同的方向向东局子攻击。武卫前军的指挥官调动兵力及时，在各个方向都阻止了联军的攻势。如果从战术上看，帝国军队如果能再调些兵力乘势反击，将可以获得大胜。但是，就在时候，又出事了：从英国军舰"恐惧"号上发射的一发炮弹，击中了弹药库的要害部位。从大沽口炮台战斗发生以来，类似的情景不断重现。每当与洋人的战斗进行到关键时刻，自己的弹药库就一定会出事，不知是因为联军炮兵的射击技术万分出色，还是洋人的运气好得离奇——几乎所有能看到的史料，无不是这样记载的，如果是书写历史的人在为帝国军队的失利编造借口，那么这样的借口在经过反复使用之后，唯一的结果就是令读史的人神思恍惚：帝国军队的弹药库为什么如此不堪一击？民房上落了炮弹而被摧毁可以想象，本应万分坚固的弹药库怎么全是只要被一发流弹击中便全局不可收拾？英国军舰发射的这发炮弹，导致东局子弹药库连续爆炸，爆炸竟然把东局子内的厂房、库房、营房连同帝国士兵一起炸上了蓝色的天空——"弹片、碎砖、机器零件、木板钢筋，下雨般地从天而降。"然后，在联军的欢呼声中，帝国军队被迫撤退。

战局扭转得仓促而离奇。

没有人相信，帝国北方最大的弹药仓库仅仅在两个小时之内就失守了。

撤退命令下达的时候，两个实在想不明白的清军兵勇悄悄留了下来。他们在军械库废墟的四周开始埋地雷，然后躲在残墙的角落里等着联军的到来。当联军官兵冲进仓库欢呼胜利的时候，他们点燃了地雷的导火索，东局子弹药库又一次响起剧烈的爆炸声，两个年轻的帝国兵勇与冲进仓库的联军官兵同归于尽。

接着,另一个军事要地老龙头车站爆发了激烈的战斗。

老龙头车站,是天津通往大沽与北京的铁路交通枢纽。从联军的角度讲,无论进退,这里都是生死攸关的军事地理要点;而从帝国军队的角度讲,占领并控制这个车站,就等于切断了联军增援或撤退的路线。

联军指挥官接到了天津义和团首领曹福田签署的一道战书:

> 统带津、静(海)、盐(山)、庆(云)义和神团曹,谨以大役布告六国使臣麾下:刻下神兵齐集,本当扫平疆界,玉石俱焚,无论贤愚,付之一炬,奈津郡人烟稠密,百姓何苦受此涂炭。尔等自恃兵强,如不畏刀惧剑,东有旷野,堪做战场,定准战期,雌雄立见,何必缩头隐颈,为苟全之计乎?殊不知破巢之下,定无完卵,神兵到处,一概不留。尔等六国数十载之雄风,一时丧尽。如愿开战,定准战期。①

帝国的农民遵循先礼后兵的原则,如同约街巷乡党打架一样,凛然地约洋人到旷野去一决雌雄。中国人的想象力被古老的戏剧情结所打造,而世界战争早已进入二十世纪的现代模式,洋人即使愿意到旷野去"开战",也只会为了一个漂亮女子或者是个人的名誉。

眼前即将发生的是关乎国家存亡的战争。

只是,这究竟是一股逼人的士气。

战争需要精良的武器、充沛的供应和众多的兵力,但同时也需要士气,无论士气的启发来自什么。

老龙头车站自六月被俄军占领后,车站周围的义和团曾不断地袭击俄军。二十八日,曹福田率领的义和团到达天津,与张德成的义和团会合,准备夺取车站。义和团宣布的攻击日期是二十九日。

二十九日,烈日当空,蝉鸣嘶哑。

这是真正的军民一心的战斗。在裕禄的指令下,马玉昆部的五千步兵和一千五百名骑兵与义和团并肩战斗。帝国军队还在车站外围开设了炮兵阵地,用炮火掩护军民进攻。经过两昼夜的战斗,帝国军民数次冲进车站,但是俄军拼死反击,外围的联军炮火全力支持,帝国军民又被迫数次撤退。

七月一日,帝国增援部队到达,将领还是聂士成。

在聂军参战的情况下,帝国军民向老龙头车站发起最后的攻击。经过一夜的炮战,帝国军民终于冲进车站,与车站内的俄军扭打在一起。这是一场难以形容的战斗,双方都表现出决死的勇气,到处是滚动在一起的身体,光脊梁的是帝国的农民,军装艳丽的是俄国人。老龙头车站的每一间房屋里、每一道墙壁下都堆积着双方战死者的尸体,从这些尸体上流出的鲜血汇成一条小溪流向车站外的马路上。肉搏战持续了一个白天,黄昏到来时俄军终于撤退。但是,联军立即组织英、俄、日三国部队向车站反击。数次易手之后,帝国军民撤出车站。夜色暗下来了,马玉昆部的官兵又突然发动反击,这次帝国军民不但冲进了站区,还冲进了联军官兵藏身的火车车厢。联军立刻大量增援,再次重新占领了站区,反而把清军官兵困在了车厢里。清军官兵无法得到增援,只有拼死从车厢里突围出来。老龙头车站再次落入联军手中。

六日晚,天津租界里的联军召开紧急军事会议,由英军西摩尔中将和俄军阿列克谢耶夫中将主持。会议分析了租界面临的危急状况:租界的西、南、北三面已被严密包围,包围圈还在不断地缩小。架设在运河桥后面、小西门、跑马场等方向的清军大炮,连续不断地集中火力轰击租界,对租界造成极大的伤亡——"这是被围困以来所遇到的最猛烈的炮击",联军"无法准确地知道这些大炮的位置,因此无法压制"。如果炮击持续下去,过不了几天,被压缩在狭窄租界里的联军,除了死亡和投降之外没有其他出路。英军少校布鲁斯尝试性的反击,遭到聂士成部的坚决阻击,英军伤亡惨重,布鲁斯少校本人也负伤而归。同时,向跑马场方向反击的联军也被打了回来。聂士成不断派出小股部队渗透,他们使用手雷进行攻击,已经完全控制了八里台,并且在那里修筑了阵地。今天早上,清军对租界的炮击更加猛烈,而且炮弹的落点令人惊讶地准确起来,至少从炮弹飞来的方向上看,天津城里的帝国水师营和城外芦台运河方向的炮兵都加入了轰击。租界内肯定有奸细在给清军的炮兵指示目标,有必要对租界内的中国人进行一次认真的清洗。同时,决不能这样缩在租界里被动挨打,在这个弹丸之地里困守,联军最后的战斗力将会在猛烈的炮击中消耗殆尽。那样的话,等中国军民再次发动总攻击时,这个名叫紫竹林的地方将是所有外国人葬身异国的地方。

从军事常识上讲,联军必须出击,即使不具备条件也要出击。出击的目的是将战斗引到租界之外,以强大的兵力向天津西部和南部发起强攻,扫清帝国军队的炮兵阵地,并给帝国陆军以沉重打击。而最终目的是:向天津城发动总攻,占领大清帝国的这座重要城市。联军指挥官们达成了一个共识:现在联军的对手已经不是义和团了,而是宣战状态下的帝国正规军。因此,必须最大限度地集中兵力,向帝国最精锐的陆军部队直接冲击,以达到出其不意的效果。

天津前线,帝国最精锐的陆军部队是聂士成部。

聂士成,中国近代史中命运奇特的将领之一。对他的评价,百年以来一直处在模棱两可的状态中,忽而是大义凛然的民族英雄,忽而又是屠杀造反农民的刽子手,或者两种评价混杂在一起,犹如油与水混合在一个容器里,一经"搅拌"就变成了一种说不清是什么的古怪玩意儿。聂士成出生在安徽合肥,行伍生涯是受了母亲的影响,其母是中国女人中的奇异人物,据说七十岁的时候仍能与乡里的青年一起练武,并且能够举起沉重的石锁。当地至今还有一句歇后语:"聂士成的妈,老聂(烈)子。"合肥乡音中,"聂"与"烈"同音。在烈性母亲的鼓励下,聂士成离家从军,打起仗来生死不顾,勇猛异常,加之他性情暴躁,可谓杀人不眨眼,人称"邪烈将军"。聂士成在李鸿章创建的淮军中成长,多次与洋人交战,甲午年间,他的部队是帝国军队中唯一打胜仗的部队,曾在朝鲜牙山与日军苦战,尤其是在辽东大高岭对日军的阻击,坚持十昼夜不言退——"据大高岭,阻日军,尤著名。"战后,聂士成由太原镇总兵升为直隶提督。

四月间,奉裕禄之命,聂士成部开赴天津附近围剿义和团;现在,又奉裕禄之命与义和团一起围困租界与洋人血战。聂士成突然发现自己陷入了一个命运的怪圈中,即他已经成为一个朝廷不断指责、官员们蓄意革除、义和团民最为痛恨以及洋人最想消灭的一个人。

一切源于他对义和团的态度。

作为清军将领,执行朝廷的命令围剿义和团,似乎没有更多的罪责,即使朝廷对义和团转变了态度,他也可以与其他军官一样有借口为自己开脱。但是，聂士成与其他军官不一样，他公开地表明了自己对义和团的看法，即义和团是一群于国有害的乱民。因此，他对义和团的围剿是坚决的，出于他对国家政治的负责。他是一个有头脑的军人，除了人称"邪烈"之外，还是一个儒将。甲午时，他有关于东三省战略布局的考察报告问世，令国人和洋人皆为之惊骇。作为多次与洋人交手的将领，他认为自己的国家还没有与西方列强抗衡的力量，因此安定是国家图强的唯一保障，如果动荡频起国家将不可避免地衰弱下去。作为一名武将，他愿意为此战斗。从义和团兴起的那天起，他就对这样的农民团体充满质疑，认为义和团根本不可能"扶清灭洋"。那些流浪的农民的所谓法术都是骗人的把戏，装神弄鬼是不可能救国于危的。为了证实自己的观点，他亲自观看了义和团"刀枪不入"的表演，并且查看了义和团表演用的枪支。这个军人一眼就看穿了农民们的把戏。义和团在前膛枪装弹药的程序上做了手脚：先装枪弹，再装火药，发火之后，火药在前，只见烟火喷出，弹药不是被火药推出来的，而是顺势带出的，根本不能伤人。为此，他杀了那个做把戏的农民，将他的头颅挂在旗杆上示众。天津的义和团，从首领到团民，没有一个不怕他的，也没有一个不恨他的，只要他的士兵小队出击或者个别士兵落了单，义和团的农民们便会悄悄地包围上去，毫不留情地开始追杀。当朝廷宣布义和团为"义民"的时候，天津义和团向帝国政府提出的唯一要求是：杀聂士成！这个要求得到了端郡王的支持。载漪多次上奏慈禧，说聂士成私通洋人，请求"杀聂而保民心"。慈禧一直没有准许的原因是：这个淮军宿将是不可多得的军事将领，真的打起仗来大清国还得依靠这样的军人，靠载漪这样的皇亲国戚是无法保卫她的政权的。因此，慈禧的上谕是，让聂士成"戴罪立功"。

数年来一直为帝国殊死作战的聂士成，对王公们诬陷他通敌感到万分委屈。为了武将的荣誉，他向帝国军队的最高指挥官荣禄申诉，结果遭到荣禄的痛骂。荣禄不说聂士成正确与否，只是一个劲儿地骂他"糊涂之至"。骂完之后，荣禄担心聂军哗变，又给聂士成写信安抚。不知道自己什么地方"糊涂"的聂士成给荣禄写了一封回信，情绪依旧慷慨激愤，观点依旧丝毫未变："拳匪害民，必贻祸国家。某为直隶提督，境内有匪，不能剿，如职任何？若以剿匪受大戮，必不敢辞。"②——

聂士成表示自己愿为"剿匪"承担一切后果。

聂士成和荣禄都知道这个"后果"指的是什么。

联军出击前的夜晚,聂士成嗅出了联军的意图,他预感到了自己的死亡。他对部下说:"死,吾分也,特患不得其名。且举吾数年辛苦所成之精锐,误供凶暴,投诸一烬,为可惜耳。今国衅既开,天津首当其冲,吾未瞑目,必尽吾职,不许外兵履斯土。然充吾力,讵足以拒八国联军乎?吾必死矣!"③

聂士成和他率领的兵勇们一样,身上流淌的是帝国农民的血液,他们所持的关于国家和民族的观点,皆出自于本乡本土的文化,除了抵御外侮是将士的职责之外,他同样是依靠军饷养活家人的人。聂士成想到了老母请人带来的口信,老母说自己无须照看,可以养活自己,并且特别强调了一句老话:"聂家无孬种。"如果是在辽东大高岭与日本人打仗的时候,他听到母亲的这番话一定会斗志勃发,他一定情愿为大清帝国血洒战场。但是,今天不一样,他虽感动母亲的话,但是却不想死,他今天很想家。

卫兵报告说,部队又与义和团冲突起来,双方均有伤亡。聂士成火了。在朝廷与列强正式宣战之后,聂士成就命令他的部队停止与义和团的一切冲突。尽管他不断接到义和团追杀他的兵勇的报告,他还是要求官兵们忍耐、退让,尽一切可能与义和团并肩作战。但是,冲突还是在不断地发生。义和团对聂军的仇恨太大了,聂军官兵对义和团的情绪也因冲突中的伤亡演变成了仇恨。这次与聂军发生冲突的义和团小首领姓张,聂士成知道这个人,他让卫兵去"请"那位张师兄。一会儿,张师兄来了,身上披着一件大红颜色的风衣,挎着一柄弯刀,很威风的样子。见到聂士成的时候,张师兄盯着聂士成看,聂士成也盯着他看,两个人这样对视了好一会儿,谁也不开口。张师兄最终将手摸向了刀柄,他的刀还没抽出来,聂士成锋利的刀刃已经砍进了他的脖子,鲜血喷了一地。聂士成的卫兵把张师兄的尸体拖出去,又用黄土把地上的血盖住,并且为聂士成擦拭军刀。

在门口挂着"聂"字旗的帐篷里,聂士成开始向朝廷写战况报告,手中的毛笔抖动得厉害,使他不得不数次停笔。在他的身边,是一床军被、一个绣花枕头、一只装文件的铁皮箱和一支小小的左轮手枪。

这时,他得到了联军出击的消息,时间是七月八日凌晨三时。

聂士成走出帐篷,在一棵大榆树下徘徊不止。时值北方夏夜,微风凉爽,月影婆娑。这是天津西面的一个名叫八里台的地方,这个简陋的地名很快便会载入中国近代史。帝国已经进入战争状态,大敌当前,军民一心是胜利的保障,这一点聂士成不是不明白,他想不通的是,帝国的局势何以演变至此?他现在几乎痛恨一切人:太后、荣禄、裕禄、端郡王和义和团。同时,他也痛恨自己,他觉得自己已是无力回天。

帐外枪声大作。

联军的攻击开始了。

联军的攻击由日本人的一队骑兵开始,目标是纪家庄。这个村庄距天津城十五华里,位于紫竹林租界的西南,是联军从南面攻打天津的通路。负责纪家庄防守的全是义和团,其首领名叫韩以礼。义和团似乎早有防备,在村庄附近埋设了大量的地雷,当日本骑兵踏上地雷的时候,从芦苇荡里冲出来的义和团民蜂拥而上,日军溃退。五时十分,日军司令官江口少佐的增援部队到达,激战一个小时,义和团退出阻击阵地,纪家庄立刻遭到日军洗劫。

在日军攻击纪家庄的同时,六千名英、俄官兵突袭了聂军的左翼,聂军官兵抵挡不住撤退到八里台。

聂士成部,帝国驻扎在天津地区的陆军主力,一夜之间被联军包围在八里台附近一片狭窄的地区内。

九日,八里台决战的日子。

这一天,还发生了值得记载的两件事:一、帝国政府电令身在广东的李鸿章"火速北上,处理外交事务",这标志着大清帝国宣战不到二十天就已经打算议和了。二、京城内的甘军董福祥部开始猛烈地攻击使馆区,据说是帝国政府想把所有的外国使节当做人质,以为"外交交涉中的王牌"。

凌晨五时,八里台四周炮声大作。

彻夜不眠的聂士成声音嘶哑:"兄弟们,开始了。"

聂士成面临的局势是:正面,六千余名联军从跑马场方向进攻;背后,五百名日军正在步步逼近。

部下对他说:"赶快请求增援吧!"

聂士成说:"无援可增,准备打吧。"

阵前有一座小桥,聂士成骑马立于桥边。炮弹爆炸,弹片横飞,聂士成一动不动。官兵们看见主帅站在前沿督战,无人敢退。当联军冒着枪弹冲到小桥边时,聂军官兵跃出射击阵地,与联军扭打成一团。双方在小河边、旷野里杀得天地变色,厮打声、呻吟声和各种语言的咒骂声混成一片。联军炮火掩护的效果极其明显,而聂军的弹药逐渐减少。如果此时得到增援,战况也许会逐渐扭转,但是帝国的任何一支军队都没有增援的迹象。的确如聂士成所说,帝国的军队"无援可增"。两个小时后,聂军显示出支持不住的迹象。聂士成下了马,回到他的帐篷里。等他重新从帐篷里走出来的时候,官兵们惊讶地看到他的装束已经焕然一新。聂士成穿上了帝国武官的全套礼服:紫纱质地的长袍金线织就,图案豪华绚丽;长袍外,套着一件皇帝恩赐的、代表着至高荣誉的黄马褂,皇家特有的明黄色在黎明的天光下格外耀眼。

聂士成再次牵马走到战斗的最前沿。

这身服饰是那么的显眼,简直是在给联军指示帝国指挥官的具体位置。

炮弹和枪弹下雨般地朝着这个显眼的目标飞来。

官兵们喊:"军门!躲躲!"

聂士成没有回答,他跨上战马吼了一声:"跟我杀!"

官兵们知道,聂军门决定死了。

聂士成完全可以不死,帝国的其他军队可以撤退,他也可以。

宋占标,一个跟随聂士成多年的管带,急步上前把聂士成的马嚼环拉住,大哭:"军门,不能去啊!"

前沿上所有的聂军官兵在震耳欲聋的枪炮声中听见他们的将领平静地说:"孩子,你不懂。"

宋占标拉着聂士成的马死活不放,聂士成大喊了一声,朝宋占标的手砍了一刀。

聂士成策马冲向敌阵。

宋占标带这冒血的刀伤,跟随聂士成冲上去。

在八里台正面与聂军对峙的是德国军队,其前线指挥官名叫库恩。

库恩认识聂士成,因为他曾在聂军中当过骑兵教练。

天大亮了,库恩看见一个冠带整齐的帝国军官出现在前沿,他立即认出这是聂士成。他派士兵充当军使,前去要求聂士成投降,他不愿看见他熟识的这位将领阵亡在他的面前。但是,他的请求遭到了拒绝。据说库恩得到的回答,是他这个"懂中国话"的德国人不明白的一个古怪的中国字:屌!

库恩命令所有的火器一齐开火。这个德国军官知道,如果不把聂士成打死,战斗永远结束不了。

炮弹和子弹跟随着聂士成的战马……

一直跟随聂士成冲击的宋占标也同时战死。

炮弹和子弹跟随着聂士成的战马,在肉搏的混战中形成一个烟火的核心。一匹战马倒下,聂士成便换乘另一匹;他一连换乘了四匹战马,最后他的两条腿被打断,在马上摇摇晃晃的;接着,弹片划开了他的腹部,肠子流了出来,但他依旧没有从战马上跌落下来。联军占领了小桥,聂士成带领官兵向小桥上冲击。一发子弹从他的嘴里打进去,从后脑穿了出来;又一发子弹射穿他的前胸;最后的那发子弹击中了他的太阳穴。聂士成轰然栽下马来,滚落在小桥的桥面上。一直跟随他冲击的宋占标也同时战死。

将帅已死,聂军撤退,八里台失守。

库恩飞奔上桥,扯来一条红毯子,盖在聂士成几乎破碎的身体上。他命令一名士兵把聂士成的遗体背起来,送还给清军。

聂军在运送聂士成遗体的时候,遭到义和团的拦截,义和团的农民们企图抢走遗体进行"戮尸",他们被联军驱散。

《拳变余闻》记载:

> 西人谓自与中国战,无如聂军悍者。拳匪恨士成甚,诋聂军通敌,朝旨又严督之。士成愤甚,谓上不谅于朝廷,下见逼于拳匪,非一死无以自明,每战必亲陷阵……自突战于八里台,以期死敌。麾下执辔挽之回,士成手刃之。将校知不可回,乃随士成陷敌阵。士成中数弹,裂肠死。麾下夺尸归,拳匪将戮其尸,洋兵追及,拳匪逃,乃免。

直隶总督裕禄上奏朝廷,请求赐聂士成抚恤,但遭到载漪和刚毅的反对。

事后,慈禧下诏,称聂士成"误国丧身,实堪痛恨,姑念前功,准予恤典"。④

聂士成的灵柩被运回安徽老家,他终于与他刚烈的母亲团聚了。

聂士成的阵亡极大地影响了清军的士气。

不久,联军就占领了天津附近所有重要的军事据点。

慌乱中的裕禄等来的增援部队,是作战消极的宋庆部。宋庆部没有向联军发动攻势,反而开始大规模围剿义和团。包括聂军在内的清军官兵都认为,大清帝国之所以落到如此地步,全是义和团的农民们"举事"所致,于是纷纷聚集在宋庆的门下开始追杀义和团,以至于前线军民两方均人心大乱。

联军终于意识到:对天津的总攻不但是可能的而且是必胜的。

防守天津城的正是宋庆的部队。

联军所有的大炮都参加了对天津城的大规模轰击,宋军部在进行炮火反击的同时,向租界和车站发动了一次又一次的进攻。进攻的时候,义和团的农民们依旧跟随着冲锋——当洋人的炮火响起来的时候,帝国的军与民似乎又是一家人了。但是,义和团刚刚从冲击前线转移下来,立即遭到宋军部有计划的射击。是日,两千多名义和团团员没有倒在洋人的枪口下,却在帝国军队的面前倒成了一堆。

很难理解,同样是农民子弟的清军与义和团的农民之间在外敌当前的局势下势不两立的状况是如何形成的。一九○○年,在天津前线的帝国军队指挥官写给朝廷的奏折中,充满了对义和团的怨恨:"该团野性难驯,日以仇教为名,四处抢掠,并不以攻打洋兵为心。而教匪亦乘间效其装束,以红黄巾裹首,混迹城乡,暗埋地雷,无从分辨……即至进战,大军奋勇直前,忽四处地雷轰发,数十里内木石横飞,天地变色,当是之时,义和团已不知去向。且值居民惊避之际,或掠良家财帛,或夺勇丁枪械,甚至抢劫衙署,焚烧街市,事后则解去红布,逍遥远避。"⑤清军官兵对义和团标榜的"刀枪不入"的法术愤怒已极,因为这导致了大量相信法术的兵勇付出了生命。

七月十三日,联军对天津的总攻开始。

双方的兵力是:联军一万七千一百三十人,火炮四十二门;清军一万二千人,火炮三十九门。在举国宣战的情况下,在本土作战的情况下,在什么都缺唯独不缺人的情况下,大清帝国对都城门户天津的防守,竟然在兵力上让仓促登陆的联军占了优势,这一点至今令人费解。除了兵力不占优势外,帝国军队还有更令人担忧的状况:天津南门的防守部队宋庆部和马玉昆部,本有官兵七千余人,但是因为与义和团之间的冲突,宋庆部官兵损失不少,以致在这个方向上的防守兵力不足五千。天津西面由聂士成部防守。八里台战斗的失利,使本有八千五百人的聂军大部分官兵伤亡或失散,最后到达西门阻击阵地的不足两千人。于是,战斗还没打响,天津城是否能够守住已成疑问。

联军开始向天津城下的冲击地移动。

东路的俄军用船通过运河运送部队接近城垣。他们在把船拖到运河边的路程中,尽管马拉木船在旱地上摩擦发出巨大的声响,但是帝国军队就是没有发觉。俄军渡过运河之后,帝国的百姓听见动静跑出来看热闹,他们用吓唬的口吻对俄军说,前面不但还有一条运河,而且还有大量的清军部队。这下可把俄军吓坏了,因为他们已经把所有的渡河工具全破坏了,如果这时候帝国军队发动反击,俄军就要完蛋了。但是,不久,侦察兵报告说,前面既没有什么第二条运河,更没有任何帝国军队防守,中国的老百姓在说谎。俄军在斯捷谢利将军的指挥下,一路顺利到达天津城外。然后,三个连队疯狂地轮番攻城,在付出巨大的代价后占领了帝国守军的外围阵地。

西路,是由日、英、美、意等国官兵组成的冲击队,他们采取的是首先进行大规模炮火准备的战术。炮击中,又有一发炮弹击中了天津城内的一座弹药库,弹药库是专门存放褐色炸药的,炸药的威力"在万发炮弹以上",结果一声巨响,"半个天津城火光冲天"。联军趁势倾巢出动,在租界里仅留下了一千名官兵,剩余的人全部扑向天津南门。

南门是联军的主攻方向,也是帝国军队防守的主要方向。直隶总督裕禄、各路总指挥宋庆和马玉昆都在这个方向坐镇。但是,当联军的攻击开始时,几位帝国的高级官员立刻没了踪影,在南门阻击的只有何永盛率领的少数练军,还有一些决心与天津城同归于尽的义和团民。日军想在总攻的时刻显示他们的武士道精神,同时,也想在占领天津后取得优先瓜分的权利,因此承担了主攻方向的主攻任务。整整一个白天,日军的进攻屡屡受挫,清军的阻击十分顽强,他们没有单纯地依靠城墙,而是散布在南门外的沼泽和芦苇中,利用有利地形不断地给予冲击中的日军以杀伤。日军已经攻到城墙下,但是支持他们的炮击停止了,日军立即受到清军的反冲击。原来,后面的联军炮兵军官接到了不知是谁传来的命令,说日军已经攻进城,炮击可以停止了。为此,日军指挥官福岛将军大发雷霆。晚上,日军再次向城墙逼近。清军官兵惊愕地发现,日军抬着两个巨大的火药桶在向前运动。清军对着两个火药桶轮番射击,日军倒下一批补上一批,火药桶始终在缓慢地前进。最后,火药桶被安置在城墙下——那里恰恰是白天被炮火炸塌、帝国守军刚刚修补的最薄弱的部位。事后才知道,是一个中国人向日军出卖了城墙最薄弱位置的情报。

火药桶的导火索被点燃。

清军所有的火器全部向火药桶射去。导火索不断地被打灭,但是又不断地被日军点燃。最后,一个日军士兵高举着一支火把冲了上来,火药桶终于被引爆了。

天津城墙被炸开一个巨大的缺口。

日军蜂拥而进。

天津南门失守。

东门的帝国守军在腹背受敌的情况下撤出天津城。

天津城内的巷战持续了很久,每一条街道上都有清军和义和团的阻击。在巷战的时候,联军使用了毒气炮,这些毒气炮给天津军民造成了巨大伤亡:"熏毙时家人妇女尚聚坐一堂也。华兵倚墙立,持枪欲开放状,近视之,亦为毒炮熏毙。"⑥据考证,毒气炮的使用是英军所为,这种违反国际公约的武器,英军此前仅在非洲殖民战争中使用过一次。

一天一夜之后,天津城沉寂下来。

联军为此付出的代价是:伤亡七百五十多人。其中以日军最多,为四百人,其次是美军和英军。

天津军民在防守战中伤亡三千余人。

无论如何评价一九○○年天津城的陷落,无论怎样抨击清廷的昏聩以及清军战斗力的低下,必须承认的是:在与入侵者战斗的时刻,大清帝国的正规军始终是抵抗的主力。清军士兵,这些农民子弟,虽然不知道国家政治的内幕,也曾经为军饷的迟发而对国家起过怨心,但是,当捍卫大清国的战斗来临的时候,他们表现出的是这个民族最血性的一面,他们承担了整个帝国所需要的牺牲。即使是受伤被俘之后,他们的神情依旧令联军害怕。英国随军记者记录了"让他一辈子也不会忘掉"的情景:

> 一个可怕的高大而带有挑战似的表情的清军人影,正盯着我的面孔:他的双手被绑在后面——因为他是一个俘虏——他的衣服破碎了,在胸口中央露出了几英寸深的伤痕,是大刀和刺刀破伤的。他的衣服和裤子全都被血浸湿了,而伤痕犹新,血流如注,他一定痛苦极了。但是,他没有一句求饶的话,也没有一声痛苦的呻吟。他无言地端坐着,泰然自若的脸上显出自豪与蔑视交织在一块儿的可怕表情。他的嘴紧闭着,眼睛一眨不眨,缓慢地把尖锐的目光投射向一个一个带着抢劫品跑出城门的外国人。⑦

天津城陷落的时间是一九〇〇年七月十四日,即大清帝国政府向"彼等"宣战的第二十三天。

中国军团

必须特别指出的是,在对天津城发起总攻的联军中,有一支高举着英国国旗担任主攻任务的部队显得格外奇特:这是一群黑头发、黑眼睛、黄皮肤的年轻人,身穿黄色带铜扣的轻质卡其斜纹布紧身上衣,在颈部和手腕处收得很紧,同样布料的暗蓝色的宽松裤自小腿至脚腕被蓝色的绑腿缠绕,红色的背带和红色的宽腰带,脚上是白色的袜子和中国的黑色布鞋。他们拿的是清一色的马丁尼-亨利式来复枪,胸前挂着五个子弹袋,固定子弹袋的三条窄带由结实的棕色皮革制成。他们头戴低顶的宽边草帽,其形状类似英国海军士兵戴的"Sennet"帽,只是,这种英式帽子戴在这群年轻人头上,其顶部微微耸起,因为他们人人都有的那条长长的发辫被盘起来藏在了帽子下。冲击的时候,他们发出低沉的"杀!杀!"声,令联军的其他部队听起来十分古怪,而中国人听起来却是那么的熟悉。

这支隶属于英军的部队,除了军官之外全是中国人。

有确凿的史料证明,在对天津城发起总攻的时候,冲锋陷阵在最前面的是一支由英国军官指挥、由中国人组成的特殊部队。也就是说,一九○○年七月十三日,那些在天津城内外拼死抵抗的清军官兵和义和团民,至少在一个阻击方向上,他们的对手是自己的同胞。

无论后来叙述历史的人从什么角度和立场出发,百年前发生在天津城墙下的这令人惊骇的一幕,从来没有被以任何方式——哪怕是暗示——给予记载。或者,这段历史的有关档案随着西方势力退出这块东方大陆而消失了?或者,中国方面掌握了这段历史的片段,但因种种原因而一直严封密锁?或者,在相当长的时期内,无论是英国人还是中国人,都认为这段历史虽然存在但没有公开、评价和探究的必要?

无论怎样,那群装束奇异的中国"军人"确实存在过。

这支奇特的部队,就是在英国近代史中被确切记载的中国军团。

"毫无疑问,中国军团光荣地成为参加最后攻击并占领天津城的英国军队的唯一代表。"⑧——曾在这支英国军队中出任下层军官的巴恩斯在回忆录中说道。《泰晤士报》的一位记者也曾这样评论道:"无论将来如何,谈及中国军团的积极战斗精神时,他们当然会拥有勇敢无畏的口碑。"⑨

这部回忆录与这段评述出现在一九○二年。那时,联军已经攻陷大清帝国的都城,他们用条约的形式如愿以偿地得到了各自企图的所有利益,清廷在经过艰辛的逃亡之后终于顺利地返回北京,新的一年来临的时候各国使节被邀请到皇宫欢聚一堂——大清帝国极度屈辱的时刻仿佛已成过去。但是,英国人在回想起中国军团时依旧心绪复杂,因为无论身为哪一个种族的人,都会对中国竟然存在着这样一支奇特的军队感到难以置信,而中国人面对这样的历史真相其隐痛与难堪无以名状。

一九○二年,英军军官巴恩斯在写回忆录时,已经听到了对这段史实的各种诘问。其时,中国军团仍在自己的国家里执行着英军赋予的各项任务。因此,巴恩斯在回忆录的前言中委婉地说道:"尽管一个军团在其刚刚成立之时,背叛自己的同胞、皇帝及本国军队,在异国官员的指挥下,为异国的事业而战,但他们毫不逊色地承担了自己的义务,不应该再受到诋毁。"巴恩斯一再宣称自己之所以赞扬这支"勇敢的军队",不但事实是"绝对客观公正的",而且赞扬和记录美好真实的事物一直是他"追求的美德"。⑩

什么是世间的"公正"与"美德"?

在大清帝国那段愚昧癫狂继而又惊慌失措的日子里,英国人——皇室成员、租界里的文职和武职官员、皇家海军将领以及指挥中国军团的英军军官,他们与中国人——皇城中的帝王、满汉朝臣官员、满腹经纶的读书人和地方士绅以及在天灾人祸下苦苦挣扎的百姓,还有那些甚至不识字的穿着奇异外国军服的中国青年,应该具备怎样的资格与学识才能辨明这两个具有理性光泽与浪漫色彩的词汇?

中国军团,一八九八年组建,至一九〇六年因军纪、经费和兵源等问题解散,在中国存在了整整八年。

这八年,是中国历史上最黑暗与最混乱的时期。

这一切,都是由驻守香港的英军陆军上校哈弥尔顿·鲍尔一生中最值得"骄傲"的那天开始的。

一八九八年十二月,哈弥尔顿上校得到英国首相索尔兹伯里的指令,委派他以指挥官的名义前往中国北方一块与香港一样飘扬着英国国旗的地方,组建一支至少他认为具有历史意义的军队。根据组建程序,哈弥尔顿上校必须在香港首先招募一些既懂英语同时也懂汉语的中国人,充当翻译和传达战斗指令的号手。于是,在香港总督府的大门外,哈弥尔顿上校迫不及待地招募了两个中国人——他首先需要的是能够为他服务的勤务员——这两个中国青年随即成为中国军团最早的士兵。接着,副指挥官布鲁斯少校奉命前来报到,他带来了他的副官、四名英军连级军官以及从皇家步兵团抽调的六名士官。没过几天,更多的英军军官和翻译员相继到达。

除了在香港招募的那些会讲英语的中国人外,所有早期在中国军团工作的英军军官都格外兴奋,这不仅因为他们早就听说过中国北方那个名叫威海卫的英国租界风景如画,气候极其"适合英国人的生活习惯",以至于那里的英国人日子过得"惬意和美妙";更重要的是,他们都知道组建中国军团,这件事一开始就是一个阴谋,作为军人没有比筹划一个阴谋更刺激的事情了。

威海卫,十九世纪末绝大多数英国人闻所未闻的一个荒凉海角。它位于中国东海岸的山东省境内,濒临黄海,狭长的海岸加上沿岸的十几个岛屿,总面积二百八十五平方英里,人口十二万八千人。居住在那里的中国人,世代从事打鱼和农耕,他们对英国人的认识比绝大多数英国人对中国人的认识更加陌生。生活在威海卫的中国人,也许在他们的前辈那里听说过关于英国人的只言片语,因为八十多年前的一个夏天,即一八一六年八月二十七日的早晨,这里的海岸曾经停泊过两只飘着英国国旗的船只。老人们说,从船上下来的洋人没做什么,只是在海岸边走了走,向陆地上望了望,捡了几块石头或者贝壳就走了。英国海军史中有海军上尉巴塞尔·赫尔过于简单的航行记录:"不列颠海军的护卫舰'阿尔塞斯特'号在'里拉'号帆船的陪同下,勘察了神秘的朝鲜海岸之后,从白河口沿着中国山东省北部的海岸向东航行。"除此之外,便是关于这片海岸的风和气候的简单数据,还有"陆地上的崖石都是浅黄色的长石、白色的石英石和黑色的云母"⑪之类的抽象表述。面对这块东方大陆的神秘海角,赫尔上尉的航行记录中没有涉及任何政治、经济和军事的前景渴望——八十多年前的英国水兵还没有足够的想象力来预测这块陌生的土地上有一天会飘扬起英国国旗。

在中国,沿着海岸,尤其是北方海岸,名叫"卫"的地方很多。"卫"在汉语中是要塞的意思。明太祖三十一年,即一三九八年,山东这个濒临黄海并与旅顺港隔海相望的海角开始设卫,也就是说,当一八一六年英国水兵在这里登陆时,他们所踏上的这块海角,实际上是中国海防系统中的一个前沿哨所——虽然赫尔上尉的航海记录中并没有中国海防人员对异国船只靠岸的任何反应。清代,威海卫经历过几次大规模扩建,尤其是晚清,以朝廷重臣李鸿章为代表的图强派,多次上奏朝廷并且获得大量拨款,威海卫终于被建成中国北方海岸的一个重要军事要塞,同时成为大清帝国的一个重要海军基地。

但是,"卫"并没有给帝国带来安全。

甲午战争爆发,随着海军将领丁汝昌的自杀,北洋舰队全军覆没,威海卫海岸升起了日本国旗。北洋舰队号称中国海防的最后防线,中国北方因为这支舰队的倾覆而国门洞开。

一八九八年,德国强占中国山东胶州湾,与清政府签订《中德胶澳租界条约》;俄国强行租借旅顺港,与清政府签订《旅大租地条约》;接着,中法《广州湾租借条约》签订。各列强国疯狂瓜分中国领土,令英国首相索尔兹伯里开始不安。尽管英国已经与大清帝国签订了《续缅甸条约附款》,但是由于俄国人占领了旅顺,德国人占领了胶州湾,法国人占领了广州,英国人反而在中国的海岸上没有任何一个海港了,英国人认为这样一种现实对其在华利益构成了极大威胁。于是,英国正式向大清帝国政府提出,一旦日本撤出威海卫,英国应该取得占领该地的优先权。在反复的讨价还价之后,结局依旧是清政府屈服。

一八九八年五月九日,在各列强国的共同压力下,在拿到《马关条约》约定的全部赔款后,日本人撤出了威海卫,英国国旗随即在那里升起。

应该特别注意的是,一八九八年,英国租借了中国的两个地区:威海卫和香港新界。两个地区的总面积和居住人口大致相同,而且因为租借的目的都涉及军事,因此租借协议条款的内容也十分相似。但是,两个租界后来的命运却截然不同。百年后的一九九七年,当中国政府重新在香港行使主权的时候,中国人的情感经历了一次难以言表的自豪。但是,当今的中国人很少有人知道,英国人曾在威海卫租界内实施了与香港毫无差别的殖民管理,直到一九三〇年中华民国政府收复威海卫主权为止,这块土地经历了长达三十多年的异国统治后,几乎没有任何痕迹地被交还给中国。关于"英国人为什么会放弃这块土地"、"威海卫为什么没有如同香港一样发达起来"等话题,曾在国人的嘴边讨论得十分艰难,原因之一是,一九三〇年英国行政长官离开威海卫时,所有的档案都被运回伦敦,其中包括组建中国军团的全部档案。

一八九八年七月一日,中英签订《租威海卫专条》之后,英方认为一纸"专条"是无法完成殖民统治的,占领和统治殖民地的唯一保证是军事力量的驻守护卫。况且,租借威海卫本身就是为了用于军事——英国海军需要在远东建立一个军事基地。但是,当时的大英帝国,似乎什么也不缺,就缺能够参军服役的精壮子弟。其时,英国的海外殖民地总面积已经达到三千二百七十一万平方公里,大约相当于英国本土面积的一百三十四倍。如此众多的殖民地,每一处都要派英国士兵去驻守,小小的不列颠岛国没有那么多的人力资源。况且,当时英国人正陷在与南非布尔人的极端仇恨中,为了早日结束战争,英国已经向那里派遣了二十五万多名官兵,而当时英国陆军的总兵力不过三十多万。面对中国地图,索尔兹伯里首相想到了海外最大的殖民地印度,在那里,英国人成功地组建了由印度人组成的、为英国利益服务的军队。由此,他想到中国的威海卫应该成为另一个印度。

但是,在中国领土上,利用中国的人力资源组建一支忠于英国的军队,这件事无论如何也要与中国政府商量一下。商量的结果可想而知:清廷坚决反对。但是,一八九八年的清廷,实际上已经无力反对列强的任何要求了。尽管抗议激烈,交涉频繁,组建中国军团的工作还是按照英国人的设想和计划开始实施了。面对前来交涉的清廷官员,英国人的回答是:英国在威海卫租界内组建的是一支维护租界安全的军队。也就是说,英国人组建的不是一支严格意义上的军队,而是一支让中国人管理中国人的"警察部队"。英国人信誓旦旦地向清廷承诺:"招募仅限于威海卫的租界地区","这支军队绝对不会在中国的其他地方使用"。[12]

这支部队,英国人称之为"华勇营"。

根据英国人以组建地命名组建部队的惯例,这支部队又被称为"中国军团"。

招募刚开始,英国人便违背了他们的承诺,招募的范围不但扩大到山东全省,而且一直扩大到河北。一批又一批来自山东和河北的中国青年集中到了英国国旗下。从留存至今的中国军团的照片上,能够看出那些青年体形健壮匀称,神情安详沉稳。这些中国青年穿上英国人设计的军服时,肯定是不习惯的,特别是早期的中国军团的帽子,恰恰符合英国首相索尔兹伯里的思路,是印度式样的缠头式的帽子。但是,即使是这样,他们依然队列整齐,训练有素,敲着西洋的军鼓,高高地挺起胸膛。这些形象与今天能够看见的大清帝国正规军的照片相比,同样的中国青年已经全无了拖沓萎靡之相,居然显现出百年前中国人难得的英俊与威猛。

1901

无法得知这些中国青年出于什么心理和目的参加了这支雇佣军。从中国人的道德层面上讲,这是一件极其耻辱的事情。可是,从现有的历史资料上看,没有发现他们和他们的亲属感到耻辱的记载,因此没有可靠的依据从道德与文化的角度加以深入分析。如果勉强揣摩,也许是被穷困逼得走投无路的青年不得不寻求一条求生之路。十九世纪末,连年的自然灾害、官吏变本加厉的盘剥以及社会的极度不公,造成了成千上万的农村青年走上了一条奇特的人生道路:参加义和团杀洋人可以吃饱饭,参加洋人的军队杀国人也可以吃饱饭。而仅仅从吃饭的层面上讲,后者提供得更好、更多,并且稳固。

混乱的时代和混乱的国家,导致整个社会的道义观必然也是一本糊涂账。

而且,当一个人的生存渴求降到了命若游丝般的最危险的底线时,道义是什么?

中国军团成立时的人数是六百。

中国军团尉级以上军官均从英军中调任。

中国军团吃得好,肉类、新鲜蔬菜、米饭和面食、茶水敞开供应。

中国军团穿得暖,夏季军服和冬季军服齐全,普通军服和礼服齐备,其礼服的样式几乎与英军官兵无异:深红色的步兵短上衣,浅黄色的袖口、领子和肩章,红色马甲,两侧有四分之一英寸红色滚边的步兵裤。

中国军团内部有乐队、翻译、卫生队;有长枪连、机枪连、炮兵队和骑兵队。

中国军团受到严格而正规的英式军事训练,包括符合英国皇家步兵操典的队列、最新式武器的使用以及适应近代战争的战术动作。

中国军团刚刚成立不久,便执行了第一次战斗任务。这次任务的执行,与其说是在考验中国军团的训练成果,不如说是在考验中国人的道德底线。

一九○○年,义和团运动不可避免地波及威海卫租界。租界内中国农民的反英情绪来自英国殖民者对租界土地的勘察——中国人认为洋人要强迫他们出卖自己的土地,中国人从来都把出卖土地视为天塌地陷的事情。三月初,租界内的英国人发现农民们在不断地集会,集会的口号是公开的:赶走英国野人!鲍尔上校决定对这种反英情绪给予坚决打击,以此表明英国人坚决待在威海卫的决心。二十六日,上校亲自率领四百二十名中国军团士兵出发了。这些士兵每人携带十发子弹,向一个农民的聚集点急行军。在一座破败的庙里,中国军团的士兵看见了至少两千名农民正情绪激动地聚在一起,他们每个人的手里都拿着武器:一头绑有刀和剪子的棍子、叉子、生锈的矛、老式火绳枪,还有三门老式土炮以及一只大鼓、一只套管式铜号。鲍尔上校的马被这群农民的首领拦住了,中国农民要求英军上校下马说话。傲慢的鲍尔上校没有下马,他向中国军团下达了上刺刀的命令。中国军团的士兵毫不犹豫地执行了命令。虽然同样是中国人,但是由于吃得好、穿得暖,中国军团的士兵显得胆气大得多,胆气的前面更有一片闪亮的英式刺刀。农民们退缩了,中国军团的士兵收缴了他们手中的所有武器,并挑选出其中三个人将之逮捕,其中自然包括敢于拦截英军上校的那个农民首领。

军事行动不流血地圆满完成,这给了英国殖民者一个巨大的惊喜:"事件虽小,意义重大。中国军团表现出了与其指挥官坚定站在一起、即使是与自己的人民对抗也毫不犹豫的作风。"⑬

一个多月后,五月五日,流血的战斗来临了。中国军团奉命保护以英军少校彭罗兹为首的租界勘察人员,结果他们连同少校一起受到农民的袭击。大批愤怒的农民蜂拥而至,少校被刺刀刺伤,左轮手枪也被夺走。战场位于一条干涸的河床上,中国军团按照英国皇家陆军教材上教导的阻击阵形布开射击线,然后开始射击。这是一场真正的大混乱,农民们在中国军团士兵发射的枪弹中勇敢地冲击,他们大声呐喊着,冲向那些该死的英国人和为英国人开枪的中国士兵。一个名叫帕瑞拉的英军上尉被一群农民击倒在地,一个农民的粪叉子叉在了他的脖子上,如果不是中国军团士兵的刺刀及时戳进了那个高举着粪叉子的农民的后腰,帕瑞拉上尉的气管很快就会被戳穿。战斗持续的时间很长,尽管中国军团奋力作战,伤亡依然惨重:彭罗兹少校严重受伤,皮雷中士的脸被刺破,两名中国军团士兵被棍子和石头打得浑身是血,其中的一名士兵被农民们扔下山沟摔得奄奄一息。

中国农民死亡二十人。

第二天,租界内的形势依旧严峻,聚集起来的农民比昨天还多。中国军团在营房里补充了弹药后,再次奉命出击。到达现场的时候,农民们已经站满了山坡。一门土炮发射了,轰的一声,钉子、铁片和乱七八糟的金属碎片雨点一样落在中国军团的头上。中国军团开始反击。这时,发生了一件值得历史记载的事情:一个中国老汉,肩上的一条扁担担着他的全部家当,朝中国军团的阵地跑来。中国军团中的一些士兵认出来了,这位老汉是军团中一名士兵的父亲。老汉对他的儿子和其他中国军团的士兵说,成千上万的农民决心要扫平这里,如果要想活命赶快逃吧。老汉的儿子对父亲说我宁愿待在这里。老汉没有争辩,穿过中国军团的阵地跑了。另一个中国军团士兵的父亲,是对面袭击英国人中的一员,在接下来的战斗中,这位父亲被中国军团的枪弹击中死了,但是他的儿子"还是留在了军团"里。

这一天,中国农民又死亡二十多人。

中国军团没有死亡记录。

为此,鲍尔上校收到北京公使的一封电报:"祝贺鲍尔上校,你的军团表现出色。"⑭

直接指挥中国军团作战的英军军官巴恩斯,对这支部队的溢美之辞充斥在他的回忆录中:"中国军团在战斗中毫不逊色地承担了自己的责任,他们为与自己的威海老乡对抗感到骄傲,这无疑证明他们完全可以值得信赖。"更重要的是,"他们守纪律,听从指挥,勇敢,吃苦耐劳,射击水平很高,吃饭不挑食物,只要数量充足就行。"⑮

一九〇〇年六月二十日,无论对中国近代史还是对中国军团来讲,都是一个重要的日子:大清帝国在这一天向各国正式宣战。而这就意味着,中国军团将离开威海卫奔赴天津前线与清军作战。

第一批出发的是中国军团的四个连。

鲍尔上校担任指挥,作战参谋为蒙哥特尔上尉。

连队指挥官是:第二连,巴恩斯上尉,赖德尔中尉,德恩上士;第四连,沃森上尉,布瑞中尉,波顿上士;第五连,希尔上尉,费尔福克斯中尉;第六连,蒙兹上尉,欧雷凡中尉,威泰克上士。

中国军团乘英国军舰"奥兰多"号于二十二日凌晨五时到达大沽口。

这些隶属英军的中国青年,沿着铁路向天津方向行军。他们中间有不少人家在河北,他们实际上是回到了自己的故乡,而故乡在他们眼前已是一片荒芜,到处是被夷为平地的村庄废墟。英国军官是这样告诉他们的:这些都是俄国人的杰作。

二十三日晚二十时,中国军团穿过清军和义和团的流弹,穿过同样已经成为废墟的法国租界,到达天津紫竹林,加入到联军保卫租界的战斗行列。

与中国军团同时到达租界的,还有俄、意、美、德、日等国的援军。

在中国历史教科书上,那一天各国军队到达天津租界的数字十分确切,其中英军二百五十名。现在,应该明确了,所谓英军,实际是四个连的中国青年。

无法猜测天津租界内受到围困的洋人看见这样一支部队时的表情。这种表情肯定是复杂的。洋人因为援军的到达欢呼雀跃,但是他们毕竟已如一群惊弓之鸟,只要看见任何一个中国人,就会产生大祸临头的感觉,尽管他们知道眼前的这些中国人是奉命来保护他们的。洋人企图从这些中国人的黑眼睛中猜测出他们的内心,但是这些中国人只是默默地集合,排成整齐的队列,听着英军指挥官训话,东方人扁平的脸上神情平静之极。军官训话的内容是,命令他们准备接应被迫返回天津的西摩尔的部队。但是片刻之后,这个命令又被取消了,新命令是分配各连负责警戒的地域范围。中国翻译的声音轻柔迟缓:圣·约翰少校带领的香港和新加坡炮兵队与中国军团会合,第二连将与英勇的威尔士燧枪兵团一起住宿,我们的行政长官道沃德上校因受命指挥华北地区的军队而被授予陆军准将军衔——世间最残酷的事情,在此时此地,被说得如同一个温暖的大家庭里发生的家常琐事。

二十七日,俄军偷袭东局子弹药库受到顽强阻击的情景,被站在高处瞭望的中国军团士兵看得清清楚楚。不久,他们接到了增援俄军的命令。中国军团开始向弹药库方向运动。在运河边,他们看见一群义和团和一支清军骑兵部队向他们走来,这显然是企图增援弹药库以打击联军的侧翼。中国军团的士兵立即进入阻击状态:"我们丝毫没有理睬头上呼啸而过的子弹,小分队指挥员一直指挥有方,小分队的排枪射击非常有效,命中率很高。非常幸运的是,敌方持有许多不同颜色、不同形状的旗帜,这有助于我方准确地选取射击目标。"⑯

七月一日,为消除义和团和清军对租界的威胁,联军组织了一次突击,中国军团首当其冲。与中国军团一起行动的,还有日军、香港军团和美国海军陆战队士兵各五十名以及一百名威尔士军团的英军士兵。眼前是义和团散乱但依然顽强的抵抗,中国军团手端步枪前进。在赖德尔中尉的带领下,中国军团的士兵用刺刀刺死了坚守一座建筑的两名清军。在巴恩斯身边,是中国翻译李和以及号手李平震,这两个不满十八岁的中国青年手持大口径武器,射击时烟雾弥漫。而当清军和义和团反击的时候,中国军团面对的局势严峻起来,他们撤退到一座废墟中。这时,二连一个名叫王国兴的士兵突然站起来,用手中的武器猛烈射击,"冷静得如同在靶场射击一样"。战斗最后的结局是:香港军团死伤五人,中国军团没有伤亡。而在他们面前,义和团民的尸体布满视野。

中国军团参加的另一场战斗,是和英国皇家海军的一百名水兵、美国海军的一百名陆战队员一起行动,任务是在攻击天津城之前进行一次大规模侦察。这次侦察受到清军的猛烈打击,清军密集的炮火迫使他们不断撤退。撤退的时候,军团副指挥官布鲁斯少校受重伤——他的头盔被一颗子弹击穿,又有一颗子弹打穿了他的肝脏。一发炮弹几乎在希尔上尉的头顶上爆炸,除了他受重伤之外,身边的另一个士兵被炸死。这是一次没有成效的侦察,联军全部被赶回租界。在回来的路上,中国军团的士兵一直抬着爱斯戴尔,这位英国皇家军舰"巴福拉"号上的候补少尉身受重伤,已经奄奄一息。

中国军团还参加了联军守卫老龙头车站的战斗。这是整个天津地区最血腥的一次战斗。一次又一次的冲锋导致中国军团伤亡很大。在今天可以看到的关于这次战斗的史料中,都涉及了一个细节,这便是冲进火车站的清军官兵退守到车厢内与联军进行肉搏战。不幸的是,从巴恩斯的回忆录中可以看到,冲进车厢与清军肉搏的联军中,就有中国军团的士兵——无法想象清军官兵与这些同是中国人的英国雇佣兵扭打肉搏时,双方是一种什么样的心境。

中国军团在天津战场的出现,引起了清军和义和团的极大注意,他们将痛失国土的仇恨集中在他们身上。无论中国军团驻守在哪里、行进在哪里、宿营在哪里,都会有炮弹莫名其妙地落下来,以至于英军指挥官怀疑是中国人派出了大量的奸细时刻监视着中国军团的一举一动。针对中国军团的炮击,最猛烈的一次发生在七月六日,军团刚刚在一个名叫禁酒厅的地方驻扎下来,立即遭到炮击:"十分钟之内,落在我们所居住的地方的炮弹,不少于六种型号。"一发炮弹准确地穿过军团食堂的一张餐桌,另一发炮弹在驻地的入口处爆炸造成极大的混乱。接着,一发炮弹在后院爆炸,一名英军中尉身上中了四块弹片,其中的一块弹片把他的脚切断了。最可怕的是,一发炮弹竟然准确无误地从浴室的天花板中间穿了下来,"浴室中呈现出一幅奇异的景色,较其本来的用途更像一把漏勺"。"中国情报局确实有过人之处",像是"整个地区布满了间谍"。[17]一天晚上,中国军团正在进餐。也许是后勤人员大量地屠宰了中国人的耕牛,早餐是冷熟牛肉,中午是炖牛肉,晚上是咖喱烧牛肉——正吃牛肉的时候,一发炮弹直接进了餐厅,后果可以想象。中国军团的哨兵在宿舍的房顶上抓住了两个携带武器弹药的中国人。同时有报告说,大量的清军和义和团正向军团大规模地包围过来,大有将中国军团全歼的意思。于是,只好紧急转移。

清军中根本不存在"情报局",如果说有大量的"间谍",那也只能是义和团的农民。可以肯定地说,中国军团在战场上的出现,引发了清军和义和团心中的一种无以名状的悲愤,这种情绪立即转化为将这些背叛祖宗的国人斩尽杀绝的决心。虽然在史料中并不多见中国军团过分伤亡的记录,但是他们受到同胞的一致仇恨是毫无疑问的。

天津战斗的最后时刻到来了。中国军团混杂在联军的队伍中向天津城下移动。那是阴雨连绵的天气,前进的路上到处是泥泞,中国军团负责护卫英军炮兵,而在绝大部分时间里,他们不是执行警戒任务而是充当一群苦力——为英军推那些陷在泥泞中的大炮。这是连骡马都会被累垮的活,但是中国军团的士兵一声不吭,直到把那些大炮推到天津城下。

中国军团参与攻击的方向是天津南门。士兵们在这里眼看着日军的攻击在猛烈的炮火反击下一次次失败。为此,中国军团建起了一个伤员收容站。晚上,中国军团参加了联军沿通往天津南门的大路扫荡的行动。这是战斗的最后时刻,在通往天津南门的路上,日本人、法国人、水兵、陆军、澳大利亚人、印度人互相推挤、咒骂。沿途的所有房屋,每一间都受到彻底搜查和摧毁,而混杂在这样的队伍中,最得力的应该是中国军团的士兵,因为他们熟悉中国房屋的结构,能够如同进入自己家一样找到院子和房屋里的那些藏身之处。

随着日军敢死队员接连爆破城墙,联军对天津南门发起了最后冲击。清军的主力已经没了踪影,只有少数清军士兵和义和团民在抵抗。在接近南门的时候,东城墙下的射击十分猛烈,为此中国军团进行了数次冲击。进入城门之后,沿街的每一间房屋里都有抵抗,中国军团的士兵一路扫荡过去。途中,他们接到向西门前进的命令,但是很快命令便修改了,要求他们直接向北门武力压缩。

燃烧的房屋、烧焦的尸体和中国独有物件在大火中散发出的怪味混合在一起,令人窒息。一九〇〇年九月五日的《北华捷报》有这样的描述:"中国军团第四连跟随沃森上尉情愿舍命地冲过弹雨密布的长街……一个士兵护送驮着弹药的骡子来到火线上,当军官们和骡子都中弹身亡时,他却仍然坚持自己的职责,不惜牺牲生命。目睹这一壮举的欧洲人都说,应该向这位中国士兵颁发维多利亚十字勋章。"⑱

天津北门,一个悲惨的地方。

巴恩斯带领中国军团到达北门的时候,他们所看见的情景惨不忍睹:尸体堆积,中国人的鲜血顺着所有的街巷流淌着。在一个角落,一家老小缩在一起,看上去他们已如同一堆废物。天津城内的百姓大多数人受到了致命伤。一位已经身受重伤的母亲坐在尸体堆中,徒劳地想赶走包围在亲人尸体上的苍蝇,她顽强地这样做着,根本没有对中国军团的士兵看上一眼,这位母亲也许无法想象她身后的这些"洋兵"实际上也是一些中国母亲的儿子。

天津城陷落了,那些跟随联军一起攻击这座城池的中国军团的士兵谁也不会想到,他们的行动将导致大清帝国的都城面临巨大的危险。而都城北京一旦陷落,就意味着整个帝国的失守。对于这一点,英国人十分明白。于是,天津攻城战结束后,英国陆军部特别设计了一种徽章,作为中国军团的团徽,镶嵌在中国军团士兵的帽子和衣领上:中国的一座城门,城门的拱顶上用中文写着"天津"二字。城门的下方,写有"中国军团"字样。在这四个字的上面是"天津"二字的英文拼写。

大清帝国都城陷落的第二年,中国军团的十二名士兵被特别挑选出来,他们代表中国军团到达英国本土,参加爱德华七世国王的加冕典礼。这些中国军团中的"优秀分子",一定是头顶着一座中国城门受到英国国王的接见的——想必这是所有来宾中献给那个日不落帝国的最奇异的"礼物"。

晒仪仗与玩电报

北京城里弥漫着一股怪异的气氛。

大清早,城门口就有拉着箱包行李的大车出城,看样子是怕仗打到京城开始往乡下挪窝了。大车上坐着的少爷姑娘老爷太太,连同赶车的把式一起,受到看热闹的百姓诡秘的嘲笑。京城百姓的脸上是一种蔑视的神情,连在城门洞里卖西瓜的小贩都朝他们喊:闹块沙瓤的带着,大太阳天的,路上叫渴找不到井!即使是住在城墙下窝棚里的捡破烂的老婆子都知道宣战了,并且大致明白"宣战"这个词是什么意思,于是大街小巷酒楼茶馆里,京城百姓议论起来都替洋人担着心:看看,我说洋人是瞎折腾吧?怎么样,老佛爷火了不是?宣战可不是闹拳。武卫军昨儿上去了,炮筒子水缸那么粗,这下洋人真的要玩完了!

逃跑的人寥寥无几,都是那些"吃过洋饭"的,或者家里曾经有人出洋的。这些人本来就生活在义和团的阴影下,都在担心没准儿哪天家被抄了命也难保。得知帝国宣战的消息后,他们权衡了交战双方的力量,得出了一种更加不祥的结论,于是决定转移财产离开京城。他们的举动,引起了官员和商人的暂短不安。这些人虽然还没有逃跑的念头,但是也没有绝对安全的把握,他们的全部指望建立在这样一个判断上:洋人究竟人少力单,无论怎么着,总不至于打到京城来吧?老佛爷不是也这儿住着么?

帝国的《宣战诏书》仅仅在京城引发了小小的波澜,议论很快就无声无息了。除了东交民巷的炮声依旧在响响停停之外,再没有发生什么新鲜事。义和团似乎也没有刚进城时那么咋咋呼呼了,他们大都驻

1901

扎在庙宇里或者聚集在王公府邸里，不少义和团的农民把手里的大刀扔掉，开始做起了小买卖。京城里一切如常。市场上的海产还在大量到货，看来京津道上平安无事。新鲜的杏子上市了，海子里的荷花骨朵已经绽出了粉红。棚铺的伙计们正忙着给大户人家搭过夏的天棚，今年的天棚搭出了新的式样：起着脊，上面蹲着吉祥兽，讲究点儿的还有匾额，这边写的是"盛世清和"，那边写的是"普沐天恩"。但是，细心点的人还是看出了一些不对头：负责攻打使馆的甘军在街上闹事了，使馆打不下来，开始骚扰百姓，百姓与这些回回兵的拉扯争执成了京城街头新的一景；京城里戏院和饭馆的营生突然红火起来，人们好像要趁着战争还没有打到京城，急着把手里的钱统统花出去；酒楼门口张灯结彩，车水马龙，吃客兴高采烈地互相问候，仿佛多年不见久别重逢，不少王爷没坐轿子来赴宴，据说王府里的轿夫们都"弃业入拳"了，但也没发现骑着骡马的王爷们有什么怨言，倒是比平时和气了一些。于是，百姓们也花上点银子弄点吃食回家，家人团聚在一起吃一顿好的——大清帝国的都城居然如同过年一样。

人心是有一点慌。

慌什么，没人说得清，于是看上去并不显得慌。

帝国宣战的第三天，一九〇〇年六月二十三日，京城皇城的大门上突然挂出一颗洋人的头。因为洋人没有辫子，头被装在一只木笼里。有人说，这个洋人是让董福祥的兵抓住的，砍头之前，在端郡王府前跪了火炼子，洋人叫唤起来声音狼似的瘆人。看了洋人头的京城人都说，洋人龇牙咧嘴的模样真让人恶心。老人们回忆，咸丰十年，刑部的监外大门上曾经挂过洋人的头，那时洋人也是打天津那边顺着运河过来的。据说，太后赏了抓住这个洋人的甘军士兵五百两银子，这个数比庄亲王悬的赏多十倍！

可正是这一天，慈禧一大早就遇到了不顺心的事。

董福祥上奏说，使馆已经攻破。慈禧登上宫里的高处，果然望见使馆方向大火熊熊，"以为使馆已毁"。但是，没过多一会儿，总理衙门大臣许景澄入见，递上一个奏折，是太常寺卿袁昶参劾董福祥的："火起之处非使馆，乃翰林院，甘勇放火焚院，冀火势延烧及于使馆耳。"——火是甘军故意放的，说是翰林院与使馆相邻，等火蔓延过去，使馆就会被烧光。慈禧"闻之,大为不怿,斥责董福祥"。气还没消,光绪皇帝又来"告状",说大阿哥在背后把他称为"鬼子徒弟",口气竟然与义和团一样。慈禧大怒,命令抽大阿哥二十鞭。端郡王赶快过来了,"甚为愤恨,但畏而不敢言"。⑲

都知道太后这几天脾气很大,都小心地侍候着,包括眼看就要达到目的的端郡王载漪。

慈禧与载漪不同。在与洋人翻脸之前,接见公使夫人们时,她不但知道世界上有一个维多利亚女王,而且还很愿意与之相提并论。她觉得自己与英国女王一样,作为女人统治着世界上很大的一个国家,这是需要极大的才能的,这实在是莫大的荣耀。慈禧这样想,并不为过,她的确是中国历史上精明的政治家之一。左右政治家思维的最主要的因素,是像看守自己的私房钱一样看守自己所掌握的权力。风平浪静的时候,政治家会比任何人都和蔼可亲:过年了,慈禧会与王公的福晋们一起包饺子;乞巧节到了,慈禧还与宫女们一起玩藏针的游戏;冬天,她坐在冰床上,让太监们拉到御河嬉戏,她把钱币撒在冰面上,让太监们随便去抢,然后看着大伙不断地滑倒,她一个人慈祥地笑着;内务府大臣世续是个大胖子,每次入宫办事的时候,小太监们常把他抬起来取乐,慈禧每次看见都温和地说,他年纪大了,你们招呼着,别叫他栽了,那可不是闹着玩的。但是,一旦自己的权力受到威胁,政治家就会毫不迟疑,当机立断,挺身而出,坚决战斗,只问目的不择手段,即使需要冷酷、凶狠、残忍也在所不惜。慈禧是政治家,又是女人,无论她现在的权力多么大,普通女人的一切秉性依旧在她身上顽固地体现着:虚荣、任性、喜怒无常、养宠物、哭泣、需要依靠、极容易受风言风语的支配——大清帝国就是被这样一个政治家与女人的混合体统治着。

二十五日,帝国宣战后的第五个早上,慈禧起床后正用早膳,就听见外面有人喧哗,这种声音在宫内十分罕见,瞬间便引起她的警觉。她命令太监去看看出了什么事。不一会儿,太监回来报告:一大早,端郡王、庄亲王等王公率领六十多名义和团的农民闯进宫里来,说是来"寻找二毛子",此刻正在宁寿宫门外喊叫呢。他们要让皇帝出来,说皇帝是洋人鬼子的朋友,义和团要"杀鬼子徒弟"。慈禧突然起身,大步出门,怒目圆睁,台阶下的王公和义和团们顿时跪成一片。许指严《十叶野闻》记载:"太后大怒,斥端王曰:'尔即自为皇帝乎?胡闹至此,亦复成何体制。尔当知乘此国事纷乱,即为可任意攫取,此大误矣。速去毋溷,帝位废立与否,惟予有权,尔若倚尔子为储贰,遂肆行无忌,不知予可立即可废,尔不自量,予顷刻即可废之。尔速领此人等出走,苟不奉旨,不得入也。尔知罪,速叩首请罪而去。'"慈禧下旨,罚端郡王一年的俸禄"此示薄惩"。同时,那个不知深浅跟随王公们闯进皇宫并且高声叫喊的义和团首领,被闻讯赶到的荣禄下令"在外宫门"行刑——一刀就把脑袋砍了下来。

躲在房间里的光绪皇帝战战兢兢地出来了,叩谢太后的仁慈保全了自己的性命。

这件事情对慈禧刺激极大,她突然意识到局势有失控之险。一个王爷,居然敢带着明火执仗的农民闯进皇宫要杀皇帝,闻所未闻。王公和"举事"的农夫们能够公开杀皇帝,就能够在需要的时候对自己下手,载漪这个近似疯狂的举动说明他已经被取得最高权力的欲火烧得利令智昏了。慈禧这时候想到了与各国宣战的事,心里突然弥漫起悔意。她立即令荣禄进见,下谕"停止进攻使馆",同时让荣禄去使馆商议和局。荣禄带着队伍在使馆区外面立了个牌子,上面写着"奉旨保护"四个大字。

东交民巷的枪炮声停止了。

但是,仅仅三个小时之后,枪炮声再次响起。

原因是,慈禧接到了裕禄的奏折,说"天津洋人,几剿灭净尽矣"。

没过几天,李鸿章反对宣战的奏折到达朝廷:"政府助乱党攻使馆,实至愚大谬。"[20]慈禧看了,并没有因为封疆大臣反对朝廷而发怒,她甚至对帝国的宣战流露出了"歉悔之意"。就在这时候,负责进攻使馆的董福祥因为向荣禄借用大炮未果,闯进宫来。"荣禄所带之武卫军,军械甚富,若用大炮,攻击使馆,则数钟之内,必成灰烬。"然而,荣禄就是不借给董福祥,还笑言:"我一天不死,大炮一天不能得。"[21]董福祥在皇宫门口被太监拦住,太监说已经过了召见的时辰。但是董福祥大喊大叫,说"奏闻太后,甘军统领立请召见"。慈禧闻之"大为不悦",勉强让他进来。没等董福祥开口,慈禧先说话了:以为你来是奏报使馆已被攻毁的呢。至于大炮,从上个月起你已经上奏过十多次了。董福祥说,借不借大炮是次要的,关键是荣禄口出狂言,说就是有老佛爷的旨意炮也不借,这明显有谋反的嫌疑,该杀!话音未落,慈禧大声呵斥董福祥不许再开口,说他原本就是强盗出身,现在目无朝廷,仍一副脱不了的强盗行径。最后她暗示董福祥如再这样就要掉脑袋了。董福祥被骂了出来,半天缓不过神儿,他是在太后最需要的时候主动带兵进京的,承担了灭洋的重大任务,虽然使馆至今没能打下来,可这些日子他确实卖了力气。前时,太后曾当着皇帝和王公大臣的面说:"我恃董福祥!"——天大的信任,天大的荣耀。董福祥一直认为自己聪明绝顶,他立即向太后表示"旦夕间便可铲除"洋人。可如今怎么帝国宣战了,灭洋更加名正言顺了,自己倒成了强盗行径呢?

董福祥是军人,不是政治家。他原是回民中的"枭雄",西部的回民曾经大规模"举事",这是慈禧骂他是强盗的缘由。后来他归顺左宗棠,又带兵去西部镇压回民,于是官至甘州提督。此前,回民中还没有人当上如此高官。进入京城之后,慈禧多次召见他,他说:"臣无他能,唯能杀洋人耳。"这句话曾经让慈禧感动不已。刚毅、徐桐等帝国大臣对他也是格外赞赏,说"他日强中国者,福祥也"。他本是荣禄的崇拜者,之所以告状,是因为他已经意识到:洋人不是那么好打的,将来是什么结局很难说,而自己正在被荣禄等人利用。自皇宫回到东交民巷后,董福祥放缓了对使馆的围攻,以至于联军打入北京城时,他的几千名官兵仍没把仅有四百洋人据守的使馆攻下来——"董福祥且屡以使馆尽毁矣,今以二十余日,洋兵死者寥寥,而匪徒骸骼狼藉,遍于东交民巷口。"㉒庚子事变结束后,董福祥上了洋人要求惩办的帝国官员名单,但是他跑回西部去了,无论是朝廷还是洋人,竟然都不敢杀他,因为害怕回民再次"举事"。慈禧说对了,在朝廷眼里,董福祥也就是个强盗。

七月初,天津前线的帝国军队正与联军混战,在某一时刻,联军真的显露出即将崩溃的迹象,所以,裕禄派人送至朝廷的"捷报",至少有一小部分是有根据的,但绝大部分却是在夸大其辞地渲染战果,它们无一不严重地影响了慈禧的决断。于是,她在那些天里表现得颠三倒四,出尔反尔,看上去不像政治家倒更具有女人味了:刚命令甘军加紧进攻使馆,紧接着便派人给使馆送去慰问品;刚在山西巡抚毓贤的奏折上批复对洋人"皆杀之无赦,以清乱源而安民生",又对封疆大臣反对进攻使馆的奏折表示赞同;刚说她知道事情不是杀几个洋人就能解决的,又说既然洋人反客为主就得让他们看看谁是主人;刚因为在"捷报"中看见"斩洋兵数十,缴骆驼四匹"而心情好点,便前呼后拥地到西苑乘船游湖,船行湖上,一声炮响吓了她一跳,原来驻守西华门的帝国军队正用大炮支持义和团攻打一个法国教堂,于是她的脸色立即暗了下来,下旨在她游湖直到回宫之前,京城内谁也不准开炮,要开炮就离得远点儿,不许再让她听见。

阴历六月初六,虽然不是什么节日,却是中国人约定俗成的一个特殊的日子。正值盛暑,天气炎热,物品容易霉烂损坏,而民间传说此日晒衣衣不蛀,晒书书不蠹,家畜洗澡不生虱子。因此,每年的这一天,按照京城人的老习惯,是晒东西的日子。"老儒破书,贫女敝缦",均要在强烈的日光下一曝。除了家畜之外,猫狗也要赶到河里洗个澡。女人要在这一天洗发,说是可以使头发一年不腻不垢。所有的庙宇都要在大门口晾经。大街上的商家更是大张旗鼓地开晒,皮货铺、估衣铺门口,服装皮货全挂了出来,展销似的,参观者人头攒动,伙计的叫卖声连成一片。喜轿铺把轿围子的绣片、执事旗伞、鼓围子、桌围子以及轿夫们的服装,一律搬出来铺在地上,如同民间工艺品展览。店铺的伙计们今天可以不干活,掌柜的还备有犒劳他们的酒肉,所以都卖力地敲锣打鼓表示高兴。晾晒是传统,皇家也不能免俗。皇家档案馆皇史宬在这一天把全部的《列圣实录》、《列圣御制文集》等统统摆在殿外,洋洋洒洒,铺得到处都是金脊大书。在光绪十年之前,皇家仪仗使用大象,大象也被象奴牵出来了,这种北方罕见的巨大动物排着队,步履蹒跚地到宣武门外西闸下河去洗澡,弄得京城万人空巷,观者如堵。而皇宫大内里,全部的銮驾,无论辇舆、仪仗,也都被搬出来摆在皇宫院落的空地上,彩帜神旗、各式法器和十八般兵器整齐排列,犹如庆典。

晴空万里,阳光炽烈。

满城五颜六色,花红柳绿。

只有慈禧的寝宫里寂静阴暗,犹如她此刻的心情。

即便前线"捷报"不断,但是从其他渠道传来的消息都是关于帝国军队失利的。经过甲午年间的教训,慈禧知道如果真的开战,帝国恐怕还是凶多吉少。从她内心里讲,指望义和团把洋人杀光的幻觉并没有消除，但是她也明白，京城里的炮声日夜不断，足以杀尽那些个洋人了，"然而总没有那一回事"。史书记载，此时的慈禧"至为窘苦，心中迷惑，已入黑暗之地"。㉓南方封疆大臣不断来电，毫无例外地反对朝廷，其中言辞激烈者以对帝国政局颇具影响的两江总督刘坤一为最："乱民不可用，邪术不可信，兵衅不可开。"刘坤一的电文"言至痛切"，㉔让慈禧陷入深深的矛盾中。经过彻夜思考，她决定给各国驻华公使写一封公开信，说是给公使们提供一份材料，好让他们对自己的国家"有个交代"。公开信可谓自义和团"举事"以来对帝国政府立场的陈述以及对帝国向各国公开宣战的解释：

> 此次中外开衅，其间事机纷凑，处处不顺，均非意计所及。该大臣等远隔重洋，无由深悉情形，即不能向各外部切实声明，达知中国本意，特为该大臣等缕晰言之。先是直东两省，有一种乱民，各就村落，练习拳棒，杂以神怪。地方官失于觉察，遂致相煽成风，旬月之间，几于遍地皆是。甚至沿及京城，亦皆视若神奇，翕然附合。遂有桀黠之徒，倡为仇教之说。五月中旬，猝然发难，焚烧教堂，戕杀教民，阖城汹汹，势不可遏。当风声初起之时，各国请调洋兵到京，保护使馆，朝廷以时势颇迫，慨然破格许之，各国通计到京洋兵不下五百，此中国慎重邦交之明证也。各国在京使馆，平日与地方官尚属无怨无德。而自洋兵入城之后，未能专事护馆，或有时上城放枪，或有时四出巡街，以至屡有放枪伤人之事。甚或任意游行，几欲阑入东华门，被阻始止。于是兵民交愤，异口同声。匪徒乘隙横行，烧杀教民，肆无忌惮。各国遂添调洋兵，中途为乱党所杀，迄未能前，盖此时直东两省之乱党，已融成一片，不可开交矣。朝廷非不欲将此种乱民下令痛剿，而肘腋之间，操之太促，深恐各国使馆保护不及，激成大祸；亦恐直东两省同时举事，两省教士教民，便无遗类，所以不能不踌躇审顾者以此。尔时不得已乃有令各使臣暂避至津之事。正在彼此商议间，突有德使克林德晨赴总署，途中被乱民伤害之案。德使盖先日函约赴署，该署因中途扰乱，未克如期候晤者也。自出此案，乱民益挟骑虎之势，并护送使臣赴津之举，亦不便轻率从

事矣。惟有饬保护使馆之兵,严益加严,以防仓猝。不料五月二十日,既有大沽海口洋员面见守台提督罗荣光,索让炮艇之事。谓如不允,便当于明日两点钟用力占据。罗荣光职守所在,岂肯允让?乃次日果先开炮击台,相持竟日,遂至不守。自此兵衅已启,本非衅自我开,且中国既不自量,亦何至与各国同时开衅?并何至恃乱民与各国开衅?此意当为各国所深谅。以上委曲情形,及中国万不得已而做此因应之处,该大臣等各将此旨详细向各外部切实声明,达知中国本意。现仍严饬带兵官照前保护使馆,惟力是视。此种乱民,设法相机,自行剿办。各该大臣在各国遇有交涉事件,仍照办理,不得稍涉观望。将此各电谕知之。㉕

紧接着,慈禧又命总理各国事务衙门代表朝廷给各国元首打电报。据说慈禧突然想起好像哪本书上说过:"洋人易生内讧,自相猜疑,以至分裂。"而中国古老的《孙子兵法》中好像也有类似的谋略。于是,慈禧说她打电报的目的是"欲列强猜忌离异也"。在此窥录一二,可略知大清帝国的"谋略"为何物:

致俄国元首的电报:

> 大清国大皇帝问大俄国大皇帝好。中国与贵国邻邦接壤,二百数十年来,敦睦最先,交谊最笃。近因民教相仇,乱民乘机肆扰,各国致疑朝廷袒民嫉教。贵国使臣格尔思曾向总理衙门请速剿乱民,以解各国之疑。而其时京城内外,乱民蔓延已遍,风声煽播,自兵民以及王公府第,同声与洋教为仇,势不两立。若操之太蹙,既恐各使馆保护不及,激烈成大祸;又恐各海口同时举事,益复不可收拾,所以不能不踌躇审顾者以此。乃各国水师不能相谅,致有攻占大沽炮台之事。于是兵连祸结,时局益形纷扰。因思中外论交,贵国之与中国,绝非寻常邻谊可比。前年曾授李鸿章为全权专使,立有密约,载在府盟。今中国为时势所迫,几致干犯众怒,排乱解纷,不得不唯贵国是赖。为此开诚布臆,肫切致书。惟望大皇帝设法筹维,执牛耳以挽回时局,并希惠示德音。不胜激切翘企之

至。㉖

致英国女王的电报：

> 大清国大皇帝问大英国大君主兼五印度大后帝好。中国与各国通商以来，惟贵国始终以商务为重，并无觊觎疆土之意。近因民教相仇，乱民乘机肆横，各国致疑朝廷袒民嫉教，遂有攻占大沽炮台之事。从此兵连祸结，大局益形纷扰。因思中国商务，贵国实居十之七八，关税既轻于各国，例禁亦宽于他邦。是以数十年来，通商各口之于贵国商民，最相浃洽，几如中外一家。今以互相猜疑之故，时局一变至此。万一中国竟不能支，恐各国中必有思其地大物博争雄逞志于其间者，于贵国以商立国之本意，其得失当可想而知。现在中国筹兵筹饷，应接不暇，排难解纷，不得不唯贵国是赖。为此开诚布臆，肫切致书。惟望大君主设法筹维，执牛耳以挽回时局，并希惠示德音。不胜激切翘企之至。㉗

致日本国元首的电报：

> 大清国大皇帝问大日本国大皇帝好。中国与贵国唇齿相依，敦睦无嫌。月前忽有使馆书记被戕之事，正深惋惜，一面拿凶惩办间，而各国因民教仇杀，致疑朝廷袒民嫉教，竟尔攻占大沽炮台。于是兵衅遂开，大局益形纷扰。因思中外大势，东西并峙，而东方只我两国，支柱其间。彼称雄西土，虎视眈眈者，其注意岂独在中国哉？万一中国不支，恐贵国亦难独立。彼此休戚相关，亟应暂置小嫌，共维全局。现在中国筹兵筹饷，应接不暇，排难解纷，不得不唯同洲是赖。为此开诚布臆，肫切致书。惟望大皇帝设法筹维，执牛耳以挽回时局，并希惠示德音。不胜激切翘企之至。㉘

对俄国论的是交情，对英国论的是利益，对日本论的是唇亡齿寒，而最后都是"唯贵国是赖"，企盼"执牛耳以挽回时局"。大清帝国长期闭关锁国，导致在外交事务上孤陋寡闻，这已经是各国众所周知的，但浅陋到如此地步，还是出乎了洋人的意料。一方面，洋人们笑得"为所颠倒"，认为电报行文幼稚得"有同儿戏"；另一方面，洋人笑过之后，越发感到"中国人的人心实在难以测度"。

电报发出去了，慈禧自认为手段不错，于是等候"德音"。等来等去，不见音信，遂慌张起来。那个纨绔子弟大阿哥，突然用皇帝的口吻建议，说他愿意护送太后去热河，把光绪留下来与他的洋人朋友讲和，结果被慈禧骂了个狗血喷头。接着，又有个小太监想讨慈禧的好，他听见远处响起一排枪声，赶忙对慈禧说："又杀了个洋鬼子！"慈禧悻悻然，她知道前几天的枪炮声足够把京城里的洋人杀尽好几次了。正忐忑不安时，荣禄来了。荣禄说使馆还是别打了，《春秋》上不是说"兵交，使在其间"么？慈禧突然问荣禄，知道不知道非洲有个特兰斯小国，听说那个小国都把英国打败了，为什么偌大的大清国就是不能呢？荣禄没有直接回答，他反问太后："若战败，北京为洋人所占，将如何？"慈禧竟然笑了一下，笑得很女人的样子，接着她说出的一番话连荣禄都感到吃惊。慈禧引用贾谊说过的"建三表，设五饵"，并解释说所谓三表：以信谕，以爱谕，以好谕也；所谓五饵：文绣以坏其目，美食以坏其口，乐声以坏其耳，高堂以坏其腹，隆礼以坏其心也。慈禧竟然想到了洋人一旦占领北京之后如何对他们使用"糖衣炮弹"！直到此刻，她还认为，洋人虽然向着皇帝，不喜欢她，但是她有手段让洋人的意思转过来。

七月十五日，天津陷落的消息传到皇宫内。

消息来自非正规渠道。

天津前线的裕禄没有战报，军机大臣们谁都不说，只有端郡王载漪入奏：天津已让洋鬼子占了，都是义和团不虔心遵守戒律，所以才打败了。但是京城极其坚固，洋鬼子绝对来不了。慈禧咬着牙从嘴里挤出几个字："洋兵入京，汝头不保！"端郡王不明白这些天太后为什么总用这样的口气训斥他。其实原因很简单：经过荣禄的秘密调查，确定那份外交照会是伪造的，是端郡王命令军机章京连文冲所为。慈禧对端郡王急于让儿子登基的野心看得再清楚不过，为此，她告诉载漪只要她一天在世，宫里的这个位置就一天没有他的份。她让载漪小心着点，别最后落得家产充公、人头落地的结局。

当日，慈禧下旨，停止进攻使馆。

这是帝国政府第二次停止进攻了,最直接的原因是天津的陷落。

慈禧害怕了。

根据《剑桥晚清史》的说法,七月二十二日左右,也就是帝国宣战一个月之后的那几天,是颇为"关键性的日子"。所谓"关键",是指大清帝国与各国联军的军事冲突有停止的可能。

天津的联军已向北京出发,慈禧太后感到了绝望。她除了宣布停止进攻使馆外,再次向各国表示京城里的公使以及家眷没有危险。为了加强这一信息,总理衙门甚至把一些公使和家眷接进了衙门,以便为他们的回国做出安排,同时还给使馆送去了大量的生活用品。最后,朝廷应南方十三位封疆大臣的联名上奏,正式任命李鸿章为北洋大臣兼直隶总督,以便"全权办理议和事务"。

但是,在这个"关键性的日子",京城里出现了一个人,他的出现导致时局骤变。

李秉衡,奉天(今辽宁)海城人,号鉴堂,人称鉴帅,时年七十岁。这个东北人性情刚烈,据说为官耿直廉洁,并且敢负责任。捐纳县丞出身,先后任冀州知州、永平知府、浙江按察使、广西按察使。一八八五年中法战争时,广西巡抚战败,他接任广西巡抚,配合冯子材赢得了大清帝国中外战史中不多见的一场胜利,史称谅山大捷。一八九七年他出任山东巡抚的时候,成为义和团的坚决支持者。后来,朝廷迫于洋人的压力将他调任四川巡抚,但洋人还是不满意,最终他被朝廷革职。可是,没过多久,在军机大臣刚毅的力荐下,本来就不是真想将他革职的朝廷又任命他为长江巡阅水师大臣。义和团进京之后,东南各省大臣联名上奏请求朝廷剿灭拳匪,李鸿章邀请他在奏折上签名,碍着面子他签了,其实他依旧保持着自己的政治见解,那就是支持义和团的灭洋行动。天津前线危急,朝廷曾向各省发出"带兵北上勤王"的上谕,可至今没见任何正规军到达京城。李秉衡完全可以在南方自保身家,但是他决心与洋人一拼。他认为洋人"专长水技,不善陆战,引之深入,必尽歼之"。㉙遂招募兵勇十六行营北上,可是还没走到半路,兵勇们就全都跑光了。于是这个老头返回南京,重新招募兵勇,再次北上。李秉衡的到来,令心慌意乱的慈禧如同在暗夜里看到了一丝曙光,第二天就传旨召见他。

七十岁的老人风尘仆仆,虽面色苍老,但精神矍铄。

慈禧夸奖了他对朝廷的忠心后,询问他对时局的看法,李秉衡毫不犹豫地表示:既已开战,不能言和。

这样的话,不是出于端郡王那伙不会带兵打仗的人之口,而是一位有沙场经验的老将军说的,慈禧的精神为之一振。

可事实是,帝国的军队"不济事",义和团的法术又不灵,如果"不能言和",这仗该怎么打法?

李秉衡:"同仇敌忾实属难得,万不可失。"

慈禧:"可拳民入京,一味哗扰,我看不可恃。"

李秉衡:"是督率不善,用兵法部勒即可。"

慈禧:"有大臣意在议和,你意如何?"

李秉衡:"外国多,不可灭,异日必趋于和。然必能战而后能和,臣请赴前敌决议战。"㉚

慈禧立即下旨,所有来京"勤王"的部队,统归李秉衡指挥,命李秉衡为办武卫军事务。

后人对这个年迈的帝国军人评价不一,甚至相左,尤其是在他对义和团的态度问题上。但是,此刻,作为一辈子与战争打交道的人,李秉衡不可能不知道一个简单的常识:纵然他有万丈豪情,也抵挡不住联军的枪炮。假定他对自己和自己的官兵以及跟随他的义和团抱有隐约希望的话,他也知道一旦开战凶多吉少。战场不是游戏场。但他还是决定迎着踏入国土的联军而上。况且,他所说的"能战始能和",确是真理。后来发生的事,正如他所料,他的部队接战即溃,他在完全有条件逃离的情况下选择了自杀,而他的自杀与天津前线裕禄的自杀相比又是另一种境界。从这一点看,这个东北汉子的性格令人神往。

李秉衡到达京城的严重后果是:慈禧重新建立了与联军进行军事对抗的信心,这使刚刚出现的避免战事扩大的希望最后破灭了。

慈禧给各国元首发出的电报,终于有了回音:

美国总统向中国皇帝致意:

> 我已收到陛下七月十九日来函,欣悉陛下认识到,美国政府和人民对中国除了希望正义和公平之外别无他求这一事实。我们派军队到中国的目的,是从严重危险中营救美国公

使馆,同时保护那些旅居中国并享有受条约和国际法保证之权利的美国人的生命财产。已向贵国派遣军队的所有国家都公开了同样的目的。

我从陛下的信中得知:那些扰乱中国的和平、杀害德国公使和日本使馆成员、现仍在北京围困着那些幸存的各国外交官的暴徒们,不仅没有得到陛下的任何赞助和怂恿,而且实际上是对皇权的反叛。如果是这种情况,我最郑重地促请陛下政府:

1、公开证实外国公使是否还在世,如果还在,他们的现状如何。

2、让各国外交使节直接、自由地与各自的政府取得联系,排除威胁他们生命和自由的一切危险。

3、使中国的朝廷与援军保持联系,以保证在解救公使馆、保护外国人以及恢复秩序方面彼此合作。

如若这些目的均告实现,本政府相信,对于和平解决这次动乱所引起的一切问题,各国将不会存在任何障碍。同时,本政府在取得其他国家的同意后,将乐于以此目的为陛下进行友好的斡旋。

威廉·麦金莱
一九〇〇年七月二十三日[31]

美国总统的回电到达北京的时候,在慈禧的授意下,大清帝国对京城内外国使馆的攻击重新开始了。

鼓楼下的"抢劫风格"

一九〇〇年七月十四日凌晨。

在彻夜的枪炮声中惶恐不安的天津居民突然明白灾难来临了。

破晓前的街道上,人们惊慌失措,不知道该往哪个方向逃命。突然有人喊:"北门开了!"天津居民和丢弃武器、脱下军装的清军混杂在一起,向北门方向跑去。很快,通往北门的街道上,涌出数万男女老幼组成的人流,狭小的城门立即被拥挤的人流堵塞,好像一只瓶子被堵塞了瓶口。人流如同黏稠的液体,流动渐渐缓慢起来。除了孩子寻找父母的叫喊声外,所有的人都沉默着,仿佛害怕惊动了什么,只是一个劲儿地朝前挤。黎明的天色弥漫开来,天津城的北半边密集地蠕动着一片由于惊恐而目光呆滞的黑眼睛。

联军从几乎瞬间便空无一人的南门冲进来,顺着笔直的街道向这座城市的内部搜索。很快,他们的眼前出现了一座高大的楼阁。联军中夹杂着跟随他们行动的中国教民,中国教民告诉联军军官,这个帝国的每一座城市中央都有这样一座楼阁,中国人管它叫鼓楼。中国鼓楼的功能是:向居民报告时间,重大节日典礼的会场,诗人们登高赋诗的场所。通常鼓楼是整座城市的制高点,从那上面可以看见城市四面所有的街道和城门。

联军登上鼓楼,他们看见了拥塞在北门方向的人流。

火炮、机枪和步枪同时瞄准。

联军开火了。

这是一个罕见的时刻。这个时刻被天津城的幸存者、目击的洋人记者以及联军官兵大量记载和回忆,白纸黑字散见出版于各个年代的中外史料中。大约的情景是:第一排枪弹和第一发炮弹落在人流中,立即引发一片凄厉痛苦的尖叫。沉默的逃亡人流顿时嘈杂混乱起来。此后,每一排枪弹和每一发炮弹,都会击倒一大片人,肢体的碎片飞上天空,人流被枪炮驱赶着,前者扑后者继,尸体层层叠叠地堆积起来。救护中弹者的家人刚刚弯下腰,立即被人流挤倒,瞬间便被踩得血肉模糊。女人们疯狂地逆人流而返,因为她们的儿女丢失了;男人们拼死顶着女人的逆流,因为他们不愿再失去妻子。天津城的北门前,中国男女老幼中弹后的惨叫声、撕心裂肺的呼唤声如同大海的巨浪撞击在岩石上惊天动地。

联军对手无寸铁的中国平民的屠杀,再一次证明"保卫使馆"不过是帝国主义们的又一个借口。这些自十九世纪起就不断地寻找借口入侵中国的列强,此刻他们射出的枪弹和炮弹比在真正的战场上还要猛烈,他们没有受到任何反击,他们不需要掩体,只是一味地射击、射击。

他们居高临下看得清清楚楚,在平民疯狂的拥挤、践踏和大规模的死亡中,他们的射击竟然从凌晨持续到再也看不见一个活着的中国平民才停止,这已是十四日中午时分。

"自城内鼓楼迄北门外水阁,积尸数里,高数尺。"㉜

天津鼓楼四周的每一条街道都被平民的尸体塞满,"少者上百具,多者数以千计",大部分是妇女和儿童,全部是在惊慌中从家里逃出来时被枪杀的。而那些躲在家里没有出逃的人,大部分也被炸塌的房屋砸在瓦砾中,有的是全家数口。整个天津城内,平民和清军的鲜血汇集在一起,顺着街道的地势流淌,人行其间,黏稠的血沾在鞋上,"根本无法躲闪"。

这仅仅是屠杀的序幕。

联军在天津城内贴出告示:镇压义和团,禁止私自设立各会和张贴揭帖;限期收缴民间武器和军服,逾期定斩首之罪;"如有通匪滋事,或窝藏不报者,一经查出,或被告发,立即严拿,治以军法,决不宽贷"。㉝

天津城内帝国平民的尸体还没有掩埋干净,联军官兵、洋巡捕、华巡捕就在中国教民和一些绅商的带领下开始了全城捕杀行动。联军在直隶总督衙门里缴获的义和团名单,是他们捕杀的主要依据,当然还有教民的揭发、居民的供认以及联军自己的判断。判断的根据大约是:青年男人和未婚女子、肩上似乎有扛过枪的痕迹,身上有红色的或者类似红色的衣服,脸上有愤怒的表情,单独一人走路且神色匆忙者。总之,一切有可疑迹象的中国人。被抓的中国人不计其数,一律集中在一起砍头。那一天,仅悬挂在天津都统衙门门口、被称为"义和团首领"的头颅,就有六十六颗。其中的一颗人头,不是义和团团员,而是天津道台谭文焕,他被砍头的理由是镇压义和团不力。抓到一个义和团,他的全家或者他藏身的人家,就会被全部处死,以"彻底剿尽杀绝"。联军草木皆兵,在河东,三四十个农民结队走在一起,被联军当做义和团射杀;城外的一户人家正办喜事,联军突然冲进来,将一对新人和宾客全部射杀,原因是新郎披着红绸而新娘穿着红衣。"天下第一团"张德成的老家独流镇遭到联军的包围。待联军离开时,镇内的街巷和房屋里到处是平民的尸体,全镇的老人、儿童、妇女无一幸免,皆被"剿除干净"。

天津城内和城外成了一座积尸场。

清理这些尸体,"三日尚未干净"。

根据目击者回忆,俄军杀人最多。俄军大规模的杀戮地点在车站和租界附近——车站旁,"堆积中国百姓尸体数以千计";而租界附近由于尸体太多,"不得不开放浮桥将尸体冲向下游"。一个名叫科罗斯托维茨的俄国军官后来这样写道:"天津似乎只剩下十万居民了,而过去有一百万。"㉞

中国人描述匪徒恶行的时候,多用"杀人放火"一词。联军杀人之后便是放火。天津河东一带,原来是一望无际的房屋,大火过后竟成为一片空地。自马家口至租界周围,原来林立的高楼瞬间荡然无存。从法租界到城里的路上,所有的房屋均成为废墟,至闸口的两里长街"亦不剩一屋"。从锅店街至估衣街,直至针市街,房屋全被烧毁。损失最大的是临街的商铺,隆顺、隆福、瑞蚨祥等商号,资本上千万金,均被大火吞灭。

联军的烧杀行为,是在剿灭义和团的名义下进行的。但是,当天津城陷入一片恐怖中的时候,义和团的主要首领张德成、曹福田却不见了踪影。罗惇曧《拳变余闻》记载:"福田骑马,戴大墨晶眼镜,口衔洋烟卷,长衣系红带,缎靴,背负快枪,腰挟小洋枪,手持一秫秸,语路人往观战。至马家口,谓前有地雷不可进,绕道归。又令商民备蒲包麻绳,各数千,麻绳备缚洋人,蒲包蒙其首也。福田不敢与洋人战,日列队行周衢,遇武卫军则缚而戮之……绅商虑开战则全城糜烂,力请于裕禄议和,裕禄令请命于福田。福田不可,曰:'吾奉玉帝敕,命率天兵天将,尽歼洋人,吾何敢悖命敕……和议既阻,乃请别择战地,福田不可,曰:'若别择地,先当以租界归我。'张德成至,众复哀请,德成许之,福田不可。众以商民生命为请,福田曰:'死者皆劫数中人,吾扫荡洋人后,犹当痛戮不忠不孝不仁不义之人,完此劫数。及马玉昆兵败,津城陷,福田易装遁。冬间私至静海境,众呼捕之,惊走。次年正月,潜归里,里人缚送之官,磔之于静海县。"磔,将肢体分裂之酷刑。至于张德成,《拳变余闻》记载:天津陷落后,张德成携带衙门赏给义和团的巨款,逃至天津附近一个名叫王家口的村庄,要求那里的村民为他提供乘舆。村民赶出一辆二人大车,张德成火了,说在天津城内衙门为他准备的都是八人大轿,你们难道想亵渎神灵吗——"汝乃如是亵神耶?"村民为他置办盛宴,张德成看后言食物之简陋令他无法下筯,然后将筵席推翻。村民"愤甚","共捕德成","德成叩头乞饶,众曰:'试其能闭刀剑否。'共斫之,成血糜焉"。斫,刀剁斧砍之意。

作为义和团的辅助组织,由年轻女子组成的红灯照的首领却落在联军手里。那是在天津城防崩溃的时候,她们带领三千女子撤离火线。正首领是个名叫林黑儿的船家女,手下的女儿们个个红衣红裤红灯笼。当她们撤退到河边乘十一条小船的时候,联军得知小船上是三个让义和团青年为之倾倒的红灯照首领,于是派出重兵将小船包围。三个女儿家在最后时刻跳河自尽,联军官兵纷纷下水抢功,结果正首领林黑儿死亡,两个副首领董二姑和刘三姑被联军送进医院救活。两个红灯照的女首领身穿黑色内衣,外披五色绫罗绣着金纹法袍。这是她们的"军装"。为防止她们再次自杀,联军施行了严密的看护,并且强迫她们进食,然后把她们装在笼子里到处"展览"。笼子周围围观的中国百姓人山人海,大清帝国年轻女儿的那张依稀还能看出青春年华的脸上全是悲愤。联军给董二姑和刘三姑从不同的侧面拍了许多照片,然后各自寄回国内,照片下面的文字说明是:中国圣母。《师竹庐随笔·玻璃罩》记载:"咸丰六年,广东私盐船用外国旗号,粤督叶名琛办理不善。明年冬,英、法两国攻陷广州,叶被掳至印度,令穿公服,红顶花翎,外用玻璃罩,沿途敛钱。至九年三月,死于西夷。"一个帝国的省级封疆大吏,竟然被洋人当做公开展览并且收取参观门票的某种稀罕动物,这对千百年来一直把洋人称为"夷"的中国人是一个悲哀的讽刺。帝国的大员"死于西夷",但两个帝国女儿的下落却不见踪迹。一介草民没有资格进入帝国的正史。有野史说,她们被送到西方进行了长时间的"展览",在西方人对此失去兴趣之后,她们被卖到了妓院。还有笔记史料说,她们很快就在天津被联军秘密处决了。年轻的帝国女儿们的音容笑貌永远令人神往。她们全部的妩媚来自于这样的一句战斗口号:"跨过东洋到日本,索要两亿三千万两赔款。"这样的口号,竟然从帝国的一群十六七岁的农家女儿口中喊出,同时,一无所有的她们情愿不顾千年闺阁古训而为之抛头露面并且生死由他,这怎能不令人对数千年来趾高气扬地统治着一切的中国男人产生一种难以名状的轻蔑。

与烧杀同时进行但持续时间更长的是抢劫。抢劫不但是战争的结果,也是战争的起因。抢劫是人类的天性,是战争最实质的内容。在联军官兵看来,抢劫财物比杀人放火重要得多。他们在军舰上狭窄闷热的卧舱里忍受颠簸的时候,在战斗中面对死亡和伤残的恐惧的时候,唯一能够安慰和鼓舞他们的就是对"富庶的东方天堂"大肆抢劫的不可遏制的贪欲。

英国人萨维奇·兰德尔在《中国与联军》一书中,对联军在天津城的抢劫做了较为详细的记载:"在文明国家之间的战争中,无疑抢掠是应当受到谴责、惩办的严重罪行,但是对像中国这样的国家,他们既无民族尊严,又不尊重任何政府和法令,也不尊重他人和自己的生命,似乎除了掏他们的口袋以外,没有别的办法惩罚他们。""如果他们反抗,甚至可以打死他们;如果他们不说出他们的财物放在什么地方,则以枪支威胁他或污辱他的妻女。"

抢劫首先是紧张的竞争:"一群欧洲人、印度人、美国人与中国人疯狂地跑进跑出。那些拼命挤进去的家伙手中什么还没有,可是那些被人们从后面推出来的,却连站稳都不容易。在他们的头顶上、伸长的手臂上,有好几个装得极满的箱子,里面是货物、成把的珠宝,还有皮子。人挤极了,挤得透不过气来,几乎要窒息死了。从大门挤进去时——那是最窄的地方,而人人都想马上进去——人们感到肋骨在承受前后左右的压力,可是一挤进去,是一个又大又黑的大厅。人们从这间房屋跑出来,又跑到另一间房屋里去。金属丢在石板上的响声与抢掠者粗暴的喊声混杂在一起。"㉟

那些原来就居住在天津、对天津十分熟悉的各色洋人,他们在抢劫中因动作更快、目标更准而受到憎恨,联军官兵认为这"很不公平":"城门一打开,联军就出现在城里的各个角落,于是,中国人有一点价值的、便于携带的财物就换了主人。美军、俄军、英军、日军与法军到处奔跑,闯进每一户人家,要是门不是开着的,就马上一脚踢开。天津的外侨,对城里很熟悉,这真是不公平,他们比英军士兵和美军士兵方便多了。英军、美军的士兵只到处瞎碰,而他们,由于没有在战场上大显身手,就不失时机地跑到造币场、盐道衙门、总督衙门,或者是最近的丝绸、珠宝店里,他们知道那儿堆着好多值钱的东西。到了那儿,他们喜

欢什么就可以随便拿走什么,而他们愿意拿的却是纹银、元宝和金条。"㊱

萨维奇·兰德尔记录了各国士兵的"抢劫风格"——

英国兵首先想到的是吃:他们进城的第一件事,是在小胡同里、在居民家的后院里狂追鸡鸭。驯服的家禽往往是不会剩下的。同时,英国兵还喜欢精致的东西,据说他们在这时想到了自己的情人:

>……我的情人看见这些东西不知怎样高兴呢,她完全知道怎么处理这些东西!于是,英国兵的口袋里装满了镀银的梳子、小雕花发卡、精致的首饰以及各种各样的小的银制品。一个英国水兵,把足够一班人穿的丝绸衣衫堆在一块布上,他想拿这块布把衫包裹起来,但是怎么也包不好。他挠挠头,决心把最漂亮的一件绣花绸衣送给他的情人,而较差一点的送给他的老母亲,因为她已经年老,老眼昏花,看不出差别来。把另外一件皮里子的,送给他兄弟约翰的老婆,再把另一件金色的花缎送给曾经借过他五先令的史密斯先生。

日本人的"方式是沉默而安静",但结果却如惊人地狂野,仅在天津城内一处"抢劫所得者即有二百万两之多":

>一只古茶杯、一只碗、一卷年久色黄的画轴、一幅毛笔画都比一捆值钱的丝绸有更大的吸引力。他们最想拿的是象牙玉器。每一个士兵细长的手上都有一只花瓶或者一只碟子,他们翻过来倒过去地审视,非常仔细地研究上面的图案。这些家伙们找寻外国造的钟表,银制的刻时、刻分的弹簧表使许多日军士兵高兴。除此之外,没有比乐器和八音盒更为他们所喜爱的了。尤其是当一件小巧精致的物品被日本人优雅而艺术家式地轻轻一触拿到手时,如果跟美军、俄军、法军或者英军的笨重得像香肠那样的手相比较,人们不免惊异了。

"美国士兵的情况是一个有趣的研究题目",因为事后美国报纸说他们是"在中国唯一绝对没有进行抢掠的士兵"。"美国士兵绝不比其他国家的士兵更坏一些,但也绝然不比他们好一些"。美国士兵身上更多地具有"商业才能":

美国士兵来到中国人住宅内的结果就像一场厉害的地震发生了一样。他们是鲁莽的,举止和语言不符合欧洲人的教养标准。他们既不喜欢艺术的刺绣,也不喜欢稀有的铜器和瓷器。他们拣起高级官员家中一只保存了好几个世纪的值钱的花瓶,扔在地板上。摔碎陶瓷器皿的噪音,倒使他们不懂音乐的耳朵听起来欢喜若狂。他们是真正的军人,通常使我感到他们是对生活失意的人,经常在找寻财富。他们在有钱的中国人的房子中寻找的全是金条、银锭,最为他们喜欢的是四磅重的元宝。如果他们找不到金条银锭,他们宁愿什么也不要。

法国人务实,他们"似乎不愿意拿走任何有价值的物品,他们挑选的都是些不值钱的小东西",大量需要的是"中国的棉布睡衣",他们还需要各种食物和烟草:

> 面对一堆银子,他们却把我引到有火腿的地方去。在一条胡同里,我遇到另一群法国人,他们对发现的东西欢喜若狂。当一只又一只火腿从店铺中传出来,堆放在路中央时,赞美之声从四面八方暴雨似的倾泻出来。两三个法国青年出神地注视着逐渐增高的腊肉堆,当外面的腊肉已堆积成庞然大山时,店铺里又传来消息说,一间新发现的房间里还有许多火腿,这时他们欣喜得简直要发疯了。

俄国人"除了金条、银块和毛皮之外,什么也不看重",表现出"从西伯利亚来的野蛮":

> 他们可能是联军中最乱的人了,一切对他们无用的东西他们都乱扔一通。他们特别喜欢珠宝,而且把戒指与手镯当成个人身上的装饰品。他们似乎对钟表里面的机械有很大的反感,除非他们听到里面的发条折断掉下来,否则,他们绝不会满足……一个哥萨克在一个中国官员家中找到一个奇异的艺术品,这是一只不比香烟盒子大的象牙盒子,一碰到弹簧,盒盖就打开,一只夜莺——体态匀称美丽而只有苍蝇那么的大——跳出来,栖息在盒子边上,在那儿像一只真夜莺一样地

叫着,声音极为动听,在它歌唱的时候,喙一张一合地,尾巴摇摆着,两翼扑动着,甚至于颈部与腿部也能合拍转动。这个小鸟是瑞士造的,在盒子的题词上说,这个盒子曾经在几个著名的欧洲收藏家的手中待过,中国官员一定为它付出了一大笔钱。

联军在天津城内的大肆抢劫,是得到了联军指挥部允许的——"要阻止抢掠是不可能的,当权者们于是采取了明智的方针,让士兵们为所欲为地抢一天"。确实是"为所欲为",但绝不止是"一天"。联军对中国平民财物的抢掠,持续了两年之久,直到他们从这片国土上撤出去为止。

受到抢掠的还有帝国政府的财产。除了长芦盐道的数百万两白银被日本和美国士兵抢走之外,俄军还洗劫了帝国政府的造币厂,将厂内的几百吨白银全部运走。同时,天津道署、府署和县署的银库以及所有的工厂全被抢掠一空。联军还抢掠了大量的军事物资,包括三百多门火炮、大批弹药和各种"相当值钱的财物"。

搬运不走的唯有土地和人民。

于是,烧杀抢劫之后开始了占领和统治。

俄军认为自己参战的官兵最多,伤亡最重,因此功劳最大,最有资格首先行使占领者的权力。联军占领天津的第二天,俄国远东司令阿克谢列耶夫召集联军首脑开会,经过数天的磋商,于七月三十日达成共识:由俄、日、英三国出面,各派出一名委员,组成一个军事殖民机构,定名为"暂时管理津郡城乡内外地方事务都统衙门"。殖民机构成立后,颁布了同样是由俄国人起草的《都统衙门章程》,宣布除了洋人的租界之外,联军有权管理天津的所有事务,殖民机构享有立法权、行政权和司法权。

这就是彻头彻尾的殖民统治。

"大年初一别作揖,一碰碰见法兰西,洋钱罚了两块一,你说点低不点低。"这是任何时候都能逗乐的天津人编的顺口溜。殖民统治的最大特点,是不把占领区的原居民当人对待。这一点,从洋人"政府"的司法解释上就可以看出来:"只要中国人与洋人之间发生冲突,不管是什么原因,一律向中国人开枪开炮轰击。"但是,中国百姓不是财物,不会顺从地任由洋人肆意逮捕,表面上谦恭温顺甚至连走路都举着外国国旗的中国人,不久之后洋人就发现他们"一个个不动声色,不可捉摸"。俄国记者写道:"常有这样的情况,几个人一队的士兵到中国住宅区或邻村去弄饲料,但却一去不复返了。他们闯进某个偏僻的胡同,碰上武装的中国人,便被人从拐角后面打死了。"为此,洋记者对"到底是谁野蛮"的问题发出了感慨:

> 我不敢断言,究竟谁与野蛮人这样的称号更为合适。是中国人还是外国人?中国人,为数达五十万以上(指当时天津城内人口),没有任何权利,基于溶于血液中的悠久的民族纪律,在这个百万人口的城市里(指天津原来的人口),这个他们全力保卫的城市里,从未破坏过秩序,从未发生过骚乱,而是那些文明的外国人,他们砸坏银行、商店和衙门的门窗,抢劫银子,冲进住家,把财物洗劫一空,糟蹋妇女。一旦遇到中国人反抗便开枪行凶。究竟何人称为野蛮人更合适呢?[37]

突然有一天,俄军上校凯列尔在海河左岸插上了俄国国旗和一块写有"奉军事当局命令占用此地"的牌子。俄国人的举动,立即在联军中引起轩然大波。如果说平民的财物可以随便抢,但涉及中国的土地就得坐下来商量了,这是关乎占领区域的重大原则问题。俄国人的举动,出自于历来占有中国领土的野心,同时也出自于对战前英、法、美、德、日等国已在天津拥有五千三百八十二亩租界地感到忿忿不平。为此,俄国人向各国领事发出了这样一封照会:

> 既然六月十七日,中国朝廷的部队曾经联合义和团袭击由俄国部队占据的外国租界和火车站,并且由于六月二十三日俄军的增援,才解除了封锁,扫荡了海河左岸……那么,这块长约两英里包括火车站在内的土地,就已经成为俄国部队通过六月二十三日的战事行动而取得的财产……俄国不承认在六月十六日军事行动开始后缔结的土地契约,所有中国的地产要在一个月的限期内呈验地契。[38]

这份照会竟然宣称,过去各国廉价强占的土地连同契约统统无效。俄国人依仗兵力强大,公开向各国索取土地,各国立即联合起来与俄国人翻脸。英国领事甘伯乐强硬地答复俄国领事:"英国认为凡是在英国领事馆登记过的土地契约都是有效的,不容许俄国对这些契约进行任何形式的审查。英国根本不同意'在六月十六日以后签订的土地契约无效'这一原则。"日本领事的答复是:"俄国军队在海河左岸作战并有伤亡,这一事实并不能构成俄国人就有特殊的优先权。这只是一个借口。日本士兵也作过战,也保卫过租界,因此对左岸也有同样的权利。"㉟美国、德国也纷纷反对,只有比利时军队趁机提出了土地要求,因为该国此时在中国的天津城内还没有租界。

结局可以想象:因为天津陷落而万分惊恐的大清帝国政府,索性满足了每一个列强国对于中国的土地要求:法国,两千三百六十亩;俄国,五千四百七十四亩;德国,四千二百亩;比利时,七百四十五亩;意大利,七百七十一亩;英国,六千一百四十九亩;日本,两千一百五十六亩;奥国,一千零三十亩。

没有划给美国人土地,是因为他们的做法更加别出心裁:眼看天津城内位置好的土地被瓜分完了,再争下去也是无利可图。于是,美国人把原来租界内属于他们的一百三十一亩土地"让"给了英国,然后堂而皇之地公布了自己"门户开放"的主张,宣称美国人享有租界内的一切特权。换句话说,就是所有的租界美国都利益均沾。

对天津的土地占有还在争吵的时候,咫尺之遥的京城内局势愈加恶化了。

七月十四日,刚刚进入天津的英军指挥官,收到了英国公使十天前从北京送出的密信,信中详细描述了英国使馆面临的危机:如果中国人不加强进攻,我们可以坚持数天到十天左右;如果他们下定决心持续攻击,那就要不了四五天了。要防止可怕的屠杀,只有不失时机地迅速增援。十八日,日本密使也到达天津,由于他在途中被清军俘虏了四天,密信已被吞进肚子里,于是只有口头汇报:使馆危急。据说,清廷已将董福祥的部队调往天津方向。

从联军占领天津,到从天津出兵北京,之间相隔了二十天。

既然北京的使馆危在旦夕,而联军的"救援"却如此拖延,其中重要的原因是:联军各有各的小算盘,始终没有在出兵问题上达成一致。

顾虑最大的是英国。英国人不希望自己在联军中充当无关紧要的

1901

角色,因为这与他们在中国历史最长、利益最多不相符。但是英国人感到了力不从心。去年,英国人卷入了自拿破仑战争之后最大的一场国际战争,即为抢夺南非的金矿而进行的布尔战争。"布尔",荷兰文,意为"农民"。英国军队与非洲农民的作战进行得很不顺利。后来在国际舞台上大出风头、当时只有二十五岁的那位名叫丘吉尔的英国士兵,就曾被"布尔"们俘虏过,差一点丧命那片不毛之地。英国现在已是无兵可调。同时,英国人知道,在去北京的路上,肯定有成千上万的东方的"布尔"在等待着他们。

美国这个被老牌帝国主义们称为"牧童"的"年轻人"本不想参加战争。他们一直主张门户开放,主张世界自由贸易,这一主张自然被对海外有领土要求的老牌帝国主义们所不容。再说,美国与西班牙的战争刚刚结束,美国人没有心思在遥远的中国再打仗。要不是北京的康格公使一个劲儿地要求增援,美国人原来的心思是先坐山观虎斗,然后再决定自己怎么办。

德国人对中国的深仇大恨,起源于公使克林德被杀,为此他们在国内组织了一支近七千人的远征部队。德皇对这支部队的官兵们说:无须任何怜悯,决不留下任何俘虏。要像一千年前阿拉提率领下的匈奴人那样,为自己争得永垂史册的光荣。即使千年之后,让任何一个中国人都不敢藐视德国人!但是,从德国到达中国是一个漫长的过程,而北京使馆面临的局势已不允许等待。所以,与其派几个兵增援,不如不参加进攻,等援兵到达之后再出发。这就是后来德国人没有参加攻打北京的战斗的原因。

而法、俄、日三国,尤其是俄、日两国,他们真正的意图并不是占领北京。他们知道占领北京没有意义,因为谁也不可能将大清帝国肢解,世界上任何一个国家都没有这个力量。他们感兴趣的是自己在华的势力范围——法国人在中国西南,俄国人在中国的东北和西北,日本人在中国的东南沿海——只要在这些势力范围之内可以为所欲为,比"大伙"一起去占领一个根本没有实际意义的都城强得多。至于意大利、奥地利,因为国小力单,吃点"残余"就满足了,因此在向北京进发的联军队伍里,他们的阵容犹如仪仗队,区区数十人,没有任何战斗力可言。

联军内部关于各国兵力配置是一个敏感的问题。兵力的多寡,决定着一个国家在联军中的地位和作用,导致的后果就是在华利益分配的优先权。最想增兵的国家,当然是与中国比邻的日本和俄国。因为既然参加,就要当主力,以后在分赃的时候会有更多的权利。日本的国力还不够强大,在列强的威逼下不得不交还辽东一事仍令他们心有余悸。因此,北京使馆的局势越紧急,日本人越发不吭声,他们的打算是各国最终会主动"请"他们增兵。但是,各怀心思的列强似乎看透了日本人的意图,根本不提请日本人增兵的事。俄国人没有日本人那样阴柔,早在联军攻击大沽口炮台的时候,俄国人就开始大举增兵了。于是,终有一天,俄国人的增兵令日本人坐不住了,日本终于向联军表达了增兵万余的计划。日本人的计划立即受到英国人的支持,英国人明确提出"委托日本人充当联军主力"——英国想让日本牵制俄国——但德国人担心日本出兵太多对自己不利,因为英、法已经瓜分了中国的南方,德国人担心自己占领的胶州湾会被一直觊觎着中国北方的日本人挤占,于是坚决反对日军充当主力。更何况德皇有明确的指示:必须避免日本人单独行动。

增兵的勾心斗角僵持了数天,北京使馆传来的消息令联军再次紧张起来,这次的消息说:各国公使的性命真的难保了。英国人赶紧趁机活动,并向各国保证"日军完成任务后不会留在中国追求特权";同时宣称,如果日本人这样做,英国人将"用舰队来强迫日本履行他的义务"。暗地里,英国人怂恿日本人赶快增兵,并答应为日本提供百万英镑的援助。

无奈之下,联军指挥部同意日本增兵。

日本政府立即命令驻扎在广岛的第五师团火速赶往天津,由参加过甲午战争的日本少将山口素臣为统帅。这时候,日本在华兵力已有一万三千人,成为联军中兵力最多者。

同时,各国为了壮大自己的势力,尽可能地扩充了兵力:英国从印度、香港、新加坡、澳大利亚等殖民地紧急调兵,使兵力达到两千七百人;美国从本土和菲律宾紧急调第十四步兵团、第五炮兵团的瑞利连、第六团和海军陆战队的一个营,兵力达到三千一百人;俄国人更不甘落后,他们把旅顺和营口的兵力全部调到了天津,使其兵力一下子达到六千六百二十七人;法国人是从越南调的兵,多是越、寮、柬三国的雇佣军,兵力为一千五百人;意大利和奥地利无兵可增,依旧是"掌旗兵",分别为五十人和五十三人。

军队组织好了,接着就是谁当总司令的问题,各国更是吵得不可开交,从而使向北京出兵的日期一拖再拖。经过没日没夜的明争暗斗,最终德国人争取到了大多数国家的认可。只是,直到联军已从天津出发的时候,法国人仍然没有就这一问题上表态,因为法国与德国之间的怨恨太深了。普法战争中,法国人战败,向德国赔偿了近五十亿法郎,还割让了领土,即使此时共同去"救援"他们的国人,法国人与德国人仍是不共戴天。

八月一日,组成联军的各国军事指挥官确定:出兵日期为四日下午十五时。联军总兵力三万人,其中一万驻守天津,两万向北京进发。具体的行军序列是:先头部队分为三路,日本人为左翼,英国人为右翼,美国人为中路,其他各国军队随后。日、美、英三国军队组成的先头部队,兵力为一万四千零五十人,火炮四十九门。俄、法、意、奥军队的兵力为五千六百五十人,火炮三十四门。

三日,联军指挥部下达命令:携带一天的给养,夜晚露营时不许生火做饭。

天津至北京,陆路一百三十七公里。

四十年前,英、法联军曾沿着这条路向帝国的都城前进,一路上用洋枪洋炮对付清军的大刀马队,整整走了一个月。而今,在联军前进的路上,手拿洋枪洋炮的帝国军队在等待着他们。

四日凌晨二时,联军开拔。

联军官兵对开拔甚不满意,因为"一切都是匆忙的,没有军乐声,甚至没有吹号"。

中国史书中一向所称的"八国联军",实际上是"七国联军",因为德国人最终决定等增兵到达之后再出发。

这是真正意义上的杂牌军,各种肤色、各式军装、各种语言的口令,而且谁也不想听从谁的指挥。

从攻打一个如此巨大帝国的都城这一举动上看,联军此刻的行为近乎不可思议。他们在人生地不熟的异国作战,不但兵力少得可怜,军事指挥和部署也混乱不堪,因此,无论从哪方面看,联军向大清帝国都城北京的进发,都像是一次失去理智的自杀行为。

帝国北方的盛夏暑气弥漫,还没有正式行军,所有联军官兵的军服都已被汗水湿透。这些来自异国的官兵望着黑沉沉的道路,只有忐忑不安地祈祷万能仁慈的上帝保佑他们能够活着回来。

翠扳指

联军刚出发就下雨了。

这是帝国北方夏季突然而至的大雨。天像漏了一样,大水倾泻,四野混沌,汪洋一片。在运河两岸泥泞的道路上,骡马拉着沉重的炮车艰难地移动,联军官兵在雷电交加中简直喘不过气来。军靴由于裹满了泥浆而越发沉重,开始是热汗和雨水混合在一起,后来突然感到寒冷起来。前方是似乎没有尽头的弯弯曲曲的乡村土路和铅色的天空,雨水抽打在茂密的庄稼上,嘈杂的声音与枪支马刀的磕碰声混在一起单调而沉闷。日落时分,雨停了,联军指挥官计算了一下,这一天仅仅前进了六公里。

这里距离挡在联军前进道路上的第一个军事目标北仓,还有六公里。

夜间不敢再行军,于是宿营。

联军指挥官召开军事会议,决定运河左岸的日、英、美军和右岸的俄、法、意、奥军从清军的两面发起攻击,为主攻部队;中路由俄军上校凯列尔指挥,配属一个炮兵连和两个步兵连以及法军的一个野炮连突出在前,为佯攻部队。攻击计划制定得简单果断,这得益于联军对北仓军事情报的掌握。与联军指挥官坐在一起开会的,还有好几个中国人,他们都是信奉基督教的中国教民,在联军中充当军事侦察员和情报员。这几个中国人已经在联军队伍的前面转了好几天,他们穿着当地百姓的衣服或者干脆就是义和团的服装,清军在那个名叫北仓的地方修筑的所有防线他们早已烂熟于心。

北仓,运河北岸的一个小镇,官粮漕运线上的一个大储粮站,也是清军的一个重要军火库所在地。小镇南北长约一华里,东西宽半华里,居民两千多户。联军还没有从天津出发,这里的居民就跑光了,因为他们发现清军开始在这里修筑工事了。帝国的工事基本上是沿着铁路修筑的,依托着军火库旁边的土堤,曲折蜿蜒,绵延数里。在工事的不同地段,部署着口径不同的大炮,炮兵进行了试射,制定了火力覆盖方案。由于依托军火库,弹药充足。同时,阻击线的正面是一望无际的开阔地,基本没有让攻击方可利用的地形地物。因此,至少从军事理论上说,北仓是一个理想的阻击地。

在这里防守的帝国军队是马玉昆部,兵力约八千人,另有少数聂军余部协助防御。当然,还有时而铺天盖地、时而踪影全无、人数从来令人捉摸不定的义和团民。

联军计划的攻击时间是黎明时分。

黎明来临前,联军官兵仍在极端的疲惫中睡着。

只有日本人醒着。

日本人决心不受联军军事计划的约束单独干。

日军指挥官山口素臣把部下集合起来宣布:立即开始攻击,以显示大日本帝国军人的武功。

天又下起了雨,是腻人的蒙蒙细雨。

八千日军在泥泞中悄无声息地出发了。

日军的兵力与正面阻击的清军的兵力基本相当。

四时二十分,日军接近清军的一线阻击阵地。随着一声枪响,双方立刻陷入混战之中。始终保持着警惕的清军,使用的是威力强大的德国火炮,手中拿的是性能优良的步枪,因此日军的冲击队形顿时混乱起来。日军士兵的白色军装在黎明前的昏暗天色中十分显眼,成为清军士兵瞄准射击的醒目的靶子。日本人一个接一个地发出尖利的呻吟声栽倒在泥水里,但是,"一个人倒下去,马上就有三个人填补上来"。

帝国军队的统领名叫周鼎臣,他在第一线指挥战斗。日军不怕死亡的冲击情形令他回想起甲午年间与日本人的战斗。与他一起产生联想的还有参加过那次战争的军官和老兵,那时日本人这种前赴后继的冲锋给帝国军人留下了深刻的印象:东洋兵在打仗的时候,除了死亡就是胜利,他们没有被俘和投降的概念。西洋人是"鬼",而东洋人是"半人半鬼",比鬼更可怕。双方士兵最终扭打在一起。清军刚把一群日本兵赶下去,又有一群冲了上来。两个小时之后,东方显露出薄明的天色,防线前沿的泥泞中散布着两百多具清军士兵和一百多具日军士兵的尸体。这时,日军后方的支援火炮密集起来——英军和美军的炮兵连也加入了战斗。战局逐渐明朗,联军的随军记者记述道:密集的炮火把清军"驱赶出他们的战壕",日军开始了又一次大规模的冲击,"日本兵有的被击毙,有的受伤。一个士兵一边跑步一边射击,几秒钟后,他摇摇晃晃的,显然受了致命伤。他的同伴停下,搀扶他一会儿,但他还是倒下了,死在了他的战友身边。"⑩

北仓阻击阵地的第一道防线被日军突破。

周鼎臣带领官兵退守第二道防线。

这时,联军按计划发起了总攻击。他们知道日本人已经行动了,但他们还是按部就班地前进。由于怕踩上地雷,他们在庄稼地里走,庄稼地里泥泞不堪,导致他们前进的速度极其缓慢。等他们接近前沿的时候,发现阵地上已经飘起湿漉漉的日本国旗了。

清军在第二道防线的阻击是顽强的。没有理由说,双方在军事实力上存在着多大差距,而且至少在统一指挥上,清军的阻击部队占据着绝对优势。直到此刻,进攻的依旧只有日本人,虽然他们几乎倾巢出动,但是在很长的防线上不免兵力分散。日本人的攻击,全部暴露在平坦的旷野上,除了决死前进之外,他们似乎没有别的更好的办法。对日军心存恐惧的清军官兵渐渐适应了这种攻击,甚至在局部上,他们还组织了反冲击。从那一刻看来,联军的进军或许会被阻止在这里。但是,一线铺开的清军忽视了一个基本常识:自己的侧翼是否安全?一线进攻和一线防守,是冷兵器时代的作战战术,可以说帝国军队刚刚从这样的战术中醒悟过来,这种醒悟来源于洋务运动中兴办的引进西方战术的军事学堂。但是,外国教官也许没有认真地上课,或者,帝国的军官也许没有认真地听讲。在北仓战场上,当清军防线的背后响起日本人的冲杀声时,整个一线排开的阻击阵形骤然动摇。防线上的清军把注意力全部集中在正面冲击的日军和他们身后的炮兵阵地上了,根本没想到自己的身后——也许帝国的陆军与大沽口炮台上的炮兵一样放心于身后是自己的土地——当日军沿着防线边缘绕了五华里,快速迂回到阻击防线的侧后时,清军的厄运降临了。

清军被迫开始撤退。

日军占领了清军在北仓的指挥部,这是一九〇〇年八月六日上午九时。

从日军打响攻击的第一枪算起,直到帝国军队丢失北仓防线,战斗持续时间为六个小时。

七十余名活着的清军士兵被俘,当即被日本人用刺刀捅死。

联军伤亡三百三十二人,其中日军伤亡三百零一人。

没有清军守军伤亡的统计数字。

清军残余部队退往杨村。

撤退中的清军官兵护卫着一位大员,他就是大清帝国的直隶总督裕禄。

日本人在兴奋之余很生气,因为直到这个时候才看见美国人出现,这些美国人说"他们迷了路,怎么也找不到北仓在哪里"——枪炮声已在北仓阵地持续数小时,岂有找不到的道理?突然,一伙属于英军的骑兵——全是些孟加拉人——挥着马刀冲上来了,他们大叫:"中国人在哪儿?"日本人知道,刚才战斗激烈的时候,这伙人一直藏在庄稼地里没敢露面。孟加拉人还在往前冲,日本人朝他们的马屁股开了几炮。结果,这伙骑兵真的"接敌"了,他们与侧翼的俄国人不明不白地打起来,等弄清楚情况停火时双方都出现了伤亡。

日本人的胜利并没有达到他们期望的效果,各国的风凉话让他们愤恨不已。有的指责他们不服从统一指挥;有的说他们是想战后得到更多的利益;还有的针对日军出现的大量伤亡评论说,日本人不懂战术,不能由此确立日本的强国地位。

不管怎么说,联军顺利地通过了第一道阻击防线。

联军从北仓向杨村进发。

杨村,距北仓十八公里,京津间重要的军事要地,繁华的商业重镇。帝国军队在这里部署了重兵,并且修筑了比北仓更完备的防御工事:以火车站为轴心,跨运河修筑了正面长达五公里的高墙,铁路路基边还构筑了坚固的单兵掩体。而杨村防御线的正面,比北仓的地形更开阔,帝国军队甚至把一公里内的庄稼全部砍了,为了使联军的攻击方向上一览无余。从兵力上看,在杨村防守的宋庆部队,加上从北仓退守到这里的部队,兵力达到万人以上。

阻击战至此,还不能说帝国军队在北仓的撤退是一个失败。消耗了对方的有生力量和弹药之后,退到更有利的地点再行战斗,从军事上讲是正确的决策。因为,联军终究是外来的军队——联军是疲惫之兵,帝国军队以逸待劳;联军在异国作战,帝国官兵熟悉战场上的每一棵玉米;联军无论兵力和弹药都是极其有限的,他们没有后方,无从谈到供给,而帝国军队可以说要什么有什么。但是,杨村阻击战,还是以清军守军的全面崩溃告终。从双方接触到清军溃败,战斗仅仅持续了九十分钟。

描述杨村阻击战是困难的,至少本着对阵亡在这次战斗中的清军官兵的祭奠而把战斗描绘得动人心魄是困难的。因为正如众多史料所说,在杨村"很难说发生了什么真正的战斗"。

如果说确实发生过"真正的战斗",战斗的双方竟然是联军自己,在某一瞬间确实还"很激烈"。

很长一段时间,对这段历史的叙述,尤其是在评价中国军队的史论中,常常特别突出地指出联军手中的洋枪洋炮。如同叙述一八四〇年的历史时毫无例外地说"帝国主义的洋枪洋炮打开了中国的大门"一样。到了六十年后的一九〇〇年,依旧还将这样的说法当成解开历史谜团的一把万能钥匙,无论出于什么心态和目的,即使从学术的角度讲,也是一种混日子的慵懒态度。一九〇〇年的中国军队,事实上已是近代化的军队。朝廷向洋人宣战后,这支军队与外国联军相比,无论在数量上还是在武器装备上都占据着绝对优势。这支军队已经基本上淘汰了冷兵器,装备了当时世界上先进的武器,其中的大部分甚至是新近购买的。联军官兵在战斗中常常发现,对手使用的先进火炮连他们都没见过。在武卫军中,士兵单兵武器是清一色的新式毛瑟枪,而且还配备有机枪。一九〇〇年的战斗,没有类似中国的弓箭手宁死不屈地向外国大炮射箭的场面,这一点也许遗憾地大大降低了民族精神的书写价值,虽然这个民族长久地怀念着国家军队拉弓射箭时的英姿。

帝国的弓箭手在拉弓的时候,为了防止与弓弦接触的手指被巨大的力量割裂,手指上要戴扳指,扳指通常是生皮革的,后来又有铜的铁的。扳指戴在征服四方的将士手上,成为一种威武和力量的标志。但是,一九〇〇年,帝国的扳指却是用上等翡翠制作的,一枚万金,戴在那些军事大员的手指上,只象征着特权和奢华。翡翠美丽而易碎,如同大清帝国的军队、民心与山河。

毕竟有人对帝国军队的衰败产生过巨大忧虑,忧虑者不是戴翠扳指的满族大员,而是帝国政府中的汉族大员。十九世纪,他们致力于推行的洋务运动,很大程度上就是为了振兴帝国的军队。早在一八六一年,由著名的洋务运动领袖曾国藩倡议和领导,帝国开始仿造西方的先进武器装备。设立在安庆的军械所,是帝国第一家近代军工企业,汇集了当时帝国的一批新式技术人才。关于通过购买和仿造西方军事技术以装备国家军队的建议,在第一次鸦片战争时期就由林则徐提出过。第二次鸦片战争时期,中国人对洋枪洋炮有了刻骨铭心的认识,同时迫于国内对付太平军战争的需要,帝国政府明确了用西方军事技术增强帝国军队战斗力的策略,并把此一策略称为"救时之第一要务"。曾国藩在给朝廷的奏折中,以购买和仿造军舰为例,展望了先进的军事技术将给帝国的国防和民生带来的美好前景:

> 凡恃己之所有,夸人以所无者,世之常情也。忽于所见习,震于所罕见,亦世之常情也。轮船之速,洋炮之远,在英、法则夸其所独有,在中华则震其罕见。若能陆续购买,据为己物,在中华则见惯而不惊,在英、法亦渐失其所恃……中外贸易,有无交通,购买外洋器物,尤属名正言顺……购成之后,访募覃思之士,智巧之匠,始而演习,继而试造,不过一二年,火轮船必为中外官民通行之物,可以剿发逆,可以勤远略。㊶

汉族大员们对西方先进技术的兴趣表明,至少在引进和掌握西方先进技术上中国人的步伐并不缓慢。曾国藩在一八六二年七月四日的日记中,记载了他观看中国仿造的火轮船试航时的心情:

> 其法似火蒸水汽贯入筒,筒中三窍:闭前二窍则汽入前窍,其机自退而轮行上弦;闭后二窍则汽入后窍,其机自进而轮行下弦。火愈大则汽愈盛,机之进退如飞,轮行亦如飞,约实验一时。窃喜洋人之智巧我中国人也能为之,彼不能傲我

以其所不知矣。⑫

帝国中认为掌握西方军事技术是强国之途者,倡议开办新式学校,引进现代知识,培养科技人才,甚至建议把制造洋机器列入帝国的科举考试中。他们郑重地警告保守分子:"不然者,有可自强之道,暴弃之而不知惜;有雪耻之道,隐忍之而不知所为计;亦不独俄、法、英、美之患也,我中华且将为天下万国所鱼肉,何以堪之!"⑬

至少在与太平天国农民军作战的时候,帝国军队的装备得到大规模的改善。十九世纪六十年代末,帝国正规军人数达三十万以上,其鲜明的特色就是所装备的西方先进武器的数量和种类甚多。这些正规军包括曾国藩建立的湘军、左宗棠建立的楚军、李鸿章建立的淮军,还有豫军、东军、滇军和川军。这些军队不仅在武器装备上,更重要的是在观念上,已经相当接近现代军队的雏形了,与帝国传统的军队大不一样。

帝国传统的军队,是八旗制度下的八旗军和绿营军。曾经多达六十万之众的八旗兵和绿营兵,一度是大清帝国国防安全的保证。以满族后裔子弟为主的八旗军,其官兵为了满族统治利益而世袭从军。他们从生下来的那一刻起,就享受一份军饷,即使是最下层的满族子弟,其军饷也相当于一个七品官的薪水,足可以养活一家数口。这些满族后裔驻扎在全国各省,成为帝国政权的象征。但是,随着和平时期过于长久,八旗子弟的腐化堕落日见明显,浮夸虚饰风气代替了剽悍骁勇的尚武精神,直至沦落成一群"不士、不农、不工、不商、不兵、不民"的社会畸形人,人称八旗子弟。为了加强已经极度废弛的军备,帝国政府开始征用汉族子弟组成绿营军。但是,大清帝国与太平军造反农民的交战证明,由于武器与观念的陈旧,绿营兵接敌便溃,不堪一击。洋务运动之于帝国军队的最大功绩,是将以汉族子弟为主的绿营军改造为练军。从一八六二年开始,外国教官出现在帝国的新式军队中,尽管满族贵族以"玩忽其所素习"为借口,拒绝让八旗子弟接受西方式的军事训练,坚持让他们练习骑马和射箭,但是,公子哥儿们手指上那价值连城但与拉弓射箭已经无关的翠扳指,这时候只能是大清帝国开国雄风的一种象征性的饰品了。

帝国北方新式军队,以北洋军为主体。北洋军除了袁世凯亲自训练的七千陆军之外,还包括聂士成的武毅军、董福祥的甘军和宋庆的毅军。从一八九九年开始,为了加强帝国政府对军队的控制,北洋军的四支队伍重新整编成武卫军,由帝国政府直接统辖,总指挥是军机大臣、兵部尚书荣禄。

以汉族子弟为主的帝国新式军队洋枪在手,但是拿洋枪的人却还是地道老派的中国农民。从他们自身来讲,对西方军事技术的渴望,远不及对自己土地上的收成那样感兴趣,除了洋枪的扳机之外,他们没有机会更多地了解现代文明的各个层面。曾经是帝国新式军队教官的英国人戈登对此感到迷茫,他说,虽然不少帝国军官对洋人的步兵方阵很赞赏,但是"他们的士兵未必愿意排成这样的阵势",中国士兵"甚至不想学习喊口令"。更令外国教官们丧气的是,帝国军队中的腐败现象不但为世界之最,而且还带有鲜明的东方特色。

清军军官们谋取钱财的通常手法是"吃空饷"。名义上有五千官兵的部队,实际上往往三千人不到。上级核实兵员时,军官们就会从街头拉人临时充数。但是,五千人的军饷每月照例由帝国财政拨出,多余的数额便由军官们全部私分。兵员不足,何谈训练?于是,每遇战事,一个向帝国领三千人军饷的营,开赴战场的时候实际兵力竟然不足三百,只好临时抓人顶数,最好抓的便是流浪街头的乞丐流氓。由于当兵可以聚敛钱财,穷人家的孩子想当兵就得花钱,而富人家的子弟不想当兵可以花钱雇佣,于是招兵又成为军官们发财的好机会。明知道这个兵是假的,却装作不知道,假兵的军饷由雇主支付,而帝国财政也在为这个兵支付军饷,双份的军饷就这样装到军官们的口袋里了。

帝国军队装备是新式的,但军官还是八旗子弟,而且军官的军饷很高。一九〇〇年,绿营兵的月银一般是四两五钱,有的时候可以达到十两之多。拿袁世凯训练的小站新军来讲,相当于营长的统带月银为一百两,外加公费银三百两。而当时大米的价格是每石一两五钱,也就是说,即使军阶最低的士兵,每月的军饷也可以买大米三石多,相当于今天的近四百斤大米,按照当今的米价约折合人民币八百元。而一个营长的军饷,每月相当于今天的人民币五千元以上,更不要说高级军官了。因此,大清帝国上至王孙,下至贝子,人人都想方设法在军队里谋个差事——当军官。结果,他们中间的很多人,虽然戴着翠扳指的手里把玩着精致的洋手枪,但是从来没看见过属于自己管理和训练的士兵。

帝国的军队军纪不好。帝国军事制度中有一项值得夸耀的政策,就是它从不征兵,因此大清帝国不存在徭役的问题。帝国采取的是募兵制,即把社会上的闲散人等,即游民、惰民和失业者招募当兵,可谓是"好男不当兵"。士兵对百姓的骚扰、抢掠乃至屠杀似乎是正常现象。一个外国记者曾经这样写道:"军队的到来对于百姓来说,是一件很恐怖的事情。帝国军队行军的沿途,一律由地方承担一切供给,所谓地方,包括士兵们所遇到的所有的百姓。最害怕军队的是那些店主,只要军队到来,他们就尽可能关门躲避。如果遇到的是一支正开赴前线的军队,那么他无论如何也不敢声称要保卫自己的合法财产了。"[44]

一九〇〇年,当大清帝国面临危机的时候,满人的力量已无法捍卫国家安全。而世界上没有哪一个民族会像中国人一样在心理上彻底依赖自己的军队。惊恐不安的中国人,从不去想帝国军队的历史沿革以及存在现状。名声可进中国文学史的清末诗人黄遵宪的两类诗歌值得注意,一类是对西方"奇技淫巧"的赞赏,一类是对敢于与外来入侵势力顽强战斗的帝国官兵的歌颂。他特别欣赏在南方抗击法国人的冯子材,认为如果拥有这样的将军数十位,大清帝国定能兴旺发达:"得如将军数十人,制梃能挞虎狼秦。能兴灭国柔强邻,呜呼安得如将军!"尤其是他为鼓舞士气而作的《军中歌》,曾被康有为称赞为"读此诗而不起舞者,必非男子":

　　堂堂堂堂好男子,最好沙场死。艾灸眉头瓜喷鼻,谁实能逃死? 死只一回毋浪死,死死死!

　　阿娘牵裾密线缝,语我毋恋恋。我妻拥髻代盘辫,濒行手指面:败归何颜再相见,战战战!

　　戟门乍开雷鼓响,杀贼神先王。前敌鸣笳呼斩将,擒王手更痒。千人万人吾直往,向向向!

　　探穴直探虎穴先,何物是艰险! 攻城直攻金城坚,谁能漫俄延! 马磨马耳人摩肩,前前前![45]

帝国官兵的实际表现,可以证明他们没人读过这首诗,或者是读了但感受与文人们迥然相异。

1901

说帝国军队在杨村的阻击一触即溃可能有点过分,清军官兵确实进行了阻击,至少在联军接近铁路的时候他们开枪开炮打了一阵,然后就逃了。

真正的混乱是联军自己造成的。先是从北仓向杨村的行军堪称灾难,荒野之中被雨水浸透的泥土松软得像布丁,十八公里的路程联军一直在泥泞中挣扎。沿着运河前进的部队更艰难,因为河水泛滥了,骡马炮车时时陷进泥潭。俄军的速度快了一些,被英军误认为是调动中的中国军队,于是开炮就打,俄军当即出现伤亡。美军的运气也不好,正艰难跋涉着,突然天降炮弹,美军一下子死了八个,炮弹是从他们屁股后面飞来的,可以肯定不是中国军队的炮弹。更悲惨的是,当美军挨炸时,法军也把美军当成了中国军队开了炮,直到美军不断地发出信号炮火才停止。可当美军继续前进时,发现前边有军队在运动,美军以为是法军,没开炮,事后证明,他们看见的是帝国的军队。

担任杨村主攻任务的是美军。六日上午十一时,第十四团接到带头攻击的命令。美军士兵们怨声载道,因为他们实在走不动了,有的士兵被异常艰苦的行军折磨得发了疯,胡乱地向自己的战友开枪射击。但命令终究是命令,两千名美军开始了冲击。俄国人和英国人用火力掩护他们,还有那群孟加拉骑兵在远处使劲儿地呐喊助威。帝国军队的炮兵开始压制美军的冲击,但是,几乎在帝国炮兵开炮的同时,联军反压制的炮火更加猛烈地响了起来。帝国阻击阵地上逃亡的态势犹如即将崩溃的河堤出现细小的裂缝一样。一小队美军从帝国军队前沿的侧后包抄上来,帝国士兵的逃跑瞬间便不可遏制。

也许是清军溃逃的速度太快了,美军攻击的速度也显得很快。这时又发生了一个事故:美军已经占领了前面的一个小村庄,但是后面支援的英、俄炮兵没有料到美军能够如此迅速地到达那里,依旧疯狂地向小村庄开炮,结果把正在兴奋冲击的美军炸得死伤惨重。美军立即派了个军官往后跑,想通知后方炮兵停止射击,可是炮火半天没见停止。气急了的美军干脆架起炮,向英、俄炮兵进行还击。这场"战斗"持续之长,"战况"之激烈,超过了联军与帝国军队的战斗。直到美军再次派出的通信兵到达后方指挥部,炮击才停止。据说,第一个企图传达停止射击指令的那个美国人是一个中尉,他跑到中途不是中了弹,而是中了暑,当时的气温高达四十摄氏度。经过军医的抢救,这个美国中尉没有被热死,但是"几个星期之后才恢复知觉"。

杨村一战,联军死亡二十八人,伤一百四十四人,其中倒霉的美军死伤六十五人。

日军接受了北仓战斗的教训,这次远远地当了一回观众。

还是没有帝国官兵伤亡的数字。

清军开始向蔡村溃逃。

直隶总督裕禄神情恍惚地被裹挟在溃兵中。从天津撤退的时候,他就出现过这样的症状,呆呆傻傻,木头人似的。士兵们拖着他往后跑,他却死赖着不动,士兵们只好轮流背着他跑,直到危险暂时解除才把他扶上马。这个帝国前线最高指挥官的情形实在有点尴尬,因为他已经根本不可能建立一个指挥部了,他的"裕"字班中的幕僚没有一个人跟着他,那些官吏们都不知跑到什么地方去了。战斗可以不指挥,"捷报"却不能不写,只是"幕府无人随者,笔札待理,乃觅本地学究暂为之"。㊻他的一个部下终于找到了他,裕禄的第一句话不是询问战况,而是"吾欲吸皮丝烟亦不可得也"。部下赶快把自己的烟袋掏出来送上,同时还给了他两双布袜子和一点可以吃的东西。部下敏感地发现总督精神上出现了问题,因此一直"在裕公左右不离,恐其以身殉也"——人们之所以想到他可能自杀,是因为他的手里总是攥着把小手枪。北仓战斗开始的时候,他坐在一只大椅子上,那就是他的指挥位置,他想亲眼看着联军是如何把自己布置的阻击线冲垮的。在整个战斗的进程中,裕禄一个指挥口令也没发出,甚至没有说过一句话。他的恍惚症状更加严重了,但却没有准备逃跑的迹象。防线崩溃之际,部下提醒他赶快逃跑,最好一口气跑到京城去,他像没听见似的,仍一动不动地坐着——直隶总督呆滞木讷的表情令帝国官兵惶然不知所措。

裕禄,字寿山,时年五十六岁,满洲正白旗人。一八六七年出任直隶热河兵备道,次年出任安徽布政使。一八七四年升安徽巡抚,一八八七年授湖广总督,因反对修筑卢汉铁路被降职。一八八九年调任盛京将军,一八九八年升为军机大臣、礼部尚书兼总理衙门大臣,后任直隶总督兼北洋大臣。裕禄是中国近代史中一位奇怪的人物,也许他的所作所为令帝国的御用史官们都感到迷惑不解,所以史料中对这位身居高位的帝国大员的记述甚少,以致其面目含糊不清。后人以他作为帝国前线的总指挥"丢失阵地","望风而逃",责骂他为帝国都城陷落的罪魁祸首。可翻遍皇家档案,可以发现他在执行朝廷的指令上没犯任何严重的错误。而且,从对义和团的态度上讲,他还是一位"坚定地支持农民运动"的高级大员。在义和团运动的前期,他与朝廷的其他官员一样,是持镇压态度的,并且有屠杀农民的举动;可是,一旦转变,他就坚决地与义和团的农民们站在一起了,甚至成为一个义和团团教的"信徒"。不可否认,他的转变受到了帝国政府,尤其是慈禧太后的影响。他曾经主动联络天津的义和团首领张德成等人,将其请入衙门,视为上宾招待。在观看义和团法术的时候,因为坚信不疑而长跪不起,连连乞求神仙关照自己。他对义和团的附属组织、由年轻女子组成的红灯照,更是充满崇敬:

> 拳祸甫作,乱民争奉之。初居于船,泊北门外大关口。船之四周,裹以大红洋绉。又有所谓三仙姑、九仙姑者,咸居舟中以侍之。旋为裕禄所闻,乃迎圣母入署,决休咎。圣母至,裕禄跪迎之。既坐督署大堂,裕禄入见,行三跪九叩礼,奉之若神明。礼毕,裕禄上言:"乞垂悯生灵,拯此一方。"圣母曰:"已令神将用天火烧夷兵,不久灭尽。汝无忧!"有顷,圣母出署,裕禄复跪送之。[47]

然而,"夷兵"并没有被"不久灭尽",帝国军队却一次次兵败如山倒。裕禄夹杂在逃跑的人流中心乱如麻。作为前线总指挥,他应该率军拼死阻击,"以报国恩";但是,他手上又有朝廷刚刚发来的电报,内容是已命李鸿章北上议和。既然朝廷主张议和,军队干吗还要打?打狠了,背上破坏议和的罪名,等朝廷与洋人真的议和了,自己现在打得越凶,洋人不是越要惩办自己吗?可是不打,或者打败,也一定是死罪。裕禄绝望地感到是自己死的时候了。他想到有必要写一封遗书,至少要找一个可靠的人把家人老小托付一下,然后再去死。但是,他的身边除了狂逃的士兵之外,没有一个他认识的人。最后,大清帝国的直隶总督兼北洋大臣决定就这样死了算了。

关于裕禄的死有不同的说法。大多数说法来源于《景善日记》中所记的一句话:"裕禄之兵在北仓杨村蔡村等地,大败三次,裕禄逃匿一棺材店,既而自杀。"根据这句话,后人设想:仓促之中,裕禄逃进一间草屋,抬头一看,竟是一间棺材铺。他是一个极端迷信的人,突然感到这里就是命运和神灵要求他死的地方,于是举枪自杀。更有人发挥想象,说裕禄选了一个质量最好的棺材,先躺在里面,把姿势弄妥之后,才扣动了扳机。对于这件事,老吏的《奴才小史》中说得更符合当时战场的紧张气氛和酷夏的炎热高温:

> 握短枪至厅事,对胸自击。枪发,踬地乱滚,气未绝,其仆负之走。途次,死焉。顾仓猝不得棺,以板合为柩,以面糊于板。又不得衣衾,仅就其所穿血渍之纺绸衫裤以殓之。殓时,而蛆虫生矣。

就在裕禄自杀的时候,京城内的一支队伍正准备出京接敌。

这就是七十岁的李秉衡和他率领的"北上勤王"的部队。

李秉衡是背负着背叛之名上前线的,因为前些日子他还在南方封疆大吏敦促慈禧议和的奏折上签过名,现在却要率众与洋人血战去了。他到底是个"叛徒"还是个"英雄",历史的记载一塌糊涂。没有争议的史实是,一九○○年八月六日,他"带兵赴前敌以御夷人"。李秉衡可以指挥的部队,除了两千名武卫军官兵之外,还有先后到达京城勤王的地方部队:湖北张春发部十个营、曹州万本华部四个营、江西陈泽霖部十个营和登州夏辛酉部六个营。更为他的迎敌举动增添悲壮气氛的是,京城内的数千义和团民跟随他一起出发了。这些义和团团员装束一新,精神抖擞,临行还举行了大规模的誓师仪式。有史料特别细心地记载了义和团跟随李秉衡上阵时手里拿的"武器":

> 是日李秉衡出视师,请义和拳三千人以从。秉衡新拜其大师兄,各持引魂幡、混天大旗、雷火扇、阴阳瓶、九连环、如意钩、火牌、飞剑,拥秉衡而行,谓之八宝。⑱

八日,联军向北京长驱直入,一路没有遇到抵抗。给联军造成困难的是官兵不断地中暑和食品的严重短缺。联军经过的所有村庄都被彻底洗劫,但依旧不能满足联军的基本需要。联军洗劫村庄的时候,没有遇到中国村民的反抗,但是怪事还是不断地发生。比如,行军中的日军听见一声撕心裂肺的惨叫,小心地走过去一看,一个日本兵不知被谁捆在一棵树干上,士兵脚下堆积的柴火正在熊熊燃烧。

这天,联军与奉李秉衡之命驻守河西务的张春发部和万本华部接触。帝国的地方部队与义和团的农民们混杂在一起,在联军密集的炮火轰击下几乎立刻溃散——"死者十之五六,潞水(今北运河)为之不流。"⁴⁹没有任何证据表明这里发生过激烈的战斗,更没有证据表明义和团与洋人打了真正意义上的仗,尤其是他们的八宝法物在战斗中发挥了什么样的威力。义和团似乎仅仅在庄稼地里挖了一天的土——这才是帝国农民们的真正本行。联军冲上来的时候,看见旷野之中到处都有挖掘的痕迹,如果这是在挖战壕的话,其工程规模之大让联军不免惊骇。

九日,李秉衡亲自率领部队到达,立即与联军进行了短暂的战斗。在清军即将溃败的时候,马玉昆带领官兵从杨村方向撤退到此。李秉衡心里立即燃起了希望,因为加上马玉昆的部队,帝国军队在河西务防线上至少有四万兵力。于是,李秉衡主张与马玉昆"合队防守河西务,并力御敌",但却遭到马玉昆的拒绝,理由是"寇众我寡,势不敌"。另外一个原因很简单:马玉昆没有理由听从李秉衡的调遣。

十一日,联军向通州城的攻击号吹响,李秉衡如同裕禄一样感到了自己死期已至。部队没有供给支持,官兵们断了粮食。从北京出发的时候,朝廷已明确表示无法供应所需弹药,弹药要从山东调拨。这两天他给部队的命令之一就是:寻找民间铅器,就地熔化造弹。联军的炮声一响,李秉衡身边突然没人了,只剩下他从京城带来的几个幕僚。他对这几个幕僚说:国运不济,无力回天,各位另谋生计去吧。幕僚们纷纷散去,只有御史王廷相不肯走,孤身投河自尽。李秉衡不禁老泪纵横,但他还是不甘心。他带领一部分官兵趁联军向通州攻击的时候,想迂回到联军的后面进行袭击。可是,刚行进到马头附近,"所部均不愿再战,相率退去"。在被慈禧任命为办武卫军事务还不到两个月的时候,绝望的老人李秉衡转身进入路旁的一间草屋,"仰药死之"。

李秉衡留有遗书一封,内云:"军队数万充塞道途,就数日目击,实未一战,而巨镇小村均焚掠无遗,身经兵火屡屡,实所未见。"

这个骤然间给大清帝国的历史平添了一层抹不去的伤痕的人,临

死前才明白自己是"上负朝廷,下负斯民,无可逃罪。若再偷生,是真无心人矣"。㊿

李秉衡的自尽,不是畏罪,而是彻底的绝望。

是日,荣禄入宫向慈禧禀报李秉衡自杀的消息,"君臣相对而泣"。

太后言:"皆诸王公及拳匪所酿之祸,使吾国家至于此也。"㉛

李秉衡自杀之后,前来勤王的四支地方部队立即失控,不战而退,狂奔三日。陈泽霖部的官兵竟然一口气逃到山东济宁才停下来——这伙官兵跑到济宁不跑了,摆摊做起了生意,拍卖所掠之衣裳首饰。

一九○○年八月十二日凌晨四时三十分,一声巨响之后,日军把通州的城门炸开了。联军没有遇到任何抵抗,驻守通州的帝国官员早已逃跑,只有少数官兵留在城内。这些官兵虽然没有任何抵抗的举动,还是全部被杀。被杀的原因和过程很是奇特——竟然是通州城内的平民带领联军把这些清军官兵抓起来的。《汪穰卿笔记》记载:

> 联军将至,驻通州之将领惧,顾无计遁,皖人方长孺者,将领之至戚也,愿代任斯职,大喜,遂弃军去。方领军则奸掠极无状,居民恨甚,洋兵将至,咸赴诉,乃围而歼之,无一人得逸者。

十万通州平民经历了与天津城陷落时一样的灾难:"合城之人,死六成,逃三成,有一成未动者,皆老幼残废之人耳。"㉜

通州,北京的门户。

战事发展到这时,连联军的军官们都感到不解,甚至心里颇不踏实了:在距离帝国的都城仅仅还有二十公里的地方,沿着脚下的这条大道就可以直抵京城的齐化门(朝阳门),怎么会没有任何一支抵抗的帝国军队?怎么会不见即使在和平时期也应该存在的外围军事防线?当各国的军官们得知日军已派出先头部队,并且前进了将近十公里而"一切正常"的时候,他们轻松下来的心里徒然升腾起立即占领这个巨大帝国都城的冲动。夜晚降临时,联军军官们热烈地讨论着作战部署,连日的疲惫一扫而光,个个都像喝了烈酒一样,脸上的每一个毛孔里都塞满了不可遏止的贪婪。

洋人说:点起一堆巨大的篝火,让大清都城里的人们看到,让他们发生巨大的恐惧!

水面上的繁星

荷花灯上市了。

今年中元节,宫廷里破例没有京剧演出。

往年的规矩是,从农历七月十五日,即西历八月九日开始,颐和园的戏楼和前门外的戏园子将夜夜灯火。剧目是固定的,是一个中国式的劝人行善、因果报应的故事,剧名叫《目莲救母》。与民间不同的是,乾隆年间根据这个故事专门编撰了宫廷大戏,改名为《劝善金科》。全剧主题纷杂,故事拖沓,长达二百四十出,每天演出二十四出,十天方能演毕。今年,宫廷里虽然没有演戏,但照例举行了小型盂兰盆会的道场。小太监们把上千只玻璃荷花灯放到西苑的水面上,夜色下,荷花灯亮晶晶地在平静的水面上漂浮,犹如满天星斗。

今年市上的荷花灯好卖。家家都早早地买来用彩纸、南瓜、西瓜制作的水灯放进护城河里,护城河一下子像一条缀满珍珠的丝带。《京师竹枝词》云:"绕城秋水河灯满,今夜中元似上元。"入夜,危机四伏的京城成了一座仙境般的瑰丽之都。与往年不同的是,河里的灯多,观灯的人少,人们都待在家里,把房门紧闭。在街上欢喜的全是孩子。他们拿着买来的各式灯笼,买不起灯笼的穷孩子就把蜡烛插在荷叶上举着,一直闹到半夜。

已经分不清这个明显带有宗教意味的节日到底来源于什么教。道教有"太上三官"之说,谓"天官赐福,地官赦罪,水官解厄"。今天是地官清虚大帝的生日,这是中元节的正宗来由,自汉以来便有此说。但是,今天佛教徒们也很忙碌,他们照例举行大型盂兰盆会,唱诵《佛说盂兰盆经》,据说第一次在这天举行这一法事的倡导者是汉武帝。"盂兰",梵语,意为"救倒悬"。佛教经典中有一个故事:一个名叫目莲的孩子,自愿去拯救道德上出了点儿小问题而被倒悬于地狱中的母亲。孩子的真诚感动了佛祖,同时,孩子答应把"百味饮食"和桃、李、杏、栗、枣五种果子放进盂兰盆内,"以供养十方佛僧"。母亲因此而得救。今天的中国人似乎没人知晓这个故事,偶尔涉及这个故事也不是因为他们崇拜那个热爱母亲的孩子,而是因为一部流行甚广的武侠小说。在那部小说叙述的这个佛教故事里,孩子救母亲的时候,佛祖命令一群快乐的神仙去把地狱的大门打开,这群神仙的总称叫做天龙八部。

让京城人心里发生古怪联想的,是和尚们往河里放的巨大的法船。法船船头立着猛虎图案,图案上有手持铁叉的开路鬼,后面站的是两位表情永远愤怒的鬼,即"黑白二无常"。其中白衣鬼为"白无常",俗称"活无常",手持一根哭丧棒;黑衣鬼为"黑无常",俗称"死有分",手持一个"勾魂牌",牌上有字云:"你可来了,正要拿你。"船舱里的鬼多达十位,虽然各具名目,但哪一位都不是好惹的,在鬼神名录上都归属于阎王爷之列。

夜晚的窗外,孩子们还在嬉闹,他们清脆的童音在夜幕下的京城里飘荡:"荷花灯,荷花灯,今儿点了明儿扔。"孩子们的歌谣令大人们心里弥漫着的那种怪怪的滋味更加浓烈起来。

夏风吹拂,水面上的荷花灯荡荡漾漾,犹如这座城市的忐忑不安。

不知道京城人是否看见了联军在通州点燃的那堆巨大的篝火。

洋人已经占了通州,这个消息京城人不可能不知道;通州距离京城有多远,京城人不可能不明白;北京到底能否守得住,京城人嘴上不说,心里不可能没有个大致答案。但是,奇怪的是,事情到了这个时候,人们反而平静下来,不那么慌张了,仿佛都在等待着什么,全城悄然无声。

没人再议论自己的军队"又上去了多少"之类的话题,倒是从朝廷里流传出来的一份奏折引起了议论。这份奏折的内容是:建议发动群众,在洋人将要进攻京城的路上,无论陆路还是水路,遍地插旗,越多越好——"张旗为疑兵,百里皆满",说是这样"可以怵夷"。这个话题让大伙笑了一阵之后便没有下文了。接着,一个惊人的消息又流传开来:帝国的军队没有失败,洋人已到通州的消息是假的。带领帝国军队和义和团出征的李秉衡不但没死,而且还获得了空前的胜利。不信,听听皇上为此发出上谕是怎么说的:

> 李秉衡、马玉昆、宋庆与西兵鏖战,共毙联军十余万人,实属奋勇可嘉。李秉衡着赏给双眼花翎,马玉昆赏穿黄马褂,宋

庆赏加尚书衔,由户部拨出库银十万两,交李秉衡散给官兵,以示激劝,并着带兵克复天津。[53]

与这道上谕同时流传的,还有一个洋人失败之后向朝廷乞求议和的消息,而朝廷对洋人的答复是:要想议和,除非答应如下条件:一、还通商口岸;二、只许海口通商,不许上岸;三、英、法各国只称君主,不得称大皇帝;四、不许学中国语言文字;五、公使归理藩院;六、琉球、越南各侵地须还;七、税则由我国定;八、都中不许立使馆;九、不许传教;十、赔我兵费十千万。

口气倒像是真正朝廷的口气。

尽管京城里不少人家已经住进了从通州逃难而来的亲戚,尽管稍微有点常识的人就能看出所谓"乞求议和"的造假成分,但是中国人还是兴奋地传播着这些消息,流言导致的片刻快感让濒临绝望的人们感到了兴奋,如同吸食了鸦片能够获得短暂虚幻的快感一样,中国人将愿望与现实彻底地混淆了。这种近乎狂乱的想象被粉饰现实的惯性思维所推助,最后竟然出现了彻底清算洋人的二十五条——皇太后召大臣会议,立有"和约"二十五款,已经送交各国使馆:

一、各国前所索赔款一律作废;

二、各国应偿中国兵费四百兆两;

三、各国兵船已在中国口者不准驶出;

四、各国租价照今加倍;

五、将总署交还中国;

六、康有为回国治罪;

七、所有各国教堂一律充公;

八、日本将台湾交还中国;

九、德国将胶州交还中国;

十、俄国将大连湾交还中国;

十一、所有教士各归其国不准再来;

十二、中国仍有管理高丽、安南之权;

十三、中国海关仍归华人管理;

十四、各国使臣来中国者照乾隆时所定之例不准进京;

十五、另赔义和拳兵费四百兆;

十六、日本亦须照乾隆时例入贡；

十七、华人交通西人及不遵官场约束者归朝廷治罪；

十八、所有东西洋人于中国官场相见须行叩头之礼；

十九、外人不准在中国游历；

二十、俄国西伯利亚及各处铁路均须拆毁；

二十一、英国须将新安九龙交还中国；

二十二、各国运来中国货物应加倍收税；

二十三、洋人商船到口者须先禀明该处守口中国兵官方准入口；

二十四、大米不准出口；

二十五、凡货物运往外国者亦须加倍收税。

中国人拒绝承认现实的本领令人惊异。

更加狂乱的是朝廷。

民间弥漫的是虚妄的幻觉，朝廷弥漫的是恐怖的心态：抓紧最后的时间赶快杀人。

七月二十七日，步军统领衙门官兵来到太常寺卿袁昶的家，"诡言诸大臣在总署相候议事"。袁昶立即上车，官兵扯下车帘，告知袁昶不去总署了，诸位大臣都在提督府。骡车颠簸着疾驶而去。袁昶的家人当时没有任何怀疑，但是直到天黑袁昶也没有回来，一打听，人已经被关在了刑部。

比袁昶家人警惕一些的是总理衙门大臣许景澄的家人。二十八日一大早，刚吃完早饭的许景澄还没穿戴官服，仆人就送进来一张片子，说有客人求见。许景澄说他要上衙门，没时间见客人。仆人出去一会儿又回复，客人说庄亲王请大人立即到总署有急事协商。许景澄嘟囔了一句，昨天散衙的时候，并没有什么紧急公事，是不是军情紧急了？于是立即出门。这时，机警的仆人拦了他一下，说请大人的那位客人窥视内宅的神色令人怀疑，还请大人多加小心。于是，数个随从跟随许景澄上了车。许景澄的车刚出胡同口，立即被蜂拥而上的十几名营兵裹挟着往北而去。车内的许景澄感到方向不对，营兵们回答："王爷召集会议改在提督，不在总署了。"车到提督府，营兵们让许景澄的随从回去，说这里有人侍候大人。话一说完，就把许景澄拥了进去，然后推进一间小屋，随后屋门被反锁。正在疑惑的许景澄听见隔壁有咒骂之声，仔细听,是太常寺卿袁昶的声音:"说我和许大人擅自改旨,证据何在?"许景澄糊涂了:改旨,改什么旨?

袁昶,一个清醒的、糊涂的、对国事认识深刻、对官场认识肤浅、以通常的史观着实无法评价的帝国官员。有人把他列入"与帝国主义穿一条裤子的中国人"和"庚子年间著名的汉奸";也有人称赞他"大节炳然,足垂不朽",甚至说他"乃真勇者","最以气节学问著"。

袁昶以户部主事初登官场,任总理衙门章京,后以员外郎身份外放宁池太广分巡道员,又升江宁布政使。戊戌年间,为总理衙门事务大臣,授太常寺卿。太常寺是专门管理皇家祭祀事务的机构,因为级别很高但没有实际功能,戊戌变法时曾经被光绪皇帝下旨精简。变法失败后,这个机构得到恢复。三品官职对于袁昶来讲仅仅是级别的象征,他的主要工作是在涉及帝国外交事务的总理衙门。他主张镇压义和团,坚决反对对外宣战,立场从来没有含糊过。在满朝官员都被载漪的气势吓得不敢出声的时候,他却一再地上奏朝廷鲜明阐明自己的立场,史料中至今完整地留有他措辞激烈的"庚子三奏"。

六月十七日,袁昶在写给朝廷的第一封奏折中,坚决反对义和团的种种破坏行为:"……匪胆愈张,甚至焚毁芦保铁路,京津铁路电杆,又毁京津至张家口电线。此皆国家派员出内帑借洋款,集数十年之物力所经营,一旦焚毁,千数百万巨资,深堪惋惜"。他严厉指责纵容义和团的朝廷高官是在"养痈贻患":"该匪胆敢潜入京师,盗兵蕞毂之下,焚毁教堂,攻击各使馆,纵横恣肆,放火杀人,震惊宫阙,实属罪大恶极,万不可赦。二十日焚烧前门外千余家,甚至灾及正阳门城楼……北城乃财产精华所聚,焚掠一空,官民搬徙,十室九逃……京都为万国所瞻仰,气象萧索,一至于此。自有乱民不治,任其焚杀叫喊,实贻邻国之耻笑。"袁昶认为:"为今之计,惟有先清城内之匪,以抚定民心,慰安洋情,乃可阻其续调之兵。必中国自剿,乃可免洋兵助剿。"因此,朝廷应该立刻下旨,"凡遇头扎红巾,身系红带,持刀放火杀人之匪",统统"密拿严办,就地正法,格杀勿论"。袁昶还特别开列了应该"严办"之人的悬赏规格,价钱大得惊人:"缚献匪首所谓老师祖大师兄者,赏银二万两,立即超擢官阶。擒斩该匪团长一名,赏银五百两。余匪计首一级,赏银一百两。"[54]值得注意的是,这样的奏折,是在载漪等帝国大员已经把义和团引进京城,全城的官员都在开门迎接义和团的时候出现的。

一个月后,也就是在德国公使克林德被杀、董福祥的甘军攻打使馆未果、京城内的教堂已成一片火海之际,袁昶的第二封奏折呈递朝廷:"匪以仇教为名,波及使馆;复以攻使馆之故,波及官民。辇毂之下,任令乱军乱民纵横荡决,伊古至今,实为罕见。""提督董福祥所统甘军,尤与之声势相倚,狼狈为虐,使馆附近居民,遭池鱼之殃者,不可胜计。""夫以数万匪众,攻四百余洋兵所守使馆,至二十余日之久犹未能破,则其伎俩亦可概见,尚得恃血气之勇收御侮之效哉?"袁昶坚决反对攻击外国使馆,认为这是违反国际法的愚蠢举动:"伏以春秋之义,两国构兵,不戮行人。泰西公法,尤以公使为国之重臣,蔑视其公使,即蔑视其国。兹若任令该匪攻毁使馆,尽杀使臣,各国引为大耻,联合一气,致死报复。在京之洋兵有限,续来之洋兵无穷,以一国而敌各国,臣愚以为不独胜负攸关,实存亡攸关也。"此刻,袁昶已经感到自己的声音可能招致大祸,但他还是"顾念存亡呼吸,区区蝼蚁微忱,不忍言,亦不忍不言。是用冒死具奏,伏祈皇太后皇上圣鉴"。⑤

第三次上奏,袁昶与许景澄联名,两人皆置生死于度外了。那时,李秉衡已经到达京城,慈禧重新坚定了与洋人决战的信心,满朝官员跟在载家兄弟身后欢呼雀跃,准备带领各地勤王部队和手拿各种法器的义和团出京迎敌。就在这样的时候,袁昶"请杀主持义和团大臣"的奏折递至慈禧面前。不要说这是直接主张杀载家兄弟的,奏折上主张该杀的人甚至包括了慈禧本人。袁昶坚持的一个观点是:帝国的危机迫在眉睫——"窃自拳匪众肇乱,甫经月余,神京震动,四海响应,兵连祸结,牵掣全球。千古未有之奇事,必酿成千古未有之奇灾。"袁昶直接将责难的矛头对准了支持义和团的官员,并且公开主张只有杀了这些人帝国才能安定下来:"今之拳匪,竟有身为大员,谬视为义民,不肯以匪目之者。亦有知其为匪,不敢以匪加之者。无识至此,不特为各国所仇,且为各国所笑。"他深刻地指出,对于国家来说,乱民可以"扶之",也可以"倾之",而造反的农民喊出"扶清灭洋"几同"以天下为儿戏"。袁昶质问道:"所灭之洋,指在中国之洋人而言,抑括五洲之洋人而言?仅灭中国之洋人,不能禁其续至;若尽灭五洲之洋人,则洋人多于华人,奚啻十倍,其能尽灭与否?"因此,把"扶清灭洋"这一包藏祸心的口号视为支持乱民理由的官员"尤可诛"。最后,袁昶货真价实地开列了该杀的帝国官员的名单,其中包括:山西巡抚毓贤、直隶总督裕禄、甘军首领董福祥、大学士徐桐、军机大臣刚毅、赵舒翘和启秀,并且要求把附和这些官员的人"一律治罪",不得因为是皇亲国戚就饶恕他们。也许明白自己此言甚危,袁昶表示国家一旦安定下来自己可以去死:"弃仇寻好,宗社无恙。然后诛臣等以谢徐桐、刚毅诸臣。臣等虽死,当含笑入地。"㊱

据说,慈禧看了奏折之后,只说了一句话:"此为有胆之人。"

那一天,袁昶回家即对家人表示:"今日言亦死,不言亦死,与其死在乱民手里,曷若死于司寇。苟死而朝廷顿悟,吾无憾矣。"家人围着他哭,他告诉家人自己殉国后,他们是留京城还是回南方老家,随便。

慈禧当时没有动怒而杀袁昶,是因为她对袁昶的印象一直不错,她曾说过:"此人甚好。"其主要原因是"曾以康有为之阴谋奏予知之"。由此可见,袁昶在戊戌年反对变法的观点也直言不讳,那时他站在慈禧的后党一边;而现在,他显然是站在光绪皇帝一边的。从这一点上看,无论历史给袁昶下什么定论,可以肯定的是,他绝不是一个投机苟活的政客。因此,在那群浑浑噩噩、蝇营狗苟、把国家视为赌场的帝国官员中,袁昶的形象多少令人心头一亮。

而许景澄是一位懂洋务的官员。他先后担任过大清帝国驻法、德、意、荷、奥、俄、比等国的公使,戊戌变法后被授予总理衙门大臣兼礼部侍郎。一九〇〇年间,他正在督办修建铁路,是义和团心中典型的"二毛子"。他与袁昶一样,坚决反对向各国宣战,他也知道为此自己将承担极大的政治风险。许景澄特别反对攻击外国使馆,这个长期在国外担任公使的人,深知这是违背国际法的行为。但是,这一切都不是他被列入死亡名单的根本原因。根据有关史料记载,慈禧对他产生怨恨的那一瞬间,是在决定宣战的第四次御前会议上。那次会议就要结束的时候,光绪皇帝因为已无法挽救的局势拉住了许景澄的手,那个君臣相对流泪的情景,让慈禧对许景澄一恨就恨到了只有杀之为快的程度。

即使慈禧有随意杀人的权力,杀帝国的官员也需要能够说得出的理由。据说,袁昶、许景澄的罪名是擅自改旨。所谓"旨",是指慈禧以光绪皇帝的名义发给南方大臣的一道圣旨,圣旨中有"逐杀洋人"的字句。但是，圣旨发出后，南方的封疆大吏们并没有执行。李秉衡到达京城后，慈禧就此事询问这个从南方来的大员，李秉衡的回答是："没有看到杀逐之谕。"这一下，慈禧起疑了，命令刚毅查。刚毅第二天复奏，说是袁昶和许景澄擅自把圣旨改了，把"逐杀"改成了"保护"。慈禧勃然大怒。按照帝国的法律，擅自改旨应处以斩刑。

即使现在看来，刚毅的调查结果也是彻头彻尾的捏造。

袁昶、许景澄的家人第二天便慌乱起来。身为帝国大员，说抓就抓，连具体的罪名都没有，两家人连夜奔走探询，始终没有得到确切的消息。第二天，一夜未眠的两家人得到刑部提牢传出的消息，让他们准备红绳。帝国高级官员如果因罪被判死刑，绑赴刑场时必须要用红绒绳。两家人不禁目瞪口呆。没有审问，从被捕到行刑，没超过两天。平时骄横十足的两家人顿时没了主意，慌乱地拿着大笔银票企图挽回局面，结果银票还没来得及送出去，就听说刑部官兵和一伙义和团已经押着囚车出了宣武门。

两家数十口人赶到菜市口的时候，帝国大员袁昶和许景澄已经人首分离。袁昶的脑袋滚落在一块草席上，这是有人事先向刽子手行贿的结果。因为没有事先打点，许景澄没能落得如此待遇，他的脑袋被砍落在泥沙里，鲜血与泥沙混合在一起使他的头颅面目模糊，家人几乎辨认不出。

由于死刑执行得迅速，刑场上的情景两家人都没有看见，只有依靠目击者的描述。监斩的是载漪的弟弟载澜和大学士徐桐的儿子徐承煜。时任刑部侍郎的徐承煜是个有趣的人物，他和他的父亲都是庚子年间帝国官场上的滑稽角色，无论几天之后他父亲的死，还是数月之后他的死，都死得十分富有戏剧性。当时，徐承煜看见载着袁昶和许景澄的囚车远远走来，他和载澜的心情是愉快的，至少是被联军不断逼近京城的消息弄得心情压抑以来难得的愉快。但是，在西方生活过多年的许景澄还是见识过世面的，他始终在微笑，而袁昶跪着听完圣旨之后，突然开了口：

> 行刑之时，袁神色自若，言曰："予唯望不久重见天日，消灭僭妄。"盖谓端王专横凶僭，蒙蔽太后之聪明也。澜公监刑，怒斥之曰："汝为奸臣，不许多言！"袁毫无畏惧，仍大言

曰:"予死而无罪,汝辈狂愚,乱谋祸国,罪乃当死也。予名将长留于天壤,受后人之爱敬!"⑰

然后,袁昶扭头笑看许景澄,言:"不久将相见于地下,人死如归家耳。"

但是,袁昶至死也不明白,判自己死刑的罪名是什么。在刑部大牢里,袁昶问许景澄:"人生百年,终有死。死本不奇,所不解者,吾辈究何以致死耳?"

许景澄笑道:"死后自知爽秋何以不达也。"⑱

许景澄是明白的。他知道那些怂恿义和团和主张宣战的人大势已去,联军攻破京城的时候不会太久了。既然大势已去,他们必定要在最后时刻铲除在政治上与他们对立的一切人,以免这些人会告诉后人混乱历史中的一些真相。

没有慈禧的手谕,载漪一伙是无权斩杀帝国高级大员的。

在这个时刻,再愚蠢的人也能估计到局势的结局了,生死未卜的慈禧不允许她的反对者还活在这个帝国里。

对于袁昶、许景澄之死,史书记载道:"天下冤之。"

几天之后,兵部尚书徐用仪、户部尚书立山、内阁学士联元被捕。

值得注意的是,这三位大臣中竟然有两位是满人。

时年六十二岁的联元被称为满奸。他是同治七年(一八六八年)的进士,字仙蘅,满洲镶红旗人,崔佳氏。在京城做了短暂的京官后,外放安徽任太平府知府,后任安庆知府、广东惠潮嘉道和安徽按察使。戊戌年后入京,以三品京堂候补,在总理衙门行走。他的内阁学士和礼部侍郎的任命,仅仅是数月之前的事情。在地方做官的时候,联元"皆著声绩"。特别是在汕头,他因严厉惩罚与英国商人串通一气坑害百姓的中国商人而获得声誉。同时,他还是个有独立思想的满族官员,常因大胆地发表自己的政治见解而陷入险境。慈禧把光绪软禁起来企图废黜他的帝位时,联元竟然当着慈禧说出"皇帝当保全"的话,慈禧当即脸色阴沉下来,那意思是皇帝当保全,难道你自己不当保全吗?义和团兴起之后,联元在对待义和团的态度上、在对各国宣战的问题上以及杀洋人和教民的问题上,一直与慈禧唱反调:"前史,两国失和,无戮使臣者。公法以不能保护使臣,为野蛮之国。今使署洋兵,不过千余人,聚而歼之,固非难事,然各国合而报我,不幸而京师不守,则其祸极烈。"⑤⑨为此,在第三次御前会议上,慈禧一怒之下差点把他杀了。最后,这个载漪眼里的敌人终于被捕了,罪名是"任意妄奏,语涉离间"。

另外一个满人是立山。这是个以微寒出身奋斗到拥有万贯家财的暴发户,是无论官运还是财运都顺畅亨通的幸运人物。他本是汉军旗人,原名杨立山,从小以包衣身份入正黄旗,土默特氏。他由官学生起家,一八七五年任护军参领,一八七八年出任苏州织造,在这个肥差上任职达四年之久。一八八三年回京任职,揽了个承修南海的美差,工程完工后得到慈禧的欢心,被赏二品顶戴花翎。他还当过公认为最有机会发财的内务府大臣,同时兼任正白旗汉军副都统、户部侍郎和镶白旗满洲副都统。一八九四年慈禧六十寿辰的时候,他因为给慈禧进贡玉石仙台等名贵礼物得到加赏太子少保衔、赐西苑门乘船、紫禁城内骑马等一系列殊荣。他的官运亨通和财源滚滚源于他大量地行贿和与大太监李莲英的亲密关系。他是帝国的豪富之人,同时又是风雅之人,善于鉴别瓷器字画,"收藏极富",同时爱好戏曲,广结京师名优。据说他的死与义和团看上了他家那座殷实之府有关。《凌霄一士随笔》中有对立山日常生活的描述,是他的一个朋友所写,这位朋友称他家"园林之胜,甲于京师诸府":

> 自园门至后院,可循廊而行,雨不能阻。山石亭榭,池泉楼阁,点缀煞费经营。演剧之厅,原为吾家厅事,后归尚书,予为布置,可坐四五百人。时鸦片盛行,设榻两侧,可卧餐烟霞,静听词曲。男伶如玉,女伶如花,迭相陪侍,戏剧有不雅驯不合故事者,予为改正之,群呼我为顾曲周郎。凡冠盖而来者,冬初则一色鸡心外褂,深冬则一色貂褂。王府女眷,珠翠盈头,小内监二人,扶掖而至,相见以摹鬓为礼。粉脂之香,馥郁盈室。复有时花列案,蓓蕾吐芳,春则牡丹、海棠、碧桃等卉,谓之唐花;夏则阑芷木香;秋则桂花满院,犹有沪上佳卉来自海舶者。雕檐之下,鹦鹉、八哥、葵花等鸟,悬以铜架,喃喃作人语,与歌声互答。酒酣灯炧,时已四鼓,宾散戏止,优伶各驱快车出城而去,此可谓盛矣。

家里有钱,人善交际,并且特别开通,又有不少洋人朋友,作为帝国高官的立山,有时竟然穿着西服到处游逛。他还是个花花公子,喜欢出入妓院,他的死,除了政治上的原因外,还与一个名为绿柔的妓女有说不清的干系——这名妓女同时也是载漪的弟弟载澜的相好,满城皆知他与载澜为"艳绝一时"的绿柔争风吃醋,问题是连王公载澜也不如他钱多:"是时澜尚闲散无事,颇窘于资,故不能与立争,绿柔卒归立,澜以是衔立次骨。"这无疑是载家兄弟心里的一个大疙瘩,"是遂倾之以报"。⑩

但是,这么一个官员,在政治上却锋芒毕露。与联元一样,立山对光绪皇帝被软禁颇有看法,在所有的官员都尽可能与皇帝疏远的情况下,他怕皇帝在中南海瀛台的小屋里受冻,竟然在光天化日之下给皇帝做了个避寒的屏风送到那里。慈禧知道后召他质问,立山坦然承认,并请求惩罚。慈禧命令太监打他的嘴。立山表示还是"奴才自己打吧"。于是,"自批其颊,至红肿不堪"。事后他对人笑言,这样是"不愿辱于阉人之手"。立山犯颜直谏的举动,使朝野群臣惊愕不已,也使很多人对这个靠贪污行贿发财暴富的花里胡哨的官员刮目相视。

义和团"举事"之后,帝国危亡在即,立山的政治锋芒更加尖锐。在慈禧召集的御前会议上,主战派与主和派吵成一团,慈禧看了立山一眼,心想平时对这个奴才多有赏赐,这个人应该是自己人,于是当着群臣问立山:"汝言如何?"谁知道,立山不假思索地脱口而出:"吾主和!"话音未落,在场的官员"莫不惊异"。载漪当即指责立山"与夷通"。帝国宣战之后,在载漪的带领下,早就盯上立山府邸的义和团终于抄了他的家,理由是有人揭发立山暗中接济洋人,他的家里有一条通往洋人教堂的地道——这是彻底抄家的最好的理由。于是,立山的豪宅被农民们"焚劫一空",立山本人也被捕入狱。

在立山入狱的日子里,包括庄亲王载勋在内,许多官员为他求情,慈禧也没有杀他的打算。但是,在载漪的强烈请求下,慈禧终于动摇了。载漪说:"今不诛立山,明日恐将无及。"无法理解"今天不杀就来不及"了这句话的真实含义,但可以由此揣摩出载漪的另一番担心:洋人真的要打进来了,如果是那样,立山这家伙肯定得意之极,与其让他得意不如现在就杀了他!

联元被押上刑场的时候,刑场上突起一阵骚动,只见载澜骑着高头大马飞奔而来,一群义和团在他的周围呼喊着、簇拥着。载澜的马后拖着一个东西,尘土中乱七八糟地一团。马上就要挨刀的联元竟然有心好奇,问:"此为何物?"有人应声:"立山大人!"原来,朝廷决定处死立山之后,载澜亲自前往刑部大牢,捆住立山的手脚,"系马后拖拽而出,及就刑,面目狼藉,气濒绝矣"。——一个往日花天酒地依红偎翠的人物,在刽子手还没下刀之前就已经成为一团凌乱的血肉了。

另外一个被判死刑的是已经七十九岁的兵部尚书徐用仪。这个老人不久前才当上他一辈子都渴望的尚书。如果说他在官场上犯过什么"错误",那就是他曾经不赞成立端郡王的儿子为皇储。现在,朝廷把他抓起来的理由是:有人报告,在袁昶等人被杀之后,这个老头掉了眼泪。老人死后,尸体放在一个破庙里,没人敢去收殓。很久之后,才去了一个人,是他的儿子。徐用仪临死的时候说了这样一句耐人寻味的话:"死在洋人没有进京之前,也算是福气。"

直到大清帝国的庚子之难平息之后,辛丑二月,朝廷下旨,"加恩徐用仪、立山、联元、许景澄、袁昶,均著开复原官"。其中徐用仪、许景澄、袁昶的遗骸被护送回江南老家。史书对此记载道:"江督以下官吏,暨南数省士夫,并致祭焉。"㊳

而在当时,没有人敢为被杀的大臣们祭奠,包括他们的家人。在那个疯狂的时刻,哪怕任何一点表示同情的举动,都可能会被载家兄弟视为"汉奸"或者"满奸"而被绑在马后拖他个骨肉分家,或者会被义和团当做"二毛子"、"三毛子"斩尽杀绝。

只有一个例外。

当立山被载澜的高头大马拖往刑场的时候,当他那团曾经富贵骄奢的血肉在京城的黄土中翻滚的时候,帝国刑场的路边公然跪着一群人,明目张胆地在"为立山大人送行"。这些不怕死的人,被大清帝国鄙夷地称为戏子,其中有很多是家喻户晓的名角——一个唱武生的,以善演悲壮的古代英雄而名噪全国,他的艺名叫"盖叫天"。

此时,距联军攻破北京城仅仅还有三天。

1901

帝国的城墙

一九〇〇年八月的京城,静静地躺在北方白茫茫的暑气中。

在京城的正东和东南两个方向上,在被烈日烘烤得叶片曲卷的玉米地的边缘,在散发着强烈水腥气味的小河沟旁和遍布着夏蝉嘶鸣声的浓密的柳荫下,时时闪现出身穿彩色军服的各国士兵的影子。

各国军队都派出了侦察兵。

帝国的骄阳已经把他们晒晕了,他们仿佛觉得此刻正置身于赤道。越接近京城,越看不到中国百姓的影子,这让他们感到安全,同时也感到痛苦,因为他们找不到解渴的水井。他们不敢进村。快要中暑的时候,他们把头扎进河沟浑浊的水里,然后带着水草和鱼卵的味道,在望远镜里向他们想象中的帝国都城窥视:远远的,在一望无际的庄稼地、茂密的芦苇丛和黄得耀眼的土道尽头,一道灰色的线在蒸腾的蜃气中时隐时现。

那是世界上最高最长的城墙。

城墙的后面就是这个巨大帝国的都城。

这座都城的结构早已被联军军官们在地图上研究多次,每一次面对地图,军官们都惊讶不已,因为世界上没有哪一座城池像大清帝国的都城那样坚固而复杂。

北京基本上是一个长方形的巨型堡垒,高大厚重的城墙有四层之多,数不清的城墙大门把联军军官们弄得眼花缭乱。最外层的城墙包裹的是外城,西方人称为中国城,因为根据大清帝国的规定,汉人一律居住在外城。外城共有七座城门:东便门、广渠门、西便门、广安门、左安门、永定门和右安门。内城是满人居住的地域,西方人称为满城或鞑靼城,这里有九座城门:东直门、朝阳门、西直门、阜成门、正阳门、宣武门、崇文门、安定门和德胜门。内城里面是皇城,西方人称为红色禁区之城,这里有六座城门:大清门、长安左门、长安右门、东安门、地安门、西安门。最里面是紫禁城,是皇帝居住的区域,这里有四座城门:午门、神武门、东华门和西华门。高大而厚实的城墙,即使炸药也不能轻易将其打开缺口,而且它还是一个连体堡垒,城墙上的每个城垛都有射击孔,每座城门都有重兵把守的箭楼高高耸立,垛口和箭楼组成的交叉火力可以封锁城墙下的任何角落。

联军占领通州后,八月十二日,召开了进攻北京的军事会议,京城的地图再次铺在了联军军官们面前,各国军官们再次温习了那些城门的名称。为了让军官们记住,一个充当翻译和顾问的中国教民,详细解释了每一座城门名称在汉字上的意义,比如"神武"和"德胜"是崇拜武功的意思,而"朝阳"和"阜成"有吉祥富贵的含义。最后也没把这么多城门搞明白的军官们领受了各自的攻击路线和目标:

俄军从通州出发向北,攻击目标东直门。

日军直接向西,攻击目标朝阳门。

美军沿运河前进,攻击目标东便门。

英军走南路,攻击目标宣武门。

其他各国军队随后跟进助攻。

会议确定的行动时间是:十三日派出侦察部队,十四日各国军队在距北京五英里的攻击线上集结,十五日正式开始攻击。

参加攻打北京城的联军总兵力为一万五千多人。其中步兵一万零三百五十七人、骑兵八百人、工兵四百五十人,装备有大炮一百门,其中野炮五十二门、山炮四十八门。

就在联军开会部署作战计划的时候,皇宫里的慈禧依旧沉浸在李秉衡大胜的喜悦中。京城距离通州仅二十公里,快马送战报,最多需要几个小时。但是,在李秉衡自杀二十四小时后,通州的战报才被送到宫中,而且还是一份"捷报"。但是,那天下午,真正的战报到了:不但通州已经陷落,而且联军开始了进攻北京的军事行动。慈禧立刻慌张起来,这是她曾经预料但始终不愿相信的情况。她传旨宋庆即刻进京,"商办城守事宜",同时放出话说,对丢失阵地且已逃到南苑的马玉昆表示理解,说朝廷并没有问他罪的意思,他本是个"忠勇可靠"的人,应该继续"统带营官兵丁,奋勇立功"。之后,慈禧向南方各省发出急电,要求各地的"勤王之师"火速北上。

京城大规模调集军队的行动仓促开始了。

1901

慈禧命令荣禄和载漪等军机大臣共商防御措施。但是,帝国高层的军事会议始终没能正式召开,即使这几个帝国重臣坐在一起了,也是各怀心思,说话支支吾吾,态度躲躲闪闪,什么也没有讨论,当然也就什么都没决定,然后匆匆散场了。这个时候,整个大清帝国,基本上是一个女人在慌乱地调动兵力,好在她的话还能够起作用。

从十三日下午开始,帝国各军纷纷从各个城门拥进城内,京城立即变成了一个大军营:八旗前锋和护军守卫紫禁城,神机营二十五个营、虎神营十四个营、八旗和绿营兵两万人分别防守各个城门;荣禄的武卫中军三个营把守西华门和天安门前大清门内的棋盘街;董福祥的武卫后军二十五个营防守外城的广渠门、朝阳门和东直门;另外,马玉昆部的一万人防守京城的南郊据点南苑。没有军事经验的女人的军事调动是混乱的,其中最倒霉的是董福祥部的官兵。慈禧命令他们"立即出城迎敌",上万官兵烽烟滚滚地出了城。到了城外,包括董福祥在内,谁都不知道敌人在哪里,背着洋枪拖着洋炮的队伍在烈日下沿着东南城墙毫无目的地转着圈子。天快黑的时候,慈禧的命令又到了,内容是"无论行抵何处"立即返城"保卫城池",结果在漫天暑气中整整转了一天的官兵匆忙进城,他们疲惫不堪地坐在街道边上,在京城百姓好奇的围观下大口地喘着气,他们依旧不知道洋兵在哪里,仗该怎么打。

与此同时,慈禧开始频繁地召见大臣们,从下午到晚上,数小时之内,召见荣禄八次,召见载漪五次,全体军机大臣也被"叫起"达五次之多。这个女人几乎没有时间传膳了,全部的时间都坐在她那间充满南方奇异水果和花卉香味的房间里,等待大臣们想出御敌的好主意。但是,群臣跪在她的面前,"皆默然不发一言"。四十年前,英、法联军打到北京,就把帝国政府赶到了热河;现在的联军是除自己以外的"彼等","彼等"竟有八国之多,群臣都明白将要发生什么,但就是没有人说话,皇宫里死一般寂静。最后,还是外面的禀报打破了沉默:蜂拥进城的官军"无人节制",正大肆抢劫钱庄和粮铺,京城里已经民心大乱。

此刻,防守帝国都城的清军总兵力已达十万人,是联军兵力的八倍。十万御敌之军,从兵到官,没有一人能够说出防御作战的具体部署是什么。没有指挥机构,没有战斗动员、作战原则和协同作战的计划,没有保障支援供给方案,没有战役和战术预备队。所有该有的都没有。没有一切。

十三日夜晚,联军开始向集结地运动。

但是,各国陆续到达集结地后,突然发现了一个惊人的情况:俄国军队不见了。

这时,由参谋长华西列夫斯基率领的俄军前锋部队,已经出现在北京城东护城河边的一个小村庄里。傍晚时分,斜阳照耀下的护城河水光粼粼。躲藏在一棵垂柳后面的华西列夫斯基看见了城墙上飘扬的各色旗帜。没有什么特别的动静,眼前的这座城市仿佛在沉睡。迷惑中的华西列夫斯基心跳不止。

俄国人决定提前行动。

即使从最原始的战争原理上讲,谁先占领目标,谁就能在战果分配上占据最大的份额。况且,摆在眼前的是这个世界上囤积金银财宝最丰富的一座城池。无论前程多么险恶,将要付出多大的牺牲,既然已经到了宝库的门口,便顾不了那么许多了。十五日开始攻击,这是俄国人在军事会议上首先提出的,并且郑重希望各国严格遵守以便统一行动。但是,会议刚散,俄国人的前锋部队就悄悄地出发了。出乎华西列夫斯基意料的是,在向京城外围运动的二十公里的路途中,竟然一个清军士兵都没有看到,这让这个俄国贵族不由得警惕起来,他认为帝国的军队一定是埋伏在前面的某地方等着他呢。中午的时候,果然发现"敌情",在他的侧翼突然出现一支武装队伍,黄皮肤黑眼睛。俄军骚动了一阵之后,还是随军记者判断准确:这不是中国的军队,而是与俄国人怀着同样心思的日本人派出的侦察分队。一张写有"日本人想提前进攻北京"的字条被送到华西列夫斯基手上,这个参谋长用俄语大骂起日本人来,同时命令自己的部队加快前进速度。

十三日晚二十二时,天突降暴雨,无论是帝国守军还是准备攻击的俄军,都藏起来躲雨了。

一个小时后,雨又突然停止。

华西列夫斯基下达了攻击的命令。

黑暗中乱枪响起来,然后一名俄国海军士官跑了回来。这位士官名叫格尔斯,是自愿第一个冲锋的,因为他是俄国驻华公使的儿子,他决心救出自己的父亲。但是,他带领小分队靠近城墙的举动,被城墙上的八旗兵发现了,这些八旗兵即使在暴雨倾盆的时候也没有放松巡视,几排枪便把格尔斯打了回来。俄军立即重新寻找攻击位置,结果摸到了东便门的前沿。与格尔斯的遭遇不同,这里的清军官兵正在帐篷里睡觉,俄军扑上去便用刺刀突刺,没有被刺死的清军官兵仓皇奔逃,哄散于黑暗中。

夜色中的东便门城门暴露在俄军面前。

这是十三日子夜与十四日凌晨交替时分。

东便门,北京城东南通惠河边的一座偏门,是明嘉靖年间修筑北京外城时在东面开的两座城门之一。外城东面正式的城门是广渠门,为了出入城方便,特地另外开了一个小门,称东便门。虽然东便门也属于外城东面的城门,但它开在城墙的拐弯处,因此大门不是朝东而是朝南。

俄军大炮的炮手瞄准了东便门的门闩处。

俄国人一炮射出,帝国都城满城皆惊——这是一九〇〇年联军进攻北京的第一炮。

中国的城门,即使是这样一个偏门,依然十分坚固。双层的厚木,加上铁板的保护,炮弹打上去好像不起什么作用。俄军炮兵连续向同一个点轰击,整整轰击了数十炮,时间长达两个小时。突然,俄军官兵欢呼起来:东便门城门终于被轰开了一个洞。

无法解释俄军炮兵近距离轰击东便门时,帝国的守城部队干什么去了。华西列夫斯基的前锋部队,加上炮兵不过千人,只要帝国守城部队主动发动反冲击,华西列夫斯基如果不死,也肯定会夹杂在他的官兵中狂逃。同时,按照一般的防御规律,城外数里之内都是前沿,前沿的帝国军队如果与守城部队合击,俄军连城门都看不到便会遭遇伤亡。

但是,任何反击都没发生。

十四日凌晨二时,俄军冲进了东便门。

之后,发生于东便门城门内的战斗,是俄军自攻击开始以来遭遇的真正的抵抗,原来帝国官兵在城里面等着他们呢。城墙上的清军向冲进城门的俄军猛烈射击,一些清军官兵冲下来与俄军展开搏斗,俄军立即被赶了出去。华西列夫斯基命令骑兵连参加冲击,这些哥萨克人挥舞着他们善于使用的马刀奋力砍杀,东便门城门丢失了。

天亮时分,占领了外城的俄军开始向内城攻击。但是,俄军发现他们的对手装束怪异:白色的衣服,蓝色的尖顶帽子。这些装束奇特的官兵簇拥着一面红色的大旗,旗帜上绣着一条金色的龙,这种中国人虚幻出来的动物在红色的旗帜上扭动,于满天朝霞中熠熠生辉。这是董福祥的甘军。这支军队原因不明地没有把使馆攻打下来,如今的决死表现令人惊讶。甘军官兵从城墙上的每一个垛口后连续射击,大炮从城墙上直接瞄准,冲击中的俄军顿时乱成一团,拉炮的十几匹马被打死,冲在前面的炮手全部负伤,包括上尉戈尔斯基在内的军官也负伤大半,俄军仓皇撤退到城墙东南角的数间民房里。

天大亮了,俄军看清了一切,清军突然向他们藏身的民房反击而来。在丢弃武器、伤员和尸体之后,俄军终于被赶出外城。也就是说,经过整整一夜的攻击,俄军又退回到了原地。

就在这时,已经得到"俄军突破东便门"战报的俄军主力部队到达,得到兵力补充的俄军立即重新开始冲击。

上午八时,俄军第十团发起第一轮冲锋。团长安丘科夫骑在马上,高举马刀,身先士卒。但是,对面的甘军阵地上也出现了一个指挥官的身影,这就是董福祥。这个被慈禧骂为强盗的帝国军官毫不隐蔽地站立在高处,手中挥舞着一把锋利的中国战刀,大喊:"退者立斩!"俄军很快退了下去,留下一片尸体,其中包括安丘科夫,这个俄军团长当胸中了一枪。恼怒的华西列夫斯基刚站起来想喊什么,立即被狂风一样的子弹包围,话音未落他也栽倒了。数名俄军官兵上前企图把他们的参谋长抢救下来,但是,甘军的步枪手似乎看到了这个令他们发泄仇恨的时机,他们以猛烈的射击封锁了华西列夫斯基身边数尺的范围,结果企图抢救参谋长的俄军官兵一个个地倒下,没有一个俄国人能够活着接近在流血中大声呻吟的华西列夫斯基。这样的封锁居然持续了三个小时,其中两名企图把华西列夫斯基拉出死亡之地的军医都在接近他时负了重伤——一个被子弹打穿脊椎,另一个腿被打断了。

十四日中午,俄军仅仅攻占下外城的一角,攻击内城的战斗没有任何进展。

被甘军官兵的子弹封锁在瓦砾之中的华西列夫斯基只有仰望着异国的天空祷告了。

日军司令官山口素臣得知俄军提前开始攻击的时候,直后悔日本人动手晚了一步。他立即命令部队出发,同时,把日军行动的消息通知了英、美两军。这个日本将军的用意是:万一日本人拿不到攻占北京的头功,也不能让俄国人占到便宜——在日本人心中,世界上最阴险的国家就是俄国。

日军攻击的目标是朝阳门,攻击时间是十四日七时三十分。

在朝阳门城墙上防守的还是甘军。日军的攻击刚开始,甘军官兵就看见自己的最高长官董福祥到了现场。董福祥与俄军在东便门打了一夜,一脸的硝烟和疲惫,但那柄锋利的中国战刀依旧在他手上。他站在朝阳门的城墙上,说的还是那句话:"退者立斩!"

帝国军队的火力是猛烈的。从朝阳门外的东岳庙里冲出来的日军,在离城墙还有数百米距离的时候出现了严重伤亡。步兵受阻后,日军开始集中炮火轰击朝阳门城墙,双方开始了猛烈的炮战。在炮战的间隙,日军组织了几次攻击,但都失败了。城墙上的甘军好像越打越多。原来,董福祥把防守内城崇文门和正阳门的甘军全调到这里来了。

朝阳门的炮战,是帝国历史上少见的激烈炮战。甘军调集了可能调集的所有大炮,向日军的炮兵阵地以及冲击的步兵实施密集炮击。接近中午的时候,日军得到了跟上来的俄军预备队炮兵的支援,使这个方向上的联军大炮达到了五十多门。联军的炮群统一指挥,集中火力轰击朝阳门和东直门城楼,两座城楼顿时成为一片火海。轰击的同时,夹杂着步兵的一次次冲击。帝国军队没有预备队的概念,所有的兵力全都铺在第一线,在日、俄炮群的连续轰击下,城墙上出现大量的兵力减员,由于得不到补充,战斗力逐渐地低下来。按照战斗的基本战术,如果在这样的僵持中,帝国的其他部队能配合行动,无论从哪个方向进行反冲击,至少可以缓解甘军的压力,更何况日军所有的兵力加在一起也不足七千人。但是,僵持的状况如日军所愿,就这样一直僵持着。猛烈的炮击和小规模的步兵冲击持续了整整一天。天黑下来的时候,日军认为时机到了。与攻击天津城时一样,日军组织了敢死队,敢死队同样是抬着巨大的炸药桶,一波接一波前赴后继地向城墙接近。甘军拼死阻击,但是枪声逐渐稀落——城墙上帝国官兵的尸体已经成堆了。

一声巨响,日军敢死队终于把朝阳门城门炸开。

日军步兵蜂拥而入。

这是十四日的傍晚。

激烈的北京城攻防战似乎就这样接近尾声了。

与俄军和日军比起来,美军似乎"幸运"之极。美军严格按照联军的计划,十四日早上才向攻击目标进发,这时,俄军已经占领东便门,日军已经向朝阳门发起了多次冲击。美军一路没有受到任何阻击到达广渠门,但刚站稳脚跟就遭到帝国守军的射击,美国兵立即藏了起来,看热闹似的看着俄军与帝国军队激烈地战斗。看着看着,美军司令沙飞看出了门道:有一段城墙上好像没人防守。于是,他派出一个小组,徒手往城墙上爬。帝国的城墙由于修建年代久远,墙体上的砖缝很深,美军很容易就爬了上去。更幸运的是,这段城墙上真的没有任何清军守卫。这个现实即使今天看来,也是不可思议的事情:十万守军,就是简单地一字排开,也不至于在一段城墙上没有人,况且这段城墙还是联军攻击的主要方向。无论如何,大量美军已利用临时制作的软梯未发一枪一弹地登上了城墙。占领了广渠门这段城墙的美军立即向两边冲击,帝国官兵对城墙上突然出现的敌人猝不及防,纷纷撤退。

美军的伤亡,正是来自他们如此顺利地登上了城墙——他们在城墙上遭到了炮击,炮击来自俄军和英军。美国人立即把美国国旗竖了起来,联军方面的炮击停止了,但是却又招致帝国炮兵的猛烈轰击。美军指挥官从城墙上向下一看,把帝国军队的炮兵阵地看了个清清楚楚,于是命令炮火压制。美军居高临下地架起大炮,很快,压制起到了明显效果。美军官兵爬下城墙,从里面打开了广渠门的城门。

比美军更幸运的是英军。当得知俄军和日军都将攻击提前时,英军司令官盖里斯并没有着急。他手上有一个"绝密武器"。还是在刚刚攻占天津的时候,从北京使馆里冒死突围出来的那个中国教民,除了报告了北京使馆的情况外,还给了盖里斯一张小纸条,上面画着内城使馆区旁边护城河水面下一个秘密水门的具体位置——这个水门与英国使馆直接相连。盖里斯没有把这个秘密告诉任何人。当俄军在东便门外躲避暴雨等待攻击的时候,英军还远在通州城内没有出发。英军到达北京,已是十四日上午十一时了。他们观察了一阵子后,开始向广渠门攻击。由于美军爬上了城墙,英军在广渠门没有受到任何阻击。他们冲进城门后,才看见了帝国守军的一个炮兵阵地,但是大炮整齐地排列着却不见官兵的影子。英军立即占领了天坛,然后按照那张小纸条上的图寻找水门,没费什么周折便找到了。盖里斯带领官兵下水,摸到了水门,砸开铁栅栏,一身污水臭气的英军官兵冲进了使馆——英军等于没有经过战斗,便进入了北京的内城,而且直接到达了联军最终的军事目标:东交民巷。

英军冲进使馆后,美国使馆人员站在房顶上拼命地打旗语,旗语让不知如何就进了内城的美军看见了,于是美军也跟着钻水门到达了使馆。

联军竞争的是谁先到达使馆。

结果,最先行动,并且伤亡极大的俄军,反而落了个第三。

最后进入使馆的是日军。日军伤亡最大,因为他们在攻占朝阳门后,在接近使馆的路上受到帝国官兵的节节阻击,激烈的巷战令他们损失惨重。

随后,法、德、意、奥军队陆续到达东交民巷。

大清帝国的都城北京陷落。

仓皇之晨

十四日一整天的枪炮声令京城人心惊胆战。家家紧闭门户,店铺上了门闩,街上除了慌张奔跑的官军、飞奔传送战报的马匹之外,不见一个百姓,整个城市如同一座空城。

这一天,罕见义和团参战的记载,史料中仅有参战者"又有拳民五万",但这五万义和团民在哪个方向参战的,未见具体记叙。也没有京城百姓奔赴前沿援助帝国军队的记载。史料中仅有这样一则:

> 某巨室二女演红灯照,与拳匪相表里,自谓遇敌以扇煽之,立化为尘,迫与俄人战,二女登城,闻枪炮声惧甚,几坠城下,法术未及施,竟狂奔返家。㊷

下午的时候,有消息说洋兵进城了。

街上突然混乱起来。男人们惊慌地奔走,企图打听出实际情况,并从中得出自己的判断;但实际情况终没有打听出来,倒是看见多处房屋在燃烧,大量的伤兵被抬进城来,没受伤的官兵开始挨家挨户地抢劫,街巷里到处回响着砸门声、哭喊声,这些声音与枪炮声混合在一起,帝国臣民的精神崩溃了。

慈禧太后再次召集了御前会议。

慈禧开口便问:"洋兵是否抵京?尚距离多远?"

还是没人吭声。

慈禧的声音颤抖了:"你们,哑巴啦?"

载澜哆哆嗦嗦地说:"老佛,洋鬼子来了!"

刚毅说:"有兵一大队,驻扎天坛附近。"

慈禧恍惚地问:"恐是回勇,从甘肃来?"㊸

中午刚过,街上流传开一条"好消息",说回兵从西北开到京城,来保卫皇上来了。不少人证实了这条消息的真实性,他们都异口同声地说,看见回兵进了天坛——其实,那是英军占领天坛的情景。英军中有不少印度雇佣兵,这些印度兵与中国的回兵一样,头上缠着一块白布——慈禧的幻觉与街上百姓的小道传闻惊人地相似。

刚毅说:"不是,是外国鬼子!"

载漪主张照着咸丰年间的办法,让太后带着皇上和皇储躲到热河去。

慈禧没有表态,只是命令载漪、荣禄和庆亲王都到前线去。慈禧的

1901

意思是别以为有了守城大臣,你们就可以不管了。

散朝的时候,大臣们听见了慈禧的一声叹息。

三个帝国重臣都没有按照慈禧的旨意上前线,但是这个时候跑回家恐怕也不太合适,于是一起来到位于煤渣胡同的神机营指挥部。此时,朝阳门陷落在即,从南面进来的英军和美军已经到达使馆。东面的枪炮声紧一阵慢一阵。三个人干坐着没有可说的话,更没有可干的事。庆亲王焦急地来回踱步,载漪由于恐惧而面色苍白,荣禄却吩咐下人上街去买西瓜。西瓜真的买回来了,切开黑籽红瓤,荣禄一个人大吃特吃。就这样沉默了近两个小时,庆亲王终于小心地试探着说,要不先挂白旗,停住了炮再说。载漪和荣禄都没吭声。

没吭声就是同意了。

庆亲王的命令传了出去。

大清帝国都城的所有城墙上都挂出了表示投降的白旗。

但是,该日本人倒霉。东直门上的清军在挂出白旗后又后悔了,他们突然扯下白旗继续开枪开炮,让准备接受投降的日军死伤不少。

此为最后一战。

神机营指挥部里的三个重臣一直坐到天黑,传来的报告是:京城所有的城门全部失守。

三个人立即站起来出了门。

庆亲王和载漪往西跑,荣禄往北跑。

大清帝国政府的军事指挥部就这样散伙了。

联军已经进城,帝国防守城墙的部队基本上放弃了抵抗,董福祥带领残部逃出彰义门往西而去。

这时候,皇宫里的慈禧正做着一件千古流传的事:把光绪皇帝心爱的女人珍妃弄死。关于这件事情,大多数记载为:十五日早晨,慈禧匆忙逃亡的前一刻,突然想起皇宫里还存在着这么一个被她关押的人。但是,据跟随慈禧逃亡的一个贴身宫女回忆,这件事发生在十四日下午,也就是说,慈禧并不是在匆忙中顺便做了这件事的,而是把它当做如同催促军机大臣上前线一样重要的事来处理的:

我记得,头一天,那是七月二十日(西历八月十四日)下午,睡醒午觉的时候——我相信记得很清楚,老太后在屋子里睡午觉,宫里静悄悄的,像往常一样,没有任何出逃的迹象。这天正巧是我当差。

突然,老太后坐了起来,撩开帐子。平常撩帐子的事是侍女干的,今天很意外,吓了我一跳。我赶紧拍暗号,招呼其他的人。老太后匆匆洗完脸,烟也没吸,一杯奉上的水镇菠萝也没吃,一声没吩咐,径自走出了乐寿堂(宫里的乐寿堂,在外东路,是老太后当时居住的地方,不是颐和园的乐寿堂),就往北走。我匆忙跟着,心里有点发毛,急忙暗地里通知小娟子。小娟子也跑来了,我们跟随太后走到西廊子中间,老太后说:"你们不用侍候。"这是老太后午睡醒来的第一句话。我们眼看着老太后自己往北走,快下台阶的时候,见又一个太监请跪安,与老太后说话。这个太监也没陪着老太后走,他背向着我们,瞧着老太后单身进了颐和轩。

农历七月的天气,午后闷热闷热的。大约有半个多时辰,老太后由颐和轩出来了,铁青着脸皮,一句话也不说。我们是在廊子上迎老太后回来的。

其实,就在这一天,这个时候,这个地点,老太后赐死了珍妃,她让人把珍妃推到颐和轩后边的井里去了。我们当时并不知道,晚上便有人偷偷地传说。后来虽然知道了,我们更不敢多说一句话。㉔

即使慈禧确实是个性格无比坚硬的女人,也无法相信十四日中午她还有心情睡午觉,并且还能睡得着。她召见军机大臣之后,确实躺在了帐子里,并且把帐帘拉上了,但是她肯定没有睡。她迅速地盘算着下一步应该做什么,考虑的内容必定包括是否逃亡、何时逃亡、逃向哪里等重大问题,当然还包括如何处置珍妃。她突然自己"撩开帐子"坐起来,是她已经决定了这件事现在就要做。

珍妃,满族镶红旗人,他他拉氏,户部右侍郎长叙之女。一八七六年出生,十二岁时被选入宫中,得到光绪皇帝的宠爱,升为珍妃。这是一个开朗的贵族世家女儿,她毫无拘束的性格,可能与她从小没有跟随父母而是跟随伯父生活有关,同时也跟她入宫之前一直生活在民风比较开放的广州,并且得到帝国大文豪文廷式的亲自教诲有关。她有一个哥哥,与她同在广州生活,后来在甲午战争中积极主战,又与维新派关系密切。珍妃一入宫,就显示出令人惊讶的聪慧,一度成为慈禧太后最宠爱的女孩儿,以至于在慈禧办公的时候她能够随便在旁边观看。她只需往那些奏折上扫一眼,便能迅速地记住大致内容,然后背给慈禧听,并说出慈禧将要下什么样的旨,往往猜得八九不离十,弄得慈禧"讶其才已胜己"。珍妃的字写得极好,能够"双手写字",后来"慈禧赐群臣福、寿、龙、虎等字",竟均由她代笔。但是,随着女孩儿的长大,问题出现了。同样年轻的光绪皇帝喜欢这样的女孩儿是情理之中的事,得到皇帝的宠爱并不是错误,因为她的一切,包括身体,原本就是为皇帝准备的。问题是,光绪皇帝由此冷落了慈禧出于政治考虑为他亲自挑选的那个皇后。由于在生活上的"出格",珍妃逐渐受到慈禧的冷眼。更加严重的问题是,珍妃喜欢在宫里到处嘻嘻哈哈的,并且"艳装露容"地让太监们给她照相,她喜欢穿男人的服饰——"有时故扮男装,满头乌发,后垂长辫,头插三眼花翎,长袍马褂,腰系丝带,足登朝靴,俨然一位美少年似的差官。"⑥慈禧曾经以"习尚奢华"为由处分过她,甚至一度把她从妃子降为贵人。但是,这一切都不足以构成她的死罪,一个满族贵族之女,如果没有政治上的原因,绝不会引发慈禧强烈的仇恨。

问题就出在政治上。

慈禧最大的政治仇恨,是光绪皇帝企图置她于死地的戊戌变法,而整日与皇帝形影不离的珍妃是变法的鼓吹者和怂恿者。没有证据表明这个女孩儿具有什么样的政治才华,但是她不安分的性格势必使她成为一个反叛者。在康党要对帝制的祖宗规矩,也就是对慈禧变法的那些日子里,珍妃是光绪皇帝身边唯一能够说贴心话的女人——仅仅因为这个原因,变法失败后,珍妃就被慈禧列入了死亡名单。光绪皇帝被囚禁在瀛台,珍妃也被囚禁,地点是与慈禧居住的宫殿仅隔数米长廊的钟粹宫北三所。用今天的眼光看,囚禁珍妃的房间实在是简陋不堪,据说那里是明代皇宫里的奶妈住的地方。她在那里完全与世隔绝,屋门被反锁,太监每天从窗户递进些冷饭。每隔几天,一个太监便代表太后"奉旨申斥",珍妃要跪在地上听着数落。慈禧想让这个生性活泼的女孩儿自然死亡,但是她只是憔悴下去,并没有死。

那么，现在，她该死了。

死刑执行者是崔玉贵，一个权力很大、资格很老的总管太监，宫女们当面称他崔回事的，因为在称呼上要与大总管李莲英区别开，背后便叫他名字的谐音"催命鬼"。一年后，从逃亡地回到京城的慈禧做的第一件事，就是把崔玉贵赶出皇宫，理由是"当时并没有把珍妃推到井里的心，只在气头上说，不听话就把她扔到井里去，是崔玉贵逞能硬把珍妃扔下去的"。⑥⑥这个失去生活着落的老太监觉得太后把责任推在自己身上"实在冤枉"，于是反复把当时的情景向他人描述，以便让后人可以大概得知在那个都城已经沦陷的下午一个帝国皇妃的死亡经过：

> 由东北三所出来，经过一段路才能到颐和轩。我在前面引路，王德环在后面侍候。我们侍候主子向例不许走甬路中间，一前一后在甬路边走，小主一个人走在甬路中间。一张清水脸儿，头上两把头摘去了两边的络子，淡青色的绸子长旗袍，脚底下是普通的墨绿色的缎鞋，这是一副戴罪妃嫔的装束。她始终一言不发，大概她也很清楚，等待她的不会是什么幸事。
>
> 到了颐和轩，老太后已经端坐在那里了。我近前请跪安复旨，说珍小主奉旨到。我用眼一瞧，颐和轩里一个侍女也没有，空落落的只有老太后一个人，我很奇怪。珍小主进前叩头，道吉祥，完了，就一直跪在地上，低头听训。这时屋子静得掉地下一根针都能听得清楚。老太后直截了当地说，洋人要打进城来了。外头乱糟糟，谁也保不定怎么样，万一受到污辱，那就丢尽了皇家的脸，也对不起列祖列宗，你应当明白。话说得很坚决。老太后下巴扬着，眼瞧也不瞧珍妃，静等回话。珍妃愣了一下说，我明白，不会给祖宗丢人。太后说，你年轻，容易惹事。我们要避一避，带着你走不方便。珍妃说，您可以避一避，可以留皇上坐镇京师，维持大局。就这几句话，戳了老太后的心窝子。老太后马上把脸一翻，大声呵斥说，你死在临头，还敢胡说！珍妃说，我没有应死的罪！老太后说，不管你有罪没罪，也得死！珍妃说，我要见皇上一面。

皇上没让我死!太后说,皇上也救不了你。把她扔到井里去。来人哪!

就这样,我和王德环连揪带推,把珍妃推到贞顺门内的井里。

珍妃自始至终嚷着要见皇上!最后大声喊,皇上,来世再报恩啦!

我敢说,这是老太后深思熟虑要除掉珍妃,并不是在逃跑前,心慌意乱,匆匆忙忙,一生气下令把她推下井的。我不会忘记那一段事。那是我一生经历的最惨的一段往事。[67]

如今,贞顺门内的那口井依旧静卧在故宫的一个角落里,供游人观赏。那是一口很小的井,几乎每个观赏这口井的人都不免产生这样的疑问:如此细小的井口,如何能"推"进去一个人?尤其还是一个拼命挣扎的人?

还是没有令人信服的理由来解释在城池已破的危亡时刻,慈禧为什么要处心积虑地把皇帝的一个妃子置于死地。如果说怕她被洋人污辱,那么完全可以带上她一起逃亡,因为皇家逃亡的队伍也并不简陋;如果说珍妃是一个漂亮的女子,那么跟随慈禧逃亡的皇室人员中,有一个比珍妃更年轻更漂亮的女孩儿——庆亲王的四格格;更无法解释的是推入水井这一举动,对于像珍妃这样在深宫里的人,完全可以采取其他手段,譬如宣布其生病死亡等等,何必在光天化日之下采取如此残忍的方式?当代史论者一口咬定说:没什么奇怪的,这符合慈禧的性格——不是一个皇妃被两个太监举起来塞进一口水井这个事实令人奇怪,而是具有数千年历史的泱泱大国的几十年的命运竟然被这样一个性格独特的女人掌握着,这个事实倒让人恍惚觉得珍妃的死犹如一段恶作剧式的捏造。

一年以后,珍妃的尸体被打捞上来,"浅葬京西田村"。

已经返回京城的宫廷下了一道谕旨,可以肯定是慈禧的指使:"上年京师之变,仓卒之中,珍妃扈从不及,既于宫闱殉难,洵属节烈可嘉,加恩着追赠贵妃,以示褒恤。"[68]

珍妃之死,这个发生在大清帝国深宫里的事情,后来被人用各式版本反复描述,成为一个被中国人津津乐道的东方式的哀伤故事。

十四日晚上,慈禧突然决定召见军机。

太监们急忙传旨,但是等了很久,帝国的六位军机大臣没有一位前来。

绝望的慈禧落泪了。

这是一个恐怖之夜。按照平日的习惯,慈禧依旧要在宫女们的侍候下洗脚、泡指甲,然后躺下睡觉。但是一种持续不断的奇怪的声音一直在她耳边响着,这是她从来没听过的一种声音。

值班的宫女回忆道:

> 突然听到四外殿脊上,远远的像猫叫,尾声很长。我最初不在意,宫廷里野猫很多,夜里猫叫并不稀罕,只是没有这样长的尾声。夜深人静,仔细地听,猫叫的声音在正东方,过一会儿,东南方也传来猫叫声。我悄悄地出来,知会外面守夜的人,因为我们心里有鬼。俗话说,远怕水,近怕鬼。知道昨天珍妃死在井里,以为她冤魂不散显灵来了。
>
> 老太后寅正(四时)醒来的时候,已经是天蒙蒙亮了。按说猫叫应该停止了,可恰恰相反,好像东南北三方有几十只猫在乱叫。老太后也仔细听,打发人到外面去看,但也看不出什么。就在这个时候,李莲英惊慌失措地走了进来,也顾不得什么礼仪和避忌了,说,鬼子打进城来了!老太后说,你仔细讲。李莲英说,德国鬼子由朝阳门进来,日本鬼子由东直门进来,俄国鬼子由永定门进来,把天坛都围了,全都朝紫禁城开枪,枪子一溜一溜地在半空飞。据说这是护军统领澜公爷特来禀告的,我们才知道半夜猫叫原来是子弹在空中飞的声音。⑩

这时,宫内终于来了三位大臣:刚毅、赵舒翘和王文韶。

慈禧顾不得威严了,急切地问,那些军机到哪里去了?是不是都跑回家了?丢下我们母子二人不管了?

三位大臣没人吭声。

慈禧悲切地说:"尔等当随吾行。"

三位大臣立即明白了:太后已经决定逃亡。

慈禧对王文韶说:"汝老矣,尚长途苦汝,我心不安,汝以舆后来,彼二人骑以从,必同行也。"

恍惚中的王文韶答:"臣必赶来。"⑦

不知道慈禧的心腹荣禄此刻在什么地方,据说他正在"收集军队"。

又剩下慈禧一个人了,她在屋子里来回转,时间一分一秒地过去。

御膳房准备好了早饭。突然,一个东西从窗户外飞进来,一夜恍惚的慈禧这次看清楚了,是一颗子弹!子弹从白色的窗格飞进来,弹落在地上。慈禧真的害怕了,她刚要到外面查问,却见载澜正跪在帘子外,他用颤抖的声音禀报说:洋人已经进城了。

慈禧立即吩咐去请皇上,并且下旨传皇后、妃嫔和住在宫里的格格们到乐寿宫来。

光绪皇帝来了,细声细气地跟慈禧问安。

慈禧让李莲英找几件衣服给皇帝换上。

慈禧自己也要重新装扮。

从李莲英在炕上摊开的包袱看,可以断定即使慈禧没有逃亡的打算,宫内也早已有人为她的逃亡做了准备:汉民妇女的裤褂鞋袜、青色的绑腿、汉家妇女盘头发的铜簪子和包着几个头发网子的手绢。据说,这一切都是住在前门外鲜鱼口的李莲英的姐姐为慈禧准备的。如果这个传闻是真实的,它的巨大讽刺意味是:对于整个帝国未来局势的判断,皇宫外的任何一个人都比皇宫里的人看得清醒。

李莲英很快就将慈禧装扮完毕,是一副极其普通的老年妇女的打扮:盘羊式的汉民婆婆发式,深蓝色的半新不旧的夏布褂子,浅蓝色的旧裤子,新绑腿,新白布袜子,黑布鞋。史书记载道:"此太后生平第一次也。"紧接着,皇帝也被装扮完毕,是按照汉民跑生意的小伙计的形象设计的:蓝色的没领子的长衫,肥大的黑裤子,圆顶小草帽。到这时,光绪皇帝已是"悲愤之极","几近战栗"。

黎明时分,贞顺门内跪了一片人,都是没有得到慈禧的恩准被迫留下的。慈禧在跨出皇宫最后一道后门的时候让他们谁也不许心眼窄,都等着她回来。

仓皇出了贞顺门,慈禧看见了准备在那里的三辆蓝布车围子骡车。

上车的时候,慈禧向跟随她逃亡的人交代,要是遇到盘问,就说他们是乡下人,并且严厉地威胁说,谁要是乱说话就把谁扔下车去。

话音未落,南边一声炮响。

这是一九〇〇年八月十五日早晨。

六时三十分,美军占领正阳门。

从高大的正阳门进去,美军炮兵连长瑞利上尉看见了一道红墙横在面前。他打开地图查看,随后惊叫起来:"这就是皇城!"美军第十四、第九步兵团的官兵开始冲击。他们没有受到帝国军队的阻击,却被堵在高大的红墙前面。皇城围墙的高度似乎没有攀爬上去的可能,于是他们把希望全部寄托在炮兵身上,因为他们看见了一座大门。

这是大清帝国皇城的第一道大门:大清门。

如今在北京已经看不到这座大门了,它的位置大约在今天的天安门与正阳门之间。至少从名称上可以看出,这座门在中国人心中是名副其实的国门。它在明代叫大明门,清代叫大清门,民国叫中华门。大门的门匾是石头的,镶嵌在大门之上。大清帝国完结、民国开始的时候,有关人士首先想到要把这座门的名称改掉,于是让人把石头门匾抠出来,想利用这块石头的背面刻上"中华门"三个字,再重新镶到门上去。谁知,门匾抠下来了,翻过来一看,"大明门"三个字历历在目。原来两百年前,当大清帝国定都京城的时候,已经使用过这种偷工减料的办法了——这件庄严而狡猾的事,足以证明中国人善于"换汤不换药"。结果,民国的中华门门匾是木头的。

不管是大明门还是大清门,中国具有象征意义的国门出奇地结实。

在瑞利连长的指挥下,上尉苏莫莱像在靶场上训练新兵一样,在大清门的门闩上画出一个白色的圆圈,然后他后退一百米,命令炮兵朝着圆圈开炮。这是联军向大清帝国的皇城发射的第一发炮弹,也是出了贞顺门的慈禧听见的那声巨响。

两次齐射,大清门的门闩被炸开了。

美军蜂拥而入。

他们马上又看到了一座大门。

这就是天安门,大清帝国皇城的第二道大门。

美军遭到了密集的射击。清军在天安门城楼上的突然射击使数名美军官兵倒地,包括冲在最前面的炮兵连长瑞利,他也许是死在距联军幻想的堆满黄金珠宝的中国皇宫最近的一名军官了。

清军的抵抗持续了半个小时。这是整个大清帝国的最后的抵抗。因为身后就是皇帝居住的地方了,阻击的清军官兵格外顽强。在美军向天安门门闩和城楼上发射炮弹的时候,清军官兵没有一个放弃阵地。然而他们并不知道,此刻,他们的皇上和太后已经逃出了身后的皇宫。清军官兵在流血和死亡中,始终能够感受到来自皇宫的皇上和太后的殷切目光,他们拼尽最后的力量向城门下的入侵者射击,被密集的炮弹炸死的同伴的尸体被堆积起来当做了掩体。英国人增援了,他们不知道从什么地方弄来一群日本苦力,这些并不是军人但同样"好像不知道死亡是个什么东西"的日本人在城墙上架起云梯就往上爬。终于爬上城楼的时候,他们用日本话向下喊:"这上面没有一个活着的了!"

美军步兵已经从炸开的天安门城门中冲了进去。

冲入城门的时候,美国人与急速赶来的俄国人几乎火并起来,他们互相排挤、推搡,甚至动了拳脚——双方都想第一个冲入大清帝国的皇宫。

但是,他们同时看见前面又出现了一座城门,这座城门看起来比天安门更高更坚固。

这是大清帝国皇城的最后一道门:午门。

美军立即架好炮,他们已经不需要在门闩的位置画出白圈了,他们已经熟悉中国城门的结构了。俄国人、英国人和日本人都很着急,因为他们知道,只要面前的这座大门一破,大清帝国的宝库就完全敞开了。说不定还可以看见中国的皇帝,据说皇帝头上戴的皇冠是用数磅纯金打造的。

但是,突然,快马飞报:停止对皇宫的攻击。

原来,各国指挥官已经得知美军想要首先进入皇宫,他们立即召开了紧急会议,一致认为"继续攻击皇宫,会激怒中国人";同时决定,为了防止一国独占或先占皇宫,暂停对皇宫的一切军事行动。

付出了代价的美军不服,但是身边是坚决"同意"的英军和俄军仇恨的目光。于是,联军对皇宫的攻击停止在了午门前。

这时,慈禧一行已经出了皇宫的后门神武门。

神武门外浓烟滚滚。在美军从正面攻击皇城的时候,俄、法、日三国军队从后面开始了攻击。为了压制美军的攻击速度,争取首先进入皇宫的特权,法国炮兵甚至向美军开了炮。

刚毅、赵舒翘已在城门外接驾,慈禧要求他们赶快护驾出城。

突然,一队人马冲向慈禧的车队,所有的人都惊叫起来。

定神一看,是荣禄派来的健锐营的马队,来保护皇上和太后的。

皇家的车马刚要从神武门向德胜门方向逃命,却出现了一个更加意外的情况:数千义和团民蜂拥而来。这是在一九〇〇年京城防御战的史料中罕见的关于义和团行踪的记载。义和团的人数大约为三千。在整个京城的防御战斗中,除了外城发生了激烈的战事,外城丢失后,城内基本上没有发生清军与联军的大规模战斗。帝国正规军除了伤亡者之外,纷纷撤出了城区。但是,从有关史料中估算,"城内设坛八百余所,每坛百人",也就是说当时的京城内至少有义和团民八万之众。那么,当帝国的城门被一个一个攻破的时候,这些"扶清灭洋"的农民们都到哪里去了?这是一个极大的历史谜团。

无法确切得知这股义和团奔向这里的目的是什么。他们直奔皇宫的后门神武门,有人分析说他们是来保卫皇宫的,这个说法没有充分的根据。保卫皇宫的战斗发生在大清门或天安门附近,因为那里是联军攻击皇宫的主攻方向。也有人说义和团是赶来护驾的,可当时连大部分的帝国官员都不知道皇帝和太后要逃亡了,农民们如何事先得知?有点道理的说法是:健锐营的撤退引起了农民们的愤怒。帝国的正规军放弃正面抵抗往北而去,这在农民们的眼里是临阵逃脱,义和团是要追上这些正规军"算账"的,农民们对帝国军队的仇恨不是一天两天形成的。此刻,农民们根本想不到他们看见的那一队骡车里坐的是皇上和太后,他们认为那是高官们的逃亡家眷。

义和团与健锐营混乱地堵在神武门下。帝国的护驾官兵立即与义和团民冲突起来。官兵们朝义和团猛烈射击,在枪弹下,在战马的踩踏下,义和团的农民们纷纷倒下。情绪复杂的农民们拼死反抗,而日、法两国官兵正从东、西两个方向压过来,这使神武门外的战斗在阵营区分上、战线分割上和战斗进程上都无法准确地描述。当健锐营的官兵从义和团中杀开一条血路,保护皇帝和太后的车队向北而去的时候,日军赶到了。他们没有对那几辆骡车给予特别的注意,而是立即向义和团开了火。接着,法军到达。真正杀戮的开始了,数千义和团民被猛烈的炮击和步枪的射击压缩在皇城城墙下,完全失去了抵抗能力。日、法两军的屠杀持续了一个小时,直到所有的义和团团员全部没有了声息为止。

这是一九〇〇年最后一批倒在京城里的义和团团员,他们年轻的身体里流出的鲜血沿着帝国古老的宫墙缓缓地流淌,直到夕阳将整个京城染成一片血红。

应该说,正是义和团的这个举动,为慈禧的逃亡争取到至少一个小时的时间,帝国农民的反抗无意中起到了掩护皇帝和太后的作用。如果没有义和团的出现,从东、西两面压过来的日、法两军,势必轻易地就能将慈禧的逃亡车队扣押在神武门外。如果慈禧一行没有被打死在乱枪中,那么,帝国的皇帝和掌权的太后同时被俘,历史将会是什么样子?

慈禧被迫宣布下台?

光绪按照洋人的心愿重新执政?

康有为"胜利"回国?

大清帝国终于可以全面变法革新?

那么,后来意在推翻帝制的辛亥革命还会发生吗?

北京城在外国军队的围攻中沦陷了。

大清帝国失去它的都城的时间是:一九〇〇年八月十五日。

这在中国几千年的历史上是第一次。

自这一天开始,大清帝国的历史顺着那几辆出逃的骡车在北方荒野上压出的一片零乱车辙,惊慌失措地走了下去。

注 释:

① 孙其海《铁血百年祭》,黄河出版社。

② 罗惇曧《拳变余闻》,引自辜鸿铭、孟森等编著《清代野史》第一卷,巴蜀书社。

③ 徐珂编撰《清稗类钞》第六册,中华书局。

④ 罗惇曧《拳变余闻》,引自辜鸿铭、孟森等编著《清代野史》第一卷,巴蜀书社。

⑤ 故宫博物院明清档案部编《义和团档案史料》,中华书局。

⑥ 佚名《天津一月记》,引自翦伯赞、荣孟源、杨济安等主编《义和团》二册,上海人民出版社、上海书店出版社。

⑦ (英)萨维奇·兰德尔《中国与联军》,陈克立译,引自北京市政协、天津市政协、文史资料研究委员会编《京津蒙难记》,中国文史出版社。

⑧⑨⑩ (英)巴恩斯《在华勇营服役期间——中国第一军团于1900年3月—10月在华北地区的作战史》,伦敦。

⑪ (英)里杰那尔德·庄士敦《龙狮共存威海卫》。

⑫ 邓向阳主编《米字旗下的威海卫》,山东画报社。

⑬⑭⑮⑯⑰⑱ (英)巴恩斯《在华勇营服役期间——中国第一军团于1900年3月—10月在华北地区的作战史》,伦敦。

⑲⑳㉑ 《景善日记》,引自辜鸿铭、孟森等编著《清代野史》第一卷,巴蜀书社。

㉒㉓ 《庚子拳变始末记》,引自辜鸿铭、孟森等编著《清代野史》第一卷,巴蜀书社。

㉔ 罗惇曧《庚子国变记》,引自翦伯赞、荣孟源、杨济安等主编《义和团》一册,上海人民出版社、上海书店出版社。

㉕㉖㉗㉘ 《庚子拳变始末记》,引自辜鸿铭、孟森等编著《清代野史》第一卷,巴蜀书社。

㉙ 罗惇曧《拳变余闻》,引自辜鸿铭、孟森等编著《清代野史》第一卷,巴蜀书社。

㉚ 恽鼎毓《崇陵传信录》,中华书局。

㉛ 侯书森主编《百年老书信》第一卷,改革出版社。

㉜ 佚名《天津一月记》,引自翦伯赞、荣孟源、杨济安等主编《义和团》二册,上海人民出版社、上海书店出版社。

㉝ (英)萨维奇·兰德尔《中国与联军》,陈克立译,引自北京市政协、天津市政协、文史资料研究委员会编《京津蒙难记》,中国文史出版社。

㉞ (俄)科罗斯托维茨《俄国人在远东》,李金秋、陈春华、王超进译,引自

北京市政协、天津市政协、文史资料研究委员会编《京津蒙难记》,中国文史出版社。

㉟㊱ (英)萨维奇·兰德尔《中国与联军》,陈克立译,引自北京市政协、天津市政协、文史资料研究委员会编《京津蒙难记》,中国文史出版社。

㊲㊳㊴ 孙其海《铁血百年祭》,黄河出版社。

㊵ (英)萨维奇·兰德尔《中国与联军》,陈克立译,引自北京市政协、天津市政协、文史资料研究委员会编《京津蒙难记》,中国文史出版社。

㊶㊷㊸ 李长莉《近代中国社会文化变迁录》第一卷,浙江人民出版社。

㊹ (英)麦高温《中国人生活的明与暗》,朱涛、倪静译,时事出版社。

㊺ 游国恩、王起、萧涤非、季镇淮、费振刚主编《中国文学史》四,人民文学出版社。

㊻ 徐凌霄、徐一士《凌霄一士随笔》二,陕西古籍出版社。

㊼ 老吏《奴才小史》,引自辜鸿铭、孟森等编著《清代野史》第一卷,巴蜀书社。

㊽㊾ 罗惇曧《庚子国变记》,引自翦伯赞、荣孟源、杨济安等主编《义和团》一册,上海人民出版社、上海书店出版社。

㊿ 唐德刚《晚清七十年》,岳麓书社。

㉑ 《景善日记》,引自辜鸿铭、孟森等编著《清代野史》第一卷,巴蜀书社。

㉒ 汪康年《汪穰卿笔记》,上海书店出版社。

㉓ 止庵《史实与神话》,中国对外翻译出版公司。

㉔㉕㉖ 《庚子拳变始末记》,引自辜鸿铭、孟森等编著《清代野史》第一卷,巴蜀书社。

㉗ 《景善日记》,引自辜鸿铭、孟森等编著《清代野史》第一卷,巴蜀书社。

㉘ 徐凌霄、徐一士《凌霄一士随笔》三,陕西古籍出版社。

㉙ 罗惇曧《拳变余闻》,引自辜鸿铭、孟森等编著《清代野史》第一卷,巴蜀书社。

⑥⓪ 徐凌霄、徐一士《凌霄一士随笔》三,陕西古籍出版社。

⑥① 罗惇曧《拳变余闻》,引自辜鸿铭、孟森等编著《清代野史》第一卷,巴蜀书社。

⑥② 止庵《史实与神话》,中国对外翻译出版公司。

⑥③ 《景善日记》,引自辜鸿铭、孟森等编著《清代野史》第一卷,巴蜀书社。

⑥④ 金易、沈义羚《宫女谈往录》,紫禁城出版社。

⑥⑤ 张宝章、严宽《京师名墓》,北京燕山出版社。

㊅㊆ 金易、沈义羚《宫女谈往录》,紫禁城出版社。
㊈ 张宝章、严宽《京师名墓》,北京燕山出版社。
㊉ 金易、沈义羚《宫女谈往录》,紫禁城出版社。
㊊ 罗惇曧《拳变余闻》,引自辜鸿铭、孟森等编著《清代野史》第一卷,巴蜀书社。

第五章

河船中的秀女

县令的运气和帝王的文件 ／ 清泪湿山河
河船中的秀女　／　上海道起舞与张之洞劝学
昂贵的船票和姓刘的脑袋 ／ 司令和妓女还有一位帝国壮士
月亮门里的盘算

1901

县令的运气和帝王的文件

一个国家的最高统治者,向全世界公开宣布自己有罪,这无疑是人类历史上一个绝无仅有的举动。

一九〇〇年八月二十日,在北京西北方向一个名叫怀来的小县城里,因为都城陷落而逃亡至此的大清帝国皇帝,向他的帝国和全世界颁布了这样一份官方文件。这种特殊形式的官方文件,帝国皇家的正式称谓为罪己诏,意思是谴责自己的诏书。

罪己诏的内容和格式,类似现代中国的检讨书。

无论是古代中国皇帝的罪己诏,还是现代中国官民熟知的检讨书,无不是"痛"到了极处的产物。

光绪皇帝颁布的罪己诏,在中国历史上并不是唯一。在这以前,最著名的是北宋皇帝宋徽宗颁布的那份罪己诏,时间是一一二五年。当时,入侵中原的金军兵临开封城下,徽宗派出携带大量黄金前去议和的使臣痛苦地返回,除了黄金和使臣的一只耳朵之外,大宋的其他议和条件全部被金军拒绝——灭宋已成既定事实。在中国历史上被称为著名书画家的徽宗皇帝不禁魂飞魄散,立即宣布把自己的皇位让给儿子,同时颁布了一份罪己诏。其内容择录如下:

> 朕承祖宗恩德,置于士民之上,已经二十余载。虽兢兢业业,但仍过失不断,实乃禀赋不高之故。多年来言路壅塞,阿谀充耳,致使奸邪持权,贪饕得志,贤能之士陷于朋党逸言,缙绅之人遭到恶意流放,朝政紊乱,痼疾日久。而赋敛过重,夺

百姓之财;戍徭过重,夺兵士之力,社会浮华侈靡成风。利源酤榷已尽,而谋利者尚肆诛求;诸军衣粮不时,而冗食者坐享富贵。灾异屡现,朕仍不觉察;民怨载道,朕无从得知。追思所有过失,悔之何及!①

宋徽宗的罪己诏显然是写给大宋百姓看的,并没有向入侵者低头献媚的意思,因为在诏书的最后,徽宗皇帝号召大宋军民"捍御边疆",并且许诺将要"开放言路",对于大胆批评国事者,"不当者亦不加罪"——人之将死,其言也善;鸟之将死,其鸣也哀。一国之君痛彻地检讨自己,据说立即得到了无数臣民的同情,即将失去山河的大宋百姓"山呼万岁,涕泪交迸"。

数月之后的一个风雪之日,徽宗和他的儿子钦宗连同皇室的大部分成员被金军掠往遥远的北方。在被异族关押流放三十年后,徽宗和钦宗先后在极端羞辱中凄惨地死去。这是中国历史上唯一被入侵者俘虏且死在流放地的两代皇帝。从他们被异族军队押出皇宫的那天起,无论是当时的宋人还是后来的国人,立即像忘掉一只打碎的罐子一样将他们遗忘了,包括徽宗皇帝那份态度诚恳的罪己诏。

如今,大清帝国皇室的处境,也到了必须颁发罪己诏的地步。只是此刻并非兵临城下,而是城池已破。因此,罪己诏的措辞成了一件颇费脑筋的事情。可以肯定,光绪皇帝是无意自责的,帝国如今的局面,恰恰证明了过去数年他的主张的正确,包括变法强国,包括不能进攻使馆,包括一旦开战后果不堪设想。罪己诏虽然要以光绪的名义颁布,实际上应该是慈禧的检讨书。慈禧和光绪,没有一个像徽宗一样在书画上颇具才情,因而也就无法具有艺术家的禀性和勇气。他们都是帝国政权的掌握者,政客在准备责备自己的前夜,肯定要为政治的艺术化问题而失眠。

此时,慈禧不但严重失眠,而且还很饥饿。

八月十七日,"天色阴晦",被帝国局势的各种传闻弄得惶恐不安的怀来知县吴永,正在破旧的县衙门里与他的同僚借酒消愁。突然,有人送来一封紧急公文。这是一团字迹不清的烂纸——"皱折已如破絮。"吴永"乃起向案角仔细平熨",上面的文字着实吓了这个知县一大跳:

1901

皇太后
皇上　　　　满汉全席一桌

庆王
礼王
端王　　　各一品锅
肃王
那王
澜公爷
泽公爷
定公爷
肃贝子
伦贝子　　　各一品锅
振大爷
军机大臣
刚中堂　　　各一品锅
赵大人
英大人年　　各一品锅
神机营
虎神营
随驾官员军兵,不知多少,应多备食物粮草。
　　　　　　　光绪二十六年七月二十二日②

一九〇〇年秋天即将来临的时候,在帝国癫狂纷乱的政治舞台上,三十五岁的怀来知县吴永是个幸运的喜剧人物。要不是洋人打进了大清帝国,小官吏吴永没有载入帝国史册的任何可能。此人祖籍浙江,家庭情况不详,但从"生于四川宁远西昌县县署"的记载上看,其父很可能是个县官,否则他不会出生在县衙门里。吴永十四岁时,父亲死了,他再也读不起书,于是"刻苦自励,涉猎经史之余,工书画刻印"。这一本领在他当了一段帝国军队的文书后,使他能够在流落湖南时"靠卖书画、刻印为生"。然而,正是从这时起,这个没有"文凭"的穷酸书生的奇特幸运突然开始了:先是被一个小官吏聘为文书,谁知这个小官吏

411

恰巧是当时帝国著名外交家郭嵩焘的侄子,吴永通过向郭嵩焘请教古文知识得到了郭大人的赏识。二十二岁时,经郭嵩焘推荐,吴永进京拜见了当时的户部侍郎曾纪泽。很快他又得到曾大人的赏识,而且赏识的结果竟然是当上了曾纪泽的二女婿。没有任何史料记载过这个小人物究竟凭借了什么突出才能赢得如此幸运的,但有一点可以肯定,那就是他绝不仅仅拥有写字、画画和刻印这些普通的手艺。新婚第二年,曾纪泽去世,没有经过科举考试的吴永被任命为直隶试用知县。甲午战争结束后,李鸿章主持对日议和,由于曾纪泽生前与李鸿章的亲密关系,吴永又成为李鸿章身边的"充文案委员"。李鸿章是能够影响帝国政局的重臣,吴永的幸运因而再次降临。他与李鸿章"晨夕左右",最后到了"同案共饭,随意谈论,督励训诲,无所不至"的地步。一八九七年,经李鸿章推荐,吴永被任命为怀来知县。这次不是试用了,而是"实授"。

吴知县上任后,最头疼的问题,就是如何对待义和团。从吴永得到郭嵩焘、曾纪泽和李鸿章的赏识上分析,这个有点小文采、有点小手段的小人物必定思想开明。义和团刚刚兴起,吴永表示了坚决反对的立场,他公开张贴布告:怀来境内,无论何人何地,均不得设有神坛,不得传习布煽,违者以左道惑众论,轻则笞责,重则正法。吴知县抓的义和团民挤满了怀来监狱。可就在这个时候,朝廷奖励团民的上谕到了,他只好被迫放人。谁知这一放,吴知县反被义和团抓了起来。义和团们把他捆绑在神坛前,把他的脑袋按在尘土中历数他的罪行,然后强迫他拈香,这是义和团"执法"之前的通常仪式。县城里大大小小的绅士们赶来了,经过长时间的游说和不得不拿出的大笔贿赂,吴知县最终没被义和团砍头,他幸运地被"赦免"了。这番死到临头的恐惧,令吴永躲在家里不敢出门,偶尔到县衙门"上班",也让人持枪在门外站岗。而他管辖下的怀来县城,自此"红巾满城,生杀任意,凌轹官长,鱼肉人民,岌岌不可终日"。③

在时局日益混乱的日子里,吴永对自己的前途极度悲观,认为这个知县恐怕就是自己仕途的尽头了,闹不好还要沦落到在街上摆书画摊的地步。但是,吴永的幸运又一次降临了——中国老百姓说,人要是走运挡都挡不住。

同僚中有人说,那团紧急公文肯定是假的,兵荒马乱之际出现这种荒唐事不足为奇,应该把送紧急公文的家伙抓起来审问。还有的说,此公文真假难辨,不管真假都是倒霉事。因为如果是假的,敢做这种假的人不会是一般的土匪乱兵,弄不好可能引来敲诈者的严厉报复;而如果是真的,荒凉的怀来小县城哪里去弄满汉全席和一品锅?太后和皇上,加上半个朝廷,都不是好惹的,伺候不好脑袋立即就没了,连香都不会让你拈的。同僚们最后主张弃官逃跑,理由是:太后皇上都能跑,咱们怎么不能?

吴永到底是幸运的吴知县。这个小人物在那一瞬间启动了他多年积累的社会经验,然后果断地作出一个骇人的决定:接驾!——"身为守土官吏,亲食其禄,焉有遭遇君上患难而以途人视之者?福祸固不可测,然尽吾职而得祸,于心无尤。即巧避而幸全,返之吾心,终觉恻恻不安。惟有悉吾力所及以为之,前途福祸,只得听之气数。于是乃决计迎驾,不复反顾。"④吴永认为,尽管紧急公文纸张粗烂,但正因为如此,才与帝国现在的状况基本吻合。京城肯定出大事了,太后和皇上以及那些显赫的大臣们逃到他的地盘上来了。这无疑是个千载难逢的机会,要不是洋人帮忙,这样的机会自己一个小知县做梦都不敢奢望。最糟糕的结局不就是掉脑袋么?人固有一死,与其没有任何前景,不如冒险孤注一掷。吴永立即下了一道最严厉的命令:城内所有绅士官民全力做好接驾的准备。同时,他命令那支有几条洋枪的小小卫队荷枪实弹,随时准备护驾,"如有人出头违抗必杀毋赦"。

紧急公文上盖有延庆州印。送公文的人说,因为行文匆忙,皇上没来得及在公文上盖玺,并说太后和皇上眼前正停在一个名叫岔道的地方。岔道距怀来县城五十里。吴永算了一下,如果太后和皇上明早从岔道起驾,第一个可以歇脚的地方是榆林堡,因为那里是一个大驿站。按照规矩,他这个知县必须前去接驾。吴永决定明天拂晓出发。

这个夜晚吴永几乎没有合眼。他首先巡视了这个按理说应该归他管理、现在实际上已是义和团天下的县城。县城所有的城门,除了西门之外,早已被义和团用砖石泥土堵死。吴永想到,无论如何也要把那些堵死的城门扒开,绝不能让从东面来的圣驾绕道西门进城。但是,此刻,所有的城门和城墙全由义和团把守着,他向榆林堡派出的准备为皇室做饭的厨师连同携带的食物,因为义和团禁止任何人出城而出不去。积存在吴永心里的仇恨终于爆发了,他把他能够指挥的二十多个衙役集合起来,让他们带上洋枪,压上子弹,组织百姓立即挖开城门,然后把东门外的道路用新鲜的黄土垫好,如果义和团拒不执行就开枪射击。但是,把守唯一能够通行的西门的义和团人太多,衙役们不敢与之冲突。于是,衙役们把那个需要连夜赶到榆林堡的厨师和一大筐"下灶及蔬果海味等物"用绳子从城墙上吊了下去。回到衙门,还没来得及抽上袋旱烟,那个厨师就满身鲜血地跑回来了。原来他刚被绳子吊出城,就遭到已溃逃至此的帝国散兵的抢劫,所有的食物都被抢走了,右臂还挨了一刀,侥幸脑袋还在。天一亮就要去接驾,已不能提满汉全席了,但至少得给太后和皇上准备点肉吧?吴知县又连夜指挥买猪杀猪,县衙门里像屠宰厂一样支起热气腾腾的大锅。一共三头猪,杀、烫、分割,好肉留起来,内脏、下水、猪血与骨头一起在大锅里煮。等吴永咬了一口猪肠子,觉得已经烂了的时候,天亮了。

吴知县骑着一匹肮脏的小马出发去接驾。

刚出城门,下雨了。吴永和几个衙役浑身湿透,在泥泞的土道上跌跌撞撞,狼狈不堪。透过雨雾,吴永看见的是一个个遭到劫掠的村庄以及横在土道上的一具具难民尸体。他感到了透彻骨髓的寒冷,雨水的抽打令他在马鞍上缩成一团,衙役们的忍耐力也几乎到了极限。突然,在他们的前面,大雨中出现了一顶轿子,轿帘掀开,露出一张脸,吴永立即滚下马来,栽到泥泞中——是军机大臣赵舒翘!急忙行礼的吴永心刚落了一下又猛然提起来,荒凉的小道上出现了帝国的军机大臣,这证明自己对那团烂纸的判断是极其正确的。但是,究竟就要直接面对太后和皇上了,吉凶依旧未卜。

在回答了赵舒翘的几句询问后,他们立即前往榆林堡。

到了榆林堡驿站,吴永的心都凉了。这里的百姓全跑了,所有的房屋已被抢掠一空。驿站本来常年有三人值守,现在只剩下一个人了。吴永第一句话就问有没有吃的,这个依然坚守"岗位"的人说,什么也没有了。不,好像还有昨天剩下的一锅粥。吴永立即命令跟随他的衙役把枪栓打开,子弹上膛,誓死保卫这锅稀粥:"现在已无他术,惟力保此锅,勿再被劫为要。"⑤

1901

吴永终于要去见太后和皇上了。

跟在那个把年轻貌美的珍妃塞到水井里的崔玉贵的身后,吴永战战兢兢地来到一间店铺门前。他看见一串骡车和一大群皇室成员,个个灰头土脸的,中间有个别人他从前在京城的时候看见过,他至少认出一位女子是庆亲王那位漂亮的四格格,只不过现在看去如同一个刚从庄稼地里干完农活的野丫头。

吴永手头没有银子孝敬崔玉贵,但他还是小心地询问这位大太监"上意吉凶"。崔玉贵冷着脸说:"这哪知道,且碰你造化。"

在一间店铺昏暗的正房里,吴永扑通一声跪下了。

慈禧一眼就认出了这位怀来知县,因为吴永穿的是朝廷的官服。

在这兵荒马乱的时候,帝国的官员们纷纷逃命,没有一个人敢穿官服,因为无论是洋兵、义和团、溃败的兵勇、土匪和流民,所有的人都有各自的理由对帝国的官员进行攻击。吴永那身虽然肮脏但基本整齐的官服,顿时感动了化装逃亡中的慈禧,这是她逃出京城后第一次看见正规接驾的官员。

慈禧突然哭起来,她面对着大清帝国的一个小知县哭了。

太后的哭声使吴永内心的恐惧骤然消失。

吴永明白了:我们的太后也是人,现在还是一个受了委屈的女人。

国事的悲愤、皇室的遭遇、前途的迷茫以及自己这么多年对官场怀有的梦想和委屈,一切的一切此时都混合在慈禧的哭声中杂乱地涌上吴永的心头,他什么也说不出来,像个迷失了很久的孩子终于看见亲娘一样,无法控制地与太后对哭起来。

帝国荒凉的村庄里,这个君臣对哭的动人时刻,再次决定了吴永这个始终幸运的小官吏今后更大的幸运。他的名字随着他与太后用哭声奏出的二重唱,从此载入了大清帝国的史册,以致他的官运亨通甚至持续到了大清帝国消亡数十年后的民国时期。

八月十八日,慈禧逃亡的第三天。

这三天,对于每一位皇室成员都是地狱般的日子。

十五日上午,慈禧一行逃出德胜门,出了城门就不知该往哪儿逃了。七八辆骡车停在难民滚滚的大道边犹豫了很久。最后,慈禧命令往西。车队下了大道,在庄稼地中间的小道上颠簸起来,在几乎所有的人快要热昏了的时候,车队进了颐和园的大门。正在颐和园当班的,是景善的儿子郎中恩铭,他急忙吩咐人把太后和皇上抬到乐寿堂,然后端上茶点。慈禧刚咬了一口点心,还没来得及咽下去,消息传来了:洋兵已经到了海淀。慈禧把点心一扔,说了声"走",车队急忙出颐和园往北而去。

慈禧认为联军在追捕她。她是主战派的首领,是杀洋人的祸首,是攻打使馆的指使者。联军要抓住她,然后审判她。其实,这是慈禧在一连串惊恐中无法遏制的想象,联军根本没料到帝国的皇室会逃亡。正在接近颐和园的是俄国人,他们是冲着这座皇家园林里的珠宝来的。

皇室的车队一路狂奔。

即使按照当时的舒适标准,长时间乘坐骡车也是十分痛苦的事情,更何况是在没有任何食物和水、天气酷热以及心情极其沮丧的情况下。最难以忍受的,是剧烈的永无休止的颠簸。此刻,慈禧肯定想起了陈列在颐和园里的另一辆马车,那是英国公使送给帝国皇室的一辆西式马车。英国人送马车的目的,除了想讨好帝国皇室之外,还有把这辆马车当做样品打开帝国交通工具市场的企图。西式马车乘坐起来很舒适,不但有宽敞的车厢、柔软的座位和明亮的玻璃窗户,而且车轮上箍有橡胶圈,圈里设计有弹簧系统组成的减震装置。帝国的官员审查样品后曾经试乘,都说好,很好,但是我们不需要。英国人问了半天,就是不明白帝国官员的意思,因为帝国官员对橡胶轮子和弹簧系统根本不感兴趣,他们始终把严厉的目光盯在马车前面的座位上。西式马车车夫的座位不但在最前面,而且还高高在上。帝国官员反复地质问英国人:皇上坐在哪儿?难道让皇上坐在赶车的奴才的后面和下面不成?请问皇上坐在哪儿?英国人回答不了这个问题。于是,不但英国人推销马车的计划告吹,而且当时全世界到处可见的、驮载着各种各样的文明故事飞奔在田野上和大路上的四轮马车,惟独在中国历史上从未出现过一辆,即使在博物馆里。

中国有自己的马车:人从前面上下,上的时候需要一点力气以及某些技巧,不然就需要让人托举上去。封闭式的车棚,厚布或者更厚的呢料为帘,车轮是木制的。人乘坐的位置在车轴的正上方,乘坐时必须像举行某种仪式一样盘着腿。帝国的马车没有具体的座位,如果硬说有

1901

的话,整个车板都是;帝国的马车没有任何减震装置,如果硬说有的话,丰满一点的屁股便是。在华的洋人被迫乘坐帝国的马车,结果没走几里,便困顿不可言状。喜欢"瞎鼓捣"的洋人决定自己改装中国马车,他们在车板上挖了个可以放置双腿的窟窿,这样才好像稍微舒服了一些。结果这个初步的改造立即遭到中国人的嘲笑,嘲笑之后尖刻的讽刺使洋人觉得比坐在木轮车上颠簸更难受:他们的腿吊在车板的下面,像是屁股底下长出的两个怪物,还一晃一晃的。受不了被中国人认为是怪物的洋人只有把窟窿补上,努力练习在硬木板上盘起双腿。而今,在帝国北方酷热的气温下,慈禧、光绪和所有的皇室成员一起盘腿坐在车板上,听任坚硬的木车轮在坑洼不平的土路上跳动,车板上的人和仓促搬上车的箱子、包裹一起颠过来滚过去。在车轴的吱扭声和人的呻吟声中,这些曾是世界上最富有、最娇贵的人没走多远就都觉得自己离死不远了。

无论是政治逃亡,还是政治旅行,依靠的都是道路。道路是人类历史最基本的发展线索。对于二十世纪初的大清帝国来说,它国土上的道路与它的历史线索一样含糊不清。"其实地上本没有路,走的人多了,也便成了路。"这是中国一位文学家的著名语录,这与一个洋人所说的"帝国政府和民众很大程度上把修路的工作交给了大自然"这句话从某种角度上看是相似的。在人们常年累月的行走和畜力车年复一年的碾压下,几乎所有连接帝国城乡的道路全都是一条土沟——晴天的时候尘土飞扬,雨天的时候成为一条泥河。一位英国传教士发现,帝国的土地上几乎没有一条直路,所有像路的道儿无不弯弯曲曲。这位英国人认为,"这符合中国人的思维特征":在任何情况下总是喜欢曲折地到达目的地。

慈禧逃亡的第一天,住宿在距京城三十五公里处一个名叫贯市的小村镇。村镇里的百姓无论如何也不相信这些人是皇室成员,尤其不相信那个披头散发的农家老太太是皇太后,而那个像患了痨病一样的小伙计是当今的皇上。但是帝国的百姓认识银子。李莲英捧着碎银收购百姓家的食物,只要是吃的,生熟不论,什么都要,全部一手交钱一手交货。收购来的最精美的食物是窝头和大麦粥,于是先给太后和皇上呈上去。饿了一天的慈禧和光绪急忙咬了一口,觉得虽然粗糙得难以下咽但还是有一股惊人的甜味。嘴里塞满窝头的皇上含糊不清地嘟囔了一句:"所以使余等至此者,皆拳匪之赐。"慈禧"闻之"并没有发作,可能是她在逃亡的路途上已经"备受苦难,伤心已极"。⑥

太后和皇上吃完,剩下的食物才赏给其余的人。王公、格格、大臣们以及车夫、兵士,所有的人都已饿得眼花缭乱,于是立即蜂拥而上,风卷残云一般,能够充饥的东西片刻便被一扫而光。

当晚,慈禧一行睡在村镇旁边的一座破庙里。所有的皇室成员横七竖八地躺在地上,只有慈禧和光绪母子俩算是有一张"床"——一条大板凳。他们两个就这样背靠背坐着,谁也不说话,一直坐到天亮——"相与贴背共坐,仰望达旦。晓间寒气凛冽,森森入毛发,殊不可耐。"⑦

第二天,依旧是整整一天的颠簸。没有食物。晚上还是在路边的一座破庙里睡觉。"时天渐寒",太监们到处"求卧具不得",好不容易遇到一户人家,妇人却以被子"濯犹未干"为借口"拒之"。慈禧坚持不住了,她躺在了地上。

半夜,慈禧突然在梦中惊叫起来,连她自己都被叫声惊醒了。

她听见门外有声音,是男人的声音,音调极其温和:"太后勿惊,臣春煊在此护驾。"

慈禧定了定神。

庙门吱呀一声,一个男人进来了,手里拿着一把大刀——"煊跪地垂涕,道拳匪祸国殃民之罪,两宫蒙尘之痛,愿任护驾责。"

慈禧又一次哭了,说:"有若在,予母子何忧何惧。"⑧

岑春煊,时年三十九岁,官职甘肃藩司,二品衔,职权仅次于总督。这个官员是因为皇室逃亡得以进入大清帝国史册的另一个幸运人物。他和吴永均由国难而受宠,所以注定要在皇室逃亡的路上因争宠而势不两立,进而发展到一辈子都没有停止互相攻击。与吴永一样,岑春煊因在庚子年间跟随皇室逃亡的特殊经历,直到民国时期依旧是官场上的风云人物。与吴永不同的是,岑春煊一生下来就是个贵族。其父岑毓英曾任帝国云贵总督。他少年时便以国学生的名义入京,家里花钱给他捐了个工部主事,使他整日和权贵子弟一起花天酒地——"黄金结客,车马盈门。"他与光绪皇帝的关系不一般,当年光绪大婚的时候,他是协助办理大婚庆典的主要人物之一。父亲死后,他被恤典五品京堂候补，不久授太仆寺少卿，甲午年已官至大理寺正卿。虽然被称为纨绔子弟，但岑春煊身上却少纨绔的懦弱，而多豪杰的激昂。与吴永一样，他也是个维新分子，在戊戌变法中极其活跃，是康有为的强国会成员，曾极力上书主张精简机构，是导致光绪皇帝下决心一下子撤掉一系列衙门的直接责任人。他禀性耿直，"遇事锋发，无所回避"，理应在政治上是慈禧的仇人。但是，也许因为其父生前一直为帝国在一个边远省份任职的缘故，戊戌年后他居然没有受到慈禧的政治"追查"。联军将要进攻北京的时候，他响应朝廷"北上勤王"的号召，带着五万两银子和两千多官兵从兰州昼夜兼程奔向北京。及入京城才发现"京师内外，均未见守御之具，唯城门有义和团看守而已"。岑春煊上奏朝廷，慈禧"颇觉惊愕"，命其在城外"相地掘扎地营，及各种守具，以限敌骑，为救急之策"。⑨谁知，几天之后，通州陷落；紧接着，京城失守。得知太后与皇上仓皇西逃，岑春煊"驱率所部"紧追不舍，及时地出现在慈禧身边"敬叩起居"。尽管无法得知他的出现是来保卫皇帝的，还是来保卫太后的，但慈禧在微弱的烛光下看到的是一张忠诚可靠的武人的脸——"太后深感之，泣谓岑春煊：'若得复国，必无敢忘德！'"⑩这句话对于一个帝国官员来讲，足以令其为之赴汤蹈火。

慈禧终究是女人，而且是刚从噩梦中惊醒的女人。

之前，慈禧要求吴永为办理前路粮台，即在皇室逃亡的路上负责预先办理前一站的食宿。吴永知道由此一路前行，"尽是些偏僻贫穷的小县"，国难民乱之际，要在圣驾达到之前筹备几千人的柴蔬盐粮，"实在万分困难"。这个小人物再次运用了自己的聪明，他向太后表示：作为一个知县向沿途各地"行文催饷"，"于体制诸多不便"。好在岑春煊带着银饷和官兵来了，且将一路"随驾北行"，如果能让他"专力伺候，不致有误要差"。太后居然说："尔这主意很好，明晨即下旨意。"而岑春煊的反应与吴永正相反，自"得督办名义之后，沿途即大肆威福"，"气焰至熏灼不可近"，对于所到之处那些来不及办理或办理不善的县令，岑春煊只有一句话："看尔有几个脑袋！"

慈禧问吴永："旗人？汉人？"

吴永带着哭音回应："汉人。"

慈禧又问："到任几年？"

吴永答:"三年。"

慈禧感叹说:"予与皇帝连日历行数百里,竟不见一百姓,官吏更绝迹无睹。今至尔怀来县,尔尚衣官来此迎驾,可谓我之忠臣。我不料大局坏到如此。我今见你,犹不失地方官礼数,难道本朝江山尚获安全无恙耶?"⑪

慈禧又问吴永:"此间曾否备有食物?"

吴永答有一锅粥。

慈禧表示粥很好。

太后和皇上喝粥的时候,吴永立即回了怀来县城。他现在什么都不怕了,至少不怕那些捣乱的义和团了。他把盘踞在怀来县城的义和团抓的抓,杀的杀,剩下的全都跑了。肃清义和团之后,他指挥人挖开城门,用土铺平道路,清理街道,准备馆舍,张罗食品,要求各家"有彩灯者悬之,无则用红纸张贴",晚上便把慈禧一行接到了怀来县城。令慈禧进一步感动的是,这个小小的知县除了准备了令她不再饥饿的食物、她特别需要的旱烟之外,居然还弄来一大包可供她换洗的衣服、一把梳头的梳子和一盒胭脂。衣服是吴永死去的母亲留下的,梳妆物品是死去的姐姐的遗物,是他从已经另娶的姐夫那里要来的。他对慈禧实话实说,慈禧并没有嫌弃,还十分高兴。已经浑身发出酸臭味的慈禧赶快换衣、洗头、梳妆,李莲英给她梳了个两把式的大拉翅头,她觉得精神好起来了。皇上,还有那些王公格格们,也都换了干净衣服,衣服是吴永从县城百姓那里收集来的。皇上换上一件干净的绸袍,看上去不像小伙计了,像个富裕的商人。

表面上焕然一新的皇亲国戚居然"请入席"了。

怀来县衙门里摆上了三桌宴席,而且燕窝、鱼翅、鸡鸭猪肉竟都齐全。

太后一桌,皇上一桌,皇后和格格们一桌,都吃得满嘴流油。

连同岑春煊的兵马在内,吴永要负责数千人的食宿,不免心力交瘁。他的官服破了,鞋已露出脚趾,双眼因为严重缺乏睡眠而红肿。慈禧看见心疼了,她对吴知县体贴地说:"汝亦须少为将息,毋过劳苦。"

吴永发现,即使吃着燕窝鱼翅,太后依旧愁容满面,而皇上则阴沉着脸一声不吭。

1901

这时候,大清帝国的这对母子正在为罪己诏的措辞勾心斗角。

毫无疑问,现在的大清帝国政府,已经成为一个流亡政府,这个政府的权威从那几辆骡车奔出神武门的那一刻起,就受到了整个帝国乃至全世界的严重质疑和轻视。这是一个极其难堪的现实。造成这一切的,不是国内的反叛力量,而是外来势力的武装入侵。因此,太后和皇上的当务之急,不是向国人解释什么,而是要尽可能地赢得外来势力的谅解。这种谅解十分重要,关系到一个无论是慈禧还是光绪都很在乎的问题:他们所代表的帝国政府的合法性。因此,一九○○年大清帝国的罪己诏,从颁布的动机上讲,是给洋人看的,这与数百年前宋徽宗的检讨书有着本质的差别:徽宗的罪己诏的结论是号召全民御侮,而慈禧的罪己诏通篇都在呼吁世界"和平"。

罪己诏书的写作难点是:帝国的局势演变到如此地步责任归谁?

大清帝国最终于一九○○年八月二十日颁布的罪己诏原文极长,翻译成白话文简直如同一本书,而且昔日皇家文书的豪华文采全不见踪影,倒像一篇因为小错写给老师的小学生的悔过书。百余年后的今天,不读不行,读之生厌,只有择其最核心的观点摘录一二。

先得把帝国政府居然弃民逃跑的事情说清楚:

> 本年夏间拳匪构乱,开衅友邦。朕奉慈驾西巡,京师云扰。迭命庆亲王奕劻、大学士李鸿章作为全权大臣,与各国议和。既有悔祸之机,宜颁自责之诏。朝廷一切委曲难言之苦衷,不能不为天下臣民明谕之。此次拳教之祸,不知者咸疑国家纵庇匪徒,激成大变。殊不知五六月间屡诏剿拳保教,而乱民悍族,迫人于无可如何,既苦禁谕之俱穷,复愤存亡之莫保。迫至七月二十一日(西历八月十五日)之变,朕与太后誓欲同殉社稷,以上谢九庙之灵。乃当哀痛昏瞀之际,经王公大臣等数人勉强扶掖而出,于枪林炮雨,仓皇西狩。⑫

罪己诏一开篇就把焦点问题回答了:帝国所有的麻烦,都出在那些敢于把太后和皇帝"扶掖"出紫禁城的王公大臣们身上。接着,罪己诏又用很大的篇幅解释了朝廷无论如何都躲不过去的义和团问题,因为这是外国联军公然入侵中国的最重要的借口。

> 夫拳匪之乱,与信拳匪者之作乱,均非无因而起。各国在中国传教,自来已久。民教争讼,地方官时有所偏:畏事者袒教虐民;沽名者庇民伤教。官无持平办法,民教之怒,愈结愈深,拳匪乘机,浸成大衅。由平日办理不善,以致一朝猝发,不可遏抑。是则地方官之咎也。涞涿拳匪,焚堂毁路,急派直隶练军弹压。乃练军所至,漫无纪律,戕虐良民。而拳匪专持仇教之说,不扰乡里,以致百姓皆畏兵而爱匪,匪势由此大炽,匪党愈聚愈多。此则将领之咎也。该匪妖言邪说,煽动愚人,王公大臣中或少年任性,或迂谬无知,平时嫉外洋之强,而不知自量,惑于妖妄,诧为神奇,于是各邸习拳矣,各街市习拳矣。或资拳以粮,或赠拳以械,三数人倡之于上,千万人和之于下……而数万乱民胆敢红巾露刀,充斥都城,焚掠教堂,围攻使馆……朕奉慈安既有法不及众之忧,浸成尾大不掉之势……此则祸首王公大臣之罪也。⑬

罪己诏进一步说明:"天下断无杀人放火之义民,国家岂有倚匪败盟之政体?"因此,纵观义和团盛于乡里,充斥京城,最终酿成大乱,那些地方官吏、军队将领和王公大臣们,无不是应该为目前局势负责的人。试问,使馆最后是怎么保全下来的? 如果帝国真要毁灭使馆,火攻水灌,使馆哪还能有今天? 朝廷不是命人送去了西瓜水果吗? 当然,还可以有更多的慰问方式,可在那样的局势下没能再去想必可以谅解。

既然除了太后和皇上之外,所有的大臣和官员都有罪,那么如此众罪是怎样造成的? 罪己诏得出结论出乎所有人的意料:帝国的全体官员没有大公无私:

> 近二十年来,每有一次衅端,必申一番告诫。卧薪尝胆,徒说空言,理财自强,几成习套。事过之后,徇情面如故,用私人如故,敷衍公事如故,欺饰朝廷如故。大小臣工,清夜自思,即无拳匪之变,我中国能自强耶? 夫无事且难支持,今又构此奇变,益贫益弱,不待智者而知。尔诸臣受国厚恩,当于屯险之中,竭其忠贞之力。综核财赋,固宜亟偿洋款,仍当深恤民难。保荐人才,不当专取才华,而当内观心术。其大要无过去

私心、破积习两言。大臣不存私心,则用人必公;破除积习,则办事着实。惟公与实,乃理财治兵之根本,亦即天心国脉之转机。⑭

这是帝国政治文件中的典型范例:下边有一群私心太重的"歪嘴和尚"把本来很正确的"经"给念走调了;这还是皇上和太后开列给洋人的一份"惩罚"名单,它明确地告诉洋人有仇有气可以到什么地方去发泄;或者这是在向洋人明确表态:至少太后和皇上没有偏袒任何"酿此奇变"的官员的意思。

大清帝国朝廷逃亡的第五天,本来还在为皇室逃亡而忧虑的帝国官员,突然发现自己就要变成国家的罪犯了,于是纷纷惊慌起来。而攻入京城的洋人真的就开列了一大串必须严厉惩办的帝国官员名单,名单上除了没有慈禧和光绪之外,几乎囊括了大清朝廷的一半重臣和数十名地方要员。

大清帝国的罪己诏最后所说的关于"公"与"私"的问题值得玩味。本是给洋人看,用以推脱责任的,竟然唐突地提出了一个纯属官场"职业道德"的问题,不知道特意把这个问题说给洋人听是出于什么目的。更值得玩味的是"即无拳匪之变,我中国能自强耶"这句反问——在罪己诏通篇的文字中,只有这句话像是光绪自己说的。

可是,话是问得不错,问题是在问谁呢?

整个大清帝国,谁最该回答这个问题?

清泪湿山河

如此顺利地占领北京令联军颇感意外。因为在大沽口海面上准备登陆的时候,所有的官兵都被反复告知这样一个历史事实:一八六〇年,也就是四十年前,英、法联军也是从这里向北京攻击前进的,结果遭到手持冷兵器的满族武士的阻击,联军战斗了四十多天才到达北京。如今,攻击的距离和路线都没有什么变化,但对手无论在数量上还是在武器装备上,都已堪称一支强大的正规军。要想打到北京,乐观地说也需要八十天,前提是各位到那个时候还活着。

可是,四十年后,从联军开始行动到完全占领北京,仅仅用了十天。

联军发现,他们占领的这座都城基本上完好无缺。

所谓完好无缺,指的是在这座被攻击的城市里,市民并没有像通常战争发生时那样大量逃亡,除了官吏和兵勇之外,所有的北京市民基本上都没有离开家。即使联军在一片枪炮声中冲进街道的时候,他们依旧看见了京城灰色的院落里升起的炊烟,看见了挂在龙槐树枝上的百灵在鸟笼里跳来跳去,看见了从低矮的院门缝隙后面露出的一双双黑色的眼睛。而在胡同口背阴的墙根下、街头的古树下和破旧的小型庙宇的台阶上仍旧蹲着一些男人,他们往往使摸索前进的联军官兵骤然紧张起来。可定神再看,都是些上了年纪的中国男人,头上的辫子细短干枯,手上除了烟袋之外没有武器,显然,他们或是聚集在一起回忆着留恋不已的过去,或是孤独而沉默地消磨着闷热的夏日时光,仅此而已。因为即使劈劈啪啪地放着枪的联军官兵的目光与他们的目光对视的时候,他们的脸上依然没有丝毫惊慌的神色——这种东方黄色面孔上的没有任何表情的表情,在这个古老的帝国里至少已经凝固了上千年——当这种古老的目光与联军的目光相互对视的瞬间,一种难以名状的奇异感觉立即涌上了这些异国官兵的心头。联军官兵有些惊慌甚至有些胆怯地将自己的视线转移开,于是,前方的五彩牌楼、深邃的城墙门洞以及弥漫在杂乱房屋顶上的浓烟都变得神秘而诡异起来。

帝国都城里的市民是一群能够活得很沉着的人。

后来有人为此谴责帝国政府:从联军向北京发起攻击的那一刻起,北京城就实行了严厉的戒严令;所有的城门一律关闭,任何人不得出城。这等于有意把百万北京臣民当做了帝国的人质。但是,无论当时还是后来,帝国都城里的百万臣民似乎并没有人质的感觉。于是,又有人反驳说,即使当时帝国政府强迫市民疏散,也无法令其离开家门。原因是:北京市民是最见多识广的人群,他们普遍地认为,无论谁打进这座城市,都是冲着皇上、官府和那些大宅门去的,天下怎么会有人跟贫穷的他们过不去?

在北京即将城破的时候,所有奔跑在街头的人,都是王公的家眷、弃职的官吏、外地的富商、溃败的官军以及零散的义和团民。奔跑的人

1901

流集中在北边,因为联军是从南边和东边打进北京城的。

八月十六日,帝国所有的政府机构里不见任何一位官吏的影子,北京城实际上已经成为政治权力的空白。德胜门和西直门城门附近,集中了数百辆大车,车马装载着半城的财富拥挤在一起,因此成为趁火打劫的最佳地点。官吏大员们充当了自家的车夫,因为车夫们不是逃跑就是加入了打劫的行列。官吏大员们抽打着拉车的牲口,车上家眷们的惊叫声和哭喊声连成一片。

准备追随慈禧的军机大臣被阻挡在此。平时享受着皇恩俸禄,国难当头却弃国而逃,王文韶感到万分耻辱,他高声大骂:没良心的狗奴才!没廉耻的狗奴才!但是没有人理会他。王文韶自觉他此刻的行为与那些逃命的官吏截然不同,因此他有权利开口大骂。他早上从家里追至皇宫,发现连看守皇宫的人都跑光了,东华门反锁着,根本进不去。他又奔向德胜门,途中在一座小庙中歇脚,小庙的和尚怕受连累不让他停留,并且声称他们也要跑了,原因是这座小庙曾经是义和团的一个神坛。德胜门附近已经出现了联军的身影,王文韶只好不顾王公的体面拼了老命才从人流中挤出城门。刚跑到嘎嘎胡同,天下雨了,于是又躲进一位小官吏家。这位小官吏给帝国大员找来一辆驴车,并且派自己的随从跟随军机大臣逃亡,但他明确地嘱咐随从:重点保护的不是王大人而是驴——因为沿途散兵土匪抢劫的不是人而是牲口。当王文韶终于在怀来县城里追上太后的时候,包括慈禧和光绪在内的所有皇室成员都对这个衣衫褴褛、年近八十的大臣居然能够有气力活着追上朝廷而万分感动。同时,王文韶的追随也令他们联想到那些此刻只顾自己逃命的大员——都是些什么东西!

在帝国战败的时刻,政府和官吏弃城而逃几乎成为惯例。这种罕见的几乎等于一个政府全体逃窜的举动,在帝国历史上已不是第一次发生。至少慈禧应该记得,四十年前,英、法联军打进北京的时候,咸丰皇帝带着包括她在内的嫔妃们也是在慌乱中狼狈逃出京城的,而帝国的大员官吏们同时鸟兽散了。所不同的是,那年城破之际,曾经发生一个奇迹:居然有个比如今的王文韶更加忠心耿耿的官员不但没有逃跑,反而临危不惧地坐在衙门府里"篝灯观书",成为在已经沦陷的帝国都城内唯一坚守"岗位"的人。因为这样的人在帝国官场中实在罕见,朝廷返京之后,他立刻成为全体官员的"榜样"——他被皇上破格"提拔"了。这一奇迹,《汪穰卿笔记》中有载,是一则绝佳的政治幽默:许善长,字季仁,浙江杭州人士。"才思清俊,落拓不羁"。没有任何官职,因而生活困顿。但他却有个官吏们才能有的爱好:留恋妓院——"偶假得数十金,必尽费之韩家潭等处。"韩家潭,京城妓院所在胡同之一。联军入城,"京官多潜走",他正为没钱逛妓院而发愁,于是找到一个内阁中书借钱。内阁中书准备逃跑,对其曰:"借贷可也。然余欲有事相求,必诺乃可。"许善长问何事,内阁中书言:"吾今晚当值,欲君相代。如允当贷二百金。"许善长高兴都来不及呢,欣然同意。奇特的是,许某是个信守诺言的人,在闹不好可能掉脑袋的时候,他拿了银子并没有去及时行乐,而是真的上内阁衙门值班去了。更奇特的是他到内阁衙门之后发生的意外:

> 许既诺。夜宿阁中,篝灯观书。时恭王留守,夜出察诸值宿者乃多空无人,至内阁望见有灯,趋之,见许,问:"人多不至,君何为者?"许初不识为恭王,然意必为贵要也,乃起对曰:"今京府空虚,各署文书深惧遗失,故不敢不致谨。"王甚奖叹之。问其姓名,曰:"浙人许善长也。"后中书有缺,特越次补之,而误为许善昌,许既得补,乃递呈吏部更正焉。⑮

可以想象,当年恭亲王着实被感动得不知如何是好,连许善长的名字都没搞清就决定提拔这个英勇无畏的人。这是许善长绝对没有想到的事,至少当上了内阁中书的他从此再也用不着借钱逛妓院了。《汪穰卿笔记》对此感慨道:"宦途升沉,至为无定。"

十六日,当北京城内外的枪炮声基本停歇之后,市民们便继续等着混乱的时刻,经多见广使他们认定这座城市还得乱几天。当晚,关于太后和皇上西狩的消息传来了,然后是哪个王爷的轿子也出了彰义门之类的传闻。有年轻人爬上屋顶,果然看见城里数处火光,把起火的方向和大致位置向老人报了,老人们眯起眼说,我说什么来着,跟咸丰年一样,洋人围了王府了!

那些以保护使馆为借口打入大清帝国都城的联军,首先扑向了各座王府:帝国的王公大臣不但是应该无情惩罚的祸首,而且他们的王府是囤积金银财宝的最大的仓库。

帝国所有的王公贵族,都对即将到来的灾难有充分的估计。这些过着奢华生活的人,除了在养尊处优、巧取豪夺、声色犬马、贪污受贿等方面有着丰富的经验之外,他们还拥有在国家动乱到来之前清醒地估算自身处境的判断力。这种判断力与生俱来地流动在王公贵族们的血统之中,他们在平安年代里骇人听闻的骄奢挥霍,与危难来临之际毫不犹豫的弃国逃亡,都出自于这种贵族本能。他们的命运也因其表现出的惊人的果决而成为这个世界上最具震撼力的人生警示。

那些在最后时刻因为种种原因没来得及逃亡的贵族们,在联军闯进大门前的暂短时间里开始了竞赛似的集体自杀——这种果决的集体"仪式",曾在元军突入大宋的时刻、清军突入长江沿岸的时刻、太平军突入沿海城市的时刻在帝国的历史中多次上演过。千百年来,这种"仪式"混杂在多种道德评判下成为这个民族历史中极其罕见的悲惨景象。

那个狂热地拥护义和团法术的大学士徐桐,八十多岁的他已经没有力气跟随太后逃亡了。于是,他准备死。他对他的长子徐承能说:"吾为首辅,遭国难当死,汝三兄位卿贰,当知所以自处。吾死汝可归隐易州丙舍,课子孙耕读,勿仕也。"⑯"汝三兄",指徐承能的兄弟、刑部侍郎、斩杀袁昶等反战大臣的监斩官徐承煜。这个准备一死的老贵族在自家房梁上系了两条绳子——他决定和他的三儿子一起死。帝国的大学士认为,只有这个当官的儿子才有资格与他一起殉国。父子俩人同时登上了板凳,同时把绳索套在脖子上,然后大学士看着他的儿子,他希望看到儿子大义凛然的场面,但是他发现他的老三也在看着他呢,那种眼神分明是希望父亲先死。两个人僵持了好一会儿,徐承煜突然把头钻出绳索,跪下来哭道,儿子先死,无法为父亲尽孝,请允许为父亲殓葬之后,儿再死。儿子一定死!儿子不敢偷生!徐桐欣慰地一笑,他叹了一口气,流出两行老泪,然后脚一蹬,板凳倒了,帝国的大学士死了。徐承煜在院子里挖了个坑,把父亲的尸体拖进去草草埋了,然后趁家人没注意跑了。没过多久,他在城外被日军捕获,关押了一阵后,被砍杀于菜市口。杀他的时候由洋人监斩,洋人举着照相机在他身首分离的瞬间按下了快门——"就刑日,西人用快镜摄影去。"那张照片成为大清帝国那段悲惨岁月的清晰见证。据说,徐承煜逃跑后曾偷偷回过一次家,发现全家妻妾男女老幼随从仆人共十六口全部悬梁于厅堂内,那幅惨景几乎令他精神错乱。

北京城破之日,集体自杀的贵族还有:

宗室奉恩将军札隆阿与儿子、儿媳、女儿和孙儿一起自缢。

宗室侍读宝丰"追两宫未果",全家吞金而死。

宗室侍读崇寿,杀全家老少之后,"自刃胸腹以死"。

奉天府尹福裕全家七人全部溺死。

二等侍卫全成全家五人服毒。

一品官富谦全家十二人自焚。

护军参领续林先用刀杀了妻子儿女,然后自杀。

都统御前侍卫奕功,在联军冲到家门口的最后时刻,插紧大门,率领全家妻妾子女共十人进入后院,堆起柴草,阖家自焚。最后,仍没有被烧死的人爬到井边投井自尽。

吉林将军延茂曾在安定门城墙上指挥战斗。战斗失败后只身回家,与母亲、兄嫂、弟媳和子女共十二人引火自焚。

中书玉彬与母亲赫舍里氏以及妻子兄弟等自焚。

宗室庶吉士寿富,全家集体上吊。寿富体胖,悬绳崩断,其弟帮助他整理绳子,又为两个妹妹和一个侍女"从容理环,后乃自缢"。

国子监祭酒熙元和王懿荣,在洋兵破城之时迅速回家,前者和老母等家人一起服毒,后者与妻子投井。

三品衔兼袭骑都尉员候选员外郎陈銮一家集体自杀的人数最多,共三十一人。

在死亡之前的最后一刻,用文字记载下如此恐怖景象的贵族是景善。无论中外,研究大清帝国庚子事变的学者,无不把《景善日记》视为重要史料之一。景善这个老贵族坚持写日记的习惯令后人惊讶,他不但对帝国那段混乱日子的每一天都有详尽记录,而且最后一篇日记竟然写于农历七月二十一日,即西历八月十五日——那一天联军攻至北京皇城,光绪皇帝和慈禧太后出逃。在那一天的《景善日记》里,记有内务大臣文年告知太后出逃的消息,记有儿子告知大学士徐桐自杀的消息,记有家人"吞烟而死"时他阻止不了但并"无此拙见"等内容。

景善甚至还拖着年迈之躯，把自家的银子埋了起来，他坚信那些洋人"必不知予藏金之所在"。这篇日记的最后一句话是："奴仆星散，至无人为予治晚餐。"

时年七十七岁的景善，其父桂顺在道光年间曾为都统，其家与叶赫那拉家族有亲谊关系。他本人做过翰林学士和内务府大臣。由于显赫的出身，并且当过帝国最有油水的内务府大臣，景善必定存有令他十分舍不得死的大量银子。然而，当他在震耳欲聋的枪炮声中饿着肚子写完最后一篇日记的两小时后，他被他的儿子连拉带拽地弄到自家的水井边。景善有三个儿子，最小的儿子恩铭，就是慈禧逃到颐和园时出来接驾的那位官员。恩铭跟随慈禧逃亡了，二儿子从联军攻城时起就没回过家，至此仍是音讯全无，生死不知。大儿子恩珠是个典型的纨绔子弟，平时父子总是因为恩珠不断地要钱而发生口角。恩珠还是一名狂热的义和团团员。当全家人都自杀之后，恩珠回来了，即使在绝望的时刻，他还是没能从父亲口中获知银子藏在哪里。于是，他觉得自己有必要帮助老父亲"殉国"——年迈的景善仅仅挣扎了几下，便被他的儿子塞到井里去了。

景善巨大的府邸立即遭到联军的洗劫。一个英军士兵在寻找财物时在废墟中发现了几册日记，不知出于什么动机，这个英军士兵把日记藏起来，并且带回英国——现在的中国人读到的《景善日记》，是由英文翻译过来的。

重新跑上街头的恩珠，很快就被联军抓住处死了，原因是在他身上发现了义和团使用的武器。一个显赫了两百年的帝国贵族之家，就这样从物质到精神消失得痕迹全无了。

根据有关史料的不完全统计，一九〇〇年夏，北京城破的两天之内，全家集体自杀的皇亲国戚达三十多户。王公贵族之家大都人口茂盛，于是自杀总人数近两千。

一些贵族是在联军砸开府邸大门的那一刻采取自杀行动的，于是必须在时间上争分夺秒。跟随联军进入京城的英国记者米德尔目睹了这样一幕：他正在紫禁城东北角楼外一座"庄严的住宅"门口休息，突然闻到一股尸体的臭味。他向气味散发的方向寻找，进入了这座住宅的大门。院子里有一具烧焦的尸体，尸体的旁边有一些断剑和衣服的碎片——"一切迹象表明,这座院落里曾经发生过一场激烈的交手战。"进入院子后面的房屋,他看见了更为悲惨的情景:一条狭道尽头吊着六具尸体,三个成年人和三个孩子,个个伸舌瞪眼,惨不忍睹。这个英国记者的判断是:为让全家免遭毒手,前院烧焦的那个人曾与入侵者进行了顽强拼杀。正是由于他的抵抗,全家才有了自杀身亡的时间。

由于种种原因没有来得及自杀的王公贵族所遭遇的苦难,足以说明这个帝国的王公贵族们为什么会在城破之际纷纷全家自杀。

户部尚书崇绮,字文山,阿鲁特氏,道光、咸丰两朝大学士赛尚阿之子。这是一个在大清国历史上很不一般的贵族。最大的不一般是,一八六四年,他在步军统领衙门做小官吏的时候,没有把大量的时间用在与其他贵族子弟一起风流倜傥上,而是日夜灯下苦读,竟然于当年朝廷的科举考试中金榜题名,名次竟然还是第一甲第一名,"破有清旗人不列鼎甲之惯例",从而制造了一个全国百姓争相议论、皇室宫廷紧急商议的轰动事件。在这个要想步入仕途必须经过科举的帝国有一个奇特的现象:政府从不鼓励满族和蒙古族子弟参加科举考试。原因十分复杂。首先,身为满、蒙的帝国统治阶层出于"以武立国"的思维定势,不希望自己的子弟因沉溺于汉家经典而荒废用以巩固政权的习武传统。所以,为了让满、蒙子弟安心练习武功而不必为安身立命、养家糊口操心,他们从一生下来就领有国家拨给的钱粮。另外,帝国科举考试选拔汉族文官,就是为了给对满、蒙统治有逆反心理的汉人以获取前途的机会,从而让为官取仕的他们降服更多的汉人之心——"有清创业,使旗人重武,惧其流于文弱,故不欲其与汉人争此。"⑰帝国政府不主张满、蒙子弟去与汉人争夺本来就不多的科举名额,还有一个重要的原因,那就是大多数满、蒙贵族子弟别说掌握汉家经典,有的竟连汉话都不怎么会说,与其在考场上丢人,还不如明确声明不参加考试。因此,大清帝国自开国两百多年间,即使有个别满、蒙贵族子弟参加科举考试,也从来没有考中状元的先例。崇绮,是大清帝国历史上唯一考上状元的蒙族贵族子弟。这件事并没有引起汉家子弟的反感,反而迅速在全国传为美谈。只是,朝廷却为是否恩准这个旗人为状元反复思量,后来终于在"只看文章,不论满汉"的呼声中授予崇绮翰林院翰林。自此,崇绮的好运接踵而至,他的女儿被封为同治皇帝的皇后,状元兼国丈,于是官至盛京将军、户部尚书,荣耀和气派凌驾于任何贵族世家子弟之上。

一九〇〇年,已经七十多岁的崇绮本来与义和团没有多大的关系,他仅仅在废黜光绪帝位的问题上因为想在晚年拥有稳固的靠山而为端郡王呼吁了一阵,不料想竟然得到慈禧的欢心,不但赐他"西苑门内乘坐二人肩舆",还和大学士徐桐一起同时当上了新立皇储的老师。这充其量只是政治上的投机,后来洋人也没把他列入惩办名单,但是他自己有一点儿心虚,在得知慈禧逃亡的消息后,他跟随荣禄一起逃到了保定。他对荣禄说,他们所以往南奔向保定,并不是一般的逃亡,而是在"吸引洋兵,掩护圣驾"。至于他们是否吸引了联军的兵力没有确切的证据。只是,没有来得及跟随崇绮出逃的家人在最后时刻动作慢了,他们全部落入联军之手。崇绮家的女人,包括他的妻妾、女儿、儿媳等都被联军关在天坛,受到肆意凌辱——"数十人轮奸之。"被释放回家后,崇绮的儿子崇葆公爵"愤恨无地",在自家府邸的院子里挖了个大坑,先把年幼的孩子们活埋了,然后又为自己挖了个坑,在坑边"自缢身死"。随后,在崇绮之妻瓜尔佳氏的带领下,剩下的家人也全部自杀。身在保定的崇绮得知这一消息后,"羞愤交加","大哭一夜",毅然决定一死了之。他找不到一根结实的绳子,于是就自己搓。一切准备完毕后,他指着身边不断劝他的荣禄说:"都是因为你!"然后,崇绮把自己吊在保定莲花书院满是灰尘的房梁上,死了。

谁人能够解释大清帝国这个满腔悲愤的老贵族最后指着荣禄说的那句话的真正含义是什么?

联军在占领北京城后肆意屠杀之事,连洋人自己都无法完全否认,尽管他们在史书中对此事的描述大都轻描淡写。

联军为其暴行寻找的借口是:消灭义和团。

北京城破之后,数十万义和团在哪里,没有人说得清楚。这些来自帝国北方乡村的农民,绝大多数在城破之前就已经逃跑了。即使没来得及逃出京城的少数义和团团员,此刻也绝不会依旧穿着鲜艳的团服,拿着他们的大刀和法器"呼啸周衢"了。至于联军是如何区分义和团民与北京平民的,不得而知。

联军首先包围了京城内的义和团总部——庄亲王载勋的府邸。载勋已跟随慈禧逃亡,但联军还是在这座豪华的府邸里一下子抓到一大群义和团。这些人无一幸免地被联军全部就地处死,然后纵火焚尸。事后有人清理现场,发现包括载勋的家眷及老人孩子在内,尸体共有一千七百具之多,真正是"尸山积焉"。

在皇城附近的一条小胡同里,一群义和团夹杂在因为自家的房屋被联军纵火而逃出来的平民中,这伙人最后被压缩到胡同的尽头。法军架起机枪开始扫射——"约十分钟,或十五分钟,直至不留一个活着的人。"

西什库教堂附近是联军报复的重点地区。联军从两面向这个地点合围,把数千中国人围在城墙下然后开枪扫射。

这样的杀戮发生于京城的每个角落。

联军"逢人即发枪毙之,常有数十人一户者,拉出以连环枪杀之。以至横尸遍地,弃物塞途,人皆踏尸而行"。联军的杀人手段充分展示了洋人的"文明",他们不愿意浪费子弹,于是使用了可以置人于死地的所有方法,包括焚烧、棍击、绳勒和强奸——"巷弯曲之处,尸体极其难看",以至"军马受惊,鲁莽狂窜"。[18]

联军专门成立了搜捕队,不分昼夜地在京城的大街小巷抓人。协助联军搜捕或者直接执行杀戮的洋人中,以使馆人员最为疯狂。他们从联军刚刚占领京城的那一刻起,就成群地从使馆区蜂拥而出,开始了杀人"竞赛",致使"成千上万的人在以屠杀为乐的疯狂中被杀了"。他们带领联军官兵奔忙于京城的各座王府之间。经过他们洗劫的王府,"是在抢劫之后又加毁坏,毁坏后又加抢劫,被无微不至地彻底地毁灭了。屋子里的家具被拖了出来,家里的杂物扔了遍地。其中有镶着大红滚边的衣裳,有洒着血的中国女子尖尖的弓鞋,有切断了的手和腿,有砍下来的头,也有扎成束的头发"。[19]

屠杀之后,就是大规模的抢掠。或者说,抢掠才是联军真正想干的。最普遍的抢掠是对商号店铺的扫荡,尤其是那些珠宝店和钱庄——"以搜查义和团为名,三五成群,身挎洋枪,手持利刃,卧房密室,无所不至,翻箱倒柜,无处不搜,任其所为,饱载而去。"[20]奇特的是,不知是受到了谁的点拨,联军对中国的当铺产生了特别的兴趣,京城两百家当铺在一九〇〇年没有遭到洋人抢掠的仅剩四家。闯入当铺的联军官兵"类似疯狂,汹涌难遏,群碎其柜,争前抢夺,当铺几近疯人院,其状可畏"。[21]一家大当铺的掌柜和伙计誓死保卫财产,他们与联军对峙很久,最后还是被联军攻破大门,结果铺内顿时纷乱,首饰、古玩、玉器、皮衣、绣货、绸缎等各类物品被抛置在地上,联军官兵踏来踩去,以至于铺内铺外灰土飞扬,"呛人之喉"。联军开始只要黄金、银子、钻石和钟表。后来不知又经过什么人的指点,开始抢夺貂皮和绸缎——"各人背负一包,急荷而出。"

抢掠商家大多是联军官兵的个人行为,而抢掠王府、官府和皇室,是在各国军队直接指挥下的有组织的"军事行动"。户部尚书立山家是京城著名豪府,虽已遭到义和团的查抄,但联军还是在府内搜出价值四十多万两银子的珠宝和价值三百五十万两银子的各种古玩,这些财物全部被运往法国使馆。而日军抢掠的是军机大臣宝均的家,日本人仅从这座王府的水井中就发现了三十万两银子。联军还没有破城的时候,就已研究过如何占领帝国政府各部的问题了,这些衙门包括兵部、吏部、工部、内务府、钦天监、鸿胪寺、太医院、詹事府、銮仪卫、銮驾库、理藩院、顺天府、光禄寺、国子监、税课司等等。一旦占领帝国政府各部,联军立即把所占之地当成军营,然后把"各项钱粮尽行拉运一空"。在这项抢掠中,日本人显示了他们一贯的狡猾。帝国的户部位于俄军占领区,但是当俄军进入帝国户部的时候,发现银库已被日军抢掠完毕,为此俄军提出"严正"抗议,而日军的解释是:分区占领的决定是十五日下午十五时作出的,而日军进入户部的时间是十五日上午,因此"缴获有效"。日军早在发起攻击之前,就已经掌握了户部银窖的位置。进入京城后,他们迅速前往户部挖开巨大的地银库,把里面的数千万两银锭搬运一空,其中包括一个也许是当时世界上最大最重的纯金砝码——这一砝码的重量"与一个真人的重量相似"。为此,俄国人后悔得失去了理智,他们不停地叫喊:"一定还有!人们都说还有金子和银子,金子在哪里?银子在哪里?"联军攻破京城的第二天,俄国人停止了喊叫,因为他们独家占领了颐和园。十六日上午,俄军中校伊林斯基先于日军到达颐和园,并立即宣布这座巨大而豪华的皇家园林为"军事禁区"。从那一天起,直到十月二日英、意军队根据联军总司令部的命令接管颐和园,大清帝国这座皇家园林中的珍贵物品大部分都已经不见了。在占领颐和园的近五十天里,俄军雇佣京城百姓的大车,昼夜不停地往俄国使馆拉运财宝。由于拉运的任务实在繁重,赶大车的人因极度疲劳偶或处于半睡状态,致使车中物品时常"落于地","无数雕刻奇巧的玉器因此碎成数段"。在以后很长一段时期内,在这些大车经过的坑坑洼洼的土路上,中国人依旧可以在泥泞中不断地拣到皇家珠宝。接管颐和园的英、意官兵对园内再次严密搜查,居然还是发现了大批财宝。等再也搜寻不到任何值钱的物品时,联军开始随意"取所爱之物为纪念品",这些"纪念品"包括香炉、花盆,甚至是雕花门窗。七十五年后的一九七五年,法国巴黎的一个古玩商人给中国有关部门写信,说他有颐和园佛香阁西侧的那个小亭子的铜窗可以出售。为此,中国方面派人前去巴黎甄别。八年后的一九八三年,一个美国人出资五十一万五千美元从那位法国古玩商手中将十扇铜窗买下,然后"无偿归还中国"。没人知道这个美国人的慷慨之举中是否包含着对历史的歉疚。

一九〇〇年,美军司令部设在先农坛。美军在把他们认为值钱的东西运进使馆后,就把大殿里所有的文物全部扔在了露天,然后将他们的马厩建在了中国皇帝祭天的大理石祭坛上。

英军司令部设在天坛——"每天都有装载珍品的车辆,上面是丝织品、皮货、白银和玉饰、绣花衣服等,被运出天坛。"㉒英军还把天坛内大清帝国皇室祖先的牌位全部运回英国,它们至今陈列在大英博物馆内。

抢掠之后,接下来在大清帝国都城内发生的,恐怕是人类史上极其罕见的奇特景象了:京城成了一个巨大的"商品"拍卖市场。而更加奇特之处在于,这个拍卖市场中摊主和顾客的身份也是举世罕见。

拍卖紧接在大规模的杀戮和抢掠之后。从抢掠到拍卖,没有时间上的哪怕想掩饰一下的过渡,几分钟之前刚刚抢劫来的物品,片刻之后便堂而皇之地摆在摊位上成为被大声叫卖的"商品"。拍卖地点就是实施抢劫的现场,摊位四周遭到劫掠的民房燃起的大火还没有完全熄灭。拍卖"商品"的摊主是清一色的洋人,所卖的物品昨天还是中国人家里的私人财产,而逛这个巨大"市场"的顾客,除了京城里的洋人外,都是中国人。中国人悄无声息地溜向拍卖市场的时候,必须要穿过那些堆着同样是中国人尸体的胡同——尸体已经在炎热的气温中腐烂,"即使是中国顾客也不得不在经过时捂住自己的鼻子"。

拍卖之风首先从英国使馆里刮起。这座使馆"每天定时有人开车出去,回来时车上装满了丝绸、刺绣、皮毛、青铜器、珠宝、玉器和中国瓷器","所抢之物,均须缴出,一齐堆在使馆大屋之内加以正式拍卖,如是者累日。由此所得之款,按照官级高低分派,其性质略如战时掠获金"。㉓随着英国使馆的举动,各国使馆很快都犹如拍卖行,拍卖行动"每日如此,持续达三个星期"。

使馆里的拍卖,起初仅在洋人间进行,各国把抢掠来的财宝展览似的陈列出来以便互相交换。各国的传教士、商人以及官兵,都想用最便宜的价格买到大量"精美的中国物品",以便将来回到国内倒卖而获取暴利。于是,洋人之间展开了激烈的竞争。现场交易需要大量现金,现金的匮乏使大量的收购受到限制,因此有使馆人员开始用可以在巴黎、伦敦等银行兑换现金的支票收购。这一点,足以证明一九〇〇年发生在大清帝国都城的大规模抢劫与拍卖,是受到了各列强国国内财团的鼎力支持的。

几天之后,拍卖活动便蔓延到北京街头。规模扩大的原因是联军官兵手中仍存有大量的抢掠物品不愿意在使馆内的拍卖场上出手。因为仅仅在使馆区内进行拍卖,收入不但受到监视和限制,而且往往"卖不出好价钱"。联军官兵希望把手上的赃物直接卖给中国人——"他们认识这些东西的价值,他们肯定愿意出公道的价钱。"

一旦洋人的拍卖蔓延到京城街头,这个刚刚遭到毁灭性抢掠的城市立即呈现出一派人类在战争状态下前所未有的情景:城市的每一个角落,都有联军官兵摆的摊子,东四牌楼、西四牌楼、正阳门外、天坛、菜市口、虎坊桥、鼓楼,乃至各座城门的门洞里,地摊一个接一个遍及整个京城。联军官兵"每日差务一毕,即选择一平安之地,铺一布于地面,蹲踞于旁,摆上各类货物,以便人之购买"。参与如此丧尽廉耻之事的洋人,还有那些外国传教士,这些上帝的信徒在联军占领北京后的行为令人困惑,因为他们一旦从生死线上侥幸活下来,就都毫无例外地成了最彻底的抢掠者。他们和中国教民一起带领联军砸开帝国王府的红漆大门,甚至砸开普通平民百姓的木门,然后开始近乎疯狂的抢劫。他们比联军官兵更知道什么最值钱。传教士们什么都要,从最贵重的金银珠宝,到一张已经残破的中国画。一个名叫都立华的洋牧师,居然自己占领了一座王府,据说这座王府的主人是一位年仅九岁的亲王。在他占领这座王府的时候,这里已经遭到联军的洗劫,贵重的物品都被运走了,但他还是从废墟中找到三千两银子。更令他满意的是,残存在这座巨大王府里的家具、幔帐、瓷器,甚至是锅碗瓢盆,都让他搬到市场上摆了摊,他对他的"同仁"说:瞧,这些都是上帝的恩赐。

西什库教堂主教樊国梁是抢掠礼王府的总指挥,为了把这座王府中所有的财宝运往教堂,数辆大车竟然连续运送了七天七夜。这位主教还大量收购教民和联军官兵手中的抢劫赃物,在义和团的攻击下已经千疮百孔的西什库教堂,这时候成了一座储存"生意"的巨大仓库。无论外国传教士所宣扬的宗教教义多么的神圣,一九○○年京城里的外国传教士的"商业行为"还是达到了丧心病狂的程度。一位主教后来面对指责时说得坦率而透彻,他认为钱比祷告更可以给他安慰。

身穿各国不同色彩、不同样式军装的官兵和身穿黑色长袍的外国神职人员,互不相让地用各国语言大声地在中国的都城里叫卖。他们服装的鲜艳的西方风格与他们叫卖的中国货物柔和沉润的东方色彩极其奇怪地混杂在一起,他们激烈冲动的叫卖洋话与中国人声调低缓的讨价还价也极其怪异地混杂在一起,而周围就是那座在战争的杀戮和洗劫下千百年的金碧辉煌已是满目疮痍的古老都城——这无疑是世界历史上最令人难以名状的情景。

京城里的平民,是一个巨大的社会阶层。他们数量庞大地处于极少数皇亲宗室贵族和数量不太大的赤贫阶层之间,成为帝国城市生活中最实际、最机警、最危险、最顺从的阶层。这个阶层坚决地维护着中国传统文化的本质,同时也最深刻地暴露着中国传统文化的破绽。在众多关于庚子年的史料中,令人遗憾地记载着这样一个事实:在联军分区占领京城之后,北京百姓家的门口纷纷挂出了"万国旗"。一位在中国居住近五十年、据说对中国有很深的了解的美国人目睹了这样的情景:

> 中国的都城被联军占领之后,为了巡逻的目的,他们把这块占领地分属于几个军事分遣队管辖。在这种情况下,中国

人开始使自己适应新的环境,如同水被倒进容器里那样自然。掌握汉语书面语的日本人是首先进入新领域的。整个城市在三天之内充满了中间为红盘状的小旗……在一段时间里,通常遇到中国人拿着这样的旗子,在上面的空白部分写着"顺民"字样。如有十几个人在路上行走,会有约八个人执不同国家的旗子。中国人常彼此忠告:万勿随洋人。而现在出现这样的局面,在人类史上或许是独特的。更有甚者,在曾作为义和团坛口的一座庙门上,令人吃惊地贴有这样的字样:上帝基督徒的人。㉔

朝廷弃民于不顾,又何以让百姓对国家负责?

拍卖场上王公贵族家里的物品,强烈地吸引着京城平民的好奇心;而所拍物品价格之低廉,更令平时只知"豪门深似海"的平民趋之若鹜。翰林院遗失的六百多册《永乐大典》和数万册珍贵古籍,分散地出现在崇文门和琉璃厂的摊位上,有人居然只用一吊钱便买回"八巨册"。德国皇帝送给中国皇帝的一枚"黑鹰大宝星",上面镶嵌着珍贵的钻石,有人以二十两银子便买到手了。而那些价值连城的文物古董,珍贵的皮毛,官员佩戴的朝珠,绣花的官服,精美的玉器、瓷器等等,洋人几乎都是给点银子就出手。一个平日做古董生意的中国人,居然把洋摊贩们领到自己家里,在挑出他所需要的物品之后,"一律按照物品的重量付给相等重量的黄金"。无法知道这个中国商人从联军手里究竟收购了什么,但可以肯定的是,能够出如此大的价钱只能是皇家独有的罕见珍品。

有记载说,虽然皇宫大门紧闭,但是里面的珍宝还是大量丢失了。联军官兵从与皇宫相邻的庙宇下面的排水沟里爬进去、在宫墙上挖一个洞钻进去、从大门上面跳进去,他们在巨大的迷宫一般的皇宫里摸索很久,然后再"原路返回"——说白了,就是偷。

一九○○年,西方列强在京城里的大规模拍卖,把强盗逻辑发展到了极致。除了此时的大清帝国,世界上再也不会有另一个国家,能够允许这样的事发生在自己的国土上。

北京的平民深夜里把廉价买来的、上面刻着王公姓名的、用绝佳美玉雕刻的鼻烟壶小心地托出来把玩,人生沉浮的幻觉由此而生,万般的生活欲念不禁奔涌心头。轻易就获得了一件他们从来不敢奢望的玩艺儿,这让他们享受到了一般人体味不到的幸福——这是平民的幸福,是贵族所没有的幸福。贵族往往是悲观主义者,因为他们对是否能够把眼前的富贵维持下去没有任何把握;而平民往往是乐观主义者,他们有着惊人的忍耐力和适应力,因为即使今天的状况已经糟得不能再糟了,他们也总是想明天也许就不会这么糟了。这不,昨天还在王公府邸的东西,今天就到大杂院里来了,世道的变幻莫测你还别不信。中国古代圣贤有这样一句名言:"衣食足而知荣辱。"虽然有道理,但是好像从没有被生活确实证明过。因为足衣足食而仍不知荣辱的事情,还是在大清帝国里令人发指地发生了,这就是中国人后来面对这段历史常常痛心不已的重要原因。

京城里的平民终于看见了那些没有被杀的王公贵族们在洋人的马鞭下充当苦力。怡亲王洗衣,陈御史运石,更多的王公贵族则在清理满城发臭的死尸。与慈禧太后有姻缘关系的礼部尚书怀塔布,这些日子一直在为洋人拉车,洋人坐在车上用鞭子抽他的脊背,他回头"斜睨而笑"曰:老爷别打,横竖这路是我跑衙门跑熟的,包管不会错。平民们还蜂拥去看斩首。联军确实抓到不少真正的义和团,这些被酷刑折磨得奄奄一息、浑身血污的农民,在被洋人押往刑场时候,面对街道两旁挤满了的同胞,他们用最后一点力气尽量保持着微笑,舌头没被割下的便喊:"我就是杀大毛子、二毛子的义和团!在阴曹地府里咱接着拜师学艺杀鬼子!"

联军对中国都城的占领,引起了全世界的强烈关注。美国一个名叫马克·吐温的作家,怀着对传教士在中国所做的"丑恶行径"的极端反感,在报纸上对联军展开了激烈的怒骂,这位作家最核心的咒骂是:"教士们是在中国麦田上乱踏乱啃的一群驴子。"一个正在酝酿武装暴动的名叫乌里扬诺夫的俄国人,后来化名列宁,他在《火星报》创刊号上发表了题为《中国的战争》一文,谴责俄国和其他列强对中国的侵略罪行。

在没有被洋人占领的南方,一个名叫八指头陀的著名和尚为逃亡中的太后和皇上的命运痛哭,诗云:"闻道咸阳驻翠华,不禁清泪湿袈裟。孤云出岫宜为雨,五柳成荫莫忆家。"另一个名叫辜鸿铭的帝国幕僚更是义愤填膺,因为无法控制自己的悲愤,他连写数文痛斥列强"卑鄙的嘴脸",并表达了他对皇太后无与伦比的崇敬之情。他的文章有一个很长的副标题,即《我们愿意为君王而死,皇太后啊!》,文中有颇具莎翁风格的诗一首:

> 正是端王告诫议约的巨头们说:
> 在我们的皇冠落地之前,
> 有许多王冠将要被打破;
> 尔后每个爱战斗善谐谑的义和团青年,
> 让他跟随强健的端王及其同仁。
>
> 灌满我的杯,斟满我的缸;
> 跨上我的马,招呼我的人;
> 亮开旗帜开火吧,
> 跟随强健的端王及其同仁![25]

辜大人并没有"为君王而死",因为他那时正为自己多年得不到升迁而对皇室颇有意见。他所颂扬的"最美丽、最慈祥的女人家","最伟大、最成熟的政治家"慈禧,在躲过一九〇〇年的灾难之后,终于让他当上了帝国的海关官吏。大清帝国倾覆之后,做不成官的辜鸿铭改行做了教授。这个曾在外国读了数年书、会说数国话的中国大知识分子,以坚持梳辫子,欣赏三寸金莲,主张妻妾成群,拥护帝王制度,能把《论语》翻译成英文再把《圣经》翻译成汉语而至今闻名中国。

河船中的秀女

如果辜大人所描绘的美丽不是指心灵而是指容颜,他的话并没有过分恭维之嫌。按照东方人的审美标准,慈禧年轻时的容颜是美丽的。

最早惊讶于她的美貌的,是当年的清河县令吴棠。

吴棠的奇遇开始得很简单。他的一个朋友的父亲去世,护送灵柩的丧舟经过他所管辖的地盘清江浦,他派仆人送去三百两银子以示哀悼。执行完任务的仆人回来一报告,他才发现银子被错送到河里的另一条船上去了,那条船恰巧也是挂着白布的丧船。吴棠火冒三丈,把仆人骂了个没完没了。他的幕僚安慰说,反正也不好意思把银子要回来了,听说那条船里有两个正往京城去参加皇室选秀的满洲秀女,说不定哪个姑娘有福气当上了贵妃娘娘呢,大人这不就是歪打正着了么。话虽然带有调侃的意思,而吴棠竟然重新拿出三百两银子让仆人给他的朋友送去,自己则亲自跑到那条载有满洲秀女的河船上"吊唁"去了。如果说吴棠的举动是出于幕僚的怂恿,或者出于他机敏的官场经验,似乎都有一点牵强,因为即使是最灵验的算命先生,也不敢想象那条普通的河船之内竟然载着未来大清帝国的最高统治者。吴棠当时只是以为,既然是满族贵族官吏的家眷,拜访一下没什么坏处。而他真正的心思是想借机窥视一下出自深闺的满洲秀女的容颜。果然,吴棠在河船中看见了两个满洲女儿,其中姐姐的美丽远超出他的想象。面对吴棠送上的银子,满洲秀女"感之甚",姐姐竟对妹妹说:"吾姊妹他日若得志,万无忘此贤令尹也。"而吴棠根本没有在意这番话,因为眼前的美色已令他魂不守舍。

那个美丽的姐姐,就是后来的慈禧,当时她年方十八。

另一个姑娘,是慈禧的妹妹,后来成为醇亲王的夫人。

当时慈禧心情沉重,因为她的父亲刚刚去世,原来那些看在她父亲的官职上与他们有亲密关系的人,现在谁也不理会她们孤儿寡母了。

"河船中的秀女"的故事,情节略有出入地散见于各种史料中。虽然有人经过考证指出这个故事存有某些主观臆想的成分,但从一八六九年时任湖广总督的李鸿章接到指派他查办四川总督吴棠的圣旨后所表现出来的踌躇,足以证明吴棠当年的这段奇遇不是没有根据的。慈禧被选入宫中后,尽管吴棠以一个无才无德的小贪官形象遭到同僚们的鄙视,但他还是官运亨通得以连连升迁,一直做到四川总督。由于他在四川索礼受贿、横行霸道的行径实在过分,朝廷屡屡收到控告他的奏折,于是皇帝下旨让李鸿章负责查办。接旨后的李鸿章对他的幕僚表示,此事为一"烫手的板栗",因为"此人殊难下手"。让老奸巨猾的李鸿章为难的原因是,吴棠与太后往日的情谊虽无法证实,却也无法否定。后来皇帝接到的查办"报告"对吴棠是这样评价的:"忠厚廉谨,官声尚好,所参各项查无实据,在籍士绅一致称颂吴棠善政便民。"于是,吴棠不但没有受到弹劾,弹奏他恶行的人反而受到朝廷的申斥。

一九○○年九月三日,六十六岁的慈禧在西北崇山峻岭中一个路匪过夜的土窑里歇息。天亮的时候,随行的王公大臣、皇室贵族们纷纷蓬头垢面地爬起来,饥肠辘辘地看着前方似乎没完没了的弯曲山路。突然,太后传旨,今天不往前走了,一块儿去逛山景。大伙正纳闷,太监们已经忙活起来了,满地拾柴火烧水——原来太后要梳妆。太后让皇帝也把头剃一剃。所有的人就这样等着,一直等到太阳升高,人人都饿得眼花缭乱的时候,太后从那座破窑里走了出来,皇亲国戚们顿时愣了神:我们的老佛爷,老太后,怎么稍微地一打扮就这么勾人眼神?

已经年过花甲的慈禧风韵犹存。哪怕是对她怀有深仇大恨的人,都不会否认这个女人的姿色。她换上了在宣化时当地官吏孝敬给她的一件汉家绣花长袄,鲜亮的富贵牡丹、翠绿叶图案的大滚边下摆、斜开襟的粉色纽襻,把个腰身裹得窄窄的,浆过的浮云月牙领托着红润的脸颊。太后今儿个擦胭脂了?不像,一路是有地方官员献上胭脂,可太后嫌粗都扔了。老佛爷就是这个血色,就是这个福气!

慈禧对因为剃了头更显消瘦的皇帝说,别老皱着眉头——"他且勿论,此次出京,得观世界,亦颇乐也。"㉖

这个地方叫雁门关。

进入山西地界后,沿途的地方官员不断提供包括轿子在内的各种交通工具,并且尽了最大的努力保障皇室的住宿和伙食,但是在山西北部连绵不断的大山里逃亡,依旧还会出现饮食断绝的情况——"食物甚难得,唯有粗饽饽粉而已。"在太后的带领下,游山的皇家队伍出发了。这不是在京城,排场是摆不成了,好在太后不讲究这个。队伍的前面是两匹开路的马,然后是大太监崔玉贵,接着就是四顶轿子,里面坐着慈禧太后、光绪皇帝、隆裕皇后和十四岁的小皇储溥儁。长时间的风吹日晒,轿子的颜色已经褪了,围子上满是雨水浸渍的痕迹。塞上的秋风很厉害,把天空刮得一片瓦蓝,跟在慈禧身后的所有人都在猛烈的风中打着颤。没人知道太后今天为什么打扮。还是个孩子的皇储被太后的兴致感染,或许也是刚吃了个大萝卜肚子里有底的缘故,他坐在轿子里掏出一把随身携带的小唢呐吹了起来。崔玉贵立刻觉得大阿哥的举动不像话,因为在慈禧身后吹唢呐会让太后听着像出殡。在他经过几道手续传达了这个意思后,唢呐声戛然而止。可是接着便传出大阿哥的京剧唱段,唱腔一出口就带着厚厚的奶味,颤悠悠地在大山中跌跌撞撞的:"头通鼓,把饭造,二通鼓,紧战袍,三通鼓,刀出鞘,四通鼓,把锋交,上前个个俱有赏,退后定斩不能饶……"

只有少数大臣能猜出太后的心思。命李鸿章全权议和的上谕已经发出,将和李鸿章一起与洋人谈判的庆亲王已经返回京城,太后给了他们"便宜行事、不为遥制"、自行处理谈判的权力。另外一份重要的上谕已经拟好,这是向整个帝国发出的严加剿灭义和团的圣旨,上谕严格按照太后的原话一字不易:"此案初起,义和团实为肇祸之由,今欲拔本塞源,非痛加剿除,严行查办,务绝根株。"㉗另外,听说洋兵打到保定就不走了。身后没有洋兵紧追,太后不由得松了一口气。瞧瞧,还是老佛爷,拿得起放得下,这就叫本事。

山顶上有一块扁平的石板,据说曾经是佘太君的点将台。远处的烽火台已经破落,一股山野旋风卷着沙土和落叶扫来。慈禧在这里站立很久,她的思绪中回旋的情景谁也不可能琢磨出来。自打早上从窑洞里钻出来,她便有一个强烈的感觉:这里的景色很像当年的热河。大清帝国的夏宫热河,她的丈夫咸丰皇帝,还有那些温存与冷落、希望与失望、快乐与痛苦交织在一起时光,统统浮现在慈禧眼前。

对于慈禧以政治角色出现在帝国的政权核心,一直耿耿于怀的恭亲王曾经说过一句话:"我大清宗社,乃亡于方家园。"方家园,北京朝阳门内一条胡同的名字,是慈禧的母家所在地。从明代起,这个地方在京城就小有名气了,倒不是因为出过什么高官重臣,而是这里为官妓集中的地方。就凭家住此地来看,慈禧的母家也不是什么显赫人物。

恭亲王说那句话的时候,慈禧二十七岁,新寡,正值少妇年华,别有一种风情。而正是这一年,这个光彩照人的少妇把大清国拉入了一段最不可思议的历史中,直至使这个延续了几千年的古老帝国走向最终灭亡。

慈禧,满族,叶赫那拉氏,小名兰儿。其父惠征,曾为徽宁池太广道。兰儿自幼跟随父母生活在江南。江南的青山绿水使这个北方满族女儿饱满的身躯被熏染上一层柔情妩媚。她很小的时候,就显示出绝顶的聪明——"少而慧黠,聪艳无可匹侪,雅善南方诸小曲,曲尽其妙。"㉘当她穿着她最喜欢的汉家装束,给她的父母吟唱江南吴歌的时候,她的父母悲喜交加。无论是满族人还是汉族人,中国人都明白"红颜薄命"这一说法。况且,作为满族官员的女儿,法定将要接受皇室的秀女遴选。而即使是满族人,也不认为将女儿送入宫中于她于家是幸运的,因为没有几个入选进宫的满族秀女能够得到真正的恩宠。宫深如海,女儿如萍,女孩家的命运凶多吉少。但是,几乎所有的史料,都把兰儿说成是一个野心勃勃的少女,似乎她在情窦初开的时候就已经是个政治人物了。尤其是她的父亲得到圣旨,说皇上准备娶一个妃子,希望这个妃子能够为皇上生下皇太子,同时通知兰儿已被列入遴选满洲秀女的名单中时,据说兰儿暗地里焚香祷告,并且得到了神灵的某种吉祥的暗示。果然,兰儿在十七名满洲秀女中出类拔萃。虽然她与竞争对手们一样,仅仅穿了件满人的旗袍,梳了个高耸的两把头,在嘴唇上点了一点殷红,但她还是没费什么周折就被咸丰皇帝看中了。咸丰皇帝当时仅仅觉得在他的后宫嫔妃中又多了个满族姑娘而已,他绝对想不到,当套殿的院子里响起那双高底鞋子的咯咯声时,正是大清帝国历史上一个重要时刻的诞生。

直到很久以后,不少人与恭亲王持大致相同的看法,认为自慈禧入宫帝国的祸害就开始了,并且把那个历史瞬间不约而同地归结于咸丰皇帝的好色。应该说,咸丰即位的头两年,还是一个勤奋的皇帝——"上诞膺天命,四方多事,旰食宵衣。每日披览章奏,引对臣工,指使周详。军兴以来,所授机宜,无不惬当。建元之初,诏免天下钱粮千有余万……命儒臣缮写《朱子全书》及《贞观政要》,朝夕讲求。几余洒翰,或述志以示廷臣,或手诏以褒直谏……饬内外大臣保举人才,不拘资格,一秉大公。是故兵不足而兼用勇,漕不继而改海运,饷不足而更制大钱。改口岸以整鹾纲,输米石以实仓庾,裁河员之冗浮,减京饷之成数。凡此新章之改革,无不与时为推迁。"㉙但是,随着太平天国造反声势的日益蔓延,随着西方列强对中国的利益侵占日益扩大,帝国无能的文武大臣面对分崩离析之象束手无策,咸丰的压力越来越大了,可谓内忧外患纷至沓来。这个年仅二十多岁的皇帝,仅仅咬牙坚持了两年,便走上了"逃遁避匿"之路——"咸丰季年,天下糜烂,几乎不可收拾,故文宗以醇酒妇人自戕。"㉚皇帝享受醇酒美人天经地义,可是居然到了"自戕"的地步,这说明咸丰做出的选择比逃避现实还要极端,因为"自戕"无异于自杀。

皇帝要用美酒美人自杀,这是天成全了兰儿,同时也成全了大清帝国晚期错综复杂的政治史。本来咸丰不喜欢旗女而迷恋汉女,但是美丽的兰儿擅长吴歌、喜穿汉家服饰、说略带江南味道的纯净的汉话,这一切都深深迷住了被严酷的政局吓坏了的年轻皇帝。兰儿对自己的美丽十分自信,深宫的寂寞很快就过去了,在圆明园的众多嫔妃中,她很快得到咸丰皇帝的注意,并且幸福地被"临幸"了。对于一个普通妃子来讲,被皇帝拥入怀里是一件能够改变命运的惊天动地的大事,那些短暂的惊慌羞涩即使在花甲之年仓皇逃亡的路上也依旧是禁不住反复回味的美妙时刻。后人曾用科学发明的胶片再现当年兰儿倚栏小唱"勾引"咸丰皇帝的情景:身影一隐一现,媚眼一颦一笑,如同世间所有的风尘女子在街头招客一般。无论史家怎样抨击是如何的不可能,但有《清代外史》的记载说明还是可能的:

> 是时英法同盟军未至,园尚全盛,各处皆以宫女内监司之。那拉氏乃编入桐阴深处。已而洪杨之势日炽,兵革遍天下,清兵屡战北,警报日有所闻,奕詝置不顾。方寄情声色以自娱,暇辄携妃游行园中,闻有歌南调者,心异之。越日复往,近桐阴深处,歌声又作。因问随行内监以歌者何人,内监以兰儿对。兰儿者,那拉氏之小字也。宫中尝以次名呼之。奕詝乃步入桐阴深处,盘坐炕上(凡园中各处皆设炕,备御座也。)曰:"召那拉氏入。"略诘数语,即命就廊栏坐,令仍奏前歌。良久,奕詝唤茶。时侍从均散避他舍,那拉氏乃以茶进。此即得幸之始也。

那拉氏,兰儿的名字,满族女人没有正式的名字,皆为某某氏。兰儿的"奋斗"史和"发迹"史无疑始于圆明园。当时,咸丰皇帝不仅喜欢她一个,仅圆明园内就有颇负盛名的"四春",即被称为"杏花春"、"海棠春"、"牡丹春"和"武陵春"的四个姑娘。管理圆明园的管园大臣文丰,因为咸丰"采办"民女而得宠,但是他给皇上弄来的姑娘中居然还有妓女。其中四春中的一"春",就是个妓女,而且是兰儿弄来的,此举属于她后来在波澜起伏的人生中使出的无数谋略中的一个:

> 文宗(咸丰)因东南太平军起,心中忧焦,颇怀信陵君醇酒美人意,常居园内,命宫监四出觅汉女,充下陈。文丰有心腹奴二,皆汉人也。一走维扬,一去金阊,购得民女四人,皆绝艳,或云取自妓家。文宗为特设四院以处之。亭馆崇宏,隔垣相望,复道属焉,即世所传杏花春、武林(陵)春、牡丹春、海棠春是也。杏花春尤妖冶,系广陵方氏女,幼曾鬻于娼家,心腹奴物色得之,以二千金脱其籍。时海棠春亦新自金阊来,文宗益乐甚,为诗以赏文丰之能,赐赉重叠。未几,心腹奴又献牡丹春。女亦苏人,善媚工歌舞。文宗尝携那拉妃听歌,妃颇赏之。其后宠眷愈隆,妃遂嫉忌,别遣心腹至粤江选花,得珠儿之丽者,以间牡丹之宠,即武陵春是也。四春争妍斗媚,由文丰进者实居其三。㉛

决定兰儿最终胜利的是:她不但怀孕了,而且生下个男孩。

时为咸丰六年,兰儿二十二岁。

慈禧所生的男孩,是咸丰唯一的儿子,皇上甚是喜欢,竟有"庶慰在天六年望,更欣率土万斯人"之咏。兰儿的地位因此陡升,从懿贵人晋封为懿妃,再封懿贵妃。但是,她没有想到,自己失宠的速度与抬升的速度一样快。咸丰皇帝染上了一个癖好:迷恋汉家姑娘的小脚。兰儿是满族姑娘,不裹脚。因此,圆明园里的"四春"在兰儿的眼里,不但是情爱上同时也是政治上的死敌。懿贵妃使用了一切手段,她刻苦练习书画和作文,甚至能代替咸丰批阅奏折,以期吸引皇上的注意,可是都没有用。从那时起,这个美丽的女子开始显露出惊人的毒辣褊狭,她伺机报复且毫不手软的性格自此贯穿了她的大半生。许指严《十叶野闻》记载:

> 那拉后久居园中,且无宠,因日习书画以自娱,故后能草书,又能画兰竹,皆此失宠时之成绩也。后所居有绿天深处,景最幽秀,后甚爱之,常言他日必久居于此,以娱暮年。左右

侍从，莫不知后之意也。顾切齿于四春，因帝宠无如何，乃取其失宠者鱼肉之以泄愤。有吴中女子不得幸，退居某内侍房，那拉后游园偶遇之，斥为内侍匿小脚女人，立命缚之，且命与内侍对缚。二人俱极口呼冤，言此皇上之命许入者，今因退值，暂憩此房，二人并无感情，且不知女子姓名也。那拉后不允，强指为外间妇女阑入，有违禁令。时左右俱那拉后心腹，更无人传达与帝处。那拉后乃使其党裸女子而挞之，丑辱万状，女子求死不得，既乃缚之于柱，以示大众。复恐文宗（咸丰）驾至究问，旋命饮以冰水，遂绝，私掩埋之以灭迹焉。

仗着自己生了个皇子，懿贵妃逐渐敢于顶撞皇上并"借事弄权"，这令大臣们对她产生了极大的政治警惕。为此，咸丰的心腹大臣肃顺曾向皇上建议，按照汉武帝处置"专恣淫乱"的钩弋妇人的先例——"杀母而留其子。"热爱美酒与女人的咸丰，处理国事与家事一样的优柔寡断，等他终于意识到必须采纳肃顺的建议时，自己已经躺在病床上奄奄一息，甚至连说话的力气都没有了。

在位仅仅十一年的咸丰皇帝奕詝，当年被道光皇帝选中继承皇位完全是历史的一个偶然。在道光皇帝的九个儿子中，原本最有希望也最有能力继承皇位的不是他，而是他的异母弟弟奕䜣，因为无论朝野还是道光皇帝本人都对奕䜣的聪慧贤能赞赏不已，奕䜣继承皇位几乎就要成为不争的事实。奕䜣，就是后来的恭亲王。这位在大清国历史上少有的受到广泛赞誉的亲王，"思想敏捷，才具开阔，勤于国事"，素有"贤王"之称。但是，道光皇帝最终的选择，不是六子奕䜣却是四子奕詝——一个无论在健康、意志、学识上都十分平庸的年轻人。后人究其原因说法颇多，影响道光皇帝最后抉择的好像仅仅是三件小事：其一是皇室在南苑打猎时，奕䜣"收获甚丰"，而箭法不好的奕詝什么也没打着。在父皇的质问下，奕詝搪塞曰："正是春天，鸟兽繁育，颇不忍心。"谁料这个说辞竟让道光皇帝大为感动。其二是道光皇帝晚年，曾召奕䜣与奕詝当面"亲加垂询"。奕䜣对父皇所问之事均"知无不言，言无不尽"；而对时政没有任何见识的奕詝，只是"伏地流涕"，对父皇表示出深情的仰慕及孺孝，令道光皇帝甚为"欢心"。三是当道光皇帝密写遗嘱的时候，一个太监在大殿的台阶下窥视，结果发现"末笔甚长，疑所书者奕䜣",并且把这个消息透露了出去,道光皇帝"知而恶之,乃更立文宗"。㉜不管原因究竟为何,后来的历史证明,道光皇帝犯下了一个遗患无穷的错误:奕詝做了皇帝不久,就在内忧外患的煎熬下"自戕"于己,淫色侵身的日子要了他年仅三十一岁的生命,只好把一个巨大帝国的统治权交给他唯一的儿子——年仅六岁的载淳。历史最不愿意看到的事终于发生了:载淳的母亲恰恰是一位颇具权力欲望的女子,而且,为了获得皇帝的欢心她已经在深宫中"修炼"过自己的政治本领了。

热河,咸丰十一年七月十七日,西历一八六一年八月二十二日,因英、法联军进攻北京而跟随皇室逃亡至此的懿贵妃目睹了丈夫的死亡。咸丰皇帝临死前,出于对懿贵妃的巨大戒心,曾经立下一道诏书交给皇后慈安。诏书明确赋予了皇后这样一个权力:一旦懿贵妃"母以子贵","失行彰著",皇后即可"召集廷臣,将朕此旨宣示,立即赐死,以杜后患"。

咸丰死于热河行宫的烟波致爽殿。

在最后的时刻,懿贵妃及时地把自己生的皇子载淳抱到了皇帝的榻前,哭问"大事如何办理"。咸丰闭着眼不答。懿贵妃只有反复地"告以儿子在此"。咸丰终于"张目答曰":"自然是彼接位。""语毕,即宾天矣"。慈禧后来曾对人说:"予见大事已定,心始安。"㉝

这时候,满朝没有人知道,慈禧不但知道咸丰写给慈安皇后的那个有权将她置于死地的密诏,而且还知道咸丰为防止她日后垂帘听政所写的另外一份密诏:即任命八位顾命大臣扶助六岁的皇帝行使帝国的统治权力。临终才顾得想及帝国安危的咸丰皇帝,终于意识到在他身后对于朝廷来讲最大的祸患是什么,仿佛是为了弥补他沉湎于女色的误国之过似的,咸丰在历史上拟出的著名圣旨都是针对当年那个名叫兰儿的美貌女子的。皇帝的临终安排,意味着懿贵妃不但没有篡权的可能,甚至连乱说乱动的权力都没有,这岂是那个为了吸引皇帝而躲在桐阴深处浅吟低唱的女人,那个为了心中的嫉恨而向皇帝献上牡丹之宠的女人,那个为了争宠刻苦研学以至可以代帝批文的女人能够容忍的?

咸丰刚一咽气,这个在以肃顺为首的八位顾命大臣的眼里,仅仅是个无兵无权的女流之辈的懿贵妃,立即开始了决定她自己也是决定大清帝国未来命运的动作,史称"辛酉政变"。

辛酉政变是一个出自女人之手的政治杰作。大清帝国先帝任命的八位顾命大臣或被干净利落地砍了头,或被不动声色地革了职。世间只剩了那个孤伶伶的小皇帝。此一政治杰作与女人的美丽毫无关系,但是却与帝国的命运息息相关。辛酉政变的过程,几乎可以囊括篡改真相、无中生有、指鹿为马、利益联盟、结党营私、蓄意陷害、残酷谋杀等自帝国有宫廷以来其政治内幕所需要的所有骇人听闻的因素,同时也可以向世人彻底展现东方宫廷里设计阴谋的离奇与奇妙、幽深与复杂。特别需要强调的是,慈禧当时年仅二十七岁。由于生了皇子,有了封号,没人再叫她兰儿了,她也确实不是清江浦河船上的那个满洲秀女了,她柔润丰满,容光焕发,环佩铿锵,咄咄逼人,这个因为领着刚刚登基的小皇帝从而可以出现于帝国最显赫的政治场合的年轻寡妇已经具备了征服整个大清帝国的所有条件。

她像嗜好华丽的服饰、上等的胭脂、奢靡的排场一样嗜好权力。这种嗜好贯穿了她的一生,即使在最危险的时刻,都没有丝毫改变。无法得知她何以对执掌权力如此执著,可能的解释是,这个女人自丈夫死后就断绝了包括生理需求在内的所有欲望,能够让她感受到活着的乐趣的就只剩下玩弄权柄了。后人对她守寡之后放纵情欲的一切传闻都是没有根据的。所有制造这种传闻的人,依旧把她当成了正常的女人,而她从二十七岁那年开始,就已经不是一个纯粹的女人了。她的容颜随着岁月的动荡一点点香消玉殒,如同这个帝国美丽的山河在困苦与屈辱中逐渐破碎一样——大清帝国最后数十年的历史,仿佛是一个挂满沧桑布景的舞台,那个曾经名为兰儿的河船中的秀女,在此上演着一个女儿家被权力的情欲年复一年地煎熬成帝国的老佛爷的凄凉过程。

导致慈禧掌握帝国政权的辛酉政变,离开原本有能力继承帝位的恭亲王奕䜣的支持是不可能成功的。虽然恭亲王非常清楚慈禧的野心,但是精明的他同样被权力的欲望所征服。怀着对死去的咸丰皇帝的怨恨,在慈禧事成之后的许诺的诱惑下,恭亲王与慈禧在政治上结成了同盟。他帮助慈禧度过了她生命中最艰难、最危急的时刻:包括精巧地利用了已经掌握帝国行政权力的顾命大臣在日程安排上的疏漏,包

1901

括利用推行革新的肃顺剥夺保守的满族大臣的特权所引起的不满,包括配合慈禧迅速挟幼帝先于大臣们回到紫禁城攫传国玺印,包括用政治恐怖手段严密地堵住宫廷中所有敢于争辩的嘴,包括诬陷军机大臣们自拟咸丰皇帝的顾命大臣之诏,包括不动声色地抓人然后再毫不迟疑地杀人……史书对于此时的恭亲王有这样的理解:"恭王为宣宗(道光皇帝)第六子,天资颖异,宣宗极钟爱之,恩宠为皇子冠,几夺嫡子数。宣宗将崩,忽命内侍宣六阿哥。适文宗(咸丰皇帝)入宫,至寝门请安,闻命惶惑,疾入侍。宣宗见之微欢,昏迷中,犹问'六阿哥到否'。迨王至,驾已崩矣。文宗即位,恭王被嫌,命居圆明园读书。咸丰庚申,海氛日急,文宗幸热河,王从崛,卒柄大政,盖不预外事已十年矣。"㉞于是,在恭亲王的鼎力"效劳"下,咸丰皇帝最担心的事还是出现了:慈禧开始了垂帘听政。面对朝廷上那张在珠帘后永远无法让人看清表情的脸,厚道的慈安皇后自愿把咸丰帝"立即赐死,以杜后患"的圣旨当面交给了慈禧——"慈安持示慈禧,且笑曰:'吾姊妹相处久,无间言,何必留此诏乎?立取火焚之。'"㉟之后,慈安皇后便因尝了几口慈禧送来的牛奶饼突然"暴死"。而那个入主军机处当上议政王且"食亲王双俸"的恭亲王也没能高兴太久,慈禧耐心地最终等到了他自己犯错误的时候:"慈禧于王大臣中,所最忌者为恭王奕䜣,以其位尊权重,而党于慈安,时与己齮龁故也。然以其在军机久,谙练持重,绝鲜失败之故,不得不含忍以伺其衅。及中法之战,议和失策,慈禧即借是以逐恭王,会有言官谏慈禧失德及滥费,慈禧疑即恭王使之,于是毅然决然下谕逐恭王矣。"㊱——慈禧毫不留情地将恭亲王赶出了军机处:

> 恭亲王奕䜣等,始尚小心匡弼,继则委蛇保荣,近年爵禄日荣,因循日甚。每于朝廷振作求治之意,谬执成见,不肯实力奉行,屡经言者论列,或目为壅蔽,或劾其萎靡,或谓簠簋不饬,或谓昧于知人。本朝家法綦严,若谓其辱前代之窃权乱政,不惟居心所不敢,实亦法律所不容。只以上数端,贻误已非浅鲜,若仍不图改,专务姑息,何以仰副列圣之伟业贻谋?将来皇帝亲政,又安能臻诸上理?若竟照弹章一一宣示,即不能复议亲贵,亦不能曲全耆旧,是岂朝廷宽大之政所忍为哉?言念及此,良用恻然。恭亲王奕䜣……入直最久,责备宜严,

> 姑念一系多病,一系年老,兹特录其前劳,全其末路。奕䜣着加恩仍留世袭罔两亲王,赏食亲王全俸,开去一切差使,并撤去恩加双俸。家居养疾。㊲

冠冕堂皇,言之凿凿,可谓不着任何私欲痕迹的宫廷上谕范本。

至此,一个年轻的女人完成了她对于大清帝国最高权力的所有政治企图。

咸丰皇帝最终没能成功地防止那个名为兰儿的女子在他死后篡夺政权,这是一件十分可悲、也十分不可理喻的事情。帝国这种政治事变的出现,总结起来源于一系列看似偶然的因素:道光皇帝因小失大地误选了奕詝为皇位继承人;时代变迁导致的国情压力致使咸丰皇帝沉湎于女色;一个满族官吏的漂亮女儿居然爱穿汉家衣服、会唱江南小曲、能够很快怀孕,并顺利生下一个男孩儿;人心的褊狭造成咸丰生前对曾经与他竞争皇位的恭亲王采取了疏远乃至压制;咸丰对于已经显露出权力欲望的懿贵妃的处置一直犹豫不决;咸丰的早逝使他生前无法建立可靠的政权基础,而他死后的权力空白必会导致政治上的动乱——以上任何一个因素,哪怕有丝毫异样,都会令大清帝国日后数十年的历史重写。然而,历史的事实却是,帝国的权柄掌握在这样一个女人手里竟达四十七年之久,即使在她已经成为一个老人,并且像咸丰年间一样需要逃亡的时刻,她依旧按照她的固有模式把那个可怜的傀儡皇帝紧紧地攥在手心里——她在以一个女人的情绪和一个统治者的心理控制着这个庞大的帝国。

光绪在猛烈的秋风中不可能想到热河,他只想返回京城——"一旦颠危至此,仰思宗庙之震惊,北望京师之残毁,士大夫之流离者数千家,兵民之伤死者数千万,自责不暇。"㊳自逃亡开始,皇帝的胆子突然大起来,偶尔也跟太后顶上几句,"皇上"的感觉似乎要死灰复燃了。更严重的是,光绪多次向慈禧表示他要回京城去与洋人谈判。这个意思,光绪在神武门外就对慈禧流露过:"无须出走,外人皆友邦,其兵来讨拳匪,对我国家非有恶意。臣请自往东交民巷,向各国使臣面谈,必无事矣。"㊴现在,光绪再次向慈禧提出了这个请求:

> 已定议再西,帝尤愤,抵潼关,帝云:"我能往,寇奚不能,

1901

即入蜀,无益。太后老,宜避西安,朕拟独归,否则兵不解,祸终及之。"西后以下,咸相顾有难色,顾无以折帝辞,会晚而罢。翌晨,乃闻扈从士嘈杂而行,声炮,驾竟西矣。帝首途,泪犹溢目也。⑩

光绪要求直接面对洋人,这是慈禧不能允许的事,原因依旧涉及权力问题。一旦皇帝脱离了她事无巨细的掌控,无异于帝国的最高权力从她手中"溜号了"。洋人本来就指责太后剥夺了皇帝的权力,如果光绪能够直接与洋人对话,哪里还有慈禧再插手的份?光绪是她借以发号施令的本钱,本钱没了,今后的日子可怎么过?如果皇帝直接与洋人"面谈",也许可以使帝国少受灾难,但是慈禧考虑的不是这些,她只关心自己赖以生存的权力。

慈禧与光绪,是这个世界上最奇特的母子关系。光绪本该是个无忧无虑的贵族子弟,要不是慈禧的亲儿子同治皇帝因为嫖妓染上恶疾而死,这个名叫载湉的孩子本没有任何可能当上皇帝。载湉的父亲奕譞,是道光皇帝的第七子,这本来也就是个宗室贵族罢了。但是,他娶的夫人恰巧是慈禧的亲妹妹,仅此一点就使他这一支宗室中竟然神差鬼使地连续出了两个皇帝,即光绪皇帝和大清末代皇帝宣统。因为与慈禧的这层关系,在辛酉政变中奕譞和恭亲王一起成为协助慈禧夺取政权的功臣,他最大的功劳是在慈禧带着小皇帝秘密回宫的时候,身上藏着一份杀肃顺等三人的"诏书"。辛酉政变后,奕譞的封号由郡王加亲王衔,即醇亲王,并授予都统、御前大臣、领侍卫内大臣,那一年他只是个二十二岁的小伙子。这是一个"厚道之人",他的柔弱性格恰恰是慈禧最需要的。当没有留下一个儿子的同治皇帝驾崩之后,想要继续垂帘听政的慈禧决定再找一个幼童当皇帝,她想到了亲妹妹家那个四岁的男孩儿载湉。

《翁同龢日记》(同治十三年甲戌十二月初五日):

> 戌正,太后召诸臣入,谕云此后垂帘如何?枢臣中有言宗社为重,请择贤而立,然后恳乞垂帘。谕曰,文宗无次子,今遭此变,若承嗣年长者实不愿,须幼者乃可教育,现在一语即定,永无更移,我二人同一心,汝等敬听。则即宣曰某。维时醇郡

王惊遽敬唯碰头痛哭,昏迷伏地,掖之不能起。诸臣承懿旨后,即下至军机处拟旨……

"某",即载湉。

猛然听说儿子要当皇帝,奕譞竟然将自己的头使劲儿往地上撞,然后大哭不止,以至昏瘫在地上别人拉都拉不起来。如此昏天黑地的大哭,已经不是激动和感恩了,这种不正常想必在场的翁同龢与慈禧都能看得出来。因为自己的妻子是慈禧的亲妹妹,奕譞太了解慈禧的为人了,年幼的儿子就这样被人捉来投入虎口,得知这一消息的瞬间他也许连陪着儿子一起死的心都有。

奕譞无法拯救自己的儿子。回到家他真的病了,双腿麻木,站不起来。他上奏慈禧,要求辞去一切官职,奏折"词颇悲楚":"突值大行皇帝之丧,复闻新命,悲悸不知所为,触发旧疾,步履几废,乞罢诸职守,苟尽余生,为天地留一虚糜爵位之人,为宣宗留一顽钝无才之子。"[41]奕譞辞去一切官职的原因,不仅是日后要在自己儿子的面前俯首称臣难免尴尬,更重要的是他成了皇帝的生父,生父与太上皇虽然不一样,但是如果皇帝握有充分的权力且希望父亲当太上皇的话,于情于理都说得通,可这样势必就得与慈禧形成势均力敌的局面,而奕譞明白把权柄看得比性命还重的慈禧是绝对不能招惹的,他的辞职就是为了彻底打消慈禧的一切猜忌,以绝说不定什么时候就会降临头顶的大祸。

慈禧恩准了,奕譞被解除一切官职,慈禧给他的明确"工作"是:到普陀谷当修筑皇陵的监工。虽然后来当慈禧欲将权势越来越大的恭亲王去除时,曾将奕譞重新搬出来当政治工具使用,但是奕譞始终小心翼翼地看着慈禧的脸色行事,一切听从慈禧的任意指派。可是,就是这样一个亲王,却最终因为一次"例外"祸从天降:大太监李莲英因为受贿受到他的询问,结果第二天他去慈禧那里请安的时候,被慈禧当头来了一句:你还能想得起我来?这句话活生生地就把奕譞吓病了。病本无大碍,可是他竟然病死了,年仅五十一岁。关于醇亲王奕譞的死,世人传说是被慈禧害的。从史料上看,两个说法比较常见:一是慈禧为了促他早死,利用他的好色"赐"给他一个妓女,结果他得了治不了的性病。此一说看上去有点荒唐。二是他病倒之后,慈禧以格外关怀为名不许他私自请医生,所有的药方均出自宫廷御医之手,结果醇亲王"病益危"。陈灝一《睇向斋秘录》中对此有所记载:"会王病,日派御医数人轮流诊视,药由内廷颁出,阴以毒物少许杂其中,于是王病益危。李合肥(李鸿章)与王交弥笃,闻王病,自天津遣医入都,期起沉疴以报知己。医至,王弗与医脉,挥泪告医曰:'予初寒热数昼夜,饮药后汗出如雨,以为不日可愈矣。太后格外施恩,御医一日数至,而药料则发自宫中。予以今上(光绪)故,久任劳怨不辞,今病必不起。君归为我致言少荃(李鸿章),高情厚谊,没齿不忘也。"无论怎样说,尽管奕𫍽万般小心,慈禧仍是一直把这个皇帝的生父视为潜在的政敌,她不曾有过一丝一毫的放松警惕,只要稍有风吹草动就毫不留情地下手了。

从奕𫍽的结局上看,当年他在朝上哭昏了确实有充分的理由。

不满五岁的载湉被抱入皇宫,从此成了一个命运悲惨的孩子。

因为劝说慈禧不要在国之忧患时修建颐和园而遭杖杀的太监寇连材回忆:

> 中国四百兆人,境遇最苦者无如皇上。自五岁起,无人亲爱。虽醇邸福晋,亦不许见面。每日必至西后前请安,不命起,不敢起。稍不如意,罚令长跪。一见即疾言厉色。积威既久,皇上胆为之破,如对狮虎,战战兢兢。日三膳,馔虽十余,然离御座远者半臭腐,近御座之馔,即不臭腐,亦久熟干冷,不堪下箸。以故皇上每食恒不饱。有时欲令膳房易一适口品,管膳者必面奏西后,西后辄以俭德为责……㊷

要不是深宫太监的披露,谁也无法相信这就是大清帝国皇帝过的日子。

如果硬要寻找原因的话,只能认为是慈禧的一种故意,她在虐待一个巨大帝国的皇帝中获得了某种满足——虽然她当不了帝国的皇帝——或者,她在有意地培养皇帝对她的遵从与恐惧。

慈禧确实做到了。

这个名叫载湉的孩子,由于长期的恐惧变得十分胆小:"上幼畏雷声,虽在书房,必投身翁师傅(翁同龢)怀中。"㊸翁同龢,在为同治皇帝的老师后,又为光绪皇帝的老师二十五年,史书记载:"德宗(光绪)冲龄典学,曙就翁同龢,或捋其髯,或以手入怀抚其乳,故常熟(翁同龢)

在书房二十五年,最为上所亲。"㊹可是,这个唯一能够令光绪感受到人间温情的人,最终还是让慈禧赶出了朝廷:"协办大学士翁同龢近来办事多不允协,以致众论不服,屡经有人参奏,且每于对召时,咨询事件任意可否,喜怒见于词色,渐露揽权狂悖情状,断难胜枢机之任。本应查明究办,予以重惩,姑念其毓庆宫行走有年,不忍遽加严遣。翁同龢着即开缺回籍,以示保全。"㊺翁同龢离开京城前,得知皇帝起驾出宫,"急趋赴宫门,在道右磕头"。光绪从轿内回过头来,望着他的翁师傅,"无言";而翁同龢望着从此孤身一人的皇帝,"黯然如梦"。

光绪的亲政大典,在一八八九年的二月间举行。

载湉已经十九岁了,按照中国的观念,十八岁就是成人了。慈禧必须交出权力。但是,慈禧定下的一份规矩令她依旧是权力的核心,即光绪皇帝每天批阅的奏章必须送颐和园慈禧处审阅;二品以上官员的罢免和任命必须请示太后才能决定。这份规矩中有一句最关键的话:"皇上不能自专"。这也许是帝国有史以来最难以理解的一句话了。在中国人的心目中,天子一言九鼎,皇帝是唯一不需要对自己的言行作出解释的人。不能自行决断的皇帝还叫皇帝吗?更令光绪难过的是慈禧对他婚姻的干涉。在选择皇后的时候,慈禧以命令的口吻指定他必须选择桂祥的女儿,而光绪根本不喜欢甚至讨厌这个女人。光绪婚后生活之凄苦可想而知,他对皇后根本没有建立夫妻感情的可能,皇后便到慈禧那里去哭诉皇帝对她的冷落,于是慈禧把全部的怨恨发泄到瑾妃和珍妃身上,这种发泄反过来又导致光绪对慈禧的更加强烈的逆反心理。后人把慈禧干涉光绪婚姻所造成的皇帝与太后的不和,说成是大清帝国晚期一切不幸的根源,虽然偏颇,但也有道理。皇族奕谟说过:"因夫妻反目而母子不和,因母子不和而载湉谋篡。"两句话,扼要概括了一九〇〇年大清帝国遭遇巨祸的最隐秘的缘由。

离开雁门关之后,慈禧变得烦躁起来。在去往太原的路上,一个晚上竟连避风睡觉的地方都找不到。好容易找到一个泥屋,进去一看,里面放着数口大棺材。随行人员见慈禧脸色发青,全都跪下来请罪。慈禧半天才叹了一口气说,能抬走就抬走,抬不走就在这里吧。慈禧在棺材旁边吃饭,食物是附近的一个看管监狱的狱官大老远送来的,其中的几个鸡蛋让慈禧恶劣的心情稍微缓解。最后,慈禧一行终于到达太原。

1901

荣禄也从保定赶来了。因为不能回京主持国事而愤怒不已的光绪立即把大臣召来,他情绪冲动,高声训斥,历数他们往日的荒唐举动,严厉指出庸臣内奸不但要为帝国的今天负责,而且还要为此付出代价。毕竟是皇帝,毕竟谁都对未来的局势心里没底,尤其是对太后是否还能控制局面没有把握,因此大臣们个个心惊胆战,汗流浃背。尤其是端郡王载漪,退出来时双腿发软,两眼发黑。

自逃亡时起,就没见过荣禄。现在荣禄来了,很好,终于又可以与他单独在一起说点什么了。慈禧和荣禄在政治上的关系本来就亲密得令人奇怪,野史传闻又把这一男一女说成是颇有历史渊源的情爱关系,弄得这两个人只要同处一室就会让满朝文武觉得有些异样。最让人将信将疑的,是曾经当过慈禧贴身女官兼英语翻译的德龄的著作,她在书中将慈禧和荣禄的关系,提前到慈禧入选满洲秀女之前,说那时候任紫禁城禁卫军统领的小伙子荣禄和二八佳人兰姑娘就已经是暗中约会的情人了。尽管史家从当时双方的年龄和家庭所在地等因素分析认为绝对是胡说八道,可这个在欧洲长大的女官硬是把两个年轻人的约会描绘得风情千种温柔万般,犹如这个故事发生在巴黎塞纳河畔的树影深处。尤其是兰儿被咸丰皇帝"临幸"的那天晚上,年轻的禁卫军军官荣禄在圆明园外长久徘徊,仰天长叹,如此情景倒让人宁愿相信此事为真,哪怕是纯属捏造,因为这毕竟给冷酷阴郁的帝国宫廷平添了一抹人间气息。荣禄在逃亡的路上还顺便办了一件重要的事:天津前线望风而逃的帝国军官陈泽霖趁着国乱卷走巨额军费,慈禧曾经让他严厉查办,现在他给了慈禧一个答复:陈泽霖没有贪污,银子是让洋兵抢走的。荣禄之所以为姓陈的开脱,据说是接受了陈泽霖的厚礼:现银四万两,上等燕窝十斤,丝绸四箱。这些东西,由一个姓叶的军官不辞辛苦追赶上逃亡中的荣禄,并请荣大人当面清点的。

荣禄禀报了北京遭联军抢掠的情景,特别禀报了皇室贵族崇绮的惨死。慈禧长久地不说话,及至夜晚"通宵未寐"。天色薄明时分,她走出那间"地既潮湿且有异味"的小屋,看着北方苍凉的黄土高原,语随从者曰:"不料竟至于此,诚可愧痛。唐玄宗遭安史之乱,亦蒙尘于外,目视其宠妃之死而不能救。余今所处,殆尤过之。"⑯

山西巡抚毓贤在太原为慈禧准备了一切,金银器皿都是一七七五年康熙皇帝巡幸五台山时用过的,全部是宫廷珍品,百年过后依旧光亮如新。慈禧说她在京城里都没见过这样的东西,她舒服得不打算再走了。但是没过多久,她便感到有点不对劲儿了。太原是杀洋人最凶狠的地方,毓贤是洋人点名要惩办的帝国官员。有消息传来说:联军要找毓贤算账,正准备大举进攻山西。慈禧召见毓贤,说:"去岁汝请训时,力言义和团之可靠,可惜你错了,今北京已破矣。但汝奉旨甚力,今山西境内,已无洋人,人皆称汝之能,余亦知之。现洋人报仇,索汝其亟,余或将革汝之职……但汝不必因此伤感,此举不过遮外人之目而已。为国家计,不得不出于此。"㊼毓贤没有丝毫含糊,叩首答曰:"微臣之捉洋人,如网中取鱼,虽幼童及狗,亦未任其幸免。臣已预备革职受罪。"㊽这时,屋外传来怪异的动静,一看,皇储大阿哥正拿着把大刀乱耍,大刀是毓贤专为义和团杀洋人打造的,上面刻有"毓"字。慈禧看见这番情景,心情更加复杂,遂对毓贤说,听说现在棺木的价格贵了?毓贤一时没明白太后的意思,后来经人指点恍然大悟,这一悟不禁吓出一身冷汗:太后是在暗示他最好自杀。

外面又闹起来了,这回是逃亡至此的八旗兵在闹军饷。然后是跟随皇上和太后逃亡的官员不断前来请求赏赐,原因是不少官员,比如荣禄等人,当初没有跟随逃亡,现在都跑到太原来了,他们没有一路护驾,不能让他们夺了这份功劳。接着,南方大员张之洞的奏折到了,张之洞建议朝廷迁都,即把帝国的都城迁到湖北当阳去。当阳是什么地方?是湖北西部的一个小县城。张之洞说,这个地名很吉利,太阳当空照,为帝国"重兴之兆"。荣禄立即戳穿了张之洞的把戏:那个老家伙是想把朝廷放到他的地盘上去,那样一来他就等于当上直隶总督了。更严重的消息是:联军的一支部队已经向山西开来。

慈禧下旨去西安。

她特别指出皇帝必须一起走。

光绪重新陷入了绝望,他知道他和他的帝国一点希望都没有了。

九月三十日,慈禧一行自太原出发继续向西逃亡。这时候,慈禧坐的轿子很宽敞,这是毓贤专门为她准备的。光绪皇帝的轿子跟在她的身后,还是那顶破旧的轿子。临行,慈禧再次梳妆,起驾时全体肃立,王公皇室看着老太后容光焕发的那张脸,都为这个女人逼人的精气神感到惊讶不已。

不能埋怨帝国为何让一个女人执掌了权力,男人的衰败最典型地体现在帝国皇帝的生殖能力上:康熙帝皇后嫔妃共生有三十五个儿子,其中十九个幼年夭折;乾隆帝得子十七个,幼年夭折和未满三十岁死亡者七个;嘉庆帝锐减到得子仅五,夭折一;道光帝略有起色,得子九,夭折二;到了以好色闻名的咸丰却仅得一子,即慈禧生育的同治皇帝;而从同治开始,大清的皇帝竟一个儿子也生不出来了。于是,已经拥有二百多年历史的大清帝国,在它最后四十多年的岁月里,只有游魂般地摇荡在一位满洲秀女的河船中了。

上海道起舞与张之洞劝学

大清帝国的混乱有一个显著的特点,即几乎所有的造反都萌发于南方,最近的一次,便是萌发于广西蔓延至长江中下游广大地区的太平天国运动。然而,一九〇〇年帝国农民的造反却萌发于北方,蔓延的走向也是一直向北。当整个北方已经混乱得不可收拾的时候,帝国的南方却是另外一番宁静的景象,仿佛此时的中国为南北两个不同的国家。

导致这种情形的原因是:当帝国政府要求南方各省加入灭洋行动时,南方各省的封疆大臣决定联合抗旨。在大清帝国的历史上,一半的朝廷命官公开指责朝廷的圣旨是错误的,并且明确表示坚决不予执行,这是史无前例的第一次。

这个意外至少可以说明:在洋人以军舰大炮开路,同时裹挟着工业制品、科技成果、贸易观念以及社会文明等等附属物强行进入中国的时候,也为这个古老的帝制国度带来了近代欧洲的政治风气。这种风气随着商品贸易和经济生活的日益活跃,潜移默化地改变着一些官员的思维方式,从而风蚀岩石般缓慢但却无法逆转地影响了整个帝国的政治格局。于是,在帝国北方农民造反的同时,帝国南方的官员也在另外一个意义上"造了反"。

此时的大清帝国风雨飘摇,南北造反的形势各具奇趣。

现代意义上的商品经济,是产生一切社会现象的基础。这是令自称有着数千年文化积淀的中国人越来越感到困惑和无奈的规律。中国是一个自古以来就以伦理道德为立国之本的国家,历代帝王所推崇的儒家学说,从它诞生的那一刻起就把商品交换、商品贸易和从事商品流通的人视为威胁道德安全的头号敌人,其主要原因是儒家学说将"利"与"义"严重对立起来,使"无商不奸"的观念在中国人心中根深蒂固。于是,追求经济利益的"奸",从道德层面上讲,等同于政治意义上的不可靠。因为一旦"利"足够大,"奸"商们很有可能连国家都当做"商品"拿去交易。数千年来,帝国的国家政治一直建立在"君子取义,小人趋利"的道德说教的基础上,无论是平民还是官员,在某种意义上讲都是严密的政治统治中的一个道德符号,死去的圣人和活着的皇帝的界限模糊地合二为一,成为整个帝国最高道德标准的象征。但是,持有这种观念的民族,在二十世纪初遭遇了难以自圆其说的境况:除了中国的古典哲学之外,世界上几乎所有的人文学说,包括哲学、政治学、经济学,甚至美学,无一不是从分析一个国家、一个社会和一个时代的商品经济规模和贸易往来样式发端的,离开了商品经济的一系列参数,任何学说都无法科学地确立。因此,当世界已经进入现代商品社会之后,外部势力不惜使用炮舰强迫封闭已久的中国与他们"做生意",中国的社会动荡由此前所未有地频繁起来。中国人发现,自己引以自豪的大一统的政治格局,终于显现出一种分崩离析的迹象。于是,关于道德危机的呼吁始终贯穿在帝国晚期的历史中,呼吁的核心是:外敌可御,国贼难防。

清代中叶以后,朝廷在全国设有八个总督,即直隶、两江、湖广、两广、闽浙、陕甘、云贵、四川。其中直隶与四川总督各辖一省,两江总督下辖三省,其他总督均辖两省,清代末期才又增加东三省总督。而论及地位与权势,直隶总督位居封疆大臣之首,两江总督则"辖地最广而财赋最多",其次便是身处富庶之地的两湖与两广总督了。一九○○年帝国南方数省的封疆大臣,长久地被中国人痛斥为一群"出卖民族利益的无耻之徒"。这些南方大员是:两江总督刘坤一、湖广总督张之洞、闽浙总督许应骙、四川总督奎俊、福州将军善联、大理寺卿盛宣怀、浙江巡抚刘树棠、安徽巡抚王之春等。另外,两广总督李鸿章虽因奉旨北上议和没在"无耻之徒"的名单内,但他是最先倡导"东南互保"的南方重要大员之一,因此也难逃历史恶名。大清帝国的这些南方大员所具备的一个显著共同点是:他们正在这个古老的帝国里以极大的热情创办各种近代大型"企业"——那在黎明中响起的机器制造声,穿透南方浓浓的湿雾向着辽阔的天宇扩散,直至迎来普照青山绿水的明媚的阳光。帝国南方的封疆大臣,毫无例外地都属于中国第一批"下海"的朝廷命官,因此他们可谓是国家级的大"奸商"了。

当北方义和团"扶清灭洋"的旗帜席卷山东、直隶,帝国政府支持义和团的暗示已被官方渠道证实的时候,南方封疆大臣的反对态度出奇的一致。他们"见太后所行,自招灭亡之政策,极为焦虑,发电力阻","莫不谓拳匪酿祸,贻误国家,疾首痛心,同切忧惧"。[49]他们一反帝国官员在政治表态上隐讳暧昧、模棱两可的惯例,各自迅速上奏朝廷,直言不讳地表达了对待义和团须"坚决剿灭,以绝后患"的政治主张。就在帝国政府对外宣战的前一天,即六月二十日,朝廷接到了两广总督李鸿章的电报:"众议非自清内匪,事无转机。"所谓"众议",说明帝国的南方大员立场一致。他们不顾朝廷的明确倾向,要求慈禧"先定内乱,再弭外侮"。李鸿章的这封电报到达北京的时候,德国公使克林德已经横尸崇文门街头,帝国北方的政治局势自此陷入了一片混乱。

尽管南方没有出现任何动荡的苗头,但是英国人却引发了长江江面上的异常。一九〇〇年,中国的长江两岸是英国商人的巨大市场,而北方义和团的举动令英国人极为恐慌,他们认为农民的造反队伍一旦向南开进,将严重威胁英国在中国南方地区的商业活动。于是,英国政府决定向长江派遣军舰,以保护英国人在长江流域的特殊利益。朝廷宣战的四天前,即六月十七日上午,英国驻汉口代理总领事法雷斯,奉英国外交大臣的指令去见湖广总督张之洞。法雷斯的说法令张之洞立即警惕起来:如果长江流域发生动乱,英国政府可以提供切实的军事援助。这一外交辞令的含义很清楚:如果义和团蔓延到长江流域,洋人的生命财产受到威胁,英国将向这一地区出兵。张之洞回答,如果需要援助,会与英国领事协商。但是,这里不会发生任何严重的事情。帝国湖广总督张之洞的回答含义也很明确:他有能力防止义和团蔓延至此,不需要英国人的一番"好意"。帝国南方的封疆大臣不愿意看到英国军舰深入长江水道,因为此例一开,各国军队必会随之蜂拥而至,那样整个帝国的政治利益和商业利益就会受到侵害。

张之洞给两江总督刘坤一发去电报,在两人的观点达成一致后,他们联名致电大清帝国驻英国公使,请他转告英国政府:我们有足够的力量维护长江流域的安全。倘若英国派军舰进入长江,定会引起百姓"惊谣生事",那样的话各国"援照效尤,更难收拾"。

必须找到一个令双方都感到安全的办法。

张之洞在先前给英国领事的电报中,第一次提出了"互保"的概念:"我湖北已添重兵,贴出告示,严饬各州县,禁谣拿匪,敢有生事者,立即正法,所有洋商教士,有我力任保。"[50]这就是后来演变成著名的《东南互保章程》的发端。所谓"互保",简单地说,就是帝国南方的官员绝不支持义和团杀洋人的举动,不承认帝国政府对各国《宣战诏书》的合法性,并且会采取各种措施保护洋人在华的安全和利益;洋人不得在帝国南方采取包括军事攻击在内的任何过激行动,必须遵守帝国的例律和规矩,与中国人以和平状态进行正常的商品贸易。

普天之下,皇土之上,帝国的官员曾几何时敢说朝廷的诏书不合法?

然而现在,帝国南方的封疆大臣要联手护卫他们管辖下的国土安全和国家利益了,为此他们不惜抗旨。

大理寺卿、时任帝国电报局督办的盛宣怀由于职务关系,最先看到了朝廷指示南方各省大员"召集义民"的上谕。盛宣怀竟然将朝廷的电报扣留下来,然后立即给李鸿章发去电报。这是一封极其重要的电报,它不但准确地预测到帝国政局未来的发展,而且首次提出了"联络一气,以保疆土"的建议:

> 千万秘密。廿三署文,勒限各使出京,至今无信,各国咸来问讯。以一敌众,理屈势穷。俄已据榆关,日本万余人已出广岛,英法德亦必发兵。瓦解即在目前,已无挽救之法。初十以后,朝政皆为拳匪把持,文告恐有非两宫所自出者,将来必如咸丰十一年故事,乃能了事。今为疆臣计,各省集义团御侮,必同归于尽。欲全东南以保宗社,诸大帅须以权宜应之,以定各国之心,仍不背廿四旨,各督抚联络一气,以保疆土。

乞裁示,速定办法。㊶

李鸿章立即把这封电报转给了两江总督刘坤一。

六月二十一日,令南方官员万分惊愕的消息传来了:帝国政府宣布即日起与各国进入战争状态。南方的官员们立即用电报紧急磋商,最后达成这样的看法:朝廷的决定,是在暴民胁迫了政府和朝廷里出了拳党的情况下作出的,《宣战诏书》的颁布决不是皇上的本意。张之洞给朝廷打电报,要求命令董福祥的部队"不得乱动",必须保护使馆和使馆人员以及外侨的生命财产安全。张之洞提醒朝廷,在此千钧一发之际,只有保住使馆才有挽回局势的可能。然而,就在帝国南方的大员们猜测朝廷的《宣战诏书》是否有效的时候,朝廷要求各省立即发兵"北上勤王"的圣旨到了。面对上面盖有皇帝玉玺的圣旨,官员们陷入了进退两难的境地:对《宣战诏书》的表态只是态度,现在朝廷要让他们行动了。帝国的官场规则是:官员可以贪污、受贿、腐化、堕落,甚至可以消极怠工、相互推诿、以私误国,帝国官场从来没把这些"小节"置于官员的职责准则中;但是,自古以来,帝国官场决不允许抗旨!"旨"这个汉字在中国代表一种威严,它的含义已经超出"皇家文书"的字面解释而成为"不得更改"的代名词。在帝国官场上,是否遵旨是衡量一个官员是否职能"圆满"的最基本的标准。一个帝国官员如果公开抗旨,不要说他的脑袋用不了多久就会搬家,就是身后的历史对他吐出的谴责的唾沫也会把他淹死。就在帝国南方的封疆大臣为难的时候,李鸿章独自一人给朝廷发去一封电报——大清帝国的两广总督对朝廷要求他"北上勤王"的态度是:"此乱命也,粤不奉诏。"

这也许是上个世纪之交帝国政坛上最著名的一句话了。

这句话的历史意义,不仅是有效地防止了帝国内部动乱的蔓延和对外战事的升级;更重要的是,它标志着具有近代政治意识的新型官员第一次在国家政务中显示出鲜明的独立性和抗争性。

"乱命"一词,是李鸿章精心选择的政治术语,意思是他所抗拒的圣旨是一个不真实的伪诏,因此不存在对朝廷的反抗意图——帝国南方的官员还没有大胆到可以不加掩饰地与朝廷分庭抗礼的地步。尽管如此,这个表态已经是开天辟地了。其他南方的官员获悉李鸿章的电文后信心大增,决心各省联合抗旨到底。

至少在百余年前,在中国的国土上,一个有趣的格局形成了,那就是北官南商。

当干燥荒芜的北方黄土地上突兀地耸立起帝国政府的各个衙门的时候,当红墙绿瓦下的皇家大道上骄奢地横行着帝国官员的八抬大轿的时候,当面带菜色的农民抛田舍地聚集在京城的王公府邸里高喊"扶清灭洋"的时候,当象征着帝国威仪的皇家宫墙在洋人的炮火中烈焰升腾的时候,当能够细数宫中秘闻的京城百姓在烈日下眯起眼静听有关朝廷逃亡的最新消息的时候,帝国的南方正细雨绵绵。连绵的细雨使南方红色沃土上的绿色植物一派盎然。在木棉和棕榈掩映下的城市里,高大的建筑物是金融和现货的交易场所,中外商人的汽车和马车竞赛似的风驰电掣,即使是进入城市的农民也在打听大米的市场行情和丝绸的出口报价,因为他们需要及时调整自家插秧与养蚕的比例。中国广东自秦始皇时始设郡,是中国对外开放、贸易通商最早的地区。南朝时,广州已是中国南部沿海的一座重要商业城市。到了隋唐,这里又成为最大的对外贸易口岸。唐代著名的"通海夷道"从广东始发,经过越南,过新加坡海峡到苏门答腊、斯里兰卡,再沿印度半岛的西海岸直达幼发拉底河河口——这就是延续了上千年的海上丝绸之路。大清帝国中期实行闭关锁国,几乎使所有的沿海贸易口岸全部关闭,而广州作为唯一的例外被准许依旧通商。第一次鸦片战争之前,中国每年通过广州口岸进口的商品总值达到八千万两白银,即使在《南京条约》签订之后中国陆续开放了上海等口岸,广州口岸的贸易额仍在很长一段时间居于全国之首。商品贸易导致的必然结果是近代工业的崛起。一八四五年,广东出现了一批以造船业为龙头的近代"外资企业":英商的"柯拜"、"诺维"、"福格森",美商的"和旗"等等。而民族资本的跟随投入,标志着中国近代工业的起始。一八七二年,在广东,仅以民族资本开办的丝厂便有两百家以上,同时还有印刷厂、电灯厂和造纸厂等,城市工人总数已达六万以上。更重要的是,官方开始插手企业的创立与经营,广东近代洋务派官员开办的广州机器局、黄埔船坞、轮船招商广州分局等著名企业,在这个千百年来鄙视经商的巨大帝国里开创了官商之先河。

1901

上海,著名的东方大港,扼守江海咽喉的地理位置决定了它必将是世界贸易往来的一个重要连接点,商品贸易的巨大内在推动力必将使它成为一个面向全球开放的大市场。一七六五年,英国东印度公司提请英国政府给予这个东方港口以充分的重视,因为这个港口将是英国与中国通商的枢纽。鸦片战争给中国造成的最大后果之一,是东南沿海的一个小小的县城几乎在一夜间变成了豪华的"十里洋场"。百余年前,洋人在这片迅速成为近代都市的土地上修建的那座镶嵌有欧洲古典雕塑的楼房——上海帝国海关大楼——今天依旧是上海具有代表性的城市标志之一。上海诞生了中国第一批贸易机构和企业财团:洋行、银行等金融机构,印刷、制药等轻工业,煤气、电灯、电报、自来水等公用企业。当集中国古典建筑之奢华的圆明园被烧毁之后,洋人在中国投资建起了四十多家企业,仅在上海就有二十五家。上海开埠不到十年光景,其城市景象让再次来华的洋人怀疑到了伦敦。帝国官员兴办的实业以上海为轴心,迅速扩大到溯长江而上的各大城市。朝廷任命的南方各省督抚,甚至包括在南方任职的少数满族官员,都不可避免地加入到经商的行列中去。他们纷纷在商品经济中获得最现实的利益,同时也不可避免地受到西方近代思想的影响。于是,帝国南方官员的思想和行为,都是当时北方的官员不可想象的。

慈禧万寿盛典之时,北方的官员忙着在街头搭彩棚,筹措珍奇礼物,然后身穿长袍马褂上朝行君臣大礼。而帝国在上海的最高官员上海道蔡钧,却正忙着给社会各界发出请柬:为庆祝皇太后万寿,上海"官方"决定举办大型交谊舞会——请特别注意这件事发生的时间:一八九七年十一月四日。联想百年之后,中国人重新开始诡秘而羞涩地跳舞的情景,真是令人恍如隔世。当时上海倾城为之欢愉,而报纸对此举的评论是:"以中国人员而设舞会娱宾,此为嚆矢。"——嚆矢,一种带响的箭,射出时箭未到而声先响,比喻事之开端和预兆。上海道蔡钧为皇太后寿辰举办的舞会,是中国历史上官方举办的第一次近代大型交谊舞会,料想深宫内的慈禧至死也不想看到本应"授受不亲"的男女以为她祝寿之名相互搂抱着疯狂起舞。这无疑是一个开端,可到底预兆着什么,当时的人们并没有仔细思索。仅仅三年后,参加过这场舞会的所有帝国官员个个都成了抗旨的主力。

上海道蔡钧的舞会请柬发出六百多份,均"红笺金字,封以华函"。最后实到客人五百多位,多系在上海的洋人、帝国的官员和社会名流。舞会现场上海洋务局的大门口,这一天车水马龙,观者如潮。交际舞会是怎么一回事？中国人听一位出使过法国的官员这样描绘过:

> ……女子皆喜高乳细腰,小足大臀。肆中出售一种腰围,系以铜丝麻布所造,贴身服之,腰自细而乳亦高矣。又有一种假乳,造以粗布,如中土之护膝。又有一种假臀,系以马尾细布所造,形似倭瓜,佩于臀后,立即凸出,坐亦绵软……男女数百人,皆易其本服,男子有扮成缠头黑人者,有着送信人红领衣者,有苏格兰古装者。女子皆赤臂长裙,有白衣衬红花者,面擦白粉者,有涂白发形如老媪者,有扮如仙女者,亦有以墨点腮者。楼上吹笛作乐,男女成群跳舞……时而缩颈,时而耸肩,折背扬拳,做诸般态,继而解衣,继而露臂,至于赤体而后已。㊼

跳舞跳到最后,甚至可能"赤体",这对中国的道德家来讲简直是晴天霹雳。但是,一八九七年十一月四日,上海道蔡钧带头,帝国的官员们竟都"按照西仪"把家眷带来了,这些女眷"自上海道夫人以下,皆华服鲜衣,致敬尽礼"。其中一个帝国官员的女儿竟然会说法语,"与西人侃侃而谈",这简直是对足不出户、笑不露齿的帝国闺阁古训的公然挑衅。上海道将舞场布置得极其华丽,"地板以蜡磨光,可以为鉴","悬灯三千,奇形异彩,光怪陆离","环顾四壁,绣彩缤纷,画屏如嶂,鲜花盆景,娇艳动人"。舞场还请来一支外国乐队伴奏,直到凌晨两点才曲终舞散。接着,上海官方在报纸上为此举作出了公开的道德解释:"西人光明磊落,脱略为怀,虽男女聚会跳舞,乐而不淫,与中国之烧香赛会,男女混杂,大有天壤之别。"㊽

帝国南方官员与北方农民对洋人道德水准的看法,也有天壤之别。

于是,就不难找出南方封疆大臣坚决抵制义和团灭洋之举的原由了。

张之洞被称为东南互保的领袖。这是一个性格复杂、行为更加复杂的官场重臣。后人对他的评价相互矛盾:"巧宦热中"、"好大喜功"

算是一种说法;"励廉洁清"、"颇多建树"又是一种说法。但是,张之洞确是大清帝国晚期举足轻重的人物之一,史家对这一说法没有异议。

张之洞,字孝达,号香涛,直隶南皮县人。因为他曾官至大学士,相当于帝国的宰相,而将宰相的籍贯纳入宰相之名的传统,自明代开始盛行,因此史料中有称"张南皮"者就是此人。张之洞的父亲曾在贵州当过知府,道光十七年他便出生在知府衙门里。他的老家南皮县是个怪异的地方,虽为穷乡僻壤但是专出帝国宰相。他的堂兄张之万就于光绪十年官至相位。张之洞因读书刻苦,十六岁便中举人,二十六岁那年在北京会试中摘取第一甲第三名探花。先在翰林院供职,由编修升侍讲学士,又升内阁学士兼礼部侍郎,然后授山西巡抚,开始了他封疆大吏的官宦生涯。中、法战争期间,张之洞调任两广总督,在任六年后调任湖广总督,自此一直坐镇武汉,直到光绪三十二年,即一九〇六年。计算一下张之洞的经历,翰林十八年,巡抚三年,总督长达二十三年。宣统年间,他又成为大学士、军机大臣,共三年。仅凭资历,张之洞也是历经同治、光绪和宣统的三朝元老,历史怎可轻视。

任翰林期间,年轻气盛的张之洞是当时著名的清流党人物。

《清史稿·张之洞传》:

> 往者,词臣率雍养望。自之洞喜言事,同时宝廷、陈宝琛、张佩纶辈蜂起,纠弹时政,号为清流。

"喜言事"并且"蜂起",可见指点江山,直言不讳,并且意气风发。至少那时候张之洞还不是个官场滑头。

何为"清流党",乃光绪初年帝国政府机构里一群"志同道合"者组成的政治小集团。这些年轻的帝国官吏,个个都是满腹经纶的潇洒人物。比如宝廷,就以"不爱官位爱美人"的声名享誉京城,更使他风流之名远扬的是他居然在衙门内携妓办公。清流党最引人注目的还是他们的政治观点:对内评点时弊,动不动就"弹劾"权要,不管多显赫的人物,只要让他们抓到把柄就攻击不止;对外则狂热主战,他们把帝国的盲目自大推向了极致,视一切外国势力为粪土,要将其从这个世界上清除出去。所谓主战,指的是中法之战。他们在外交和军事上没有任何政治经验,凭的仅仅是倒背如流的中国经典和种族优秀分子的一腔热血,他们认为自古以来战争的胜败取决于人的道德完美而不是武器装备的优劣。结果,法国海军舰队袭击了福州,一个小时之内将十一艘中国战舰全部击毁,连马尾港的船坞上都飘起了法国国旗。而在前线指挥战斗的清流党代表人物张佩纶则率先逃得无影无踪。

清流党人物后来大多没有好结果:宝廷终因妓女问题被免官,陈宝琛请假为父亲办理丧事后再也没被朝廷启用,张佩纶则因在前线临战脱逃而被革职且"永不叙用"。只有张之洞,不但没有遭遇挫折,反而连续升迁,由巡抚至总督,官场十分得意,这就是有人说他"巧宦热中"的来由。其实,张之洞的幸运,来自慈禧对他的特别恩宠。当年,他在参加朝廷殿试的时候,慈禧因为喜欢他的文章,亲自做主把他从原定的"三甲"一下子提升到"一甲三名"。为此,张之洞感恩不尽。即使在清流党活跃的时候,他也始终不忘一条原则:慈禧不喜欢的事情坚决不做。清流党最得罪人的是攻击朝廷大员,而在这群年轻的官吏中,只有张之洞深刻理解并坚决落实了"为政不得罪巨室"这句官场格言。后来有人查阅当时的档案,发现在张之洞上奏的三十九件褒贬时弊的奏折中,没有一件是攻击某一个人的,尤其是慈禧所倚重的人物他更是坚决回避,奏折中全是洋溢着青春热情的内政外交上的建议,这是他成为清流党中一个异类的重要原因。

最能够说明张之洞为官为人风格的,是他所写的那部流传后世的《劝学篇》。这部在戊戌变法进行到紧要关头时出笼的作品,其中心主题是"中学为体,西学为用"。这一极具有创见性的见解曾经轰动一时,似乎为处在国门到底关上还是打开的尴尬时刻的帝国寻到了一剂救世良方。张之洞不是一个保守人物,他是最早支持康有为变法的帝国大员之一,时任湖广总督的他还是强学会的积极赞助人,强学会一千五百两银子的"开办费"就是他慷慨给予的。但是,张之洞与康有为在政治上是一种"不结盟"的关系,也就是说,对于康有为他在个人关系上采取的是不即不离的态度——适当的距离就是安全的距离。当康有为邀请他加入强学会的时候,张之洞回电说:"群才荟集,不烦我,请除名,捐费必寄。"他不会让自己的名字白纸黑字地出现在有政治企图的组织名单上。为了给世人留下他对变法所持态度的见证,他白字黑字地精心撰写了《劝学篇》。《劝学篇》犹如立场中立的政治声明,其妙处在于：一方面主张变法革新，积极引进西方先进技术，"以强我中华国力"；另一方面呼吁大力弘扬中国的传统文化，主张全民以伦理道德的准则坚守思想防线，其中特别鲜明地反对了西方的民权思想："民权之说一倡，愚民必喜，乱民必作，纪纲不行，大乱四起。"一句话，既要吸收外国的先进技术，是为"用"；又要维护千百年来的帝制古训，是为"体"——张之洞之说，不偏不倚，滴水不漏。无论是光绪皇帝和康有为，还是慈禧太后和她的后党们，谁能说出《劝学篇》有何政治问题？

绝顶聪明的张之洞，之所以成为主张剿灭拳匪的帝国大员之一，原因是他不希望帝国发生动乱，至少他不希望他管辖的地方发生动乱。与帝国南方其他的封疆大臣一样，他此刻正在兴办企业、发展经济的兴头上。他是积极推行洋务的著名官员之一，对拓展企业的兴趣甚至在任何官员之上，武汉著名的汉阳铁厂就是他的杰作。在开办炼铁厂的时候，他以一个实业家的"身份"替朝廷算了一笔经济账，强调了铁在国防民生中的重要作用，列举了帝国每年出口"土铁"和进口"洋铁"的比例关系，指出了"洋铁"的大量进口和国内"土铁"滞销的原因，口气堪比冶金工程师和市场调研员：

> 查洋铁畅销之故，以其向用机器，锻炼精良，工省价廉。察华民习用之物，按其长短大小厚薄，预制各种料件，如铁板、铁条、铁片、铁针之类，凡有所需，各适其用。若土铁则工本既重，熔铸欠精。生铁价值虽轻，一经炼为熟铁，反形昂贵。是以民间竞用洋铁，而土铁遂至滞销。㊾

很难想象这是百余年前帝国高级大员写给朝廷的一份奏折。庞大的帝国在它即将走向崩溃的时候，其南方的官员却具有了可以使一个国家富强的市场经济的思维方式，这也许是大清帝国的不幸，但却是自那以后整个中华民族的幸事。张之洞花费巨大的精力和大笔的银子把汉阳铁厂建起来，但从一开始就赔了个一塌糊涂，原因是管理落后，产品成本太高，引进的外国冶炼设备不适应中国的矿石品种。但是，在贫穷落后的中国，这究竟意味着有人在试图使国家走向强盛。张之洞开办的工商企业很多，包括铁路、军工、纺织、铸造、皮革、制药、印刷等等，他自称为"经营八表"，说在他的地盘上各种工商设施无人可比。史书都说张之洞有"好大喜功"之嫌,但这个批评所指不是他的官场钻营而是经济"建设",那么对于百余年前的中国来讲这无异于历史性的颂扬。

张之洞不但反对义和团灭洋,还反对其他一切破坏经济发展的社会动荡。这也使得他对孙中山在他的地盘上策划的暴动毫不留情。那次暴动的主角是一个名叫唐才常的人。唐才常,湖南人,戊戌变法中的骨干分子,变法失败后逃亡日本,成为兴中会成员。当义和团在北方兴起并且酿成大乱之际,唐才常秘密回国,在海外的孙中山、康有为等人的策划下,他率领五路自卫军同时"起事"。这是一次纲领混乱的暴动,唐才常既喊"不承认满清对中国的统治",又喊"支持光绪皇帝复辟"——显然,前者是孙中山的主张,后者是康有为的感情,两者互相矛盾地被合二为一了。暴动指挥部设在汉口,汉口就在张之洞的眼皮底下,这是张之洞绝对不能容忍的。结果,"起事"的同志们还在等待海外"军饷"到达以购买军械的时候,张之洞不动声色地派人包围了这些"暴徒",包括唐才常在内的二十多名暴动领导人当晚全部被杀。

虽然也是要变革国家,但只要选择的方式是造反——没有任何权力的人只能选择造权力的反——不要说审问,同样在变革的张之洞都没让他们活到天亮。

昂贵的船票和姓刘的脑袋

一九〇〇年夏,在动荡不安的日子里,张之洞担心长江上将要出现的异常,在给驻英国公使发去电报后,他又给美国驻上海总领事古纳发去一封电报,表示上海的外国租界归各国自己保护,长江内地外国商民及产业归中国各省督抚保护。对此,他与两江总督刘坤一将"合力任之",并已告知上海道与各国领事迅速"妥议办法"。

张之洞之所以让上海道操办此事,是因为朝廷任命的上海道余联沅,现在已是具有官员和实业家双重身份的人物了。

二十世纪初,在大清帝国的南方,无论官场还是生意场,其运转缺了这种具有双重身份的人物都是不可能的。

那个在帝国历史上第一次提出"联络一气,以保疆土"的盛宣怀,就是上海"十里洋场"中一个具有双重身份的著名人物。

盛宣怀,字杏荪,号愚斋,晚年又号止叟,江苏常州武进人,祖父曾官至浙江海宁知州,父亲道光二十四年甲辰科进士,这一年盛宣怀出生。盛宣怀只考了个秀才,没能因科举取仕,但由于他父亲与李鸿章的"金兰之交",就有野史记载他曾拜李鸿章为义父,得以在李鸿章的保荐下仕途依旧得意。同治九年,二十七岁的盛宣怀进入李鸿章幕府,从候补知县开始,最后被保荐至布政使候补道,这已经是帝国政界的二品高官了。同治十二年,李鸿章派他去上海创办轮船招商局,自此,盛宣怀以官员和商人的双重身份出现在中国近代历史舞台上。创办招商局,是李鸿章规模巨大的洋务事业的一部分,起因源于海运漕粮。大清帝国中期以后,由于京杭运河淤塞,每年政府调拨的粮食部分改为海路运输,这是一笔营业额巨大的买卖。善于抓住时机赚取利润的盛宣怀,刚到上海便与人合伙买了两艘海船参与运输,然后逐渐扩大规模,最后在李鸿章的支持下,成立了中国历史上第一家民营轮船公司,这就是直到一九四九年依旧在运营的、在中国民族资本运输业中占有重要地位的招商局轮船公司。

招商局轮船公司是典型的官商企业,无论是主持商业业务的盛宣怀,还是公司的后台老板李鸿章,都是大清帝国官场上的重臣。招商局轮船公司一成立,立即成为外国公司强有力的竞争对手,因为它有垄断的优势——帝国政府规定,所有"官物",均由这家公司承担运输。而那时帝国政府仅每年从南方运往北方的漕米就有四百多万石,即使海运只承担其中一半的运量,每年的运费也在三十万两白银以上。同时,由于中国人乘坐外国轮船经常受到洋人的欺辱,自招商局轮船公司开展客运业务之后,中国人大都只买招商局的船票,这是洋人公司无法左右的。英、美合资的旗昌公司不服气,用降价的方式与盛宣怀叫板,但是洋人没有考虑到,招商局轮船公司不但每年从运输"官物"中能够获得固定收入,而且当时的两江总督还划拨了一百万两银子给盛宣怀当做"官本",结果招商局轮船公司不但没被挤垮,反而以分期付款的方式把旗昌公司的轮船乃至它所拥有的仓库码头全都买了下来。

盛宣怀一生创办的第二大实业是中国的电报业。电报这个当时还属于"高科技"范畴的行业由洋人牵头在中国起步。《清代通史》记载："同治八年,英使阿力国欲由陆路修电线,总署言词峻拒。次年,英使威妥玛请修海底电线,由香港循广州到达天津,线端在船内安放,不牵引上岸。许之,是为中国境内有一完全电报线路之始。陆线方面,则丹麦商人开始架设淞沪线,英国亦于同治九年架陆线达九龙。光绪五年,李鸿章于大沽北塘海口炮台设电线达天津,始为中国自设陆线之始。"电报在中国刚一出现,立即遭到北方官员的严厉抵制。工部为此特意给朝廷呈递奏折,认为电报的铺设断绝了"地脉",以至最终要动摇中国人"尊君亲上"的道德传统。说严重一点就是:电报线一铺,忠臣就出不来了,国家也就危险了。乍一听起来,工部官员的推断实在有些离奇,但其观点竟与义和团农民的看法如出一辙:

> 铜线之害不可枚举,臣仅就其最大者言之。夫华洋风俗不同,天为之也。洋人知有天主、耶稣,不知有祖先,故凡入其教者,必先自毁其家木主。中国事死如生,千万年未之有改,而体魄所藏为尤重。电线之设,深入地底,横冲直贯,四通八达。地脉既绝,风侵水灌,势所必至,为子孙者心何以安?传曰:"求忠臣必于孝子之门。"即使中国之民肯不顾祖宗邱墓,听其设立铜线,尚安望尊君亲上乎?[55]

同样是帝国的官员,盛宣怀可不管"地脉"不"地脉",还是李鸿章支持他。李鸿章的支持方式带有帝国重臣的蛮横:当洋人要求在中国开设电报业务时,李鸿章以中国存有深厚古风为由坚决不许,他不允许从香港铺设来的海底电缆在中国的海岸"登陆",洋人只有把电缆盘在船上在海边痛苦地徘徊。而当帝国的闭关锁国在无奈之下瓦解的时候,李鸿章不失时机地从大沽口炮台铺设了一条通向天津的电报线,这是埋设在中国地下的第一根电缆,李鸿章的理由是为军事指挥上的便利。作为出访过工业革命后的欧洲的帝国重臣,李鸿章知道电报业蕴藏着极高的军事价值和民用价值,于是决定开设以赢利为目的的电报公司。这个依旧由盛宣怀主持的公司,更是一个名副其实的官商,它的全部启动资金都是帝国政府拨出的银子,李鸿章称此举为"官督商办"。盛宣怀在电报局督办的位置上一坐二十二年之久,电报局的营业额以每年翻番的速度增长,其攫取了怎样的巨额利润可想而知。

官商的最大好处是可以包揽官方买卖。比如大清海军要向外国造船厂订购兵舰,这样的巨额业务只有盛宣怀能够拿到手,而每笔业务所得回扣极其惊人。帝国政府为组建北洋海军动用了数千万两银子,估计其中流失的回扣绝不会比购买一艘战舰的银子少。而当盛宣怀把洋人的客运业务挤垮之后,独家经营的招商局轮船公司便开始涨价了:从汉口乘招商局的轮船到上海,一张客票白银七十五两,当时帝国的白银还很值钱,一两银子约合三十美元,那么这张船票就值两千两百美元了,即使按照百余年后的标准,也足够买张飞机票飞到美国去。同时,在"官督商办"的名目下,电报局吸收了大量的民间商业股份,这些资金被投入到同样是由官方垄断的修建铁路等项目中去,盛宣怀从中所得收益之巨大几乎无法确切计算。有了钱就可以大量地再投资,就可以大量地贿赂地方官员,以至于财源滚滚,官运亨通,"又得银子,又红顶子"——盛宣怀的官越当越大,钱赚得越来越多,成为大清帝国历史上最大的"大款"。有史料粗略地计算过,不包括家人妻妾的财产,仅盛宣怀个人拥有的股份、证券、房产和私人商号,就价值两千多万两白银,而当时大清帝国一年的财政收入仅为八千多万两,盛宣怀真正是富可敌国了。他的义父李鸿章,自然也就成了帝国最富有的大员。虽然李鸿章的财产不过一千多万两,而且其中很大一部分还是盛宣怀"孝敬"的。但是,李鸿章的发财致富与帝国商品经济的初期发展和帝国皇权专制政治紧密关联,这使得他日后理所当然地成为帝国南方官员联合抗旨的主要策划人之一。李鸿章的道理很简单:如果南方发生动乱,乱了洋人的同时,肯定也要乱了自己的生意。

大清帝国对各国宣战的第二天,即一九〇〇年六月二十二日,以盛宣怀为首的官僚买办们集合在他家的客厅里,第一次正式策划东南互保章程。应该说,这样的策划如果发生在京城,盛宣怀们定会被步军包围捉拿,然后被立即押往刑部大牢。然而,这是在帝国的南方。如果从英国人用舰炮打开中国国门的一八四〇年算起,帝国南方的商贸开放已有六十年的历史,官场上的大员和商场上的巨富完全可以从容地坐在一起讨论如何对抗朝廷了。史书记载,当时对大清帝国南方的命运具有决定影响力的"三巨头",即李鸿章、刘坤一和张之洞,其中有两人派来了私人代表,他们是能够代表李鸿章的盛宣怀和能够代表刘坤一的张謇。

张謇曾是帝国的科举状元,同时也是帝国历史上以状元身份"下海"经商的第一人。他做官时被朝廷称为大清忠臣,"下海"后又成为中国近代纺织业的开拓者。他的亦官亦商的社会活动一直延续到大清帝国倾覆后的民国时期,他是中华民国的第一任实业总长。

这是一个因内心极其复杂致使其政治立场反复多变的人,他于政治立场上的变化轨迹是"存在决定意识"的典型体现。

张謇出生在江苏海门一个小地主家庭,自小苦读,有神童之称。他的理想与帝国所有的读书人一样:先是金榜题名,然后飞黄腾达,耀祖光宗。考中举人后,张謇数次赴京会考均落选,直到一八九四年甲午科才如愿以偿,殿试夺魁——"状元及第,虽将兵十万恢复疆土,凯歌荣旋,献捷太庙,其荣不可及也。"张状元的面前,本是一片锦绣前程,但命运偏偏与他作对,他拜的老师不是别人,而是光绪皇帝的老师、军机大臣翁同龢。学生附和老师的政治主张是可以理解的,张謇中状元的时候正是甲午之年,翁同龢是激进主战的清流党首领,其政治对手是坚决主和的直隶总督李鸿章。张謇义无返顾地站在老师一边,对李鸿章发起了最猛烈的攻击。他写的奏折铿锵有力,情绪激愤,其中以《请罪李鸿章公折》和《推原祸始,防患未来,请去北洋折》影响最大,奏折指责李鸿章"凡遇外洋侵侮中国之事,无一不坚持议和",其任北洋大臣后不仅专长"战败"而且善于"败和",真正有负帝国"以四朝之元老,筹三省之海防,统胜兵精卒五十营,设机厂、学堂六七处,历时二十年之久,用财数千万之多"。㊱时值帝国战败,举国悲愤,李鸿章被骂成大清帝国的"卖国贼",张謇的奏折成为流传全国的著名文章。但是,在紧接着的戊戌变法中,他的老师翁同龢突然被革职发回原籍,这一现实对张謇来说无异于晴天霹雳。他曾经幻想有朝一日在仕途上与权势熏天的帝王之师、军机大臣翁同龢一样,可令他震惊的是,翁同龢被革职以后生活竟然困顿到只有依靠典当衣物、出卖字画才能维持。张謇由此对官场之凶险产生了巨大恐惧。这个帝国状元经过痛苦的思考做出一个惊世之举:下海经商。

1901

世上最可靠的东西不是头衔而是银子。

帝国年年科举,年年只有一个状元;帝国文人代代苦读,金榜题名的人历历可数。张状元丢下高官不做,把自己纳入士农工商的"末流"中去,这在当时的中国无论如何是一件不可理喻的事。

张謇创业艰难,但他还是成功了。他在家乡创办南通大生纱厂,并且很快开始赢利。接着,他又创办了复新面粉公司、资生铁冶公司等企业。可是,一九〇〇年,义和团运动在北方兴起了。张謇所能顾及的是:国家和他都需要安定,谁要是挑起事端毁了他的生意谁就是他的敌人。一句话,他要不惜一切保卫自己的利益。

因此,张謇坐在盛宣怀的客厅里慷慨激昂是有充分理由的。

为了游说南方各省官员,张謇已经奔波多日,他最重要的成果是赢得了两江总督刘坤一的首肯。是否能够得到刘坤一的支持,对东南互保的成败具有关键意义,因为这个三朝老臣的权势占据着帝国最富足的地盘,即使在朝廷的眼里他也是一位国宝级的封疆大臣。史家大都对这个靠曾国藩起家,集文人、官吏、将领等多种身份为一身的人物多有赞美之辞,说他"孤高自清"甚至"无私无畏",是"帝国唯一有气节和道德勇气的最后一个文人士大夫"——如果对帝国浑浊的官场有充分了解,就能明白这些赞誉之于刘坤一不算过分。刘坤一的官宦生涯很长,一直是一个有主见、有胆量的大臣。戊戌变法期间,即使是在光绪皇帝明确成为变法的首领,而慈禧太后还没有表示反对变法的时候,刘坤一的奏折就到了朝廷。他坚决反对康有为的变法,称他们有借变法之名篡夺朝政的政治野心。刘坤一的这一"犯上"之举立刻引起朝野大哗:一是因为在大多数官员附和皇帝高喊变法的时候,这个老家伙简直是在往"枪口"上撞呢;二是刘坤一在朝在野都影响颇大,在帝国的南方更是有举足轻重的地位,换句话说,这位封疆大臣连谋反的权势都有。不知道慈禧看到这份奏折有什么感想,但正在变法的光绪皇帝自此对刘坤一恨之入骨。皇帝痛斥他的数封上谕迅速传遍全国,人人都觉得这个老臣的仕途甚至是老命都有突然完结的可能。但是,没过两个月,变法失败了,光绪没来得及给刘坤一以应有的惩罚,自己反倒被囚禁在故宫的瀛台之内。这时候,人们恍然大悟,姜还是老的辣,只等太后怎样重赏刘大人了。但是,朝野内外又一次猜错了。很快就有消息传来,刘坤一给朝廷上了一份奏折,奏折的内容令所有的人大吃一惊:"若有废立之事,则两江士民,必起义愤!"[57]刘坤一坚决反对废黜光绪帝,明确表示皇帝想变革没有错,应该反对的是康有为们的激进做法。现在帝位的稳定是国家安定的象征。刘坤一在奏折中的一句话,至今为史家反复引用:"君臣之分已定,中外之口难防。"[58]意思再清楚不过了:作为臣,他只承认光绪是自己的皇帝,其他的人都不符合"君臣的名分"。作为大清帝国历经三朝的老臣,刘坤一对慈禧酷爱权力的秉性比谁都清楚,可他就是能毫无顾忌地不给慈禧面子。要是换一个人肯定要掉脑袋,但慈禧还是没有动怒,她知道帝国的稳定需要刘坤一这样的重臣支撑——"其坚毅之操,老练之识,不愧古大臣风度,夙为太后之所倚信。"[59]

即使是慈禧也明白,坐天下最终还是要依靠正直的大臣。

当张謇为东南互保一事征求刘坤一的意见时,刘坤一犹豫了一下,因为他身边刚刚出了乱子:他的一个下属,江苏提督杨金龙,接到从京城传来的杀洋人的命令后,立即开始了行动。刘坤一派人警告杨金龙:绝不能杀一个洋人。如果发生洋人被杀的事,就要砍杨金龙的脑袋。一省提督的职位远在两江总督之下,刘大人"砍脑袋"的话可不是说着玩的。急于立功的杨提督真的不敢动手了,但他感到自己对朝廷的忠心受到了莫大侮辱,于是亲自跑到京城去告刘坤一的状,在载漪和刚毅面前哭骂刘坤一是"汉奸"。更让刘坤一犹豫的是,之前他给朝廷发去电报,表示"苟御外侮,则臣当即带兵北上;若屠戮使馆中孤立之数洋人,则不愿以堂堂中国之兵队作此用"。而慈禧的回电含义十分复杂:"中国大地,南北相倚,不可歧贰。"[60]——太后提醒刘坤一不可与朝廷二心。这几天,刘坤一正在闭门思过,想弄明白自己是不是个"叛臣"。但是,他的犹豫仅仅是片刻的,他问张謇:"两宫将幸西北,西北与东南孰重?"张謇回答:"无西北不足以存东南,为其名不足以存;无东南不足以存西北,为其实不足以存也。"刘坤一立即表示"吾决矣"。[61]他要求张謇与洋人商定东南互保章程。至于慈禧的警告,他指着自己的脑袋对张謇说"头是刘姓物"——我这颗脑袋姓刘!

刘坤一关于自己的脑袋姓什么这句话可谓千古名言。

在整个大清帝国里,在漫长的帝制历史中,历朝历代有哪一个官员可以毫无愧色地宣布自己的脑袋不属于皇上而属于自己?

无论对一九〇〇年帝国南方官员的抗旨持何种见解,刘坤一的个人人格和风骨足以令中国官场之人为之汗颜。

帝国政府向各国宣战的第五天,即六月二十六日,盛宣怀、余联沅、南方各省总督的代表以及外国驻上海的领事们坐在了一起。正是北京的义和团在载漪的带领下向教堂和使馆大举进攻的时刻,也是渤海海面上外国联军向大沽炮台发起攻击的时刻;而在帝国的南方,在五光十色的上海,中国人与洋人经过协商正式签订了《东南互保章程》。

《东南互保章程》共有九款:

一、上海租界归各国共同保护,长江及苏杭内地均归各督抚保护,两不相扰,以保全中外商民人命产业为主。

二、上海租界共同保护章程,已另立条款。

三、长江及苏杭内地各国商民教士产业,均归南洋大臣刘、两湖总督张允认真切实保护,并已知各省督抚及严饬各该文武官员一律认真保证。现已出示禁止谣言,严拿匪徒。

四、长江内地中国兵力已足使地方安静,各口岸已有的外国兵轮者照常停泊,惟须约束人等水手不可登岸。

五、各国以后如不待中国督抚商允,竟至多派兵轮驶入长江等处,以致百姓怀疑,借端启衅,毁坏洋商教士的人命产业,事后中国不认赔偿。

六、吴淞及长江各炮台,各国兵轮不可近台停泊,及近对炮台之处,兵轮水手不可在炮台附近地方练操,彼此免致误犯。

七、上海制造局、火药局一带,各国允兵勿往游弋驻泊,及派洋兵巡捕前往,以期各不相扰。此军火专为防剿长江内地土匪,保护中外商民之用,设有督巡提用,各国毋庸惊疑。

八、内地如有各国洋教士及游历洋人,遇偏僻未经设防地方,切勿冒险前往。

九、凡租界内一切设法防护之事,均须安静办理,切勿张皇,以摇人心。

据说,当时各国领事认为,《东南互保章程》对他们在长江的活动限制太多,双方争执颇久,最终各国还是接受了帝国南方官员提出的全部条款。

《东南互保章程》签订之后,各国驻上海领事保证,在中国方面执行该章程的前提下,各国绝不在中国长江流域地区采取敌视行动,并且写信给已从大沽口登陆的联军司令,要求把对华军事行动局限在长江以北。

中国人自古以来的说法是财大气粗。

拥有了相当经济实力的帝国南方官员,不但敢与朝廷分庭抗礼,而且敢对洋人提出严正警告。这就是与迂腐的北方同时存在的开放的南方。帝国南北不同社会局面的形成,是历史进程中的一种必然。尽管帝国南方的官员认为只要引进西方先进技术就可以实现近代化的观念还是绝大的天真,中国的变革需要很长的时间,因为这个古老而巨大的帝国缺乏变革的政治和经济基础,而且背负着几千年沉重的文化包袱,但是,他们终究走在了帝国北方官员的前面,走在了整个国家历史发展进程的前面。正是他们违背帝国政府意愿的断然举措,才防止了一九〇〇年北方动乱的大规模蔓延,从而保持了南方大半国土的社会稳定。

有趣的是,帝国南方官员的抗旨,不但有效并且成功了,而且当整个帝国重新恢复平静之后,朝廷也认可了他们的抗旨之举,参与策划《东南互保章程》的南方大员都一一升迁了。

只是,作为一个国家,它的北方在与敌人殊死战斗,而它的南方在与敌人翩翩起舞,对于历史而言无论如何这都是咄咄怪事。

司令和妓女还有一位帝国壮士

八月二十八日,当整个朝廷跟随在慈禧身后于西北的山岭中艰难逃亡的时候,都城北京天色一片晴朗。

天安门前,联军的队伍集合完毕。

联军要在中国的皇家禁区紫禁城内阅兵。

在联军官兵看来,这是一个必须的仪式。如果没有武装进入皇宫,哪怕在里面溜达一圈,就根本不算占领过大清帝国的都城。

从史料记载上分析,联军的阅兵路线是:自金水桥往北,穿过天安门中央门洞,过午门,进入紫禁城。然后沿紫禁城中轴线进太和门,经太和殿、中和殿、保和殿,进入乾清门;经乾清宫、交泰殿、坤宁宫,从坤宁门进入御花园,然后出贞顺门。也就是说,联军要以武装示威的方式从南到北穿过大清帝国皇家最核心的禁区。

当紫禁城最里面的午门被轰隆隆打开的时候,英国炮兵鸣放了礼炮以"宣告这个值得纪念的事件"的开始。

跟随联军阅兵队伍进入紫禁城的外国记者写道:

> 自从这座宫殿建成后的五个世纪以来,这些门阻断了任何文明的影响之路,不管外面与外国人打交道时发生了什么事情,依然没有人能穿过这些神圣的墙。如果一个人为他能第一个漫步紫禁城内而感到某种骄傲时,那是可以原谅的。咒语被打破了,进皇宫的行动实现了,"洋鬼子"在两秒钟之内亵渎了中国天朝保持了五百年的圣地。[62]

带领联军穿越紫禁城的,是三个身穿朝服的帝国官员,其中两个是翻译。不知他们来自帝国政府的哪个衙门,如果来自总理各国事务衙门,想必是庆亲王已经到达北京并且与联军接触上了。联军经过紫禁城内的每一道宫门时,都有太监从里面为他们把宫门打开。从这一情景上猜测,帝国的某些官员必定配合了联军的阅兵。联军发现给他们开门的那些太监个个面黄肌瘦,可能是"因为被困在皇宫的缘故"——"但他们那迟滞的脸上仍有一种对我们仇恨和轻蔑的表情"。尽管三个帝国官员走得很快,"显然是急于让我们用最快的速度穿过",但是联军还是在帝国气势非凡的皇宫面前个个目瞪口呆。巍峨的宫殿一座连着一座,汉白玉围栏的平台仿佛建在空中,铜铸和石刻的各种珍奇异兽随处可见,回廊蜿蜒,而环绕着那些数不清的大小房间的是参天的百年古树。联军官兵屏住呼吸,目光尽可能地探向每一个角落,期待着从红墙遮掩的拐弯处走出一个东方的精灵来:它戴着一顶圆锥形的挂着红穗儿的帽子,就像这个帝国大小官员们戴的那种;跟随它来到人间的是两条大辫子,又黑又粗,坠得它从墙角处闪出的时候摇摇晃晃的——联军官兵所见到的帝国官员的辫子,无一不像一根破旧的草绳,拖在他们那因为常年磕头称臣而已经挺不直的后背上。

直到走出神武门,联军官兵才如梦初醒。

在御花园北门外的小庭院里,联军举行了阅兵式。

首先走过来的是俄国方队。他们是联军中人数最多的部队,自认为对攻占北京付出的伤亡最大。俄军目前的占领区是内城的朝阳门一带以及皇城的北海一带。当然,俄国对中国东北地区的占领行动也同时开始了,沙皇陛下的理想是将亚洲的远东地区纳入他的版图。这些入侵了他国的俄军显然对自己的使命感到自负:

> 不能想象还会有比他们更好更强健并且训练更得法的士兵了。在全体在场者的叫好和兴奋中,他们迈着坚定的步伐走过庭院。一部分士兵走出了皇宫,还有相当数量的士兵按照将军的命令在庭院旁边列队。这样做的目的是俄军对其他各国军队的极大礼貌,这些士兵奉命在每个国家的分队经过时高声欢呼。㊿

当日军的队伍走过来时,负责奏乐的俄国乐队所吹奏的日本国歌突然停顿了一下,这让日本人的步伐顿时慌乱起来。"肯定是有意的",因为在这个世界上如果还有势不两立的国家,那就是俄国与日本,而他们仇恨的起因就是对他们脚下的这个庞大帝国的垂涎。

> 他们穿着白色制服,黑黄相间的帽子,携带着战场上所有的装备,步伐缓慢,整齐严肃,悦人耳目。他们的总司令山口男爵、福岛将军和他的参谋自豪地走在队伍的最前面。当日本国歌突然中断的时候,将军把他的目光瞪向了俄国将军。㊿

英军队伍的突出特点是军装簇新。英国人最早入侵大清帝国,六十年前他们向帝国海岸开炮的时候,其他各国也许还不清楚世界上竟然有这么一个巨大的国家。但是,现在的情况不像原来那么美妙了,英国人有点失意,他们在攻占北京的战斗中并不出色。而且,据说有个帝国的关键人物与俄国人关系亲密。为此,英国公使郑重地表示了对未来谈判的忧虑。

> 他们就像从刚打开的手提箱中出来的那样,身上的衣服

1901

都是上等料子的而不是廉价货……在《上帝保佑女王》的乐曲声中,海军陆战队和威尔士火枪队经过时,旁边俄国士兵狂热欢呼和挥舞帽子的场面,表现出两个最强大的帝国之间存在着的令人感动和尊重的热情。㉕

美军的军装比英军差多了,但是年轻和朝气可以掩盖一切。美国人自认为他们比所有国家都"开放和文明",从他们不主张打来打去而主张"利益均沾"这一点上,就足见他们的"绅士风度"。

俄国人用力地吹奏出《星条旗永不落》。美军军官和士兵们都穿着卡其装,只有领队的将军穿着蓝制服。他们也像英国人一样受到热烈欢呼……在欢呼声中,这些男孩们挥动他们的旗帜自豪地通过。㉖

法国人有点丢脸,他们的军装皱皱巴巴,像刚从水里捞上来的。唯一可以解释的是,这些法国人都是刚从炎热的西贡调来的,那里的热带气候把他们折磨惨了。同样军装难看的意大利人紧跟在他们后面,当这些意大利人在法国国歌中迈步的时候,腿脚看上去显得十分别扭,因为颂扬共和制的法兰西国歌《马赛曲》在君主制的意大利是被禁止的。俄国乐队手忙脚乱地更换意大利国歌,可是后面还剩一截队伍的法国人不高兴了。最后,总算是队伍最小的奥地利人走过来了,联军向这个其实只有几个掌旗兵的队伍发出喝彩,不愉快的情形才得以过去。

德国人显然还是主角。他们之所以成为公认的主角,原因十分悲伤:他们的公使被中国的兵勇杀了。这些强忍悲痛的日耳曼人表情严峻,"像是从一个模子里倒出来的,身高和体型完全一样",他们的步伐因此显得有些拙笨。

人群一时出现半压抑的笑声,但很快被友好的欢呼声所取代。人们只能佩服他们的装备和训练,他们的训练是完美无缺的。可以说一个士兵如果被训练成一架机器,那他必定会被看成是一个标准的德国士兵。㉗

当联军的阅兵还在进行的时候,一个联军军官突然把冷漠地站在一旁的一位帝国官员的朝珠扯了下来。朝珠被所有的帝国官员挂在胸前表示官阶。联军军官将这串朝珠举在阳光里看了看,然后挂在自己的脖子上。而那位帝国官员斜睨着的小眼睛里除了愤怒还有一种轻蔑:再看一千年,洋人也照样看不懂大清的朝珠是什么意思!

太监们在游廊上摆放的盛水果的盘子,全都被联军官兵藏在了军装口袋里。更多的军官迫不及待地返回皇宫,那些"华丽的玉石和赤金的瓶子,用象牙做的手提的盒子以及盒子里装的金饰、玉玺、项链和其他物品"都强烈地挑逗着他们贪婪的本性。他们"伸手就拿,有的军官打碎了盒子,把他们想要的东西装入口袋"。最后,"他们的口袋显著地鼓了起来,怪不得虽然天气炎热,他们却都穿上了大衣和斗篷"。⑬

一九〇〇年,外国联军在中国紫禁城的阅兵,是国际关系史上的丑陋事件之一。这个类似于欧洲中世纪野蛮战争中的狂妄举动,对中国人的民族尊严的伤害深刻而永久。它不但加深了中国人对外部世界原有的不信任,而且将这种不信任扩大到了对所有"洋鬼子"的国恨民仇。义和团运动发生很久以后,一个英国学者来到中国游览长城,突然,从他身后的城墙垛口处蹿出几个中国农民,他们手里举着红缨枪吼着:"我们是义和团!洋鬼子死吧!"然后真的朝那个英国人冲了过去。英国人只好将随身携带的火枪指向他们,中国农民转身跑了——这种穿越时光依然会令国人隐隐作痛的心绪没齿难忘。于是,无论对于后来面对世界的中国人,还是后来面对中国的外国人,一九〇〇年巨祸遗留的创伤是永远的不幸。

联军的最高统帅还没有到达北京。

联军的最高统帅是德国陆军元帅瓦德西。

瓦德西,一个六十八岁的老式普鲁士职业军人,以他一九〇〇年的中国之行被记入史册。

当义和团的农民在山东半岛追杀德国传教士的时候,瓦德西在德国接到了德皇威廉二世的命令:升任东亚高级军事司令,立即率领部队开赴中国。八月十九日,联军攻陷北京城的第四天,德皇亲自主持了出征仪式,年迈的瓦德西元帅备受感动。德皇那时并不知道联军已经占领北京,他认为"北京各国公使以及使馆全体人员早已被杀",因此他的讲话情绪激动到简直说不下去的地步。在建议为死去的德国公使克林德脱帽默哀后,德皇对瓦德西表示,在中国遇到敌人的时候,一定要打败他们。决不给予赦免！决不收容战俘！这时候,有人向德皇报告了联军占领北京的消息。德皇大失所望,因为他本指望瓦德西带领的军队"获得占领北京之荣誉"。德皇只好对瓦德西说:"要求中国赔款,务到最高限度。"对于德皇"最高限度"的要求,瓦德西自己的理解是:"皇上急需此款以制造战舰。"⑩

瓦德西和他率领的由十一艘巡洋舰和四艘补给舰组成的庞大舰队确实来晚了。舰队在海上全速航行了一个月零一个星期后,憔悴不堪的瓦德西和他的两万名官兵才看见中国的海岸。

德军在天津停留了二十天。

瓦德西向国内发回电报:

> 从大沽至天津之间,以及天津重要部分,已成一种不可描写之荒芜破碎。据余在津沽路上所见,沿途村舍,皆成颓垣废址——塘沽系五万居民之地方——已无华人足迹。从此地到北京之一段,余之参谋长曾两次经过其地。据其报告,凡军队行经之地,但见一片凄凉荒废。即北京自身,亦因烧抢之劫而大受破坏。失所流离之民,估计约有三十万人,但实际上似或多于此数,散居于该段旁边,大半均在露天之下。在现刻良好天气之际,或尚可苟延几时。至于饥荒疫病之必先后继至,实已无疑可言。⑪

十月十七日,瓦德西率领部队到达北京。

联军为这位德国元帅举行了入城仪式,但是连瓦德西自己都看出来了,仪式规模盛大而各国将领情绪冷淡。联军对这个没有参加战斗却当上自己总司令的德国老头不感兴趣,甚至普遍抱有一种敌意。更让联军官兵议论纷纷的是,这个德国老头给自己选择的住宿和办公地点,竟然是大清国皇太后慈禧的寝宫——中南海的仪銮殿。

"任何人不准独立染指紫禁城。"这是时刻梦想对帝国皇宫实施抢掠但又始终害怕他人下手的联军的集体"约定"。

于是,瓦德西对他进驻仪銮殿是这样解释的:此举是为了表示对大清帝国及其臣民的蔑视。

无法实现连俘虏都不宽大的"伟大抱负"的瓦德西,只有用睡在中国皇太后的床上来聊以自慰了。

当瓦德西怀着对仪銮殿的奇妙想象把他的行李搬进中南海的时候,里面的情形大大地出乎了他的预料:帝国皇家的三海内一片狼藉,仪銮殿已经根本不能居住了。联军官兵集体"染指"了这座皇家御苑,并私自在这片禁地里划出各自的管理区。在这些就地分赃的管理区内,帝国的皇家珍宝荡然无存——"该宫最大部分可以移动之贵重物件,皆被抢去。除少数例外,只有难于运输之物,始获留于宫中。"㉛尽管如此,为了"公平",每当夜幕降临的时候,联军官兵都以参观为名进入其他部队的管理区,宫墙之间所有曾被封锁的宫门都已被砸开。联军"或越墙而入,或钻洞而入",黑暗中彼此"擦肩而过,互不相干"。这就是被西方报纸称为"比抢掠更无耻的行为"。一九〇〇年在中南海被盗走的珍宝中,有一幅举世闻名的中国古代画作,即唐代画家韩滉的《五牛图卷》,此画之所以现在珍藏于故宫博物院,是因为在它被盗走半个多世纪以后,中国政府又花费巨资从海外将它购回。成堆的破碎物品使仪銮殿成了垃圾场:"所有戏台装束、浣濯用品、破碎之瓷器玻璃、打烂之什物家具,直至今日,犹堆积各处。"㉜瓦德西命令派人打扫。九十个人打扫了十天仍没清理干净,最后只好把剩下的垃圾全部堆放在一间偏殿里,瓦德西这才得以迫不及待地搬进去。搬进仪銮殿的瓦德西随便扫了一眼,便发现了令他惊讶不已的"一堆东西",那是数十个精致的摆钟,钟面上的五色宝石乃稀世珍品。瓦德西把这些钟拣了出来,并且写信报告给他的德皇,说"余将用全力,以使一切由德接管之房舍物件,均妥为保存"。

也许从那一刻起,这个德国元帅对联军在这片土地上所进行的军事行动,产生了某种疑问。

作为军事统帅,瓦德西指挥的军事行动被称为"联军的讨伐"。联军一共派出四十六支讨伐队,其中德军就占了三十五支。没有参加攻击北京城战斗的德军,义不容辞地成为把战斗继续下去的主力。所谓"讨伐",即组成战斗部队,向以北京为轴心的各个方向进行清剿义和团的战斗。其实,这只是一个扩大占领区的借口,因为义和团早已不复存在。

联军首先向北京郊区进行了小规模清剿。西南方向攻打了良乡县城,西北方向扫荡了八大处和观音村等地,南面清剿了南苑、大兴,联军认为这里是团民的窝点,因此杀了不少青年农民。随着"讨伐"行动的扩大,联军把主要方向集中在了义和团的发祥地直隶省。在束鹿县,他们遭到义和团的阻击,法军的大炮向敢于阻击的村庄连续炮击,伤亡的中国百姓达数千人。永清县驻扎着帝国正规部队,当联军到达的时候,帝国的军队正在操场上操练,联军以为这些军队是在集合御敌,于是立即开枪扫射,没有任何防备的帝国军队在十分钟内被打死两百多人。永清知县闻讯赶来想制止屠杀,但被联军捉住,并被绑在县衙门里"毒打取乐"。联军包围了永清县城,抓了数百人,威胁"如果交不出一万两银子就全部枪杀",并且强迫知县指认人群中谁是义和团。全城的绅士百姓急忙凑银子,直到二更时分才把银子凑齐,可是被联军抓去的人只剩下一半还活着。

保定是联军"讨伐"的重要目标。他们认为那里是义和团的大本营之一,并且得知军机大臣荣禄逃跑的时候,不少清军的守城部队跟着跑到了这里。联军动用了德、意、法、英四国部队,一万多官兵分成两路攻击保定县城。攻击前,联军向朝廷派来的议和代表李鸿章声明:如果有正规军抵抗,全城鸡犬不留;如果不抵抗,打出白旗迎接联军。李鸿章立即命令直隶布政使廷雍:"务必严谕将士,勿轻用武挑衅,致启不测之祸。"帝国正规军得到命令后,不但准备了白旗,而且开始剿杀义和团民。联军到达保定的时候,包括廷雍在内的帝国官员出城迎接。联军进入保定城后,发现衙门银库里的银子没了,失去抢劫物的懊恼使他们开始了疯狂的报复,拿他们的话讲,是要给这里"留下不易忘却的惩罚"。联军对保定的烧杀令中国人以为仇史。当时,整个保定县城犹如一座刑场,城中的空地上竖起密密麻麻的绞刑架,上面吊满了中国人的尸体。到了晚上,满城燃起大火,那些还活着的中国人在大火和废墟中到处躲藏,但少有幸免者。联军抢劫了他们认为值钱的所有财物,数百辆大车昼夜不停地运往北京。联军还洗劫了保定附近的村庄,帝国花费无数银两修建的皇家西陵,一天之内变成一片废墟,不但陵内所有的珍宝被劫掠一空,就连陵园门窗上的铜片都被撬走了——联军官兵认为那是金子做的。更令人不知该如何叙述的是,联军居然在保定衙门"升了堂"。联军"讨伐队"总指挥盖斯里自称是国际审判官,他端坐在保定衙门大堂的正座上,两旁的"衙役"全是洋兵。审问从廷雍开始,姓名、职业、罪行,最后宣布"审判"结果:直隶布政使廷雍、保定守尉奎恒、参将王占奎被判处死刑,立即执行;按察使沈家本革职,实施军事囚禁;候补道谭文焕押解天津继续受审。"宣判"结束后,廷雍等三位帝国朝廷命官被押解到南城外凤凰台"枭首示众"。

一九〇〇年发生在大清帝国的故事令中国人百余年后仍然不敢遗忘。

瓦德西指挥的"讨伐",还是针对俄国人的。俄军在这一混乱时刻大肆侵占中国东北地区,海防重镇北塘、芦台,接着是唐山,相继被俄军占领。锦州知府章樾前去交涉,被俄军扣为人质,俄军强迫他向清军发出各种命令,锦州一带遂成为俄国人的天下。俄国人占领东北要地后,立即表示为了与大清帝国"保持友谊",俄军将率先撤离北京城。俄国人的举动令瓦德西十分恼火,他派遣联军对通往东北地区的咽喉要地秦皇岛和山海关发起攻击。俄国人坚决反对,美国人"无意参加",其他各国都表示可以"立即投入战斗"。于是,俄国人命令其部队抢先占领山海关。他们利用手中扣押的锦州知府,"命令"山海关的帝国守军向俄军投降。但是,当自以为神速的俄军到达山海关的时候,发现这座军事要塞上已经插满了英国国旗。原来,在英军将领西摩尔的策划下,一支由十八人组成的英军小分队乘快艇从海上提前到达了山海关,他们举着免战的白旗进入要塞,与驻守要塞的帝国军官开始"谈判":是和各国军队一起抵抗俄军呢,还是等着俄军来进攻?因为锦州知府的命令是不得抵抗,最终帝国军官决定把要塞交给各国,因为这样将来还有索回的可能。于是,帝国守军撤离。不战而退令守军士兵感到耻辱,因为他们认为可以一战:山海关要塞是一个坚固的堡垒,关前布满水雷,关上炮台坚固,配有最新式的大炮,仅守关部队就有五个营。帝国守军撤离的时候,士兵们边走边朝天鸣枪,以发泄心中的苦闷。而在他们身后,十八个英国人未费一枪一弹就占领了中国东北地区重要的军事要塞。英国人在帝国守军撤离后,忙着在要塞上插英国国旗,直至整个要塞旗帜如林,看上去如同有上千的英军踞守在这里一样。果然,不敢贸然进攻的俄军一气之下占领了从山海关到秦皇岛的铁路线。可是他们到了秦皇岛才知道,德、法联军已经先期到达了那里。

1901

在联军的眼里,中国的国土,无论是城市、乡村还是军事要塞,只要插上他们的国旗,朝天放上几枪,就都属于他们了。

联军到处插国旗的美妙感觉并不是天天都有。

在帝国另一个著名的军事要塞居庸关上,联军刚开始攻击,帝国守军就开始溃逃,但是,有一个士兵在逃跑的时候想到应该把炮栓卸下来以免联军利用大炮向自己射击。令他没想到的是,正在卸炮栓的时候,一不小心,炮膛里的一发炮弹射了出去,这发炮弹不偏不倚正好落在德军的进攻队伍中,德军顿时倒下一大片。结果,德军认为这是帝国军队准备拼死防守的信号,于是停止进攻,绕道前行了。当逃跑中的帝国指挥官获悉这一情况后,立即返回居庸关阻击阵地,然后给太后和皇上写奏折。当然,奏折中写明的"胜利"原因首先是他"不畏如雨枪弹指挥若定",然后才是"将士效力奋战厮杀",最后终于导致"洋兵仓皇败逃"。

真正奋起抵抗的,是防守通往山西天堑娘子关的帝国守军。进攻的是清一色的德军官兵。德军之所以向娘子关发动攻击,是因为知道慈禧的朝廷正在太原,而清军坚决抵抗的原因也正在于此。中、德两军在娘子关下猛烈交火,双方都付出了极大的代价,让德军感到惊讶的是,当面的帝国守军异常顽强。战斗整整打了一天,晚上二十时,德军突入清军阵地,但是没多久就遭到清军的猛烈反击。娘子关上的两军混战又进行了一夜。天亮的时候,德军指挥官发现"德军官兵几乎都死了"。德军下达了撤退的命令。

尽管帝国守军在娘子关取得了真正的大捷,但是在太原的慈禧还是被吓跑了。

瓦德西简直不敢相信自己的耳朵,强大的德军居然会败在中国人手里。

当联军在帝国北方四处"讨伐"的时候,瓦德西"应中国商人们的盛情邀请",正坐在京城的一家戏园子里观看中国京剧。

> 余与随员人等备受优礼迎迓,并导入特设雅座之厢内,其中安置被有桌布之桌一张,除了此地无时或缺之清茶以外,更有香槟酒、果子、糕点、雪茄烟等等,以享余等。最初开演两折毫无意义之短剧。所有女角,皆以男子代之,盖因女子素来极

少在公众之前露面也。同时并杂有音乐于其间,足使石头化软,或者说得切实一点,足以使人头疼。所有观剧之人,坐在小桌之旁,大抽烟筒,饮茶吃果,亦复同样喧哗不已。中国人常常高呼"好"……终场更以王侯、厉鬼、战士等等跳打一阵,此种跳打技术,实为余生平未见过者,当余挨过一点半钟以后,复坐余车中,于是不胜庆幸,得离苦海。⑦

无法猜测中国人给这个德国人看的是哪一出戏,但从"厉鬼、战士"的"跳打"上看,或许就是"火烧赤壁"之类的三国戏。尽管瓦德西对中国戏剧缓慢的唱念做打感到无可奈何,但是中国特有的文化氛围还是令他身不由己地受到了影响。据说他是一个"好交际"的人,虽然联军的将领们都不喜欢他,但他也无意与各国将领发生更多的联系——"我在中国期间,始终倚靠我自己的独立判断,自己做主,寻途而进。"⑭一个两眼一抹黑的德国人,到什么地方"寻途"去?瓦德西一头扎进了北京士民中间。所谓"士民",包括中下级官吏、知识阶层、商人以及有一定经济实力和社会地位的各界人士。"士为万民之首",瓦德西在中国古代经典里看见了这样一句话。于是,他不但参加士民为他安排的各种社会活动,而且还在决定"安民善后"事宜时,邀请身穿长袍马褂的中国人坐进他的会议室——"王公大臣也有参杂其间者。"

为了更广泛地博得中国人的好感,这个德国人做出一件惊人之举:由他亲自主持,在北京举行科举考试。瓦德西对中国的科举制度做了一番研究,认为这个制度既是文化的又是政治的,值得重视。原来管理京城的帝国政府官吏差不多都跑了,北京城的军政事务现在全由联军把持着,但是许多具体事情还得靠中国人去办,可目前严重缺乏中国方面的人才。于是,京城内到处贴出了瓦德西的"圣旨":将在北京金台书院举行考试,名次靠前者有重赏和任命。结果,"报名应试者涌如怒潮"。洋人给这次科举考试出的题目是:文题《不教民战》,诗题《飞笳入秦中》。前者显然是道"政治测验题",考的是应试者对"拳匪"的态度;后者就令中国人尴尬了,要把哪一国的旗帜插到"秦中"去?插还不行,还要"飞"插?而此刻大清帝国的朝廷正在秦中的西安。尽管题目太政治化,考试当天还是"人数溢额",京城里的"士"们人人严肃对待,令洋人充分领略了东方文才的飞扬。最后张榜公布名次时,与帝国科举考试不同的是，洋"科举"有奖金，前三名各奖三百两银子，当然是用抢来的大清帝国的现银支付的。

对中国士民的文化水平深有感触的瓦德西，同时被另外一件事深深地触动了，那就是在追查杀德国公使克林德的"凶手"时出现的一位帝国壮士。

为了抓住杀克林德的那个中国人，联军使用了一切侦察手段，最后的"破案"线索来自京城里的一家当铺。日本人雇佣的侦探——这个名叫德乐的中国侦探竟然是帝国正规军中的旗人——一天，德乐在京城里的小巷中闲逛，路过一间当铺的时候觉得眼边一亮，当铺里怎么会有如此抢眼的光亮？他走进那家当铺，旧物发出的霉腐味道使当铺里更显昏暗。德乐揉了揉眼睛，看见了一堆旧物中的一块怀表，光亮就是这块精致的怀表发出的。德乐向铺主指了指，铺主将怀表拿出来递在他手上。闪着晶莹的黄铜色泽的表针居然还在走着，嘀嗒声细微但却清晰入耳。德乐用手掂了掂，然后将这块怀表翻过来，他看见了那个死去的德国公使克林德的名字刻在怀表的背面。当铺主人供出了当这块表的人和他的住处。联军立即派兵包围了那个地方，大清帝国神机营满洲兵丁恩海被捕。德军终于找到了让他们一解心头之恨的对象，审问立即开始。对恩海审问的时候有中国翻译在场，审问的内容和过程均被记录下来，一个官员用奏折的方式复述出来准备呈给慈禧，但慈禧远在奏折无法送达的西安，于是奏折的内容被上海的一家报纸发表了：

> 审问之时，恩海神宇镇定，毫无畏惧。问官问曰："德国公使，是否为汝所杀？"恩海答曰："我奉长官命令，遇外国人即杀之。我本一兵，只知服从长官命令。有一日，我带领二三十人，在街上见一外国人坐轿而来。我立于旁，对准外国人放一枪，轿夫立时逃走。我将外国人拖出，已死，其胸前有一表，我即取之。同事中有得其手枪者，有得其戒指者。我万不料因此表犯案。但我因杀国仇而死，心中甚乐。汝等既杀予以偿命可也。"翻译又问曰："汝是日醉否？"恩海笑答曰："酒乃好物，平常每次可饮四五斤，是那天实未饮一杯。我无需倚酒希减罪。"恩海真一忠勇之人，侃侃不惧，观者皆为动容，觉得

中国军中尚有英雄也。⑦⑤

恩海被德军处死在克林德死去的地方。

想必满洲兵丁恩海是在傲然的心境中坦然就刑的。

没有比凛然的壮士令屈辱中的中国人更伤怀的了。

令人不解的是,壮士在暂短的感叹之后,便在国人的生活里消失了,而那时京城里的一个妓女,因与瓦德西多少有点关系而成为一九〇〇年以后的知名人物——多少年来,这个妓女被用文学、戏剧和民间传闻的形式反复刻画,除了被咒骂成一个"卖国贼"之外,更普遍的观点认为她用牺牲自己的方式挽救了当时的大清帝国。

这个妓女本姓傅,名彩云,妓名赛金花。

傅彩云,江南一个挑水夫的女儿,因为姿色出众,也因为生活窘迫,从小卖身成为雏妓。十五岁时,她被一个名叫洪钧的帝国状元看中,纳为妾。此后随夫出使俄、德、奥、荷四国。洪钧回国后不久病死,傅彩云重操旧业,辗转各地,最后落脚京城。巡城御史陈恒庆著有《归里清谭》,其中记载了傅彩云的美色:"初见时,目不敢逼视,以其艳光照人,恐乱吾怀也。"除了令人怦然心动的容貌之外,对于一九〇〇年的大清帝国来讲,更重要的是傅彩云会说外国话,其中更以德国话熟练一些。在联军占领京城的日子里,妓女赛金花说她主要干了三件事:一是帮助洋兵筹集粮食和各种军需,"为的是让他们吃饱喝足,减少抢掠行为";二是除了给洋兵提供妓女之外,还负责拉线讲价,以为联军提供"身子干净的良家妇女";三是帮助一些被抓被押的中国人从联军那里解脱或者逃脱。至于她与瓦德西一起睡觉的浪漫史,甚至说她如何向瓦德西吹枕边风以使联军在谈判中作出重大让步等等,不少学者考证之后认为纯属无稽之谈。绝大的可能性是:她在跟随丈夫出使德国的时候见到过瓦德西,甚至可能交谈过。但是,一九〇〇年,她根本没有接近瓦德西的机会。理由相当简单:她没有这个资格。无论她是否跟瓦德西上了床,无论在仪銮殿突然失火的时候他们是否"光着身子"跑了出来,赛金花充其量只是一个供男人取乐的妓女而已。一个巨大的帝国,竟然到了需要一个妓女出卖身体来保护的地步,不知道后来中国人在观看描述这个妓女的各种戏文的时候,是否想到了"国家"是一个什么概念。也许,即将灭亡的大清帝国在它最尴尬、最荒唐的时刻,也只能拿一个妓女来搪塞那些难以言表的历史了——以奇特的"幽默"态度对待严肃的国家政治，在中国不仅赛金花一例。民国初年，一个名叫小凤仙的妓女与国民革命大历史的故事，也曾被国人反复刻画描写过，以至于当代闹出一个令人悲叹的"笑话"——试卷问：辛亥革命的发动者是谁？有考生答：凤仙同志。

瓦德西在北京驻留一年，于中南海的仪銮殿里写下不少日记。这些日记真实地记录了这个德国老头对中国的感受。可以肯定地说，这些感受极其复杂，甚至影响了他的政治立场，以至于使他对联军的军事行动有了"新"的见解：

> 中国排外运动之所以发生，乃系由于华人之渐渐自觉，外来新文化实与中国国情不适之故……更加以筑路之时，漠视坟墓，以至有伤居民信仰情感。此外了解铁路有益于国之明白人士为数甚少，因而建筑铁路，尤易引起不良反动。近年以来，瓜分中国之事，为世界各国报纸最喜讨论之题目，复使中国上流阶级之自尊情感深受刺激。最后更以欧洲商人时常力谋损害华人以图自利，此种阅历，又安能使华人永抱乐观。至于一二牧师，做事毫无忌惮，以及许多牧师，为人不知自爱，此则吾人不必加以否认怀疑者。
>
> ……
>
> 大多数华人实际上确是怯懦。一八六〇年英法联军之短期战事，以及最后中日一役，其战地只限于一部分地方，而大多数华人亦复从不知有此事。因此之故，所有尚武精神，渐渐丧失；而兵士地位，亦极为普通人所贱视。现在确实没有一点尚武精神，以致国家衰弱。彼等为人，不喜反抗，所以易于治理。大凡一位官吏，必须对于人民业已十分苛酷搜刮不堪，然后始能引起反对之举。华人此种怯懦情形，诚然不是优美性质，但在一般未负执戈为国职责之人民中，此种习性却又不失为一种善良性情。
>
> ……
>
> 中国文化在四百年以前，常有若干方面比较欧洲为优。但自彼时以后，遂成停顿不进之象。尤其对于火车、轮船所引

> 起之世界巨大变迁,未能加以理会……所有上流阶级,对于世界情形毫无所知,只是骄傲自大,盲目反对洋人。至于官吏人员,则为腐败之气所充塞,毫无精神之可言。其在皇室方面,则又似乎不能再行产出振作有为之人物。但吾人在此却有一事不应忘去者,即中国领土之内,除开西北两面之属国不计外,共有人口四万万,均系属于一个种族,并且不以宗教信仰相异而分裂,更有"神明华胄"之自尊思想充满脑中……彼等在实际上,尚含有无限蓬勃生气……⑯

瓦德西审视了西方势力对东方古老文化的强行侵入,审视了中国古老的民族心理在外来文明冲击下的失措与固守,以及由此导致的一九〇〇年发生在大清帝国的东西方巨大的冲撞。

只是,这时候的大清帝国已经不可能对自身命运有任何掌控了。

月亮门里的盘算

慈禧在西安住的房子有个圆形的月亮门。因为是冬天,门外挂上了棉门帘。军机大臣王文韶晋见的时候,只看见外面的长方形门帘,忘了里面还有一道圆形门,于是掀开门帘往里走却一下子被圆门的下沿绊着了,结果一个跟头栽在慈禧面前。接着,军机大臣赵舒翘前来晋见,同样也是一头栽在了慈禧面前。

慈禧在西安的行宫,是原来的陕西省衙门,衙门里的北院为巡抚所居,南院为总督行馆。巡抚的院子里房间多一些,于是慈禧连同光绪一起住进了北院。院子里破败不堪,杂草丛生,不少房间漏雨,尽管当地官员尽最大努力修缮了一番,但还是显得过于简陋,拿慈禧的话来说"仅蔽风雨而已"。她和皇上的房间可能不至于漏雨,随行太监和其他宫内人等的房子就顾不上了,皇亲国戚数百人已把巡抚院门前小胡同里的民房塞得满满的。

时值陕西大旱。都说皇上是条龙,这条龙并没有把雨水带来。多年未遇的大旱使北方最富庶的秦中地区饥民遍地,把草根树皮都吃光了的百姓老幼相扶,像黄土高原上的沙尘暴一样向南滚动,然后聚集到西安附近的平原上来了。现在的西安,是帝国的"都城",太后和皇上在此。饥民的大量聚集令负责皇室安全的官员心惊胆战,他们调集了大量官兵把太后和皇帝居住的"皇宫"围了个水泄不通。饥饿的百姓知道皇上近在咫尺,拼命地向"皇宫"拥来,他们认为靠近皇上就不可能饿死。果然,慈禧下令在西安城关设立粥厂救济饥民。但是,每天举着破碗围着粥锅的饥民竟有十万以上,弄得粥厂里人海汹涌,坐在巡抚院子里的慈禧都能听见鼎沸之声。她只有下令增加粥锅的数量。二十多口直径为两米的大锅摆了出来,锅下烈火熊熊,锅内日夜蒸腾,远看仿佛西安城沦陷于战火,近看才知帝国的临时"都城"已成了公共大饭堂。慈禧又命令修建暖厂,顾名思义,就是给饥民避寒的地方。这样的暖厂每一座都规模巨大,待全城建起十多处时,西安城又成了巨大的难民宿营地。一九〇〇年,西安的赈灾规模在帝国历史上前所未有——"非圣驾在此,断乎无此财力。"

在帝国通往西安的数条大道上,木轮车马满载着货物在操着不同口音的官军护卫下,马头向西,风尘滚滚,浩浩荡荡,日夜不绝。车上装载的不仅是大米,还有帝国各地官员向太后表示的"孝心":山珍海味、鸡鸭鱼肉、土特产品、奇花异果、绫罗绸缎、狐貂皮张、宝石玉器、工艺古玩——"孝心"车队除了有官军一路保护外,还配有相当一级的官员押送,为的是把各地大员们亲手写的供奉清单面呈老佛爷。在帝国北方从没有过的繁忙景象中,有一种插着黄色旗帜的车队特别引人注目——车上装的全是白花花的银子。帝国各省每年向朝廷上缴银子,这一直是让老佛爷烦心的事,因为那些"没良心的东西"总是以各种借口少缴或者迟缴。而现在不大一样了。慈禧到达西安后的第一件事,就是向各省派出催银钦差,这些钦差到达各省督府后,把皇室的流离失所一描绘,少有大臣不心疼的,于是上缴银子的事今年显得颇有些自觉了。

西安由此成为帝国北方唯一幸运的城市。

慈禧也知道西安不是北京。她骨子里是小户人家的闺女,知道过日子的不容易;同时她也是一国的皇太后,知道那些经手钱粮的官员常有什么花招。所以,尽管各地的贡品陆续到达西安,慈禧还是决定亲自掌握财权。她刻了个小手章,上面的印文是"凤沼恩波",小印章挂在她的腰间,皇室内外的支出,哪怕是领取一钱一米,都要找她盖章。这个差使在京城的皇宫里是内务府大臣和太监总领做的。在京城的时候,她一个人每月的花费都在四万两以上,而现在整个皇室的所有费用被她控制在了一万两以内。不久之后,就是她的生日了,有人想为她请戏班子唱戏,慈禧想都没想开口就骂,并且宣布以后一切节日庆典、典礼筵宴统统取消。关中冬季寒冷,慈禧和皇上的房间里铺上了很薄的毡子。毡子破旧不堪,有人提议更换,慈禧坚决不准。后来,睡觉的房间的玻璃破了,她又让宫女剪出图案稠密的窗花贴上。除夕之夜,太后照例赏赐皇帝、皇后和各位大臣物品,但是滞留在京城皇宫里的几个皇妃亲手制作并且派人送来的一些棉布袜子她没舍得赏出去,那是她自己也很需要的。有人去给皇上找上等貂皮,没找到,只好用直隶官员送来的下等貂皮做了件马褂。皇后和妃子们只要暖和,都顾不上华丽了,个个青衣棉袍,穿得像土财主的家眷。太监们为了防寒,头上都用土蓝布裹着,看上去"状如营兵"。元宵节到了,慈禧下令不许点灯,为的是荒年省油。太监们不愿太后的住处没有一点喜气,用纸糊了几个灯笼挂在慈禧的门楣上,结果第二天就被寒风刮没了。专门为皇宫画画的云南女人也跟随慈禧跑到西安来了,幸亏有她时常与慈禧"闲论古今"。她姓"缪",慈禧称她为"缪先生"。"缪先生"能为慈禧排解寂寞,但不知没有"缪先生"的光绪在没有了珍妃的日子里看着皇后的那张脸该怎么度过关中的漫漫寒夜。

其实,珍妃仅仅是光绪皇帝为众人所知的痛。一块亮在明处的伤疤,即使千人看万人摸,无论如何也有麻木的时候。作为一个拥有壮美的山河与四万万人口的帝国之君,光绪内心深处最隐秘的痛,还有另一个如花似玉的江南女子。他因为无法彻底忘记她那柔媚鲜美的容貌而必须一个人默默忍受着时光的煎熬。虽然光绪名为帝国的皇帝,可他甚至见不到他在这个帝国内最喜爱的女子。他一生唯一一次见到她,是在光绪十三年的冬天,那时候年轻的皇帝要结婚了,五位满洲秀女入宫候选皇后。光绪只看了一眼,就将她永远记在了心里,他拿着一块如意向她走去,可慈禧在旁边咳嗽了一声,然后轻轻地说了句"皇上",并"以口示意其首列者"——慈禧的侄女隆裕站在五位满洲秀女的第一位。光绪停下脚步,他又看了一眼那个令他心仪不已的江南女子,最后转身将手中的如意"授其侄女"。隆裕成了大清帝国皇帝光绪的皇后。其时,在五位满洲秀女中,礼部左侍郎长叙的两个女儿被选为后来的瑾妃和珍妃,而江西巡抚德馨的两个女儿立刻被送回了老家。慈禧知道,一旦将皇帝真正喜爱的女子留在宫中,即使为妃也必有后患,因为那个"诱惑"了光绪的巡抚的女儿定会让皇上日后"不思正事"。光绪就这样亲手放弃了他一生中的最爱。像他所遭遇的其他事情一样,他总是在做不能原谅自己的事,于是一生都处在备感自己无能的幽愤中。这种幽愤别说发泄,甚至都不能流露,光绪由此成为一位最可怜的皇帝。史书描述他的时候无不是痛心的文字。光绪已经被抚养他的这个老女人用各种威仪和虐待吓成了只能是这样的一个人——大清帝国的皇帝连自己喜欢什么样的女人都决定不了,对于眼前这个混乱不堪的帝国他又能怎样呢?

西安知府胡延是个忙人,他新近被任命为内廷支应局督办,一听这个官衔就知道他要为皇室操办一切。能够有幸接近太后和皇上,是升官发财的千载难逢的时机,只是伺候皇室可不是一件容易的事。胡延心力交瘁。一天,慈禧写了一些"福"字赏给大臣,大臣们集体谢恩之后刚退下,胡延听见太后在屋里轻轻地叹息了一下:"胡延较前清瘦,首郡政繁,劳苦可知也。"胡督办感动得差点没再次跪下,他含着眼泪更加忠心耿耿地跑前跑后张罗去了。

古今中外,皇室因为某种变故而流亡,不算新鲜事。皇家一旦沦落到民间,似乎都变得更像人了,皇家的脾气也小了不少。"太后之性情,平日极为温蔼,好书画,喜观戏,但有时发怒,则甚为可怕。"⑦——慈禧的脾气之大,帝国人所共知,而今年竟是更甚。年初,从正闹义和团的山东赶到京城参加考试的济南府考生王国军,被录取为状元。这个前程似锦的新科状元高兴劲儿还没过去,内监便给他送来太后的赏赐:一条五尺长的白绢和一句话——赐自尽。苦读数年终于熬出头的青年并不知自己犯了什么法便在内监的监视下上吊了。原来,慈禧调阅他的考试文章时,只看了他的名字便勃然大怒,在其考卷上批下一行字:你亡国君大清,我死济南国军。正为义和团烦恼的慈禧认为,这个人竟然敢叫"亡国君",肯定是在蓄意诅咒她。在那些混乱的日子里,最受折磨的是太监们。一个太监奉命陪慈禧下棋,在快赢棋的时候太监忘了形,说他要将老佛爷一军,立即,这个太监被拉下去打了四十板子,当天晚上他就拖着皮开肉绽之躯爬到昆明湖边栽入水里淹死了。义和团进京之后,太后打太监的次数骤然增多。每天早上,稍有差池的太监就会被罚自己掌嘴,清脆的打嘴巴声成了慈禧那些日子的晨曲。一声"皇太后进膳"的呼喊,等于是一道行刑的命令,几个掌刑太监排列整齐,都背着个黄布口袋,里面装着十根竹竿,前来陪同慈禧进膳,因为每顿饭都会有太监挨打。帝国宣战之后,慈禧的寝宫外常常跪着一大片她认为有过错的太监——"每天责打太监不下百人。"后来她不厌烦挨打太监的哀求声和哭声了,于是让行刑的太监在打人的时候用数层浸湿的棉纸把挨打的太监的嘴封上,挨打的太监还没被打死就被先憋死了,宫里向慈禧报告窒息而死的行刑结果使用的名词是"气毙"。

在西安寒冷狭窄的"行宫"里,尽管"御膳"菜肴的花样远不够百道,房间里也没有几大缸南方水果熏出的清香,相反满屋子都是炭火散发出的呛人的味道,但是慈禧安静多了。她裹着皮褥子开始思考——这不是一个帝国统治者关于国家命运的思考,而是一个民间老太婆坐在炕上的自家盘算。盘算的内容也没什么大不了的,无非就是眼前的日子该怎么过。

现在的日子好像不会太受罪。向各省派去催要税银的大臣个个都是心腹。而南方的封疆大臣们还算有良心,只要他们车马不断,这里怎么也不会断了供应。岑春煊已被授以陕西巡抚,想必这块地方闹不出大乱子;庆亲王已经在北京与洋人联系上了,他的头衔是特命全权钦差大臣,是代表朝廷与洋人交涉的,洋人别以为大清国没了主子。更重要的是,庆亲王从京城送来了几个御医,这是要紧的事,有个毛病总不能招当地的土医进"宫",不方便不说,开出的方子谁敢吃,有了毛病干挺着弄不好要出人命。

慈禧正盘算着,一个令她吃惊的消息传来了:军机大臣刚毅死了。慈禧并不会为一个忠心耿耿跟随她多年的大臣死去而吃惊,对她来讲一个大臣活着或者死去并不是什么了不起的事,令她吃惊的是刚毅的死法。刚毅,这个一心支持废黜光绪皇帝、狂热吹捧义和团法术的满族大臣,这个为了迎合太后的私欲以及载漪的野心而鼓动帝国向使馆进攻、向洋人开战的人物,一九〇〇年八月联军攻陷京城后,他被洋人列入了必须惩办的要犯名单。他是这份名单上第一个死去的帝国大臣,不过他不是被处死的,他是提前把自己解决了。刚毅的死很奇怪,多少有点自杀的性质——他居然拉稀拉死了。在跟随慈禧逃亡至山西境内时,也许因为胡乱吃了些东西,刚毅开始剧烈地腹泻。上了年纪的他受不住这个,于是掉队了。他滞留的地方是山西南部的闻喜县。"闻喜"这个地名听上去挺招人喜欢,不知道与"子路闻过则喜"这句经典有没有关系。刚毅在那个肮脏的闻喜小县城里躺着,没有人理会他,更没有人照顾他,他感到了从未有过的绝望。他虽然不知道自己已经上了惩办名单,但是他知道自己在洋人眼里罪过不小。太后和皇上还在往西走,要去什么地方不得而知。此刻,帝国的前程和自己的前程一样,一片昏暗。在不断的腹泻和剧烈的疼痛中,已经奄奄一息的刚毅发现脚下刚好有一个烂瓜,他挣扎着爬起来,下到地上将烂瓜捡起来便吃。他边吃边拉,越拉越吃,再也没能站起来。慈禧听说了刚毅的死,轻轻地"唉"了一声——当时,怎么没人说一声。要是知道了,让人抬着他走,也能死个干净的地方。人就这么死了。他本是个明白人,还没听说这么死的呢。好歹是个旗人,可怜见的。民间不是说"有什么别有病,缺什么别缺钱"吗,不拉稀的时候银子顶重要。

慈禧平时有个"大买卖",就是卖官。到达西安之后,平时难与皇室接近的地方官员活动频繁,慈禧因此已经卖了不少官。帝国的皇室成员,包括皇上和太后,每个月都有固定的份银。根据《钦定宫中现行则列》记载,慈禧一年的份银是黄金二十两和白银两千两。在制作衣服上,也有明确的规定,如大卷宁绸、妆缎、倭缎、内缎、金字缎、云缎等各种上等绸缎九十九匹;高丽布、三线布、毛青布等各种棉布五十四匹;貂皮、熏貂皮、熏海龙皮等各色高等皮革一百二十四件等等。这还仅仅是"基本工资"和"标准待遇",只是规定出数目做个样子的。其实,慈禧每年的生活花费都在四十万两白银以上,等于当时中国七万百姓一年的口粮钱,而她所得的"现金"也远远不止规定的那些。在西安,这个老太婆一下子觉得自己穷了,因为藏在宫里的私房钱说不定已经让洋鬼子抢走了,于是又开始大量卖官。但是,这一次,她在西安卖官却卖出个麻烦来,弄得她心里很不痛快。有个要买官的人姓施,时任潼官厅,做官多年,有点积蓄,想买个道员干干。以前苦于没有门路,朝廷一行到达西安后,他认为时机可算到了。他先派手下买通李莲英,李莲英在一个适当的时机把姓施的要买道员的事情说了。慈禧想了一下告诉李莲英,现在朝廷蒙尘在外,官价可以便宜点了,但是道员往上就能升任两司了,至少也得一万两银子。李莲英把这个价码转告给姓施的,小小官吏直呼便宜,立即开出银票派手下给李莲英送去。手下入"宫"之后,没能找到李总管,却愣头愣脑地闯进了慈禧的院子。这是滔天大罪,在京城这叫"闯宫",别说是个下人,就是王公大臣,也非剐了不可。他被值班的太监扭住,问是谁让你进来的,答是"陈大人"。这一情况被禀告慈禧,慈禧火了。"陈"、"岑"两字用陕西话说几乎同音,慈禧认为这人是岑春煊派来监视她的,于是立即命令把这个人交给岑春煊——太后想看看他是怎么处置的。一问,才知道原委,那个送银票的人的上司姓陈。岑春煊要亲自杀了这个人为自己洗刷,但是他的手下说这样有灭口之嫌,太后会更加怀疑,不如把这个人交给长安知县处理。处理的结果是:"闯宫"者死,那个想买道员的施某被革职,他手下的所有衙役全部被流放边疆。至于那张一万两的银票,追查很久,居然都说找不着了。

眼下的日子是有些小麻烦,但还不至于过不下去,最重要的是将来的日子。慈禧不知道自己与洋人对抗会受到什么惩罚。洋人要报复是肯定的,这一点慈禧在一八六〇年经历过。据说京城里的洋人已经开出惩办名单,上面全是帝国的重臣大员。庆亲王刚说了句"不好办",联军就说:"吾等所列罪魁,皆其从者,为全中国体面,其首罪名,尚未提出也。此而不允,则吾将索其为首者。"[78] "首"指的是谁,慈禧很明白。杀头是不可能的,洋人再毒,总不能把皇太后拉出去斩首,听说洋人对女人特别客气,走路的时候不但让女人走在前面,还为女人掀门帘呢。关键是权力,祖宗传下来的大清朝顶重要。

一提起权力,慈禧就心慌意乱。这是这个女人赖以活在世上的唯一理由。她二十七岁守寡,从年轻少妇一直熬到花甲之年,身边无数英武的男人晃来晃去,她忍受的清苦是常人难以想象的。可她就是一个守得住的人，不为别的，就为她给大清帝国留下了一个血脉这份功劳。为此，她与皇族中的反对势力、大清国的继承传统以及自己的意志力搏斗了几十年。直接登上皇位万无可能，尽管中国历史上有个武则天，但大清帝国容不得女人当皇上，自祖宗还在山林里打猎的时候起就没这个规矩。把光绪当自己亲生儿子带着，一方面至少在帝国最高权力的位置上"听政"了十多年，另一方面指望着总归是自己带大的光绪即使"亲政"也在自己的手心里，可是后来的情况偏偏不如意了。真是丧了良心，早知如此，就不会让他活到十八岁。现在最要命的就是这个皇上，他是洋人点名拥护的人，没什么事还好说，现在出了这么大的事，洋人不是更有理由支持他了？想必洋人要的不是这个国家，说到最后他们要的必定是银子，给他们就是了，前朝的皇帝不就是这样对待洋人闹事的吗？谈判结束了，早晚得回京城，皇帝在戊戌年间没办成的事，现在有洋人撑腰也许就要办了。第一件事就是宣布皇太后"归政"——把权力交出来。然后，就等着你死了。闹不好还得给谭嗣同正了名，再把那个十恶不赦的康有为请回来。绝不能让光绪得了意。洋人的什么条件都可以答应，不让皇上掌权是最要紧的。现在不能让他离开自己一步，特别是不能让他与洋人见面，实在不行就再次颁发圣旨说他已经病得起不来了——怎么拉稀拉死的是刚毅而不是他？

慈禧还想到了自己立的那个皇储。不提他还可以，一提起这个孩子心绪就更乱了。这个皇储是指挥进攻使馆的载漪的儿子，只要他在"皇嗣"这个位置上待一天，洋人的心里就肯定别扭一天。立他的时候就招来一堆麻烦，现在拿这个孩子怎么办？

皇储，载漪的儿子溥儁，要不是突然成了"候选皇帝"，充其量只是个皇亲门第中的公子哥，与其他满族贵族的纨绔子弟相比，他既没有特别出众的才华，也没有特别恶劣的行径。十六岁的溥儁"颇有小慧"，在皇宫里读书的时候，老师出"朔方十郡耕牧策"，他能对出"秦中千古帝王州"，虽不见殊才，但字意工整，仅此而已。没当上大阿哥的时候，他"北场南馆好驱车，博簺弹棋乐有余"，不过是与纨绔子弟一起吃喝嬉戏罢了；入宫之后，则"尝戏后侍女"——一个将来要当皇帝的人，居然跟宫女们动起手脚来了。

《宫女谈往录》：

> 皇上（光绪）非常正派，绝不看我们一眼，总是带着微笑低着头来，低着头走。走路很安闲，在屋子里的动作也很斯文，任何时候也不毛手毛脚。比起后来的大阿哥真是天壤之别。大阿哥的头像拨浪鼓似的左右摆动，跟我们当宫女的，没话找话说，油腔滑调的。对我们储秀宫的人当然不敢怎么样，但眼是心的苗子，对大一点的宫女，总不免要瞟上几眼。也许是年轻的原因吧，总觉得他轻浮。光绪爷绝不是这样，那种正派不是装出来的，根子就正派。

在西安，肚子稍微吃饱了，皇储就开始露出本相。彼"所好者皆下流之事，形容粗暴，不堪入目"。有位向西安进贡回到苏州的官员，写信给京城的朋友细述他在西安的见闻，其中对溥儁的描绘是："大阿哥年十五，肥胖粗野，状类伧荒。喜穿武装，常出观剧，故予得见之。戴一金边毡帽，内穿皮衣，外罩红色军服，如夺标者。"[79]这是一副什么打扮？爱穿"武装"，而且"红色"，"如夺标者"——杂耍演员无疑。这个穿得花里胡哨的皇储，认识了西安的一批戏子流氓，经常出入歌楼酒馆，且酷爱在剧院里捣乱——"如台上鼓板稍错，即离席大骂，或自己上台代之。"关于他在剧院看戏惹出的一堆麻烦事，有如下记载：

> 十月十八日（一九〇〇年十二月九日），彼同其弟其叔及义和拳首领澜公（载漪之弟辅国公载澜），带领一群太监至城隍庙内之戏场看戏。太监恃其势力，欲占最佳之座位，因此与甘勇（在北京攻打使馆的董福祥的部队，跟随慈禧"护驾"至西安）致起争端。甘勇蛮横，太监及其余之小官均被打，戏场纷乱。由此一事，即可想见不堪之状，又可因以见太监之势力。太监既被打，即思报复之计。借事在岑抚处，诋毁开戏园之人，乃将各戏园一并封闭，并将园主枷号示众。抚台出示，言太后因陕省荒歉，国家多事，不当演戏娱乐，并各茶馆亦封之。[80]

大阿哥因为在戏园子里与官军争座位而打群架，太监告到负责西安地区治安的岑春煊那里，岑巡抚把戏班主抓起来，不但封了戏园子，顺便连全城的茶馆都封了。岑春煊贴出告示说:饥民嗷嗷待哺,演戏很不严肃。皇储回来还是挨了慈禧的一顿骂。那些戏园子和茶馆的老板要想度日,只好托人收买李莲英,这个大太监只要给钱什么事都管,结果对戏园子和茶馆的查封解除了。岑春煊为此又贴出布告,帝国陕西巡抚的解释是:近闻本省下雪了。雪"有丰年之兆,戏院准予重开"。

慈禧也知道,指望这样一个"所好者皆下流之事"的孩子为大清帝国撑门面,是绝对不可能的。

虽然洋人当初坚决反对慈禧立储,未必是出于考察过这个孩子的品行了,但这样一个"准皇帝"的存在确实是帝国的一个悲伤的笑柄。慈禧发动辛酉政变掌权之后,皇位问题一直是帝国朝野说不尽道不明的话题。在政治上,"近亲繁殖"下已延续十几代的满族皇室宗亲,不可能寻找出一个正经一点的后代了,与迂腐骄横的父亲载漪相比,溥儁究竟还知道什么是"秦中千古帝王州",而绝大多数宗室贵族的后代们,除了买小妾、逛青楼、捧坤角之外,他们出自狭隘的私欲玩弄国家利益就如同把玩可以交换买卖的翡翠鼻烟壶一样,他们没有给这个帝国留下任何可以称道的"遗传基因"——长风浩浩,八旗猎猎,年轻的皇帝纵马亲征疆土的时代已经过去很久了。

现在,大清帝国急需要这样一个人来收拾局面:于国于民有足够的威望和与威望相匹配的资历;不会引起洋人的反感,最好在洋人那里还颇有面子;能够得到南方各省那些财大气粗的督抚们的支持和信任;懂得洋务并且有能力独自处理棘手的重大外交问题;有与洋人周旋的耐心、胆量和骨气,能在议和中尽可能地维护朝廷的利益;能够确保大清帝国国家主权的完整;当然,更重要的是,对慈禧绝对忠诚,或者说是能够确保光绪皇帝不会卷土重来,维护慈禧太后的现实权力。

上述条件实在是太苛刻了。

慈禧在满朝王公大臣中反复选择,最终认为能够担此大任的只有一个人,整个大清帝国只有这个人符合上述一切苛刻的条件,只要这个人肯北上与占据京城的洋人谈判,大清帝国的满人天下就有可能化险为夷。

这个人就是汉大臣李鸿章。

注　释：

① 毕沅《续资治通鉴》卷九十五，中华书局。任崇岳《宋帝列传》，吉林文史出版社。

②③④⑤ 吴永口述，刘治襄笔记《庚子西狩丛谈》，中华书局。

⑥ 《庚子拳变始末记》，引自辜鸿铭、孟森等编著《清代野史》第一卷，巴蜀书社。

⑦ 徐凌霄、徐一士《凌霄一士随笔》三，陕西古籍出版社。

⑧ 陈灨一撰《睇向斋逞臆谈》，中华书局。

⑨ 岑春煊《乐斋漫笔》，中华书局。

⑩ 罗惇曧《庚子国变记》，引自翦伯赞、荣孟源、杨济安等主编《义和团》一册，上海人民出版社、上海书店出版社。

⑪ 吴永口述，刘治襄笔记《庚子西狩丛谈》，中华书局。

⑫⑬⑭ 《庚子拳变始末记》，引自辜鸿铭、孟森等编著《清代野史》第一卷，巴蜀书社。

⑮ 汪康年著《汪穰卿笔记》，上海书店出版社。

⑯ 恽鼎毓《崇陵传信录》，中华书局。

⑰ 徐凌霄、徐一士《凌霄一士随笔》三，陕西古籍出版社。

⑱ 仲芳氏《庚子记事》，引自中国社会科学院近代史研究所编《庚子记事》，中华书局。

⑲⑳㉑㉒ 洪寿山《时事志略》，引自翦伯赞、荣孟源、杨济安等主编《义和团》一册，上海人民出版社、上海书店出版社。

㉓ （德）瓦德西《瓦德西拳乱笔记》，中华书局。

㉔ 张建伟《最后的神话》，作家出版社。

㉕ 《辜鸿铭文集》（上），黄兴涛等译，海南出版社。

㉖ 《庚子拳变始末记》，引自辜鸿铭、孟森等编著《清代野史》第一卷，巴蜀书社。

㉗ 何瑜《百年国耻纪要》，北京燕山出版社。

㉘ 天嘏《清代外史》，引自辜鸿铭、孟森等编著《清代野史》第一卷，巴蜀书社。

㉙ （台）苏同炳《中国近代史上的关键人物》（上），百花文艺出版社。

㉚ 徐珂编著《清稗类钞》第一册，中华书局。

㉛　（台）苏同炳《中国近代史上的关键人物》（上），百花文艺出版社。

㉜㉝㉞　徐珂《清稗类钞》第一册，中华书局。

㉟　恽鼎毓《崇陵传信录》，中华书局。

㊱㊲　许指严《十叶野闻》，中华书局。

㊳　《庚子拳变始末记》，引自辜鸿铭、孟森等编著《清代野史》第一卷，巴蜀书社。

㊴㊵　黄濬《花随人圣盦摭忆》，上海书店出版社。

㊶㊷　（台）苏同炳《中国近代史上的关键人物》（下），百花文艺出版社。

㊸　恽鼎毓《崇陵传信录》，中华书局。

㊹　徐珂编著《清稗类钞》第一册，中华书局。

㊺　陈义杰整理《翁同龢日记》六，中华书局。

㊻　《庚子拳变始末记》，引自辜鸿铭、孟森等编著《清代野史》第一卷，巴蜀书社。

㊼㊽㊾㊿　《庚子拳变始末记》，引自辜鸿铭、孟森等编著《清代野史》第一卷，巴蜀书社。

㉛　（台）苏同炳《中国近代史上的关键人物》（上），百花文艺出版社。

㊼㊽　闵杰《近代中国社会文化变迁录》二，浙江人民出版社。

㊾　（台）苏同炳《中国近代史上的关键人物》（上），百花文艺出版社。

㊿　（台）苏同炳《中国近代史上的关键人物》（下），百花文艺出版社。

㊶　张绪武《我的祖父张謇》，上海辞书出版社；章开沅《张謇传稿》，中华书局。

㊷　《景善日记》，引自辜鸿铭、孟森等编著《清代野史》第一卷，巴蜀书社。

㊸　王照《方家园杂咏纪事》，中华书局。

㊹　《庚子拳变始末记》，引自辜鸿铭、孟森等编著《清代野史》第一卷，巴蜀书社。

㊺　《景善日记》，引自辜鸿铭、孟森等编著《清代野史》第一卷，巴蜀书社。

㊻　章开沅《张謇传稿》，中华书局。

㊼㊽㊾㊿㋖㋗㋘　（英）萨维奇·兰德尔《中国与联军》，陈克立译，引自北京市政协、天津市政协、文史资料研究委员会编《京津蒙难记》，中国文史出版社。

㋙㋚㋛㋜㋝㋞　（德）瓦德西《瓦德西拳乱笔记》，中华书局。

㋟　《景善日记》，引自辜鸿铭、孟森等编著《清代野史》第一卷，巴蜀书社。

㋠　（德）瓦德西《瓦德西拳乱笔记》，中华书局。

⑦ 许指严《十叶野闻》,中华书局。

⑧ 罗惇曧《庚子国变记》,引自翦伯赞、荣孟源、杨济安等主编《义和团》一册,上海人民出版社、上海书店出版社。

⑦⑧ 《庚子拳变始末记》,引自辜鸿铭、孟森等编著《清代野史》第一卷,巴蜀书社。

第六章

天下同唱《玉堂春》

一个重要人物的出场 ／ 春帆楼里的帝国重臣
感谢之后的刻骨仇恨 ／ "袜子们"的结局
过朝廷 ／ 雪后城头草色新

1901

一个重要人物的出场

在中国近代史上,没有哪一位大臣像他一样占据着如此重要的地位,他对大清帝国历史的影响远远超过了帝国的国界。晚年的他,更是支撑这个摇摇欲坠的庞大帝国的主梁,他的一举一动不但决定着帝国的命运,也影响了整个东方近代史的走向。没有他的中国近代史,一定是残缺的历史,也是无法叙述的历史。

同时,在中国近代史上,也没有哪一位大臣像他一样招致持续不断的抨击。自一九〇一年他离世后,无论哪一个历史时期——从精明的政治家到激越的社会变革者,从记载正史的文人到传播野史的平民,人们对他所持的评价惊人的一致,这种一致之于中国近代史中的其他人物几乎是不可想象的——中国人对他一向的评价是:一个彻头彻尾的卖国者。他的卖国罪责之重令人难以置信:中国近代史上所遭受的屈辱都是他一手造成的。在有生之年的所有日子里,他的努力与作为只有一个目的:把大清帝国的国土、财富和臣民出卖给洋人。

李鸿章,中国近代史上最独特的人物。

至少在中国人的心中,他已经不是一个"人"了。中国人把他从十九世纪末大清帝国内忧外患的所有因素中孤立出来,变成了一种民族感情符号或是一种国家政治形象。中国人忽略了这位帝国重臣的后半生正值大清朝风雨飘摇地走向衰亡的时候,正值中国几千年的封建帝制即将走向倾覆的时候,同时也就顺便忽略了这个老头儿为大清帝国所担任的最高官职:直隶总督兼北洋大臣。

大清帝国的直隶总督兼北洋大臣相貌堂堂,满腹经纶,机锋敏锐,辞令巧善。他既傲慢清高又忠诚仗义,既深藏城府又锋芒毕露,既坚毅果决又容忍平和,既冷酷蛮横又温情脉脉,他将东方人性格中的所有特征都集中在了自己身上。

李鸿章,安徽合肥人,出生于道光三年正月初五,即一八二三年二月五日,字渐甫,号少荃。李家是"耕读之家",算不上贫寒,但也要为衣食忙碌。一八三八年,父亲中了京城会试的一百一十二名进士。报子报喜的时候,他和母亲正在地里锄草,听到这个消息喜出望外。父亲初授于户部,后长期在刑部为官,据说是个包公式的官员,但未见有特别过人之处。父亲中进士两年后,李鸿章中了秀才,十八岁的他因一事无成而心情烦乱:

> 丈夫事业正当时,一误流光悔后迟。
> 壮志不消三尽剑,奇才欲试万言诗。
> 闻鸡不觉先起舞,对镜方知颊有髭。
> 昔日儿童今弱冠,浮生碌碌竟何为。①

诗虽写得未见才情,但充满"为赋新词强说愁"的味道。

李鸿章进京与做官的父亲一起生活并继续学业,在这里他遇到了对自己未来人生产生了巨大影响、并令他终生崇拜的老师曾国藩。

曾国藩,字伯涵,号涤生,湖南湘乡人。一八三八年与李鸿章的父亲同中进士,互称年兄年弟。因此,李鸿章是以"年家子"的身份拜师的。曾国藩身为翰林,以理学著名,又是桐城派大师姚鼐的门生,学识名噪一时。曾国藩十分欣赏李鸿章,说他是"大有用之才"。在曾国藩的指导下,李鸿章第二年就中了举人,一八四七年又考中二甲第十三名进士。那一年,曾国藩的弟子中,除李鸿章之外,还有三人同中进士。"一门四进士",引起国人极大的轰动,曾门四弟子也被称为"丁未四君子"。道光二十七年丁未科试,是一次人才的大聚会,与李鸿章同中一榜进士的,后来多成为帝国官场中的显赫人物。如状元张之万官至大学士和军机大臣,与李鸿章同列二甲的沈桂芬也在同治年间官至军机;做到总督一级的,有李宗义、何璟、马新贻、沈葆桢等;与李鸿章一生关系密切的郭嵩焘,更是成为帝国著名的外交大员;而李鸿章是其中最显赫者,先封伯,后封侯,成为大清帝国的朝廷重臣。

纵观李鸿章一生,大致可分成两个时期,前期从事军事活动,后期从事洋务和外交活动。

中了进士的李鸿章先被授予庶吉士,庶吉士是帝国翰林院的"研究生",毕业以后才能成为翰林院正七品编修。成为编修的李鸿章依然刻苦攻读,因为七品官虽然职位低,但帝国汉人的名臣重相大都是编修出身——重要的是看在翰林院的学习成绩。一八五二年,李鸿章在翰林院的翰詹大考中成绩名列第二,得到咸丰皇帝的赞赏。一般情况下,这是编修被委以高官的最佳时机。但是,三十一岁的李鸿章却仕途受阻,因为此刻在帝国的南方农民们正高举着太平天国的旗帜造反,清军毫无战斗力,致使太平军一出广西金田就发展成十万大军。无奈之下,咸丰皇帝一口气任命了四十三名团练大臣去各地组织地方武装,李鸿章就是其中之一。这也就是说,帝国需要这个小小的文官放下笔杆子,拿起枪杆子,回老家拉扯队伍去与太平军作战。

当时,太平军逼近长江北岸,李鸿章的老家已被太平军占领。太平军杀了安徽巡抚蒋文庆,合肥已是"遍地萑苻,伏莽四起"。同时,土匪也趁势作乱,"少者数百人,多者数千人,一股甫平,一股又起,几无完善之区"。②起义的农民和乡间的土匪混杂在一起,使安徽成为帝国在长江以南最乱的省份。而李鸿章之所以能够毫不犹豫地放弃京城的为官生活回到老家去组建地方武装,起源于他"一万年来谁著史,三千里外欲封侯"的勃勃野心。

李鸿章军事生涯的头几年一切顺利。回到家乡不久,他便率领千余兵勇在巢湖一带与太平军交手,虽然结果不分胜败,但这是他从军以来的第一仗,而且是帝国军队没有失败的第一仗,他立即得到朝廷的蓝翎赏赐,官职也从七品升至六品。这时,他的父亲奉命回原籍办理团练,他的弟弟李鹤章也从家乡出来了——父子三人开始一起为朝廷打仗。做京官没有做出名堂的父亲,打仗也没能打出名堂,不久便病逝了,只留下"吾父子世受国恩,此贼不灭,何以为家"的遗嘱。而李鸿章却连连得手:攻克含山,战后加赏知府衔,赏换花翎;攻克庐州,得到"交军机处记名,以道府用"的奖赏;不久又加赏按察使衔,官职升至四品。因为不算大的军功,三年内连升三级,对于一个七品编修来讲,提拔的速度可谓惊人。正是因为升迁的速度太快,嫉妒和猜疑也就随之而来,其罪名之一是说李鸿章"名为团练实则勾结土匪",这是一个足以让他掉脑袋的罪名。指摘他的是满族钦差大臣胜保,此时正奉旨督办安徽军务。胜保怀疑李鸿章,是因为他亲眼目睹了李鸿章混杂在土匪中溃逃,而李鸿章当时的模样确实像个地道的土匪头子,更何况说的也是一口安徽黑话:

> 一日侵晓,土匪攻乡围,合肥(李鸿章)领围出战,竟败退,直抵本围。时已逾午,饥甚,入宅不见一人,盖先避去。疾往厨舍,饭正熟。灶低洼,即翘一足踏于灶沿,一手揭盖,一手取碗,直递口狂咽,不暇用箸,亦无一蔬。随咽随呼曰:"同队快干(快食之意),好跑(即逃之意)!"……饱后仍退,忽报胜保从后路来。合肥颇惶急,虑有不测,前又有敌,不得已迎谒之,述告匪情。③

即使已经官至四品了,与风卷残云般的造反农民作战,也不是一件容易的事。最倒霉的是,不容易的情景正好让朝廷派来的钦差大臣看见了。可以想见钦差大臣看见李官员与团练兵勇混杂在一起奔跑于战场时的表情。

遭到众忌之后,虽然胜保并没有向咸丰皇帝正式奏本要求惩办李鸿章,安徽巡抚福济也极力保护他,但李鸿章还是觉得在安徽壮志难酬,于是他离开家乡去湖南投奔老师曾国藩。

这是李鸿章走向显赫人生的开始。

在曾国藩的教导和重用下,李鸿章的才能得以充分施展。他代曾国藩草拟所有的公文,"词气既极峻厉,文意尤为周密",曾国藩称赞李鸿章"天资于公牍最相近,所拟奏咨函批,皆有大过人处。将来建树非凡,或竟青出于蓝亦未可知"。其实,在曾国藩麾下的李鸿章的最大建树并非文才,而是他一手创建淮军的过程,可谓名副其实的传奇。当时,湘军已收复安庆,太平军主力向东压缩,上海开始告急。盘踞在上海的商人、官吏和绅士们倾囊出资,请求曾国藩派兵保护大上海,并承诺每月供应湘军饷银六十万两。这是一个巨大的数目,只有上海这样的商业都市才有这等财力。然而,银子是不少,就是没人去,包括曾国藩的弟弟曾国荃,因为此举等于要深入拥有百万之众的太平军根据地的后方,如此自投罗网般的行程,即使不被立即消灭,孤军作战也是凶多吉少。

李鸿章却兴奋异常,他愿意去。

这是后来令包括曾国荃在内的所有湘军将领都颇为后悔的一件事。

人生的成败荣辱仅在一念之间。

李鸿章立即开始组建新的部队,几个月之内便成立了十一个营。一八六二年三月四日,五个营的兵勇在安庆北门外集合阅兵,这标志着大清帝国历史上又一支著名的武装正式组建。这是一支与以往的帝国军队完全不一样的武装,其重要标志是:所有的营没有隶属关系而相互平等,所有的官兵只对李鸿章一个人负责。李鸿章是安徽人,新的部队在安徽地盘上组建,官兵大多是安徽子弟——李鸿章终于可以与他的老师曾国藩平起平坐了,因为他有了属于自己的军队——淮军。

上海方面冒险开来用十八万两白银租用的洋人的七艘轮船。

淮军一千三百人一船,李鸿章近一万人的军队开始向上海进发。

这是大清帝国军事史上以出其不意而闻名的一次行动。从帝国军队占据的长江上游往下游航行,沿线全是太平军的营垒,水陆通道均已被严密封锁。尽管太平军首领知道上游的"曾妖"已与洋人勾结,但是,当他们看见数艘洋轮公开结队行驶在长江江面上时,还是有些不知所措,他们一枪未发地看着庞大的船队一路鸣笛顺流而下。太平军并不想与洋人发生冲突。当时,洋人在帝国军队和太平军中都有军事顾问,甚至有官兵直接参与战斗,洋人在帝国混乱的政治局势中所扮演的角色且极其不可告人。洋人的船队载着李鸿章的淮军在太平军的地盘上行驶了三天,已值不惑之年的李鸿章三天三夜未合眼,脸上一派冷酷的杀气,他抱定了"破釜沉舟,最后一搏"的决心,他知道这是人生成败在此一举的关键时刻。

七艘轮船上的官兵沉默着。

三天里,无人敢靠近李鸿章。

一支全副武装的近万人的队伍,在未发一枪一弹的情况下,于太平军严密封锁之地成功地进行了千里大穿越,这是那个战乱年代里的一个奇迹。此举不仅是一次大规模军事移动的范例,更重要的是,帝国军队的这次移动终于使太平军在军事上开始走向被动。

在上海的码头上,走下轮船的淮军官兵令上海的绅士和洋人极度失望:满口安徽土话,脚穿草鞋,头裹破布,浑身散发出恶臭的叫花子的异味。洋人说这是一群"大裤脚蛮子兵"。淮军官兵与驻守在上海的清军和洋兵比起来,简直就像一群从灾区逃荒来到城市的流民。李鸿章也是一口安徽土话,他告诉嘲笑他们的上海绅士,军队贵在能战,而不是外表,等我打完一仗,你们再笑也不迟。然后,他对他的安徽兵说,伙计们,贼娘好好地搞!

安徽人,一根筋,淮军阴鸷凶猛。

不久之后,在上海虹桥,三千淮军与十万太平军交战,淮军五个营被太平军包围。第一天,淮军严重失利。第二天,战局依旧没有好转,淮军的阵地被继续压缩。当淮军的阵脚显出崩溃迹象时,一杆大旗忽然出现在最前面的营垒中,官兵们看得清楚,那是李鸿章。李鸿章亲自率领三个营直接冲击太平军的正面阵地。太平军立即向李鸿章率领的三个营包围而来。太平军向前移动的时候,李鸿章望见移动中的队形一角出现旗帜散乱的情景,他立即"执桴鼓于军前",命令淮军向太平军的薄弱之处三路夹击,拼死向前。结果,太平军刚才还整齐的阵线瞬间被冲乱。这时,淮军大炮齐发,随着炮响,天色突然昏暗,一场大雨倾盆而降。心理发生动摇的太平军抵挡不住冲击向后撤退,撤退在暴雨中很快变成狂奔——"自相践踏,死者万余。"天黑之后,太平军反击,淮军在上海南门下阻击,战斗最残酷的时候,太平军的前锋突然倒戈,这使得太平军再次大规模撤退——"浦东一带尸积如山。"

此战,令整个上海为李鸿章和他的淮军瞠目。以往驻守上海的清军和防守租界的洋兵,遇到太平军便望风而逃,勉强一战也是一败涂地。而这些安徽来的"大裤脚蛮子兵",居然以三千胜十万,淮军的名声从此确立。对于大清帝国而言,此战的重要意义在于:它扭转了东南战场上清军屡战屡败的局面,使官兵和朝廷都看到了可能扭转局势的一线希望。

李鸿章以杀起义军残酷无情而留下恶名。淮军攻入太平军占据的常州城后,他下令将俘虏的太平军护王陈坤书绑在东门外凌迟处死,同时放纵官兵屠城,以至满城死尸,"城破五十日仍无人收殓"。淮军攻克昆山后,太平军官兵被杀在三万人以上,尸体堆积在一条小河里——"积尸数尺,河水断流","千汊百港,漂尸浮油"。国人指责淮军滥杀无辜,李鸿章听了勃然大怒,他在写给曾国藩的报告中称:"贼漏网盖少,惨劫亦快事也!"④

李鸿章更令人不齿的是狡诈。淮军包围苏州城,反复的拉锯战后,太平军纳王郜永宽提出投降,条件是他杀太平军慕王且开城迎接淮军,而淮军不能杀他,朝廷还要授予他二品顶戴。淮军代表同意,李鸿章也表示同意。但是,当郜永宽骗杀坚决不投降的慕王谭绍洸且打开苏州城门之后,带领淮军蜂拥入城的李鸿章不但下令把刚献上慕王首级的郜永宽立即正法,而且对已经投降的近两万太平军官兵大开杀戒。此事一出,举国哗然,对李鸿章嫉恨在心的各级官员趁势抨击,甚至洋人也愤怒了。与李鸿章私交密切的英国将领戈登顿时翻脸,威胁说如果朝廷不撤李鸿章的职并且将他交付审判,英国就用"强大兵力"强制帝国军队把攻克的城池交还给太平军。对于李鸿章来讲,这是一个困难的时刻,尽管朝廷对他攻克苏州大加赞赏,但他还是面临着巨大的政治危机。沉默了几天之后,以冷酷著称的李鸿章突然出现在祭吊郜永宽的现场,他居然还落了几滴眼泪,尽管国人普遍认为他的眼泪是阴险的,但他确实很"悲痛"地完成了所有的祭吊程序。

李鸿章坚决不按英国人的要求写认错书。

他的话是:帝国的军政与外国人无干!

一八六四年七月十九日,太平天国都城南京被曾国藩的湘军攻克。

李鸿章和他的老师一起受到朝廷重赏:两江总督曾国藩被授太子少保衔,封世袭一等侯爵;江苏巡抚李鸿章被封为世袭一等伯爵,肃毅侯,戴双眼花翎。

这一年,李鸿章四十二岁,他已成为名副其实的一方诸侯。

而他为之奋斗的"封侯"历程,自以七品官出京时算起,整整用了十一年。

三十六年后,广州。

早上下了一阵蒙蒙细雨,岭南的潮湿溽热更浓重了。刚刚从两广总督调任直隶总督兼北洋大臣的李鸿章,在天字码头登上了招商局轮船公司专门为他准备的"平安"号轮船。七十八岁的李鸿章高而瘦,头上是一顶青缎小便帽,灰白色的辫子有些枯萎,中国式的胡子长而柔软,满是老人斑的长脸上两颊深陷,使人看上去他总像是怒气冲天。李鸿章没有穿官服,只着一件蓝布短衫。广东将军巡抚以下的官员站立两旁,看着这个颤巍巍的老人在贴身侍卫的搀扶下走过跳板,然后在甲板上的藤椅上坐了下来。所有的官员都静静地等候他下达开船的命令,但是他很久都没有开口,只是闭着眼睛一动不动地坐着,仿佛睡着了。

一九〇〇年七月十七日,大清帝国历史上一个极其重要的日子。

在热得大汗淋漓的官员们越发不敢出声的时候,南海知县裴景福上船了,这是一个与李鸿章既是同乡又私交甚密的官员。

裴景福首先祝贺李鸿章调任直隶总督:"公已调补北洋矣,诸领事今晨已得电,皆额手相庆也。"

李鸿章缓慢地睁开眼,一板一眼地说了四个字:"舍我其谁!"⑤

这句颇具性格的话,在以后的日子里被多方人士出于各种目的反复引用,因为这是一九〇〇年危机四伏的大清帝国出现的第一句语惊四座的话。

裴景福乘机探听李鸿章对国事的态度,没想到李鸿章突然声音哽咽:"以各国兵力论之,京师危急,当在八九月之交。但聂功亭(聂士成)已阵亡,马(马玉昆)、宋(宋庆)军零落,牵制必不得力。日本调兵最速,英国助之,恐七八月不保矣。"说着,他用手杖触着甲板,"内乱如何得止?"当裴景福问有什么办法可以让帝国少受损失的时候,李鸿章已经"泪流满面"了:"必有三大问题,剿拳匪以示威,惩罪魁以泄忿,先以此二者要我,而后注重兵费偿款,此势所必至也。兵费赔款之数目多寡,此时尚不能预料,惟有竭力磋磨,展缓年份,尚不知做得到否?我已垂老,尚能活几年,总之当一日和尚撞一日钟。钟不鸣了,和尚亦死了。"⑥

这副悲伤的情景,让在场的所有官员刻骨铭心。他们从没有见过这位帝国最著名的大臣毫不掩饰地当众表露如此悲观的情绪——即使在甲午之后奉朝廷圣旨与日本人艰难周旋的时候,他们也未曾见过这位以倔强闻名的重臣流露过丝毫苦郁之色。

1901

就是在这样的心境中,李鸿章开始了他生命最后一年的艰辛历程。

在被朝廷委以重任的时候,李鸿章想到了死亡,这是可以理解的。从去年开始,他就感到自己的生命随时有可能终结,因为他日见虚弱,伴有偶尔吐血。进入五月之后,亲近的部下时常发现他老泪纵横。开始的时候,都以为他是为了自己的衰老和疾病而痛苦;当他拒绝了朝廷让他"即刻北上"协助总理衙门与洋人交涉的电令后,又以为他是在"闹情绪"——即使是重臣,也有为自己官场命运坎坷而伤心落泪的权利,他才不会在被排挤出京城后就这样身份不明地回去"协助"载漪之流呢。但是,当这个老人的泪水长流不止的时候,所有的人都隐约意识到:在帝国的北方,不仅是几个农民在与洋人过不去,国家也许要出大事了。

果然,朝廷向洋人宣战的消息传到广东。

李鸿章立即公开了"粤不奉诏"的立场。接着便传来已经进京的义和团"杀一龙二虎三百羊"的口号。"一龙"指光绪,"二虎"指的是庆亲王和李鸿章,"三百羊"泛指一切办理洋务的国人。义和团的口号使李鸿章再次成为举国瞩目的焦点。可奇怪的是,一方面京城里的义和团公开通缉他,明确宣布只要他在京城露面,老命肯定就没了;而另一方面,朝廷和各地官员请求他迅速北上的电报一封接着一封,仿佛全都要把他送给义和团处死似的。朝廷对外宣战的那天,出于政治本能,李鸿章曾经决定动身,并且提出了一个条件——条件不是向朝廷提出的,而是向洋人提出的——他给大清帝国驻英、法、俄、德、日等国的公使发去电报,要求他们探询各国政府对大清帝国《宣战诏书》的反应,表示如果各国在退兵问题上可以商量他便立即北上。但是,在等待回音的时候,京城里的战斗越演越烈,朝廷根本没有显示出停止战事的意愿。待各国政府的回音到时,李鸿章发现关于退兵,所有的洋人都加了一个重要前提:等北京的外交人员脱险以后再谈。李鸿章即刻冷静下来,他反而没有眼泪了,他终于意识到帝国的混乱局面比他想象的要严重得多。

两江总督刘坤一发来电报:"危局惟公可撑,祈早日启节,以慰两宫焦盼,天下仰望。"⑦

李鸿章给刘坤一回电:"水陆梗阻,万难速达。"⑧

接着,李鸿章又回一封电报作为补充,他将自己的绝望情绪表达得更清楚了:"政府悖谬如此,断无挽救,鸿去何益?"⑨

就在德国公使克林德被帝国兵勇打死的时候,万念俱灰的李鸿章接到了荣禄的电报,荣大人几乎是在哀求他赶快来京,想办法把危险的局势"消弭下去",但是李鸿章没有给荣禄任何回应,因为他没有看到朝廷要处理这一重大外交危机的任何意图。

帝国驻德公使吕海寰在"克林德事件"发生后紧急拜访了德国外交部。德国外交部副大臣表示:只要李鸿章北上,乱事可以消弭。吕海寰说李中堂已经北上。但是,德国人掌握的动态比帝国公使还要清楚:闻李鸿章坚留粤省,恐进京之事未必成行。吕海寰反复解释李鸿章必定会奉旨北上,可德国外交部副大臣还是坚持缓议,原因是据说京城里的义和团要杀李鸿章。帝国的公使急了,表示李大人"威望素著",断无有人加害之理。从德国外交部回来之后,吕海寰立即给李鸿章发去电报:"窃思北事危急,务请中堂早日北上,以维大局。"李鸿章的回电仅有寥寥数字:"政府尚无主见,鸿即绕道前去,无济于事。"⑩

在那几天里,李鸿章频繁地与南方各省督抚紧急磋商,促成了《东南互保章程》的签订,这是他在自己的辖区之内所能做到的最大的事情了。这一举措,至少保证了大清帝国的庚子动乱没能蔓延到长江以南。

七月三日,朝廷的电报又到了:"懔遵前旨,迅速来京,毋稍刻延。"

四天之后,朝廷的电报再到:"前迭经谕令李鸿章迅速来京,尚未奏报启程。如海道难行,即由陆路兼程北上,并将启程日期先行电奏。"⑪

第二天,即七月八日,朝廷又电:"命直隶总督由李鸿章调补,兼充北洋大臣。"⑫

这是李鸿章的心愿。

甲午战后免去的这一帝国封疆大臣中的最高职务,终因庚子年间的国事危急给予恢复了。

可是,李鸿章对朝廷的北上催促还是置之不理。

又过了一晚,七月九日,朝廷的电报又到了:"如能借乘俄国信船由海道星夜北上,尤为殷盼。否则即由陆路兼程前来,勿稍刻延,是为至要。"⑬

三天之后,朝廷的电报再次到达:"无分水陆兼程来京。"

李鸿章依旧没有动身。

他拒不奉诏。

李鸿章一生都是一个对朝廷尽忠效力之人。他知道所有的电报都是慈禧太后发出的,他没有不遵旨的权利,但是局面确实令他难以成行。原因是:如果朝廷不改变现在的立场,他的北上没有任何意义。

可是,朝廷的电报又到了,这一次语气更加严厉:

> 现在事机日紧,各国使臣亦尚在京,迭次电谕李鸿章兼程来京,迄今并无启程确期电奏。该大臣受恩深重,尤非诸大臣可比,岂能坐视大局艰危于不顾耶?著接奉此旨后,无论水陆,即刻启程,并将启程日期速行电奏。⑭

李鸿章似乎不能迟迟不动了。

他决定启程。

启程之前,他做了他认为必须做的两件事:一是回答记者提问,向社会各界表明自己的立场。对于义和团问题,他认为拳民仅系愚民,起事原因教民与教士不能辞其责;关于对外宣战,他认为清廷并未备战,因而不能视为宣战。至于北上以后怎么办,他表示要"惩办祸首,遣散拳民,与各国议和"。李鸿章的表态是极其谨慎和温和的,对义和团没有使用"剿灭"而用的是"遣散"一词,且说事端的起因洋人也不能推卸责任。关于"宣战"的回答更是机巧,并且特别为慈禧开脱,说皇太后系"受人愚惑"。可是,对于处理局势的主要原则,他却说得毫不含糊,其中"惩办祸首"的说法,立即引起极大的议论。虽然李鸿章有保护慈禧的意思,但话里话外的另一个意思也很明白:只要他进京,一大批朝廷大员将大祸临头。

登上"平安"轮之前,李鸿章签署了一封联名电报。这实际上是一份呈给慈禧的奏折,在奏折上签名的官员,包括了在《东南互保章程》上签名的所有南方大员:两江总督刘坤一、湖广总督张之洞、闽浙总督许应骙、四川总督奎俊、福州将军善联、大理寺卿盛宣怀、浙江巡抚刘树棠、安徽巡抚王之春。同时,身居帝国北方的山东巡抚袁世凯也在奏折

上签了名。奏折向朝廷提出四点政治要求,口气之明确、强硬与平时官样文章的风格迥然不同:

> 一、请明降谕旨,饬各省将军督抚仍照约保护各省洋商教士,以示虽已开战,其不与战事者皆为国家所保护。益彰圣明如天之仁。且中国官员商民在外国者尤多,保全尤广。
>
> 二、请明降谕旨,将德使被戕事切实愧惜,并致国书与德王,以便别国排解,并请致英、法两国,以见中国意在敦睦,一视同仁。
>
> 三、请明降谕旨,饬顺天府尹、直隶总督,查明除因战事外,此次匪乱被害之洋人教士等,所有损失人命财产,开具清单,请旨抚恤,以示朝廷不肯延及无辜之恩义。不待外人启口,将来所省极多。
>
> 四、请明降谕旨,饬直隶境内督抚统兵大员,如有乱匪乱兵,实系扰害良民,焚杀劫掠,饬其相机力办,一面奏闻。从来安内乃可攘外,必先令京畿安谧,民心乃固;必先纪律严肃,兵气乃扬。⑮

令帝国南方诸大臣想不到的是,他们的奏折还没有到达朝廷,载漪已指挥帝国军队开始了对东交民巷的围攻。

"平安"轮顺珠江而下,李鸿章一直坐在甲板上的藤椅中。

当天,"平安"轮到达香港,码头上有盛大的仪仗队奏乐和十七响礼炮鸣放。李鸿章登岸后,拜会了各国驻香港领事和香港总督卜力。

李鸿章与卜力的会见,是一次机密的对话。也许正是因为需要这样的对话,李鸿章才有意在香港上岸停留。这次对话充分暴露了包括李鸿章在内的所有汉大臣内心深处无时无刻不存在的一个矛盾。这一矛盾时而模糊,时而清晰,但却从来没有消失过,它由"忠诚"和"背叛"两个水火不容的词汇撞击而成,里面包藏着一个巨大的政治野心,这一野心在满人占据帝国的紫禁城那天便开始萌芽,历经两百多年的风雨已是根深蒂固。尽管满人入关掌握政权后,汉族男人留起了辫子,向满族的皇帝高呼万寿无疆;尽管大清历代皇帝最警惕的就是汉人的颠覆企图,汉人稍有一丝不测必会株连九族;尽管作为统治阶层的满人几乎与汉人同化,并且毫不走样地尊奉着汉文化的一切传统,但是汉人那种被他人统治的感觉在两百多年间不曾有一刻消失。除了义和团之外,大清帝国历史上发生的所有起义或骚乱,无一例外地都打着"反清复明"的旗帜,这并不是因为汉人留恋那个吊死在景山的崇祯皇帝——皇帝叫什么名字并不重要,重要的是标志着大明灭亡的崇祯皇帝是一个汉人——这是一个民族正常情绪的一部分,是流淌在世代繁衍的民族血液中的一种本能。无论一个汉人在满清帝国的政权机构中做了多高的官,这种与血液融合在一起的本能无论如何也是挥之不去的。特别是在他对满人统治的帝国感到痛苦和失望的时候,首先涌上心头的念头必是:我是一个汉人。

汉人孙中山,一个正被大清帝国通缉的叛逆者,他提出的革命口号便是"驱除鞑虏"。在汉语中,"鞑靼"一词的指向非常明确。孙中山提出的"驱逐鞑虏"的口号,一直使用到大清帝国最终被他领导的国民革命推翻为止。

卜力首先向李鸿章提出的一个人名就是"孙中山"。

就在"平安"轮在广州码头拉响汽笛的时候,孙中山的一个企图推翻大清帝国的计划正在积极地实施着。在这个计划中,居然有李鸿章的名字。孙中山对李鸿章抱有极大的希望,这不仅因为李鸿章是一个汉人,更重要的是,李鸿章作为汉大臣有这个实力并可能也有这种愿望。孙中山与李鸿章取得联系时,得到了香港总督卜力的鼎力相助。当孙中山的联系人把值此朝廷危急宣布两广独立的想法向李鸿章说明后,李鸿章这个对帝国南方政权稳定负有重责的朝廷命臣,既没有把孙中山的联络人砍了头,也没有把他们的谋反禀告给朝廷,他只是半闭着眼睛"颔之"——这是一个含义模糊的动作,也许只有帝国官场上的重臣大员才会有如此傲慢而又含蓄的动作——孙中山也许没有被拒绝?

英国人在企图颠覆大清帝国的活动中扮演的角色令人深思。卜力在给英国国内殖民部的电报中这样分析:反满起义预计于两周内在南方爆发。因为信任他的中国绅士向他保证,造反者不排外,希望在他们取得某些权力后得到英国人的保护。卜力认为,如果促使孙中山与李鸿章缔结一项盟约,将更加有利于未来英国的在华利益。而对于李鸿章是否能够反叛,卜力的分析是:"李总督正向这个运动卖弄风情,谣传他想自立为王或是当总统。"

信任卜力的中国绅士必定是一群汉人。

关于李鸿章野心的谣传出自何方不得而知。

只是,当卜力把李鸿章从"平安"号上请进密室,并且再次提起"孙中山"这三个字时,李鸿章就连"颔之"的动作都没有了,他闭口不谈这个话题,回避得十分坚决,好像根本不知道卜力在说什么。李鸿章说了另外一番话,这番话似乎证实了卜力所听到的某些谣传。

李鸿章没有任何铺垫地问英国人希望谁当皇帝。

卜力以为,如果光绪皇帝对以他的名义所做的事情没有责任,英国对他在一定条件下继续统治不会特别反对。

李鸿章表示他听说洋人有这样一个想法,就是如果义和团把北京的公使全杀了,那么各国就有权进行合法干预了,并且会宣布洋人在中国扶持的另一个皇帝。李鸿章的疑问是:如果真是这样,洋人会选择谁? 他说到此处,停顿了一下,然后接着问:"也许是一个汉人?"

卜力在李鸿章的这番话中感受到一种暗示:如果洋人愿意推举一个汉人来当皇帝,那么他本人是愿意的。但是表面上卜力表示,关于这一说法,如果真是如此,各国会征求他们在中国能找到的最强有力的人的意见。

李鸿章眯起眼睛,卜力觉得他是在微笑。过了好一会儿,李鸿章才慢吞吞地说:"慈禧皇太后是中国最强有力的人。"

就连最有政治头脑和最擅长破译外交辞令的卜力,都闹不清李鸿章的这句话到底是什么意思了。

在海面上焦急地等待着李鸿章与卜力会谈的孙中山最终没有得到任何结果。

卜力倒是得出了这样判断:李鸿章无意搞两广独立,他正准备扮演将来在北京的角色,即充当大清帝国的议和使者或者是它的实际"统治者"。

所有的人都大大低估了李鸿章的政治狡猾。

还在策划《东南互保章程》的时候,有一个秘密计划潜藏于各种史料中,这就是迎銮南下。当京城已经陷入混乱不堪的状况时,帝国在南方的重臣大员预料到一旦洋人打进北京,朝廷定会按照咸丰皇帝的先例选择逃亡,而逃往的方向肯定是往北。与其这样,不如现在就劝说皇上将朝廷迁移到南方来。张之洞曾上奏,建议朝廷将都城迁至当阳。这是汉人的一个蓄谋已久的野心:朝廷一旦迁到了汉人势力强大的南方,颠覆满人统治也就是时间的问题了。然而李鸿章认为此举断不可行,因为不但太后自己不肯来,一般的旗人亦决不肯放她到南方来。

如果说李鸿章对满族皇室没有丝毫的背叛心理是不现实的。在朝廷已经如此昏庸、政局已经如此混乱的情况下,像两广独立之类的念头肯定也在他的心头闪现过甚至盘桓过。但是,作为朝中老臣,李鸿章能算清一笔政治账:国家局势混乱固然是实现野心的最好时机,这样的时机几乎失不再来;但是,当前的混乱也同样是重新确立自己无可替代的官场地位的大好时机。朝廷催促北上的电报不是连续不断吗?各省督抚不是也都认为目前能够挽救帝国的仅有李大人吗?更重要的是,朝廷不是已经重新任命自己为直隶总督兼北洋大臣了吗?这一切都说明一个显而易见的事实:自己将是一个荣誉巨大的、获取也同样巨大的救国"功勋"。如果是这样,满朝文武,包括那些满族贵族、皇亲国戚、王公贝勒,哪一个人能与自己相提并论?一个人为官一生,难道这不是显赫的顶峰吗?放着如此巨大的利益不取,独立于两广一隅又有什么意义?至于当皇帝,那是旁人的猜测,即使有洋人的支持,也少有动摇这个庞大帝国政治格局的可能。洋人对帝国的皇帝是满还是汉并没有多少兴趣,他们的兴趣所在是各自的在华利益。关于这一点,长于洋务的李鸿章认识得十分清楚。

李鸿章作出的最重要的判断是:大清帝国是棵衰而未死的参天大树,在生长了两百多年的粗壮枝干的支撑下,决不会因为当前的狂风而轰然倒下。它将渡过所有难关,依旧皇威浩荡,龙旗猎猎,山河一统,万民臣服——在大清帝国的历史上,李鸿章对满清皇室的忠贞不贰,可谓死心塌地。即使是他的政治死敌,可以攻击他的任何方面,却没有攻击过他的君臣之节。在显赫荣耀、青史留名的名臣与身败名裂、万人唾骂的叛臣之间,对于李鸿章这样的人,不存在选择的问题。

李鸿章在广州上船的时候,已经把这些想得很透彻了。

或者说,他是在想透彻了这一切后才决定北上的。

轮船离开香港码头的时候,乐队和仪仗队照例欢送。卜力站在一大群外国领事中间,茫然地看着"平安"号渐渐消失在海面上的雾气中。

"平安"轮沿着帝国的东南海岸北上。李鸿章长久地坐在甲板上,望着波澜起伏的海面和远方隐约可见的大陆。沿海的几乎每一个地名,都能与这个帝国的屈辱联系在一起,也与他的官场生涯联系在一起。他贪婪地欣赏着每一处风景,没有理会随行人员让他进舱休息的劝说。已经年迈的李鸿章知道,他没有可能再一次欣赏帝国的大好河山了,此时此刻,这个辽阔帝国的每一排海浪、每一片岩岬都是他今生今世得以相见的最后一次。

天色已黑,海浪拍打着船舷,夜风猛烈地吹来。侍从们把李鸿章连同他的藤椅一起抬进船舱。在船舱幽暗的灯光下,他们看见这个老人的眼眶里含着泪水。

没有人劝慰他。

没有人知道李鸿章在想什么。

他是朝廷的宠臣,是威严的高官,是冷酷的上司,是一个古怪而阴鸷的老者。

三天之后,李鸿章到达上海。

前来欢迎他的官员和在场的所有报馆记者,个个都想接近这个当今朝廷最宠信的重臣,但是他们都有些失望。他们看到的不但是一个衰老不堪的李鸿章,而且这个老头儿一身民间衣着,一言不发,甚至连看都没看他们一眼,便匆匆离开了码头。几乎与此同时,一个消息迅速传播开来——也许是"平安"号轮船上的水手们透露的——总督大人不走了。所有的人都一头雾水:李大人不是奉诏入京的么?老佛爷不是正等得着急上火呢么?

儿子李经述发来急电:天津失守,北京不保,万勿冒险北上。

本来想在联军攻打天津之前赶到直隶总督府,经过周旋把联军的攻击制止在天津城下。天津不失,京城无险;京城无险,朝廷无恙。但是,现在看来,一切都晚了。李鸿章没有直接给朝廷写奏折,而是给山东巡抚袁世凯发去一封电报,请袁世凯为他代奏:

奉命于危难之中,深惧无可措手,万难再当巨任。连日盛暑驰驱,感冒腹泻,衰年孱躯,眠食俱废,奋飞不能,徒增惶急。⑯

朝廷的回电很快到达:

李鸿章电悉,现在事机甚紧,著仍遵前旨迅速北来,毋再藉延。⑰

朝廷明白,什么感冒拉肚子,全是借口。

李鸿章拖了三天才回电,他索性把自己的"病情"描绘了一番,说他连站都站不起来了:

抵沪后触暑腹泻,本拟稍痊即行,乃连泻不止,精神萎顿。因念国事至急,理当尽瘁,唯半月以来元气大伤,夜不成寐,两腿软弱,竟难寸步,医药杂投,曾无少效,拟恳圣慈赏假二十日,俾息残喘。⑱

这时,联军已从天津向北京进发。帝国军队杨村一败,通州再败,已退抵京城。而京城里的义和团和帝国正规军对东交民巷的围攻没有丝毫停止的迹象。李鸿章预感到京城肯定要被攻下,如果这样,时局就更难以收拾了。以为朝廷建立殊勋而在晚年登上显赫地位的梦想骤然黯淡。李鸿章产生了回广东的念头,并对慈禧产生了极大的反感,因为他突然意识到,之前南方大员对朝廷的所有劝说、建议,甚至是警告,现在看来在慈禧那里都形同废话——"其苦口力谏之言,竟不能胜太后一念报复之心。"⑲

在上海寓所里的日子,是李鸿章最绝望的日子。如果说原来称病多少是借口,现在他真的病了。他仅仅是奉诏北上,没有任何实际权力,他没有与洋人的联军、与朝廷里气焰嚣张的皇亲国戚对抗的实力。李鸿章躺在床上,整日望着窗外灰蒙蒙的天空,听着昼夜不离的报馆记者们在院外喧哗,他有了一种弥留之际的恍惚感觉。

张之洞发来一封给洋人的电报,电报的内容主要是为朝廷开脱以保全太后。张之洞请求李大人在这封电报上签名,忍无可忍的李鸿章终于不顾君臣礼仪发怒了:

此次误听人言,致拳匪猖獗,责有攸归,此固中外所共知者。尊电一概抹杀,专咎新闻纸,似未足信。即经汉口领事转达外部,不必再致英总领事。若将各使护送赴津,自任剿匪,尚有办法,否则大祸降临,非百喙所能解。⑳

李鸿章话音未落,帝国的"大祸"真的"降临"了:联军占领京城,光绪和慈禧以及整个朝廷逃亡。

给张之洞回电中的措辞,出自李鸿章这样的大员之口,慈禧决不会接不到"小报告"。可出乎李鸿章的预料,慈禧的又一道圣旨到了:着李鸿章为全权大臣。

接到这封电报的时候,李鸿章一下子从床上坐了起来。

"全权"意味着他有权力处理帝国的一切事务,也就是说,现在帝国的一切都由他做主了。慈禧在电报中还专门强调了他的一切决断"朝廷不为遥制"。

几乎是同时,刘坤一的贺电到了,措辞简直是歌颂皇上的口吻:"恭贺全权大臣,旋乾转坤,熙天浴日,唯公是赖。"

朝廷的任命和刘总督的贺电犹如一剂"药方",没有比这更能让七十八岁的李鸿章再次站立起来的"良药"了。"除了诱惑之外,我能抵挡任何诱惑。"——这好像是一个洋人说的话,用在此刻这个中国老头儿身上再恰当不过。李鸿章立即以全权大臣的名义发出一系列电报,虽然大都是发给逃亡中的慈禧的,但措辞的口气简直就是在给朝廷下命令。他先是开列了可以与他共同对付洋人的大臣名单;然后提出了必须在全国采取的应急措施,包括命令各省将军督抚痛剿拳匪;最后他列出了必须惩办的朝廷大员名单,其中包括庄亲王载勋、大学士刚毅、总理衙门大臣载漪、左翼总兵英年、右翼总兵载澜、刑部尚书赵舒翘等。李鸿章还要求朝廷公开做出检讨,对大清帝国前些日子的举动向国人和洋人有个交代,并且要求朝廷停止逃亡立即回銮。除了回北京这条慈禧没答应之外,其他的要求朝廷基本上都有确切回音。

李鸿章不再流泪了。

他这辈子从来没有怕过什么,相对于平静的生活来讲,他说像他这样的一个人最怕的是"赋闲"——任两广总督之前,他曾被闲置在京城一段时间,至今回想起来仿佛是在坐牢——让这个老头儿挺身而出的前提只有一个:有权指挥一切。

1901

当年,二十三岁时李鸿章写有这样的诗篇:

> 出山志在登鳌顶,何日身才入凤池。
> 倘无驷马高车日,誓不重回故里车。
>
> 丈夫只手把吴钩,意气高于百尺楼。
> 一万年来谁著史,三千里外欲封侯。[21]

李鸿章从上海动身了。

上海码头上,这一次人们看到的是一个精神抖擞的李鸿章:全套的一品大员官服,绣袍马褂,红翎耀眼,朝珠在胸前摇晃。李鸿章的目光向送行的人群扫视了一圈,为的是让大家更清晰地看见他那张刻满皱纹的脸。

上海,吴歌绵软之地。李鸿章的那张脸永久地留在了上海人的心里。人流如织的上海滩上,后来矗立起一尊雕像,所有的上海人都知道那是李相国。

相国,宰相也。

大清帝国惯例,没入军机处者不得以宰相称。

李鸿章一辈子也没有入过军机,可朝廷和平民都称他为李中堂、李相国,或者根据称谓宰相的习惯,按照他的籍贯称他为李合肥。李鸿章是大清帝国历史上唯一没有宰相之职而具宰相之名的人。

一九○○年,将对大清帝国命运产生至关重要影响的人物,在经过冗长复杂的铺垫后终于正式出场了。

春帆楼里的帝国重臣

"我是康党。"这是李鸿章在戊戌变法失败后说的一句惊人的话。当时,朝廷正在大肆追捕康有为等人,举国草木皆兵人人自危,所有的官员都尽可能把自己放在"康有为"这个名字的八丈远外,因为朝廷要杀的不仅是康有为一个人,而是朝野内外所有的康党。在十分委屈的心情下到广东就任两广总督的李鸿章接到的谕旨是:严拿康党,铲平康有为祖坟。

因甲午战败而被贬出京城的李鸿章,临走照例要上朝晋见慈禧谢恩。慈禧拿出有人弹劾他是康有为同党的奏折,李鸿章看后的回答令慈禧万分惊骇,他说:"若旧法能富强,中国之强久矣,何待今日。主张变法即指为康党,臣无可逃,实是康党。"㉒惊讶之后,慈禧琢磨了好一会儿,才断定李鸿章反对的不是她而是保守派,于是就没把这个话题继续下去。李鸿章到达广州后,又有人向他请教对康有为的看法,李鸿章再次表示:朝廷抓康党,你们无需怕,因为我就是康党。在场的人除了惊讶于这个老臣的胆大包天之外,还惊讶于尽管康有为咒骂李鸿章卖国的措辞比谁都尖刻,但是这个有宰相之名的一品大员还是公然声称自己是康有为这个六品官的"党羽"。

还在与太平军作战的时候,李鸿章就已显露出与其他帝国官员的不同之处:他对外国的科学技术和本国的经济活动表现出极大的兴趣。最初的动机是:淮军需要银子购买武器。他带兵进上海不到三个月,就把江苏巡抚薛焕挤走了,从而使自己得以自如地运用上海这个商业城市的财富。当时的上海道吴煦是个有名的贪官,一天晚上,李鸿章身穿便服前来拜访,闲谈中好像无意间提出要了解一下上海的赋税情况,没有提防的吴煦拿出几本账目请李大人过目。李鸿章看了一眼问还有没有?吴煦又拿出几本。直到账本在桌子上堆成一堆时,李鸿章才从怀里掏出个黄色大包袱皮,把所有的账本全部包了起来,说是要拿回去看,以免扫了现在闲谈的兴致。吴煦眼看着李鸿章的手下把包袱扛走了。经过对上海赋税情况的审查,李鸿章抓到了吴煦贪污的事实,然后他把这个上海道也挤走了。自从有权控制上海的银子,他就开始大量地引进洋人的机器设备以创办军工企业。上海的"洋枪三局"是中国第一个近代军工企业,它生产出第一批"国产"的武器弹药。尽管当外国的大机器运到上海时,李鸿章面对"一堆铁块"依旧心里没底,但是,当机器设备安装完毕并且运转起来的时候,他就极其兴奋了。他算过一笔账:一发即使是从英国军舰上偷来的最普通的十二磅炮弹,在中国市场上也要卖到三十两银子,一万发铜帽子弹要卖到十九两银子以上。那么,如果自己生产军火能省多少银子?凭什么要把白花花的银子给了洋人？

从力图使淮军装备全部近代化的初衷出发，李鸿章兴办企业的举动一发不可收。他曾经收购过一座原来属于洋商的工厂，这座工厂不但可以制造大炮，那时的李鸿章就想到了战后的民生日用问题，他使这座机械制造厂具备了军民两用功能，并在设备开始正常运转之后，立即将工厂的洋名改成了"江南制造总局"——按照他的话说，为的是"以绝洋人觊觎"。对近代工业技术的理解，无论官民，在当时的大清帝国可谓开天辟地。创办企业需要的不仅仅是财力，更重要的是观念的转变。李鸿章在写给朝廷的一份奏折中，对蒸汽动力运转状况的描绘，显示出一个帝国官员对新生事物的绝大兴趣，这份奏折无异于百余年前的一篇科普文章：

> 镟木、打眼、绞螺旋、铸弹诸机器，皆绾于汽炉，中盛水而下炽炭，水沸气满，开窍由铜喉达入气筒，筒中络一铁柱，随气升降俯仰，拨动铁轮，轮绾皮带，系绕轴心，彼此连缀，轮旋则带旋，带旋则机动，仅资人力以发纵，不靠人力之运动。㉓

在没有几个人知道世界上有蒸汽机的大清帝国里，一个政业军务繁忙的朝廷重臣，能够如此细致地观察一台蒸汽机的运转，并且弄清楚其基本的运转原理，这着实令人惊叹。如果皇帝也能像他的大臣一样对蒸汽动力感兴趣，大清帝国的历史也许就是另外一番景象了。生产动力由手工动力到蒸汽动力的转变，是农业社会向工业社会转变的标志，是包括政治革命在内的一切革命的物质动力。不能强求当时的李鸿章明白蒸汽动力对于时代的改变具有决定意义，仅从他的描述上看，虽然头上是顶戴花翎、脑后也拖着一条辫子，但他已经不是一个传统意义上的帝国官员了，这是他成为中国近代史上著名人物的最重要的原因。

从蒸汽机想开去，就不难理解李鸿章对康有为变法的态度了。

"洋务"，大清帝国与西方人和西方事物打交道的专用名词。

关于李鸿章办洋务的事，不知被多少人叙述和分析过，无论褒贬，承认他是中国近代化运动的核心人物是没有疑问的。梁启超认为，李鸿章深知"中国兵力平内乱有余，御外侮不足，故兢兢焉以此为重，其眼光不可谓不加寻常人一等,而其心力之瘁于此者亦至矣"。[24]由于李鸿章的主持和参与,洋务派创造了中国近代事物中的无数个第一:第一个机器制造局、第一个电报局、第一条铁路、第一座钢铁工厂、第一座海军水师学堂、第一次向美国派遣留学生、第一所外国语言文字学馆、第一个商办织布局、第一所陆军武备学堂、第一支近代化海军舰队……引进西方先进技术,促进国家的近代化进程,在这一点上,李鸿章与康有为没有原则性的分歧。当康有为还在家乡读书的时候,李鸿章已经是帝国洋务运动的中坚了。康有为很多富国强民的主张,都受到了洋务运动的启发和鼓舞。应该说,在这一点上,康有为的呼吁与李鸿章的实践,其目标是一致的。但是,导致康有为猛烈抨击李鸿章的原因,与绝大多数国人一样,不是针对李鸿章"热衷于奇技淫巧",而是直指他所从事的洋务活动。

帝国没有"外交"的概念,所有外交事务统归于洋务。

从这个意义上讲,李鸿章作为洋务运动的首领,不可避免地要成为帝国当然的"外交家"。李鸿章的外交生涯,不但让洋人知道了大清帝国有一个相貌堂堂的李中堂,也让国人在那个悲伤的年代终于揪出来一个罪大恶极的卖国者——李鸿章让所有的中国人因为愤恨得以宣泄而感到屈辱平复了一些。

甲午战争是李鸿章一生中遇到的最大挫折——"海军费绌,设备多不完,惟鸿章知之深。朝野皆不习外事,谓日本国小不足平,故全国主战,独鸿章深知其强盛,逆料中国海陆军皆不可恃,故宁忍之诟言和。朝臣争劾鸿章误国,枢臣日责鸿章,乃不得已而备战。"[25]战争爆发的时候,作为直隶总督兼北洋大臣,李鸿章是前线最高指挥官。尽管他是坚决的反战派,但朝廷下旨宣战之后,他还是竭尽全力地主持战事。战争失败,朝野把责任归于一人,李鸿章被革职了。即使是这样,如果他暂时引退,也不会有日后巨大的名誉损失,可偏偏朝廷让他去日本马关代表帝国进行议和谈判。李鸿章不愿去,不是因为被革职闹情绪,而是他深知局面之艰难,他太了解洋人是些什么东西了。

李鸿章与洋人的交往很早。当年,他带领淮军进行千里大穿越的时候,就与洋人有了接触,他在其中流露出的对洋务的浓厚兴趣,让曾国藩都对他有点不放心。曾国藩曾专门嘱咐:"以练兵学战为性命根本,吏治洋务皆置后图。"但是,李鸿章一看见外国轮船上的先进设备,老师的嘱咐便忘得一干二净了。他认为要改变大清帝国的现状,一定要用洋人的某些办法,而用洋人的办法就要先接触洋人。运送淮军的轮船刚一到达上海,他立即订阅了三份英文报纸,并且命令手下及时翻译出来,一份送北京的总理衙门,一份送曾国藩,一份留给自己阅读。李鸿章的淮军,是最早装备全套西方武器装备的帝国部队,他也是在自己的军队中最早邀请洋人当教官的人。在后来创办军工企业的时候,李鸿章与洋人的来往更是频繁,洋商、洋工程师和洋学者统统是他客厅里的常客。

李鸿章还是最早参与对外谈判的帝国大员。一八七三年,在直隶总督任上,李鸿章接待了秘鲁全权公使葛尔西尼,这是他涉足外交领域的开始。这个开始令他很不愉快。秘鲁是利用"猪仔贸易"即奴隶贸易从中国沿海掠走劳工最多的国家之一,当时在秘鲁的中国劳工人数达到十一万。这些中国劳工在秘鲁受到非人的虐待,劳工们联名写下《诉苦公禀》向朝廷控诉,请求帝国政府的外交保护。秘鲁政府派公使来华,希望与大清帝国签订一份"友好条约"。秘鲁公使在北京遭到朝廷的拒绝,朝廷让他到天津的直隶总督府与李鸿章谈。天津的谈判进行了八个月,李鸿章坚持先派人去秘鲁调查华人的遭遇,签订保护华工的章程,然后才能再谈别的。而秘鲁公使坚持"华工保护不保护,全系立约不立约"的立场,并且与各国互相串通向李鸿章施加压力。最终,李鸿章忍无可忍,声明在秘鲁的华人无论老幼都是皇帝的子民,如果受到不公正的待遇,别说签订什么友好条约,秘鲁方面怎么把人掠走的再怎么安全送回来,一个也不能少。李鸿章的强硬态度令秘鲁公使吃惊不小,因为列强们曾经告诉他,大清帝国的官员是世界上"最软弱的一群"。葛尔西尼"愕然"之后,说了句"天津是个不好的地方",最终沮丧地回国了。

李鸿章外交观念的基点,取决于他对世界潮流和各国扩张野心的认识。

同治十一年,他在给朝廷的奏折中说:

> 臣窃惟欧洲诸国,百十年来,由印度而南洋,由南洋而中国,闯入边界腹地,凡前史所未载,亘古所未通,无不款关而求

互市。我皇上如天之度,概与立约通商,以牢笼之,合地球东西南朔九万里之遥,胥聚于中国,此三千余年一大变局也。㉖

光绪元年,李鸿章在给朝廷的奏折上说:

> 历代备边,多在西北,其强弱之势,主客之形,皆适相埒,且犹有中外界限。今则东南海疆万余里,各国通商传教,来往自如,麇集京师及各省腹地,阳托和好之名,阴怀吞噬之计,一国生事,诸国构煽,实惟数千年来未有之变局。㉗

李鸿章认为:世界发展至今日,关闭国门拒绝潮流是错误的。中国如果打开国门参与世界商品经济往来,与世界各国广泛地开展贸易交流,不但可以富强自己,而且因为贸易是双边的,等于也就制约了别人,这样的制约强于武力,整个地球便可"胥聚于中国"。同时,中国的国防重点已不是西北陆地而是东南海洋。从某种意义上讲,中国已经没有绝对封闭的边防。西方势力不但在文化上对中国进行侵蚀,更重要的是他们有颠覆和侵占中国的野心,其手段是:一国制造事端,多国一起要挟。列强的友好和野心从来都是搀杂在一起的,中国对此必须保持极大的警惕。持有这样的认识,不但于百年前的中国是凤毛麟角,即使在当代中国也属振聋发聩之声。更值得注意的是,李鸿章的观点是从全球商品贸易往来的角度阐述的,这不能不让百年前和百年后的国人感到惊奇。

"阳托和好之名,阴怀吞噬之计,一国生事,诸国构煽。"

这无疑也是一九○○年大清帝国发生巨祸的根本起因。

李鸿章为洋人所了解,始于《中英烟台条约》的签订。这是他代表大清帝国签订的第一个受到"卖国"指责的条约。危机由一个英国传教士在云南"旅游"时被当地边民杀死而引发,史称"马嘉理事件"。英国人借机向帝国政府提出赔偿要求,同时提出通商和修改关税等条件。谈判开始由恭亲王主持,但是谈没谈出什么结果,饭倒是吃了一顿又一顿,参加谈判的英国驻华公使威特马说:

> 总署诸人如同小孩子,说来说去,总是空谈。一味说从容商办,定是一件不办。一到总署,必定吃饭,总署大臣陪坐,好像饮食就是外交上的头等大事。大臣一个看一个,新大臣看

老大臣,老大臣看恭亲王,恭亲王一发言,大臣们便轰然响应。㉘

帝国官员的昏庸导致事件恶化,英国人借机将军舰驶向烟台。而英国驻日本公使巴夏礼趁机策动日本军队向朝鲜进行武装挑衅,以对大清帝国进行战争威胁。这时候,朝廷请李鸿章出面了——阿历克亚《李鸿章传》:"每当满清政府把这个巨大的帝国带到毁灭的边缘,他们唯一必须启用的人就是李鸿章。"前期谈判进行得十分艰难,由于醇亲王坚决主张与英国人决裂或是打一场战争,导致威特马真的"下旗离京,以示决裂"。李鸿章反对无端宣战,他对醇亲王说:"雪耻以战,则大黄芒硝,一剂立毙。弟手握疆符,心忧国计,所不敢出此也。"㉙李鸿章的思路很清楚:帝国不能在外交上走与世界潮流严重脱离的老路了。即事端一出,动辄开战,战则必败,败则议和,和则割地赔款。李鸿章决定到英国军舰云集的烟台去谈判。有人不让他去,怕他像当年两广总督叶名琛那样被洋人抓走;还有人放出谣言,说李鸿章去烟台是要在英国人的支持下当皇帝。李鸿章还是不顾一切地去了。《中英烟台条约》最终签订,它避免了中英之间的武装冲突,暂时遏制了各国趁火打劫的企图。但是,它同时也使西方势力进入了中国西南地区。而李鸿章在战争一触即发的状况下所费的苦心是:在免除内地税金方面,只答应外国租界内的税金可以免除,其他地区一律照旧;条款允许英国在云南通商,但是不能马上生效,需要以五年为限"先察看通商情形"。李鸿章不能逆转的是:赔款、谢罪、开放通商口岸……事后,因为云南边民杀死一个英国人而企图在条约签订中得到更多利益的英国人说:"这个文件既不明智也不实用。"——在洋人看来,中国是一个贫弱的国家,在杀了一个洋人之后,面对强大的武力威胁,能够谈出一个明显存有抵抗态度的条约,这本身就是一件"值得惊诧"的外交事件。李鸿章在大清帝国"外交"上的地位由此确立。

甲午战败,帝国主义们已经把中国是个什么样的国家看明白了,因此每一次都像李鸿章所预料的那样"一国生事,诸国构煽"。英国驻华公使欧格纳首先表示:战争对各国商务都有碍,中日之间应该停战。而当帝国政府请英国对日本提出"先停战再议和"的要求时,英国人把头摇得像拨浪鼓一般:"事必无成。今要议和,非允赔兵费不可。"——英国于日本大举侵入中国的事实于不顾,按照五十年前他们侵入中国后反让中国支付战争经费的荒谬逻辑,开口就提出中国要向日本人赔偿的问题,这使一直小心翼翼地面对洋人的帝国官员都愤怒了:"中国与其赔兵费,不如留此兵费用兵。"帝国政府再求俄国人。当时,帝国政府认为所有的洋人中,俄国与日本矛盾最大,因为他们都是中国的近邻,都对中国有领土野心。帝国官员从中挑拨,表明一旦日本得逞,必会对中俄两国都"有碍"。谁知,俄国驻华公使格西尼反过来警告帝国政府:"日人水陆之战,皆甚得手,如不趁此了结,将来倭兵再进一步,贪心更大,和局更难。"㉚至于了结的办法,俄国人的建议竟然与英国人一样:赔款。

帝国政府与各国的商谈没有任何结果,顾不上天国颜面的朝廷决定派人去日本求和。连日本方面都没有想到的是,帝国政府首选的和谈代表居然是一位德国人。而且为了表示正式,帝国政府竟然给这个在天津海关供职名叫德璀琳的洋人授予了一品顶戴。结果,这个德国人拿着帝国政府写给日本首相伊藤博文的信刚到日本,就被日本人限期离境,原因是日本人认为一个德国人没有资格代表中国进行谈判。帝国政府又改派两个真正的中国大员去日本,他们是总理衙门大臣兼户部尚书张荫怀和一品顶戴的兵部右侍郎署湖南巡抚邵友濂。谁知这两个人刚到日本广岛,同样被日本人拒绝了,理由是他们不具备全权资格。其实,日本人拖延谈判的理由,也许除了大清帝国政府之外,所有的帝国主义们都看得明白:日本人想打下他们一直企图占领的台湾之后再谈。无奈之下,帝国政府终于决定派已被革职的李鸿章去,为此,不但宣布取消对李鸿章的一切"处分",还为这位新任全权大臣颁发了"证书":

> 大清国大皇帝敕谕:现因欲与大日本国重敦睦谊,特授文华殿大学士直隶总督北洋大臣一等肃毅伯李鸿章,为头等全权大臣,与日本国所派全权大臣会同商议,便宜行事,定立和约条款,予以署名画押之全权。㉛

也许是"全权大臣"这个头衔满足了李鸿章的自尊心,他决定遵旨前去日本,但要求允许他带着儿子一起去,因为他的儿子李经方曾任中国驻日本公使,会英语和日语。

一八九五年三月十四日,两艘德国轮船"礼裕"号和"公义"号载着大清帝国庞大的议和代表团从天津出发了。李鸿章知道此去因为割地赔款必会终生背上"卖国"之名,不禁吟诗一首,按照中国文学的标准,这首诗似乎只是一首顺口溜:

> 万顷波涛离海滩,天风浩荡白鸥闲。
> 舟人哪识伤心处,遥指前程是马关。㉒

大清帝国的谈判代表团有一百四十人之多。李鸿章声言绝不用日本人的任何东西,于是侍从们为他带上了中国的粮肉和蔬菜,连做饭用的全套厨具和吃饭用的桌椅都带上了。同时携带的还有李鸿章专用的一顶红顶八抬大轿。由于从中国来的人太多,日本方面为解决交通问题,特别预备了五十辆人力车,每辆人力车上都插着一面代表大清帝国皇家的黄色小旗。

日本人安排的谈判地点的名字极富诗意:春帆楼。

在世界近代史中,中国人称之为《马关条约》的,在日本人那里被称为《春帆楼和约》。

日本人提出的停战条件苛刻得吓人:日军占领山海关、天津、大沽后才能停战;山海关到天津的铁路归日本管理;停战期间日本的军费由中国支付。同时,日本方面发出军事威胁:如果不答应条件或者拖延谈判,在中国的日本军队就要发起全面进攻,进攻天津、直隶,最后是北京。

帝国谈判官员的感觉是天塌地陷。

这时,发生了一件谁也没有想到的严重事件:李鸿章被一名日本刺客的子弹击中——一八九五年三月二十四日下午,中日双方的第三次谈判结束,因为日本执意要占领中国台湾,李鸿章的心情十分恶劣。李鸿章的轿子行进在日本的大街上,大街两旁挤满了观看中国大员的日本民众。当轿子接近李鸿章住宿的行馆时,人群中突然冲出一个日本青年,他左手抓住轿杆,右手举起手枪,对着李鸿章的脸开了一枪,然后迅速逃离现场。

李鸿章满脸是血,昏了过去,立即被抬入行馆进行抢救。

日本官方得到消息后"惊骇非常"。首相伊藤博文、外相陆奥宗光赶到行馆,天皇派来了自己的御用医生,皇后派来的是两名女看护。

李鸿章被擦去血迹,检查伤势。

子弹在左眼下半寸许。

没有生命危险。

子弹卡在李鸿章脸部的骨头缝里,没有医生敢在这个部位下手术刀。李鸿章给朝廷的电报只有几个字:"伤处疼,弹难出。"同时,他特别命令侍从不要洗他换下来的血衣,他要永久地保存——"此血可以报国也。"

大清帝国的最高谈判代表在日本被刺,这令骄横的日本人陷入了尴尬的境地。本来就担心在谈判中中方可能会迫于压力给日本更多在华利益的帝国主义们,这时候纷纷站出来高声"谴责"日本刺客的行为,大肆散布日本政府"别有用心"的信息:李鸿章是世界上最负盛名的政治家和外交家,现为大清朝的全权议和大臣,被刺于日本国土,对日本的国家声誉极其不利——"刺杀使者事件比在战场上一两个师团的溃败还严重";"古稀高龄,出使异域,遭此凶险,极易引起世界同情和强国干涉"。而日本政府的担心是:若李鸿章以负伤为借口,中途回国,对日本国民的行为痛加非难,巧诱欧美各国再度居中周旋,至少不难博得欧洲二三强国的同情。如果引起强国的干涉,日本对中国的各项索求,亦将陷于不得不大为让步的境地。出于对后果的担心,日本政府把有责任的地方官员全部革职,并且要求警方全力抓捕刺客。很快,刺客被抓到了,日本警方的通报极其简单:"凶手姓小山,年二十一岁,身穿民服,放枪后,逃入店中。"而审讯之后的判决更是草草:蓄意杀人未遂,"定终生监禁兼做苦工"。日本天皇为此特下圣谕,痛责这位"行刺之凶犯":"下贱无礼,极为可恨!"㉝

为了表示在刺杀事件上的清白,日本政府立即宣布无条件停战。

但是,日本方面担心的中国可能有的激烈反应不但没有发生,在刺杀案件发生的当天,李鸿章醒来做的第一件事,竟然是捂着脸给伊藤博文口述了一封照会:

> 大日本帝国大皇帝钦差全权办理大臣阁下:本日下午,本大臣自会议处所归途,忽遇意外可悼之事,致使面订明日上午十点

钟会议之期未能躬亲,殊为抱歉!是以特此知会贵大臣:明日于所定之时,由本大臣委派李经方趋候贵大臣;祈将已承允诺出示大日本国拟结和局要款之节略,交由李经赍回。本大臣一经接到贵大臣应允见示之和款节略,即当迅速细加察复,并望早日能与贵大臣会议也。手此,并颂日佳!㉞

经历暗杀后的李鸿章,如此的宽宏大量,彬彬有礼,不是几千年中国文化的熏陶,绝不可能有此涵养。日本方面喜出望外。放心之后的日本人立即拿出一份"和约底稿",内容绝不彬彬有礼,更没有丝毫的宽宏大量:中国向日本赔偿白银三亿两;中国割让辽东、台湾、澎湖与日本;过去中日之间各项通商条约需重新制定。

李鸿章立即强硬起来,向英、俄、法三国驻华公使全面通报日本人的条件,希望引起强国对日本施压干涉。同时他表示"日本所索兵费过奢,且奉天为满洲腹地,中国万不能让"。如果日本执意这样,"两国惟有苦战到底"。

此时,帝国政府内部为是否答应日本人的条件吵开了锅。

光绪皇帝不得不要求朝臣速作决断:

> 新定和约条款,刘坤一、王文韶想皆知悉。让地两处,赔款二万万两,皆万难允行之事;而倭人恃其屡胜,坚执"非此不能罢兵"。设竟决裂,则北犯辽沈、西犯京畿,皆在意中。连日廷臣章奏甚多,皆以和约必不可准,持论颇正;而于沈阳、京师重大所关,皆未计及。如果悔约,即将决裂;如战不可恃,其患立见,更将不可收拾。刘坤一电奏"战而不胜,尚可设法撑持",王文韶亦有"聂士成等均颇有把握,必可一战"之语。惟目前事机至迫,和、战两事,利害攸关,即应立断。着刘坤一、王文韶体察大局所系及各路军情,战事究竟是否可靠,各抒所见,据实直陈,不得以游移两可之词,敷衍塞责!㉟

伤痛和心疼折磨着李鸿章。这样的危难处境他不止遇到过一次。如果坚持维护帝国的一切利益,采取强硬的态度和立场,后果必然是中日战争继续扩大。以当时帝国的实际军力而言,战争的结果只能是东北地区被日本全面占领,同时各国定会在继续扩大的战争中捞取更多的在华利益。而如果答应日方的"和约底稿",帝国的主权和财政损失也将是巨大的。两害之中取其轻,这是李鸿章面对艰难残局的唯一选择。

四月十日下午十六时,受伤后的李鸿章第一次重新坐到春帆楼的谈判桌前,他的面前是一份日本人写好的"和约节略"。之所以叫"节略",表明日本人在"和约底稿"的基础上做出了让步:关于割地,从鸭绿江上溯到安平河口划线过凤凰城、海城、营口,此线以南割让给日本;日本放弃辽阳,但是要加上台湾和澎湖全岛;关于赔款,减至二亿两白银;关于通商,中国向日本开放沙市、重庆、苏州和杭州口岸,并要在与其他各国签订的通商条约的基础上与日本另订条约。其余款项照旧。

李鸿章刚坐下来,伊藤博文就声言:"中国为难光景,我原深知,故我所备节略,将前次所求中国者,力为减少,所减有限,我亦有为难之处。中堂见我此次节略,但有'允'、'不允'两句话而已!"

李鸿章:"难道不准分辩?"

伊藤博文:"只管辩论,但不能减少。"㊱

李鸿章刚要求日本方面再把赔款减少一些,伊藤博文就表示:日本在广岛有六十艘运兵船,兵粮齐备,只要过了停战限期,中国还不签字,增派大军即可搭乘军舰前往战地,北京的安危不堪设想。而且一旦"再战,则款更巨矣"。李鸿章表示:"台湾全岛,日兵尚未侵犯,何故强让?"伊藤博文打断了他的话:"此系彼此定约商让之事,不论兵力到否。如所让之地,必须兵力所到之处,我兵若深入山东各省,将之如何?"当李鸿章再次表示"台湾不能相让"时,伊藤博文的答复是:"如此,当即遣兵至台湾!"

李鸿章:"赔款既不肯减,地可稍减乎?"

伊藤博文:"两件皆不能稍减,屡次言明,此系尽头地步,不能少改。"

李鸿章:"如此口紧手辣,将来必当记及。"

伊藤博文:"请于停战期前,速即定议,不然索款更多,此乃举国之意。"

李鸿章:"总署与我远隔台湾,不能深知情形;最好中国派台湾巡抚与日本大员即在台湾议明交接章程,其时换约后两国和好,何事不可互商？"

伊藤博文："一月足矣。"

李鸿章："头绪纷繁，两月方宽，办事较妥；贵国何必急急，台湾已是口中之物。"

伊藤博文："尚未下咽，饥甚。"

李鸿章："两万万足可疗饥……"㊲

史书记载："鸿章辩久，伊藤愈坚，且限四日复。鸿章电奏，得旨允可，乃互签约。"㊳

一八九五年四月十七日，中日《马关条约》草约正式签字。

《马关条约》正约十一款，专条三款，另约三款，停战专条两款。要点是：中国承认朝鲜"独立"；中国割让辽东之安东、海城和营口以南地区以及台湾、澎湖；赔款二亿两白银；对日开放通商口岸和通商时日本人的种种特权等。

在草约上签字的时候，李鸿章突然想起恭亲王率全体军机上奏皇帝的奏折上有这样一句话："中国之败，全由不西化之故，非鸿章之过。"这句话曾令李鸿章老泪纵横。

国人长期忽视或者是故意忽视了这样一个历史事实：抱残守缺的大清帝国无论是政治和经济都远远落后于世界东西方强国。列强们挑起军事事端，就是为了对中国领土和财富的侵占和掠夺。在这种情况下，一个巨大的帝国屡战屡败，还怎么要求谈判者"义正辞严"地捍卫国家利益？前线放弃国土望风而逃的将领不是卖国，衙门里的碌碌无为花天酒地的大臣不是卖国，朝廷里为了一己私欲不惜让国家民生付出血的代价的皇亲国戚不是卖国，皇宫里那个一年要花费七万百姓口粮钱的皇太后不是卖国，而只有在国家面临被分割占领的危机时出来收拾残局的那个人才是卖国者？

梁启超对此记述道："西报有论者曰：日本非与中国战，实与李鸿章一人战耳。"㊴

四月二十日，带着《马关条约》草约和脸上的绷带回国的李鸿章突然发现，不但朝廷中没人理睬他了，而且他还成了举国上下的公敌。朝廷大骂他办事不力，同僚说他丧权辱国，民间说他拿了日本人的银子，绅士和知识阶层更是铺天盖地地咒骂他没有脊梁骨。要求惩办李鸿章的奏折堆满了光绪和慈禧的案头,还有相当数量的民间人士公开声明要不惜一切手段暗杀李鸿章,以雪民族奇耻大辱。

李鸿章不得不上奏光绪皇帝:

> 臣适当事机棘手之际,力争于骄悍不屈之廷,既不免毁伤残年之遗体,复不能销戢强敌之贪心。中夜以思,愧悚交集。所最疚心者,赔款虽减,尚有二万万两……敌焰方张,得我巨款及沿海富庶之区,如虎附翼,后患将不可知。臣昏重,实无能为力。泽盼皇上振力于上,内外臣工齐心协力,及早变法求才,自强克敌,天下幸甚。⑩

李鸿章说自己"无能为力"。

大清帝国虽然"屡战不利",却不允许李鸿章"无能为力"。

李鸿章曾经给友人写过一信,以自己多年于朝中为官的感受对帝国的本质有这样的叙述:

> 十年以来,文娱武嬉,酿成此变。平日讲求武备,辄以铺张糜费为疑,至以购械、购船,悬为厉禁。一旦有事,明知兵力不敌而淆于群哄,轻于一掷,遂一发而不可复收。战绌而后言和,且值都城危机,事机万急,更非寻常交际可比。兵事甫解,谤书又腾,知我罪我,付之千载,固非口舌所分析矣。⑪

积陋成疾,因循守旧,好大喜功,国力日衰。有了事端,一哄而起轻易言战;兵临城下,又惊慌失措急于议和,还要求这样的议和与平时朋友交际一样不能损失;事情一旦缓解暂时安全了之后,又理直气壮群情激愤,举国人人无不"知我罪我",这就是中国百余年前的社会现状。历史证明,这种"一旦有事,淆于群哄","兵事甫解,谤书又腾"的国情民风可谓祸患无穷。

贤良寺,北京东安门外冰盏胡同里的一座寺庙,由雍正时怡亲王的府邸改建而成,寺庙里闲庭飞花,炉烟缥缈。门生故吏纷纷叛离,从"坐镇北洋,遥执朝政"的位置上跌落下来的李鸿章住在里面不敢出门。他曾自谓:"予少年科第,壮年戎马,中年封疆,晚年洋务,一路扶摇,遭遇不为不幸,自问亦未有何等陨越。乃无端发生中日交涉,至一生事业,扫地无余,如欧阳公所言'半生名节,被后生辈描画都尽',环境所迫,无可如何……功计于预定而上不行,过出于难言而人不谅,此中苦况,将向何处宣说?"㊷李鸿章把荒疏已久的书法捡起来,每日除了吃饭睡觉,便临摹古人碑帖。他的饭量很大,山珍海味什么都吃得香。饭后照例喝一碗粥、一杯清鸡汁,还要喝一杯家人用人参和黄芪配制的"铁水"。然后,他脱去长衫在廊下散步——"从彼端至此端。"散步的时候,有仆人在一旁记数,当仆人大声禀报"够矣"时,他便停下来回到屋里,坐在椅子上闭目养神。

李鸿章在这段时间里仔细研究了康有为的主张,至少在学习西方先进科学技术以谋求国家富强这一点上,他与康有为持有同感。虽然康有为的咒骂让他忍无可忍,但他还是主动与康有为联系了,表示自己愿意给强国会捐款,但是遭到康有为的严词拒绝,这让他感到比骂他卖国还羞辱。他忍不住对手下人说,这些人跟我过不去,等我起来,看他们一个个还能做得成官否!李鸿章不同意康有为的某些观点和做法,但是在图强变法这一点上始终与康有为有一条割舍不开的感情纽带。戊戌变法失败后,康有为和梁启超流亡国外,惊魂未定之时却接到李鸿章托人捎来的问候,甚至还接到过李鸿章的一封亲笔信,他信中勉励康、梁"精研西学,历练才干,以待他日效力国事,不必因现时境遇,遽灰初心"。一个身居如此高位的帝国大员,亲自慰问流亡海外的"政治通缉犯",康、梁意外之后便是深深的感动,于是急忙回信:"公以赫赫重臣,薄海具仰,乃不避嫌疑,不忘故旧,于万里投荒一生九死之人,猥加存问,至再至三,非必有私爱于启超也……"㊸康、梁的感慨在情理之中,但他们无法理解李鸿章的心绪,李鸿章确实有"私爱",但他爱的不是康、梁而是他的大清帝国。

感谢之后的刻骨仇恨

一九〇〇年九月二十九日,李鸿章到达天津。

在码头上等候的人们,发现了一个令他们意外的情况:由俄军官兵组成的仪仗队吹奏着乐曲,配合着另一群身穿漂亮礼服的俄军官兵,正表情兴奋地迎候李鸿章。李鸿章乘坐的"平安"轮远远驶来的时候,旁边有一艘全副武装的俄国军舰在护航。

之前,各国已经串通好了,要在码头上给这个中国议和大员以"明显的冷淡",因此,他们对俄国人对李鸿章如此"尊重"感到大惑不解。各国代表眼睁睁地看着李鸿章在俄国人的簇拥下走下轮船,随后在俄国人的护送下前往天津城。在天津为李鸿章准备的寓所大门口,俄军卫队岗哨森严,凡人出入必有证件,"以防一切闲杂人等靠近总督大人"。同时,各国代表又听到一个消息:那艘俄国军舰其实早已开到上海,准备将李鸿章接到天津,只是后来李鸿章改了主意,俄国军舰的任务才随之改为护航。

对俄国人的阴谋反应最激烈的,是对大清帝国有愤怒情绪的德国人。刚刚到达天津的瓦德西拒绝接见李鸿章,说他"只管战事,不管交涉",连在上海已经与李鸿章多次会晤的德国新任驻华公使穆默,也拒绝再与李鸿章见面了。

被俄国人严密保护起来的李鸿章,在各国极其冷淡的态度中心情恶劣。他住的是海防公所而不是直隶总督衙门,有人告诉他,直隶总督衙门现在不能住人也不能办公了,但李鸿章坚持要去看看,结果他看到的是一片战火后的废墟。在那片废墟中,他接受了直隶总督的总督关防(文件)、盐政印信和钦差大臣的大印。他曾在这座衙门里职掌这些大印二十多年,他太熟悉这处他苦心经营的北方要地了。如今,整个天津城依旧满目疮痍。由此他联想到逃亡中的朝廷,联想到已经被联军占领的京城,以及整个大清帝国的命运,这位年近八十岁的老人坐在废墟中"痛哭了一场"。

李鸿章必须为挽救帝国的尴尬局面展开谈判。

首要的问题,是要尽快达成停战协议,因为如果没有这样一个协议,大清帝国的宣战就依旧处在有效状态。也就是说,帝国与各国联军还处于战争状态——最后登陆的德军已向北京开进,德军声称自己的军事目的是用武力扫平这个国家。更为严重的是,李鸿章的议和使命不但要确保帝国不被列强瓜分,更要紧的是要确保慈禧太后的掌权地位,而英、德两国异口同声地宣布他们支持光绪皇帝,仅这一点就使所有的问题失去了交涉的基础。李鸿章多次发电报给逃亡途中的朝廷,要求在德军没有到达北京之前,尽快以帝国政府的名义优恤被杀的德国公使,为外国公使被杀一事向世界道歉,并在这个基础上尽快向各国递交国书"尽捐嫌隙",为即将开始的议和铺平道路。

但是,令李鸿章尴尬的是,英、德两国拒绝承认他的全权议和大臣身份。

只有俄国人例外。俄国人不但对李鸿章表现出极大的尊重,而且频繁地出入李鸿章在天津的寓所,使被各国故意冷落的李鸿章的身边,整天充斥着俄语和汉语的互相问候之声。以至于各国派出的密探纷纷报告,俄国人正在与李总督策划阴谋。

突然,俄国人声明,他们决定从北京"部分撤军",以配合李总督主持下的议和谈判,而且他们坚决支持慈禧皇太后。

紧接着,李鸿章致电朝廷,表示应该感谢俄国首先从北京"部分撤军",并请求俄国人劝说德国人也这样做。

中国人已经与俄国人私下达成了某种交易。

各种传言在各国军队、领事和公使之间流传。

尽管李鸿章立即对此作出了解释,并且故意对在天津海关税务司供职的英国人杜德维说,他对英国人答应派军舰来上海接他到天津却没有遵守诺言感到不解,如果英国人的军舰来了,他就不会让俄国人的军舰护送了,这样就不会引起关于他与俄国人的种种流言。

李鸿章的解释加重了各国的猜疑。

关于李鸿章是否是亲俄派,虽然史说纷杂,但不是空穴来风。

李鸿章与俄国人的关系确实令人疑窦丛生。

一八九六年,在京城贤良寺赋闲的李鸿章接到朝廷的谕旨:着特命头等钦差大臣李鸿章往俄国致贺沙皇尼古拉二世加冕典礼。

沙皇加冕,各国派员祝贺,本是正常的国际交往,但是李鸿章不愿意去,朝廷本来也没打算派他去,原来派的是当时的湖北布政使王之春。但是,俄国驻华公使格西尼说,前不久由恭亲王率团来俄祝贺俄历新年,俄方曾对中国代表团的"级别"流露出不满,认为应该派出更高"级别"的大臣来,以示对沙皇的尊敬。布政使王之春的"级别"显然不够,于是朝廷想到了李鸿章。李鸿章以在日本马关被刺受伤为由推辞,但是朝廷坚决不准。就这样一而再再而三,直到李鸿章认为确实到了

"众望所归"的时候,便表示自己"非敢爱身,惟虞辱命",决定"一息尚存,万程当赴"。只是,李鸿章的年老体衰并不完全是装出来的,在向慈禧和光绪辞行请训的时候,由于君臣对话的时间过长,一直跪着答话的李鸿章最后竟然站不起来了,只好由两个太监把他架了出去。在这次长时间的君臣对话中,李鸿章反复强调了一个观点:甲午战争的结局表明,日本是中国最大的威胁,而且日本有与英国结盟的迹象,目的依然是针对中国的。中国要想图存,只有一个办法:与俄国结盟。

持有这种观点的,在当时的朝野内外,不止李鸿章一人。

甲午之后,面对日本越来越强硬的武力威胁和越来越暴露的领土野心,加上日本和英国在对中国的势力范围分配上已经达成某种默契,朝野上下一片忧心忡忡。俄国与日本是历史上的冤家对头。甲午之后,是俄国人以"不惜使用武力"的威胁强迫日本将辽东归还中国。因此,虽然朝中有人明白俄国人此举是为了自身利益安全,但"联俄拒日"的暗流已经不可阻挡。湖广总督张之洞上奏朝廷,认为如果用赔偿日本的一半银两联络俄国,促使两国之间签订密约,那么俄国也许会要挟日本废除在马关签订的条约条款,同时还能帮助中国抵制日本人未来的领土野心。两江总督刘坤一的观点更加明确,他认为威胁中国的国家以日本为最,日本侵占东三省的野心积蓄已久,而俄国人对此最不愿意,因为它与中国的东北接壤,所以应"趁此时与之深相结纳,互为声援,并稍予便宜,俄必乐从我"。帝国朝廷中的官员,为了使联俄行动顺利进行,甚至反对李鸿章带他的大儿子李经方去俄国,因为这些官员认为李经方有亲英倾向。最后,还是在光绪皇帝的准许下,李经方跟随父亲同行了。这从另一个方面表明,联合俄国绝不是李鸿章的私人行为,而是帝国既定的外交原则。

李鸿章的随行人员有四十五名。令人惊奇的是,几个侍卫抬着一口彩绘金漆大棺材堂而皇之地走在他的身后,成为他出访队伍中最醒目的一件物品。这口大棺材一直跟着李鸿章走访了俄、德、法、美等诸个国家,绕行大半个地球,让全世界领略了中国工匠制作棺材的非凡技巧——在当时的中国人心中,外国即是"番邦",走出国门犹如深入虎穴,而征途万里,其艰险程度不亚于唐僧取经。同时,帝国似乎有这样的传统,官员在执行重大使命时,为表示自己誓死完成的决心,往往与战场上背水一战的将领抬着自己的棺材冲锋陷阵一样,也带着棺材表示自己义无返顾——李鸿章此行的公开目的,仅仅是参加俄国沙皇的加冕典礼,搞得如此夸张实在令人不可理解。但是,他在出发的那天说的话,也许是解释之一。

李鸿章出发的那天,正是初春的黄尘季节,早上起来京城便狂风大作,飞沙蔽日,送行的亲朋好友都觉得这是凶兆。大兴、宛平两县衙门在东便门搭起大棚为他设饯行宴,结果大风掀翻了棚顶,以致豪华的佳肴如同狼藉的残羹。李鸿章极力表现出潇洒神态:"吾自少年以至现在,凡有出门行动,非狂风即暴雨。海行则无一次不遇惊涛骇浪,不知何故?"众人赶紧挑吉利的话说:"中堂丰功盛德,所以雨师风伯,皆来祖道。"李鸿章对自己甲午后遭到举国嘲骂依旧耿耿于怀,因此再吉利的话也不至于叫他信以为真:"此则不敢。但吾当亦不至于获罪于天,何以节节与我为难耶?"接着,他又说:"予此次乃舆榇而行,万里长途,七旬老物,归时安必能与诸君重见?惟望努力前程,各自珍重。"㊹

李鸿章还是怕自己死在异邦的土地上。

然而,李鸿章一路遇到的不是艰险而尽是显赫。天津的官员连续为他举行大型宴会,到达上海时更有各国海军和帝国的炮台同时鸣放礼炮,一时"长空雷鸣,海波欲沸"。帝国陆军官兵跪成数列朝天鸣枪,"数以万响,震耳欲聋"。所经之处,"观者如潮"。在法国租界洋警察戎装佩刀的保护下,李鸿章身穿一品官服,套黄马褂,头戴三眼花翎,端坐在紫缰大轿之中,精神矍铄,一扫贤良寺里的暮气。在上海逗留数日后,他换乘法国的豪华邮轮,船头高悬大清黄龙旗和头等钦差旗,经香港、西贡、新加坡,入印度洋,过红海,入黑海,一路口岸无不向朝廷"飞电传报平安"。

在苏伊士运河的塞得港,李鸿章受到俄国一位亲王的恭候,他换乘俄国御船"俄罗斯"号直抵敖德萨港。俄国陆军元帅率领数百名官员迎接,在从港口到行馆的路上,大清的黄龙旗迎风招展。经过长途旅行的李鸿章依然神采奕奕,下令犒赏所有迎接他的俄方官兵和官员。当帝国大把的银子被抬出来时,俄国人对如此大方的出手目瞪口呆。之后,李鸿章乘火车到达彼得堡。彼得堡市长亲举黄龙大旗,士官仪仗队高呼万岁,外交大臣亲自引路,连沙皇都派出了自己的御车供李鸿章乘坐。出乎李鸿章的预料,他的行宫竟然不是官方早已准备好的国宾馆,而是一个商人的家。这位名叫巴劳甫的商人,在中国投资做生意发了财,坚决要求接待李鸿章一行,不要俄国政府一分钱。为了营造宾至如归的氛围,沙皇准许了这个富可敌国的巨商的请求。李鸿章到达巴劳甫家门口,迎面看见自己的巨幅相片被悬挂在大门之上,相片的四周插满了大清黄龙旗。巴劳甫家所有的门上,都贴着用中国字书写的吉祥如意的对联,地上全部是簇新的地毯,一个大型乐队不停地演奏着中国乐曲,二十四个身穿中国服饰的俄国儿童捧着鲜花在李鸿章走过的路上一刻不停地撒下花瓣。当李鸿章走进巴先生家的大门时,巴劳甫全家男女老幼蜂拥而上,先由最小的女儿向李鸿章献上盐和面包,然后全家人簇拥着李鸿章进入专门为他准备的寝室。寝室内所有的物品和陈设全部是中国精美的工艺品,端上的茶和点心也是地道的中国味道。一问,连厨师都是特地请来的身怀绝技的中国师傅。巴劳甫会说一口地道的中国话。从俄国人嘴里发出的汉语和俄国人极其隆重的接待,诸多印象混合在一起,使李鸿章深深陷入了一种中俄"亲善"的幻觉之中,这更加坚定了他联俄拒日的决心。

在彼得堡,李鸿章晋见了沙皇。他向沙皇献上了中国皇帝的礼物。加冕典礼的那天,他在莫斯科看到了从来没见过的宏大场面:五十万人聚集在一起,乐队由五千人组成。各国来宾更是显赫,听说法国为庆祝沙皇加冕,巴黎市全天休息,军营放假,罪犯赦免。在这个世界上,俄国是强大的,李鸿章对此深信不疑。

逗留在莫斯科的日子里,李鸿章做的最重要的事,就是与俄国人签订了一个神秘的条约——《中俄密约》。

《中俄密约》的中方草稿,是由帝国总理衙门拟办后,经由朝廷批准,用电报的形式传送李鸿章的。草稿显然事先与俄方磋商过,条款已经十分详细,要点如下:

一、日本如侵占中、俄或朝鲜土地,中、俄海陆军互相援助,军火粮食互相接济;

二、非两国共商,不得与敌议和;

三、开战时,中国所有口岸准俄兵船驶入;

四、中国允华俄银行于黑龙江、吉林建造铁路,以达海参崴,合同另订；

五、开战时，俄用此铁路运兵运粮运械，平时亦可运兵运粮过境；

六、铁路合同批准，此约生效，以十五年为期。

《中俄密约》的两个基本点是：一、中俄两国针对日本的军事威胁，结成互相援助的军事联盟；二、俄国在中国东北地区铺设铁路，并与俄国横穿西伯利亚的远东铁路接轨。

沙皇在莫斯科接见李鸿章的时候，《中俄密约》的商谈正在紧张进行中，沙皇的话令李鸿章感到放心：

> 我国地广人稀，断不侵占人尺寸地。中俄交情，近加亲密。东省接路，实为将来调兵捷速，中国有事亦便帮助，非仅利俄。华自办恐力不足，或令在沪俄华银行承办，妥立章程，由华节制，定无流弊，各国多有此事例，劝请酌办。将来倭、英难保不再生事，俄可出力援助。⑤

俄国人明确说，他们的领土广大得根本用不完，从来没有侵占别人土地的想法。关于修建铁路，两国都可受益，钱由俄国人筹措，章程由中国人"节制"，世界上哪里还能找到这样的好事？但是，包括李鸿章在内，所有缺乏近代意识的帝国大员恰恰忽视了这样一个常识性的问题：铁路的延伸正是列强领土扩张的主要手段。俄国人之所以要不惜一切代价修筑一条横贯西伯利亚的远东铁路，其根本原因正是出自向远东地区扩张领土的野心。当中国受到日本威胁的时候，俄国的远东铁路和在中国东北境内修筑的铁路，确实能够提供军事运输的便利。可是，关于这一点，不知帝国大员有没有进而想到，如果俄国人想侵入并占领中国东北的时候，这条铁路同样会给俄国人提供便利？何况，在中国境内修建铁路，存在着一个路权的问题。路权一旦模糊不清，俄国就有权在铁路沿线方圆数公里的地区派驻武装，这就是后来的中东铁路警察部队。这等于是变相的租界，俄国从此可以有充分理由在中国东北地区随意驻军。事后证明，这是对中国东北地区安全的最大威胁。

关于后者，李鸿章似乎想到了，他坚决反对以俄国官方的名义在中国境内修建铁路，而坚持用私人投资的方式，他以为这样就可以把铁路的修建变成一种商业行为。俄国人立即想出来由俄华银行承办的点子,实际上等于是换汤不换药。

国内已经有人敏感地嗅到了朝廷联俄的味道,李鸿章还没有在《中俄密约》上签字的时候,上海的《字林西报》就全文刊登了《中俄密约》的全文。山东巡抚李秉衡和河南巡抚刘树棠先后上奏,揭露俄国人"谋我大局"的阴谋,其中以李秉衡的言辞最为激烈且击中要害。他认为列强的本质,是在帝国领土上尽力扩张势力范围,俄国要在帝国土地上修建铁路,野心在于把势力渗透到东北三省,未来如果各国效仿俄国,后果将不堪设想。"以夷制夷"的外交策略帝国已经实行多年,可最后吃亏的还是帝国自己。虽然列强之间确有分歧,但在窥视帝国利益这点上是一致的。

《中俄密约》是俄国人精心策划的一个巨大的陷阱。尽管关于这份密约中俄双方都心照不宣,但是很快就被列强们觉察,他们纷纷向帝国索取相同的甚至更大的特权。《中俄密约》给中国带来的伤害长久而深刻。

俄国人说,良心是有价钱的。有确切史料可以证明,俄国向帝国使臣李鸿章使用了行贿的手段。俄国财政部部长维特在其回忆录中记述到:在商定《中俄密约》的时候,为争取李鸿章的协助,曾用铁路利润分红的方式,许诺李鸿章三百万卢布的报酬。此款分三次付清,密约签订时先付一百万,其余由铁路局逐步拨付。虽然有人认为李鸿章之所以在《中俄密约》上很快签字,是出于他对日本人的愤恨和防范,而不会是因为卢布——李鸿章不懂俄语,翻译和随行的官员从中做了什么手脚不得而知。又有记载说,后来李鸿章的女婿曾问过他此款干什么用了,李鸿章笑答:"真有这回事,可真成汉奸了。"但从俄国银行划拨的一笔款项,确实以"李鸿章基金"的名义汇到了上海。至于李鸿章本人是否知道和动用过,无法查实。

离开俄国后,李鸿章开始了欧美之行。

在德国,他下榻的恺撒大旅馆为他的到来做了精心准备。他的寝室里悬挂着两个镶有照片的镜框,一张是他的,另一张是德国首相俾斯麦的。会见俾斯麦的时候,李鸿章声称有人说他是"东方的俾斯麦"。俾斯麦回答说,他不认为"东方的俾斯麦"是一个恭维的称呼,并且表示自己不想得到"西方的李鸿章"的称号。在荷兰,李鸿章觉得为他演出的歌舞"令人飘飘欲仙"。在比利时他观看了军事演习。到达巴黎的时候,正值法国国庆日,他乘船在塞纳河上欣赏了焰火表演。英国是他特别重视的国家,他晋见了女王,并与女王合影,然后他在照片上题词送给女王。李鸿章的题词是:"西望瑶池有王母,东来紫气满函关。"前一句指的是女王,后一句是老子的典故——老子也姓李,李鸿章在暗指自己。他对自己给英国女王的题词非常得意。他还特别在代表西方民主制度的议院旁听了议员们辩论,他觉得那是一窝蜂似的吵架,"无甚可观"。拖着辫子的中国大员的出现,引起了英国人的好奇。一个英国人是这样描绘他所见到的七十四岁的李鸿章的:

> 我从议院出来时,突然与李鸿章打了个照面,他正被人领入听取辩论。他像是来自另外一个世界的身材奇高、容貌仁慈的异乡人。他的蓝色长袍光彩夺目,步伐和举止端庄,向他看见的每个人投以感激优雅的微笑。从容貌来看,这一代或上一代人都会认为李鸿章难以接近,这不是因为他给你巨大成就或人格力量的深刻印象,而是他的神采给人以威严的感觉,像是某种半神、半人,自信、超然,然而又文雅以及对苦苦挣扎的芸芸众生的优越感。㊻

对议会不感兴趣的李鸿章兴致勃勃地参观了英国海军与陆军。他还参加了汇丰银行的招待会,当英国商人表示愿意到中国去开拓市场的时候,李鸿章说自己"实具同心",并诚恳地欢迎各位去中国兴办实业。他的开明思想令英国人受到鼓舞,人人跃跃欲试。但是,"文雅"的李鸿章很快就闹出了笑话,他不但"威严"地在英国各处精美的地毯上随地吐痰,而且当他已故的老朋友、著名将领戈登的夫人送给他一只名贵的小狗后,第二天将军夫人便接到了李鸿章这样一封致谢信:"厚意投下,感激之至。惟是老夫耄矣,于饮食不能多进,所赏珍味,咸欣得沾奇珍,朵颐有幸。"㊼——李鸿章把英国的名贵小狗炖着吃了。

李鸿章乘船越过大西洋到达美国,正在度假的美国总统克利夫兰特地中断休假迎接他。他参观了自由钟、大瀑布、图书馆之后,还在教会举行的欢迎会上鼓吹了一番中西宗教可以共存的理论。在美国,他吃饭时喜欢将数样中西菜肴"拌于一盘食之",于是,美国厨师就为他专门制作杂烩菜以迎合他的口味,以至欧美现今仍有一道名菜叫做"李鸿章杂烩"。结束美国的访问后,他搭乘美轮回国。到达日本横滨的时候,需要换船——他当年离开马关时曾说过"终身不履日地",再说现在有了《中俄密约》,让他痛恨起日本人来更有底气了——换船必须先上码头,为了自己的精神和肉体坚决不与日本国土发生任何形式的关系,李鸿章无论如何也不上岸。侍从们无奈,只能在美轮与开到日本接他的帝国招商局轮船"广利"号之间搭了一块跳板,然后冒着掉到海里的危险扶着他换上船去。

回到国内,李鸿章兴奋地对光绪和慈禧汇报了与俄国人秘密签约的经过,言此举可保证大清帝国二十年无事。

但是,仅仅过了四年,包括俄国军队在内的联军就打进了北京。尽管俄国军队是攻打天津和北京的"最野蛮的军队",但至少在李鸿章作为全权议和大臣开始谋求与联军谈判的时候,他依旧把俄国人视为大清帝国可以信赖的盟友。

等李鸿章终于认清俄国人的嘴脸时,他已经处在生命的弥留之际了。

十月十一日,李鸿章自天津到达北京,依旧住在贤良寺,依旧在俄军的严密保护之下。京城受到的破坏比他想象的严重,整座城市已被各国联军分区占领,只有"两个小院落仍属于大清帝国政府管辖",这两个小院落一个是李鸿章居住的贤良寺,另外一个就是参与议和谈判的庆亲王的府邸。

此时的李鸿章根本无法展开议和谈判,因为各国还没有得到本国政府关于谈判的具体指示。德国人除了提出惩办祸首之外什么也不说,日、英两国则要求等光绪皇帝回京后再谈。以法、德军队为主的联军正向京城的四面八方"讨伐"。而英国王子给英国驻华公使的一封信的内容被透露出来,其中竟有"将李鸿章拘捕起来作为人质"的建议。李鸿章和庆亲王只能坐在一起愁眉苦脸,一方面请求各国"疾愚昧之无知","自不致强人所难";另一方面不断地给流亡的朝廷发电报,敦促朝廷主动惩办祸首,尤其是不能让祸首们再与朝廷待在一起了,否则会给联军造成朝廷依旧痴迷不悟的错觉,以至于影响到议和谈判的开始。

1901

在屈辱而孤单的日子里,只有俄国人与李鸿章来往密切。这时,一个名叫考洛斯托维茨威的俄国代表正在沈阳与帝国驻沈阳的最高官员盛京将军增祺纠缠不休,企图强迫增祺与俄国签订《奉天交地暂且章程》,章程要求允许俄国修建哈尔滨至旅顺的铁路,营口暂由俄国管理,遣散中国驻守沈阳的官兵,拆毁东北各处的炮台及军火库,俄国派出官员驻守沈阳等等。这是一个严重的、明显的信号:俄国人不但已经利用在《中俄密约》中取得的特权,开始了对中国东北地区的进一步蚕食,而且有单独占领东三省的意图。当义和团蔓延到东北地区时,东三省的义和团焚烧了部分教堂,攻打了俄国人的铁路局,黑龙江将军和都统也曾下令袭击俄国军舰。与其他列强一样,俄国借口保护侨民和外交人员,从陆路以十五万兵力全线越过边境,将黑龙江边的数千中国边民赶入江中淹死,然后迅速占领了东北全境。及至沈阳城被占领时,城中的大火燃烧了数日。本以为进入东北的俄军真是为保护他们的侨民和使馆而来,现在突然提出要求东北的土地,这让李鸿章实在反应不过来。他不能接受俄国人的要求,并以目前与各国议和事大而无暇谈及其他为由,想把事情敷衍过去。但是俄国人立即声明,在各国都拒绝与李鸿章谈判的时候,俄国愿意无条件地开始谈判。俄国人的这一立场,立即引起各国的愤怒,联军认为这是在有意挑起联军的内讧。可是,俄国人的态度却令被如何才能开始议和谈判弄得心烦意乱的李鸿章和庆亲王很高兴,他们只有再次对俄国人表示感谢。感谢之余的李鸿章甚至没有注意到,俄国人在他们的立场前面悄悄附加了一个条件:只要中国方面答应东三省问题单独解决。

与俄国人日益明显的贪婪用心相反,英、德两国经过紧急磋商达成一个原则协议。协议的两条重要原则是:一、各国不得瓜分中国的国土,"维持中国的领土不使变更";二、中国的沿海沿岸全部向各国的贸易和经济活动"自由开放"。在一九〇〇年侵入中国的各国联军中,英、德是第一次就未来谈判原则进行立场表态的两个国家。协议中的第一条原则,是给各国的一个极其重要的提示,即中国是一个古老而庞大的帝国,没有任何理由瓜分这个主权国家的领土。而英、德之所以在武装入侵一个主权国家之后,突然想到并提出了具有"公正性"的警告,完全是因为他们太担心俄国人对中国东北地区的窥视了。英国人不愿意看到自己的在华利益受到威胁。德国人虽然表面上与英国人站在一起,但其真正目的是想利用"不得瓜分中国"的借口制约俄国人在东北、英国人在长江流域的扩张。美国和日本在兵力上不足,即使瓜分中国也占不到多大的便宜,于是抱定"宁要赔款,不要土地"的原则。这便是十九世纪末至二十世纪初列强们的真正侵略面目。至于自由贸易问题,西方要求中国开展自由贸易的主张,长期以来被视为对中国的一种严重侵略,因为西方各国在进行对华贸易时,带有强烈的不平等交换、不公正关税制度、倾销非法商品、掠夺劳动力资源和原材料以及进而取得更多的不合理特权的内涵。虽然,由于闭关锁国国力已经远远落后于世界其他国家的中国,确实应该尽快地从封闭中解脱出来,但是在西方对于中国相互通商、开放贸易的"催促"中其侵略和掠夺意图是明目张胆的。

在不得瓜分中国国土的大前提下,十一月初,奥、法、比、德、英、意、日、西、俄、美十国联合照会李鸿章和庆亲王,进一步提出议和谈判的六项原则:

一、惩办祸首;

二、禁止军火输入中国;

三、索取赔款;

四、使馆驻扎卫兵;

五、拆毁大沽炮台;

六、天津至大沽间驻扎洋兵,保障大沽与北京之间的交通安全自由。

这六项原则,基本没有改变地贯穿在一九〇〇年大清帝国与西方列强的整个议和谈判过程中,并成为数月之后签订的《辛丑条约》的基本原则。

这是对中国主权带有严重侮辱性质的原则。其中各国有权在中国领土上驻扎军队一条,给一九〇一年以后的中国带来了无穷后患,因为自那以后无数"国耻"事件的发生都与此有直接或间接的因果关系。

万般无奈的李鸿章得到的竟然是这样一个原则,他终于意识到自己根本不可能结束大清帝国的厄运了。

在李鸿章的一再敦促下,帝国流亡朝廷于九月二十五日颁布了惩办祸首谕旨:庄亲王载勋,怡亲王溥静、贝勒载濂、载滢等革去爵职;端郡王载漪撤去一切差事,交宗人府议处;辅国公载澜、都察院左都御史英年、协办大学士吏部尚书刚毅、刑部尚书赵舒翘等交都察院和吏部议处。但是,朝廷的这个惩办方案没有获得各国的通过。李鸿章与瓦德西交涉后,十一月二十三日,朝廷第二次颁布惩办祸首谕旨:削去端郡王载漪王爵;将已革去王爵的庄亲王载勋、怡亲王溥静和已革职的贝勒载滢,均交宗人府圈禁;已革职的贝勒载濂闭门思过;辅国公载澜停俸一级调用;左都御史英年降两级调用;前吏部尚书刚毅已病故免议;刑部尚书赵舒翘革职留任;已革职的山西巡抚毓贤充边永不释放。然而,朝廷的第二个惩办方案依旧没有被各国通过——"连一个正法处死的都没有。"接着,就有消息传出,联军准备截断通往陕西的粮道,以断绝流亡朝廷的供应。眼见局势又起风波的李鸿章连续给朝廷发去电报,请求朝廷"上念宗社,下念臣民,迅速乾断"。朝廷终于第三次颁布了惩办祸首谕旨:庄亲王载勋、山西巡抚毓贤等人列入死刑,其余的"流放"和"斩监候"不等。联军方面对此的反应,是瓦德西对李鸿章说出的一番话:"如果中国再不提出令各国满意的决定,我们就要进攻陕西,去捉拿真正的祸首。"⑱——这是冲着慈禧去了。李鸿章赶紧提醒慈禧,如果再不最后决断,后果就很难预料了。于是,朝廷第四次颁布了惩办祸首的谕旨:

> 京师自五月以来,拳匪倡乱,开衅友邦。现经奕劻、李鸿章与各国使臣在京议和,大纲草约业已画押。追思肇祸之始,实由诸王大臣等昏谬无知,嚣张跋扈,深信邪术,挟制朝廷。于剿办拳匪之谕,抗不遵行,反纵信拳匪,妄行攻战,以致邪焰大张,聚数万匪徒于肘腋之下,势不可遏。复主令鲁莽将卒,围攻使馆,竟至数月之间,酿成奇祸,社稷贴危,陵庙震惊,地方蹂躏,生民涂炭。朕与皇太后危险情形,不堪言状。至今痛心疾首,悲愤交深。是诸王大臣等,信邪纵匪,上危宗社,下祸黎元,自问当得何罪。前经两降谕旨,尚觉法轻情重,不足蔽辜。应再分别等差,加以惩处。已革庄亲王载勋,纵容拳匪,围攻使馆,擅出违约告示,又轻信匪言,枉杀多命,实属愚暴冥顽,着赐令自尽,派署左都御史葛宝华前往监视。已革端郡王

载漪,倡率诸王贝勒,轻信拳匪,妄言主战,致肇衅端,罪实难辞。降调辅国公载澜,随同载勋妄出违约告示,咎亦应得,着革去爵职。惟念俱属懿亲,特予加恩,均着发往新疆,永远监禁,先行派员看管。已革巡抚毓贤,前在山东巡抚任内,妄信拳匪邪术,至京为之揄扬,以致诸王大臣为其煽惑。及在山西巡抚任,复戕害教士教民多命,尤属昏谬凶残,罪魁祸首。前已遣发新疆,计行抵甘肃,着传旨即行正法,并派按察使何福堃监视行刑。前协办大学士吏部尚书刚毅,袒庇拳匪,酿成巨祸,并曾出违约告示,本应置之重典,惟现已病故,着追夺原官,即行革职。革职留任甘肃提督董福祥,统兵入卫,纪律不严,又不谙交涉,率意鲁莽,虽围攻使馆,系由该革王等致使,究难辞咎,本应重惩。姑念在甘肃素著劳绩,回汉悦服,格外从宽,着即行革职。降调都察院左都御史英年,于载勋擅出违约告示,曾经阻止,情尚可原,惟未能力争,究难辞咎。着加恩革职,定为斩监候罪名。革职留任刑部尚书赵舒翘,平日尚无嫉视外交之意,前查办拳匪,亦无庇纵之词,惟究属草率贻误,着加恩定为斩监候罪名。英年、赵舒翘两人,均着先行在陕西省监禁。大学士徐桐、降调前四川总督李秉衡,均已殉难身故。惟贻人口实,均着革职,并将恤典撤销。经此次降旨以后,凡我友邦,当共谅拳匪肇祸,实由祸首激迫而成,绝非朝廷本意。朕惩办祸首诸人,并无轻纵,即天下臣民,亦晓然于此案之关系重大也。㊾

然而,列强仍不"共谅","谓端王、澜公二人,处置不当"。七天之后,朝廷不得不再次下旨:赵舒翘、英年被"赐自尽";军机大臣启秀及大学士徐桐之子被定"于京中处决";刚毅则被定以"开棺戮尸之罪"——史书记载:"此等刑法,中国人视为最重者。"㊿而载漪、载澜初"以斩监候决之罪",李鸿章为此反复向各国解释,说端郡王虽然罪大恶极,但如果连皇家宗室都要处死,会严重影响皇帝和朝廷的威信,同时还可能引发臣民的激愤,于是减刑为"发往新疆,永不赦回"。

李鸿章不愿意到仪鸾殿去,那里是帝国皇家禁地。但是,值此国之将亡之际,他只好挺着一张老脸去见瓦德西。关于一九〇〇年十一月十五日李鸿章与瓦德西的会面,双方都有详细记录,各自所记出入不大,内容都是空洞无物。瓦德西态度冷淡,李鸿章极力套近乎,两个人从北京的红叶说到柏林的冬雪,从年龄身体谈到老婆孩子,全是废话。李鸿章特别说到他在德国晋见德皇的情形以及与俾斯麦首相的私人关系,想找到感情上的突破口,但是瓦德西根本不买账。最后谈到联军的"讨伐"问题,才算接触一点现实,然而瓦德西对联军"讨伐"的范围、时间和规模守口如瓶,他甚至向李鸿章表示:"联军决在直隶过冬之准备,现已十分妥帖;至于余个人,在此尤觉异常安好,此间佳美天气,与余极为相适。"[51]李鸿章无法在会见中取得他所盼望的结果,倒是瓦德西在给德皇的书面汇报中提出了一个敏感的问题:从李鸿章的言谈中,可以感到俄国人正在联军内部"拨弄是非",使各国在对华政策上出现不一致的迹象——这是李鸿章期望的效果,因为这样就能利用联军间的矛盾,尽量减少帝国的损失。

但是,刚从瓦德西那里回来的李鸿章却收到了俄国人的信件,要求他奏请朝廷任命中国驻俄公使杨儒为全权大臣,以便与俄国在彼得堡"办理交收中国东三省事宜"。李鸿章心里一紧,因为朝廷已经正式否认了俄国人提出的《奉天交地暂且章程》。俄国人知道朝廷的立场,现在再次提出,恐怕随之必有举动。果然,俄国人正式提出了要求中国向俄国交出东三省的《交地约稿》共计十二款。"约稿"的内容很快被泄露出去,日、英、德三国首先声明反对将东三省的权益交与俄国。而李鸿章也醒悟到俄国人乘虚而入的企图,他电告在彼得堡的杨儒中止谈判,告诉俄国人要谈就到北京来与他谈。电报发出后,李鸿章立即收到俄国驻华公使格尔斯要求约见的请求。格尔斯在与李鸿章会见时说出的话,令李鸿章眼前一阵晕眩。俄国公使说,如果中国听信各国的谗言,不敢与俄国立约,则东三省永远归俄国人所有。李鸿章简直不敢相信这是"盟友"说出来的话。南方大臣张之洞和刘坤一主张将俄国人的野心公布于众,以促使各国加大干涉力度。但是李鸿章认为,各国的干涉也同样暗藏祸心。这时候,盛宣怀致信李鸿章,提醒他可能再次陷入被国人斥骂的境地:"列邦以恶名加于俄,中外复以庇俄之名加于中堂,后世论者,谁能曲谅乎?"[52]

在这种情况下,李鸿章想到了他一直以为最该警惕的日本人。他为此专门会见了日本驻华公使,问如果中国与俄国决裂,而俄国人一意孤行的话,日本将持什么态度?日本公使眯着东方人的小眼睛回答道:"说不好。"李鸿章大怒,说日本人实在"奸猾"。

接着,从彼得堡传来的消息令李鸿章悲愤不已,以致心中从此有了刻骨铭心的仇恨:为了强迫杨儒在《交地约稿》上签字,一群红了眼的俄国官员把杨儒关押在俄国外交部,扬言如果再不签字,就宣布将满洲改为俄国的一个行省。同时又利诱说,只要签字,俄国就在彼得堡为他"置田若干,房屋若干",足以让他享受一生。杨儒不为所动。俄国财政大臣维特表示,如果签字之后,中国有人加罪于杨儒,俄国人可以负责他的安全。杨儒勃然变色,言自己是中国官员,"欲求俄国保护,太无颜面",如此将在"中国无立足之地"。杨儒的强硬立场激怒了俄国官员,他们最后竟把杨儒从楼上扔了下来,致使杨儒坠地严重受伤。

杨儒,字子通,汉军八旗正红旗人。一八六四年为四品衔兵部员外郎,曾任江苏常镇通海道、浙江温处道、安徽宁池太广道等职。一八九二年出使美国、西班牙和秘鲁,后出任大清帝国驻奥地利、荷兰和俄国公使,同时晋升为户部左侍郎。他在国内为官时"清正廉洁,刚正不阿",出任公使时"大义当前,威武不屈",有《杨儒变法条议》等著作留世。

堂堂一位驻外使节,竟然满面鲜血地躺在异国的街道上。帝国的民众终于掀起了一个声势浩大的"拒俄"运动:"此草约一布,南省疆吏士民,激昂殊甚,咸飞电阻止,或开演说会,联名抗争。而英、美、日各国,亦复腾其口舌,势将干涉。"㊽俄国人见势不好,害怕引发更大的国际冲突,于是被迫发表宣言,声明"条约暂罢"。这是大清帝国历史上少有的因为抗争而迫使列强"暂罢"的事例。杨儒是中国近代史上少有的无论如何也不向洋人低头的帝国官员。他在受伤之后时而昏迷时而清醒,恍惚中他听到了俄国人妥协的消息,"不胜惊喜"。一年之后,杨儒因伤不治,死在俄国。他的儿子因悲愤而自杀,与父亲相伴,长眠于异国土地。

直到这个时候,办了一辈子外交的李鸿章才明白,帝国自与洋人交往以来一直奉行的"以夷制夷"的梦想是多么的天真无知。他终于知道大清帝国是多么的萎靡虚弱,而自己是多么的荒唐愚蠢。虽然距离生命的结束已经没有多长时间了,但是在最后的暂短时光里,李鸿章再也没有说过类似"感谢俄国"的话,他在生命即将结束的时候面对所有的列强心中只剩了刻骨的仇恨。

"袜子们"的结局

李鸿章病倒了。

起因是拜访英、德公使之后,回贤良寺的路上受了风寒。

虽然庆亲王奕劻同样是全权议和大臣,而且以亲王之尊名列李鸿章之前,但是李鸿章"大权独揽,左右无人"。造成这种局面的原因,首先是性格懦弱的庆亲王面对唯我独尊的李鸿章主动退缩。这个满族皇亲对汉大臣李鸿章居然公开地表示:"我公系国家柱石,实为当今不可少之人。凡事均须借重,本爵拱听指挥耳。"因此,"每当聚议时,一切辩驳均由李鸿章陈词,所奏朝廷折电,概出李鸿章之手。"⑩慈禧最担心的是被各国抛弃,从而失去对大清帝国的统治权,而李鸿章恰恰在尽心竭力地维护慈禧,因此逃亡中的慈禧将李鸿章视为唯一可靠的救命恩人,她在西安的黄尘烈风中天天盼望着李鸿章的好消息——"望电报如饥渴。"慈禧的担惊受怕,也在无形中加重了正在京城为她收拾残局的李鸿章的权势。

李鸿章躺在贤良寺里的病榻上,一边处理大量电文,一边就与各国尽快达成"议和大纲"反复磋商。他坚持联军的军事"讨伐"要有时间和范围的限度,最后瓦德西接受了李鸿章提出的联军的军事行动不得越过沧州、正定和河间以南的要求。李鸿章在病榻上还接见了上海救济会的代表,他感谢他们北上救济皇城附近的难民。病中的李鸿章居然还发过这样一封电报——他觉得来往电报每个字四角实在太贵,以至于每个月仅电报费就得过万。于是要求上海的盛宣怀以后不要原文转发张之洞等人的"空论长电"。如果真的有事,摘要发出,以节省经费。

张之洞的电报不来了,但是他给李鸿章送来个大活人,这就是那个叫喊着"愿意为君王去死"的辜鸿铭。辜鸿铭一到北京,就声称自己有让列强低头的绝招,原来他曾经是联军司令瓦德西的老师。李鸿章有一点兴奋,但也有一点不相信,于是专门宴请瓦德西。结果,瓦德西刚一出现,就被辜鸿铭用一通流利的德语当头臭骂:"瓦德西!你太无礼!你没有资格代表你们的光荣的恺撒!我马上给德皇陛下去电报!"更让李鸿章吃惊的是,瓦德西竟然向辜鸿铭鞠躬,然后一个劲儿地说"请原谅"。

辜鸿铭在帝国和民国的历史上有太多的故事。他对自己曾经是一九〇〇年与联军谈判的中方主要人物之一有过详细的回忆,尽管他把自己的作用夸大到似乎是单枪匹马地拯救了大清帝国,但他的出现确实使那些沉重的日子多少带有了一点喜剧色彩。根据他的回忆,他在德国留学的时候,给他和他的德国房东每天送食品的水果贩子就是这个瓦德西。瓦德西那时候很悲伤也很快活。悲伤是因为他是一个孤儿,正对骑在他的头上作威作福的大官们怀着满腔仇恨;而快活是因为他好像与房东太太有点温馨的暧昧关系。在房东太太的介绍和怂恿下,瓦德西拜辜鸿铭为师学习德文、法文和有关科技方面的知识。中国有句古话:一日为师,终生为父。想必辜先生在德国的时候,也把这句话所包含的东方哲理传授给了孤儿瓦德西。因此,一九〇〇年,对于在中国的都城里像太上皇一样的瓦德西,辜鸿铭也就根本不必客气了。他质问瓦德西中国现在的处境德国经历过没有,瓦德西赶紧回答"经历过"。他又问:"那时飞在德国上空的恶鹰是哪些国家?是拿破仑!是法国和奥国!现在,你要做的事是帮助中国驱除那些恶鹰!"瓦德西连说:"是,是。"辜鸿铭让瓦德西起誓。此番情景用辜先生自己的话说是:"我先带领庆亲王用中国话祷告上帝,然后又陪瓦德西用德国话祷告上帝。"

没有证据表明,辜鸿铭的老师面子对一九〇〇年大清帝国与各国的谈判起了多大的作用。但是有一点可以肯定,自从辜鸿铭来到李鸿章身边之后,帝国利用瓦德西确实在挑动各国遏制俄国人对东三省的阴谋上起了一些作用。当对李鸿章表现得最殷勤的俄国人带头向中国索取七亿两赔款的时候,各国就有了剧烈的反对之声,因为他们认识到这是俄国人企图"让中国精疲力尽,然后乘虚而入"。

李鸿章的突然病倒,使虽做拖延之状但实际急于谈成的联军有点沉不住气了,于是各国草拟的"议和大纲"终于出笼,并邀请李鸿章去西班牙使馆接受十一国公使的面呈。但是,李鸿章已经病得起不来了,只好让庆亲王自己去。当庆亲王拿回十一国拟定的"议和大纲"后,李鸿章深感各国开列的条件极为苛刻,特别是结尾处的声明:"如果不答应以上条款,就没有各国撤军的希望。""议和谈判"谈在李鸿章,"行在政府",而政府此刻远在陕西西安,于是朝廷"屡传电谕授意辩驳"。

"议和大纲"共十二款,其要点是:

一、德国公使克林德被害,钦派亲王充专使赴德国谢罪,立碑于遇害地;

二、严惩祸首,戕害凌辱洋人的城镇五年内停止科举考试;

三、因日本书记官杉山彬被害,中国须向日本政府谢罪;

四、中国须在外国人坟茔曾遭到亵渎之处竖立碑碣;

五、制造军火的各种器料不准运入中国;

六、公平赔偿外国人身家财产损失;

七、各国驻兵护卫使馆并划定使馆区,中国人不得居界内;

八、销毁大沽炮台;

九、由京师至海边通道由各国留兵驻守;

十、永远禁止中国军民人等加入仇视外国人的团体;

十一、修改通商行船各约;

十二、改革总理衙门和各国公使觐见礼节。

连慈禧身边那个一贯善于沉默的荣禄都感到害怕了:"将来中国财力兵力恐为彼族占尽,中国成一不能行动之大痨病鬼而后已!"⑤ 而帝国的南方大员更加愤怒,张之洞力主不能在"议和大纲"上画押,同时再次提出迁都。这一次,张之洞建议把帝国的都城迁到洋人的大军舰开不进去只能行驶小轮船的长江上游去,地点是荆州——尽管官员们把张之洞的心思看得很明白,他还是想把朝廷置于自己的辖区内,从而取代直隶总督李鸿章成为封疆大臣之首,但是出于对洋人开列条件的一致愤恨,他们还是表示支持张之洞的建议。各国得知帝国南方大臣的态度后,立即警觉起来,联合用威胁的手段向李鸿章施加压力。已与各国磋商数月而心力交瘁的李鸿章对"不明敌情"而"局外论事"的张之洞十分恼火,他认为如果坚持不画押,谈判就会立刻破裂,结果只能是将帝国拖入无休止的战乱之中:各国在京城屯兵数万,随时有扩大战争的可能。在这种情况下,帝国的正常秩序无法恢复,逃亡中的朝廷无法履行职能,关系到国计民生的经济活动陷于停滞,人民的灾难和国家的衰弱只能一天甚过一天。在这种内外皆危之际,高谈阔论并不能扭转现实的危困。坚持全权大臣必须握有全权的李鸿章在给张之洞的回电中说:"不料张督在外多年,稍有阅历,仍是二十年前在京书生之习,盖局外论事易也。"㊿不到情急之时,李鸿章断不会如此挖苦张之洞。

李鸿章这下病得更重了。国中有人十分清楚李鸿章以全权大臣的名义与各国所进行的议和,其实不过是大清帝国自欺欺人的一个名目而已:"可怜名为全权,于各国开议,其实彼族均自行商定,无所谓互议也。"㊼

各国公使轮流来看望生病的李鸿章。日本公使最恭敬,始终点头哈腰。美国公使老是重复"祝贵大臣早日恢复"这句话。瓦德西建议让德国医生去为李鸿章诊治。只有英、法两国公使不客气,因为在对"议和大纲"的辩论中他们都做出了让步,心里很不痛快,于是站在李鸿章的病床边恶狠狠地说,这个大纲是最后的立场了,如果再不签字,大战马上就要爆发,希望贵大臣不要重蹈叶名琛的覆辙。据说,英、法公使走后,李鸿章"放声大哭",辜鸿铭劝了半天。

万般无奈之下,庆亲王奕劻给远在西安的荣禄写了一封很长的信,详细分析了大纲的十二款,除了表示在保全载漪和载澜这两个懿亲——与慈禧有亲戚关系的人——的性命上不能让步外,其余的似乎可以接受。比如禁止中国输入军火,中国可以从条约之外的国家进口,况且"洋商惟利是图,暗中运售,亦无从查禁";再如销毁大沽炮台一款,既然洋人要在那里驻军,帝国即使"坚台巨炮巍然矗立,亦属徒具外表"——这显然都是李鸿章的观点。

在病榻上还在与洋人周旋的李鸿章没有想到,慈禧看了十一国的"议和大纲"后"惊喜万分",因为各国开列了那么多条款,竟然没有一条涉及她的权力,也就是说各国最终并没有把她列入祸首,洋人并没有让她交出统治权的意思,于是大清帝国的皇太后立即表示:"敬念宗庙

社稷,关系至重,不得不委曲求全。"并给李鸿章回电:"所有十二款,应即照允。"㉘

一九〇一年一月十五日,李鸿章和庆亲王代表大清帝国政府在"议和大纲"上签字。

但是,辜鸿铭觉得还有讨价还价的余地,特别是允许洋人在中国驻军一事值得商榷,不应该就这样匆匆签字。为此,他立即翻了脸,说李鸿章仅仅为了保全载漪一伙的性命,任何丧权辱国的条约都肯签字。李鸿章说:"你的意思是说我是秦桧了?"辜鸿铭说:"卖国者秦桧,误国者李鸿章!"然后拂袖而去。

李鸿章吐血了。

这是这位积劳成疾的重臣第一次出现这种症状,家人下属慌成一团。

知道自己时日不多的李鸿章想快一些把谈判结束。

谈判结束的直接标志,是各国军队撤出京城和朝廷回京。

李鸿章无论如何也想看到这一天。

但是,在朝廷准许"议和大纲"之后,联军却没有撤军的丝毫迹象。各国的态度是:必须把赔偿数额定下来,必须亲眼看到惩办祸首。

关于惩办问题的谈判,耗尽了李鸿章的精力。尽管他憎恨把帝国推入深渊的端郡王一伙,但是对皇室一片忠心的他还是要极力维护皇亲国戚的尊严,他不能想象帝国的皇家成员被绑到菜市口在洋人的监督下被砍去脑袋的情形。除了答应各国提出的要给在帝国混乱的时候被朝廷正法的袁昶、徐用仪、许景澄、联元和立山等大臣"开复原官"之外,李鸿章最终还是顶住了各国反复要求把端郡王等皇亲正法的压力。无论如何,满清帝国是李鸿章这个身为大员的汉人的精神寄托,他愿意用尽生命的最后气力来保持他为大清帝国为官一生的名誉。

二月五日,拖着病身的李鸿章再次就惩办问题与各国协商。这次协商似乎令联军的立场有所松动。会后,美国驻华公使康格给美国国务卿米尔顿写信,就惩办问题的谈判过程和结果作了详细汇报,信中真实描述了各国的步步紧逼和李鸿章的极力斡旋:

阁下:

> 我荣幸地向您报告,各国代表与中国全权大臣于本月五

日共同开会,旨在使他们有机会听取我们在要求中提出的惩罚问题。

为了使大家都同意,我们准备了一份说明每一个案件的简要控诉书,由外交团团长宣读。我随函附寄控诉书的抄本一份。因此次会议只限于口头上的会谈,所以控诉书不交给中国全权大臣。

他们说,对端郡王和辅国公不可能执行死刑,但他们同意将他们永远流放到新疆。将令庄亲王自尽;毓贤将正法;董福祥将军业已贬职,以后将再从严惩处,他在甘肃很有声望,操之过急,会在人民中引起骚乱,等等。至于其他人,他们坚持这些人的罪行不那么严重,或者不如上述诸人已有充分的证据,因此应给予较轻的惩处。我们的回答是:即使是其中罪行最轻的人也应判处死刑。因为死刑是能够给予的最严厉的惩罚。我们要求全部处决。他们断言要朝廷接受我们的要求非常困难,还会使他们处于尴尬的境地,请求各国公使不要给他们造成不必要的困难。他们对我们指出的人所犯的主要罪行和应负责任毫不迟疑地予以承认,也不为中国政府掩饰他应负的责任。

我们添上了总理衙门大臣、礼部尚书启秀和前刑部左侍郎徐承煜的名字,其理由已在控诉书中陈述。此二人现由日军军队拘禁在城内。

这个全权大臣和有些公使之间进行了许多杂乱无章的谈话,既无重要意义,也没有什么成效。尽管如此,我们全都有此印象,他们会尽可能满足我们的要求的。

同日下午,各国公使聚会。经长时间的讨论,取得了一致意见:我们将不再对中国让步。最后全体通过了必须惩办的人员名单及其应受的惩罚,照会这个全权大臣,随函附寄这个照会的抄本。

英国公使在德国人和其他一些人的附和下,一致坚持要求将端郡王和辅国公载澜处以死刑。但最后他同意,如果以某种方式将他们判处死刑记录在案,然后再立即赦免,他也赞成。一个适合这样的惩处并相信能为朝廷接受的中国式的办法终于找到了，于是就照此方式提出要求。如您将在附寄的照会中看到的，措辞如下："端郡王和辅国公载澜判处斩监候，如在判决后皇帝即愿意开恩保全他们的生命，可把他们流放到新疆，终身监禁，以后不得再对他们施恩减刑。"

我们还将开列另一份名单，要求惩办那些对屠杀或虐待教士曾经附和或直接负责的地方官吏。

康　格

1901年2月7日(59)

惩办问题似乎有了结果。

接着就是赔偿问题。各国都想趁机加大勒索以发一笔横财，争吵中逐渐形成两个阵营：在华商业利益较少的俄、德、法等国漫天要价，而在华有经济利益的日、英、美等国怕因此削弱中国市场的购买力，从而损害他们的商业利益，则极力主张赔偿数额应"保持在一定限度之内"。

李鸿章已经没有力气坐到谈判桌前与洋人争执了，他不愿意再为大清帝国的几两银子去对洋人低三下四了，他已经吐血吐到了"濒危"的地步。

关于赔偿问题的谈判，庆亲王也没有出面，全部由下级官吏与各国讨价还价。

谈判的最后结果是：赔款总额四亿五千万两，分三十九年还清，年息四厘，以关税、盐税和常关税收入作担保抵押。

各列强国之所以提出四亿五千万两，这个数字并不是根据各国的实际损失统计的，而是根据当时大清帝国约为四亿五千万的人口数提出的。列强们的说法是："人均一两，以示侮辱。"

朝廷给李鸿章回电："各国偿款四百五十兆，四厘息，应准照办。"

李鸿章再一次大口地吐血。他无力地躺在病榻上，盼望着能够听见联军撤军的消息，盼望着看见太后硬朗朗地乘着金銮大轿回到京城，盼望着他还能像平日里一样跪在储秀宫外的台阶上向里面大声地问一句"吉祥"。

李鸿章看见的是窗外漫天纷飞的大雪，听见的是一阵紧似一阵的鞭炮声。

一九〇一年的春节到了。

中国人无论遇到怎样惊天动地的大劫难,只要一息尚存,百年来的春节就还要按照规矩过。除了在一年的惊慌和劳作后,能够有借口歇息放纵几日外,更重要是,春节在中国百姓心中是那些神仙活动频繁的日子,中国人为了自己明天的命运着想,也得在春节腾出空儿来为繁忙的诸位神仙迎来送往。财神、喜神、灶神、神农、尧舜和观音菩萨,都在祭祀之列。再穷苦的人家,只要有间茅屋,就要扫房,以把上一年所有的晦气扫除干净。无论是朱漆大门还是破败的柴扉,都要贴上对联。汉人贴的是:"又是一年芳草绿,依然十里杏花红"和"天增岁月人增寿,春满乾坤福满门";满人贴的是:"天恩春浩荡,文治日光华"和"忠厚传家久,诗书继世长"。晚上,豪富显宦巨大的府邸灯火辉煌,人声鼎沸;平常人家的小屋内也是炉火幽红,幸福洋溢。饺子熟了,合家一起簇拥着年纪最大的长辈围坐,只有淘气的孩子还要往外跑去放鞭炮。鞭炮声逐渐稀落之后,打起灯笼的孩子在铺满院子的芝麻秆上欢乐地嬉戏,踩出一片沙沙声,中国人管这叫做"踩岁"。在驻满洋兵的京城里,满城的中国孩子弄出的这种奇妙的沙沙声,令洋人有些紧张,因为不久前搞不清从哪儿突然冒出的义和团就这样蹑手蹑脚地袭击过他们。当他们醒悟之后,顿时产生了一种更深的恐惧,他们觉得中国人是一群具有不可思议的勇气以致可以完全忽略自己危险处境的人;要不然就是中国人对洋人蔑视已经到了一种虽然近在咫尺仍可视而不见的境界。新的一年的第一个黎明来临,大街小巷充满了中国人互相道喜的声音,没人追究自己的"喜"从何而来以及"喜"的是什么。在相互的祝贺声中,每一个中国人的心里都陡然萌生出一种对明天的信心——这个民族就是在这样的时刻集体悟出了生命、生存以及生活的全部意义。

同样在这个时候,在大清帝国里,只有少数几个人对生命、生存和生活感到了彻底的绝望。

正月初三,逃亡到西安的朝廷颁布了惩办祸首的谕旨。

列在惩办名单第一位的是毓贤。此时,毓贤已被革职,正行进在流放新疆的路上。毓贤到达兰州的时候,朝廷的谕旨到了,新的裁定是

"就地正法"。前往执行的是钦差大臣何福堃和甘肃总督李廷箫。决定对毓贤执行死刑的消息,立即在兰州扩散开来,数千绅民聚集在一起为毓贤"请命",何福堃和李廷箫不要说"正法",连毓贤的人影都找不见了。可是,耽误圣旨同样是犯罪。两个人彷徨一夜,想出一个办法。第二天,他们在一个寺院里摆酒席宴请毓贤,打算于交杯换盏之中伺机下手。毓贤盛装出席,酒过三巡时,毓贤突然大喊一声"动手",只见刀光一闪,鲜血喷射,毓贤人头落地。杀毓贤的是一个武官,李廷箫根本不认识。正惊魂未定,这个武官自杀于酒宴之上。原来,毓贤知道自己必死,不死就会连累那些为他打抱不平的百姓,于是让仆人去劝说百姓"不得抗旨",然后为自己写了两副挽联。

其一：

> 臣罪当诛,臣志无他,念小子生死光明,不似终沉三字狱;
> 君恩我负,君忧谁解,愿诸公斡旋补救,切须早慰二宫心。⑥

其二：

> 臣死国,妻妾死臣,谁曰不宜？最堪悲老母九旬,娇女七龄,髦稚难全,未免致伤慈孝治;
> 我杀人,朝廷杀我,夫复何憾？所自愧奉君廿载,历官三省,涓埃无补,空嗟有负圣明恩。㉖

最后,他把亲近的武官叫来,命令他当晚把刀磨锋利。

李廷箫,曾在毓贤任山西巡抚时出任山西藩司,是坚决执行毓贤杀洋人指令的官员——"附和毓贤,纵拳戕教。"毓贤死后,他埋葬了毓贤,埋葬了已经自尽的毓贤的小妾,回到寓所写了一份报告毓贤已死的奏折,吩咐人快马送至西安。然后他紧闭房门,服毒自杀。

与毓贤比起来,赵舒翘死刑的执行过程艰难了许多,令人感到一个强壮的生命在不愿意死的时候其抵抗力会有多么的顽强。即使按照联军的定罪条件,赵舒翘也不应该被判死刑,因为在一九〇〇年的夏天,他并没有纵容义和团杀洋人的具体行为。因此,跟随朝廷到达西安的赵舒翘一直认为自己不会死。当他接到"斩监候"的谕旨被押往西安衙门的时候,他并没有特别的悲伤,认为这是朝廷向洋人做出的样子,等洋人不再穷追不舍了,他自然就会被释放的。但是,他等来的却是定他为"斩立决"的传闻。赵舒翘坚决不信,他知道慈禧必会为他说话。而整个西安更是群情激愤,绅民们联合到军机处喊冤,并且写下"愿以全城之人保其免死"的呈禀。军机大臣们马上晋见慈禧商量办法,但是"自六时至十一时仍不能决",因为没有人敢提出再与洋人交涉申辩。而西安鼓楼附近聚集的百姓已达到数万之多,人群"齐呼如赵就刑,必抢法场"——"西安乃赵之本乡。"最后,朝廷决定开恩,由"斩立决"改为"赐赵舒翘自尽"。圣旨由陕西巡抚岑春煊向赵舒翘宣读。军机大臣们想在最后时刻挽救赵舒翘的性命,急忙再次求见慈禧,于是负责监督行刑的岑春煊就与赵舒翘一起坐在关押他的监房里等。赵舒翘坚信肯定会有另外一个赦免他不死的圣旨来到,因为他是太后最宠信的大臣之一,军机大臣们也都是与他交情不浅的朋友。派去打探消息的手下人一拨接一拨,但是很快就都回来了,带回来的都是不可能赦免的消息。没有人敢把必死无疑的消息告诉赵舒翘。赵舒翘一会儿情绪焦急地问有什么消息,一会儿乐观地诉说自己不该死的原因,一会儿又命令手下人再去打探,一直折腾了六个小时之久。其实,谁都看见了,所有打探消息的人都在门口蹲着不敢进来。时间已至中午,因为圣旨上有他死亡的时限,这些人商量好了一起进去禀报,赵舒翘愣了半天就是不敢相信。他不断地问"有圣旨到么"? 最后,他的夫人轻声说:"主忧臣辱,主辱臣死,死何足惜? 于国奚裨?"然后,拿出一包金子。绝望的赵舒翘犹豫很久,才在岑春煊的监视下含泪把金子吞下去。在等待死亡到来的时候,这位大清帝国的忠臣一直处在亢奋状态中,他对人大谈自己死后应该如何料理后事,哭诉自己对九十多岁老母亲的留恋。前来看望他的亲朋好友络绎不绝,开始的时候,岑春煊怕出意外禁止亲友探望,但是他最终阻挡不住,只有盼着赵舒翘快死。三个小时过去了,赵舒翘没有任何死亡的迹象,连肚子疼的现象都没有发生。有人怀疑金子是假的。这时候,屋里的一声惨叫证明了金子的货真价实——赵舒翘的夫人吞金之后开始发作,惨叫声持续很久,然后是扑通一声,接着监房里寂静下来。岑春煊看时辰不早了,耽误了圣旨规定的时限就是抗旨之罪,他也要受连累,于是递给赵舒翘一缸鸦片烟,让他喝下去。喝了鸦片的赵舒翘只觉得浑身燥热,口渴难耐,他开始不停地喝凉水,尽管脸都肿了,痛苦地张牙舞爪,但是到了下午依旧没死,而朝廷命岑春煊"下午五时复旨"。岑春煊又让人找来砒霜,心急火燎地灌进赵舒翘的嘴里。这一回,赵舒翘倒下了,他满地翻滚,呼喊不止,说他感到很难过。又过了两个小时,朝廷要求复旨的时间已剩不多,赵舒翘还是没有咽气。岑春煊的随行人员出了个主意:把厚纸蘸上烧酒,将赵舒翘的嘴和鼻子封住。于是,大家一起动手,一共封了五次,每次都认为必定死了,但赵舒翘就是还有气息。折磨一直持续到正月初四凌晨,赵舒翘死了。

史书对赵舒翘之死评述道:"惨矣!然岑亦忍矣哉!"

无法理解赵舒翘为什么不选择能够迅速致死的方法结束生命而甘愿承受这般煎熬。唯一可以解释的理由是:即使在彻底闭上眼睛的最后时刻,赵舒翘依旧期待着他所尽忠的朝廷能够赦免他,为此他可以忍受非人所能忍受的一切,直至气绝。

英年的服毒自尽简单而迅速:"天明,下人见彼卧于地上,满面污泥,已半死矣。盖彼吞泥,喉哽气闭。"[62]而庄亲王载勋写完遗书之后便开始大骂:"要的是尽,我早知道。他们不得我死,不能甘心。恐怕我们的老佛爷,也不能长久。"[63]正骂得起劲,监斩官员喊:"请王爷升天!"载勋叹了一口气,把绳索套在自己的脖子上,差役踢翻了他脚下的板凳。庄亲王临死前"对其子曰:'你须记得,以后尽力做事,报效国家是汝的本分,不要忘了。无论怎样,只要与国家有益,总不要叫洋人占夺祖宗留遗的锦绣江山'"。——"庄王盖太祖之裔也。"[64]启秀和徐承煜是在京城菜市口被砍头的。在被日军关押期间,这两个人差点逃跑成功。启秀的母亲病逝,他向日军"请假"回家办理后事,徐承煜也趁机说自己要埋葬父亲,日军准许他们回家了。两个人刚出大牢的门,便密谋逃往西安,可还没行动就被日军抓了回来。正月初五,日军为他们准备了一桌酒席,在酒席上宣读了朝廷将他们"就地正法"的谕旨。启秀表现冷静,说:"既然如此,是太后的旨意,而不是洋人的意思,我死而无怨。"[65]而徐承煜却魂飞魄散,大喊冤枉,然后开始疯狂地大骂,从朝廷一直骂到眼前的日本人。第二天,刑部派人来提他们,日军因为他们是帝国的高级官员,没有上绑,并特地为他们准备了绿呢大轿。两人被送至刑部大堂。启秀与妻子诀别。徐承煜已经精神恍惚,眼前的刑部大堂不久前还是他发号施令的地方,包括袁昶等帝国高级官员都是在这里被他宣判死刑的,没想到现在自己却跪在这里成了死刑犯。他泪流满面,泣不成声。换乘骡车被押往刑场的时候,沿街观者"如堵"。启秀神色从容地走下车,对身边的人说:"忠告各位,后代们千万不要做官。朝廷畏祸,不能保护出力的人。就是做了官,也不要出力气,做事惹了祸,最终是要自己承担的。"⑥然后,引颈就刀。徐承煜则是被人从车上拖下来的,因为他已经不省人事了。几个月前在这个地方当监斩官的他与袁昶对骂的情景仿佛就在昨日。最后时刻,徐承煜在地上翻滚挣扎"不肯就刃"。

在被惩办的帝国官员中,以董福祥最为奇特。他是在北京攻打使馆时人人皆知的指挥者,按照各国提出的惩办条件,第一个应该处死的便是他。但是,联军攻入京城之后,他带领甘军"大掠西归",回到了西北自己的地盘上。这一下,如同龙归大海虎入深山,不要说朝廷,就是洋人也不敢对他下手了——"虑激回变,不敢戮之。"董福祥在甘肃给荣禄写过一封信,除陈述自己报效朝廷之心外,着重说明他的一切行为全部是在荣禄的指挥下做的:"承公驱策,故不敢不奉命惟谨。"因此,他认为自己与荣禄的命运应该是捆在一起的:"戮力攘夷,祸福共之。"最后还威胁说:

> 祥一武夫,无所知识,但恃公而为犬马之奔走耳。今公巍然执政而祥被罪,祥虽愚驽,窃不解其故。夫祥于公,其力不可谓不尽矣。公命行非常之事,则祥冒死从之;公欲抚拳民,则祥荐李来中;公欲攻使馆,则祥弥月血战。而今独罪于祥,麾下士卒解散,咸不甘心,且有欲得公之元者。祥以报国为心,自拼一死,将士咸怨,祥不能弹压,惟公图之。⑥

可以想见荣禄读了这封信后惊慌失措的神情。董福祥不但把自己的行为全部归结于荣禄的授意和指挥,而且还扬言说如果朝廷要治他的罪,他定会起来造反,而且他的部下现在就欲取荣禄的脑袋了——"有欲得公之元者。"荣禄更害怕的是两个局面:一、如果这封信落到洋人手里,自己不知是否还会如此逍遥;二、如果西部的回族大规模造反,东是洋人占京城,西是回族要灭清,自己必定死无葬身之地。

1901

"荣得禀,急送五十万金,将士赏赉有差,董乃已。"——荣禄急忙给董福祥送去五十万两金子,董福祥就不再言语了。没有更多的史料表明,荣禄曾经用金子封住董福祥的嘴,在野史资料中仅此一句。但是,从洋人那里传回来的《景善日记》却是白纸黑字。作为京城皇家军队的最高指挥官,荣禄竟然没有进入各国开列的惩办名单,除了怀疑那个为荣禄解脱责任的《景善日记》的真实性之外,此事至今仍是一个历史谜团——被称为帝国官场上最狡诈之人的荣禄,与这个帝国光怪陆离的政治内幕一样深不可测。

董福祥一直安然无恙,最后老死在西部家乡。

被判流放的辅国公载澜到了新疆,过的依旧是王公的日子。而端郡王载漪在慈禧的暗中庇护下,连新疆都没去,仅仅走到内蒙古他丈人家就不再走了。他住在王公的大庄园里,舒适程度与在自己家里一样。他还在西北地区到处游玩,所到之处,各地官员无不极力奉承,同时送上大量的银子。他的良好感觉来自那个顽固的梦想:他的儿子还是皇储,洋人并没有给他的儿子定罪,等儿子当上皇帝之后,他就可以回到紫禁城享受太上皇的日子了。载漪一直活过了大清帝国灭亡,民国的时候他又受到西北军阀的格外关照——每月奉送大洋数千。其间,他曾经回过京城一次,名义是治病。当他挂着皇家旗帜的车队浩浩荡荡地走过数千里路程进入京城之后,满城欢呼"杀洋人的王爷回来了",想一睹他的风采的百姓塞了个满街满巷,连洋人们也跟着跑出来看热闹了。

至于给袁昶等人平反,朝廷的谕旨措辞艰难:

> 本年五月间拳匪倡乱,势日鸱张。朝廷以剿抚两难,迭次召见臣工,以期折衷一是。乃兵部尚书徐用仪,户部尚书立山,吏部左侍郎许景澄,内阁学士联元,太常寺卿袁昶,经朕一再垂询,词意俱涉两可。而首祸诸臣遂乘机诬陷,文章参劾,以致身罹重辟。惟念徐用仪等宣力有年,平日办理交涉事件,亦能和衷,尚著劳绩,应即加徐用仪、立山、许景澄、联元、袁昶均着开复原官,该部知道。[68]

如果把袁昶等人计算在内,自一九○○年酷夏至一九○一年隆冬,半年的时间里大清帝国将自己的半数政府官员都杀死了。

那些死了的帝国官员阴魂永久不散。他们没有一个人在临死的时候能够说清楚自己为什么而死。帝国的官员从做官的那一天起,就有突然死亡的思想准备,因为他们面对的毕竟是一个风雨飘摇的时代。但是这一次不同。如果是洋人让他们死,他们尚可以"为国殉节"自居,但是朝廷的圣旨称他们是酿成奇祸的祸首,这使对朝廷尽忠效力的他们死不瞑目。

有人把大清帝国这种自己惩办自己的行为称为"臭袜子政治"——袜子一旦脱下来,就得扔得远远的,免得臭气熏着自己或者脏物粘在自己身上——这个比喻倒也形象。但是,人们总是忘记这样一个道理:袜子有什么过错,臭的不是脚么?

过朝廷

一九〇一年九月七日,大清帝国议和代表直隶总督兼北洋大臣李鸿章、总理各国事务衙门大臣庆亲王奕劻与德、奥、比、西、美、法、英、意、日、荷、俄十一国代表正式签订"最后议定书",即中国近代史上的《辛丑各国和约》,简称《辛丑条约》。

《辛丑条约》除正约之外,还有十九个附件,主要内容为:中国赔偿白银四亿五千万两,分三十九年还清,年息四厘,以海关税、常关税和盐税作为抵押;将东交民巷划为使馆区,界内由各国驻兵管理,禁止中国人居住;拆毁大沽炮台及有碍京师至海通道的各炮台,外国军队驻扎从北京至山海关沿线的十二处要地;惩办祸首诸臣;永远禁止中国人成立或参加与各国仇视的各种组织,违者处死;各省官员对辖境内发生的"伤害各国人民"的事件,必须立刻镇压,否则即行革职,永不叙用;外国人"遇害被虐"各城镇停止文武科举考试三年;修改通商行船条例;改各国总理事务衙门为外务部,班列六部之前。

《辛丑条约》的签订,标志着中国半封建半殖民地社会的完全形成。

1901

《辛丑条约》中最要害的条款,是外国有权在中国领土上驻军和中国将要支付的巨额赔偿。这是无论按照什么样的国际惯例都寻找不出依据的强盗式的条款。外国在中国的国土上堂而皇之地驻扎军队,这使中国门户尽失,使这个有着漫长边境线的国家被剥夺了所有的国防安全,甚至不再有国家领土完整这一概念。《辛丑条约》给中国带来的屈辱和伤害以及随后帝国主义对中国的进一步侵略瓜分,给中华民族造成了深重而长久的灾难。

即使当时的满人也预感到了:"此纸上条文,又为将来无数困难问题发生之源。"

近百年后,曾经有中国孩子在课堂上向讲解一九三七年卢沟桥事变的老师提出一个问题:日本军队和中国军队的战争为什么会爆发在宛平城?年轻的老师一时语塞,他似乎从来没有把这个问题当做一个问题来考虑——即使是孩子也知道,两国之间爆发战争的合理地点应该是边境线。而卢沟桥距离北京咫尺之遥——一九三七年日本军队出现在北京近郊宛平县从而挑起后来持续八年之久的侵华战争,正是缘于一九〇一年《辛丑条约》规定的外国人有权在北京驻军以保护使馆的这一条款。

《辛丑条约》签订后,各国陆续从北京撤军。但是,一直声称自己的领土大得用不完的俄国人却没有从中国东北撤军。对于俄国人的行径,怀有同样野心的日本人十分愤怒。终于,日俄战争全面爆发,其战场竟然在中国的东北。令人不解的是,两个异国在自己的国土上为瓜分自己的国土而进行战争,大清帝国的朝廷竟然宣布自己保持"中立"——如同两个强盗在张三家里因为谁有权对这个家实施抢劫而打架,可张三却躲在一边声明自己与这场斗殴无关——这个庞大帝国的精神已经被屈辱而悲伤的往事折磨得严重畸形了,这种畸形导致类似一九〇〇年不足两万人的各国联军轻易打垮了数十万帝国军队的事实一再在这片国土上重演:卢沟桥事变发生时,日军在整个华北的兵力不足九千,而仅在同一地区的中国军队宋哲元部其兵力在十万以上。此前的"九一八"事变发生时,在中国东北的日本驻军总数仅为两万,而张学良的东北军兵力多达十九万之众,可战斗的结局人所共知:日军第二天占领沈阳,一个星期后占领辽宁、吉林,四个月后占领整个东北。

一九〇一年大清帝国政府的赔款数额几乎是一个天文数字。四亿五千万两,年息四厘,连本带息总额为九亿八千二百二十三万八千一百五十两。当时,帝国政府一年的财政收入不足九千万两,也就是说,此项赔款数额相当于帝国政府十年的财政总收入。这笔巨额款项,可以使当时地球上任何一个国家立即成为世界强国。大清帝国建立北洋海军的时候,动用了六百万两白银便把帝国海军的地位提升到世界第六,而庚子赔款之数额可以建立一百六十支位居世界第六的北洋海军。巨额赔款完全奴化了本来刚刚向着近代化迈进的帝国经济,连年的赔款更使百姓捐税的负担程度达到无法承受的极限,这使整个帝国陷入了极端危险的政治危机中,直接针对帝国政权的造反层出不穷,最后终于导致了大清帝国的灭亡,导致了中国几千年封建帝制的灭亡。

慈禧在批准《辛丑条约》最后文本的时候,就赔款问题说过一句惊人的话:"量中华之物力,结与各国之欢心。"

列强们从大清帝国拿到的赔款数额分配表是:

俄国:一亿三千零三十七万一千一百二十两;

德国:九千零七万零五百一十五两;

法国:七千零八十七万八千二百四十两;

英国:五千零六十二万零五百四十五两;

日本:三千四百七十九万三千一百两。

美国:三千二百九十三万九千零五十五两;

意大利:二千六百六十一万七千零五两;

比利时:八百四十八万四千三百四十五两;

奥地利:四百万零三千九百二十两;

其他国家:一百二十二万零二千一百五十五两。

连列强们自己都说,这个数字远远超出了联军所蒙受的损失。

俄国人分得最多,其公使在给沙皇的报告中,按捺不住兴奋地说:"这是一场最够本的战争!"本来由于连续的对外战争致使国内财政困难的日本,得到赔款之后有了一种发横财的感觉,立即扩大了军费预算。美国人在赔款问题上的做法,至今还让中国人评论不休。一九〇一年,美国人曾经私下里计算过,认为他们如果能够得到两百万美元就满足了,而他们实际得到的远远超出了预料。到一九〇五年,美国得到的赔款已经达到两百万美元(按白银折合美元计算)。一九〇八年,美国政府把除两百万美元以外的其余赔款退还给中国政府。一九二四年,美国政府宣布,其余的赔款也全部放弃。跟随美国的举动,各国也相继放弃了索取剩余赔款的要求:俄国于一九二四年,法国于一九二四年,英国于一九二六年,比利时于一九二八年,意大利和荷兰于一九三三年。美国人对于退还中国政府的款项,作了专用的规定,即在中国建立一所中国学生留学美国的预备学校,这便是如今举世闻名的清华大学的前身——有中国人说,这是美国营造世界文明的友好表现,也有中国人将美国的此举称为帝国主义的文化侵略——无论如何,清华大学至今依然是中国乃至世界最优秀的知识殿堂。

在《辛丑条约》上签字回来的李鸿章再次吐血——"紫黑色,有大块",半痰盂之多。西医诊断说是"胃血管破裂"。这位大清重臣已是"寒热兼作,痰咳不支,饮食不进"。

知道自己即将离世的李鸿章给朝廷写了《和议会同画押折》:

> 臣等伏查近数十年内,每有一次构衅,必多一次吃亏。上年事变之来尤为仓促,创深痛巨,薄海惊心。今议和已成,大局少定,仍望朝廷坚持定见,外修和好,内图富强,或可渐有转机,譬诸多病之人,善自医调,犹恐或伤元气,若再好勇斗狠,必有性命之忧也。⑨

难以想象李鸿章在写下"必多一次吃亏"这几个字时该是什么心情。他多年"外修和好,内图富强"的愿望现在说出来,实在是一种前途渺茫下的伤心无奈。他已经深切地知道这个伟大的帝国现在犹如一个重病人,如果仍旧"好勇斗狠"必有性命攸关的忧患——而作为一个民族得以安身立命的"好勇斗狠"之气概,到了大清帝国晚期竟成了连累身家性命的痼弊。

《辛丑条约》签订后,京城里一座曾经是义和团坛口的寺庙大门口,出现了一幅仿昆明滇池大观楼楹联体的长联,上书:"五百石粮储,助来坛里,上名造册,乱纷纷香火无边,看师尊孙脵,技演毛遂,乩托鸿钧,礼崇杨祖,伸拳闭目,何嫌大众讥评?趁古刹平台,安排些席棚草铺,便书符念咒,遮蔽那铅弹钢锋,莫辜负腰缠黄布,首裹红巾,背绕赤绳,手持白刃。数千人性命,丧在团头,熟睡浓眠,明晃晃刀枪何用?想焚毁教堂,搜剿民舍,秽污佛地,威吓官衙,张胆欺心,一任旁观笑骂。况劫财杀客,值自同疯狗贪狼。纵作怪兴妖,今已化飞禽走兽,只赢得律犯天条,身遭法网,神归地府,魂赴阴曹。"⑦

混乱的一九〇〇年过去了,中国人回想起那些"举事"的义和团时心绪万般复杂。义和团的农民以他们面对列强的反抗,起到了阻止帝国主义直接瓜分中国的作用。但是,显而易见,义和团运动是中国人非理性的排外情绪的大规模爆发,农民们的反抗凭的仅仅是万丈怒火和邪门法术,于是,在客观上,义和团运动所导致的历史后果是惊人的:虽然中国因俄国人对东北三省的野心所引发的国际制约而暂时避免了被瓜分,但是在北京的外国使馆从此成为一个凌驾于大清帝国政府之上的特殊权利团体,大清帝国的朝廷因此成了西方列强控制中国的工具。更重要的是,《辛丑条约》的被迫签订,让中国人看见了大清帝国即将倾覆的迹象,并在这种迹象之中想起戊戌变法时康党们所主张的那些变革国家的措施——这是对延续了几千年的封建帝制开始革命的思想前奏。

自一九〇一年春天开始,来自海外的政治流亡者、全国各地的官员和那些著名绅士的奏折纷纷递向西安。这些奏折大都强烈要求朝廷变革。在这些奏折中出现了一个新名词,是慈禧和光绪从来没有听说过的,这就是"国民"。

什么是国家?

国家是人民组成的。

什么是国民?

国民是人民行使国家的主权,人民拥有国家的财产。

而在封建帝制下,只有臣民,没有国民。所以,"中国几千年以来,人们只知有朝廷而不知有国家,这真是大可骇大可悲之事"。

要求朝廷实施新政的呼声迅速成为一股潮流,一时间竟然到了"人人欲避顽固之名"、"维新"再次成了时髦名词的地步。虽然流亡中的慈禧绝对不愿重提变法维新之事,但是她也认识到经过一九〇〇年的变故,如果仍不顺应民心,即使洋人愿意维护她的权力,她以后的日子也不会好过。因此,与其被动不如主动,慈禧指示光绪颁布了《倡议

直言》诏书:

> 我中国之弱,在于习气太深,文法太密。庸俗之吏多,豪杰人士少。文法者庸人借为藏身之固,而胥吏倚为牟利之符。公事以文牍相来往,而毫无实际。人才以资格相限制,而日见消磨。误国家者在一私字,困天下者在一例字。⑦

如果不是白纸黑字,没人敢相信这番话是慈禧说出来的,因为它像极了那个被朝廷通缉的康有为的原话。特别是"误国家者在一私字"一句,使得这道诏书酷似慈禧的检讨书。诏书极其准确地剖析了中国衰弱的原因,观点之精辟在百年后依旧能够令人感其锋锐。更值得注意的是,诏书并没有涉及如何学习外国的科学技术,而是直接着眼于帝国政体的变革了。

紧接着,慈禧要求各地官员"各就现在情形,参酌中西政要,举凡朝章国故,吏治民生,学校科举,军政财政","当因当革,当省当并,或取诸人,或求诸己"。⑫为此,一九〇一年四月,慈禧成立了一个专门处理变革奏折的机构,名为政务处。历史兜了一个大圈子,让整个国家备受创伤之后,又转回来了。所不同的是,两年前,呼吁帝国变革的是光绪皇帝,而现在是慈禧太后。流亡中的帝国政府的变革,依旧涉及政治、经济、军事等各个方面。在教育体制上,宣布废除科举和八股,建立近代意义上的学堂和相应的考试制度;在军事体制上,取消八旗兵制,改为省军制;在行政体制上,裁减臃肿的官僚机构和庞大的官吏队伍;在财政上,首先统一混乱的货币制度,疏通贸易交流之间的障碍。帝国政府的变革从一开始就是被迫的,这决定了它始终是一篇表面文章。而对于慈禧来讲,她最关心的依然是自己的权力,她对自己的权力是否稳固依然备有措施,这些措施中最重要的一条,就是拥有守卫在她身边的那群顽固的满族大员。这一点,使得帝国的变革最终演变为满族朝廷和贵族与各省督抚和绅士阶层之间的利益冲突。这种冲突逐渐激化的结果,只能是导致大清帝国迅速灭亡,这一点慈禧心里比谁都清楚。

一九〇一年,即使表面上积极支持帝国变革的洋人,也并不希望中国真正地富强。他们支持这个古老的帝国艰难变革的最终目的,是让中国人至少懂得世界范围内的自由通商并不是什么坏事,而提高中国人的文明程度会使中国人不要像一九〇〇年那样碰到洋人就砍一刀。

水中之鱼不可能变成空中之鸟。

外国联军撤出京城了。

第一笔赔款划拨到各国的账上了。

一块纪念被害的德国公使克林德的巨大牌坊在京城繁华的街头矗立起来了。

前往德国向德皇谢罪的醇亲王载沣出发了。

大清帝国终于度过了十九世纪与二十世纪交替时节的那些恐怖而悲伤的日子。

慈禧该回京城了。

《圣驾回銮》诏书依旧是以光绪皇帝的名义发出的：

> 上年七月以来，仓猝播迁，朕侍慈禧端佑康颐昭豫庄诚寿恭钦献崇熙皇太后，暂驻关中，瞬将经岁。睠怀宗社，时切疚心。今和局已定，昨经谕令内务府大臣扫除宫阙，亟欲即日回銮。惟现在时令已交仲夏，天气炎热，圣母高年，理宜卫摄起居，以昭颐养，万难于溽暑之际，跋涉长途。自应俟节候稍凉启跸。兹择于七月十九日，朕恭奉慈舆由河南直隶一带回京。着各该衙门先期望敬谨预备，此通谕一体咸知，俾慰天下臣民之望。[73]

慈禧从西安启程回京的日期是一九〇一年十一月三十日。拖延了朝廷启程的原因很多，重要的是慈禧没有最后弄清楚各国将如何对待她——“太后急欲知列强对于其权位之意见。”大臣们反复转达洋人对她没有任何恶意的信息，她又得知目前各国的“内讧”很是激烈，在这种情况下，她回京不但没有人身危险，权力也不会丢失，而且可能还会颇受欢迎。虽然有人仍建议把都城迁到别的地方去，理由除了涉及帝国的安全之外，还多了条以免太后“去那个经洋兵亵渎之地”——有人报告，占领颐和园的俄军曾经在慈禧的卧室里挂了一张“淫秽的图画”——但是，慈禧还是下定了回京的决心。尤其是她得知“宫中储藏之宝物未被联军所掠”时，回京的心情更加迫切了，因为她“恐太监等窃取也”。

1901

启程的那天,西安城一片混乱,地方官员不但张灯结彩,而且还准备了盛大的仪仗。百姓们都出来看,跪在打扫干净的大街两旁,慈禧的大轿一出,顿时哭声震天。后来才搞清楚,哭声不是西安城的百姓发出的,哭的是那些不能跟随慈禧回京的京城人。庄亲王的弟弟就在哭送的行列里。庄亲王载勋自杀后,跟随慈禧逃亡到西安的亲王的家眷没了依靠,几次要求晋见慈禧都没有得到恩准,于是他们知道自己的苦日子开始了。据说慈禧一走,庄亲王的弟弟在一个小衙门里当差混饭,而他年轻貌美的妻妾只好卖身为奴。慈禧说:"我听他们的话,说洋人万不能胜中国,我们真是大错。他们愚暗,险些亡国。我所可惜的,只赵舒翘一个人。"[74]原来一直侍候宫廷的西安知府胡延,现在已被提升为陕西盐法道和江安粮储道,"叩别天颜"的时候竟然"哽咽不能成声"。慈禧除了赏黄金四十两作为他赴新任的路费外,特别给他的东西更是种类数量繁多,超过西安城任何一个官员所得到的赏赐:

> 大卷袍料二件;江绸袍褂料四件;海参、江瑶柱、鱿鱼、笋干、鲅鱼、珍珠菜、蕨菜干、鱼肚、桂圆、干荔枝、建莲子、葛仙米各一匣;鲜荔枝、奶子各二筒;宣威火腿四条;黄羊一只;糟鱼三坛;虾子鲞鱼五十包;香片茶叶一箱;新会橙一篓;御书福字一方;橘子、橙子、冬笋各一包;板鸭凤鸡各二只;汤圆五十枚;内制太乙紫金锭、灵应痧药、万应锭、平安丹、藿香正气丸、蕳香丸、金衣祛暑丸、六合定中丸、清温解暑丸各一一匣;鄂铸银圆三十枚;粳米五斗;鹿筋四条;御笔画兰摺扇一柄;熏猪、晾羊各一只;雷州葛布袍料一件;黄葛布二匹;棕子二盘;普洱茶一大团;干蟹肉一匣;红绸袍褂料二件;月饼一盒……[75]

即使是逃亡中的慈禧依然富可敌国。

慈禧和光绪在一座寺庙里烧香之后,由三千人组成的庞大车队浩浩荡荡地出了西安城。皇家车队刚到第一站就不顺利,三千人马直接进了临潼县,不但不见知县夏良才的人影,整个县城烟火饮食一概全无。太监报告:"此间办差,一物未备,县令亦未在伺候,请老佛爷示下。"谁知慈禧并没有发怒,只是说:"应用之物,在我这里拿几吊钱去买吧。"太监们对太后的平和感到惊讶——"上赏内银二百两,令自觅食,亦绝异之事。"其实,到底是怎么回事,太监们很清楚。太监提前到达这里准备一切的时候,按照规矩,必向知县夏良才索取三千两见面礼。帝国的官员没有不知道这个规矩的。因为太后和皇上要到这里,只要太监收了银子,便会在太后和皇上面前美言几句,如果银子送得够意思,闹不好由于太监的夸奖,官员还可能得到提升。但是,这个夏知县就是不给。结果,太监把不懂规矩的夏知县准备的所有物品都砸了——"并水缸亦击破之。"砸了东西还不算,太监们还"寻殴县令,良才骇而逃,匿避于乡村"。知县因为拒绝向太监们送银子而被打跑,太监们反而对慈禧说:"夏令实已领款二万七千金,捏不肯发,所以诸事不备。"于是,夏知县被抓了回来。让太监们不解的是,本该掉脑袋的事,到了太后那里,这回好像也没什么事了,太后的结论是"从宽免议"。人们都说太后"更历患难,心气和平"了。[76]可是,太监们还是不甘心,因为皇家如此大规模的移动恐怕是最后的一次了,他们绝不能放过这个机会。车队到达洛阳的时候,怒气未消的太监对洛阳知县发威,说给太后准备的木炭不符合宫廷的尺寸,知县送了银子才没事了。

慈禧出发时的那种兴奋很快就消失了。庞大的皇家车队在苍茫的原野中起起伏伏,沿着黄河南岸东行进入帝国北方最富庶的中原地区,但是慈禧看见的却是一片荒芜。也许在前面开路的马队已经把百姓赶跑了,或者经过连年的灾害活着的百姓已经不多,车队经过一座又一座村落,都是没有人影、没有炊烟、没有鸡鸣犬吠,这让慈禧感到很伤心。她吩咐随行人员,凡她经过的地区免一年赋税,并且让那些知县们尽管来晋见,然后她"发银以赈之"。光绪更是一路默然,把轿帘拉得紧紧的,闭着眼睛一句话也不说。晚上住宿的时候,慈禧把皇帝叫到跟前,说:"从前在宫里的时候,不知小民之苦。那些地方官总是说民情安顺,看来不是那么回事。"[77]

距离郑州二十里的时候,大道边突然出现了彩棚,这让皇家车队为之一振。郑州知府已早早地征发民工,把大道一律修整成宽三丈高一尺的"叠路",上面铺满干净的黄沙。官员还特别选了不少长相说得过去的民女在彩棚里侍候皇差,并且下令郑州全城"鸡上笼、狗上绳",谁要是惊了驾老爷饶不了他。慈禧住在郑州衙门里果然安静舒适。从郑州出发的那天,皇家队伍由在天津和北京打了败仗的将领宋庆带领的马队为先导,然后是侍从人员的车轿,慈禧和光绪的八抬黄色御轿左右由四人挽纤,后面便是数不清的黄色、红色和蓝色的轿子。出城往西至中牟县,数十里大道两边跪满了百姓乡民,他们早几天便从方圆数十里内赶来,日夜在道边等候着,名曰来看"过朝廷"。

帝国的乡民百姓,大多世代没有看见过太后和皇上,虽然慈禧下令把轿帘全部打开,可侍卫们已经预先严禁乡民百姓抬头,所以来看"过朝廷"的人看见的只是轿夫的脚、马蹄和车轮。只有身穿蓝色长袍的秀才和廪生,才有上前一步下跪磕头的权利,他们对自己的这一特权感到无比荣光,个个恭敬地把准备的礼物高举过头顶。这些礼物五花八门,从炖熟的一只鸡到书写的一首诗,虽然大都被总管太监挡了回去,可他们还是举着——日后还得把鸡和诗供奉起来。让百姓骚动起来的是侍卫们每走百步便向空中抛撒"金叶子"。"金叶子"实际上是银制的极薄的小片,每片上面印有图案,每片大约价值铜钱数十枚。银光闪闪的"金叶子"在空中飞舞,慈禧笑了,有一种与民同甘共苦的感觉。乡民百姓顾不得礼仪,纷纷站起来抢夺,侍卫们厉声呵斥着,慈禧说:"得啦,别吓着他们。"

郑州知府李元桢连续几天都没合眼,在疲惫和紧张中他已经精神恍惚。皇家的车队刚一出他管辖的地界,开封府那边的官员一迎驾,他便一屁股坐在郑州、开封两府的交界线上,再也站不起来了。衙役们拉他起来,他还是站不起来,于是临时雇了辆农家独轮小车,把知府大人一直推到郑州东门,才换上了等待在那里的官轿。在轿子里依然昏昏沉沉的李元桢嘟囔着说:"老佛爷过去啦,我的命保住啦。"第二天早上一升堂,衙役们发现知府大人一夜之内"须发皆白"。

到达开封的时候,正是慈禧的生日。开封城内挂满灯笼,搭满戏台,为慈禧祝寿。慈禧在开封住了十天,官员们争相报孝,使她的行李又多了很多。从开封启程,慈禧乘龙舟过了黄河。接下来发生的事,让她刚刚平复的心境重又悲伤起来。到达卫辉府,慈禧一行欲从南门入城,谁知一个法国天主教神甫搬了把椅子,坐在路中央挡住了皇家车队的去路,三千人马被迫停止前进。这种时候,不要说随行人员,就连宋庆的护卫官兵也不敢上前。一个洋人与大清帝国的皇家车队对峙了很久,最后还是慈禧下令往后退,绕道西门进城。接着,另外一个令朝野上下无不悲哀的消息传来了:"合肥相国,已于今日午刻逝世。"

这两件事让慈禧的心情一下子恶劣起来:对于大清帝国来说,洋人们的气焰永远是巨大的威胁;而没有了李鸿章,满朝再也无人敢与洋人交涉了。

还是在前几天,慈禧接到李鸿章的电奏:

> 臣病十分危笃,京师根本重地,非庆亲王回京,不足以资震慑,乞天恩电饬庆亲王奕劻,无论行至何处,迅速折回,大局幸甚!⑱

慈禧回电,她希望李鸿章能够康复:

> 览奏深为廑念。该大学士为国宣劳,忧勤致疾,着赏假十日,安心调理,以期早日就痊。荣膺懋赏。有厚望焉!⑲

但是,李鸿章没有等到"荣膺懋赏"的那一天。他已经一个星期没有进任何食物,躺在贤良寺的病床上连说话的气力都没有了。他年事已高,高烧吐血,处在油尽灯枯之际。按照梁启超的描绘,这位大清帝国的重臣"久经患难,今当垂暮,复遭此变,忧郁成疾,已乖常度。本年以来,肝疾增剧,时有盛怒,或加病狂,及加以俄使助天为虐,恫吓催促,于邑难堪。拊心呕血,遂以大渐"。⑳所谓"俄使助天为虐",指的是在李鸿章咽气之前的一个小时,俄国公使还站在他的床头逼迫他在俄国占领东北地区的条约上签字。那个时候,李鸿章睁开了眼睛,他已经不能说话,他只有眼泪了。眼泪流尽了,李鸿章闭上了眼睛。身边的人大哭,说还有话要对中堂说,让他不能这么走。李鸿章的眼睛又睁开了。身边的人对他说,俄国人表示,中堂走了以后,绝不与中国为难。还有,两宫不久就能抵京了。李鸿章"两目炯炯不瞑,口动欲语"。身边的人再说:"未了事,我辈可了,请公放心去。"李鸿章"目乃瞑"。㉑

一九〇一年十一月七日,李鸿章在北京去世,享年七十九岁。

李鸿章留有遗折一份:

全权大臣直隶总督李鸿章奏为臣病垂危,自知不起,口占遗疏,仰求圣鉴事:窃臣体气素健,向能耐劳。服官四十余年,未尝因病请假。前在马关受伤,流血过多,遂成眩晕。去夏冒暑北上,复患泄泻,元气大伤。入都后,又以事机不顺,朝夕焦思,往往彻夜不眠,胃纳日减,触发旧疾,时作时止,迭蒙圣恩垂询,特赏假期,慰谕周详,感激零泣。和约幸得竣事,俄约仍无定期,上贻宵旰之忧,是臣未终心事,每一念及,忧灼五中。本月十九日(光绪二十七年九月十九日)夜,忽咯血碗余,数日之内,遂成沉笃,群医束手,知难久延,谨口占遗疏,授臣子经述恭校写成,固封以俟。扶念臣受知最早,蒙恩最深,每念时局艰危,不敢自称衰病。惟冀稍延余息,重睹中兴,赍志以终,殁身难瞑。现值京师初复,銮辂未归,和议新成,东事尚棘,根本至计,处处可虞,窃念多难兴邦,殷忧启圣,伏读迭次谕旨,举行新政,力图自强。庆亲王等皆臣共事之人,此次复更患难,定能一心协力,翼赞纡谟,臣在九泉,庶无遗憾!至臣子孙皆受国厚恩,惟有勖其守身读书,勉图报效。属纩在即,瞻望无时,长辞圣明,无任依恋之至。谨叩谢天恩,伏乞皇太后皇上圣鉴。谨奏。(82)

李鸿章还有遗诗一首,句句凄凉悲怆:

劳劳车马未离鞍,临事方知一死难。
三百年来伤国步,八千里外吊民残。
秋风宝剑孤臣泪,落日旌旗大将坛。
海外尘氛犹未息,请君莫作等闲看。(83)

李鸿章的去世,令“太后及帝哭失声”,而随行人员“无不拥顾错愕,如梁倾栋折,骤失倚恃者”。

大清帝国再也没有了“舍我其谁”的李中堂。

“李鸿章往矣,而天下多难将更有甚于李鸿章时代者,后之君子,何以待之?”

李鸿章死后两个月,梁启超写出皇皇大作《李鸿章传》,称:“吾敬李鸿章之才,吾惜李鸿章之识,吾悲李鸿章之遇。”面对国人曾经给予李鸿章的一致口诛笔伐,梁启超说:“天下惟庸人无咎无誉。举天下人而恶之,斯可谓非常之奸雄矣乎;举天下人而誉之,斯可谓非常之豪杰矣乎。虽然,以天下人云者,常人居其千百,而非常人不得其一,以常人而论非常人,乌见其可?故誉满天下,未必不为乡愿;谤满天下,未必不为伟人。"梁启超的定论是:"李鸿章必为数千年中国历史上人物,无可疑也;李鸿章必为十九世纪世界史上一人物,无可疑也。"

日本人对李鸿章的评价是:"彼在支那文武百僚中,确有卓越之眼光,敏捷之手腕,而非他人所能及也。彼知西来之大势,识外国之文明,思利用之以自强,此种眼光,虽先辈曾国藩,恐亦让彼一步,而左宗棠、曾国荃更无论也。"[84]

美国人的评价是:"从文人来说,他是卓越的;以军人来说,他在重要的战役中为国家做出有价值的贡献;以从政来说,他为这个地球上最古老、人口最多的国家的人民提供了公认的优良设施;以一个外交家来说,他的成就使他成为外交史上名列前茅的人物。"[85]

李鸿章生逢大清帝国最黑暗、最动荡的年代,他的每一次"出场"无不是在帝国存亡危急之时,帝国要他承担的无不是"人情所最难堪"之事。因此,国人在对他咒骂痛斥之时,万"不可不深自反也",万不可"放弃国民之责任也"。

而李鸿章为中国国计民生的近代化所奠基的所有事业,令他身后的中国人一直受益到今天。

只是,直到今天,该怎样评价百余年前的这个不同寻常的重臣,中国人大多的定论与世界舆论截然不同。

在中国,评价一个人是很容易也是很难的事情。

李鸿章死后的第二天,光绪皇帝下旨:

> 朕钦奉懿旨。大学士一等肃毅伯直隶总督李鸿章,器识渊深,才猷宏远,由翰林倡率淮军,戡平发、捻诸匪,厥功甚伟,朝廷特沛殊恩,晋封伯爵。翊赞纶扉,复命总督直隶兼充北洋大臣。匡济艰难,辑和中外,老成谋国,具有深衷。去年京师之变,特派该大学士为全权大臣,与各国使臣妥订合约,悉和机宜。方冀大局全定,荣膺懋赏,遽闻溘逝,震悼良深。李鸿章着先行加恩,照大学士例赐恤,赏给陀罗经被。派恭亲王溥伟带领侍卫十员,前往奠醊。予谥文忠,追赠太傅,晋封一等侯爵,入祀贤良祠,以示笃念荩臣之意。其余饰终之典,再行降

旨。钦此。⑧⑥

李鸿章虽为帝国重臣,但慈禧始终以不懂其口音为由,没有让他入主军机。然而,当帝国失去李鸿章后,朝廷之荣典却极其隆重,史书对此记载道:"为二百余年汉大臣所未有。"

眼含泪水的慈禧到达保定。

保定车站上跪满了身穿官服的官员,官员们磕头之后纷纷献上礼物,把朝廷的总管太监忙得团团转。刚刚接任李鸿章出任直隶总督的袁世凯献上的礼物是一对鹦鹉,一只会说"老佛爷吉祥如意",另一只会说"老佛爷平安",两只皆口齿娇脆,宛如童子。更重要的是,袁世凯安排慈禧在这里乘坐火车回京城——他特地为太后制造了一节豪华的"龙车"。慈禧登上"龙车"颇感新鲜,这是她此生第一次乘火车,史书评价道:"盖亦开通变更之兆也。"而站台上响起的奏乐声更让慈禧觉得好奇,原来是一支西洋乐队在吹奏一支西洋曲子,这些也是袁世凯弄来的"稀罕玩意儿"。

慈禧乐了。

她把"袁世凯"这个名字牢牢地记在了心里。

火车开动,群臣磕头,乐队吹奏进行曲——可能连袁世凯都不知道,这首名为《马赛曲》的进行曲是法国国歌。

慈禧乘坐的那列长达三十多节的"龙车",是中国历史上一件十分奇特的东西:十年之后,它成了颠覆大清帝国的革命党人孙中山的专车。又过了十六年,它载着一个名叫张作霖的中国军阀在一个名叫皇姑屯的小火车站被日本特务埋下的炸弹炸成了一堆碎片。

"龙车"到达北京马家堡,车站上早已准备好"金漆宝座、祭坛用品及其各种贵重佳瓷,以备太后皇上之用"。紫禁城里的皇家仪仗全部出动了,所有的京官全部来到车站跪接。首先下车的是大太监李莲英,他监视着随从往车下卸东西,从西安带来的箱包"堆积如山"。然后是光绪。光绪没有抬头,直接进了轿子走了——"既而皇帝亦下,体貌颇健,太后目之,即匆匆上轿儿行,虽有百官在旁,并不接见一语。"⑧⑦最后下车的是慈禧。慈禧走出站台,迟疑了一下,对旁边的人小声说:"此间乃多外人。"洋人带着他们花枝招展的家眷都来接驾了,他们向中国的皇太后和皇上脱帽致敬——内务府大臣继禄微笑地提醒洋人:"脱帽。脱帽。"慈禧站在中国人和外国人面前一动不动,她愿意让人们观看她,她需要让整个帝国清楚两件事:一、她和她的政权不但依旧存在,而且还很稳固;二、她不但活着,而且活得很好。

忙活完的李莲英把行李清单交给慈禧,慈禧很仔细地看了一遍后点点头。

慈禧开始发赏,赏在场的所有的人,全是白花花的银子,都是袁世凯事先为太后准备好的,多达百万两之巨。

慈禧一行从永定门进城,走到正阳门前,她再次走出轿子,给城门下的关帝庙上香。

正阳门的城楼现在是假的,真的城楼已经被洋人烧毁了。为了迎接慈禧,也为了不让她伤心,京官们命令用苇席和绸缎在废墟上搭了个布景。

有太监对慈禧说:"老佛爷,那么多洋鬼子!"

洋人站在被他们烧毁的城楼上,向下观看中国的皇帝和太后拜关帝。

慈禧"仰见西人",然后微微地"俯首而笑"。

洋人和他们的家眷都在看见慈禧的那一瞬间惊叹不已,他们惊异于在这个古老的东方帝国里女人的美貌可以在一张历经六十年沧桑岁月的脸上依稀尚存。

雪后城头草色新

一场持续数天的风雪在一个清晨骤然停止。洁白的积雪铺展在紫禁城的琉璃瓦顶上,铺展在皇城外的胡同院落里,使整个京城显得安详而静谧。大雪遮盖了烟熏火燎的王府废墟,遮盖了一座座城墙上残留的血迹,遮盖了官员们上朝的纷乱马蹄印和车夫们留下的洋车车辙。当太阳露出半个冻得通红的脸时,帝国的都城仍白皑皑地躺在北方的原野之上,犹如沉入梦境。

突然,仿佛是天边传来的一声歌唱,这是一个女子温存细弱的声

1901

音,娇嗔着、颤抖着、缭绕着,然后一下子清亮起来,整个京城一瞬间被惊醒了。漫天的风雪一停,戏班子首演的戏为开箱戏。今天京城里的开箱戏,是一部家喻户晓的经典剧目,名为《玉堂春》。《玉堂春》说的是妓女苏三和吏部尚书之子王金龙相识相爱,两人共同发誓白头偕老。可是,王金龙因为银子花光被妓院赶了出来,苏三被迫卖身于一个富商为妾。富商之妻因与他人私通毒死了丈夫,反诬陷是苏三杀的人,于是苏三被官府问成死罪。案子从洪洞县上诉到太原衙门复审,审问者竟然是当了八府巡按的王金龙。王金龙既念旧情不能自持,又顾身份不敢相认,最后经过戏剧性的道德交锋,王金龙从中斡旋会审,苏三被判无罪,有情人终于得以团聚。《玉堂春》全戏一折又一折,不是一天一夜能演完的,其中国人最熟悉的一句唱词是:"苏三离了洪洞县,将身来到大街前。"哪怕是在与洪洞县相隔千里的京城金鱼胡同里,老人们也可能在一大早起来之后,一边喂着笼子里的鸟,一边哼上一句关于苏三的事。

名剧名角惹得京城人趋之若鹜,神魂颠倒。戏园子门口人山人海,日场夜场场场爆满。骡车塞满了积着白雪的街道,仆人们满头大汗地为官吏和他们的家眷挤出一条入场的通道。尽管夜场一再加演,还是有大量的观众被挡在了戏园子的外面。没有买到戏票和没有钱买戏票的各色人等,久久地流连在戏园子周围,他们在凛冽的寒气里聚集在一起,激烈地为女主角跪唱时甩长发的身段、老解差白鼻梁的扮相以及"苏三离了洪洞县"唱段尾音的味道而争论不休。同时,他们巴望着能够等到散戏的时候看上一眼名角的风采。突然,空中传来苏三那凄清委婉的唱腔,人们不由得愣住了,循着声音奔过去,原来戏园子的棉门帘被高高地挑开了,这是戏班子的班主和戏园子的掌柜对前来捧场的各位的照顾,关键唱段的时候让大伙都能听见,都能大声地喊一声"好"。之后,街道上迅速地安静下来,只听得那细如游丝般的歌唱嗡嗡嘤嘤地荡漾开来。这声音牵扯着每一个人的心,使他们站在雪地里屏住气息:洋车夫、饭铺伙计、绸布店的掌柜、乞丐、教会学堂的学生、官府衙役、托着鼻烟壶的旗人少爷、跑买卖的外省人、赶了几个饭局骑在骆驼背上打着饱嗝的官吏和恰巧出来给主人买夜宵的老妈子,京城里的人都在节奏鲜明的鼓板中渐渐瞪大了眼睛,这是整个世界停止了运转的寂静时刻。然后,突然,仿佛是洪水冲破堤岸,京城里响起了山呼海啸般的一声喊:"好——"

没有人会拒绝承认这个庞大的帝国无以伦比的生命力:北方庄稼的长势比以往任何一年都茁壮,覆盖着原始森林的黑土地的空隙中是向日葵和高粱的海洋。大量的日本货船在军舰的保护下在海港卸货,日本制造的木工工具、洋铁桶、猎枪和玳瑁梳子十分畅销。冻土解冻之前,通往关内的大道上,四套马车组成的车队头尾相接,它们正日夜不停地向关内运送东北的土产,沿途的车马店里住满大碗喝酒的赶车人,他们在微醺时刻讲述的关于深山里的神灵、臀部和胸脯都丰满无比的女人以及俄国毛子生吃狍子肉的故事,成为帝国北方永远的传奇。在帝国的南方,广州口岸仍然是最繁忙的贸易码头,无数货船拥挤在肮脏的珠江水面上。搬运的苦力、洋人包办、中方买办以及夹杂在各式各样货船中的花枝招展的妓女,所有的一切都使这个潮湿多雨的城市永远散发出一种类似熟透了的榴莲的气味。在另一个大城市上海,穿着干净体面的洋人,隔着玻璃窗看着码头上刚到的货轮卸下货物,然后去挂着豪华吊灯的大厅里,一边喝咖啡一边倾听世界上最美妙的音乐。那只挂在股票交易大厅中央的小铜钟叮叮地响起来,一个新的交易标准诞生了。而此刻,帝国古老的北京城正慵懒地躺在春天和煦的日光下,城墙上被炸弹炸出的缺口和洋人为了把铁路铺设到使馆区而扒开的城墙豁口,让帝国古老的城墙显出一种怪异的模样。但是,京城人并不理会这些,它们随后就成了乡民、市民以及贩运私酒的贩子出入京城的便捷通道。前门城楼已经凑齐银两开始重修,每天都有不少洋人前往围观,他们对中国工匠不用一颗铁钉而把脚手架搭上云霄感到万分惊奇。被烧毁的市场很快就被临时的零售席棚覆盖了,琉璃厂中的珍奇古玩格外的多,不少是宫里出来的玩意儿。花市大街除了从城西南花乡运来的大量鲜花应市之外,手工绒花今年也格外好销,因为京城开始流行女人头上戴红绒花。无论府邸里的大太太少奶奶,还是来自三河县的老妈子,都讲究在鬓上插一朵;未出阁的姑娘们则在旗袍的斜襟上挂一串,走起路来身子一扭一扭、花串一摆一摆的。城南先农坛一带的民房烧光了,正好亮出了场子,唱大鼓的、说相声的、变戏法的、卖膏药的和拉洋片的,集中在一起献艺,惹得那片废墟之上终日人声鼎沸。

1901

一九〇一年,新世纪开始的一年。

这一年,刚刚制造出四轮汽车的美国青年福特给他的弟弟写信,兴奋地描述新款汽车的诞生将会给他带来的财富:"谁不想赚大钱?我就是最疯狂的一个。"

这一年,第一束无线电莫尔斯电码从英国柯尼什奥海岸传送到两千公里以外的纽芬兰岛。

这一年,一个名叫澳大利亚的国家诞生了。

这一年,一架由莱特兄弟设计的机动引擎式飞机升空。

这一年,英国女王维多利亚病逝,美国总统麦金利被刺,英国新国王爱德华七世的加冕头衔多了个"海外自治领土的国王"。诺贝尔奖开始颁发。画家毕加索的创作正进入蓝色时期。作家托马斯·曼出版了《巴登·布鲁克一家》。纽约股票交易所的日交易额首次突破两百万股。摩根组建了资产为十亿美元的巨型钢铁公司。印度因为人口过剩导致的饥荒夺去一百二十万人的生命。巴黎新电气铁路举行了通车典礼。非洲连接蒙巴萨和维多利亚湖的乌干达铁路建成通车。汤姆森爵士发现阴极射线是由带负电的、超微观的微粒组成,他把这些微粒称之为"粒子"——这个发现导致了近代科学史上的"第四次革命",世界由此进入原子物理学这一崭新的领域。

这一年,位于世界东方的这个古老而辽阔的帝国虽然遭遇了巨大不幸,但相对于它生长了几千年的壮硕肌体而言也就如同被蚊蝇叮了几下。国家不幸诗家幸,帝国的文人在纷乱的世道里奋不顾身地创作着。一个名叫李伯元的江苏人,因为"屡试不第"而愤怒,因为愤怒开始写作《官场现形记》,他的愤怒使他无意中成为中国文学史上的名人。而另外一个名叫刘鹗的文人,却在这一年里不怎么走运,他一边写一部名叫《老残游记》的小说,一边倒腾生意,他的生意是把从俄军那里贱价购买的太仓粮加价后卖给北京市民。他的小说刚写了个开头,就以"私售仓粟"的罪名被判流放新疆,并且竟这样死在了流放地。《老残游记》开篇以"哭泣的人生"语惊四座,想必当年刘鹗也是哭着离开京城的。其实"私售仓粟"首犯不是他而是俄军官兵。

这一年,京城里的大街上突然出现了西装铺子,缝制西装的是地道的中国师傅。欧式肥大窄领的、美式紧身宽领的以及古典燕尾服,样样都做得很地道,从洋兵到公使都来定做,因此生意比做长袍马褂时还兴隆。东安市场的一角,有了一间西餐馆,奶油布丁和咖喱浇饭的味道都很地道,前者洋人太太们喜欢,后者是给英属印度巡捕准备的。老熟人见面就问,看洋人耍猴了吗?可不能说没看,不然显着土气。外国马戏真是邪门,大姑娘差点就什么都没穿了,硬把脑袋伸进狮子的嘴里。还有外国戏,一个巨大的布帐篷,门口洋人把着,给钱进门,可进去一看,哪像戏园子?——"入见灯彩灿然,观者环坐,各铺锦褥座凡三层,集高下定值。上客得饮酒以器,座既满,即有以西人登场,手执火枪,一举而声发霹雳,突然灯光万点,照耀如昼。"㊸这叫戏?连锣鼓家伙都没有,票还卖得俏,你说这不邪了门了?还有,茶馆里添了影子戏,机器往大块白布上一照,人就在布上活动起来,吃饭、玩球、抽烟,真人真事,就是全是洋人,新鲜倒是新鲜,可大白天要把窗户捂上,闷得慌!离过年还早呢,有人就嚷嚷着要过节了,一打听,说是过的圣诞节。还是洋人的东西!老人们说,中国人干吗过鬼子的节?去年闹鬼子那会儿,鬼子堵着门翻箱倒柜,两句话没说明白就开枪,那时候没听说谁嚷嚷着要过什么蛋节!

  从西安回来的朝廷也变了个人似的。太后有了一辆汽车,德国人送的,叫"奔驰",太后坐着说挺舒坦的,比骡车稳当。太后不让那个名叫孙家富的奴才坐着开,可跪着他又不会开,怕落抗旨不遵之罪,孙家富居然跑了。老佛爷还迷上了照相,成天扮上菩萨王母什么的,乘船在海子里照,照完让内务府把相片用金框框起来,送给外国公使,上面的签名是:大清国当今圣母皇太后万岁万岁万万岁。

  一九〇一年是中国的麻雀年。麻雀,麻将也。麻将何时何地起源,考证纷纭,莫衷一是,但是中国人发明,恐怕无人怀疑。麻将作为赌博工具之一流行于帝国南方——"庚子之后,南风北渐,王公大臣热衷此道,官不能禁,麻雀之遂风靡京师。"《近代稗海》云:"当其盛时,上自宫廷阀阅,下至肩舆负贩之流,罔不乐从。凡舟车狭巷,辄闻铮铮然声相答也。庆吊事余,暇必为之,而狭斜胡同曲院中,无昼夜沉溺于此。"上至内廷,下至外府,再扩及全民,无日无夜不麻雀。为何国遭涂炭之后,麻将如此盛行?《大公报》刊出一个帝国小官吏的文章:

    仆以庚子之第二年,自西安罢役归,始学得麻雀之戏。其

1901

> 始不过藉遣愁怀,聊消长昼已耳。迨叉摸日久,妙趣横生,兴味浓深,变化莫测,洵有超然万有飘飘欲仙之乐。夫麻雀之为物也,提神旺气有如鸦片,排愁遣闷远过酒浆,公余则消案牍之劳,宴会且联宾主之雅,谋缺者藉以获联络之索,冶游者可以买娼鸨之欢。胜固欣然,败亦可喜,不意人世间竟有如斯快事也。⑧⑨

原来麻将可以消愁、待客、买官、为嫖妓助兴。

一九〇一年还是中国的彩票年。庚子事变使帝国北方遭受巨大损失,为此帝国政府成立了顺直善后赈捐总局。该局贴出公告说,为救济北方决定在南方发售彩票:

> 顺直居民惨遭兵燹,流离琐尾,急待赈需。该公司设立此项彩票,系为推广顺直义赈起见,与江南广济公司彩票是同一律。既经奏准,自应一体行销,以裕赈款。如有私造伪票影射等情,准该商随时禀究,决不宽贷,各宜懔遵,切切特示。⑨⓪

当时,帝国北方交易使用银子,而南方已经使用银圆了。顺直义赈彩票首发一万张,每张售价三元,头彩八千元,四月二十八日开售,六月一日开彩。此消息一经传出,整个南方掀起了发行彩票的热潮。各省督抚发现,这是一个无需任何投资而来钱最快的好生意。山西巡抚岑春煊立即宣布自己也要搞彩票,用于山西赈灾。紧接着,安徽巡抚王之春宣布安徽也要发行彩票。一九〇一年,帝国二十个省共发行两百多种彩票。彩票的名目五花八门,千奇百怪。最奇特的恐怕是妓女界发行的彩票了,谁中了头彩就可以把最漂亮的妓女娶回家,如果妓女本人中了头彩则可以赎身从良。虽然有人指责彩票的发行,无非是奸商打着赈灾的名义牟利,但是此风一开便势不可挡,头彩金额从八千元一直上涨到五万元之巨,帝国无论官吏、绅士、平民、知识分子统统陷入了一夜巨富的梦幻之中。当时报载:"大街小巷,招牌林立者,售彩票处也。儿童走卒,里谈偶语者,买彩票之事也。""开彩之日,众人心怦怦而突动,意摇摇而不安。一无所获者蹙然神伤,惶惶然如丧家之犬;偶中大奖者,贫儿暴富,挥霍于花天酒地之中。"⑨① 但是,刚刚知道彩票是个什么东西的人,很快就明白了这又是一个陷阱,因为彩票的发行全部是官票,即一律由官吏们控制。在中国,什么事只要衙门一掺和,准没百姓的好果子吃,疯狂一时的百姓都不买了,于是出现了只有帝国才有的摊派:张之洞手里有每票面值两千文的彩票三千张,下令每个知府必须购买五百张。知府手里攥着彩票,下令每个县必须购买五十张。知县拿着彩票挨家挨户地卖,哪一户不买都不行。一个商人被摊到两张彩票,他只愿意买一张,结果人被抓到知府里,知府判决如下:买两张再罚两张。《中外日报》报道:"方今百姓既为重税所困,而又须勒购彩票,诚不堪其苦也。"[02]追根溯源,彩票是洋人在租界里先搞起来的。

一九〇一年是中国"头脑解放"的一年。被大清朝廷流放海外的人都悄悄地回了国,他们到处散发关于"国家和国民"、"朝廷和国家"、"民主和自由"的小册子。三月二十四日,上海张园数百绅民集会,当堂跳上一位十六岁的女子,让众人大吃一惊。女子名叫薛锦琴,是中国第一个当众演讲的女性。她演讲的内容是:号召人们阻止俄国人占领东北,反对帝国与俄国人就东北问题签约:"我等当联合四万万人,力求政府请将主持俄约之大臣撤退,另换明白爱国之人为议和大臣,则俄人胁迫之事庶乎可以挽回矣。"薛锦琴的演说引起轩然大波,有人说"少年女士当众演说实在可鄙",也有人说"若人人能如薛女士何患国家不强",还有人把此事上升为"国民精神":"东方妇女当此时机,妻助其夫,母训其子,姊督其弟,以遍国妇女激励遍国男儿,使国民之精神,常巍然其不可拔,凛乎其不可挫,何惧白人之侵略!"[03]薛锦琴,"志士之女","能操英语",演说后即赴美留学。

不光女子出国,一九〇一年还是中国"走向世界"的一年。中国第一次参加了巴黎国际博览会,为此,朝廷花费四十五万两银子在会场上特建"中国宫室"。这个"中国宫室"建得"非宫非殿,非庙非衙,不能名其状也",而随后花费数十万两银子运去展览的中国物品,也许更加"不能名其状":

> 烟枪十余支;烟灯数枚;官员一;刀数柄;杀人照片数方;知县衙门一;枷一;上海、北京、广东、宁波装束的缠足妇女各一;小木头人数百枚;草屋十余间;苗人一;绿营兵一;翰林学士、举人、秀才各一;奎星楼一;小城隍庙一;城隍鬼判全套;教会学校照片数十方;药王、财神等神像照片多方。上述人等,

1901

无论官员、缠足妇女,还是举人、药王,均不是活人,而是泥塑。⑭

一九〇一年还是中国官员纷纷出国的一年,始开"公费旅游"之先河。先是日本举行军事演习,邀请帝国官员前去观摩。为了能到日本游览,各省官员争夺名额,最后,帝国不得不组成一支庞大的出国队伍来平息争吵。这批官员到达日本后,吃喝玩乐,丑态百出,令中国留学生和旅日华人感到极大耻辱,纷纷写信给国内报纸揭露这些官员的行径。当时报纸的文章内容有:一、安徽省官员联恩把重要文件丢失,原因是犯了鸦片瘾而精神恍惚。日本国内禁止携带和吸食鸦片。二、安徽官员李光邺,半夜进入娼家求宿,因语言不通,被警察抓走。三、苏州官员丁桥山潜入邮船的厨房取面包,被船员发现"推出"。又进餐时当众在洗手盆里小便。在日本最大的饭店住宿时,在楼上小便并淋到楼下,使楼下的人"被秽淋湿,喧噪不已"。四、江南官员杨某,于红叶馆大型宴会上当众"强与艺妓互相裸露,以为笑乐"……帝国官员出国回来后,没有人谈论外国的工业、科技、工商和教育,"逢人则侈言各国之淫糜逸乐,而于男女之事尤津津乐道,一若外国妇女可任人戏侮者。于是居内地之人,不于国政民俗是求,而唯心醉其淫侈,一旦身至其境,如登极乐世界,将举向所耳闻之事而身践之,遂不觉丑态毕露矣"。⑮

而在中国经历了一九〇〇年的洋人,到了一九〇一年心情似乎好起来了。他们终于得到了大清帝国前所未有的热情接纳,以至于当联军撤出京城时,有不少官兵没有跟随部队撤走而是在北京逗留下来。一个名叫傍扎和一个名叫白来帝的法国人,在崇文门大街苏州胡同以南路东开了一间酒馆,卖两毛钱一杯的葡萄酒,下酒菜是煎猪排和煎鸡蛋。不久,白来帝自己跑到长辛店开了一家小酒馆。于是,傍扎和一个名叫贝朗特的意大利人合作,把苏州胡同那儿的小酒馆迁到东单菜市的西边,挂出的牌子上面写着"北京饭店"。两个洋人没想把生意做得多大,因为挨着他们的小酒馆还有西班牙人开的饭店、美国人开的妓院和德国人开的珠宝店。但是,他们卖的是军舰带来的酒,不用上税,只要从木桶里把酒灌进瓶子里,价钱就翻了十倍,他们因此而生意发达——那个小酒馆就是如今矗立在长安街边的北京饭店的前身。还有一个名叫维利戈拉的意大利海军士兵,他跟随联军打进北京,却在联军撤军的时候溜号了,他留在中国开始了异国"创业"生涯。先在东单牌楼附近开了个只有百来个座位的电影院,居然票卖得不错。赚了点钱后,他又在东交民巷开了一间咖啡馆,然后又开办了一间啤酒厂。几年下来,生意做大了,钱也赚足了,成为百万富翁。他娶了中国老婆,买了车,在京郊盖了别墅,起名"维家花园",如今的温泉乡政府就在百余年前的这座花园里。

无论国人还是洋人,都把那个惹下巨祸的皇储忘得一干二净。

朝廷回京以后,迫于洋人的压力,皇储大阿哥被废黜出宫。父亲载漪被流放了,他只有住在亲戚家,没几年便把家当挥霍干净,但人前还摆着皇储的架势,说"蒙古十八家王子都是扶持我的"。高雨伯撰写的《听雨楼杂笔》中,记载了这个帝国"准皇帝"的日子:每日不得一饱,终日叹息自己是一个房子地亩都没有的人,"宫中的生活,俨如昨日"……后来,有人看见他担着两只筐,在地安门和鼓楼附近卖臭豆腐,京城里的老人都记得他叫卖的吆喝声,说那声音很特别,这孩子嗓子好,唱戏似的阴阳顿挫:"来买前门外延寿寺路西门牌二十三号真正老王致和的臭豆腐!"

突然,东交民巷的巷口响起剧烈的锣鼓声。

今天是什么日子?

中国人怎么啦?

洋人出来观看,顿时吓了一跳,满眼全是他们似曾相识的"兵器":两个开道的锣手走在前面,一只二尺直径的明晃晃的大铜锣挂在红漆杆上,杆子的一端挂着红底黑边的大旗,上书"开道"二字。然后是金灯四对,两米高的立杆上有黄色的伞帽,下面挂的是四面玻璃的座灯,里面燃烧着红色的蜡烛。接着就是由金轮枪、金螺枪、金伞枪、金盖枪、金花枪、金罐枪、金鱼枪和金长枪组成的执事队伍。之后又是四对金灯,接着是三尖刀、马蹄刀、偃月刀和象鼻刀。然后再是四对金灯,接着是金立瓜、金天镫、金兵拳和金钺斧。这些"兵器"混杂在清道旗、飞虎旗、飞凤旗和飞龙旗之间,散发出耀眼的金属光泽。洋人想起来了,去年在北京的街上看到过这些古怪的东西,不过那时是举在义和团的农民们手里——中国人要干什么?在巷口等活的车夫告诉被吓着的洋人:您踏踏实实站稳了吧,那些家伙都是木头的,上了一层金漆。赶上了就开开眼呗,哪家大宅门今儿迎亲哪。

洋人十分惊讶于中国人两性结合时典礼的豪华。"兵器"过去之后是仪仗:高杆上悬着一面巨大的镜子,镜子后面是两柄足有三米长的翠绿色的扇子,上面镶满小镜子,中间有四个金字:子孙万代。两个巨大的遮阳伞,伞很大,举伞的人把伞柄插进腰间的竹筒里,伞的两边还有两个人用黄绸子拉着。无数美丽的宫灯,用红色的漆杆挑着。宫灯后面是乐队,锣、鼓、唢呐、海笛、笙,乐队至少由五十人组成。然后,抬着美丽新娘的轿子终于来了。这顶颜色鲜艳的巨大的花轿,被一群穿戴奇特的轿夫们簇拥着。后面一面大红云缎的伞角形大旗更加引人注目。那是一面三米长的大旗,被两米长的白蜡杆举着,上面是圆形的伞盖,伞盖上的大字是"爱民如子"和"德政孚嘉"。下面的伞角旗上,挂有无数五彩的小飘带,飘带上用金字写着人的名字——为什么中国人在这个典礼上要开列这么多的人名?还是拉洋车的车夫说话了:这叫万民旗。上面写的那些人,都是献旗人的名字。为什么献旗?意思是这家的老爷为国为民积了大德啦!一九〇一年帝国的婚礼仪式照旧,只改变了其中的一个程序,就是连姻的两家在互换喜帖时,把原来的"端庄顿首拜"这句客气话简化成为"顿首拜",原因是端王和庄王都是皇犯,帝国需要在一切场合避讳这两个字。据说原来的客气话是"端肃顿首拜",同治年后,王爷肃顺被太后杀了,才改成了"端庄"的——不愿意改变一切的中国人在这方面可以改变得十分迅速。

冬天过去了,二月二快到了,宫里面也被装扮起来。太监们点燃了巨大的宫灯,把紫禁城照得一片通红。慈禧在颐和园里看了几场外国马戏,召见了一次翰林们,并且哭了一场——她赦免了洋人打进来时从京城逃跑的所有官员。然后,第一场春雨过后,她看着宫女们在一块废墟上平整好土地撒下萝卜籽。春天来了,在杨柳轻飘艳阳高照的一天,慈禧打扮得格外艳丽:粉色绣花衬衣,外面套着绣着金丝凤凰的孔雀绿的绸裙,凤凰被绣得飘然欲飞,口里还衔着精细的珍珠。慈禧手指间夹着一条绣了牡丹的金黄色湘绣手绢,踩着盆鞋,一摆一摆地走出来。她今天要宴请各国驻华公使的夫人们,她们是美国公使康格的夫人、美国参赞韦廉的夫人,西班牙公使佳瑟的夫人及其女儿,日本公使尤吉德的夫人,葡萄牙代理公使阿尔密的夫人,法国参赞坎利的夫人,英国头等参赞瑟生的夫人,还有在中国海关供职的外国官吏的夫人们。慈禧对外国夫人们各式各样的服装感到惊讶,但是说她们的衣服没一件合身的,说她还不知道世界上有哪一国的衣服比旗人的衣裳好看。公使夫人们宣读了对皇太后的"颂词",与慈禧握手交谈,然后吃饭。吃饭时,"有鼓乐一班,奏欧洲曲调"。慈禧又对外国妇女的脚、皮肤和眼睛发了言,说原来听说西洋妇女的脚很大,走起路来扑通扑通的,现在看来确实如此。不过西洋妇女的皮肤很白,但是"两目间则有白毛被之,尔固以为美否"?至于眼睛,颜色多样倒是不难看,可是"惟睛做绿色,殊不秀媚,望之令人忆彼猫眼也"。宴会结束后,看戏。宫中今天供奉的戏码是《玉堂春》,那个名叫苏三的美丽女子,在金碧辉煌的皇宫的映衬下,愈加显得楚楚动人。太后微笑着,因为这些戏子还算懂事,开戏前太后临时改的戏词,现在都按太后的意思唱上了。光绪皇帝照例脸上没有表情,只是看见苏三戴着罪人的枷锁上台的时候,眼睛里闪过一丝不安。史书记载:"帝既久失爱于太后,当逃乱及在西安时,尚时询帝意。回銮后,乃渐恶如前。公使夫人入宫,有欲见帝者,召帝至,但侍立不得发一言。帝不得问朝政,例折则自批之,盖借庸暗以图自全也。"⑯洋人对中国戏里的男人扮演女人感到很不习惯,但是很快令她们惊喜的御膳房制作的小点心端上来了。太监们一个个鬼鬼祟祟的,一到宫里唱戏的时候他们便显得很忙,在戏场上走来走去的——陪同看戏的帝国大员因为宫里不许吸鸦片而坚持不住,但又绝对不能在皇帝和太后面前失礼,于是只好向太监们买泡过鸦片的茶水——一杯茶百两银子。

月亮飘荡在夜空的浮云间。

明月照耀着帝国阔大的宫殿、参天的古树、逶迤的城墙,照耀着帝国绵延万里的美丽山河。

全世界都为中国人于苦难之后迅速复苏的能力感到震惊。以致洋人得出了"中国人伟大的生命力与尚未开化民族的原始生命力不是一回事"的结论:游牧阶段的中亚人、尚处于渔猎阶段的东南亚雅克人和美洲土著印第安人,他们的原始生命力来自发达的肌肉和身体各个器官能容忍恶劣环境的能力。历史的事实证明,这些原始民族一旦遭到异族入侵,其生命力便显示出极端的脆弱。他们能用弓箭抵抗登陆者,但是他们抵挡不住入侵的白人"携带的正常的细菌"。"在开拓殖民地的过程中,欧洲人传染给未开化大陆上的疾病,很快就能把土著人扫除干净,这些疾病所发挥的作用比他们的火枪大得多"。世界各地的土著人,因为没有对近代文明社会产生的新病菌的免疫能力而死亡。只有中国人,他们在异族的入侵面前,不但没有死亡反而活得很好。其根本原因是,中国文明的诞生比任何入侵者都早,而且早了千百年。"在高度农业化的国家,每一棵花草都是病菌的携带者,臭水沟代替了清澈的小溪,到处是适宜蚊子孳生的稻田"。当中国那位名叫李时珍的著名医生到处给人治病的时候,很多广泛流行于中国城乡的病症,入侵者们恐怕还没听说过呢。世界上没有任何一种"病"能让中国人倒下去,中国人特殊的生命力和忍耐力使"外国人感到吃惊而又羡慕":人们饮用运河污染的河水而不患痢疾。天花只是一种轻微的小麻烦。麻疹和猩红热是普遍的疾病,中国人忍受高烧的能力使他们往往从死亡的边缘又走了回来。一个外国医生匆忙乘船去给一位难产的中国妇女接生,等他到达的时候,看见那个妇女已经开始捕鱼了,而婴儿就被放在船板一角的竹筐里。中国人可以在不使用任何麻醉剂的情况下忍受外科手术的痛苦:"一个中国苦力在一次事故中腹部被划开,乡村医生把肠子连同细菌一起送回他的腹腔内,并且把肚皮缝合起来,结果这个中国人很快就康复了。"外国医生一致认为,"中国人的身体中有一种特殊的、比外国人优越的东西,这种东西总能帮助中国人安然无恙地渡过难关。"洋人于是认为:"一种特殊的种族生命力或活力,从某种程度上造就了中国人顽强的坚忍不拔的精神。这种特殊的生命力,是中国人在长期而严格的优胜劣汰的自然进化过程中形成的。与我们北欧的祖先所经历的自野蛮进入文明的历史阶段相比,中国人经历的这一过程时间更长,优胜劣汰的程度更严格。这种自然选择的过程,与其说增进了中国人的体能,不如说培养了他们受伤后复原的能力以及适应一切生活环境的能力。"⑰

只是,拥有历经苦难而不倒下的力量,并不意味着中国人可以忘却痛苦,甚至是巨痛。

[快板]

玉堂春好比那花中蕊,
王公子好比采花蜂。
想当初花开多茂盛,
他好比那蜜蜂儿飞来飞去采花心。
如今不见公子面,我的郎呀,

[闪锤,接西皮摇板]

花谢时怎不见那蜜蜂儿行?

皇宫里苏三哽咽的声音,伴着夜风飞出宫墙,与京城戏园子里各种各样华美的唱腔混合在一起,向着帝国广袤的原野飘散开去。这种声音令整个帝国从皇家到平民无不柔肠百转,心驰神往,因为中国所有的戏文都在期盼人世间的公正与宽容。

这个民族崇尚公正。

这个民族每一个时代写就的都是一部宽容的历史。

大幕垂落,戏结束了。

清晨,京城里遛早的人们发现那些残破的城墙墙头上冒出了嫩绿草芽。

"二月二,龙抬头。"中国人相信这一天是沉睡了一冬的"龙"苏醒的日子。"龙"睁开眼睛,打了个哈欠,然后兴云作雨,一个崭新的春天来临了。这一天,中国人家家户户要吃一顿龙须面,再吃一顿刻出一片一片"龙鳞"的面饼。然后,等待着春风和春雨滋润土地,等待着播种、耕作、收获的好日子。

没有哪一个人和哪一个民族喜欢自己身上的创痛。当这个人和这个民族终于有勇气、有力量正视自己的创痛的时候,那种认为侮辱与损害是合理的说法应该被郑重地警惕和注意,因为任何说辞只能增加历史情节的曲折,却绝不能令历史的实质含混。而那些在一九〇〇年至一九〇一年间入侵中国的洋人,百年以来他们无论以什么借口、以什么理由,最终无法抹杀是对一个主权国家的尊严与利益的践踏和掠夺,这就是侵略。外国的侵略被写进中国近代史中,中国人始知民族与国家的强盛是多么重要。

千百年来,中国历经磨难却依然是一个伟大的国家,它那"骑马弯弓射大雕"的一代代帝王,它那"人生代代无穷已"的一世世民生,它那"一百里间春似海"的一片片山河,真正是"引无数英雄竞折腰"。

在那个古老的城墙上又一次冒出草芽的早晨,京城里的一个孩子提着一只彩龙风筝跑出了家门,风筝随着照耀着这片国土的太阳越升越高,孩子脆脆地喊:"我的龙,飞起来啦!"

注　释:

① 董守义《李鸿章》,哈尔滨出版社。

②③ (台)苏同炳《中国近代史上的关键人物》上,百花文艺出版社。

④ 李鸿章著、吴汝纶编《李文忠公全集·朋僚函稿》三。

⑤⑥ 梅逸斋笔乘《李文忠轶事》,引自辜鸿铭、孟森等编著《清代野史》第四卷,巴蜀书社。

⑦⑧⑨ 李鸿章著、吴汝纶编《李文忠公全集·电稿》二十二。

⑩ 李鸿章著、吴汝纶编《李文忠公全集·电稿》二十三。

⑪⑫⑬⑭ 朱寿朋编纂《光绪朝东华录》第四册,中华书局。

⑮ 董守义《李鸿章》,哈尔滨出版社。

⑯ 李鸿章著、吴汝纶编《李文忠公全集·电稿》二十三。

⑰ 朱寿朋编纂《光绪朝东华录》第四册,中华书局。

⑱ 李鸿章著、吴汝纶编《李文忠公全集·电稿》二十四。

⑲ 《庚子拳变始末记》,引自辜鸿铭、孟森等编著《清代野史》第一卷,巴蜀书社。

⑳㉑㉒㉓ 苑书义《李鸿章传》,人民出版社。董守义《李鸿章》,哈尔滨出版社。

㉔ 梁启超《李鸿章传》,陕西师范大学出版社。

㉕ 罗惇曧《中日兵事本末》,引自辜鸿铭、孟森等著《清代野史》第一卷,巴蜀书社。

㉖㉗ 梁启超《李鸿章传》,陕西师范大学出版社。

㉘ 李鸿章著、吴汝纶编《李文忠公全集·译署函稿》三。

㉙㉚㉛㉜ 董守义《李鸿章》,哈尔滨出版社。

㉝㉞㉟㊱㊲ 《马关议和中之伊李问答》，广西师范大学出版社。

㊳ 罗惇曧《中日兵事本末》，引自辜鸿铭、孟森等著《清代野史》第一卷，巴蜀书社。

㊴ 梁启超《李鸿章传》，陕西师范大学出版社。

㊵ 董守义《李鸿章》，哈尔滨出版社。

㊶ 于晦若录《李文忠公尺牍》第二册，文海出版社。

㊷ 吴永口述，刘治襄笔记《庚子西狩丛谈》，中华书局。

㊸ 梁启超著《上粤督李傅相书》，引自林志钧编《饮冰室合集》第五册，中华书局。

㊹ 吴永口述，刘治襄笔记《庚子西狩丛谈》，中华书局。

㊺㊻ 董守义《李鸿章》，哈尔滨出版社。

㊼ 徐凌霄、徐一士《凌霄一士随笔》二，山西古籍出版社。

㊽㊾㊿ 《庚子拳变始末记》，引自辜鸿铭、孟森等编著《清代野史》第一卷，巴蜀书社。

㉛ （德）瓦德西《瓦德西拳乱笔记》，中华书局。

㉜ 董守义《李鸿章》，哈尔滨出版社。

㉝ 梁启超《李鸿章传》，陕西师范大学出版社。

㉞㉟ 《庚子拳变始末记》，引自辜鸿铭、孟森等编著《清代野史》第一卷，巴蜀书社。

㊱ 梁启超《李鸿章传》，陕西师范大学出版社。

㊲㊳ 《庚子拳变始末记》，引自辜鸿铭、孟森等编著《清代野史》第一卷，巴蜀书社。

㊴ 侯书森主编《百年老书信》第一卷，改革出版社。

㊵㊶ （台）苏同炳《中国近代史上的关键人物》下，百花文艺出版社。

㊷㊸㊹㊺㊻ 《庚子拳变始末记》，引自辜鸿铭、孟森等编著《清代野史》第一卷，巴蜀书社。

㊼ （台）苏同炳《中国近代史上的关键人物》下，百花文艺出版社。

㊽ 《庚子拳变始末记》，引自辜鸿铭、孟森等编著《清代野史》第一卷，巴蜀书社。

㊾ 李鸿章著、吴汝纶编《李文忠公全集·奏稿》八十。

㊿ 《栖霞阁野乘下》，引自辜鸿铭、孟森等编著《清代野史》第四卷，巴蜀书社。

㉛㉜ （美）费正清编《剑桥中国晚清史》下，中国社会科学出版社。

⑦③⑦④ 《庚子拳变始末记》，引自辜鸿铭、孟森等编著《清代野史》第一卷，巴蜀书社。

⑦⑤ 胡延恭纪《长安宫词》，引自辜鸿铭、孟森等编著《清代野史》第二卷，巴蜀书社。

⑦⑥ 吴永口述，刘治襄笔记《庚子西狩丛谈》，中华书局。

⑦⑦ 《庚子拳变始末记》，引自辜鸿铭、孟森等编著《清代野史》第一卷，巴蜀书社。

⑦⑧⑦⑨ 董守义《李鸿章》，哈尔滨出版社。

⑧⑩ 梁启超《李鸿章传》，陕西师范大学出版社。

⑧①⑧②⑧③ 苑书义《李鸿章传》，人民出版社。

⑧④⑧⑤⑧⑥ 梁启超《李鸿章传》，陕西师范大学出版社。

⑧⑦ 许指严《十叶野闻》，中华书局。

⑧⑧ 孙燕京主编《晚清遗影》，山东画报出版社。

⑧⑨⑨⑩⑨①⑨②⑨③ 闵杰《近代中国社会文化变迁录》第二卷，浙江人民出版社。

⑨④ 《外交小史》，引自辜鸿铭、孟森等编著《清代野史》第一卷，巴蜀书社。

⑨⑤ 闵杰《近代中国社会文化变迁录》第二卷，浙江人民出版社。

⑨⑥ 《庚子拳变始末记》，引自辜鸿铭、孟森等编著《清代野史》第一卷，巴蜀书社。

⑨⑦ （美）E.A.罗斯《变化中的中国人》，公茂虹、张皓译，时事出版社。

2000 年—2001 年写于北京

2009 年—2010 年改于北京

附：《辛丑各国和约》

订约：

  大清钦命全权大臣便宜行事总理外务部事务和硕庆亲王；

  大清钦差全权大臣便宜行事太子太傅文华殿大学士北洋大臣直隶总督部堂一等肃毅伯李鸿章；

  大德钦差驻扎中华便宜行事大臣穆默；

  大奥钦差驻扎中华便宜行事全权大臣齐干；

  大比钦差驻扎中华便宜行事全权大臣瑶士登；

  大西钦差驻扎中华全权大臣葛络干；

  大美国钦差特办议和事宜全权大臣柔克坚；

  大法钦差全权大臣驻扎中国京都总理本国事务便宜行事鲍渥；

  大英钦差便宜行事全权大臣萨道义；

  大意钦差驻扎中华大臣世袭侯爵萨尔瓦葛；

  大日本钦差全权大臣小村寿太郎；

  大荷钦差驻扎中华便宜行事全权大臣克罗伯；

  大俄钦命全权大臣内廷大夫格尔思；

  今日会同声明核定，大清国按西历一千九百年十二月二十二日，即中历光绪二十六年十一月初一日文内各款，当经大清国大皇帝于西历一千九百年十二月二十七日，即中历光绪二十六年十一月初六日，降旨全行照允，足适诸国之意妥办。

  第一款（一）　大德国钦差男爵克大臣被戕害一事，前于西历本年六月初九日即中历四月二十三日,奉谕旨(附件二)钦派醇亲王载沣为头等专使大臣,赴大德国大皇帝前,代表大清国大皇帝暨国家惋惜之意;醇亲王已遵旨于西历本年七月十二日即中历五月二十七日,自北京起程。

第一款(二)　大清国国家业已声明,在遇害该处所竖立铭志之碑,与克大臣品位相配,列叙大清国大皇帝惋惜凶事之旨,书以拉丁、德、汉各文。前于西历本年七月二十二日即中历六月初七日,经大清国钦差全权大臣文致大德国钦差全权大臣(附件三)。现于遇害处所建立碑坊一座,足满街衢,已于西历本年六月二十五日即中历五月初十日兴工。

第二款(一)　惩办伤害诸国国家及人民之首祸诸臣将。将西历本年二月十三日、二十一日等日即中历上年十二月二十五日、本年正月初三等日,先后降旨,所定罪名,开列于后(附件四、五、六)。端郡王载漪、辅国公载澜,均定斩监候罪名,又约定如皇上以为应加恩贷其一死,即发往新疆永远监禁,永不减免;庄亲王载勋、都察院左都御史英年、刑部尚书赵舒翘,均定为赐令自尽;山西巡抚毓贤、礼部尚书启秀、刑部左侍郎徐承煜,均定为即行正法;协办大学士吏部尚书刚毅、大学士徐桐、前四川总督李秉衡,均已身死,追夺原官,即行革职。又兵部尚书徐用仪、户部尚书立山、吏部左侍郎许景澄、内阁学士兼礼部侍郎衔联元、太常寺卿袁昶,因上年力驳殊悖诸国义法极恶之罪被害,于西历本年二月十三日即中历上年十二月二十五日奉上谕开复原官,以示昭雪(附件七)。庄亲王载勋已于西历本年二月二十一日即中历正月初三日,英年、赵舒翘已于二十四日即初六日均自尽。毓贤已于二十二日即初四日,启秀、徐承煜已于二十六日即初八日均正法。又西历本年二月十三日即中历上年十二月二十五日上谕,将甘肃提督董福祥革职,俟应得罪名,定谳惩办。西历本年四月二十九、六月初三、八月十九等日即中历三月十一、四月十七、七月初六等日先后降旨,将上年夏间凶惨案内所有承认获咎之各外省官员,分别惩办。

第二款(二)　西历本年八月十九日即中历二十七年七月初六日,上谕将诸国人民遇害被虐之城镇,完全停止文武各等考试五年(附件八)。

第三款　因大日本国使馆书记生杉山彬被害,大清国大皇帝从优容典,已于西历本年六月十八日即中历五月初三日降旨简派户部侍郎那桐为专使大臣,赴大日本国大皇帝前,代表大清国大皇帝及国家惋惜之意(附件九)。

第四款　大清国国家允定在于诸国被污渎及挖掘各坟墓建立涤垢雪侮之碑,已与诸国全权大臣会同商定,其碑由各该国使馆督建,并由中国国家付给估算各费银两,京师一带每处一万两,外省每处五千两。此项银两,业已付清。兹将建碑之坟墓,开列清单附后(附件十)。

第五款　大清国国家允定不准将军火暨专为制造军火各种器料运入中国境内,已于西历一千九百一年八月十七日即中历本年七月初四日降旨禁止进口二年。嗣后如诸国以为有仍应续禁之处,亦可降旨将二年之限续展(附件十一)。

第六款　按照西历本年五月二十九日即中历四月十二日上谕,大清国大皇帝允定付诸国偿款海关银四百五十兆两,此款系西历一千九百年十二月二十二日即中历光绪二十六年十一月初一日条款内第二款所载之各国各会各人及中国人民之赔偿总数(附件十二)。

(甲)此四百五十兆系海关银两,照市价易为金款。此市价按诸国各金钱之价易金如左:海关银一两,即德国三马克零五五,即奥国三克勒尼五九五,即美国圆零七四二,即法国三佛郎克五,即英国三先令,即日本国一圆四零七,即荷兰国一弗乐林七九六,即俄国一卢布四一二。俄国卢布,按金平算即十七多理亚四二四。此四百五十兆,按年息四厘,正本由中国分三十九年按后附之表各章清还(附件十三)。本息用金付给,或按应还日期之市价易金付给。还本于一九零二年正月初一日起至一千九百四十年终止。还本各款,应按每届一年付还,初次定于一千九百零三年正月初一日。付还利息,由一千九百零一年七月初一日起算,惟中国国家亦可将所欠首六个月至一千九百零一年十二月三十一日之息,展在自一千九百零二年正月初一日起,于三年内付还。但所展息款之利,亦应按年四厘付清。又利息每届六个月付给,初次定于一千九百零二年七月初一日付给。

(乙)此欠款一切事宜,均在上海办理。如后诸国各派银行董事一名会同将所有由该管之中国官员付给之本利总数收存,分给有干涉者,该银行出付回执。

（丙）由中国国家将全数保票一纸交驻京诸国钦差领衔大臣手内。此保票以后分作零票，每票上各由中国特派之官员画押。此节以及发票一切事宜，应由以上所述之银行董事各遵本国饬令而行。

（丁）付还保票财源各进款，应每月给银行董事收存。

（戊）所定承担保票之财源，开列于后：一、新关各进款俟前已作为担保之借款各本利付给之后余剩者。又进口货税增至切实值百抽五，将所增之数加之。所有向例进口免税各货，除外国运来之米及各杂色粮面并金银以及金银各钱外，均应列入切实值百抽五货内。二、所有常关各进款，在各通商口岸之常关，均归新关管理。三、所有盐政各进项，除归还前泰西借款一宗外，余剩一并归入，至进口货税增至切实值百抽五。诸国现允可行，惟须二端：一、将现在照估价抽收进口各税，凡能改者皆当急速改为按件抽税几何。办改一层如后，为估算货价之基，应以一千八百九十七、八、九三年卸货时各货牵算价值，乃开除进口税及杂费总数之市价。其未改以前，各该税仍照估价征收。二、北河、黄埔两水路，均应改善，中国国家亦应拨款相助。至增税一层，俟此条款画押日两个月后，即行开办，除在此画押日期后至迟十日已在途间之货外，概不得免抽。

第七款　大清国国家允定各使馆境界以为专与住用之处，并独由使馆管理，中国民人概不准在界内居住，亦可自行防守。使馆界线于附件之图上标明如后（附件十四）：东面之线，系崇文门大街，图上十、十一、十二等字；北面图上系五、六、七、八、九、十等字之线；西面图上系一、二、三、四、五等字之线；南面图上系十二、一等字之线，此线循城墙南址随城垛而画。按照西历一千九百零一年正月十六日即中历上年十一月二十六日文内后附之条款，中国国家应允诸国分应自立，常留兵队分保使馆。

第八款　大清国国家应允将大沽炮台及有碍京师至海通道之各炮台一律削平，现已设法照办。

第九款　按照西历一千九百零一年正月十六日即中历上年十一月二十六日文内后附之条款，中国国家应允由诸国分应主办会同酌定数处留兵驻守，以保京师至海通道无断绝之虞。今诸国驻守之处，系黄村、廊坊、杨村、天津、军粮城、塘沽、芦台、唐山、滦州、昌黎、秦王岛、山海关。

第十款　大清国国家允定两年之久,在各府、厅、州、县将以后所述之上谕颁行布告。

(一)西历本年二月初一日即中历上年十二月十三日上谕,以永禁或设或入与诸国仇敌之会,违者皆斩(附件十五)。

(二)西历本年二月十三、二十一、四月二十九、八月十九等日即中历上年十二月二十五、本年正月初三、三月十一、七月初六等日上谕,一道犯罪之人如何惩办之处,均一一载明。

(三)西历本年八月十九日即中历七月初六日上谕,以诸国人民遇害被虐各城镇停止文武各等考试。

(四)西历本年二月初一日即中历上年十二月十三日上谕,各省督抚文武大吏暨有司各官,于所属境内均有保平安之责,如复滋伤害诸国人民之事,或再有违约之行,必须立时弹压惩办,否则该管之员,即行革职,永不叙用,亦不得开脱别给奖叙(附件十六)。

以上谕旨现于中国全境渐次张贴。

第十一款　大清国国家允定将通商行船各条约内,诸国视为应行商改之处,及有关通商各他事宜,均行议商,以期妥善简易。按照第六款赔偿事宜,约定中国国家应允襄办改善北河、黄埔两水路,其襄办各节如左：

(一)北河改善河道,在一千八百九十八年会同中国国家所兴各工,尽由诸国派员兴修。俟治理天津事务交还之后,即可由中国国家派员与诸国所派之员会办,中国国家应付海关银每年六万两以养其工。

(二)现设立黄埔河道局经管、整理、改善水道各工所；派该局各员,均代中国暨诸国保守在沪所有通商之利益。预估后二十年该局各工及经营各费应每年支用海关银四十六万两,此数平分,半由中国国家付给,半由外国各干涉者出资。该局员差并权责进款之详细各节,皆于后附文件内列明(附件十七)。

第十二款　西历本年七月二十四日即中历六月初九日降旨,将总理各国事务衙门按照诸国酌定改为外务部,班列六部之前。此上谕内已简派外务部各王大臣矣(附件十八)。且变通诸国钦差大臣觐见礼节，均已商定由中国全权大臣屡次照会在案。此照会在后附之节略内述明(附件十九)。

兹特为议明以上所述各语，及后附诸国全权大臣所发之文牍，均系以法文为凭。大清国国家既如此按以上所述，西历一千九百年十二月二十二日，即中历光绪二十六年十一月初一日，文内各款，足适诸国之意妥办，则中国愿将一千九百年夏间变乱所生之局势完结，诸国亦照允随行。是以诸国全权大臣奉各本国政府之命代为声明，除第七款所述之防守使馆兵队外，诸国兵队即于西历一千九百零一年九月十七日即中历光绪二十七年八月初五日全由京城撤退。并除第九款所述各处外，亦于西历一千九百零一年九月二十二日即中历光绪二十七年八月初十日，由直隶省撤退。

今将以上条款缮定同文十二份，均由诸国全权大臣画押，诸国全权大臣各存一份，中国全权大臣收存一份。

一千九百零一年九月初七日在北京定立。

光绪二十七年七月二十五日。

(附件十九略)

修订版后记

我儿时的家在北京宣武门外的城墙根下。在我遥远而朦胧的记忆中,长长的胡同总是那么幽深恬静,各家门楼前的门墩总是那么古旧斑驳。春日里槐树繁花垂挂,枣花香气浓郁,鸽群雨点一般掠过,抬头便可望见城墙上湛蓝的天空。城墙根下那些串糖葫芦的、磨刀的、扎风筝的总能给我种种惊喜;每当捏面人的吆喝声响起的时候,我和伙伴们都会像小旋风一样掠过整条胡同。

半个多世纪后,我出生的那个地方楼宇耸立,老人们听说楼宇的名字叫崇光百货,年轻人谁都知道那里有个SOGO。宣武门的城墙如今只留存在老照片上。地铁开挖的时候,灰砖砌成的城墙倒塌下来。在那以前的每一个除夕之夜,我们都会爬到城墙上去放鞭炮,一挂挂的鞭炮炸响的那一刻,长长的城墙在暗夜里流光溢彩。往事如梦,时时萦绕在我的人生记忆里。

京城的变迁犹如一代代京城人生命的更迭。

京城的历史对于近代中国犹如一个民族生命的更迭。

在一八四〇年英国人用舰炮轰开中国的国门之前,世界其他国家和民族皆为"蛮夷"的观念在中国人的头脑中根深蒂固,历代朝廷和臣民无不认为那些越洋过海来到中国的洋人是来进贡和臣服的。直到一八九四年甲午战争爆发,当中国所有的海岸大炮以及位居世界第六的舰队都无法阻止"蛮夷"入侵的时候,中国人遭遇了有史以来最剧烈的心灵蜕变。这种蜕变在墨守成法与变革维新的冲撞中痛不欲生,最终

1901

导致了几千年历史上最恐怖与最悲伤的故事发生，导致了一个古老而巨大的国家伤筋动骨的剧变。一九〇〇年夏，京城的七座城门同时打开，十万义和团农民冲进城内，王府的花园豪宅被抄洗一空，西什库教堂遭到围攻，反对排外的大臣被押到菜市口斩首，东交民巷使馆区被毁为废墟……一年以后，庚子巨祸的直接后果《辛丑各国和约》在北京签订。它让中国付出的惨重代价是：国家的一半重臣大员被朝廷自己下旨杀掉；几近天文数字的赔款让国人所承担的捐税达到极限；因为外国有权驻军，中国被剥夺了所有的国防安全，整个国家门户洞开……直隶总督兼北洋大臣李鸿章称此事变"创深痛巨"，可谓"薄海惊心"；而军机大臣兼兵部尚书荣禄认为："此一纸上条文，又为将来无数困难问题发生之源。"

中国为何会遭遇如此巨祸？

大历史中的所有人物缘于何种因由纷纷出场？

导致时局剧变的细微而隐秘的诱因深藏在哪里？

中国人是怎样混淆生活的真实与表演的情境的？

历史的悲伤景象还会在这片国土上重演吗？

新世纪来临的那个冬季，我从北京坐长途汽车去了保定，看了当年的直隶总督府，还有直隶最大的莲花书院。一九〇〇年炎热的夏季里，环绕京城的高大城墙并没有挡住外国联军的进攻，当美军冲到天安门前瞄准着巨大宫门的门栓准备开炮的时候，清廷所有的大员纷纷开始自杀或是逃亡。大清帝国历史上唯一的蒙古族状元、同治皇帝的老丈人、户部尚书崇绮逃到了保定，没有来得及跟随他出逃的家人全部落入联军之手。崇绮的妻妾、女儿、儿媳被联军关在天坛里肆意凌辱——"数十人轮奸之。"女人们被放回家后，崇绮的儿子崇葆"愤恨无地"，在自家府邸的院子里挖了个大坑，先把母亲和年幼的孩子活埋，然后又为自己挖了个坑，在坑边"自缢身死"。崇绮之妻瓜尔佳氏带领剩下的家人也全部自杀。身在保定的崇绮得知这一消息"羞愤交加"，"大哭一夜"。然后，他搓了一根结实的绳子，把自己吊死在保定莲花书院的房梁上。一百年过去了，莲花书院在时光的尘埃里寂静无声，宛如今天国人一片苍白的历史记忆。中国人对历史的记忆与忘却是有选择的，而这种选择一旦成为一个民族惯常的禀性，那么任何悲剧的发生都会被寻找到令人忘却真相的借口。

《1901》是在一种惆怅的心情中写完的。我想用强大深厚而又激情内敛的叙述方式描绘出我们这个民族的面孔与表情；之所以选择了一百年前的那段历史，是因为中国人千年不变的面孔在那时突然表情急剧丰富起来，犹如舞台上夸张的戏剧表演。曾在十九世纪末至二十世纪初来到中国的外国人说："我们必须注意这样的事实，那就是中国人作为一个种族，具有强烈的做戏本能，很轻微的刺激，就能使中国人进入戏剧情境，将自己当成一部大戏里的一个角色。"而令人遗憾的是，百年以来，在许多重要的历史时刻，中国人依旧在用戏剧精神支撑着整个国家的社会生活，于是令人匪夷所思的种种历史悲剧得以再次发生。我试图在《1901》中揭示并反思我们这个民族的性格特征，因为这些特征深深地融在我们每一个人的血脉中，影响或决定着我们这个民族的生存面貌以及命运沉浮。

当然，迄今为止，人类所有书写的历史都不是历史本身。无论记述历史的人如何标明自己客观，其用文字呈现的历史都难免渗透着记述者个人的情感倾向与道德评判。从这个意义上讲，历史事件的真正面目，是我们永远无法彻底知晓的；哪怕是历史事件的亲历者，其对历史的复述也必定是局部的，是带有个人价值观的叙述。可是，正因为如此，我们才会对人类血脉相传的历史保有无穷无尽的兴趣，我们才会在历史的叙述中寻找到对应当代生活的提示或是注释。

中华民族的觉醒与复兴，盘桓百年，历尽沧桑，时至今日依旧任重而道远。回顾中华民族希图富强的曲折历史，是为了我们对于明天所怀有的斑斓的梦想。

《1901》是写给当代中国的。

《1901》于二〇〇一年出版，二〇〇四年再版，此次重新修订出版的过程中除改正之前的差错，又加添了一些史料以使史据更加缜密丰厚。

感谢黄明雨先生，十年前他无意间读到此书，以为这样的写作足以说明"历史的真实比人为的虚构更有力量"。他从东城跑到西城来与我彻夜长谈。我仍清晰地记得那个春夜京城万籁俱寂，关于国家、民族与个人的话题谈过以后，他要求自己必须成为《1901》第二版的出版人。他做到了。感谢何亮亮先生,我与他素昧平生,他在香港的报纸上撰文说:"中国最好的历史著作往往不是历史学家所撰,本书又是一例。《1901》叙事的规模宏大,时间上溯明朝,是对明以来痛史的一个总结,对国人有振聋发聩之效。"我相信他的评述让更多的海外读者关注到《1901》。感谢瑞典记者彭定鼎先生,他不断地到出版社买书,不断地推荐给他的朋友阅读,直到有一天在北京的天伦王朝饭店,他让我见到了十几个国家的记者:英国《经济学家》周刊、德国《莱比锡人民报》、美国广播公司、日本NHK电视台以及荷兰王国驻华使馆新闻处等等。他们的国家在一百年前曾派军队攻入北京城,而百年之后我们却共同坐在午后的阳光下尝试着交流对历史的看法。那一瞬间,我真切地体会到什么是"人生有代谢,往来成古今"。彭定鼎先生以为:"历史事件在《1901》中并非叙述的主体,而是所有历史人物心灵'出场'的背景;连贯的不是频发的历史事件,而是中国人纷乱的心绪历程。"

感谢人民文学出版社。

值此《1901》修订版出版,我希望有更多的读者读到它。

2011.1.18 北京

1901